﹛PATAVIA﹜

MAREN BOHM
Die Rückkehr der Pilgerin

WEGGEFÄHRTEN 1099. Im Abendland herrscht Jubel über die Eroberung Jerusalems. Die Kreuzfahrer kehren in ihre Heimat nach Passau zurück. Doch was wird aus ihnen nach dem Kreuzzug? Können sie in ihre einstmals vorgezeichnete Lebensbahn zurückkehren oder sind sie für immer gezeichnet: Die verarmte, verachtete Kaufmannstochter Alice, die ein muslimisches Mädchen aufnimmt und es im christlichen Abendland gegen alle Widerstände durchbringen will. Graf Bernhard von Baerheim, ihr verborgener Geliebter, er wird zwar als Held gefeiert, aber ist er glücklich? Martin, der den fremden Fürsten als seinen Vater sucht? Doch auch in Passau herrscht kein Friede. Die unerbittliche Zwietracht zwischen dem Papst und Heinrich IV. sowie die gnadenlose Rebellion des jungen Königs Heinrich V. gegen seinen Vater, den Kaiser, zwingen sie, sich für eine der feindlichen Seiten zu entscheiden – auch gegeneinander. Bis Graf Bernhard von Baerheim auf der Höhe seines Einflusses auf das Reichsgeschehen beim Schwimmen in der Donau grausam ermordet wird.

Maren Bohm interessierte sich schon früh für Literatur und Geschichten aus fernen Zeiten. Es fasziniert sie die brisante Mischung aus gesellschaftlichem Einfluss und Individualität. Sie studierte Germanistik, Theologie und Geschichte u.a. in Heidelberg. Nach der Promotion war sie jahrelang als Lehrerin am Gymnasium tätig und veröffentlichte mehrere Romane. Passau, Nibelungenstadt an den drei Flüssen Donau, Inn und Ilz, ist eine bedeutsame Stadt in ihrer Lebensgeschichte. Sie lebt als freie Schriftstellerin und kann es sich gut vorstellen, nach Passau als Wahlheimat zu ziehen. Sie hat bereits mehrere Romane veröffentlicht und arbeitet als freie Autorin.

Bisherige Veröffentlichungen im Gmeiner-Verlag:
Die Pilgerin von Passau (2013)

MAREN BOHM

Die Rückkehr der Pilgerin

Historischer Kriminalroman

GMEINER SPANNUNG

Dieses Buch wurde vermittelt durch
die Literaturagentin Beate Riess (155843)

Besuchen Sie uns im Internet:
www.gmeiner-verlag.de

© 2016 – Gmeiner-Verlag GmbH
Im Ehnried 5, 88605 Meßkirch
Telefon 07575 / 2095-0
info@gmeiner-verlag.de
Alle Rechte vorbehalten
1. Auflage 2016

Lektorat: Claudia Senghaas, Kirchardt
Herstellung: Mirjam Hecht
Umschlaggestaltung: U.O.R.G. Lutz Eberle, Stuttgart
unter Verwendung der Bilder: © https://commons.wikimedia.org/wiki/
File:Schedelsche_Weltchronik_d_200.jpg
und © https://commons.wikimedia.org/wiki/File:Domenico_Ghir-
landaio,_Around_1449-1494_-_Portrait_of_Giovanna_Tornabuoni_-_
Google_Art_Project.jpg
Druck: CPI books GmbH, Leck
Printed in Germany
ISBN 978-3-8392-1909-6

Die Romanhandlung entspricht den historischen Ereignissen im Heiligen Land und im Regnum Romanorum von 1099 bis 1125

Dem geneigten Leser sei diese Karte zugeeignet. Dies sind die Orte im Regnum Romanorum, wo Alice' und Bernhards Leben seinen unabwendbaren Lauf nimmt.

SACHSEN

Utrecht

Münster

Magdebu

Dortmund

Welfesh

Lüttich

Köln

Visé

Mainz

Würzburg

Bamberg

Reims

Böckelheim

Regensburg

NORMANDIE

Speyer

Burg Baerheim

Passa

FRANKREICH

REGNUM
ROMANORUM

Cluny

BURGUND

Vienne

Venedig

Mailand

Burg Cano

Modena

Rom

PATRIM
PETRI

○ Ort/Stadt

Befestigungsmauer Köln

Festung

Speyerer Dom

Belagerung/Schlacht

Mailänder Dom

Brand in Münster

Venedig Markusdom

Paulusbogen Passau

POLEN

IMEN

Pressburg

n

UNGARN

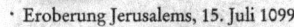
Belagerungen und Kriegszüge 1099 – 1125

- Eroberung Jerusalems, 15. Juli 1099
- Schlacht bei Askalon, 12. August 1099
- Vernichtung des deutschen und aquitanischen Heeres auf dem Weg nach Jerusalem in Kleinasien
- Belagerung von Mainz, Würzburg, 1105
- Zerstörung Nürnbergs, 1105
- Schlacht bei Visé, 22. März 1106
- Belagerung Kölns, Juli 1106
- Kriegszug gegen Ungarn, Belagerung von Preßburg, 1108
- Feldzug gegen Polen, 1109
- Heereszug nach Böhmen, 1109/1110
- Großer Romzug König Heinrich V., Straßenschlachten in Rom, 13. Februar 1111
- Verwüstung von Halberstadt, Januar 1113
- Aushebung einer geheimen Versammlung in Warnstedt, März 1113
- Feldzug gegen die Friesen, 1114
- Belagerung von Köln, Kampf bei Deutz
- Verwüstungen in Westfalen sowie von Andernach, Sinzig, Dortmund und Münster, 1114
- Besetzung Braunschweigs, Januar 1115
- Schlacht am Welfesholz, 11. Februar 1115
- Eroberungen: Quedlinburg, Heimburg, Lüdenscheid, »Alter Falkenstein«, Morungen, Bornstedt, Allstedt, Falkenstein und Wallhausen, 1115
- Belagerung von Speyer und Worms, 1116
- Eroberungen: Bentheim, Burg Groitzsch, Beyernaumburg, Arnsberg, 1116
- Eroberungen der Burgen Kyffhäuser, Tilleda, 1118
- Zerstörung von Oppenheim, 1118
- Kriegszug ungarischer Truppen gegen die Ostmark Baierns, Vergeltungszugs, 1118
- Verwüstung Münsters durch Feuersbrunst, 2. Februar 1121
- Belagerung von Mainz, Juni 1121
- Feldzug gegen Gertrud von Holland, Februar 1124
- Abgebrochener Kriegszug gegen Frankreich, August 1124

Bari

PROLOG

Burg Baerheim an der Donau, im September 1124

»So im Dunkeln?«, bemerkte Giselinde, schloss die schwere, niedrige Eichentür und stellte den Leuchter auf den Tisch.

»Mein Vater, der Graf und unser aller Herr, ist also noch nicht zurück.« Sie seufzte.

»Diese lästige Angewohnheit. Niemals sagt er, wohin er geht und wann er wiederkommt.«

Alice wandte sich vom Turmfenster fort zu der jungen Frau, die im goldbestickten Festtagsgewand vor ihr stand.

»Eine solche Äußerung ziemt Euch nicht«, rügte sie und biss sich auf die Lippen.

Giselinde lächelte bitter.

Milder fügte Alice hinzu: »Wir wissen alle, wohin Euer Vater gegangen ist.«

Giselinde erwiderte darauf nichts, sondern überlegte in besorgtem Ton:

»Was sollen wir nur machen? Der blinde Sänger ist bereits eingetroffen und Kaiser Heinrich wird jeden Augenblick erwartet. Er wird durch diese Unhöflichkeit sehr gekränkt sein.

Das kann Folgen haben.«

»Empfangt Ihr den Kaiser mit Eurem Gemahl. Vertreibt die Sorge aus Eurem Gesicht. Seid heiter und liebenswert, wie es Eure Art ist. Huldigt dem Kaiser mit allen ihm gebührenden Ehren. Ich selbst werde Graf Bernhard finden.«

Finden? Wo und wie werde ich ihn finden? dachte Alice angstvoll.

Eilig verließen die beiden Frauen die Kammer, liefen die steile, enge Wendeltreppe hinunter. Wie schon so oft, fiel es Alice auf,

9

Bernhard hatte den Turmaufstieg so eng bauen lassen, dass kein Feind mit dem Schwert zum Schlag ausholen konnte. Was man so dachte in seiner Sorge.

Mit schnellen Schritten, von Furcht gepackt, lief sie in den mit unzähligen Fahnen, Fackeln und Teppichen ausgelegten Burghof und hastete in die Ställe. Einem Knecht befahl sie, sein Pferd zu satteln, sie selbst griff nach Sattel und Zaumzeug, schwang sich auf ihre Stute, fasste nach einer Fackel, und im Galopp stürmten die beiden Reiter durch das Tor über die Brücke aus der Burg hinaus. Draußen auf dem abschüssigen Weg zur Donau umfasste sie die Dunkelheit. Die hohen Tannen schluckten das wenige noch verbleibende Tageslicht. Sie mussten langsamer reiten, obgleich sie den Weg genau kannten.

Hoffentlich begegnet uns nicht hier Kaiser Heinrich, ging es Alice durch den Sinn.

Am Flussufer banden sie die Pferde fest und bahnten sich einen Pfad durch den Auenwald.

»Graf Bernhard!«, rief Alice einmal.

Keine Antwort. Nur ein Vogel flog schimpfend auf. Alice versuchte es nicht noch einmal. Im Dornengestrüpp blieb sie hängen und riss sich ihr Kleid auf. Sie unterdrückte ein Schluchzen. Schweigend näherten sie sich der Stelle, wo Bernhard zu schwimmen pflegte. Es war nun ganz still. Nur der Vogel zeterte noch im Schilf. Alice fasste sich ans Herz und ging dann aufrecht, geradezu würdevoll zu dem Busch, unter dem sie Bernhards Kleidung vermutete.

Wehe, wenn du ein Geschrei anstellst wie Kriemhild, wenn ich eines Tages nicht zurückkomme, hörte sie Bernhard sagen. Das war während des Kreuzzuges, vor mehr als 20 Jahren.

Alice bückte sich, fasste unter das Blätterwerk. Da sah sie Bernhards roten Umhang mit der silbernen Spange. Sie bekam einen Schuh zu fassen. Ihr schwindelte. Nimm dich zusammen, forderte sie sich selbst auf.

Zu ihrem Entsetzen fiel der Knecht auf die Knie, bekreuzigte sich und betete ein Ave Maria.

»Hoch mit dir!«, befahl sie. »Du reitest zur Burg. Jeder Mann, jede Frau, jedes Kind, jeder, der nicht dringend bei den Festlichkeiten benötigt wird, soll zum Fluss kommen mit Fackeln, Lanzen und Stöcken.«

Der Knecht entfernte sich schnell, froh, dem Schrecklichen einen Augenblick entkommen zu können. Alice aber begann ihre Suche im Schilf. Immer wieder rief sie Bernhards Namen.

Sie wusste, vergeblich.

Dennoch horchte sie voller Ungeduld auf das Rufen, das Pferdegetrappel, während sie sich durch Schlingpflanzen kämpfte, tief einsackte, jeden Fleck mit der Fackel absuchend.

Alice schrie auf. Ein Mensch war im Schilf hängengeblieben. Bernhard!?

Alice hastete auf ihn zu. Im Schein der Fackel sah sie, Pfeile steckten in seinem Rücken. Er muss hier fort, er muss hier fort, so elendig. Die Fackel warf sie von sich, packte den Körper und schleifte ihn mühsam ans Ufer. Dort aber fürchtete sie sich, den Mann genau zu betrachten. Wider besseres Wissen bestand noch die Hoffnung, er sei es nicht.

Und wenn es Bernhard war, so wäre es doch nicht sein Antlitz. Aufgedunsen wie ein Fisch mit weit aufgerissenen glasigen, grässlichen Augen würde er sie anstarren. Alice fürchtete sich. Mit einem Male öffnete sich die Wolkendecke, Mond und Sterne erfüllten den Himmel, hell wurde der kleine Strand beschienen. Alice nahm sich ein Herz, legte den Toten auf die Seite und blickte ihm ins Gesicht. Doch wie erschrak sie:

Bernhard hatte die Augen geschlossen – er lächelte.

IM HEILIGEN LAND, JULI / AUGUST 1099

AUF SEIDENEN KISSEN ERWACHTE BERNHARD. Der Duft von parfümierten Kerzen stieg ihm unangenehm in die Nase und machte ihn ein wenig schwindeln. Er blinzelte. Im Schein des Lichtes wirkten die Muster auf den schweren Teppichen an den Wänden wie dunkle Tiere.

Er war also wirklich in Jerusalem! In einem Palast. In seinem Palast! Nach drei Jahren Pilgern, Elend, Hunger, Durst und Kampf endlich am Ziel seiner Sehnsüchte. Warum empfand er nichts dabei als eine stumpfe Leere? Er müsste nun sehr glücklich sein, forderte Bernhard von sich und bemühte sich, die Freude, den Jubel wachzurufen, der ihn wie alle anderen erfasst hatte, als er zum ersten Mal Jerusalems vom Berg Montjoie ansichtig wurde. Vor Ergriffenheit, vor taumelnder Begeisterung war er auf die Knie gesunken und hatte Gott für das Wunder gedankt, war dann aufgesprungen und hatte seinen kleinen Sohn hochemporgehalten, um ihm Jerusalem, die heiligste aller Städte, zu zeigen.

Doch Hanno war tot. War ermordet.

Jedoch auch Alice? Bernhard fasste neben sich in die weichen Kissen, seine Hand fühlte, was er ohnehin wusste, Alice war fort. Bis spät in die Nacht hinein war er durch die Gassen Jerusalems geirrt, hatte ihren Namen gerufen, sie gesucht in der Grabeskirche, in Hauseingängen, jeder Frau, die nur irgend Alice ähnelte, war er gefolgt, um traurig festzustellen, sie war es nicht. Noch schlimmer, unter Leichen hatte er nach ihr gewühlt. Die meisten waren noch warm, es ekelte ihn.

Zu allerletzt aber hatte er sich zusammengenommen und war dahin gegangen, wo er am ehesten erwarten konnte, etwas über Alice zu erfahren, in ihr Zelt. Dort saß der blinde Olivier und gab Auskunft. Alice sei da gewesen. Er habe genau gehört, wie sie ihr Bündel packte. Ein kleines Kind hätte sie bei sich gehabt.

»Ein kleines Kind?« Er war auf Olivier losgegangen und hatte ihn geschüttelt und angeschrien: »Wieso ein kleines Kind?« Olivier hatte seine Hände weggedrückt.

»Verzeiht«, hatte Bernhard gemurmelt. Entmutigt, hoffnungslos hatte er sich auf Alice' Lager gesetzt, sein Gesicht zwischen seinen Armen verborgen.

Alice hatte ihn wirklich verlassen, das dritte Mal und endgültig. Wahrscheinlich wollte sie nicht im Heiligen Land bleiben, wahrscheinlich war sie zurück auf dem Weg nach Passau. Aber Passau war so unendlich fern, dass man es fast nicht einmal denken konnte. Kein Hafen war in der Nähe, Jaffa war zerstört, auch der nächste christliche Hafen Latakia war weit, sie müsste durch feindliches Gebiet, allein, ohne Waffe, als Frau. Nicht auszudenken, was ihr passieren könnte. Vergewaltigung war das mindeste. Alice würde irgendwo in den Bergen vergewaltigt, würde ergriffen, gefangen genommen, würde auf dem Sklavenmarkt verkauft, in Tripolis, in Homs, in Damaskus, wo auch immer. Oder sie würde ermordet. Wahrscheinlich jedoch nicht. Eine blonde Fränkin ließ sich zu gut verkaufen, als dass man sie leichtfertig tötete.

Wenn er sie zurückholte? Wie damals in Konstantinopel? Bernhard setzte sich auf. Noch war es nicht zu spät. Olivier hatte gesagt, sie sei zu Fuß unterwegs. Noch könnte er sie einholen.

Was war das mit dem Kind? Gleichgültig, ob Kind oder nicht. Noch könnte er Alice erreichen.

Bernhard griff nach dem seidenen Morgenmantel, der gefaltet auf dem mit Ornamenten bestickten Schemel neben seinem Ruhebett lag, öffnete eine Truhe mit Gewändern und blieb von seinem Gedanken wie gefesselt stehen:

Unsinn, was sollte er ihr nachreiten. Alice hatte ihn verlassen und sie wollte ihn verlassen. Sollte sie zusehen, wie es ihr dabei erging. Sicher hatte sie seine Ohrringe abgenommen. Sollte sie doch verrecken. Überhaupt, was sollte er mit einer Geliebten. Die wäre ihm nur lästig.

Nein, sagte er, trat ans goldvergitterte Fenster, öffnete es und schaute auf den weiten Platz, der vom ersten Morgenlicht noch wie ein grauer Schatten wirkte. Vom nahen Tempel Salomos drangen Stimmen, Weinen und Schreie. Er wollte nicht hinhören.

Ein kurzes schmerzhaftes Ziehen spürte er im oberen Backenzahn. Er hielt sich die Hand an die Wange.

Hart dachte er, es war geradezu ein Segen, dass Alice von allein gegangen war, so müsste er sie jedenfalls nicht fortschicken, nicht fortjagen. Für seine Pläne konnte er sie überhaupt nicht gebrauchen. Auch er wollte zurück ins diutsche landt, er wollte sein Lehen aus der Hand des Kaisers empfangen, er wollte heiraten, die schöne, reiche, adelige Frau, von der er immer geträumt hatte. Da wäre diese Geliebte, so ein Anhängsel, nur lästig. Frauen zum Vergnügen gab es ohnehin genug. War ihm doch egal, was aus Alice wurde. Er musste an seine eigenen Pläne denken und sie endlich verwirklichen.

Es pochte an der dunkeln Tür aus Ebenholz. Auf sein »Herein« trat Kaspar ein. Der Junge verneigte sich tief, was Bernhard missfiel.

»Gnädiger Herr, ich muss Euch etwas zeigen.«

»Was denn?«

Kaspar antwortete darauf nur mit einem flehenden: »Bitte!«

Verwundert folgte Bernhard dem Jungen durch einen ebenfalls mit Teppichen reich ausgestatteten Raum, in dem der schlafende Olivier auf einem Diwan lag. Bernhard warf einen Blick auf seinen Freund und stellte im Vorbeigehen wiederum entsetzt fest, dass Oliviers Füße zuckten, als würde er von einem Schwert geschlagen. Darüber nachzudenken war keine Zeit, denn schon liefen sie durch die Eingangshalle. Flüchtig sah Bernhard im Schein der Fackeln auf dem Marmorfußboden die drei Bären, die er eingeritzt hatte als Zeichen, dass dieser Palast ihm gehörte. Kaspar griff nach einer Fackel und stieg eine steile Treppe in ein

Kellergewölbe hinab, in dem Fässer mit Öl und Wein lagerten. Hinter einem der Fässer war ein schmaler Spalt in dem Gemäuer, Kaspar schob seine Fackel durch die Öffnung, kroch selbst hindurch. Bernhard folgte ihm. In einem niedrigen Raum kauerten in einem Kreis wohl acht Frauen, sie hatten sich mit den Armen fest umschlungen und waren alle – enthauptet.

Ihr Anblick war schauderhaft, ihre Kopftücher, ihre entsetzten Gesichter – wie Fratzen. Eine der Frauen war eine Schwarze.

Was war gewonnen durch die Eroberung Jerusalems?, durchzuckte Bernhard wider Willen der Gedanke. Die Befreiung vom Fegefeuer? Das Paradies? Die ewige Seligkeit?

Ein seidener Morgenmantel, dachte er verächtlich.

»Herr, seht hier«, wurde er von Kaspar in seinem melancholischen Nachsinnen unterbrochen. Der Junge hockte vor einer Truhe, die nicht aus Holz, sondern aus Stein war wie das Mauerwerk des Gewölbes. Den Deckel hatte er geöffnet. In der Truhe aber glitzerte und glänzte es von Gold, Geschmeide und Münzen. Ein Schatz, wahrlich der erhoffte und von der Wahrsagerin ihm versprochene Schatz.

»Hast du dir davon schon genommen?«, wurde Kaspar von Bernhard angeherrscht.

»Nein, Herr«, beteuerte der Junge. Bernhard glaubte ihm nicht, wollte ihm aber auch nicht das Geraubte wieder nehmen. Wichtig war, dass er sich in Zukunft auf den Jungen verlassen konnte.

»Weißt du, was mit dir geschieht, wenn du mich bestiehlst?«

»Ihr werdet mir meine beiden Hände abschlagen.«

»So ist es. Das hätten wir also geklärt. Schaff die Leichen weg und dann holst du Bedienstete. Wir brauchen Knechte und Mägde.«

Sind ja alle tot, die mit uns auf die Pilgerfahrt gegangen sind, ging es ihm durch den Sinn.

Kaspar verneigte sich und erwiderte: »Ich werde ehrliche Leute anwerben.«

Natürlich, dachte Bernhard. Ein Dieb erkennt den Dieb. Noch war es für Kaspar vorteilhafter, ehrlich zu sein. Er könnte ihm also die Auswahl der Bediensteten überlassen, zumal er selbst endlich in der Grabeskirche, dem Ziel aller irdischen und himmlischen Sehnsüchte, beten und Gott danken wollte. Davor aber müsste er sich reinigen.

Kaspar war schon vorausgeeilt, als Bernhard etwas später die quaderförmigen Steinstufen hinaufstieg, die weite Eingangshalle durchquerte und in einen kleinen Raum trat, in dem sich an der hinteren Wand ein mit Mosaiken reich verziertes Waschbecken befand. Auf einem Goldglastisch lag ein silberner Spiegel, den Bernhard in der Hand wog. Etwas zögernd schaute er hinein, betrachtete aufmerksam sein Spiegelbild. Blut, dachte er, Blut klebte in seinen dunklen Augenbrauen und an seinen Wimpern, auf seinen Wangen. Die Lippen waren aufgerissen, die Augen lagen tief, die Haut wirkte trotz der Sonnenbräune fahl.

Das Gesicht eines Siegers, stellte er bitter fest.

Reiß dich zusammen, Bernhard. Du *bist* Sieger. Entschlossen drehte er den bronzenen Wasserhahn auf und starrte auf das Wasser, das sich unaufhörlich in das Becken ergoss.

Wasser, um Gottes willen – Wasser. Wasser in Jerusalem. Unendlich floss es, bis in die Ewigkeit würde es fließen. Draußen aber, vor den Toren der Stadt, hatte der ägyptische Kommandant alle Wasserquellen unbrauchbar machen lassen. Und sie, die Pilger, hatten sechs Wochen vor Jerusalem ausgehalten, ausgedörrt, ausgetrocknet, nach jedem Tropfen Wasser lechzend. Wie viele waren verdurstet, hatten faules, mit Blutegeln verunreinigtes Wasser getrunken? Selbst die Tiere hatten sie sterben lassen. Das Schreien der verendenden Schafe und Pferde hatte er immer noch im Ohr.

Bernhard ließ seine Hand durch den Wasserstrahl gleiten, es war kühl, so klar wie Quellwasser. Sein Blick fiel auf den tiefen Boden des Beckens, wo sich kleine Kreise bildeten. Bernhard schwindelte, es war ihm, als verwandelten sich die Kreise in Hannos kleinen, runden Mund, der sich öffnete und schloss und dann schrie, schrie in Todesangst, als die Peiniger, die Mörder, das Kind auf den Stein, auf den Block legten. Überwältigt, gefesselt, konnte er seinem Sohn nicht beistehen. Ohnmächtig, verhöhnt musste er zusehen, wie ...

O Gott, überkam es Bernhard. O mein Gott, warum? Hätten sie nur Wasser gehabt, nur ein bisschen, Hanno wäre nicht krank geworden, zumindest hätte Alice sein Fieber senken können, sie wären niemals mit dem kranken Kind nach Bethlehem aufgebrochen.

O Gott, der Kindermord in Bethlehem! Wie grausam bist du, Gott!

Bernhard wurde übel, er beugte sich über den Beckenrand und erbrach Galle in das klare, kühle Nass. Das Erbrochene verteilte sich kurz und wurde dann gurgelnd in die Tiefe gesogen. Im Nu war es weggespült.

Bernhard richtete sich auf, fuhr sich mit der Hand über sein Gesicht und durch sein dunkles Haar. Er beschloss: Dieses Wasser wollte er sich zum Zeichen nehmen. Warum noch unter der Vergangenheit leiden? Hanno war getötet, aber das war nur ein kurzer Augenblick – danach war er ins Paradies eingegangen, ein unschuldiges Kind. Dem Jungen war das Irdenleben erspart geblieben, Leid, Kampf – und Freuden. Nein, an die Freuden mit Alice wollte er gar nicht denken. Der Junge war beim Vater im Himmel.

Schluss, dachte er. Kein Gedanke mehr.

In diesem Moment erhob sich ein Kreischen wie aus Hunderten von Mündern. Kinder, Frauen, Männer. Es war ganz nahe. Bernhard lief in die Vorhalle, horchte. Eine Tür öffnete sich, verwirrt erschien der blinde Olivier auf der Balustrade, tastete sich mühsam die Treppe hinunter.

»Was ist? Was geschieht da?«, rief er angstvoll. »Hat der Kampf etwa wieder angefangen?«

»Uns geschieht nichts«, erwiderte Bernhard in beruhigendem Ton. »Es hört sich allerdings an, als würden die Ungläubigen auf dem Dach des Tempels Salomos ermordet.«

Die beiden Männer horchten. Es war ein Aufprall zu hören, so als hätte sich jemand vom Dach gestürzt.

»Das ist erstaunlich«, fuhr Bernhard fort. »Es sind Tankreds Gefangene, er hat ihnen zum Schutz seine Fahne gegeben.«

»Warum lässt sich Tankred das bieten? Tankred ist jung und stark. Warum beschützt er seine Gefangenen nicht?«

Bernhard zuckte die Achseln und lachte verächtlich.

»Tankred hat von einem Moslem erfahren, der um sein Leben bettelte, im Felsendom befänden sich ungeheure Goldschätze. Jetzt hat Tankred sich dort verbarrikadiert und wird wohl erst wieder herauskommen, bis er sämtliches Gold an sich gerafft und erbeutet hat.«

Olivier stand still und in sich versunken in der weiten Halle. Dann rief er wehleidig, geradezu unglücklich: »Meine Augen! Dazu meine Augen!«

»Nehmt Euch zusammen«, wurde er von Bernhard fast drohend zurechtgewiesen.

In diesem Moment kam Kaspar jubelnd hereingestürzt.

»Wir bringen sie alle um, wir murksen alle Ungläubigen ab. Kommt zum Tempel Salomos! Seht es Euch an! Da fließt Blut! Endlich Rache!«

∽◉∽

Bernhard ließ seinen Blick hoch zu den schmalen Fenstern gleiten, deren vergoldete Gitter in der Sonne blinkten und ihn blendeten. Er hielt die Hand vor die Augen und schaute nach oben zum breiten, von einer Mauer umgebenen Flachdach, wo seine Fahne mit den drei Bären jedem unabweisbar zeigte, der Palast war sein. Er war selbst hinaufgeklettert und hatte das Zeichen seines Besitzes, für alle sichtbar, dort angebracht. Besonders erkennbar waren die drei Bären gerade nicht, denn der Wüstenwind, der sie wochenlang vor den Toren Jerusalems geplagt hatte, war einer drückenden Windstille gewichen, so dass die Fahne schlaff herunterhing. Aber dies reichte aus, um jeden zu warnen, der sich an seinem Haus vergreifen mochte, besonders natürlich die Armen. Töricht waren sie, mordend und raubend durch Jerusalem zu ziehen, Beute zu machen, jedoch es zu versäumen, sich Häuser zu nehmen. Der Leitspruch war ausgegeben. Wer auch immer als Erster ein Haus betrat, dem sollte es gehören. Trotzdem, die meisten wagten es wohl nicht, sie kamen gar nicht auf den Gedanken, dass nicht nur die Vornehmen, der Adel, von den Palästen Besitz ergreifen konnte, sondern auch sie selbst. Wie auch immer. Was ging es ihn an. Doch dann durchzuckte es Bernhard, ließ ihn erstarren, der Schweiß brach ihm aus: Alice. Auch sie gehörte, wenn nicht zu den Armen, so doch zu den einfachen Pilgern. Ihr würde er den Palast zu Füßen legen. Unsinn, niemals würde er das tun. Jedenfalls, wenn auch die drei Bären nicht besonders deutlich zu erkennen waren, so reichte schon das leuchtende Blau mit etwas Gesticktem, um Alice aufmerksam zu machen. Alice, vielleicht suchte sie ihn, suchte ihn verzweifelt, wie auch er sie suchte. Selbst wenn sie sich fortgemacht hatte mit einem fremden Kind, vielleicht hatte die Sehnsucht sie gepackt, vielleicht war sie umgekehrt. Vielleicht führte seine Fahne die Geliebte zu ihm.

Ach was, dachte Bernhard, drehte sich abrupt um und stolperte über einen Toten. Entsetzlich war das. Ganz Jerusalem voller Leichen. Und dieser Gestank! Bernhard hielt sich seinen unaufdringlich parfümierten Ärmel vor die Nase. Kaspar kannte die Bedürfnisse seines Herrn. In Windeseile hatte er Wäscherinnen herbeigeschafft, die Bernhards dreckige, stinkende Kleider in angenehmen Luxus verwandelten. Lieber noch hätte er allerdings die luftige, vornehme Kleidung des Mannes angezogen, der vormals seinen Palast bewohnte. Doch er fürchtete, ein übereifriger Christ könne ihn wegen seines schwarzen Haars für einen Sarazenen halten und ihn zu töten versuchen. Nun ja, ohne Helm und Kettenhemd war es bei dieser Hitze schon weitaus angenehmer.

Sein Blick fiel auf einen Haufen von verwesenden Menschen, obenauf lagen die Körper der enthaupteten Frauen, die Kaspar in seinem Kellergewölbe gefunden hatte. Bernhard wurde es übel.

Zornig dachte er, es war schließlich nicht seine Schuld, dass sie tot waren. Schuld war der Herr über diese Frauen, der sie nicht mit seinem Leben verteidigt hatte. Der hatte sie im Stich gelassen, der war gewiss mit dem Kommandanten von Jerusalem gegen Aushändigung der Kriegskasse nach Askalon gezogen. Der lebte dort fröhlich vor sich hin und dachte gar nicht an seine Weiber. Sollte er sich doch neue nehmen für sein Bett. Vier Frauen standen ihm sowieso zu und dann noch die Sklavinnen.

Trotzdem, eklig war es, durch Jerusalem gehen zu müssen. Schuhe und Strümpfe waren wieder blutbespritzt. Widerlich. Wann würden endlich diese stinkenden Kadaver weggeschafft werden? Darüber mussten heute unbedingt die Heerführer einen Beschluss fassen. Damit es nicht eine Seuche gab wie in Antiochia. Antiochia, das war das Stichwort, das seinem Gehirn nicht guttat. Mit einem Male sah er wieder Alice vor sich. Es war vor ihrem Aufbruch nach Edessa, ihrer Flucht vor der Krankheit. Hoch aufgerichtet auf ihrem Pferd, den breiten Pilgerhut auf ihren langen, blonden Locken, mit seinen glitzernden Ohrringen klimpernd, das Kind vor sich, seinen Hanno, lächelte sie ihn an. Niemand konnte so lächeln wie Alice.

Ja, er hatte sie geliebt. Wie konnte sie ihm unterstellen, er wolle während der Pilgerfahrt nur eine Frau zum … Wie konnte sie behaupten, er habe sie nie geliebt. Das einzige Mal, dass Alice ihn mit Du angesprochen hatte. Immer hatte sie den Standesunterschied beachtet. Nur dieses eine Mal dieser Vorwurf: Du hast mich nie geliebt!

Bernhard gestand es sich ein, und es wurde ihm heiß und kalt, ja, er hatte es doch nicht gewusst, nicht wahrhaben wollen. Er liebte sie.

Nun war es zu spät.

Gott, flehte er. Ich bin in deiner Stadt, stolpere über Leichen zur Adelsversammlung, müsste dir danken, dass du mich bewahrt hast während all der vielen Kämpfe, sogar unversehrt, unverletzt bin ich, nicht blind wie Olivier. Gott, nur so kurz war der Jubel in der Grabeskirche, schon wieder vorbei. Verzeih meine Undankbarkeit.

Ich muss mich sammeln. Auf einen Punkt. Ich muss die Zukunft wollen. Ich bin Graf, werde mein Lehen erhalten aus der Hand des Kaisers. Die Zukunft ist mein mit dir.

Dieser Gestank ist wirklich unerträglich. Diese verwesenden Leichen in der Hitze der Julisonne. Pfui Teufel. Na, da endlich, der Palast des Königs. Merkwürdiger Name. In Jerusalem gab es schon seit 1.000 Jahren keinen König mehr. Herodes, Kindermord in Bethlehem. Nun ist Schluss mit der Vergangenheit, mit den leidigen Gedanken.

Dennoch warf Bernhard einen schnellen, scheelen Blick zu dem weitläufigen überdachten Brunnen vor dem Palast, so groß wie ein See. Die Toten darin, meist Sarazenen, doch auch Christen, Christinnen schwappten aufgedunsen darin. Nun ist aber wirklich Schluss, befahl er sich.

Mit anderen Adeligen betrat er die weite Vorhalle des Palastes, in dem die Beratung über das weitere Vorgehen in der eroberten Stadt stattfinden sollte als da wären: Beseitigung der Toten, Quartierregelungen für die Armen, Tankreds frecher Raub der Schätze aus dem Felsendom und vor allem die Frage, von wem Jerusalem regiert werden sollte.

Ein angenehmes Raunen empfing ihn. Die nobiles standen in kleinen Gruppen zusammen, kaum eine Blutspur, eine Verwundung deutete darauf hin, dass alle der hier anwesenden Männer noch vor drei Tagen einen todesverachtenden Kampf hinter sich gebracht hatten. Alle verhielten sich vornehm zurückhaltend. Gedämpftes Licht von Duftkerzen und kunstvoll verzierten Öllampen schimmerte im Halbdunkel des Raumes. Bunte Seidenpolster an den Wänden, auf denen die Herren sich lagerten. Bernhard war im Begriff, sich zu seinem Freund Balduin von

Le Bourgh zu setzen, als Martin sich neben ihn stellte. Bernhard wich einen Schritt zurück. Was bildete sich dieser hergelaufene Knecht nur ein, auch wenn er der natürliche Sohn eines Fürsten und dazu noch vom Legaten des Papstes zum Ritter geschlagen worden war, ihn unaufgefordert anzusprechen. Bernhard musste zugeben, hier stand nicht mehr ein Junge neben ihm, auch kein Jüngling, sondern ein Mann, ein kampferfahrener Mann, so groß wie er selbst, mit breiten Schultern, ein Weinglas in der Hand. Ungewohntes Bild. Mit dem Glas deutete Martin auf die Männer, wie sie lässig in Gruppen zusammenstanden. »Erkennt Ihr Trauer?«

»Wie bitte?«, Bernhard blickte Martin wie angefasst von oben herab an. So eine Gesprächseröffnung missbehagte ihm.

Unbeirrt fuhr Martin fort: »Ich sehe nur die Menschen, die nicht mehr unter uns sind. Seht Ihr denn nicht ihre Schatten, Bischof Adhémar, den Legaten des Papstes, Anselm von Ribemont, den schönen Wilhelm. Es sind so viele. Die meisten«, fügte er hinzu.

Theresa, dachte Bernhard. Theresa, Martins Frau, geköpft vor aller Augen, vor den Augen des christlichen Heeres auf der Befestigungsmauer von Antiochia.

Bernhard war dieses Reden von den Toten unangenehm. Lasst die Toten ihre Toten begraben, dazu hatte Jesus aufgefordert. Um abzulenken, deutete Bernhard auf das Portal, durch das groß und majestätisch Herzog Gottfried von Bouillon eintrat.

»Man sagt, während noch in Jerusalem gewütet und gemordet wurde, habe Herzog Gottfried sich ein weißes Gewand angezogen und sei barfuß zum Beten auf den Ölberg gegangen. Nicht ungeschickt, um König von Jerusalem zu werden.«

»Und da kommt Graf Raimond von Toulouse«, raunte Martin. »Ziemlich nervös und verkniffen sieht er aus trotz seines unermesslichen Reichtums. Hat wohl Angst, dass seine militärischen Misserfolge ihm schaden könnten.«

»Wart Ihr dabei, als sein Belagerungsturm vor Jerusalem in Flammen aufging?«, wollte Bernhard denn doch wissen.

»Ich war sogar drin. Gott sei Dank auf der untersten Platt-form. Habe kaum was abbekommen, nur die Haare«, erwiderte Martin und fasste nach seinem kurz geschorenen Schopf.

»Aber man hört«, fuhr er fort, froh, dass Bernhard sich auf ein Gespräch mit ihm einließ, »dass Alice bei der Eroberung Jeru-salems beim Pfeile Aufsammeln von einem Brandpfeil getroffen wurde und ziemlich schwere Verletzungen an den Händen hat. Wie geht es ihr denn?«

Bernhard merkte, wie er rot vor Zorn wurde, was er sich nicht anmerken lassen wollte. Hastig nippte er an seinem Wein. Ein ziehender, stechender Schmerz schoss wie ein Pfeil durch seinen Kiefer. Gequält verzog Bernhard den Mund.

»Jetzt ist es genug!«, herrschte er Martin an. »Ich wüsste nicht, dass wir uns so nahestehen, Persönliches miteinander auszutau-schen.«

In diesem Moment erschallte zu Bernhards Erleichterung Her-zog Gottfrieds mächtige Stimme. Eine breite Tür wurde geöff-net, die Versammlung der Vornehmen begann.

Trotz leichten Zahnwehs und einer unangenehmen Übelkeit, die wohl daher kam, dass ein unerträglicher Gestank über Jerusa-lem lag, dem auch mit Duftkerzen und Räucherstäbchen nicht beizukommen war, pfiff Bernhard vor sich hin, als er sich vor seinen mit bunten Mosaiken eingelegten Spiegel zum Rasie-ren setzte. Das heiße Bad hatte ihm wunderbar wohlgetan und vor allem der Umstand, dass er für die nächsten Tage eine Auf-gabe hatte, hob seine Laune. Hatte doch die Adelsversammlung gestern nicht nur beschlossen, dass die Leichen schnellstmög-lich von Gassen, Plätzen und aus den Häusern entfernt werden müssten, sondern auch schon am kommenden Freitag, also eine Woche nach der Eroberung Jerusalems, endgültig entschieden werden sollte, wer König würde. Bernhard hatte die Aufgabe übernommen, Erkundigungen über die möglichen Kandidaten einzuholen.

Viele sind es ja nun gerade nicht mehr, überlegte Bernhard. Von den Heerführern, die vor drei Jahren diese Pilgerreise angetreten hatten, war es zweien gelungen, sich eine Herrschaft unterwegs zu besorgen, Balduin das Fürstentum Edessa und Bohemund das Fürstentum Antiochia. Graf Stefan de Blois hatte feige die Flucht ergriffen und war zu seiner furchterregenden Gemahlin nach Frankreich zurückgekehrt. Robert, der Herzog von der Normandie, würde nur allzu gern sein Recht als ältester Sohn Wilhelm des Eroberers durchsetzen und König von England werden und Graf Robert von Flandern wollte zurück nach Hause zu seinen Besitzungen und zu seiner geliebten Gattin. Blieben also nur noch Graf Raimond von Toulouse und Herzog Gottfried von Bouillon. Oder Tankred? Nein, der war zu jung, zu wild, unstet und machtgierig, war er doch letztlich nichts als der verarmte nêve Bohemunds. Eigentlich sind wir ungefähr gleich alt, Tankred und ich, überlegte Bernhard, und ich bin Graf und werde herrschen. Wenn er bloß endlich wieder im diutschen landt wäre. Bernhard seufzte. Es war ihm einigermaßen gleichgültig, wer von den beiden Heerführern König von Jerusalem würde.

Zu wessen Leuten wollte er also zuerst gehen? Raimonds? Der hatte sich in der Davidsburg verschanzt und dort könnte er Martin treffen, wozu er gar keine Lust hatte. Also zuerst zu Herzog Gottfrieds Männern.

Bernhard legte das Rasiermesser weg, beugte sich vor und betrachtete sein Spiegelbild. Etwas blass sah er noch aus, Schatten unter den Augen. Natürlich, die Eroberung von Jerusalem hatte Spuren auf seinem Gesicht hinterlassen, unentwegt auf dem Belagerungsturm von Brandpfeilen und Steinen beschossen und dann noch der Kampf im Tempel Salomos. Trotzdem. Bernhard lächelte sich zu, strich mit der Hand durch sein Haar, er fand, er sah ziemlich gut aus. Auf also zu Herzog Gottfried.

Sicherheitshalber gürtete Bernhard sein Schwert um, warf seinem Burschen Kaspar beim Hinausgehen noch einen scharfen

Blick zu, den dieser richtig verstand, sich verbeugte und beteuerte: »Ich bin ehrlich, Herr.«

Bernhard trat aus der dämmrigen Vorhalle hinaus auf den Platz, kniff die Augen zusammen, so sehr blendete die Julisonne. Er beschattete sein Gesicht und blickte zum Felsendom, der Jerusalem wie kein anderes Gebäude überragte. Tankred hatte tatsächlich Schätze in solchen Mengen da zusammengerafft, dass sechs Pferde und Kamele kaum ausreichten, um das Gold fortzuschaffen. Das war aber mehr ein flüchtiger Eindruck, denn der mörderische Gestank ließ den Gedanken ersticken. Jede Sinneswahrnehmung ließ sich unterdrücken, die Augen konnte er schließen, sich die Ohren zuhalten, bei üblem Geschmack die Luft anhalten, aber zum Atmen war man verdammt. Überall in den engen Gassen wurden Leichen von Armen oder Kriegsgefangenen auf Karren geladen oder gar die Treppen in der Davidsgasse hinuntergeschleift. Bernhard musste aufpassen, nicht angerempelt zu werden. So schnell wie möglich bahnte er sich seinen Weg zur Grabeskirche. Dort zwischen dem Grab Jesu Christi und dem Teich von Bethesda hatte Gottfried in der Antonia-Festung sein Quartier genommen. Nicht ungeschickt, überlegte Bernhard, um Würde und Frömmigkeit zu versinnbildlichen. Die Grabeskirche strahlte Heiligkeit auch auf Gottfried aus und in der Antonia-Festung war Jesus von Pontius Pilatus verhört, hier war ihm die Dornenkrone aufgesetzt worden. Jeder Schritt erinnerte an Jesu Leiden. Bernhard erreichte das kolossale Eingangstor der Antonia-Festung, die von den Römern bis auf wenige Gebäudeteile geschleift worden war.

Noch war er zu früh, so schlenderte er weiter und blieb beim Teich von Bethesda stehen.

Ruinen, dachte er verbittert und berührte einen der Pfeiler, der der gnadenlosen Zerstörungswut Sultan Hakims entgangen war. Kaum vorzustellen, dass diese Wasserbecken noch vor Kurzem vom Dach einer Basilika überspannt waren. Bernhard stieg die Stufen zu den beiden Wasserbecken hinab. Hier hatten zu

Jesu Zeiten die Kranken und Lahmen gelegen und darauf gewartet, Jahre gewartet, dass ein Engel das Wasser bewege. Es hieß, wer dann als Erster das Wasser erreiche, der werde gesund. Auf der untersten Stufe verharrte Bernhard und es überkam ihn der Gedanke, während er auf das seichte Wasser starrte, es waren nicht nur die Lahmen, die Kranken, die Blinden, die auf den Engel warteten. Wir alle warten unser Leben lang darauf, dass ein Engel das Wasser berühre und wir die Ersten seien, die es erreichen.

Bernhard strich mit der Hand über seine Stirn. Was denke ich da? Drei Jahre habe ich gekämpft, um den Ort zu erreichen, an dem der Engel das Wasser bewegt. Es ist nicht einmal eine Woche her, dass wir auf dem Belagerungsturm Stunden um Stunden von Brandpfeilen, von Steinkatapulten beschossen wurden. Jesus hat den Lahmen geheilt, der dort 20 Jahre vergebens wartete und schon längst verzweifelte, so wie wir der Verzweiflung kaum widerstehen konnten. Keine Möglichkeit, Jerusalem durch einen Sturmangriff einzunehmen, es blieb nur noch diese eine Hoffnung, Gottfrieds Belagerungsturm. Und er hatte gesiegt.

Also, auf zu Gottfrieds Gewährsmann.

Der Gebäudeteil der einstigen Festung, den Herzog Gottfried von Bouillon bezogen hatte, war in der Tat bescheiden, nicht zu vergleichen mit dem Palast, den er sich selber genommen hatte. Bernhard klopfte an der niedrigen Tür. Sofort, als habe drinnen jemand nur darauf gewartet, wurde ihm geöffnet. Bernhard trat in ein fast dunkles, von wenigen Öllampen erleuchtetes Gewölbe und wurde dann eine Steintreppe hinaufgeführt in einen mit Polstern und niedrigen, kunstvoll verzierten Tischen ausgestatteten Raum. Dort wartete er nur einen Augenblick auf Gottfrieds Kämmerer Stabilo. Der empfing Bernhard mit Bruderkuss, entschuldigend, er habe es versäumt, die Tür zu Gottfrieds Schlafkammer zu schließen. Bernhard blieb ernst, obwohl er sich ein spöttisches Lächeln kaum verkneifen konnte. Er hatte gesehen, was er sehen sollte: Herzog Gottfried schlief auf einem harten Brett, gerade, dass er sich ein kleines, mit grobem Leinen bezogenes Kopfkissen gönnte. In der Stadt des Leidens und der Geißelung Jesu Christi wollte Herzog Gottfried offenbar nicht im glanzvollen Wohlergehen leben – und zeigte dies nach außen. Dabei hatte Tankred als Gottfrieds Gefolgsmann ihm die Hälfte der Schätze aus dem Felsendom abgegeben.

»Die Ausstattung dieses Raumes ist noch so, wie die Vorgänger ihn verlassen haben«, wurde er von Stabilo belehrt, der lang und spitz, wie Bernhard fand, vor ihm saß. Der Bart wirkte wie eine Pfeilspitze, so auch die Augenbrauen über wachen, schlauen Augen.

»Herzog Gottfried ist nicht im Hause, er betet barfuß im Büßergewand auf dem Ölberg.«

»Unser Herzog ist sehr fromm«, stimmte Bernhard zu.

»Ja, Ihr kennt unseren Herrn Gottfried, Ihr gehört zu seinem Heer. Was könnte ich Euch mitteilen, was Ihr nicht ohnehin schon über ihn wisst.«

»Erzählt mir das, was ich nicht wissen kann.«

»Herzog Gottfried lebt wie ein Mönch. Er gehört zu den wenigen, die nicht durch fleischliche Sünden unseren Sieg in Gefahr gebracht haben wie zum Beispiel der Kaplan Arnulf von Chocques, der nun Anspruch auf die Herrschaft Jerusalems erhebt, obwohl er allzu sehr dem weltlichen Leben zugetan ist.

Aber lassen wir das. Erzählen möchte ich Euch etwas anderes. Herzog Gottfried von Bouillon ist schon seit Jahren, lange Zeit vor unserer Pilgerreise, von Gott berufen, das exercitus Dei anzuführen, Jerusalem für unseren Heiland Jesus Christus zu erobern und König zu werden.«

»Wie das?«, fragte Bernhard und hob zweifelnd die Augenbrauen.

»Es gibt Beweise, Träume, Gesichte, lange verschlossen und nun sonnenklar.

Vor Jahren träumte mir …«, begann Stabilo und richtete sich dabei gerade auf. »Doch nehmt von dem Wein und von dem Gebäck.«

»Ihr scheint mir etwas bedeutend Heiliges erzählen zu wollen. Dabei sollte man lieber nicht essen«, antwortete Bernhard und bemerkte, wie sehr seine Antwort Stabilo zufriedenstellte.

»Gut. Vor ungefähr 10 Jahren träumte mir. Es war noch in Lothringen, auf dem Schloss Bouillon, und ich konnte mir den Traum nicht deuten. Also, Herzog Gottfried stieg mit seinem Mundschenk Ruthard eine Himmelsleiter hinauf. Ruthard hielt eine Fackel in der Hand. Sie stiegen immer höher, doch plötzlich brachen die Stufen zusammen, die Fackel erlosch, von unsäglicher, unwürdiger Angst gepackt, weigerte sich Ruthard weiterzugehen. Obwohl unser Herzog ihn mit strengen Worten ermahnte, kletterte der Feigling die Leiter wieder herunter.

Euch ist sicher bekannt, dass des Herzogs Mundschenk während der langen Hungermonate vor Antiochia geflohen ist.«

Bernhard nickte und erwiderte: »Sicher weiß ich dies. Viele haben versucht, nach Zypern zu entkommen.«

»Ja, auch einer der Edelsten, Graf Stefan de Blois, der Schwiegersohn Wilhelm des Eroberers, hat die Flucht ergriffen. Welch eine Schande, welch ein Schaden für uns!«

Bernhard unterließ eine Stellungnahme und wartete auf die Fortsetzung des Traumes.

Stabilo räusperte sich, strich mit der Hand über seinen Bart.

»Es ist Gott nicht wohlgefällig, wenn einer sich selbst lobt. Dennoch muss ich es um unseres Herzogs willen tun. Nachdem der treulose Mundschenk unseren Herzog im Stich gelassen hatte, habe ich die Fackel wieder angezündet. Die Stufen der Leiter schlossen sich, wir stiegen hinauf und betraten den Himmelssaal, wo die köstlichsten Speisen für Herzog Gottfried bereitet waren, und ich durfte an der Seite unseres hohen Herrn daran teilnehmen.«

Bernhard schwieg darauf. Blickte auf den Steinfußboden, nahm das Glas in die Hand, drehte es zwischen den Fingern und trank einen Schluck. Wieder dieser stechende Zahnschmerz. Er bemerkte, wie Stabilo unruhig wurde.

»Nun«, sagte Bernhard endlich, »der Traum offenbart das, was für jeden Menschen das Ziel des Lebens ist, nämlich dass er gewürdigt wird, am königlichen Hochzeitsmahl im Reich der Himmel teilnehmen zu dürfen. Aber er zeigt nicht, warum Herzog Gottfried König von Jerusalem werden sollte.«

Der Kämmerer sah Bernhard verärgert, geradezu feindselig an. Dann nahm er sich zusammen und lächelte entgegenkommend:

»Ich habe mit Eurem Einwand gerechnet. Deswegen lasst mich als Zeichen, dass Gott unseren Herzog erwählt hat, noch einen Traum erzählen.

Nicht mir, sondern dem Ritter Gzelo aus Kreuzweil am Rhein träumte. Gzelo erzählte mir im Vertrauen, was auch ich Euch heute anvertrauen will. Als er eines Tages, von der Jagd ermüdet, im Wald Kettenau in einen leichten Schlaf gesunken war, ward er im Geiste auf den Berg Sinai versetzt, wo einst Mose die Zehn Gebote des Allerhöchsten empfangen hatte. Der Ritter sah, wie der Herzog sich in leichtem Schweben erhob und zwei Männer, engelsgleich, in weißen Priestergewändern, ihm entgegeneilten und zu ihm sprachen: ›Wie dereinst Gott seinen treuen Knecht Mose gesegnet hat, so wird er auch dich segnen, denn du bist zum Führer seines christlichen Volkes bestimmt.‹ Da dies gesagt war, erwachte der Ritter, erhob sich und das Gesicht war verschwunden.«

Bernhard äußerte sich beeindruckt. Was sollte er diesem Kämmerer zeigen, dass er an der Echtheit dieser Träume zweifelte. Nun ja, allerdings etwas anderes als derartige Beweise war offenbar von Stabilo nicht zu erhalten. Bernhards eigener Einschätzung nach war Herzog Gottfried zu starrsinnig, zu wenig Herrscher, um als König von Jerusalem geeignet zu sein. Er war wohl auch zu fromm, ließ sich vielleicht zu sehr von der Geistlichkeit beeinflussen. Andererseits war es kein weltlicher Krieg, der sie nach Jerusalem geführt hatte, sondern eine bewaffnete Pilgerfahrt, zu der Papst Urban II. als Stellvertreter des Apostels Petrus aufgerufen hatte. Der Legat des Papstes war schon in Antiochia gestorben, der Patriarch von Jerusalem kürzlich im Exil auf Zypern, ein geistlicher Führer ließe sich wohl kaum finden, wohl aber ein weltlicher wie Gottfried, der für seine tiefe Frömmigkeit bekannt und geachtet war. Allerdings, fromm war Graf Raimond auch, so wollte Bernhard doch hören, was seine Leute über ihn zu berichten wussten.

Bernhard starrte der blonden Frau nach, die, Brote unter den Arm geklemmt, die Säulenreihen entlangeilte.

»Schon beeindruckend, wie die Byzantiner gebaut haben«, wurde er von Galdemar Carpenel von der Seite angesprochen.

Bernhard schreckte zusammen, fasste sich und wandte sich dann dem Mann zu.

»So eine Prachtstraße wie dieser Cardo findet sich im ganzen Abendland nicht«, erwiderte er und forderte Galdemar mit einer Handbewegung auf, sich mit ihm in die Taverne zu begeben. Beim Hineingehen warf Bernhard noch einen schnellen Blick zurück auf das Treiben und stellte fest: Die Frau war verschwunden. Alice konnte es wohl doch nicht gewesen sein. Die Frau eben auf der Straße war sicher schon 22 oder 23 Jahre alt, überlegte er, während er über den mit einer Jagdszene geschmückten Mosaikfußboden schritt.

Die beiden Männer ließen sich auf weichen Kissen an der Rückwand der Taverne nieder.

»Schön habt Ihr dies hier ausgesucht«, lobte Bernhard und betrachtete den reich mit kostbaren Holztischchen, Wandteppichen, Deckenkandelabern und Öllampen ausgestatteten Raum.

»Ja, man muss sich Annehmlichkeiten gönnen, bevor wir alle vom ägyptischen Heer abgemurkst werden«, antwortete Galdemar Carpenel und machte mit der Hand die Bewegung des Kopfabschlagens.

»So schlimm wird es wohl nicht.«

»Doch, doch, Ihr werdet es sehen, Graf Bernhard. Jerusalem haben wir zwar erobert, aber das Schlimmste kommt noch. Das überleben wir alle nicht. Weswegen es fast sinnlos ist, jetzt noch einen König zu wählen.«

»Womit wir beim Grund unseres Treffens wären. Graf Raimond von Toulouse. Warum habt Ihr Euch ganz am Ende der Pilgerfahrt von ihm getrennt und Euch dem Heer Gottfrieds angeschlossen?«

Noch bevor Galdemar antworten konnte, trat der Wirt heran, verbeugte sich und stellte eine mit einem Relief versehene Silberschale, auf der zwei Gebäckstücke drapiert waren, auf das mit Mosaiken eingelegte Holztischchen.

»Ein gewagtes Motiv«, bemerkte Galdemar und nahm die Schale in die Hand, »ein gänzlich nackter jugendlicher Jäger.«

»Nicht nur die Byzantiner bieten Gewagtes. Ich habe auch etwas anderes Außergewöhnliches für Euch, Ihr werdet es nicht bereuen«, bemerkte der Wirt und deutete mit dem Kopf auf die beiden Gebäckstücke.

»Das ist nicht nur eine süße Köstlichkeit des Orients, sondern darin ist ein Pulver eingebacken, das wirkt feiner, herrlicher als Wein. Verzeiht, aber ich komme aus Grave, wo es seit der Römerzeit den besten Bordeauxwein gibt. Ich hatte dort zusammen mit meinem Bruder ein kleines Weingut. Wenn Ihr unseren Wein trinkt, so wird es Euch warm im Körper und wohl in der Seele. Dies aber, meine Herren, ist weitaus genussreicher. Es wird Euch so ergehen, unser Herr Jesus Christus möge mir verzeihen«, er bekreuzigte sich, »wie es war, als unser Herr Jesus Christus auf einem hohen Berg verklärt wurde, seine Kleider so weiß wurden, wie kein Bleicher sie machen kann, Mose und Elia zu ihm traten und Jesus in einer Wolke verhüllt wurde.«

»Das Verzeihen hast du auch nötig«, erwiderte Bernhard scharf. »Unser Herr Jesus Christus hat uns erlaubt, Wein zu trinken, aber nicht dieses Rauschmittel. Teufelszeug.« Er fasste sich und forderte in ruhigem Ton, ihm einen Becher Karmelwein zu bringen, auch wenn der bei Weitem nicht so gut sei wie der Bordeaux.

Wie konnte der Wirt ihn nur daran erinnern, die Nacht, als Alice ihn am Strand des Marmarameeres bat, Schlafmohn für ihren zum Krüppel geschlagenen Vater zu besorgen, wohlgemerkt unter Lebensgefahr. Und dann dieses grauenhafte Bild, der in eine Decke eingeschlagene Leichnam des Vaters auf dem Wagen, die weinende Alice. Und wenn er auch zynisch und gemein zu der Trauernden gewesen war, so hatte er doch nichts verraten, würde niemals beichten, dass ihr Vater sich mit dem Gift selbst getötet hatte.

»Für mich lieber auch einen Wein«, hörte er Galdemar Carpenel sagen.

»Natürlich.« Der Wirt verbeugte sich wieder, entfernte die Silberschale und brachte stattdessen Bergkristallgläser.

»Karmelwein, gemischt mit Zucker und Zimt, in fatimidischen Gläsern«, versuchte er, den unangenehmen Eindruck zu verwischen.

»Womit wir wieder bei den Ägyptern und Graf Raimond wären«, sagte Galdemar und nahm den Kelch in die Hand.

»Also, warum ich ihn verlassen habe. Letztlich ausschlaggebend war, dass Graf Raimond, kurz bevor wir Jerusalem erreicht hatten, nach Ägypten abschwenken und erst einmal das ägyptische Heer besiegen wollte. Welch Wahnsinn! Nach drei Jahren Pilgerfahrt, nach all den Strapazen, Toten, nicht nach Jerusalem zu ziehen. Das hätten unsere Männer nie mitgemacht. Und mit einem widerständigen Heer eine Riesenmacht zu besiegen, vollkommen hoffnungslos. Und dazu noch der Sommer. Mit Frauen und Kindern durch die Wüste.

Graf Raimond trifft die falschen militärischen Entscheidungen. Sein Ehrgeiz zerfrisst ihn. Das fing schon in Konstantinopel an. Weil er unbedingt von Kaiser Alexios zum obersten Heerführer ernannt werden wollte, wäre er fast zu spät zur Schlacht von Nikäa gekommen. Und schon das wäre unser Ende gewesen. Beim Sieg über den mächtigen, gefürchteten Kerbogha lag er krank im Bett. Die Belagerung und das Massaker von Maarat an Numan waren vollkommen unnütz, so viele von uns sind hungers gestorben, sogar der Bischof von Oranien, den wir jetzt dringend benötigt hätten. Ja, es ist doch so. Es gibt keinen Geistlichen mehr, der als Patriarch von Jerusalem infrage käme.«

Bernhard trank einen Schluck Wein, das schmerzhafte Ziehen am linken oberen Backenzahn beunruhigte ihn mehr als Graf Raimonds militärische Misserfolge. Wie lange würde der Zahnwurm noch stillhalten und nicht zur dauernden Qual werden?

»Und dann die Belagerung von Aqua. Das konnte jedes Kind sehen, dass die Festung uneinnehmbar war. Blutgeld haben wir bezahlt. Ich selbst bin schwer verwundet worden.«

Bernhard betrachtete sein Gegenüber genauer, konnte aber nur eine tiefe Narbe auf der Augenbraue und Stirn ausmachen.

»Man sieht es nicht. Aber ich habe ein Steingeschoss gegen die Brust bekommen. Habe seitdem Atembeschwerden. In dieser glühenden Hitze kann ich kaum Luft holen. Graf Raimond opfert sinnlos seine Leute. Zuletzt bei der Eroberung Jerusalems. Baut seinen Turm in Sichtweite der ägyptischen Garnison so auf, dass die Zeit haben, ihre Verteidigungsmaschinen aufzustellen. War klar, dass sein Turm in Flammen aufgehen würde. Und jetzt verschanzt er sich wie der Eroberer von Jerusalem in der Davidsburg. Seine Leute haben genug von seiner Ruhmsucht und seinen Niederlagen. Sie haben ihr Gelübde erfüllt und wollen nach Hause, nach Frankreich, sofern wir nicht vorher von den Ägyptern geschlagen werden. Na ja, das hatten wir ja schon. Graf Raimond aber will im Heiligen Land bleiben, will König werden.« Galdemar schwieg vielsagend.

Bernhard schwieg auch und sah sich nach dem Wirt um.

»Ihr habt also nichts Erfreulicheres zu berichten?«

»Fragt einen anderen«, antwortete Galdemar mürrisch. Dann nahm er sich zusammen.

»Entschuldigt, Graf Bernhard. Ich wollte nicht unhöflich zu Euch sein. Es überkam mich nur. Wisst Ihr, als gesunder Mann bin ich in Frankreich aufgebrochen. Natürlich kann ich das nicht allein Graf Raimond anlasten, aber eine bessere Auskunft kann ich Euch nicht geben.«

Bernhard seufzte innerlich. Es blieb ihm wohl nichts anderes übrig, als Martin zu sprechen, den Graf Raimond sicher als Gewährsmann für seinen Anspruch auf das Königtum ausgewählt hatte. Also auf zur Davidsburg, überlegte er, stand auf und schnallte sich sein Schwert um. Auch Galdemar erhob sich, mühsam atmend.

»Graf Raimond wird es wohl dennoch werden«, sagte er und fasste sich an die Brust.

Bernhard blickte ihn an.

»Er ist der reichste, der älteste Heerführer und vor allem Bischof Adhémar hätte, wenn er noch lebte, es gewollt, dass dieser mächtige Mann die weltliche Macht in Jerusalem erhält«, fuhr Galdemar fort, während sie den dunklen, engen Raum verließen, vorbei an dem Wirt, der sein dienerndes Gehabe ganz abgelegt hatte und groß und kräftig seine Muskeln zeigte. Allerdings fehlten ihm an der linken Hand der Daumen und der Zeigefinger, was Bernhard im Vorbeigehen flüchtig auffiel.

Die beiden Männer traten aus der dunklen Taverne hinaus in die gleißende Mittagssonne. So erwarteten sie es jedenfalls. Doch über Jerusalem lag schwarzer, süßlich stinkender Rauch.

»Endlich«, sagte Bernhard, »sie verbrennen die Toten.«

Galdemar fasste sich wieder an die Brust und hustete.

»Ich glaube, ich halte das nicht aus und reite an den See Genezareth, bis wir gegen das ägyptische Heer kämpfen müssen. Verzeiht«, sagte er, drehte sich hustend um und verschwand zwischen den Säulen wie vorhin die blonde Frau.

Sie verbrennen die Toten. Bernhard wiederholte in Gedanken diesen Satz. Es war, als würde sich die Angst in sein Gehirn hineinfressen. Die Toten, sie verbrennen SIE! Sie verbrennen Alice!

Unmöglich, widersprach er sich, während er die Via Dolorosa Richtung Davidsburg entlanglief. Alice ist fort. Und wenn nicht? Nein, eine Christin wird nicht verbrannt. Alice ist blond, niemand könnte sie für eine Ungläubige halten. Und doch, es waren Tausende, auch von ihren eigenen Leuten. Die vielen Männer und Frauen, die bei der Eroberung von Jerusalem ums Leben gekommen waren. Die konnte man unmöglich alle begraben. Da wurde nicht so genau hingesehen. Da fiel eine einzelne Frau gar nicht auf.

Alice!, schrie es in ihm.

Nüchtern stellte Bernhard fest: Nirgends mehr Leichen auf der Straße, nur noch dort, wo sie in Haufen übereinandergeworfen waren. Das Steinpflaster hatte sich vom Blut verfärbt. Aus einigen Häusern jedoch wurden noch stinkende Tote hinausgetragen. Menschen, die sich in Todesangst in geheime Winkel, Keller, unterirdische Gänge geflüchtet hatten und deren verwesende Leichname endlich aufgespürt waren.

Bernhard wurde übel. Dennoch trieb es ihn genau dahin, wo die Leichen vor den Toren der Stadt aufgetürmt lagen. Da, nur noch durch das Jaffator. Vor ihm dieses sonnenverseuchte Geröll, voller vergifteter Quellen. In dieser baumlosen Steinwüste ihr Lager, über ihnen die gewaltigen Festungsmauern von Jerusalem. Aber das war vorbei. Nur noch flüchtige Erinnerung. Denn inmitten dieser staubigen Öde – Pferde, Kamele, bepackt mit Holz, die, kaum entladen, davongetrieben wurden, damit sie nicht von den spritzenden Funken oder niederbrechenden Balken verletzt wurden. Denn hoch loderten die Scheiterhaufen. Männer, Kriegsgefangene und Arme, schwitzten sich ab, die Gesichter rußig, dunkel, grimmig.

Es zischte, wenn Leichen, auf Karren herbeigeschafft, mit Mistgabeln in die Glut gehievt wurden. Bernhard starrte auf diesen Schreckensort. Tote, nur noch Rumpf, Tote mit gespaltenem Schädel, die Glieder verrenkt, Schädel, Mund und Augen weit aufgerissen. Bernhard sah es, obwohl die Männer vor den Scheiterhaufen in unglaublicher Schnelligkeit keuchend ihre Arbeit verrichteten.

So sieht das Fegefeuer aus, wir werden hineingekippt, nur dass wir nicht verbrennen. Das ist die Hölle. Doch dieser Gedanke beruhigte Bernhard fast. Noch viel schrecklicher schrie es in seinem Inneren: Alice!

Wenn sie dabei war? Eben wurden Frauenleichen von einem Wagen gekippt. Frauen in bunten, kostbaren Gewändern, vornehme Frauen.

Alice war keine vornehme Frau. Und sie trug auch kein kostbares Gewand. Schon gar nicht am Tag der Eroberung Jerusalems. Wie lange war das jetzt her? Fünf Tage! Gott, fünf Tage! Was hatte sie überhaupt angehabt, als er sie das letzte Mal auf der Treppe zur Klagemauer gesehen hatte? Was dachte er da?

Jetzt erst fühlte Bernhard sich aus bösen, zornigen Augen beobachtet. Was wollte dieser vornehm gekleidete Adelige inmitten dieses grauenhaften Geschäftes? Was stand der so dämlich herum und glotzte?

Es war Bernhard mit einem Mal unsäglich unangenehm und peinlich, besonders vor den Wachhabenden, von denen er einen Mann aus Gottfrieds Heer erkannte. Mit schnellen Schritten entfernte er sich, am liebsten wäre er gelaufen. Nur noch weg hier. Nur noch zurück in seinen Palast. Niemanden sehen. Hastig drängte er sich durch die engen Gassen. In den Eingängen von dunklen, niedrigen Läden hingen die Kadaver von Lämmern. Bernhard lief an der Grabeskirche vorbei, ohne einen Blick auf das Heiligtum zu werfen. Nur weiter Richtung Klagemauer. Da, endlich – sein Palast. Er hastete in die große, dunkle Vorhalle. Aus der Küche hörte er Gezänk. Kaspar schimpfte mit einer Magd.

»Du Metze, du hast das Ei absichtlich fallen lassen.«

Die andere weinte: »Nein, nein. Es ist mir aus der Hand gefallen.«

»Du lügst.«

Bernhard lief die Treppe zu seiner Schlafkammer hinauf, schlug die Tür hinter sich zu und warf sich auf sein Bett. So ging es mit ihm nicht weiter. Er musste Alice ein für alle Mal vergessen. Schluss damit. Mit diesen quälenden Gedanken, mit dieser Selbsterniedrigung musste es ein Ende haben, dachte er fiebernd.

Wie wäre es, jetzt das Gebäck des Wirtes? Jedenfalls für einen Augenblick den Schmerz loswerden, eine süße, gaukelnde Welt. Er bräuchte nur Kaspar zu rufen, ihm das Gift aus der Taverne zu besorgen.

Nein, dachte er entschlossen und setzte sich auf. Ein heißes Bad. Wie immer gegen seinen Schmerz ein heißes Bad.

～❧～

Was wollte der fremde Graf von ihm, der ihn aus wachen, klugen, bernsteinfarbenen Augen zu prüfen schien? Bernhard fühlte sich unwohl, belästigt unter diesem lauernden Blick. Er überlegte fieberhaft, na endlich, Graf Guidi, einer der einflussreichsten Männer der Toskana.

Schon während der Prozession durch die Gassen Jerusalems hatte sich Bernhard unaufhörlich beobachtet gefühlt. Ganz eng zwängte sich Graf Guidi hinter Bernhard durch das runde Eingangsportal zur Grabeskirche, ging dicht neben ihm, als der feierliche Prozessionszug sich langsam am Golgathafelsen vorbei in die Rotunde der Grabkammer begab. Die Geistlichen, Fürsten und Ritter drängten in den von gedrungenen Säulen umgebenen Raum. Bernhard suchte mit seinem Blick die Steinbrocken, die von dem Felsengrab Jesu Christi übrig geblieben waren. Wut stieg in ihm auf, dass Kalif al Hakim das Felsengrab Jesu Christi hatte zerstören lassen. Zwar, sie hatten es zurückerobert … Jedoch für solche Betrachtungen blieb kein Raum. Graf Guidi stellte sich so dicht neben ihn, dass er ihn anstieß. Unangenehm war das, aber in dem Gedränge kaum zu ändern. Bernhard wandte seine Aufmerksamkeit der heiligen Handlung zu. Hymnen wurden laut gesungen, die feierliche Prozession erreichte ihren Höhepunkt, die Reliquie, der Splitter des Kreuzes, wurde in die Grabplatte eingelassen. Da begann das Weinen. Bernhard hörte Herzog Gottfrieds lautes Aufschluchzen. Als Beschützer des Heiligen Grabes, wie er sich nach seiner Wahl zum Oberhaupt von Jerusalem nannte, musste er vorbildliche Ergriffenheit zeigen. Vor Bernhard, neben ihm liefen den Männern die Tränen nur so über die Wangen. Aus scharfen Augen fühlte sich Bernhard beobachtet. Weinen, er konnte es, hatte es oftmals geübt. Es war ihm von Kindheit an bewusst gewesen, ein Mann muss weinen können, um Frömmigkeit, Ergriffenheit, Reue zu zeigen, um Verzeihung zu erwirken. Nur jetzt, unter dem prüfenden Blick des Grafen Guidi, versiegten ihm die Tränen.

Nimm dich zusammen, dachte Bernhard. Was immer dieser Graf von dir will, es ist wichtig, dass du weinst. Zu Bernhards Erleichterung – mit einem Mal flossen die Tränen. Jesus am Kreuz. Verlassen von seinen Jüngern. Verlassen von Gott. Er selbst – verlassen von Alice. Es hämmerte in seinem Hirn. Sie hatte am Tage der Eroberung Jerusalems auf der Treppe zur Klagemauer gestanden, sie hatte mitangesehen, wie er eine muslimische Frau mit dem Schwert erschlug. Wie konnte es nur so weit kommen, dass er gegen seine Ehre als Ritter verstieß. Noch schlimmer, Alice wusste es. Danach war sie verschwunden, mit einem fremden Kind. Dem Kind der von ihm getöteten Frau?

Die Tränen rannen ihm über das Gesicht.

Er schluchzte und weinte noch, als sich die Prozession auflöste, die hohe Geistlichkeit, die Heerführer das Gotteshaus verließen.

Graf Guidi stand abwartend dabei. Erst als Bernhard sich die Tränen mit einem sauberen Tuch abgewischt hatte, wandte sich der Graf an ihn:

»Graf Guidi aus der Toskana. Wir haben zwar beide am Kreuzzug teilgenommen, uns allerdings einander noch nie vorgestellt«, sagte er freundlich lächelnd.

»Graf Bernhard von Baerheim aus dem Passauer Land«, entgegnete Bernhard und sah den Grafen forschend an. Dieser räusperte sich:

»Wäret Ihr so entgegenkommend, mir Eure Zeit zu widmen?«

Bernhard erwiderte mit einem Kopfnicken: »Wie es Euch beliebt.«

»Ich habe mit Euch eine wichtige Angelegenheit zu besprechen. Doch nicht hier und auch nicht in den engen Mauern Jerusalems.«

»Auf dem Ölberg ist es gegen Abend angenehm«, schlug Bernhard vor.

Schweigend gingen die beiden Männer durch die engen, noch immer überfüllten Gassen. Bernhard, beunruhigt über das Kommende, richtete seine Aufmerksamkeit auf seine Umgebung, das glattgewetzte Kopfsteinpflaster, die zahlreichen Steinbögen, die die Via Dolorosa überspannten, den Hadriansbogen bei der Antoniafestung. Er schaute hinüber zum Tempelberg, wo der Felsendom alle anderen Gebäude weit überstrahlte.

Bernhard, dem das Gedränge in der engen Gasse wie auch das bedeutungsvolle Schweigen seines Begleiters lästig wurden, atmete unhörbar auf, als sie endlich das kolossale Stephanstor durchquerten und ins Freie traten. Sein Blick schweifte über das tiefe Kidrontal zu den Gräbern der Propheten, zum Ölberg, der von der gleißenden Augustsonne beschienen war. Auch dem Grafen Guidi wurde das Schweigen unangenehm, denn er sagte:

»Hier wurde Stephanus gesteinigt, unser erster Märtyrer. Auch wir haben Blutgeld bezahlt in den letzten Jahren. Doch wie ich sehe, seid Ihr einer der wenigen unverwundeten Helden.«

Bernhard empfand dieses Reden als aufdringlich. Was ging es den Grafen an, ob er verwundet war oder nicht. Und er antwortete mit einem kurzen: »So ist es.«

Durch eine enge Pforte betraten sie den Garten Gethsemane. Graf Guidi überhörte Bernhards knappe Bemerkung, deutete mit der Hand auf die knorrigen, verkrümmten Ölbäume, bekreuzigte sich dann und sagte:

»Sie sind über 1.000 Jahre alt. Schon unser Herr Jesus Christus hat hier geweint und gebetet.«

Zu Bernhards Erstaunen warf sich der Graf auf den Boden und küsste die Steine, die den Garten über und über bedeckten. Bernhard mochte es ihm nicht gleichtun, sondern bekreu-

zigte sich lediglich. Die Zikaden lärmten, über das Geröll huschten Eidechsen und verschwanden zwischen Steinbrocken, hinter
denen Skorpione lauerten. Auf einem Felsbrocken lagen Vipern
übereinander und sonnten sich.

»Verzeiht, dass ich es anspreche. Euer Vater ist durch einen
Schlangenbiss kurz vor Jerusalem ums Leben gekommen?«

»Ich war nicht dabei, ich war zu dem Zeitpunkt noch bei Balduin von Boulogne in Edessa und bin erst später wieder zum
Kreuzfahrerheer gestoßen. Da war mein Vater bereits tot.«

Der Graf nickte: »Ich habe die Schlangennacht vor Sidon erlebt.
Der Tod Eures Vaters hat Euch sicher in große Trauer gestürzt.«

»Natürlich. Sein Tod bringt auch Schwierigkeiten mit sich,
da er fern vom diutschen landt erfolgt ist und ich so schnell wie
möglich zurückmuss, um meine Grafschaft als Lehen von Kaiser Heinrich zu erhalten.«

Bernhard beobachtete Graf Guidi aus den Augenwinkeln, die
Antwort schien ihn zufriedenzustellen.

»Aber schweigen wir, es ist ein heiliger Ort – wie jeder hier
in Jerusalem.«

Sie verließen den Garten und stiegen langsam den Ölberg hinauf.

»Ich habe eine schöne Tochter«, begann Graf Guidi, blieb stehen und sah Bernhard an.

»Salome.«

Er machte vielsagend eine Pause. Auch Bernhard äußerte sich
nicht dazu.

Das war es also, eine Heirat. Dieses ständige Beobachtetwer-
den während der Prozession hatte nur den Zweck, zu entscheiden, ob Bernhard als Schwiegersohn geeignet sei. Anscheinend
hatte er die Prüfung bestanden. Nun, er wollte den Grafen zap-
peln lassen. Sollte der sich abmühen, die Vorzüge einer Ehe mit
seiner Tochter anzupreisen. Reich war sie gewiss.

Salome, welch ein ungewöhnlicher Name. Ganz wohl war
Bernhard nicht dabei.

Im Weitergehen fuhr Graf Guidi fort, bedächtig jedes Wort wählend:

»Meine Gattin und ich haben unsere Tochter nach jener Salome benannt, die am Ostermorgen zum Grabe Jesu Christi geeilt ist, um den Herrn mit wohlriechenden Ölen zu salben, und die als Erste das Grab leer fand. Unsere Tochter, sie ist außerordentlich schön, geradezu eine Perle unter den Jungfrauen, ist ebenfalls sehr fromm.«

Bernhard krauste unwillig die Stirn.

Warum ausgerechnet ich?, fragte er sich. Da wäre ein reicher Adeliger aus der Toskana wirklich geeigneter. Laut bedachte er das Gehörte mit einem unfreundlichen:

»Hm.«

Ungeachtet seines missmutigen Begleiters fuhr Graf Guidi fort:

»Sie, meine Tochter, war es auch, die mich inständig bat, das Kreuz zu nehmen und nach Jerusalem zu pilgern. Dieser Dienst an unserem Herrn Jesus Christus würde zu unserer aller Heiligkeit beitragen.«

Warum hat sie sich nicht selbst dem Kreuzzug angeschlossen?, dachte Bernhard für sich. Wie so viele Frauen, wie Alice. Stattdessen sagte er in zweifelndem Ton:

»Ihr hört auf Eure Tochter? Das ist ziemlich ungewöhnlich und sollte eher umgekehrt sein. Die Tochter hat dem Vater zu gehorchen.«

Graf Guidi räusperte sich.

»So ist es auch wieder nicht. Natürlich ist Salome eine gehorsame Tochter und folgt meinem Befehl, ja, ist mit kindlicher Liebe auf mein Wohl bedacht und liest mir jeden Wunsch von den Lippen ab«, entgegnete er, nicht ganz der Wahrheit entsprechend. Auch Bernhard wusste, dass Graf Guidi seine Tochter, wie beim Adel üblich, nur äußerst selten und dann nur zu festlichen Anlässen um sich duldete.

»Vor meinem Aufbruch nach Jerusalem habe ich Papst Urban in Rom aufgesucht, um mit ihm meine Teilnahme am Kreuzzug zu besprechen. Wie Ihr wisst, kommen die meisten Pilger aus Frankreich oder sind Bohemunds Normannen aus Süditalien. Der Adel der Toskana ist kaum vertreten, was Papst Urban äußerst bedauert. Er hat sich mir gegenüber erkenntlich gezeigt und hat die Adoption meines Sohnes Guido vermittelt. Ja, Ihr hört recht: Die berühmte, mächtige Markgräfin Mathilde von Canossa hat meinen Sohn Guido adoptiert.«

Er machte eine Pause.

Ach, das ist es, dachte Bernhard. Die Markgräfin ist schon ziemlich alt. Ihr seid auf die Erbschaft aus, darum die Adoption.

Schweigend gingen die beiden Männer den steinigen Berg hinauf.

Das Zirpen der Zikaden war überlaut. Die knorrigen Olivenbäume glänzten silbern im Licht. Bernhard hörte das Knirschen seiner Schritte. Es war ihm angenehm, ohne Kettenhemd zu gehen. Warm fühlte er die Sonnenstrahlen auf seinen Schultern.

»Ihr wolltet von Eurer Tochter sprechen«, ermunterte Bernhard, seinerseits neugierig geworden, den Grafen Guidi, den Gesprächsfaden wieder aufzunehmen.

»Ich sagte bereits, Salome ist fromm. Von frühester Kindheit an begehrte sie nichts so sehr, als den Schleier zu nehmen. Sie ist meine einzige Tochter, ich konnte mich deshalb nicht entschließen, sie in ein Kloster zu geben. So nahm ich ihr das Versprechen ab, nicht eher die ewigen Gelübde abzulegen, bevor ich nicht vom Kreuzzug zurückgekehrt bin.«

»Dann wird ihr sehnlichster Wunsch bald in Erfüllung gehen, sofern wir den Angriff der Ägypter überleben.«

»Vielleicht nicht so ganz. Denn dies ist nur die eine Hälfte des Versprechens. Die andere aber lautet, dass sie in eine Heirat einwilligt, sofern ich einen ihrer würdigen Bräutigam finde.«

Es war still zwischen den Männern geworden. Bernhard fühlte sich angespannt, bedrängt. Es war ihm unangenehm, wie Graf Guidi nur darauf wartete, regelrecht lauerte, dass Bernhard sagte:

›Und dieser würdige Ehemann soll ich sein?‹

Aber Bernhard schwieg. Niemals würde er den Vorwurf riskieren, er habe sich dem Grafen aufgedrängt. Sollte der sich abmühen.

Mit einiger Überwindung sagte Graf Guidi endlich:

»Ich dachte dabei an Euch, Graf von Baerheim. Wollt Ihr meine Tochter Salome zur Frau nehmen?«

Es war heraus, die Frage schwebte zwischen den Männern, die stehen blieben, sich umwandten und auf das vor ihnen ausgebreitete Bild blickten: den Felsendom, die Grabeskirche. Sogar der Berg Montjoie, von dem aus sie bei ihrer Ankunft das erste Mal Jerusalems ansichtig wurden, war deutlich zu erkennen. Bernhard kämpfte, die Erinnerung zurückzudrängen, wie er freudig seinen kleinen Sohn hochgehalten hatte:

Schau Hanno, Jerusalem, das Heiligste des Heiligen. Das war erst wenige Wochen her.

Langsam stiegen die beiden Männer den Ölberg weiter hinauf.

»Warum ich?«, fragte Bernhard nach einer Weile. »Wie kommt Ihr auf mich? Wir sprechen nach langer gemeinsamer Pilgerfahrt heute das erste Mal miteinander.«

»Ihr seid ein Held, Graf. Genau genommen sind wir alle Helden, die wir die vielen Kämpfe mitgemacht haben. Aber Ihr habt immer in vorderster Reihe gekämpft. Ihr seid mir zum ersten Mal aufgefallen, als die zehn Ritter ausgesucht wurden, die im Zweikampf gegen die Männer des mächtigen, grausamen Kerbogha hätten kämpfen sollen. Ein Zweikampf, der über den weiteren Verlauf des Kreuzzuges entscheiden sollte. Ein Zweikampf, bei dem es nur einen Überlebenden gegeben hätte.«

»Der aber nicht stattgefunden hat.«

»Nein, wir haben das Heer Kerboghas auch so besiegt. Doch zurück zu meiner Tochter. Ich bin ein zärtlicher Vater, ich kann sie nicht einfach mit einem Mann verheiraten, einem Mann ins Bette legen, den sie verabscheut. Salome ist nicht nur fromm, sie ist auch ein Weib.«

»Sie hat also auch etwas von der anderen Salome, von der Tochter der Herodias, die den Schleiertanz vor den Gästen des Herodes vorführte?«

Graf Guidi lachte. »Nein, da muss ich Euch als Mann enttäuschen. Aber ich verspreche Euch, sie ist schöner als dieses Mädchen, das Ihr all die Jahre bei Euch hattet und das Ihr nun anscheinend fortgeschickt habt.«

Bernhard blieb stehen und sagte scharf: »Ein Wort noch über sie und ich betrachte unser Gespräch für beendet.«

Graf Guidi wurde seinerseits rot vor Zorn. Was bildete sich dieser junge Ritter ein, war ein Habenichts im Vergleich zum mächtigen Geschlecht der Guidi. Bernhard merkte, wie der Graf bebte und kurz davor war, sein Angebot zurückzuziehen.

Einlenkend sagte er: »Es können nicht nur meine äußeren Vorzüge sein, die Euch eine Ehe zwischen Eurer Tochter und mir als wünschenswert erscheinen lassen.«

»Ich gebe es zu. Es sind nicht nur Eure Vorzüge. Ich sagte schon, dass ich mit Papst Urban in enger Verbindung stehe. Auch wenn er sterben sollte, ich habe gehört, er sei sehr krank, diene ich dem Stuhl Petri. Das erhoffe ich mir auch von Euch, wenn Ihr bald ins Reich zurückkehrt. Kämpft gegen den Antichristen an, wo immer Ihr ihm begegnet.«

Ziemlich vage und ziemlich beunruhigend, dachte Bernhard. Dabei ist es Euch, Graf Guidi, doch wohl nur um die Erweiterung Eurer Macht zu tun. Eure außerordentliche Macht in der Toskana ist Euch nicht genug. Euren Sohn habt Ihr von der ältlichen Mathilde von Canossa adoptieren lassen und hofft auf ihre Besitzungen, die weit in den Norden Italiens reichen. Das genügt Euch immer noch nicht. Mit meiner Hilfe wollt Ihr Euren Einfluss noch über die Alpen ausdehnen. Nicht ungeschickt. Nur, hatte er, Bernhard, selbst Lust zu so einer Heirat? Eher nicht. Allerdings, spielte Lust überhaupt eine Rolle in punkto Ehe?

Graf Guidi bemerkte sein Zögern.

»Die Vorteile liegen für Euch auf der Hand, eine überaus reich bemessene Mitgift, ein Vermögen wird meine Tochter in die Ehe bringen, und ebenfalls Eurerseits die Verbindung mit dem, so darf ich sagen, mächtigsten Adelsgeschlecht in der Toskana.«

Er unterließ es bewusst, noch einmal die Schönheit seiner Tochter anzupreisen.

Du musst dich entscheiden. Seit Jahren willst du eine schöne, reiche Frau heiraten. Dass sie adelig ist, versteht sich ohnehin von selbst. Niemals, in keiner noch so zärtlichen, hingebungsvollen, leidenschaftlichen mit Alice unter dem Sternenhimmel verbrachten Stunde bist du von diesem Vorsatz abgewichen. Nun hast du dieses Ziel erreicht. Greif zu!, forderte er sich auf. Bernhard merkte, wie Graf Guidi unruhig, unwillig wurde. Er hatte sich herabgelassen, diesem jungen Mann ein so überaus großmütiges Angebot zu unterbreiten. Jeder Adelige in der Toskana wäre auf Knien gekrochen, um seine Tochter zu heiraten.

In nachdenklichem Ton sagte Bernhard endlich:

»In meinem Haus in Jerusalem lebt Olivier, ein Blinder, er hat sein Augenlicht bei dem missglückten Sturmangriff auf Jerusalem verloren. Vor Kurzem hat er seine Verlobung gelöst, keine Frau will einen Blinden. Uns steht die nächste Schlacht bevor. Es kann sich nur noch um Tage handeln, bis das ägyptische Heer uns erreicht. Ich kann mir nicht vorstellen, dass Eure Tochter, die Schöne, einen Krüppel als Mann wünscht.«

Erleichtert erwiderte Graf Guidi: »Euren Einwand nehme ich als Zusage. Sofern Ihr unverwundet bleibt, gilt Euer Wort und Ihr seid mit meiner Tochter Salome verlobt.«

Bernhard zuckte innerlich zusammen. Salome, welch ein entsetzlicher Name. Niemals hätte er sich eine Frau mit diesem Namen gewünscht. Es gab schließlich nicht nur die fromme am Grabe Jesu Christi, es gab auch die fürchterliche, die sich den Kopf von Johannes dem Täufer auf einem Silbertablett servieren ließ. Was sollte es. Er war sowieso nie davon ausgegangen, dass er eine Frau aus Liebe heiraten würde.

Sie mussten auf ihre Schritte achten. Jäh war es dunkel geworden. Über Geröll und Baumwurzeln stiegen sie den Ölberg hinab. Die Olivenbäume wirkten wie schwarze Gnome, Jerusalem unter ihnen wie ein Fackelmeer.

Bernhard hatte keine Neigung, weiter über die Verlobung zu sprechen. Mit leicht geöffnetem Mund atmete er die kühlere Abendluft ein.

Ein heftiger Schmerz jagte durch seinen Kiefer. Doch anders als bisher ließ er nicht nach.

Himmel, klagte Bernhard. Dies ist nicht der Zahnwurm, es ist der Zahnteufel. Werde ich von diesen Schmerzen geplagt, weil ich mich verlobt habe? Nein, die Schmerzen habe ich schon länger, die haben mit Salome nichts zu tun.

Ohne weiter auf das Schweigen seines Begleiters zu achten, ereiferte sich Graf Guidi über den Verrat, den Herzog Gottfried, vor einigen Tagen zum Herrscher über Jerusalem gewählt, an Graf Raimond geübt hatte, indem er ihm mit List die Davidsburg entlockt hatte.

»Gottfried bringt durch seine Habsucht die Eroberung Jerusalems in Gefahr«, empörte sich Graf Guidi. »Vor lauter Wut über diese Niederträchtigkeit hat Graf Raimond Jerusalem verlassen und ist mit seinem Heer zum See Genezareth gezogen. Wenn er weiterhin verstimmt und beleidigt ist und uns gegen das ägyptische Heer nicht beisteht, sind wir alle verloren.«

Ich bin es schon jetzt, dachte Bernhard. Die Zahnschmerzen waren unerträglich. Wenn bloß dieser Graf Guidi sich verabschieden würde.

Endlich vor der Grabeskirche trennten sich ihre Wege.

Aber zurück in seinen Palast mit den Schmerzen? Der Zahn müsste heute noch raus. Er musste. Doch wer sollte ihn ziehen?

Bernhard irrte durch die Gassen, sah hinauf zu den schmalen Fenstern. Irgendwo in dieser heiligen Stadt hatte sicher bis vor Kurzem noch ein arabischer Arzt gelebt, der ihm kunstvoll den Zahn gezogen hätte. Doch der war nun leider tot. Auch Theresa war tot, Alice' Freundin. Sie hätte das Geschick gehabt, ihn von dem faulen Zahn zu befreien. Also wohin?

Bruder Ambrosius aus Regensburg. Vielleicht der. Bernhard wusste jedenfalls, wo der Mönch sein Quartier aufgeschlagen hatte. Dass der Zähne ziehen konnte, das hatte Bernhard allerdings noch nie gehört.

Bernhard pochte an der Tür, drinnen Gebrummel, was so klang wie: So spät noch?

»Nach der Komplet solltet Ihr keinen Mönch mehr aufsuchen«, wurde Bernhard von Ambrosius zurechtgewiesen, der die Tür einen Spalt öffnete.

»Ach, Graf Bernhard. Das ist etwas anderes. Was führt Euch zu mir?«, fragte er und ließ Bernhard in eine dunkle, enge Kammer.

»Zahnweh.«

»Zahnweh? Für Zähne bin ich nicht zuständig. Die hat Bruder Thomas gezogen. Der ist tot, schon seit dem Durstmarsch durch die Salzwüste.«

»Es ist notwendig. Ihr seid heilkundig, habt Euch nach den Schlachten um die Verwundeten gekümmert.«

»Oh ja. Ich amputiere gar nicht schlecht, meistens die Arme. Es hat sogar Überlebende gegeben.«

Der Mönch begann, in einem Kasten zu wühlen.

»Eine Zange. Wo ist die Zange? Zangen sind kostbar, aus Eisen. Wieso habe ich sie nur verlegt?

Ah, da ist sie.«

Bernhard sah misstrauisch zu dem ziemlich großen Instrument. Damit einen Zahn ziehen?

»Welcher ist es denn?«

»Rechts oben, der zweitletzte Backenzahn, glaube ich.«

»Lasst mal sehen. Licht. Ihr haltet bitte die Kerze. Ich brauche Licht.«

Ambrosius kam mit seinem Gesicht Bernhard so nahe, dass die grobe Nase ihn fast berührte. Er roch nach Wein und Hammelfleisch.

»Wir machen das so: Mit der linken Hand haltet Ihr die Kerze, mit der rechten klammert Ihr Euch am Hocker fest. Die Zange halte ich ein wenig schief. Ich will Euch ja nicht zwei Zähne rausreißen. Also, den Mund weit aufgemacht.«

Bernhard wurde übel, Angstschweiß brach aus. Mit aller Kraft hielt er sich am Hocker fest.

»Die Kerze nicht verwackeln«, wurde er von Ambrosius ermahnt.

»Halt, davor solltet Ihr unbedingt Wein trinken.«

Der Mönch nahm selbst einen Schluck und reichte Bernhard dann den Tonbecher. Der hatte deutlich einen Fettrand, wie Bernhard angewidert feststellte.

»Also nun. Kerze ruhig halten. Ich kann fast gar nichts sehen. Also, da hinten, da steckt der Zahnwurm. Dich kriegen wir.«

Vor Anspannung ließ Ambrosius seine Zungenspitze heraushängen.

Bernhard bereute schon jetzt, den Mönch aufgesucht zu haben.

Ambrosius peilte den Zahn genau an, kniff mit der Zange zu.

»Ein, zwei, drei!«

Es riss Bernhard fast vom Hocker. Mit aller Kraft hielt er sich fest. Es knackte, es krachte im Mund. Ein ohrenbetäubender Lärm. Der Schmerz war grauenhafter als alles, was er je an Schmerzen empfunden hatte. Er brüllte auf.

Siegesgewiss hielt der Mönch den Zahn gegen das Licht.

»Da ist er. Leider abgebrochen.«

Die Nacht vor der Schlacht.

Mit einem Male war das Zahnweh wie fortgeblasen. Bernhard stellte es mit Erstaunen fest. Der Schmerz war weg. Er fühlte seine Wange, die schien etwas geschwollen, aber sonst …

Er hatte in den letzten Tagen in Jerusalem und noch heute auf seinem Ritt nach Askalon ernsthaft überlegt, ob er nicht einem ägyptischen Krieger die Gelegenheit zu einem Gnadenstoß geben sollte. Nicht mehr leben zu wollen, das war Sünde, aber trotzdem.

Nun empfand er es angenehm, die helle, warme Mondnacht

in sich aufzusaugen und hinauf zum Sternenhimmel zu schauen. Die Sterne leuchteten und schienen so nahe, als könnte er sie greifen. Auf sein Zelt mochte er in einer solchen Nacht gerne verzichten. So hatte er sich einen Platz etwas abseits unter freiem Himmel gesucht, Schwert und Messer allerdings griffbereit. Ein Weile lag Bernhard noch wach, beobachtete, den Arm aufgestützt, wie es im Lager immer ruhiger wurde. Die meisten der Männer, die wie er auf den kommenden Tag harrten, nächtigten ebenfalls draußen. Bisweilen erhob sich noch einer und ging an den wenigen Zelten und den Schlafenden vorbei zum Rand des Lagers, um die Notdurft zu verrichten. Frauen waren nicht dabei, auch keine Prostituierten, natürlich nicht, vor einer Schlacht wie dieser, die möglicherweise kaum einer überleben würde. Da wären sie auf Gottes Hilfe angewiesen und dürften ihn nicht erzürnen. Denn nach dem zu urteilen, was die gefangengenommenen ägyptischen Späher berichtet hatten, hatte der Wesir al-Afdal, der höchste Mann in Ägypten nach dem Kalifen, in Windeseile ein gewaltiges Heer in Bewegung gesetzt, das er selbst persönlich befehligte und das weitaus größer war als die wohl gerade einmal 1.200 Ritter und 9.000 Fußsoldaten, die von den zig Tausenden noch übrig geblieben waren, die vor drei Jahren aus ihrer Heimat aufgebrochen waren in das Land, wo, wie man sich ersehnte, Milch und Honig fließt. Bernhard seufzte innerlich. Wie viele Schlachten hatte er auf dieser Pilgerfahrt während der letzten drei Jahre geschlagen, dem Tod so nahe. Doch das war mehr ein Gefühl, als dass er sich einen dieser mörderischen Kämpfe wirklich vorstellte. Seine Gedanken blieben an dem morgigen Tag hängen, ihm fiel ein, es war der Tag des Heiligen Euplus, wahrscheinlich, nein, fast sicher sein Geburtstag, auch wenn er nicht genau wusste, in welchem Jahr er geboren war, 1073 oder 1074? Er würde also morgen 26 oder 27 Jahre alt, das erschien ihm weitaus älter als die 23 oder 24 Jahre bei seinem Aufbruch. Seine Sinne kreisten um diese Zahlen und er schlief allmählich ein.

Bis Bernhard jäh erwachte, aufschreckte, von einem nassen, rauen Lappen, der ihm über das Gesicht schlabberte, unangenehm berührt. Entsetzt richtete er sich auf. Eine Kuh stand mit gesenktem Kopf vor ihm und guckte ihn aus großen Augen an. Bernhard sprang auf, wischte sich mit dem Ärmel die Spucke aus dem Gesicht und gab der Kuh einen Klaps. Die muhte ihn an, bewegte sich aber nicht.

»Dummes Vieh, verzieh dich!«, forderte Bernhard sie auf.

Die Kuh rührte sich nicht vom Fleck und blickte treuherzig.

»Hau ab!«, sagte er in scharfem Ton. Die Kuh schien ihn nicht zu verstehen, stattdessen kam eine zweite näher und auch mehrere Hühner und ein Kamel waren nicht allzu weit.

»Du Viehzeug verstehst wohl nur Arabisch«, schmunzelte Bernhard. Hatte sich doch al-Afdal eine Kriegslist ausgedacht, Kamele, Schafe, Ochsen, Kühe und allerlei Federvieh in die Ebene von Ashdod getrieben, in der festen Gewissheit, die Kreuzfahrer wären so dümmlich, das Vieh erbeuten zu wollen, sich zu zerstreuen und dann mühelos einzeln niedergemetzelt zu werden. Das wäre ein bequemes Abschlachten gewesen, wenn nicht der ehemalige Kommandant von Ramlah, ein äußerst ehrwürdig aussehender muslimischer Fürst, Herzog Gottfried diese List verraten hätte. Herzog Gottfried hatte denn auch strengstens verboten, jetzt schon Beute machen zu wollen. Jedem, der es versuchte, auch nur ein Huhn einzufangen, sollten die Nase und beide Ohren abgeschnitten werden. Der Herzog würde Ernst machen, darauf hatte keiner besondere Lust. Sonderbare Bündnisse wurden geschlossen, wenn es die Kriegslage erforderte, überlegte Bernhard weiter. Und Bündnisse zerbrachen, wie das zwischen Herzog Gottfried und Graf Raimond. Sie waren sich schon lange spinnefeind. Na ja, zum Ruhme Gottes hatte sich Graf Raimond im letzten Augenblick entschlossen, seinen Neid, seine Wut auf Gottfried hintenanzustellen und auf seine Leute zu hören, die den Heeren Gottfrieds, Tankreds und Graf Roberts zu Hilfe kommen und die Eroberung von Jerusalem nicht aufs Spiel setzen wollten. Sozusagen im letzten Augenblick hatte er zusammen mit Herzog Robert sein Heer vom Jordantal nach Jerusalem verlegt und war von dort herbeigeeilt, um an der Schlacht gegen das ägyptische Heer teilzunehmen. Sonst wäre die Schlacht unser aller Ende, dachte Bernhard. So allerdings auch. Besonders schrecklich sollten die Azopart sein, Schwarze aus Äthiopien, Männer mit Eisenkeulen, die kniend ihre Feinde erwarteten und dann, ohne ihr eigenes Leben schonen zu wollen, furchtbare Schreie ausstoßend, durch die Reihen der Ritter sich drängten und mit mächtigen, schweren Hieben Helme und Rüstungen der Ritter zerschmetterten. Diese Männer sollten an Kraft und Größe alle anderen überragen.

Was soll's, dachte Bernhard. Ich muss versuchen, noch ein wenig zu schlafen.

Ihm fiel im Einschlafen ein, dass er nun verlobt war, mit Salome, die in einem Palast in der Toskana in einem sicher himmelweichen Bett schlief. Und Alice? Wo schlief sie? Nicht an sie denken, gebot er sich. Schon gar nicht an den Blick, mit dem sie sich von ihm verabschiedete, wenn er in eine Schlacht zog. Ihn fröstelte und er zog seine Decke über die Schultern.

Gegen Morgen wird es selbst in diesem heißen heiligen Land kühl, dachte er.

Bernhard blinzelte dann noch einmal zu der Kuh hinüber, murmelte:

»Wehe, wenn du mich noch mal ableckst«, was sie anscheinend verstand, denn sie lagerte sich neben Bernhard, als wollte sie auch ein bisschen schlafen. Im Halbschlaf ging es Bernhard fast träumend durch den Sinn: Die letzte Nacht meines Lebens verbringe ich mit einer Kuh.

Vom Klang der Hörner und Trompeten wurde er geweckt. Bernhard stand auf, streckte sich, strich mit der Hand über seinen Bart, er hatte sich seit seinem Aufbruch aus Jerusalem nicht mehr rasiert, und blickte zu den Bergen am Horizont, über denen zart die Morgenröte sich ausbreitete. Auf seinen Lippen schmeckte er das Salz des nahen Meeres. Welch ein Tag! Am liebsten wäre er jetzt schwimmen gegangen. Wie alle anderen begab er sich statt-

dessen zur Messe. Allen Männern und besonders den Fußsoldaten wurde noch einmal vom Patriarchen Arnulf eingeschärft, wer
vor Ende der Schlacht plündere, der werde exkommuniziert. Wie
alle anderen kniete Bernhard zum Segen nieder. Wer im Kampf
falle, der werde noch heute das Himmelreich sehen. Mit dieser
Gewissheit erhoben sie sich, zogen ihre Rüstungen an, setzten
sich die Helme auf, steckten die Fähnlein und Wappen auf ihre
Lanzen, gingen zu den Pferden. Die Kuh trottete neben Bernhard her. Auf sein »Verzieh dich!« hörte sie nicht, wie Bernhard
bereits wusste. Auf einen Klaps reagierte sie auch nicht. Und als
Bernhard aufsaß und sich die Heere in Bewegung setzten, spitzte
sie die Ohren, blickte ihn an und blieb treu an seiner Seite. Jedoch
auch das unermesslich zahlreiche andere Vieh, die Schafböcke,
Ziegen, Kühe, Ochsen, Kamele, diese riesigen Herden, die al-Afdal in der Ebene weiden ließ, liefen mit, begleiteten die Kreuzfahrer, blieben stehen, wenn die Männer anhielten, liefen weiter,
wenn sich die Heere wieder in Bewegung setzten, und warfen riesige Staubwolken auf. Je näher sie sich den feindlichen Ägyptern
näherten, die vor Askalon ihr Lager aufgeschlagen hatten, desto
größer und bedrohlicher wirkte ihr Heer, vervielfacht durch die
Masse der Tiere, die ihnen getreulich folgten. Unermesslich zahl-
reich müsste das christliche Heer den Ägyptern erscheinen, sofern
die nicht noch den Schlaf der Seligen schliefen, was zu hoffen war.
Denn nach dem, was der Kommandant von Ramlah erzählt hatte,
wiegten sie sich in Sicherheit, erwarteten Nachschub aus Ägypten
und rechneten nicht mit einem Angriff der Christen. Man sollte
eben nie auf Wahrsager hören, was der ägyptische Kommandant
anscheinend getan hatte. Der muslimische Fürst aus Ramlah ritt,
als könnte es nicht anders sein, Seite an Seite neben Gottfried und
wollte gegen seine eigenen Leute kämpfen. Ganz schön gewagt,
denn wenn er geschnappt, gefangen genommen würde, erwartete
ihn sicher kein sanfter Tod. Aber es hieß, er wolle sich sogar taufen
lassen. Er vertraute wohl darauf, dass die Christen die neuen Herren in Palästina seien. Das allerdings war keineswegs entschieden.

Askalon konnte nicht mehr weit entfernt sein. Sie verließen die Ebene und zu aller Verwunderung wandten sich die Tiere einer nahe gelegenen Wiese zu. Auch Bernhards Kuh trottete mit den anderen davon, allerdings nicht ohne ihn noch einmal aus ihren großen Augen anzuschauen. Von den Hügeln vor der Stadt blickte Bernhard auf ein weites Tal, in der Ferne die Stadt Askalon, umgeben von einer gewaltigen doppelten Befestigungsmauer, besetzt mit einer großen Zahl von Türmen, davor im Nordosten der Stadt das ägyptische Lager. Unermesslich kostbar sahen die Zelte von der leichten Anhöhe aus. Doch es blieb wenig Zeit zu derlei Betrachtungen. Geschwindigkeit, Überraschung war alles, wenn sie siegen wollten. Denn das Heer dort unten im Lager, Bernhard schätzte es mit geübtem Blick, war ihnen zahlenmäßig weit überlegen.

Rasch teilten sich ihre Heere. Graf Raimond wandte sich nach rechts zum Meer, Herzog Robert von der Normandie, Graf Robert von Flandern und Tankred bildeten die Mitte. Bernhard schwenkte mit Herzog Gottfried nach links, so dass sie das Jerusalemtor, das Haupttor Askalons, im Blick hatten, falls von dort ein Ausfall erfolgen sollte. Bernhard ordnete sich in die Schlachtreihe ein. Wieder einmal kämpfte er in vorderster Linie. Langsam, im Schritttempo, näherte er sich zusammen mit den wenigen Rittern dem feindlichen Lager. Bogenschützen und Fußsoldaten wurden vorangeschickt, um die Ritter zu schützen.

In rasendem Tempo schossen sie Salven von Pfeilen auf die eilig herbeilaufenden feindlichen Krieger. Bernhard sah mit Befriedigung, wie einige noch aus ihren Zelten gerannt kamen, den Helm aufsetzten. Wo blieb die feindliche Reiterei? Hatten sie die Ägypter tatsächlich vollkommen überrascht? Nur nicht zu siegesgewiss sein, nur nicht den Feind unterschätzen. Bernhard merkte, wie das Pferd, auf dem er saß, unruhig war. Leider waren diese unlängst erbeuteten Araber zwar schnell wie der Wind, zum Angriff mit Pfeil und Bogen, zur Flucht geeignet, aber nicht dazu, unbeirrt dicht an dicht in Reihen anzugreifen.

Die eigenen Hörner und Trompeten erschallten, auf dieses Zeichen gaben die Bogenschützen mit einer einzigen Bewegung die Bahn für die Ritter frei. Bernhard zwang dem Pferd seinen Willen auf. Im Galopp, die Lanze eingelegt, raste er wie alle anderen Ritter mit seinem furchterregendsten Schlachtruf »Deus vult!« auf das ägyptische Lager zu und in die feindlichen Fußsoldaten hinein. Wie er befürchtet hatte, tauchten die Azopart auf, furchtlos, unter grausamem Kampfruf stürmten sie auf die Ritter zu, versuchten, deren Reihen mit ihren gewaltigen langen Kriegshämmern aufzubrechen. Wen sie mit ihren am Streithammer befestigten Haken vom Pferd herunterziehen konnten, der wurde von ihren Schlägen zermalmt. Neben Bernhard wurde ein Pferd getroffen, der Ritter fiel zu Boden und mit einem einzigen Schlag zertrümmerte der Azopart das Kettenhemd. Bernhard griff den Mann an, der sich blitzschnell umwandte und seinen Kriegshammer nach ihm schleuderte. Bernhard riss sein Pferd herum, stieß mit der Lanze nach dem Mann, durchbohrte ihn, hieb einem weiteren Angreifer den Kopf ab, so dass nur noch die blaue Trinkflasche an seinem Rumpf baumelte, während der Fremde nach vorne kippte. Von hinten stürmte ein massiger Azopart auf ihn zu, mit unbändiger Wucht stieß er seinen Streithammer nach ihm. Bernhard wich aus, erfasste schneller, als er ihn sah, den Haken, stieß den schweren Mann zurück und tötete ihn mit dem Schwert. Kein Innehalten. Wen Bernhard zu fassen bekam, den stieß er mit der Lanze nieder, zerschmetterte ihn mit dem Schwert, tötete ihn. Einen Augenblick richtete sich Bernhard hoch in seinem Steigbügel auf. Was geschah da? Hatten die Ritter Tankreds und der beiden Roberts die allzu Siegesgewissen überrascht und waren ins ägyptische Lager eingedrungen? Verbreiteten sie Entsetzen? Panik schien dort auszubrechen. Einige der ägyptischen Soldaten versuchten zu fliehen, wurden verfolgt, andere wehrten sich verzweifelt. Leichtsinn, dachte Bernhard, auf Masse zu setzen und nicht mit unserer Entschlossenheit zu rechnen. Mit ganzer Kraft hieb Bernhard auf den Helm eines feindlichen Kriegers ein, der zersprang, der Kopf war gespalten, so dass das Blut herausspritzte.

Der Widerstand erlahmte. Doch nicht ganz. Denn jetzt hatten sich die ägyptischen Reiter kampfbereit gemacht. Bernhard sah, wie sie unter dem Gedröhn ihrer Hufe aus dem Lager heraus in Richtung des Jerusalemer Tores ritten, jedoch nicht, um zu fliehen, sondern um das christliche Heer zu umrunden und von der Flanke her anzugreifen. Auch Herzog Gottfried hatte die Veränderung bemerkt, mit lautem Kampfschrei jagte er mit seinen Rittern auf die ägyptischen Reiter zu. Die schossen Pfeile im Galopp auf Ritter und Pferde, die neben Bernhard zusammenbrachen. Er spürte, wie sein Pferd zurückschreckte, sprach beruhigend auf das Tier ein, bändigte es mit den Schenkeln und galoppierte, den Schild in der Linken vor sich haltend und mit eingelegter Lanze, auf die ägyptischen Reiter zu. Das Pferd fühlte offenbar, dass ein Ausweichen unmöglich war, denn es gehorchte und raste trotz des Pfeilhagels in die feindlichen Reihen hinein. Erbittert wehrten sich die ägyptischen Reiter, kostbar ausgestattet waren sie, kampferprobt, doch einer so furchtlosen feindlichen Macht waren sie noch nicht begegnet. Herzog Gottfried kämpfte, seine Ritter kämpften, Bernhard kämpfte mit unnachgiebiger Entschlossenheit. Er stieß einen Mann vom Pferd, dem am Boden Liegenden durchschlug er die Kehle, wich geschickt einem Angriff von hinten aus, wurde ein ums andere Mal angegriffen. Dann – vom Lager her ertönte lautes Siegesgeschrei. Lautes Siegesgeschrei der Ihren. Ein Aufschrei des Entsetzens in einer fremden Sprache.

»Al-Afdal ist geflohen!«, verstand er in all dem Gebrüll und Geschrei.

Wie als wären ihre Hände gelähmt, brach der Widerstand der Feinde zusammen. Panik erfasste die ägyptischen Reiter. Flucht. In wildem Galopp rasten sie auf das Jerusalemtor zu. Bernhard wie Herzog Gottfried, wie alle anderen Ritter im Galopp ihnen nach. Doch dies nur auf einer kurzen Strecke. Denn Zigtausende hasteten, rannten, ritten auf die kläglichen Stadttore zu, die von der

Landseite ihnen Schutz und Leben bieten könnten. Doch Sicherheit boten sie nicht. Askalon lag vor den Fliehenden mit seinen Türmen wie ein drohendes Untier. Schon längst hatte, wie Bernhard überlegte, der Kommandant sich in die bergenden Mauern gerettet, die Masse aber fand durch die engen Tore keinen Einlass. Zu Tausenden drängten sie auf die Tore zu, wurden verwundet, getötet von ihren Verfolgern, die unablässig einen nach dem anderen niedermachten. Dort aber vor den Toren trampelten sie sich gegenseitig tot. Hoffnungslos war es für die, denen die Flucht bis an die Tore geglückt war, in die sie bergende Stadt hineinzukommen. Ein Verzweiflungsschreien erfüllte das liebliche Tal vor Askalon. Wer nicht von den eigenen Männern zerdrückt werden wollte, wagte die Flucht in die Wiesen vor der Stadtmauer – und wurde im Lauf verfolgt und wie Wild zur Strecke gebracht. Bernhard sah zu den Stadttürmen hinauf, zu der Mauer, dicht gedrängt beobachtete dort die ägyptische Garnison, wie ihre eigenen Leute niedergemetzelt wurden. Helfen konnten sie nicht.

Nun seid ihr ohnmächtig, lachte Bernhard hämisch. Sechs Wochen lang habt ihr Ägypter uns gequält, überfallen, als wir ohne Wasser vor Jerusalem lagen, sechs Wochen habt ihr uns massakriert auf unserer Suche nach Wasser. Hanno! Vater im Himmel! Hanno! Warum musste er sogar jetzt an den Jungen denken, wie ihm von den Männern der Elitetruppe der Kopf abgeschlagen wurde. Hanno!, schrie es in seinem Inneren. Jetzt seid ihr dran!

Bernhard wie alle anderen Männer Gottfrieds, wie die Männer aus den Heeren Tankreds, der beiden Roberts schlossen die hilflos um Einlass kämpfenden Ägypter ein, töteten sie, als seien sie Schafe. Diejenigen, denen ein Entkommen aus dem Gemetzel gelang, flüchteten sich auf die Palmen und Obstbäume – und wurden von den Bogenschützen wie Vögel ohne Flügel abgeschossen. Es war erst Mittag, als vor den Toren und in dem engen Tal vor Askalon die Leichen übereinanderlagen. Zur Wehr setzte sich niemand mehr. Nur das Röcheln, das Rufen und Schreien verwundeter Männer drang abstoßend und düster zu den Siegern.

Die dachten ans Plündern. Zurück zum ägyptischen Lager. Unendliche Schätze sollte es bergen. Auf dem Weg dahin kam Graf Guidi herangeritten.

»Wir haben sie!«, rief er von Weitem Bernhard zu.

»Wen, was?«

»Die Standarte des ägyptischen Kommandanten. Einer von Herzog Roberts Männern hat sie erkämpft. Sie soll in die Grabeskirche gebracht werden. Nach dem Verlust seiner Standarte ist al-Afdal nach Askalon geflohen.«

Feigling, dachte Bernhard abschätzig. Wie der ägyptische Kommandant von Jerusalem. Lässt seine eigenen Leute verrecken, um sein Leben zu retten.

»Wollt Ihr auch plündern? Im Lager von al-Afdal scheint ja der Teufel los zu sein.«

»Ich denke, nicht«, antwortete Bernhard. Als hätte er es nötig, sich von den Schätzen der Ägypter etwas zu erbeuten, sich zu zanken, zu streiten. Diesen Eindruck wollte er dem reichen Grafen Guidi nicht vermitteln.

»Ich auch nicht. Ich werde unverzüglich nach Jerusalem reiten und meiner Tochter schreiben.«

»Nun, denn«, antwortete Bernhard. »Bis bald in Jerusalem.«

Er grüßte, wendete sein Pferd, umrundete Askalon und ritt zum Strand.

Schwimmen, wünschte er. Endlich schwimmen. Das ganze Blut abwaschen.

Doch Bernhard schreckte zurück. Er hatte den nördlichen Abschnitt erreicht, den Graf Raimond angegriffen hatte. Offenbar hatte der Graf mit seinem Heer die Ägypter ins Meer getrieben. Leichen über Leichen schwappten im Wasser, wurden von den Wellen ans Land getrieben, lagen mit glasigen, glotzenden Augen aufgedunsen im Sand.

Widerwärtig, dachte Bernhard. Dass Krieg so ekelhaft sein musste.

Ohne noch weiter auf das Meer zu schauen, ritt er in die Ebene von Aschdod zum Lager, holte sein weniges Gepäck und eilte nach Jerusalem. Auf dem Ritt über den staubigen Weg in der gleißenden, glühenden Augustsonne spürte er wieder das Zahnweh. Er befühlte seine Wange, sie war noch stärker angeschwollen. Eine eitrige Entzündung, überlegte Bernhard sorgenvoll. Die kann zum Tode führen.

Was tun? Erneut zu Ambrosius gehen? Ausgeschlossen! Doch wohin? Der Schmerz war zwar auszuhalten, eigentlich fühlte er den Zahn nur, wenn er die Hand an die Wange hielt. Aber auf jeden Fall musste die Wurzel entfernt werden. Bloß wie?

Gequält, von Unruhe, Sorge und einem leichten Schmerz gepeinigt, erblickte er die gewaltige Davidsburg und ritt kurz darauf durch das Jaffa Tor in die Stadt hinein.

Das Buch, schoss es ihm durch den Sinn. Das arabische Kunstwerk über den Körper, das er im Palast in Antiochia erbeutet hatte. Reich war es versehen mit Bildern des menschlichen Körpers. Und waren darin nicht auch Darstellungen über das Zahnziehen?

Bernhard jagte durch die engen Gassen zu seinem Palast, sprang im Hof vom Pferd, das ein Knecht in Empfang nahm, hetzte hinauf zu seiner Schlafkammer, öffnete mit zittriger Hand eine Truhe und blätterte fiebernd die Seiten um. Da, ganz am Schluss: Zähne. Ein Gebiss, vollständig. Dann die Behandlung von Zähnen: das Ausbrennen mit dem heißen Eisen, das Ziehen des Zahnes, die Entfernung der Wurzel.

Nur, wer sollte das machen? Kaspar. Der ist geschickt. Der bringt mich um und stiehlt sich mit meinem Schatz davon. Tut er nicht. Er müsste Martin und seinen Freund, den Mönch Markus, bitten. Die könnten ihn auch festhalten, wenn er vor Schmerzen hochging.

Bernhard besah sich die Abbildung. Es musste das Zahnfleisch mit einem scharfen Schnitt öffnen und ein schmaler gefetteter Baumwollstreifen in die Wunde gelegt werden, damit der Eiter abfloss. Dann bräuchte er einen dünnen, spitzen, gewundenen Hebel, um die Zahnwurzel hinauszudrehen. Woher den nehmen?

»Kaspar!«, rief Bernhard nach seinem Burschen, der sogleich in der Türöffnung erschien. Gemeinsam vertieften sie sich in die Abbildungen des Heilbuches, das Bernhard noch kostbarer erschien, als es ihm ohnehin schon war.

Kaspar lief los, den gewünschten dünnen, leicht gebogenen Hebel beim Schmied zu besorgen. Martin und Markus wurden herbeigeholt. Bernhard setzte sich ans Fenster, so dass Licht möglichst auf seinen Mund fiel. Markus und Martin leuchteten mit einer Öllampe und hielten ihn fest. Kaspar erhitzte das Messer in der Flamme. Mit eifrigem Gesicht, dabei ruhig, begutachtete er die eitrige Geschwulst. Kalt waren seine Augen, etwas zusammengekniffen. Bernhard wusste, Kaspar würde es richtig machen.

Ein kurzer, scharfer, sicherer Schnitt.

Der Eiter floss in ein sauberes Leinentuch. Kaspar zog geschickt den Streifen durch die Wunde. Dann die Wurzeln. Fingerfertig höhlte Kaspar das Zahnfleisch bis an den Knochen aus und drehte eine Wurzel hinaus. Mit aller Kraft drückten die beiden Helfer und Zeugen Bernhard auf den Stuhl. Kaspar hielt voller Stolz den blutigen Hebel mit der ersten gezogenen Zahnwurzel hoch. Bernhard wünschte, er würde in Ohnmacht fallen. Warum nur hatte er nicht Schlafmohn genommen? Kaspar setzte wieder an. Bernhard bäumte sich auf. Feste Hände hielten ihn. Ein Blut-und Eiterschwall schoss durch die offene Wunde. Das restliche Zahnstück löste sich. Dann war es vollbracht.

Bernhard taumelte noch, als er aufstand. Es klopfte. Eine Magd meldete den Grafen Guidi.

Ein Ausdruck des Mitleids huschte über dessen Gesicht, als er den noch mit Blut verschmierten Mund Bernhards sah, der es sofort abwischte.

»Ich habe meiner Tochter Salome geschrieben, dass sie mit Euch verlobt ist. Sie hat wie versprochen ihren Pflichten nachzukommen und wird sich auf meinen Befehl nach Venedig begeben, um auf unsere Ankunft zu harren und Euch sehnsüchtig zu erwarten. Der Eilbote hat bereits Jerusalem verlassen.«

Bernhard dachte: Nun wird es ernst. Zum Glück gab es noch einen kleinen Aufschub, denn er wollte das Heilige Land nicht verlassen, ohne im Jordan von einem Priester gesegnet worden zu sein.

ITALIEN, HERBST 1099

BERNHARD BEREUTE ES, die Gondel genommen zu haben. Aber der Weg über die unzähligen Holzbrücken in der unbekannten Stadt war ihm zu unsicher erschienen, um pünktlich zum verabredeten Zeitpunkt in der Basilica San Marco zu erscheinen. Nun verstärkte die gleichmütige Miene des Gondolieres, das gleichmäßige Gleiten durch das Wasser, das Stillsitzen seine Unruhe, die ihn erfasst hatte, seitdem er gestern, von der Seeseite nach Venedig kommend, den hohen, massigen Turm, den Campanile, erblickt hatte. Furchteinflößend und gewaltig war ihm Venedig erschienen. Die Stadt meines Schicksals, war es ihm durch den Sinn gegangen, wofür er sich selber gerügt hatte. Bernhard trommelte mit den Fingern gegen die Planke der Gondel, nahm sich zusammen und hielt die Hand still. Die Fahrt auf dem Canale Grande ging ihm viel zu langsam – und viel zu schnell. Die zweistöckigen Häuser aus Holz erschienen ihm trotz ihrer hohen schmalen Fenster und ihrer Arkaden so düster wie sein Leben. Es war unabwendbar, es gab kein Zurück, wie auch immer diese Frau war, die ihm Graf Guidi heute zuführen würde, er müsste sie heiraten, eine Verlobung war beinahe so unaufhebbar wie eine Ehe. Es würde ihn mindestens eine Burg kosten – und er besaß nicht einmal eine, die den Ansprüchen des Grafen Guidi entsprochen hätte. Bernhard fühlte verstärkt seinen Magen, der ihn drückte, seitdem er Jerusalem verlassen hatte. Ihm fiel es wie Blei auf die Seele, bisher war er jung, war frei gewesen, trotz der vielen Schlachten. Zwar war der Tod ihm nahe, aber doch auch der Genuss, das Leben, das Reiten, Schwimmen, Alice. Die vertraute Art, wie sie sein Haar kämmte, der Duft ihres Haares. Bernhard ertappte sich, wie er sich gedankenverloren durch sein dunkles Haar strich. Schnell zog er die Hand zurück. Dabei zwang ihn etwas, weiter an Alice zu denken. Wie hatte ihm der Rückweg von Jerusalem zur Hafenstadt Latakia zugesetzt. Geradezu gequält hatte es ihn, dass Latakia der einzige für Christen zugängliche Hafen war – und so weit von Jerusalem entfernt. Das Meer, die Berge, jede Wegbiegung hatte ihn an Alice erinnert, noch vor so kurzer Zeit war er mit ihr und seinem kleinen Sohn Hanno hier entlanggeritten. Und während er sich mit dem Grafen Guidi über Luxusgüter, Burgen, Waffen, Pferde, Schlachten, Politik und seine prächtige Hochzeit unterhielt, hatte er unentwegt nach Alice Ausschau gehalten, ob sie unter den Tausenden von Pilgern war, die sich müde und ermattet den Weg zurück bis nach Latakia schleppten, von wo sie auf eine bezahlbare Schiffspassage nach Italien und zurück in die Heimat hofften.

Bernhard nahm sich zusammen. Der Gondoliere hatte den Quai der Piazza San Marco erreicht, vertäute sein Schiff. Bernhard erhob sich, nestelte aus seinem mit Gold verzierten Geldbeutel eine viel zu hohe Münze, worüber er sich ärgerte, und ging am Dogenpalast vorbei über den belebten Platz auf die Basilica San Marco zu.

Aus der Menge der Bettler, die vor dem Gotteshaus hockten, drängte sich einer an Bernhard heran. In gebrochenem Latein stieß er hervor:

»Der Herr ist fremd in Venedig? San Marco. Byzantinisch. Alles byzantinisch. Wie die Apostelkirche in Konstantinopel. Die Kuppeln, das Eingangsportal, Geschenk von Kaiser Alexios. Mächtiger Kaiser.«

Bernhard sah angewidert auf die verkrüppelte Hand, die ihm der Mann wie einen Geierhaken entgegenhielt. Aufdringlich, widerwärtig waren diese Bettler, die einen, die christliche Nächstenliebe erheischend, erpressen wollten. Ein ›Scher dich zum Teufel‹ lag ihm auf den Lippen. Aber könnte es nicht eine von Gott geschickte Versuchung, eine Probe sein? Hatten sich nicht auch König Konrad auf seinem Gang zur Krönung ein Armer, eine Witwe und ein unschuldig ins Elend Gekommener in den Weg gestellt? Ging es nicht darum, sich angesichts der Not anderer zu bewähren? Mit diesem Tag würde der Schritt in sein neues Leben beginnen, er würde heiraten, herrschen über viele Hörige.

Bernhard entnahm seinem Geldbeutel eine große Münze. Der Bettler verneigte sich tief, ja, fiel auf die Knie und wollte Bernhard die Füße küssen. Bernhard fasste ihn am Arm und hob ihn auf.

»Der Heilige Markus wird es Euch danken. Segen über Euch.« Der Bettler grinste.

»Wir Venezianer sind schlau. Haben den Heiligen Markus von den Ungläubigen befreit. Er war in Alexandria. Unsere Kaufleute haben den Sarkophag aufgebrochen, knack, seine Gebeine herausgenommen, in Fässern mit Schweinefleisch vergraben und so an den Ungläubigen vorbei aus dem Hafen geschmuggelt.«

Wieder hielt er die Hand auf, um für die Erzählung dieses Heldenstückes belohnt zu werden. Bernhard gab ihm.

Arm wird man in diesem Venedig, dachte er und betrat klopfenden Herzens das Gotteshaus durch das Tor Kaiser Alexios'. Mehr als zwei Jahre war es her, dass er im Kaiserpalast in Konstantinopel zusammen mit seinem Vater und dem Heerführer Gottfried von Bouillon gekniet und dem Kaiser den Treueid geleistet hatte. Und danach, ja, da war er Alice nachgejagt, die zurück nach Passau wollte, um Nonne zu werden. Mit honigsüßen, nein, mit scharfen Worten hatte er sie zurechtgewiesen, dass sie ihr Kreuzzugsgelübde erfüllen und nach Jerusalem ziehen müsse, mit ihm nach Jerusalem ziehen müsse.

Schluss. Bernhard verließ die Vorhalle, fest entschlossen, sein vorheriges Leben ein für alle Mal hinter sich zu lassen.

Tief durchatmend betrat er das Hauptschiff. Er übersah es mit einem Blick: Salome war noch nicht da. Einen Augenblick blieb er stehen, stellte fest, die Basilica war in der Form eines griechischen Kreuzes gebaut. Wunderbar wölbte sich über ihm die Kuppel, die Emporen waren von Säulen getragen und aus unzähligen Fenstern flutete Licht – ein Abbild des Himmels. Bernhard tauchte seine Finger in Weihwasser, bekreuzigte sich und ging langsam über die Marmormosaiken auf den Altar zu, unter dem die Reliquien des Heiligen Markus ruhten. Er bekreuzigte sich, kniete nieder und betete:

»Heiliger Markus, Jesus Christus. Gib, dass diese Ehe nicht zu unglücklich werde.

Schenke mir und meiner Frau einen Sohn.«

Hinter sich hörte Bernhard, wie die schwere Tür zum Kirchenschiff geöffnet wurde. Ihm wurde heiß, er fühlte sein Herz rasen, die Anspannung erschien ihm unerträglich. Nur jetzt sich nicht schon umblicken. Er tat, als hätte er nichts bemerkt, sondern sei tief in sein Gebet versunken. Erst als die Schritte näher kamen, erhob er sich und wandte sich um.

Graf Guidi mit seiner Tochter Salome.

Der Vater führte seine Tochter wie eine Braut in die Kirche. In einem Kleid aus changierender, golden wirkender Seide schritt Salome hoheitsvoll und dabei anmutig auf Bernhard zu. Das Gesicht hatte sie unter einem weißen Spitzenschleier verhüllt. Beim Altar angekommen, deutete sie einen Kniefall an und bekreuzigte sich.

Um Himmels willen, erschrak Bernhard, jede Äbtissin hätte ihre Freude an der Art, wie diese Frau sich bekreuzigte, untadelig, das Muster eines Kreuzes.

Und er selbst? Für ihn war es eine Gewohnheit, Sitte, eine mechanische Bewegung, jedenfalls meistens, wenn nicht gerade ein Kampf, eine Schlacht ihm bevorstand. Den Tod vor Augen, pflegte er bewusst zu beten.

Und Alice? Sie hatte so viele unterschiedliche Arten, sich zu bekreuzigen: treuherzig, abgelenkt, traurig, hingebungsvoll, unachtsam, demütig, liebevoll, reuevoll, teilnahmslos.

Grauenhaft. Wie sehr muss ich diese Kaufmannstochter geliebt haben, quälte es Bernhard, während er sich der Gräfin zuwandte.

»Meine Tochter Salome«, sprach Graf Guidi auf Lateinisch. »Graf Bernhard von Baerheim.«

Bernhard fühlte ihren scharfen, prüfenden Blick. Irritierend war das, Salome konnte ihn sehen, er aber nicht sie. Hinter dem Schleier vermutete Bernhard allerdings ein ebenmäßiges Gesicht. Höflich nickten sie einander zu.

»Graf Bernhard hat Euch zur Ehre während des Kreuzzuges immer in vorderster Linie gekämpft, er ist der Held, wie er seinesgleichen sucht.«

Bernhard fühlte sich durch diese Worte unangenehm berührt, was er sich allerdings nicht anmerken ließ. Ruhig antwortete er: »Es war und ist mein höchstes Ziel, für Jesus Christus zu kämpfen und für ihn mein Leben zu wagen.«

»Auch mein höchstes Begehren ist es«, entgegnete Salome, »meinem Herrn Jesus Christus Tag und Nacht mit meinem Leib und meiner Seele zu dienen.«

Das werden ja schöne Liebesnächte, ging es Bernhard durch den Sinn.

»Euer Vater, Graf Guidi, vertraute mir an, es sei Euer Entschluss von Kindheit an gewesen, den Schleier zu nehmen und in ein Kloster einzutreten. Wünscht Ihr es auch noch heute?«

Wieso fragte er das?, wunderte Bernhard sich über sich selbst. Einerseits hoffte er, sie möge nach wie vor Nonne werden wollen, andererseits wäre er durch ihre Ablehnung, ihn zu heiraten, zutiefst gedemütigt.

»Ist dies eine ernst gemeinte Frage?«

»Unsinn!«, fuhr Graf Guidi dazwischen.

»Du hast zu gehorchen. Du dienst Jesus Christus, indem du deinem Mann Söhne schenkst. ›Dein Verlangen soll nach dem Manne sein, aber er soll dein Herr sein‹. So steht es in der Bibel, das ist Gottes Wort.«

»Ja, Vater«, sagte Salome unglücklich.

»Gehen wir doch hinaus«, schlug Bernhard vor und blickte seine Braut freundlich an.

»Ihr seht bezaubernd aus«, besänftigte er und reichte der jungen Frau seinen Arm.

»Habt Dank«, flüsterte sie kaum hörbar.

Schweigend verließen sie die prunkvolle Basilica San Marco und blieben draußen auf dem sonnenbeschienenen Platz stehen.

Würdevoll und zugleich geheimnisvoll lüftete Salome ihren Schleier.

Bernhard erschrak. Vor ihm stand nicht nur eine schöne Frau. Vor ihm stand die vollkommene Schönheit.

Mit Unwillen beobachtete Bernhard, wie sehr Salome unter der drückenden Hitze litt. Schon bei ihrem Aufbruch aus Venedig hatte er festgestellt, dass sie nur ungern ritt, schon gar nicht weite Strecken wie von Venedig nach Canossa. Offensichtlich war sie es gewohnt und schätzte es, sich in kühlen Räumen aufzuhalten oder in blühenden Gärten zu lustwandeln, unter Schatten spendenden Bäumen zu lesen, nicht aber von morgens bis abends in glühender Sonne auf einem Pferd zu sitzen. Bernhard bot ihr in besorgtem Ton an, sie könne durchaus den Wagen nehmen. Doch Salome lehnte ab, versuchte jedoch auch weiterhin nicht zu verbergen, dass sie das ständige Reiten als Zumutung empfand. Mit zusammengekniffenen Lippen ritt sie missmutig neben ihrem Bräutigam her. Bernhard versuchte ein Gespräch. Als sie nur einsilbig darauf einging, unterließ er es. Er fühlte sich nicht bemüßigt, sie zu unterhalten. Wenn sie schweigen wollte, na bitte. Es war sowieso unerträglich heiß, die Luft flimmerte, als würde sie glühen, und scharf, grell leuchteten die Farben der Pinien am Wegesrand.

Mit Besorgnis beobachtete er: Der Himmel verfinsterte sich und legte sich wie ein schwarzer Schleier über die Landschaft. In der Ferne über den Apennin zuckten Blitze.

Graf Guidi ritt an Bernhard heran:

»Wir schaffen es heute nicht mehr bis Canossa. Es wäre Irrsinn, bei Gewitter ins Gebirge zu reiten. Die Markgräfin Mathilde wird sicher bei diesem Unwetter nicht mehr mit unserem Kommen rechnen. Reiten wir nach Modena. In der Abtei dort werden wir Unterkunft finden.«

Der Graf schrie seinen Leuten zu, sich zu beeilen. Die Gewitterwolken ballten sich wie ein wirbelnder schwarzer Koloss über ihnen zusammen. Schlagartig fing es an zu hageln. Erbsengroße Hagelkörner schlugen schmerzend in ihre Gesichter.

Die Gräfin Salome flüchtete in den Wagen.

Die staubige Straße verwandelte sich in Kürze in ein schneeiges Meer. Blitze schossen wie vielgezackte Pfeile vom Himmel, die Abstände zwischen Blitz und Donner wurden kürzer und kürzer. Bernhard und der Graf trieben ihre Pferde an und ritten so schnell auf die Bischofsstadt Modena zu, wie es der rumpelnde Wagen hinter ihnen erlaubte.

Endlich das Stadttor, Blitz und Donner waren jetzt eins. Bernhard spürte, selbst das Pferd unter ihm hatte Angst. Der Graf jagte voran, durch enge Gassen, über eine Brücke, die einen reißenden Kanal überspannte, dann die Bauhütten für den Dom, in denen dicht gedrängt die Bauleute standen und die Vorbeirasenden anstarrten.

»Unser neuer Dom!«, rief der Graf Bernhard zu und wies hastig auf die Grundmauern. Bernhard warf einen kurzen Blick in die Richtung. Bei dem Sturmhagel war fast nichts zu erkennen. Er war bis auf die Haut durchnässt. Nur weiter durch die Stadt hindurch.

Da endlich, die Abtei Nonantola. Eine hohe, fast fensterlose Backsteinfassade. Vor dem Tor heimkehrende Kreuzfahrer, arm, elend, viele verwundet. Mönche der Abtei, die die Pilger gegen das Getöse des Donners anbrüllten, sie mit weit ausgebreiteten Händen zurückdrängten, damit das Fußvolk den hohen Herren und dem Wagen Platz machte. Ganz vorne beim Tor stand eine junge Frau und schaute zu den herankommenden Adeligen hinüber. Sie hielt ein kleines Mädchen an der Hand.

Bernhard stockte der Atem.

Alice! Sie lebt!

Der ersehnte, gefürchtete Augenblick war gekommen. Ruckartig brachte Bernhard sein Pferd vor der Frau zum Stehen, so dass der Wagen ihn fast angefahren hätte. Der Wagenlenker fluchte. Ein Geflecht von Blitzen entlud sich über ihnen und erhellte ihre Gestalt. Bernhard blickte Alice an und auch sie blickte ihm unverwandt in die Augen. Ganz ruhig. Beide sagten kein Wort. Aber laut wurde es hinter Bernhard. Geschimpfe, Geschrei.

Die Gräfin öffnete die Wagentür und rief:

»Was ist los? Warum geht es nicht weiter?«

Das Mädchen an Alice' Hand betrachtete den Fremden mit schwarzen Augen und zeigte mit dem Finger auf ihn:

»Mamme, Mann?«, fragte sie und sah zu Alice auf.

Bernhard wurde es heiß, das Angegafftwerden war unerträglich. In seiner Not fasste er nach seinem Geldbeutel, griff hinein, warf Münzen wie Hagel in die Menge. Die Pilger juchzten auf, bückten sich nach den Geldstücken und verbeugten sich. Eine Münze traf Alice an die Brust. Sie bewegte sich nicht, bückte sich nicht. Stand unbeweglich, erstarrt vor Bernhard und blickte ihn stumm an. Dann aber zog sie würdevoll ihre mit Hagel bedeckte Kapuze zurück. Ihr lockiges, wildes, blondes Haar! Ihre verbrannten Hände! Bernhard jammerte sie unsäglich.

Wortlos gab er seinem Pferd die Sporen und ritt durch das hohe Holztor in das Kloster hinein. Er hörte, wie hinter ihm die Wagentür geschlossen wurde.

Es fiel Bernhard sofort unangenehm auf, als man sich abends in der kargen Abtwohnung zu Tisch begab: Die Gräfin hatte noch größere Sorgfalt als sonst auf ihre äußere Erscheinung verwandt. In dem kunstvoll geflochtenen braunen Haar schimmerten kleine Perlen, die ihr schönes, ebenmäßiges, weiß geschminktes Gesicht madonnenhaft erscheinen ließen. Das leuchtend blaue Kleid war reich bestickt, der Halsausschnitt mit Spitzen besetzt, unzählige Ringe zierten ihre schmalen, vornehmen Hände. Alles an ihr wirkte kostbar und zeugte von Reichtum. Bernhard fühlte sich unbehaglich und fragte sich: Wollte Salome vor dem Abt ihre Schönheit und ihre hohe Stellung zum Ausdruck bringen oder hatte sie, was wahrscheinlicher war, seine Begegnung mit Alice durchaus richtig gedeutet?

Mit solchen Grübeleien beschäftigt, war ihm nicht nach Reden zumute und er war erleichtert, als der Abt das Gespräch begann:

»Unser neuer Papst Paschalis hat an alle Bistümer, Abteien und Klöster eine Abschrift des Schreibens gesandt, in dem Eure Heerführer von der Eroberung Jerusalems Bericht erstatten. Es war ein unermesslicher Triumph.«

Diese Worte richtete er an Bernhard, vermutlich in der Annahme, dass Bernhard mehr zu diesem Sieg beigetragen hatte als der doch viel ältere Fürst.

»In der Tat«, antwortete Bernhard knapp.

Er fühlte die großen braunen Augen der Gräfin auf sich gerichtet und hatte das Gefühl, dass jedes Wort, das er über den Kreuzzug sagte, von ihr in einem doppelten Sinne ausgelegt würde. Dennoch nahm er sich zusammen, er wollte nicht unhöflich sein.

»So wisst Ihr, Vater Abt, dass Graf Raimond die Königskrone abgelehnt hat und Herzog Gottfried statt seiner Herrscher über Jerusalem geworden ist, er nennt sich Beschützer des Heiligen Grabes. Bekannt ist Euch auch, dass wir das ägyptische Heer bei Askalon vernichtend geschlagen haben. Was Euch vielleicht nicht mitgeteilt wurde, ist, dass die Stadt Askalon nach der Niederlage des ägyptischen Heeres sich Graf Raimond ergeben und ihm ihre Tore geöffnet hätte, nicht aber Herzog Gottfried.«

»Und warum?«, fragte der Abt und hob erstaunt die buschigen grauen Augenbrauen.

»Graf Raimond hat bei der Eroberung Jerusalems den Kommandanten Iftihar ad-Daulah zusammen mit seiner Eliteeinheit nach Askalon unbehelligt abziehen lassen und sich nicht an dem Massaker an der Bevölkerung beteiligt. Die Garnison von Askalon hoffte ebenfalls auf Schonung. Herzog Gottfried war eifersüchtig auf Graf Raimond, es kam zum Streit, mit dem Ergebnis, dass Askalon sich überhaupt nicht ergeben hat.«

Der Abt wiegte nachdenklich seinen Kopf.

»Es wird schwierig werden, Jerusalem zu halten, Syrien, Ägypten und immer noch weite Teile Romaniens sind in der Hand der Ungläubigen.«

»Ihr habt recht. Dies umso mehr, als die meisten Pilger nicht im Heiligen Land bleiben, sondern nun, da sie ihr Kreuzzugsgelübde erfüllt haben, nur einen Wunsch kennen, zurück in die Heimat.«

»Sie kommen in Scharen an unserer Abtei vorbei, wollen Unterkunft, eine warme Mahlzeit. Krank und elend sehen sie aus, viele Krüppel. Erst heute habe ich eine Frau gesehen, die schwere Brandwunden an den Händen hatte. Haben denn auch Frauen mitgekämpft?«

Ganz ruhig bleiben, dachte Bernhard, lass dir nichts anmerken. Der prüfende Blick Salomes war ihm unerträglich.

»Mit Waffen gekämpft haben sie nicht, aber sie haben bei der Eroberung Jerusalems den Graben vor der Stadt mit Steinen gefüllt, damit der Belagerungsturm an die Stadtmauer geschoben werden konnte. Und sie haben während des Angriffs Pfeile aufgesammelt und sind auch von Pfeilen getroffen worden.«

»Dies ist ja sehr fromm und lobenswert«, bemerkte der Abt.

»Wie kann es aber angehen, ich denke da an die Frau heute mit den verbrannten Händen, sie ist übrigens sofort weitergezogen, hat nur um Brot gebeten, dass sie so ein dunkelhäutiges Mädchen hat. Mit seinem schwarzen Lockenhaar und fast schwarzen großen Augen sah es aus wie ein Sarazenenkind. Haben etwa Christinnen mit Ungläubigen …?«

»Aber nein doch!«, ließ sich jetzt Graf Guidi kraftvoll hören. Ein solches Gespräch vor seiner Tochter! Er legte das Geflügelbein auf seinen Teller und wandte sich an den Abt:

»Wir waren lange fort. Bitte berichtet uns von dem, was hier geschehen ist. Auch wenn ich natürlich Nachricht über den Kampf zwischen der Markgräfin Mathilde von Canossa und Kaiser Heinrich IV. erhalten habe, so wäre ich Euch dankbar, wenn Ihr uns Genaueres erzähltet.«

Der Abt legte nun seinerseits sein Brot auf den Tonteller, er schien über eine Antwort nachzudenken und richtete sein Wort an die Gräfin:

»Ihr wart heute bei der Heiligen Messe in unserer Kirche.«

Salome nickte und erwiderte:

»Es war mir eine besondere Ehre, in einer so altehrwürdigen Abtei der Messe beiwohnen zu dürfen. Ich habe nach der Heiligen Handlung den Heiligen Silvester um Schutz angefleht, dessen sterbliche Überreste in Eurer Kirche verehrt werden.«

»Recht so, meine Tochter«, antwortete der Abt. »Ist Euch in dem Gotteshaus außer dem Sarkophag des Heiligen Silvester etwas aufgefallen?«

Salome sah ihn erstaunt an, wusste offenbar nicht, worauf der Abt hinauswollte.

»Nein, im Gegenteil. Verzeiht. Es gibt zwar prächtige Säulenreihen mit schönen Kapitellen, aber sonst machte die Kirche einen äußerst schlichten Eindruck auf mich. Und wenn ich es mir erlauben darf zu sagen, eine Abtei, die schon über 250 Jahre alt ist, sollte Messgeschirr aus Gold und Silber haben, mit Edelsteinen versetzt. Warum diese Kargheit?«

»Ein Zeichen besonderer Demut, Gräfin«, sagte der Abt und blickte auf ihre ringgeschmückten Finger, die sie denn auch gleich zurückzog.

»Nein, ein Scherz. Natürlich besaß unsere Abteil kostbare Heilige Geräte, aber, Mathilde von Canossa hat uns keine Wahl gelassen, als diese herauszugeben für ihren Krieg, den sie im Namen des Papstes gegen Kaiser Heinrich IV. geführt hat.«

Graf Guidi räusperte sich unmissverständlich.

»Ich weiß wohl«, sagte der Abt, »wie sehr Euer Haus mit der Fürstin verbunden ist, seitdem sie Euren Sohn Guido adoptiert hat. Aber bedenkt auch unsere Tradition: Unsere Abtei Nonantola ist vom Schwager eines Königs, des Langobardenkönigs Aistulf, gegründet worden. Der größte Herrscher des Abendlandes, Karl der Große, hat uns das Gelände Pieve di San Pietro a Gropina geschenkt. Obwohl wir seit alters her den Kaisern verbunden sind, hat uns die Fürstin Mathilde gezwungen, uns gegen Kaiser Heinrich IV. auf die Seite des Papstes zu stellen.«

»Auf die Seite der Kirche«, sagte der Graf scharf.

»Auf die Seite des Papstes«, entgegnete der Abt. »Seitdem Kaiser Heinrich…«

»König«, unterbrach ihn Graf Guidi, »damals war er nur König. Und er ist von einem unrechtmäßigen Papst zum Kaiser gekrönt.«

»Gut, lassen wir das. Aber spätestens seit Canossa ist es nur überdeutlich, wer der Herr der Kirche, mehr noch, wer der Herr der Welt ist. Nicht der Kaiser, sondern der Papst. Seitdem der Papst ins Regnum Teutonicum ziehen und dort in Augsburg über den König zu Gericht sitzen, ihm die Königskrone nehmen, ihn absetzen wollte, und König Heinrich, um das zu verhindern, mitten im tiefsten Winter über die Alpen nach Canossa gezogen ist, seit dieser Zeit wissen wir alle, dass der Papst sich anmaßt, sogar über dem König zu stehen. Mit der Königin und seinem kleinen Sohn Konrad, einem Kleinkind, ist Heinrich über das Gebirge gezogen, die Königin und ihre Damen mussten auf Lederhäuten die Berge runterrutschen. Und dann Canossa: Auf der Burg Canossa im Winter. Im Büßerkleid hat König Heinrich drei Tage barfuß im Schnee ausgeharrt, damit Papst Gregor sich als gnädig erweist und den König von der Schmach, dem Bann, von dem Fluch der Exkommunikation befreit. Spätestens in Canossa, da sind die beiden den Frieden verbürgenden Gewalten, Kirche und Königtum, auseinandergebrochen, und die Folge ist Krieg. In 20 Jahren hat Mathilde von Canossa, die treueste und unnachgiebigste Anhängerin der Päpste, unerbittlich Krieg gegen Kaiser Heinrich hier in Oberitalien geführt. Unser armes, verwüstetes Land!«

»Das kann und will ich so nicht stehen lassen«, entgegnete Graf Guidi scharf. »Es war König Heinrich mit seinen deutschen Bischöfen und Fürsten, der Papst Gregor die Rechtmäßigkeit seines Pontifikats abgesprochen hat.«

»Ja, weil eben dieser Gregor ihm das Recht der Könige, das ihnen von alters her zusteht, nämlich die Bischöfe einzusetzen, ihre Investitur, nehmen wollte und genommen hat. Es ist altes Gewohnheitsrecht, dass die Könige die Bischöfe einsetzen.«

»Papst Gregor aber sagt: ›Jesus spricht: Ich bin nicht die Gewohnheit, sondern die Wahrheit‹.«

»Jesus spricht: ›Ich bin die Wahrheit‹«, erwiderte der Abt und betonte den Namen Jesus. »Papst Gregor aber und nun auch alle ihm folgenden Päpste behaupten, dass sie selbst unfehlbar, dass sie im Besitz der Wahrheit seien, die Gott ihnen gegeben habe. Von jedem fordert der Papst Gehorsam. Wer sich gegen seine Neuerungen sträubt, wer dem Papst nicht gehorcht, dem wird Götzendienst vorgeworfen, der muss mit Verfolgung, sogar körperlicher Verfolgung, rechnen. Er ist ein Ketzer. Jeder, ob Geistlicher oder weltlicher Fürst, wurde seiner Rechte beraubt, den Äbten, Bischöfen, sogar dem König, dem Kaiser, jedem droht die Exkommunikation. Der Papst verlangt sogar vom König, ihm die Füße zu küssen, und er maßt sich an, den König absetzen zu dürfen. Es ist seit alters her Brauch, dass die Priester verheiratet sind, 1.000 Jahre Christentum waren sie es und sie waren sehr erfolgreich. Als aber die Geistlichen sich in Mailand nicht von ihren Ehefrauen trennen wollten, sind sie und ihre Frauen misshandelt worden, hat es Tote gegeben.«

»Nun, es waren nicht nur Ehefrauen, es waren auch Konkubinen«, ließ sich die Gräfin hören, richtete sich hoch auf und warf böse Blicke in die Runde.

»Der verehrungswürdige Petrus Damiani predigt, dass Frauen, die Priester zur Unzucht verführen, Lustdirnen, Wölfinnen, Blutegel, Otterngezücht, ja die Lockspeise des Satans sind und zur Flamme der Hölle bestimmt.«

Es war still geworden in dem kargen Raum. Es war, als würden die weißen Wände ganz eng an die Gruppe heranrücken. Bernhard fühlte sich erdrückt.

Leise zischte Salome:

»Sie sind genauso verflucht und verdammt wie Pilgerinnen, die auf der Heiligen Fahrt nach Jerusalem Unzucht treiben.«

Beim Aufbruch am frühen Morgen war Bernhard schlecht gelaunt und er sah sich nicht veranlasst, dies vor dem Grafen Guidi und vor Salome zu verbergen. Im Gegenteil. Mit abweisender Miene ritt Bernhard durch die engen Gassen Modenas, ließ sich von einer Marktfrau aufhalten, mit der er sich freundlich herablassend unterhielt, um einen einzigen Apfel zu kaufen, in den er herzhaft biss. Es war nur zu offensichtlich, er wollte den Grafen und die Gräfin warten lassen. Salome erlaubte es sich, eine kalte, hochmütige Miene aufzusetzen und auf ihren weißen Zelter besänftigend einzusprechen. Graf Guidi aber wirkte zugleich verärgert und besorgt über seinen zukünftigen Schwiegersohn. Die Bediensteten warteten müßig, wagten jedoch nicht, sich leise miteinander zu unterhalten, waren offenbar froh, mit ihrer Herrschaft und deren Verhältnissen untereinander nichts zu tun haben zu müssen.

Auch als die Gesellschaft aus der stickigen und nach Abfällen und Fäkalien stinkenden Stadt durch das Tor hinausritt, der Morgen sie taufrisch umfing, änderte sich an Bernhards abweisender Haltung nichts. Wütend war er! Was fiel dieser Gräfin ein, sich anzumaßen, ihn öffentlich herauszufordern. Das sollte sie nicht noch einmal wagen. Sein Liebesleben ging sie nichts an, weder vor der Verlobung noch nach der Eheschließung. Bildete sich diese Frau etwa ein, er würde ihr treu sein? Von wegen Wahrheit gegen Gewohnheit. Gewohnheit war es von alters her, dass ein Mann, eine Adeliger, sich die Frau nahm, die er haben wollte. In Frankreich galt sogar oftmals das Recht auf die erste Nacht. Bevor der Bräutigam seine Braut berühren durfte, wurde sie in der Hochzeitsnacht vom Grundherrn entjungfert. Auch wenn er dergleichen nie vorhätte, was er tat und unterließ, das war allein seine Sache! Selbst Alice hatte ihn nicht gefragt, ob er treu wäre, wenn sie einmal längere Zeit getrennt waren. Sogar als Hanno geboren wurde und er Alice allein im Lager vor Antiochia gelassen hatte und ans Meer geritten war, hatte sie sich jedes Nachfragen aus eigener Einsicht untersagt. Salome aber, die er ganz gewiss nicht aus Liebe heiratete, die hatte zu schweigen und zu gehorchen. Zu ihr gäbe es nur die Liebe aus Pflicht, nicht die Liebe des Herzens. Schließlich war es Graf Guidi, der diese Heirat in die Wege geleitet hatte. Niemals hätte er, Bernhard, es nur im Leisesten in Erwägung gezogen, eine Adelige aus Italien zu ehelichen. Wer wollte denn diese Verbindung? Wer versprach sich den größten Vorteil? Doch wohl Graf Guidi! Das mächtigste Adelsgeschlecht in der Toskana waren die Guidis schon, seinen Sohn hatte er von der kinderlosen, ältlichen Mathilde von Canossa adoptieren lassen, hoffte nach ihrem Tod auf ihre riesigen Gebiete, und nun wollte er noch den Schritt hinüber ins diutsche landt. Welche Machtgier! Abschätzig sah Bernhard zu dem Grafen hin, der seine Tochter beiseite genommen hatte und ernsthaft und eindringlich auf sie einsprach. Was hatte diese Frau denn schon zu bieten außer einer reich bemessenen Mitgift? Schönheit? Edel wirkte sie, bis in den kleinen Zeh hoheitsvoll. Merkwürdige Vorstellung, dachte Bernhard. Warum gerade der kleine Zeh? Eigentlich hatte die Vorstellung vom kleinen Zeh etwas Reizvolles, etwas Erregendes. Aber bei ihr? Dass das Beilager in Anwesenheit aller Hochzeitsgäste eine kalte Zeremonie wäre, das entsprach seinen Wünschen. Aber hinterher. Wenn er mit Salome allein wäre … Für diese Salome gab es keinen Grund, den Kopf hochfahrend und stolz zu erheben. Die sollte erst einmal beweisen, dass sie dazu fähig war, wozu Frauen da waren, einen Sohn zu gebären. Allzu fruchtbar sah sie nicht aus, stellte er befriedigt fest. Das allerdings, verbesserte sich Bernhard, war kein Grund, sich zu freuen oder in Siegesjubel auszubrechen, das war eher besorgniserregend. Wie auch immer.

Offenbar fügte sich Salome ihrem Vater und ritt zu Bernhard heran. Schweigend, mit hochmütiger Miene ritt sie neben ihm her. Erwartete sie etwa, er würde sie ansprechen? Er könnte schweigen, wenn er wollte – bis Canossa. Bernhard merkte, wie Salome mit sich rang. Endlich überwand sie sich und fragte, obwohl es schon fast Mittag war:

»Graf Bernhard, habt Ihr gut geschlafen?«

»So schlecht, wie Ihr es wünscht.«

Die Gräfin stieß einen kleinen Schrei aus und trabte erschrocken zu ihrem Vater.

Und ob er schlecht geschlafen hatte! Dazu auch noch Kopfschmerzen, die stärker wurden, je mehr die Sonne auf diese eintönige Landschaft schien. Nur ewig gleiche Pappelalleen, Gemüsefelder bis zum Horizont, bisweilen ein Gehöft – und Mücken. Es war fast nutzlos, nach ihnen zu schlagen. Ständig setzten sie sich ins Gesicht und stachen in den Nacken. Unter seinem Waffenrock rann der Schweiß, ekelig war das. Warum hatte er nur nicht auf Graf Guidi gehört, dass ein Kettenhemd in dieser Gegend völlig überflüssig sei. Die Straßen der Markgräfin seien die denkbar sichersten, hatte der Graf behauptet. Etwas sonderbar, so fand Bernhard, war allerdings die Erklärung für diese Seltenheit. Die Markgräfin Mathilde habe damals eine Anweisung Papst Gregors offenbar missverstanden und kurzerhand Bischof Werner von Straßburg in einen Hinterhalt gelockt und ihn gefangen genommen. Heftig empört habe der Papst sie zurechtgewiesen, die Straßen nach Rom müssten gefahrlos sein für Reisende, für Pilger und vor allem für aufmüpfige Bischöfe, die von ihm nach Rom beordert würden, um dort Rechenschaft über die Erfüllung beziehungsweise Nichterfüllung seiner Befehle abzulegen.

Was gingen ihn die Bischöfe an. Viel unangenehmer war die gereizt-gelangweilte Stimmung um ihn. Unerträglich war das. Bernhard blickte zu Salome, die missmutig auf ihrem kostbaren Pferd dahinritt.

Jetzt ein Überfall! Das würde jedenfalls Bewegung in diese Gesellschaft bringen. Was denke ich da. Wie ein Schatten legte sich ein Überfall auf Bernhards Gemüt, fern von hier, auf dem Weg nach Bethlehem – Hanno. Sein Sohn Hanno ermordet. Bernhard versank in tiefes Grübeln. Salome, Graf Guidi, dieser Ritt nach

Canossa, sie wurden ihm so gleichgültig. Kaum bemerkte er, wie sich die Landschaft veränderte, schroffe Felsen das nahe Gebirge ankündigten. Doch jäh wurde Bernhard aus seiner monotonen Stimmung gerissen, als die Gräfin auf eine Gruppe von Reitern wies und ihrem Vater zurief:

»Seht, da sind Guido und Imilia. Sie sind uns entgegengeritten!«

Salome spornte ihren Zelter an, galoppierte freudig auf die sie Erwartenden zu und sprang so behände von ihrem Pferd, wie Bernhard es ihr niemals zugetraut hätte.

Höfliche Begrüßung. Der junge Graf Guido Guerra betonte seinen durch die Adoption erworbenen Titel ›marchio‹, was Bernhard zu einer ernsten Miene und innerlich zu einem spöttischen Lächeln veranlasste. Bernhard wandte seine Aufmerksamkeit Guidos Gattin, der Gräfin Imilia, zu, die ihrerseits Bernhard mit einem Blick betrachtete, der bei aller Einhaltung des für eine Frau Schicklichen ihm doch zu verstehen gab, dass sie männliche Tugenden wie Kühnheit, Stärke und gutes Aussehen zu schätzen wisse.

»Wie schön, Ihr habt an ermattete Reisende gedacht«, sagte Salome und wies auf die überreich mit den Gaumenfreuden des Südens bestückte Brokatdecke, die im Gras ausgebreitet war. Man lagerte sich unter Walnussbäumen auf bunten kostbaren Kissen. Nachdem die Bediensteten den Wein eingeschenkt, den Braten vom Spieß serviert hatten, wandte sich Imilia denn auch gleich an Bernhard und bat ihn, vom Kreuzzug zu berichten, ein Wunsch, dem Bernhard bescheiden und zurückhaltend nachkam, wobei er dennoch durchblicken ließ, welchen Mut, welche Kampfeskraft er bewiesen hatte, wenn er sein Leben rückhaltlos bei jeder Schlacht für Jesus Christus eingesetzt hatte. Imilia zollte offene Bewunderung, klatschte gar einmal Beifall, während Salome sehr aufrecht neben ihrer Schwägerin saß und nur äußerst mäßig aß. Bernhard lag nichts daran, während des gesamten Mahles die kleine Gesellschaft mit seinen Heldentaten zu erquicken, so wandte er sich an den Grafen Guido, damit dieser ihm etwas über die toskanischen Adelsgeschlechter mitteile, die Bernhard allerdings ziemlich gleichgültig waren. Gespannt hörte er vielmehr mit einem Ohr dem Geplauder Gräfin Imilias zu.

»Wie es mir auf Burg Canossa ergeht? Salome, ich dürfte es sicher gar nicht sagen. Aber es ist grauslich, unheimlich. Die Burg liegt ganz einsam wie ein Adlerhorst auf einem Bergvorsprung. In der Nacht hört Ihr die Wölfe heulen, ganz nah kommen sie an die Burg heran. Auch am Tage kann man sie bisweilen sehen. Abweisend, gebaut für Verteidigung und Krieg ist die Festung, das sind unsere Geschlechtertürme in Florenz zwar auch, aber in den Gemächern und Sälen wohnen Freude, Musik und Tanz. Ich sehne mich so sehr nach der Toskana!«

Bernhard sah aus den Augenwinkeln, wie Salome ein betrübtes, bedrücktes Gesicht machte. Sie wirkte wie in sich zusammengesunken.

»Und Damen?«, fragte sie leise.

Imilia schüttelte den Kopf. »Nein, die Markgräfin umgibt sich nicht mit gleichrangigen Frauen. Da sind nur Rechtsgelehrte, Sekretäre und der strenge Kardinallegat. Bisweilen kommen ja noch Gäste, ich bin so dankbar, dass Ihr Euren Bräutigam zuerst mit uns bekannt macht. Aber wie soll es erst für mich im Winter werden, wenn in den Apenninen hoch Schnee liegt. Mir graut davor und ich fürchte, dass mir als einzige Unterhaltung nur der Klatsch und das Getratsche der Dienstboten bleibt.«

Graf Guido warf seiner Gattin einen strengen Blick zu und drohte mit dem Zeigefinger.

»Schon gut, ich verrate nichts, was sich für eine Dame nicht ziemt«, lachte Imilia.

Es entstand ein Schweigen, das Bernhard überbrückte, indem er seinen Becher hob und Imilia zunickte:

»Auf die edlen Herrinnen!«

Sie dankte zurück, während Salome bleich wurde und die Mundwinkel unschön nach unten zog. Doch sie nahm sich zusammen, wandte sich an die Freundin:

»Was ist denn so unheimlich, außer den Wölfen, die vor Eurem Fenster heulen?«

Imilia zögerte, schluckte.

»Die Morde! Die Toten«, raunte sie. »Es ist, als würden sie sich nachts auf Canossa treffen, wispern und flüstern, wie sie ermordet wurden. Bonifaz, der Vater der Markgräfin, er wurde von einem vergifteten Pfeil getötet, als er in den Auenwäldern des Po-Deltas Wasservögeln nachstellte. Nie wurde der Mörder gefasst, jeder konnte es gewesen sein, denn er hatte viele Feinde, und es war allen nur zu bekannt, wo er zu jagen pflegte. Und dann die Kinder, Friedrich und Beatrix, beide vergiftet. Das ist lange her. Am meisten jammert mich aber der Bischof Eberhard von Parma. Natürlich, er stand zwar auf der falschen Seite, er war für Heinrich IV. und gegen Papst Gregor, aber ich habe ihn doch kennengelernt, als er uns in Florenz einmal besuchte. Er war ein gelehrter, ehrwürdiger Herr. Bei der Schlacht von Sorbara fiel er in die Hände der Markgräfin Mathilde, sie hat ihn auf Canossa eingesperrt, nicht gerade in einem Verlies, doch in einem fensterlosen, kalten Raum, und hat ihn dort hungers sterben lassen. Ich werde Euch den Raum zeigen, ich mag gar nicht alleine daran vorbeigehen.«

Bernhard legte den Hähnchenschenkel zurück auf den Brotteller, tauchte seine Finger in das bereitstehende Wasser und blickte über die Speisen, die in Fülle vor ihm ausgebreitet waren. Doch er sah nur eines: den Parmaschinken, der ihm geradezu entgegenstarrte.

Aufbruch. Die Pferde wurden gewechselt. An Wiesen entlang, unter Walnussbäumen, deren Äste so tief sich ausbreiteten, dass die Reiter den Kopf einziehen mussten, vorbei an kahlen Hängen und durch Eichenwälder schlängelte sich der Weg in Serpentinen immer höher. Er war so schmal, dass die Gesellschaft höchstens zu zweit nebeneinander reiten konnte. Bernhard hörte, wie Gräfin Imilia und Salome sich leise unterhielten, über ihn unterhielten. Er fühlte geradezu ihre Blicke auf seinem Rücken.

Der junge Graf Guido schien in Gedanken versunken, trotzdem sprach Bernhard ihn an:

»Die Markgräfin Mathilde gilt als die mächtigste Frau des Abendlandes.«

Graf Guido schreckte auf.

»Ich wollte nicht unhöflich sein. Ja, in der Tat. Bischof Bonizo von Sutri hat sie gar mit Kleopatra verglichen.«

»Ist sie denn so schön?«

»Das wohl nicht. Sie ist ungewöhnlich groß, hat rötlich-blondes volles Haar und auffallend große Zähne.« Überraschend ernst fügte er hinzu:

»An ihr hat sich schon so mancher Mann die Zähne ausgebissen.«

Bernhard hob die Augenbrauen und fragte: »Wie das?«

»Nehmen wir Gottfried den Buckligen, Herzog von Niederlothringen, ihren Ehemann. Kaum war sie mehr als ein Jahr mit ihm verheiratet, da verließ sie heimlich ihren Gatten und floh mitten im Winter über die Alpen zurück nach Italien.«

Bernhard runzelte die Stirn, drehte sich nach seiner Verlobten um und lächelte ihr zu. Imilia stieß ihre Schwägerin an und auch Salome lächelte nun zurück.

»Herzog Gottfried ritt seiner Frau nach«, fuhr Graf Guido fort zu erzählen. »Er schenkte ihr eine kostbare Reliquie, genauer, ließ sie ihr überbringen, denn Mathilde weigerte sich, ihren Ehemann jemals wiederzusehen. Selbst Papst Gregor versuchte zu vermitteln. Umsonst. Über seinen Tod wird sie denn sicher nicht allzu betroffen gewesen sein.«

»Man munkelt, auch er sei ermordet worden.«

»Was tatsächlich zutrifft. Es war in Antwerpen. Nun ja. Gottfried war des Nachts auf dem Weg zum Abtritt. Da stieß ihm sein Mörder ein Schwert zwischen die Pobacken und ließ es stecken. Eine Woche hat Gottfried noch gelebt, dann ist er an seinen Verletzungen gestorben.«

»Und bis heute ist nicht bekannt, wer der Auftraggeber war«, stellte Bernhard fest.

»Genau. Es gibt zwar Vermutungen. Aber bitte, welches Verbrechen wird jemals aufgedeckt? Es gibt natürlich Gerüchte.«

»Eure Gemahlin deutete so etwas vorhin an.«

»Ja, sie meinte damit aber etwas anderes, den zweiten Ehemann Mathildes, Welf V., den Sohn des Herzogs von Baiern. Diese Ehe war von Anfang an ziemlich heikel. Papst Urban hat der Markgräfin geradezu befohlen, den Welfensohn zu heiraten, um ein Bündnis gegen Heinrich IV. zu schaffen, das Rom, Norditalien, Baiern, ja fast den ganzen süddeutschen Raum umfasste. Ein geschickter Plan. Welf V. war aber erst 17 Jahre jung, die Markgräfin schon über 40 Jahre alt. Ohne die erhofften Ritter und ohne Geld kam Welf, als Pilger verkleidet, bei Mathilde an. Er war zwar ein guter Feldherr, wurde von Mathildes Truppen anerkannt, aber glücklich war die Ehe nie und beißender Spott traf die Markgräfin. Insbesondere als Welf öffentlich erklärte, die Ehe sei nie vollzogen worden, er habe sie nie berührt. Da wurde natürlich getratscht. Es heißt, dass Mathilde ihren Ehemann habe verführen wollen, indem sie sich nackt und in eindeutiger Pose vor ihm gezeigt hätte.«

»Und da beginnt die Politik«, sagte Bernhard.

»Der Verrat«, ergänzte Graf Guido. »Welf weigerte sich, noch weiterhin den Ehemann spielen zu müssen. Er machte sich auf und davon. Als Welf IV. seinen Sohn trotz allen Zorns nicht umstimmen konnte, schickte er seinen hundertjährigen Vater über die Alpen zu Heinrich nach Verona. Kann ein Kaiser einem Hundertjährigen, der ihm vor die Füße fällt und unter Tränen bittet, etwas abschlagen? Besonders, wenn der Kaiser nur Vorteile hat. Das ganze süddeutsche Bündnis gegen ihn brach zusammen, er konnte wieder ins diutsche landt zurück und Welf IV. wurde reich belohnt, indem nun das Herzogtum Baiern erblich ist. Untreue zahlt sich aus.«

»Und Ihr erwartet von der Markgräfin Mathilde Treue?«

Graf Guido schwieg. Auch das Geplauder der Frauen war verstummt.

Karger wurde die Landschaft. Nadelwälder hatten die Eichen-wälder abgelöst, scharfe baumlose Gesteinsabhänge wirkten streng und abweisend. Der Aufstieg über den steinigen Boden war für die Pferde mühsam, es fing an zu dämmern. Endlich erreichten sie das Canossa vorgelagerte Kastell Rossena, so dass in der Ferne auf einem kegelartigen schroffen Berg Mathildes Burg sichtbar wurde. Noch durch das Tal und dann den Berg zur Burg hinauf. Aufatmend erreichten sie den äußerst gelege-nen Mauerring und ritten durch das mächtige Tor auf engem, gewundenem Weg immer höher zur Burg. Es war nun dunkel und Fackeln erleuchteten die von Schießscharten unterbroche-nen starken Mauern.

Die Burg ist uneinnehmbar, stellte Bernhard mit einem Blick fest. Geschützt von drei Ringmauern, umgeben von diesem unwegsamen Gebirge. Wollte man sie durch Belagerung erobern, es gäbe nur Tote und Verletzte, aber keinen Sieg. Als Bernhard den zweiten Mauerring durchquerte, war es ihm, als sähe er Hein-rich IV., wie er im wollenen Büßerkleid barfuß im Schnee darauf harrte, vom Papst vom Bann befreit zu werden.

Das allerdings war schon Jahre her. Weitaus beunruhigender war es, sich die Enttäuschung Salomes vorzustellen, wenn sie seiner eigenen Burg ansichtig würde. Er müsste unbedingt eine große, prächtige, steinerne Burg bauen, träumte davon schon seit seiner Kindheit.

Absitzen im Burghof. Im Schein der Fackeln fiel Bernhards Blick auf die Burgkapelle, in der sich die Gräber des Geschlechts der Vorfahren Mathildes befanden, für die Mathilde antike Särge hatte anfertigen lassen. Etwas grauslich, da lag Konrad, von sei-nem Bruder Bonifaz erschlagen, der selbst von unbekannten Mör-dern beim Schnepfenjagen hinterrücks getötet worden war. Es blieb jedoch kaum Zeit für Betrachtungen. Die Markgräfin Mat-hilde eilte ihren Gästen entgegen und führte sie aus dem Burghof in die von Kerzen erleuchtete Eingangshalle ihres Palas'. Sie sah nun wirklich nicht wie Kleopatra aus, fand Bernhard, oder wie er sich die ägyptische Königin vorstellte. Mathilde trug, wie für verheiratete Frauen üblich, einen kurzen durchsichtigen Schleier, auf dem eine spitz zulaufende Haube aus goldfarbenem Stoff saß. Das ging ja noch an. Jedoch wirkte sie in dem blauen weit geschnittenen Prachtgewand unförmig und trotz ihres üppigen Busens unweiblich. Sie war außerordentlich groß und Bernhard konnte sie sich gut hoch zu Ross als die Heerführerin vorstellen, die sie so lange Jahre für den Papst gewesen war.

Zu Bernhards Erstaunen begrüßte ihn die hohe Frau in seiner Sprache, obwohl keiner der Anwesenden auch nur ein Wort Deutsch verstand.

»Graf Bernhard von Baerheim. Ihr seid ein Held für Jesus Christus. Wie sehr bedaure ich es, dass Papst Urban die Eroberung Jerusalems nicht mehr erleben durfte. Ich hörte, dass Euer Vater auf der Pilgerfahrt gestorben sei. Sicher ist er im Kampf für unseren Herrn gefallen.«

Bernhard verneigte sich. Er überlegte, ob er Mathilde in ihrer Ansicht bestätigen sollte. Eine Ungenauigkeit machte ihm nichts aus. Jedoch wollte er nicht durch einen Zufall als Lügner ertappt werden. So sagte er schlicht:

»Mein Vater, Graf Otto von Baerheim, ist für Jesus Christus eines qualvollen Todes gestorben.«

Die Markgräfin schien mit dieser Antwort zufrieden zu sein und wies ihre Diener an, die Gäste auf ihre Zimmer zu geleiten. Eine schmale Steintreppe führte hinauf zu dem Gang, in dem Bernhards Kammer lag. Es beruhigte ihn, dass die Burg offenbar nicht allzu groß war, jedenfalls bedeutend enger, als er erwartet hatte. Bernhard schloss die schwere Eichentür hinter sich, atmete auf, endlich allein, und trat an den offenen Fensterbogen. Er stützte sich mit den Händen auf das kalte Gestein des Fenstersims' und blickte hinaus. Tief unter ihm endlos kahle Felsen und in der Ferne ein niedriger Wald. Vom Mond wurden die Baumgipfel beschienen. Erleichtert stellte Bernhard fest, er war nicht in einem dunklen Loch eingeschlossen wie der Bischof von Parma, vielmehr hatte ihm Mathilde ein kostbar mit Wandteppichen ausgestattetes Zimmer mit diesem wunderbaren Blick zugeteilt, als wollte sie ihn besonders ehren. Oder für sich einnehmen, für sich gewinnen, auf ihre Seite ziehen?

So viele Morde, dachte er. Von so vielen Morden hatte er gehört, Verrat. In welches Wespennest kehrte er aus dem Heiligen Land zurück! Das Leben auf der langen Pilgerreise nach Jerusalem erschien Bernhard mit einem Mal so einfach. Es war klar und für jeden ersichtlich, wer der Feind war. Sie zogen durch feindliches Land, mussten mit Überfällen rechnen, Schlachten schlagen, Nikäa, Antiochia belagern, Jerusalem erobern. Freunde aber waren Freunde und blieben es. Alle tot, sie sind alle tot bis auf Olivier, und der ist blind. Und Alice? Bernhard starrte in die Nacht hinaus, als könnte er die Dunkelheit durchdringen. Die war weit unten, irgendwo in einem Kloster oder sie schlief am Wegesrand, auf einer Wiese, in einem Olivenhain mit diesem fremden Kind. Woher sie das nur hatte? Gewiss hatte sie kein Geld mehr, bettelte, würde sich über die Alpen bis nach Passau durchhungern. Zäh war sie, die gab nicht auf. Wie sie ihn wohl verabscheute, ihn hasste nach diesem Zusammentreffen vor der Abtei. Sie ist nur enttäuscht, dachte er. Getäuscht hatte er sie nie. Bernhard richtete sich auf.

Und Salome? Würde sie ihn verraten, ihn verlassen wie diese allzu fromme, machtgierige Markgräfin Mathilde ihren Ehemann verlassen hatte und ganz von Niederlothringen nach Italien im tiefen Winter geritten war?

Es pochte an der Tür. Das Mahl sei bereit. Im Hinausgehen streifte Bernhard sein Kettenhemd, das an einem Ständer hing. Es erschien ihm wie ein Freund.

Frauen als Herrscherinnen, dachte er. Nun ja.

Im festlich erleuchteten Saal des Palas' saß Bernhard der Markgräfin gegenüber, an deren Seite der Kardinallegat mit bohrendem Blick die Gesellschaft beobachtete. Neben ihm wirkte sie keineswegs so machtgierig, vielmehr beherrscht von diesem Mann, der es gewohnt war, im Namen des Papstes Laien und Bischöfen seinen Willen aufzuzwingen. Bernhard zweifelte, ob die Rechnung der Guidis aufgehen werde, Mathilde dereinst zu beerben, oder ob nicht der Kardinallegat eigens aus Rom zu ihr gesandt worden war, damit sie ihren Besitz der Römischen Kirche vermache. Er selbst fühlte sich keineswegs wohl und hatte wenig Appetit auf die vielen Gänge von Fisch, Geflügel und Fleisch, die ihm und den Grafen Guidi zur Ehre aufgetragen wurden. Gänzlich verging ihm die Lust am Essen, als sich die Markgräfin an ihn wandte:

»Dort, auf Eurem Platz, hat vor Jahren Heinrich IV. gesessen. Keine Speise hat er vom Versöhnungsmahl angerührt, das ich ihm ausgerichtet habe, nachdem Papst Gregor ihn vom Bann befreit und ihn gnädig in den Schoß der Kirche wieder aufgenommen hatte. Stattdessen hat Heinrich nichts geredet, nichts gegessen, sondern mürrisch die Tischplatte mit dem Fingernagel zerkratzt.«

Bernhard versuchte möglichst unbemerkt, Fingernagelspuren zu entdecken. Immerhin die eines Königs und heute Kaisers.

»Schon da wurde es offenbar, dass Heinrich ein Verräter an unserer heiligen Mutter Kirche ist und sich auch weiterhin dem Papst nicht unterordnen, dass er ihm den Gehorsam verweigern würde«, bemerkte der Kardinallegat sehr streng.

»Und eben dort auf Eurem Platz hat vor vier Jahren Kaiserin Adelheit gesessen und unter Tränen und Jammern geklagt, ihr Gatte, Kaiser Heinrich, habe sie vergewaltigen lassen. Ja, Ihr hört richtig. Er selbst hat seine eigene Frau festgehalten und niedergedrückt, während seine Männer sich an ihr vergingen. Und dies nicht nur einmal, mehrfach.«

Graf Guidi räusperte sich und führte sein Mundtuch an seine Lippen. Gräfin Imilia aber wandte sich an Bernhard und erklärte:

»Ich habe sie selber in Piacenza erlebt. Durch ein Fenster habe ich gesehen und gehört, wie die ärmste Kaiserin Papst Urban zu Füßen lag und mit lauter Stimme, für jeden hörbar, von ihrem tiefen Unglück erzählte.«

»Dieser Heinrich, König und Kaiser will ich ihn nicht nennen, ist nicht würdig, die Krone zu tragen«, fällte der Kardinallegat sein Urteil.

Worauf wollen sie hinaus, wieso wollen sie mich aufhetzen?, überlegte Bernhard. Meine Grafschaft ist ein Reichslehen und ich kann sie von niemand anderem auf der Welt erhalten als von Kaiser Heinrich.

»Nun sind die Herzöge im Süden des Regnum Teutonicum zum Verräter am Papst geworden, indem sie zu den Hoftagen Heinrichs erscheinen und schamlos seine Geschenke in Form von erblichen Herzogtümern entgegennehmen. Ihr aber wart auf dem Kreuzzug, Ihr wart lange fort und kehrt nach Baiern zurück. Wie, Graf Bernhard, werdet Ihr Euch entscheiden?

Für Heinrich IV. oder für den Papst?«

Die Augen aller richteten sich auf Bernhard. Es war so still in dem Saal geworden, dass er das Feuer im Kamin prasseln hörte. Einer der Jagdhunde Mathildes schnarchte unter dem Tisch.

Sei auf der Hut wie beim Schwertkampf, dachte Bernhard. Die hier mit ihm beim Mahl saßen, waren allesamt papsttreu.

»Es ist nicht immer einfach, den Willen Gottes zu erkennen«, begann er.

Entrüstungsfalten zeigten sich auf der Stirn des Kardinallegaten:

»Alle Fürsten haben die Füße einzig und allein des Papstes zu küssen. Die Römische Kirche hat sich nie geirrt und wird sich nie irren«, unterbrach er Bernhard unwirsch.

Ruhig, lass dich nicht aus der Ruhe bringen.

»Das möchte ich nicht bestreiten«, lenkte Bernhard ein. »Nur möchte ich zu bedenken geben, dass Gott bisweilen in einer Weise entscheidet, die wir Menschen kaum begreifen können.«

»Erklärt Euch genauer«, forderte ihn der junge Graf Guido auf.

»Ich denke hierbei an den Tod Rudolfs von Rheinfelden.«

Der Kardinallegat wie auch Mathilde blickten Bernhard ungnädig an. Unbeirrt fuhr dieser fort:

»Nachdem also Papst Gregor und Heinrich sich hier in Canossa so etwas wie versöhnt hatten, wählten die deutschen Fürsten, wie Ihr wisst, Rudolf von Rheinfelden zum Gegenkönig, eben auch wegen der moralischen Verfehlungen, deren sich Heinrich schuldig gemacht hat. In deutschen Landen wirft man ihm besonders vor, dass er seine eigene Schwester, die Äbtissin von Quedlinburg, auf eben diese Weise vergewaltigen ließ. Rudolf also ließ sich zum König krönen, obwohl er Heinrich den Treueid geleistet hatte, und Papst Gregor erkannte ihn, wenn auch nach jahrelangem Zaudern, als König an. Und dann kam es zur Schlacht zwischen den beiden Königen. Ihr alle kennt den Ausgang. Rudolf verlor seine rechte Hand, seine Schwurhand, und starb an dieser Verletzung. War dies wirklich Gottes Wille? Auf wessen Seite stand Gott in dieser Schlacht?«

Schweigen.

»Wer nicht für mich ist, der ist gegen mich«, sprach Salome und machte eine vielsagende Pause, in der sie Bernhard in die Augen blickte.

»So sprechen Jesus Christus und der Papst«, setzte sie mit scharfer Stimme hinzu und betonte dabei jedes Wort, als hielte sie ein Schwert in der Hand. Imilia warf ihrer Schwägerin einen erstaunten Blick zu und fragte, indem sie der Übermut packte:

»Wie denkt Ihr darüber, Graf Bernhard?«

Bernhard unterdrückte seine Wut und sagte in gefasstem Ton:

»Ich denke an den Kreuzzug. Da sind Menschen aus allen Ländern zusammengekommen, mit unterschiedlichsten Sitten und Gebräuchen. Ihr könnt Euch kaum vorstellen, wie viele Herolde durch das Lager ritten, um in den verschiedensten Sprachen etwas Wichtiges bekanntzugeben. Aus wie vielen Regionen mit fremdartigen Gewohnheiten kamen die Pilger, wie ungleich war ihr Stand. Und dennoch: Der Wille, Jerusalem zu erobern, hat uns über alle persönlichen, religiösen und standesmäßigen Spaltungen hinweg vereint.«

Salome wurde bleich. Zornig kniff sie die Lippen zusammen.

Das Wort »vereint« traf sie wie ein Schlag und sollte es auch. Bernhard ließ sich jedoch nichts anmerken.

»Nehmen wir Gottfried von Bouillon. Der Herzog hat Heinrich IV. die Treue geschworen. Obwohl er dem Aufruf des Papstes Urban zur Pilgerfahrt nach Jerusalem gefolgt ist und das Kreuz genommen hat, ist er Heinrich treu geblieben und hat sich nicht vom Papst vom Treueid entbinden lassen. So, als ein Gefolgsmann Heinrichs, hat er die Heilige Stadt erobert. Wir hatten nur zwei Belagerungstürme. Der des Grafen Raimond ist in Flammen aufgegangen, Herzog Gottfried aber stand wie ein Fels auf der obersten Plattform seines Belagerungsturmes neben der goldenen Christusgestalt. Unmittelbar neben dem Herzog wurde einem Ritter der Kopf abgeschossen. Es war ekelhaft, Schleim und Blut trafen uns ins Gesicht. Aber Jesus Christus war mit ihm. Nach stundenlangem Kampf konnten wir endlich auf die Befestigungsmauer springen. Nun ist Herzog Gottfried der Beschützer des Heiligen Grabes und wer wollte ihm diesen Titel verwehren, auch wenn sein oberster Lehnsherr Heinrich IV. noch immer gebannt, Gottfried genaugenommen mit ihm ebenfalls exkommuniziert ist.«

»Gut«, lenkte der Kardinallegat ein. »Der Kreuzzug mag etwas anderes sein als die Verhältnisse hier im Abendland. Aber ich denke an Passau. Die Zustände dort sind eine Schande. Seit Jahren ist der rechtmäßige Bischof Ulrich vertrieben und es herrschen ein von Heinrich eingesetzter Gegenbischof und dazu noch Udalrich Vielreich, der Burggraf, der seinen Grafentitel ebenfalls von Heinrich erhalten hat.«

»Was Letzteren anbelangt, kann ich Euch beruhigen. Ich habe vor, ihn in einem Zweikampf zu – töten.«

Imilia hielt sich die Hand vor den Mund, so begeisterte sie diese Vorstellung. Salome aber blickte ihren Verlobten verwundert, sogar erwartungsvoll an.

»Kurz vor unserem Aufbruch ins Heilige Land, wir hatten bereits das Kreuz genommen und befanden uns als Pilger im geistlichen Stand, durften also nicht mehr gegen Christenmenschen kämpfen, kam es zu einem Vorfall zwischen meinem Vater und dem Burggrafen. Beim Eintreten in den Stephansdom stieß Udalrich meinen Vater zur Seite und drängte sich vor. Diese Beleidigung muss geahndet werden. Sobald ich mein Lehen erhalten und meine Schätze aus Jerusalem über die Alpen gebracht habe, und natürlich«, er beugte sich zu Salome hinüber, »ich mit der schönsten aller Frauen ehelich verbunden bin, werde ich Udalrich zum Zweikampf herausfordern.«

Wie von Zauberhand geführt, war ein jeder nach der mitternächtlichen Messe in der Burgkapelle davongeeilt. Nur Gräfin Imilia drehte sich noch einmal zu den verdutzt im Burghof Zurückbleibenden um und rief Bernhard und Salome zu:

»Welch eine prächtige Mondnacht. Viel zu schade, um schlafen zu gehen. Aber ich bin ja soooo müde.« Sprach's und verschwand im Eingang des Palas'.

»Wie es aussieht, sind wir allein«, sagte Bernhard. »Wollt Ihr es wagen, mit mir auf die äußere Mauer zu kommen und den Eulen und Käuzchen Gesellschaft zu leisten? Vielleicht können wir bei dem hellen Mondlicht gar mit den Wölfen ein wenig plaudern, wenn sie sich nahe genug an die Burg herantrauen.«

Salome zauderte. Noch niemals war sie mit einem Mann allein gewesen, geschweige denn mitten in der Nacht. Wie konnte ihr Vater nur so etwas Unschickliches zulassen oder gar wollen?

»Also?«, fragte Bernhard und lächelte. Noch immer war sie unschlüssig. Da reichte ihr Bernhard nicht den Arm, wie sie erwartet hatte, sondern drückte ihr eine Fackel in die Hand. Er selber griff ebenfalls nach einer solchen und durchquerte langsam den Burghof. Salome folgte ihm. Dass Bernhard ihr Feuer, so etwas wie eine Waffe, gab, beruhigte sie. Neugierig geworden, stieg sie die steilen schmalen Steinstufen zum Wehrgang hinauf. Oben empfing sie die klare, kalte Luft. Bernhard ließ seiner Verlobten Zeit. Sie schwiegen und horchten auf die Geräusche, den

Wind, das Heulen der Wölfe, die tatsächlich zu hören waren und den Mond zu besingen schienen.

Bernhard bemerkte, dass Salome mit sich rang, unterließ es aber, sie darauf anzusprechen.

»Was erwartet mich, wenn ich Eure Frau werde?«, sagte sie schließlich.

Was sollte er darauf antworten. Sie wusste es selbst nur zu genau.

»Der Kardinallegat predigte heute Nacht über das Hohe Lied«, fuhr sie fort. *Denn stark wie der Tod ist die Liebe, hart wie die Unterwelt die Leidenschaft: Ihre Gluten sind Feuersgluten, Flammen.* Ich habe nie weltliche Liebe, diese Liebe der Unterwelt, begehrt. Ich wollte rein bleiben. Ihr wisst es. Ich sehnte und sehne mich nach der Liebe zu Gott, inniglich mit ihm verbunden zu sein, ihm mein Leben zu weihen. Da erhielt ich den Brief meines Vaters, die Aufforderung, sofort von Florenz aufzubrechen und Euch entgegenzureisen, den Befehl, Eure Frau zu werden. Ich muss gehorchen. Ich werde gehorchen. Aber niemals hätte ich erwartet, wenn ich schon verheiratet werde, dass ich in die Ferne über die Alpen ins diutsche landt ziehen muss. Ahnt Ihr, wie schwer es mir fällt, die heitere, sonnige Toskana mit Eurem grauen, düsteren Himmel zu vertauschen? Ich zittere schon jetzt, wenn ich an den Regen, die Kälte, die Nebel, die aus der Donau aufsteigen, denke. Die langen schneereichen Winter. Wie einsam werde ich sein. Ihr sagtet vorhin selbst, Menschen mit so unterschiedlichen Sitten und Gebräuchen seien zusammengekommen. Mir aber wird alles fremd sein, besonders Eure Sprache, die grauslich in meinen Ohren klingt. Mit Euch kann ich mich auf Lateinisch verständigen, aber nicht jede Edelfrau spricht Latein, schon gar nicht die Mägde und Knechte. Ich werde sehr allein sein.«

Bernhard bemerkte, wie sich ihr Gesicht schmerzlich verzog, sie aufschluchzte, ihre Hand zitterte. Er wich einen Schritt zurück, als Salomes Flamme ziemlich nahe an ihn herankam. Behutsam nahm er ihr die Fackel ab und steckte sie wie auch seine in eine Halterung. Salome hielt ihre Hände vor die Augen und weinte. Sie weint wirklich, es sind echte Tränen, stellte Bernhard fest.

»Die Frau«, stieß Salome hervor, während sie sich die Tränen abwischte.

»Die Pilgerin am Eingangstor der Abtei. Sie geht irgendwo da unten auf der Via Emilia zurück in ihre Heimat. Auch Ihr brecht morgen früh auf, um Euer Lehen zu empfangen. Ihr werdet ihr unterwegs begegnen. Ihr liebt diese Frau. Ich weiß es genau, Ihr liebt sie und sie liebt Euch.«

Mit tränenvollen Augen sah Salome ihn an. Bernhard strich ihr sanft über die Wange und beschwichtigte:

»Es ist alles gut. Ich verspreche Euch, ich werde jede Begegnung vermeiden, kein Wort mit ihr sprechen. Lasst das Weinen. Die bösen Tage sind vorüber. Die Frau ist der Rede nicht wert.«

PASSAU, 1099 / 1100

ALICE SCHWINDELTE. EBEN NOCH hatte es sie zu der Landspitze von Passau getrieben, dort wo Donau, Inn und Ilz sich verbünden, um eine schwarze, schlierige, schwappende, schlingende Masse zu bilden, die nach ihr zu schnappen schien. Wäre da nicht die eiskalte Kinderhand gewesen und ein Stimmchen, das unüberhörbar »Hunger« klagte, Alice war sich nicht sicher, ob sie sich zum Kloster Niedernburg aufgerafft, sich in die Reihe der Armen und Elenden gestellt hätte, die in der Christnacht um Brot und etwas Warmes anstanden und die staunend glotzten, als der hohe Abt, vor dem sie sich tief beugten und so mancher auf die Knie fiel, die junge Frau mit dem fremden Kind ansprach:

»Alice?«

Nun saß sie mit Leyla auf dem Pferd des Abtes, umhüllt von seinem warmen Mantel, während er zu Fuß ging und sie durch die klare Schneenacht zum Kloster führte. Alice blickte bisweilen von der Seite den Mann an, den sie fürchtete und wie keinen anderen während der langen drei Jahre des Kreuzzuges verabscheut, oft gehasst hatte. Bernhard hatte ihn sogar verdächtigt, mit dem Satan im Bunde zu stehen. Ausgerechnet er hatte sie erkannt. Niemand hatte sie beachtet, als sie vor ihrem Vaterhaus stand, das ihr Vater an das Kloster verpfändet hatte, in dem nun fremde Menschen wohnten, die ihre verwöhnten Mägen mit Gänsebraten füllten, dessen Duft bis zu ihr auf die Gasse drang. Es tat so weh, als die Glocken des Stephansdoms zur Christmesse läuteten und überall sich Türen und Tore öffneten, ihre früheren Freundinnen fröhlich plaudernd sich den Weg hinauf zum Gotteshaus begaben, während sie mit Leyla durchnässt, frierend zurückblieb. Es war bitter, nicht einmal als Bettlerin bemerkt zu werden, geschweige denn als Alice aus der Marchgasse. Nur ausgerechnet er war es, der sie in der dunklen Menge wahrnahm, obwohl sie, als sie seiner ansichtig wurde, wie er von der Äbtissin in Ehren bis vor das Klostertor geleitet wurde, den Kopf abgewandt und zur Mauer geschaut hatte. Von ihm erkannt werden, das wollte sie nicht. Und doch, als er sie fragte, fragte, nicht aufforderte, schon gar nicht befahl, ob sie auf sein Pferd steigen, mitkommen möge, da hatte sie zaudernd nachgegeben. Gewiss, es war besser für Leyla und sicher gab es im Gästehaus des Klosters trotz der späten Stunde etwas Gutes zu essen und ein Bett, ein richtiges reinliches Bett.

Leyla, die von der Wärme des Mantels und dem gleichmäßigen Gang des Pferdes eingeschlafen war, wachte erst auf, als sie das Kloster erreichten.

»Gelobt sei Jesus Christus«, wurden sie vom Pförtner begrüßt.

»In Ewigkeit, Amen«, murmelte sie.

Wiederum fiel ihr die klare Stimme des Abtes auf, mit der er den Pförtner Laurentius aufforderte, Bruder Thaddäus zu wecken und ihn in die Abtwohnung zu bitten. Ferner dem Knecht Robert Bescheid zu sagen, er möge eine Mahlzeit für Alice und Leyla auftragen. Alice entging nicht der missbilligende Blick des Pförtners, es war unverkennbar, dass er die junge Frau vor sich für eine unehrlich Geborene einschätzte und sich wunderte, wieso dieses heruntergekommene Bettelweib in die Abtwohnung geladen wurde, wo eigentlich nur Adelige, zumeist männlichen Geschlechts, und ganz hoch gestellte Damen bewirtet wurden. Die Frau aber vor ihm hatte ein Kind, so dunkel und fremd. Der Abt bemerkte den Blick und ließ sich zu der erklärenden Äußerung herab:

»Alice, meine niftele, meines Bruders Tochter. Du weißt, des angesehenen Kaufmanns aus der Marchgasse. Ihr gebührt Ehre. Nach dreijähriger Pilgerfahrt ist Alice aus dem Heiligen Land zurück in ihre Heimatstadt Passau gekommen. Gelobt seien Gott und Jesus Christus.«

Zu Alice gewandt, sagte der Abt, sie müssten nun schweigen, bis sie die Abtwohnung erreicht hätten, es sei die Zeit nach der

Komplet, wo niemand mehr im Kloster sprechen dürfe. Alice nickte und nahm Leyla auf den Arm, während das Pferd zu den Stallungen geführt wurde. Mit einem freundlichen Lächeln und einer einladenden Handbewegung forderte der Abt sie auf, ihn zu begleiten. Am Gästehaus für die Armen und für die Vornehmen vorbei führte der Abt die Staunende in das Kloster hinein. Zu ihrer Rechten erhoben sich mächtig und gewaltig die Klosterkirche sowie der innere Bezirk des Klosters mit dem Refektorium und Kreuzgang, der nur von den Mönchen betreten werden durfte. Alice schauderte, als sie den Weg zwischen den Steingebäuden entlangging, es erschien ihr so unwirklich wie der Abt an ihrer Seite.

»Meine niftele«, hatte er dem Pförtner ihre Beziehung zueinander erläutert. Es war dennoch nicht vorstellbar, dass dieser Mann an ihrer Seite ihr Vaterbruder sein sollte. Beim Schein des Lichtes, mit dem er ihr den Weg leuchtete, fiel ihr wie damals, wie bei dem Fest, das ihm und dem Grafen von Baerheim und seinem Sohn Bernhard zu Ehren gegeben wurde, ihr fiel wieder auf, dass der Abt schön war. Das verwirrte sie noch mehr.

Der Abt schob den Riegel hoch und öffnete die Eichentür zu seiner Wohnung. Wärme schlug Alice entgegen, die ihr fast den Atem nahm, ein Feuer brannte im Kamin.

»Ich habe Euch erwartet«, sagte der Abt. »Genauer, ich habe zu Gott gebetet, Ihr möget am Leben bleiben und wohlbehalten oder so etwas wie wohlbehalten zurück nach Passau kommen. So, wie ich Euch kenne, dachte ich, es sei die Nacht der Geburt des Herrn, die Ihr Euch als Ziel für Eure Rückkehr gesetzt hättet.«

»Aber Ihr kennt mich doch gar nicht«, stieß es aus Alice hervor. So viel Schmerz, wie dieser Mann ihr bereitet hatte, da konnte er sie nicht kennen.

»Das mag sein, aber dass Ihr mutig seid, dass Ihr leben wollt und einen festen Willen habt, das meine ich von Euch zu wissen.«

Der Abt wandte sich dem Kreuz zu, das, abgerückt von Tisch und Stuhl, wie in einem Altarraum an der mit biblischen Szenen bemalten Wand hing.

»Lasst uns beten und Gott danken, dass Ihr und Euer Kind nicht wie so viele den Tod erlitten habt, sondern den Weg zurück habt finden dürfen.«

Alice blickte zu Boden.

»Ich kann nicht loben und danken«, erwiderte sie leise. »Auf meinem Weg zurück durch Italien haben überall, in jedem Dorf, in jeder Stadt, in jeder kleinsten Kapelle auf dem beschwerlichen Weg über die Alpen Dankgottesdienste für die Eroberung Jerusalems stattgefunden. Ich wollte auch beten und danken wie die freudigen, jubelnden Menschen um mich. Aber ich kann nur klagen.«

Der Abt blickte Alice ernst, schweigend und ehrfurchtsvoll an. Dann sagte er:

»Könnt Ihr es Euch vorstellen, einen Klagepsalm mit mir zu beten?«

Alice nickte und kniete wie auch der Abt vor dem Kreuz nieder. Leyla hielt sie fest im Arm.

Der Abt betete:

»Meine Stimme ruft zu Gott, und ich will schreien! Meine Stimme ruft zu Gott, dass er mir Gehör schenke.

Am Tag meiner Bedrängnis suchte ich den Herrn. Meine Hand war des Nachts ausgestreckt und ließ nicht ab. Meine Seele weigerte sich, getröstet zu werden.

Denke ich an Gott, so stöhne ich. Sinne ich nach, so verzagt mein Geist.

Du hieltest offen die Lider meiner Augen; ich war voller Unruhe und redete nicht.

Ich durchdachte die Tage.

Ich sann des Nachts; in meinem Herzen überlegte ich, und es durchforschte meinen Geist.

Wird der Herr auf ewig mich verwerfen und künftig keine Gunst mehr erweisen?

Ist seine Gnade für immer zu Ende?

Hat Gott vergessen, gnädig zu sein? Hat er im Zorn verschlossen seine Erbarmungen?«

Der Abt unterbrach das Gebet, blickte zu Alice und schloss: »Amen.«

»Nicht weiter?«, fragte sie erstaunt.

»Könnt, mögt Ihr weiterbeten?«

Alice schüttelte den Kopf, erhob sich, strich, schon im Stehen, in einer unbewussten Bewegung ihren Rock glatt, wobei sich ihr Gesicht schmerzlich verzog, was der Abt bemerkte. Es jammerte ihn das rohe, rote, verbrannte Fleisch ihrer Hände, über das sich eine hauchdünne Hautschicht zu bilden schien. Wie musste diese junge Frau leiden!

»Ich kann nur klagen«, sagte Alice leise, während der Abt ihr einen Stuhl zurechtrückte und Leyla ganz selbstverständlich Alice auf den Schoß kletterte, ohne dass diese das Kind mit den Händen hochheben musste. Er selbst setzte sich dazu und wartete.

»Ich habe alles verloren, wisst Ihr. Alles. Eine Mutter habe ich nie gehabt. Sie wurde ermordet – von unserer Magd. Staunt Ihr, dass ich das weiß? Ja, ich habe den Brief gelesen, den Ihr Martin für meinen Vater mitgegeben habt mit der Weisung, nur mein Vater dürfe das Siegel öffnen. Auch Martin kennt den Inhalt und weiß, dass seine Mutter eine Mörderin war. Es hat ihn sehr unglücklich gemacht.«

Der Abt zuckte zusammen. Um Himmels willen, dachte Alice. Was sage ich da. Nun weiß er, dass ich weiß, dass Martin sein Sohn ist, und dass auch Martin es weiß.

Sie schluckte, stockte und Leyla rutschte von ihren Knien. Die Kleine hatte das aufgeschichtete Holz neben dem Kamin entdeckt und begann, einen Turm zu bauen.

»Ihr wolltet von Euch erzählen«, ermunterte sie der Abt.

»Mein Vater, Euer Bruder, wurde kurz vor Konstantinopel zum Krüppel geschlagen und ist – tot. Wie er gestorben ist, möchte ich nicht erzählen. Auf der Pilgerfahrt habe ich das leibhaftige Grauen erlebt. Wie viele Menschen habe ich sterben sehen. Meine Freundin Theresa, Martins Frau, ist auf der Stadtmauer von Antiochia vor den Augen des christlichen Heeres enthauptet worden. Und nun, am Ende der Pilgerfahrt, am Ziel all unserer Sehnsüchte, gibt es mein Vaterhaus für mich nicht mehr, es leben fremde Menschen darin, ich habe heute Nacht, in der Nacht der Geburt des Herrn, davorgestanden. Ich bin vollkommen verarmt. Das letzte mir von Euch auf die Pilgerfahrt mitgegebene Geld habe ich für eine viel zu teure Schiffspassage nach Italien ausgegeben. Für Leyla musste ich den doppelten Preis bezahlen, der Steuermann behauptete, ich hätte Leyla gestohlen. Seit Italien bettele ich mich von Kloster zu Kloster. Oh ja«, sagte sie bitter. »Die verbrannten Hände helfen mir sogar bisweilen, dass die Menschen Mitleid mit mir haben.«

»Wo und wie habt Ihr Euch die Verbrennungen zugezogen?«, unterbrach sie der Abt.

»In Jerusalem. Bei der Eroberung von Jerusalem. Ich wurde von einem Brandpfeil getroffen. Mein Kleid stand sofort in Flammen. Aber Ihr habt recht, mich in meiner Klage zurechtzuweisen.

All dies haben viele Christen erlitten und es ist kein Grund, Gott anzuklagen. Ich klage Gott nicht um meinetwillen an, sondern um Hannos willen.«

Leyla lachte, als der Turm zusammenbrach. Alice blickte zu dem Kind mit seinem schwarzen Lockenkopf, das auf der Erde herumkrabbelte, mit einem Holzscheit auf den Steinfußboden hämmerte und dann wieder einen Turm baute.

Zum Abt gewandt, fuhr sie fort.

»Auch Hanno hatte so schwarze Wuschelhaare. Wenn ich Leyla von hinten sehe ...«

Sie schluchzte auf und wischte sich mit ihrem verdreckten Ärmel über das Gesicht. Entschlossen fuhr sie fort.

»Martin hat Euch doch gewiss geschrieben, dass ich einen Sohn geboren habe, Hanno, und sicher auch, wer der Vater war, dass Ritter Bernhard sein Vater war.«

Der Abt nickte.

»Kurz vor der Einnahme von Antiochia hat er es mir geschrieben, vor weit mehr als einem Jahr also. Das war das letzte Mal übrigens«, fügte er hinzu und Alice bemerkte trotz ihres Kummers, wie sehr sich der Abt um Martin sorgte.

»Ich weiß nicht, ob Martin noch lebt«, sagte sie. »Ich habe ihn das letzte Mal vor der Eroberung Jerusalems gesehen.«

Sie schwiegen.

Im Kamin knackten die Holzscheite. Die Flammen züngelten und ließen die Farben der bunt bemalten Wände grell aufleuchten und dann wieder vom Dunkel verschluckt werden, um bei der auflodernden Flamme wie aus der Wand herauszutreten. Alice deutete auf ein Fresko:

»Emmaus«, sagte sie. »In Emmaus war ich mit Hanno. Einen Tag bevor wir Jerusalem erreichten, war ich mit Hanno in der Kirche, in der das kleine Haus steht, in das schon Jesus Christus des Abends eingetreten war. Hanno hatte seine Händchen an die Mauer gehalten und ich habe ihm erzählt, wie unser Herr Jesus das Brot brach und die Jünger den Auferstandenen erkannten. Wisst Ihr, was mit Hanno geschehen ist? Nein? Niemand weiß es. Niemand weiß hier, wer Hanno war. Warum bin ich nur zurück nach Passau gekommen? Warum bin ich nicht in Jerusalem geblieben? Warum weine ich nicht an seinem Grab?«

Alice fasste sich.

»Schon am Tag, als wir vor Jerusalem unser Lager aufschlugen, fing Hanno an zu kränkeln. Es wurde von Tag zu Tag schlimmer. Wir hatten kein Wasser, der Kommandant von Jerusalem hatte alle Wasserquellen unbrauchbar machen, alle Bäume fällen lassen. Der heiße Wüstenwind wehte unablässig. Da wurde Hanno krank und ich fürchtete, er werde sterben. Nachts sind Bernhard, also Ritter Bernhard von Baerheim, und ich aufgebrochen nach Bethlehem, um Hanno zu retten. Wir sind von der Eliteeinheit des Kommandanten von Jerusalem überfallen worden. Gegen diese Übermacht konnte Bernhard nicht an. Wir sind gefesselt worden und dann …«

»Ihr braucht es nicht auszusprechen.«

»Doch, ich muss, um Hannos willen muss ich es. Es darf nicht in Vergessenheit geraten. Die Männer haben Hanno, das flehende, schreiende Kind, er war doch gerade erst ein Jahr alt, auf einen Steinblock gelegt und – geköpft! In alle Ewigkeit schreie ich. Vor unseren Augen geköpft. Warum er, warum unser Kind? Warum nicht ich?«

Es war, als klebte die Frage an den Wänden. Dann war es ganz still geworden in dem engen Raum. Da ertönte ein Kinderstimmchen: »Hunger.«

Und wie gerufen, klopfte es und die Tür öffnete sich. Ein kalter Luftzug drang zu ihnen und Robert trat ein, um das Mahl aufzutischen. Die Kleine hielt die Hände vor die Augen, fing an zu weinen und flüchtete sich zu Alice auf den Schoß, so sehr erschreckte sie das furchtbare Aussehen des Mannes, der langsam und mit unglaublicher Anstrengung ein weißes Tuch über den schweren Holztisch breitete, einen silbernen Leuchter darauf bedächtig setzte, Krüge mit Wasser, Wein und Birnensaft auf den Tisch stellte, Tonbecher, eine Silberschale mit Brot, Schüsseln mit Hühnchen und Rotkraut, bemalte Holzteller und einen großen Tonteller mit Krapfen.

»Was ist mit ihm?«, konnte Alice sich nicht enthalten zu fragen, als Robert gegangen war.

»Er ist ein Mann, der Morde begangen hat, ein Räuber, ein Mörder, würden die meisten sagen. Er hat sich nach einem misslungenen Mordversuch selbst gestellt, wollte freiwillig gerädert werden. Alle Knochen sind ihm gebrochen und seine Glieder sind aufs Rad geflochten worden. Doch in der Nacht hat sich die Mutter Maria seiner erbarmt und ihn unter das Rad gelegt. Dort habe ich ihn in den frühen Morgenstunden gefunden. Er wurde im Kloster gesund gepflegt, soweit dies möglich war. Seitdem ist er mein Diener.«

»Hat er Euch töten wollen?«, drängte es Alice zu erfahren.

»Ja, aber Robert war nur ein Handlanger, ein gedungener Täter. Der Auftraggeber ist ein anderer.«

Es entstand eine Pause, in der Alice über die Worte ›ist ein anderer‹ stutzte.

»Ihr kennt ihn, ich meine den Auftraggeber, und er ist nicht bestraft worden?«

»So ist es. Nur er und ich haben dieses gemeinsame Wissen.«

Alice senkte nachdenklich den Kopf. Der Abt war ihr immer als überirdisch und unverwundbar erschienen, und nun lauerte vielleicht ein Mann, den der Abt sogar kannte, auf eine Gelegenheit zum Meuchelmord.

Der Abt unterbrach sie in ihren Gedanken. »Es ist für Euch aufgetragen. Lasst es Euch munden.«

Leyla fasste mit ihren Händchen nach einem süßen Krapfen und Alice zog ihr Messer, das an ihrem Ledergürtel befestigt war, aus der Scheide, einem schönen, teuren Gürtel, wie der Abt bemerkte, vielleicht ein Geschenk von Bernhard. Auch Ohrringe musste die junge Frau getragen haben, überlegte er.

»Vertraut Ihr denn nach allem Robert?«, überwand sich Alice zu fragen, während sie mit schmerzvollem Gesicht für Leyla kleine Häppchen schnitt.

»So wie ich auch Bruder Thaddäus vertraue, der jeden Augenblick kommen müsste.«

»Gibt es wirklich Menschen, denen man vertrauen kann?«, sagte Alice zweifelnd.

»Gewiss. Euch.«

»Mir? Ich habe den Brief gelesen, der nicht für mich bestimmt war.«

»Ihr habt Leyla gerettet. Die Heerführer haben nach der Eroberung Jerusalems ein Schreiben für Papst Paschalis verfasst und nach Rom gesandt, das überall im Abendland verbreitet wurde. Ich kann mir ziemlich genau vorstellen, was in Jerusalem geschah. Es war ein Morden. Und Ihr seid hier mit dem fremden Kind.«

Es pochte wiederum an der Tür.

»Bruder Thaddäus. Wenn Ihr es wünscht, werde ich ihn nicht von seinem Schweigegebot entbinden«, bemerkte der Abt, während er zur Tür ging.

»Doch, tut das!«, rief Alice. »Nichts ist so verletzend, wie angeschwiegen zu werden.«

Der Abt wandte sich zu Alice um, blickte sie verwundert und wissend zugleich an. Die Tür wurde geöffnet. Bruder Thaddäus trat sich den Schnee von den Schuhen, blies bedächtig sein Licht aus, strich sich die Schneeflocken aus seinem weißen Vollbart und betrat erwartungsvoll die Abtwohnung.

»Herr, öffne seine Lippen, damit sein Mund dein Lob verkünde«, sprach der Abt zu Thaddäus, schlug ein Kreuz zum Zeichen des Segens, wie auch Bruder Thaddäus sich bekreuzigte.

»Gelobt sei Jesus Christus.«

»In Ewigkeit, Amen«, antwortete der Bruder.

Zu Alice gewandt, erklärte der Abt:

»Bruder Thaddäus ist ein verschwiegener Geschichtenerzähler.«

Der Mönch neigte kaum merklich den Kopf vor der jungen Frau, die beim Eintritt des Mönchs aufgestanden war.

»Alice, die Tochter meines verstorbenen Bruders Karl.«

Wiederum neigte der Mönch den Kopf, diesmal tiefer.

»Alice gebührt die Ehre des Willkommens nach dreijähriger entbehrungsreicher Pilgerfahrt nach Jerusalem.«

Bruder Thaddäus verneigte sich ehrerbietig.

»Oh ja, ich entsinne mich. Martin erzählte mir, er sei in Eurem Vaterhause aufgewachsen«, sagte Thaddäus freudig. »In einer Winternacht kam er todkrank hierher ins Kloster. Er war mein ungeduldiger, liebenswerter Kranker. Immer wollte er zurück zum Kreuzzug, konnte es gar nicht abwarten zu kämpfen und litt so sehr darunter, dass er kein Schwert, überhaupt keine Waffe besaß. Hat er dann doch gekämpft?«

»Martin war von der ersten Schlacht in Nikäa bis nach Jerusalem bei allen Kämpfen und Schlachten dabei«, antwortete Alice. »Er ist sogar vom Legaten des Papstes zum Ritter geschlagen worden, kurz bevor wir vor Antiochia befürchteten, dass wir alle, das gesamte christliche Heer, vom übermächtigen Kerbogha hingemordet würden.«

Bruder Thaddäus wusste darauf so schnell nichts zu sagen, sondern beugte sich zu Leyla.

»Und du, hübsches Kind?«

»Das ist Leyla«, sagte Alice.

»Leyla? Der Name erinnert mich an etwas, an eine Geschichte.«

»Die wohl wahre Geschichte von Leyla und Madschnun. Die schönste und traurigste arabische Liebesgeschichte«, antwortete der Abt.

»Jetzt fällt es mir wieder ein. Die beiden jungen Leute verlieben sich, ihre Familien verbieten die Heirat und Madschnun wird vor Kummer zum Dichter. Hätte er geheiratet, er wäre ein Niemand geblieben. So aber wissen wir von ihm sogar hier in diesem Kloster. Dank Eurer Arabischkenntnisse, Abt Johannes. Gottes Wege sind rätselhaft und doch führt Er uns zum Guten.«

Der Abt bemerkte, welch trauriges Gesicht Alice machte. Sie fühlte sich gänzlich übersehen und überflüssig und in ihrem Schmerz verletzt. Der Bruder schien es auch zu bemerken, denn zu Alice sagte er:

»Und Gott hat Euch zu diesem Kind geführt.«

Alice sah nun noch unglücklicher aus.

»Wir sollten mit Gottes Ratschluss vorsichtig sein und auf das achten, was Menschen tun, ob sie Werke der Barmherzigkeit vollbringen«, ermahnte ihn der Abt.

»Es war nicht Barmherzigkeit«, stieß es aus Alice hervor, dass sie sich selbst wunderte.

»Es war …«, sie schluckte. »Es war am Tag der Eroberung Jerusalems, unsere Ritter hatten die Stadttore geöffnet. Wir Frauen drängten hinein, einige wurden dabei totgetrampelt. Dann Jerusalem, die Heilige Stadt. Überall Tote, Verwundete, Sterbende, Blut. Ich stand auf der Treppe zur Klagemauer. Ich hörte Schreien, sah eine muslimische Frau, ein Kind im Arm. Sie wurde verfolgt von …«

Alice atmete angestrengt.

»Sie wurde verfolgt von einem Ritter. Sie rannte die Stufen hinunter, stolperte, legte mir das Kind vor die Füße. Sie legte es mir einfach vor die Füße. Der Ritter stieß sie weiter auf den Platz. Ohne nachzudenken, hob ich das Kind auf. Ich nahm noch wahr, glaube es, dass es so war, dass die Frau mir zulächelte. Dann war sie tot. Und ich lief davon. Besinnungslos. Lief zum Lager, nahm mein Bündel, nur das Wichtigste, und floh, rannte fort. Irgendwann auf dem Weg zum Meer fing die Kleine an zu weinen, hatte Durst. Was sollte ich tun? Aber Hanno war noch nicht zu lange tot, und ich versuchte, ob ich noch Milch hatte.« Alice stockte.

»Die Mutter hatte in die Windel den Namen ihrer Tochter gestickt. Ich konnte die arabischen Schriftzeichen natürlich nicht lesen und bat in Tripolis einen vertrauenerweckenden Mann, mir das Wort vorzulesen. Leyla. Seitdem weiß ich, dass ich alles tun muss, um Leyla durchzubringen. Ich weiß nicht, ob sie eine Erinnerung an ihre richtige Mutter hat.«

Die Kleine zupfte Alice am Rock und quengelte: »Mamme, tinken.«

»Das scheint eine Antwort auf Eure Frage zu sein«, bemerkte der Abt. »Setzen wir uns doch wieder.«

Aus einem Tonkrug schenkte er Leyla Birnensaft ein und schob dem Kind den Becher zu, den Leyla mit beiden Händen packte und glucksend den süßen Saft trank.

»Ich habe lange überlegt, wie Leyla mich nennen soll, und habe mich dann für den Kosenamen von Mutter, für Mamme, entschieden. Es schien mir das Sicherste für Leyla zu sein.«

»Sicherste?«, fragte der Abt.

»Seht sie Euch an, die braune Hautfarbe, die mandelförmigen Augen, die schwarzen Haare, das ganze Gesichtchen wirkt fremdartig. Wie sollte ich erklären, warum ich das Kind einer Ungläubigen gerettet habe. Halten die Leute aber Leyla für ein Sarazenenkind, dann fürchte ich um ihr Leben bei der besinnungslosen Begeisterung über die Eroberung Jerusalems. Natürlich, der eine oder andere würde Mitgefühl zeigen, die meisten jedoch hinter meinem Rücken Böses reden. Wenige aber würden nicht selbst das Kreuz auf sich nehmen wollen und nach Jerusalem pilgern, sondern ihre blinde Wut an Leyla auslassen. Warum so weit pilgern, wenn man so mühelos eine gottgefällige Tat vollbringen kann. Ich fürchte, irgendein Mann würde Leyla packen und gegen eine Wand schleudern oder sonst wie töten.

Da nehme ich lieber die Schande auf mich, dass die Menschen denken, ich hätte mit einem Ungläubigen … Ihr wisst schon.«

Leise fügte Alice hinzu: »Das Wort ›Hure‹ kenne ich mittlerweile in allen Sprachen.«

Es war ganz still geworden. Bruder Thaddäus blickte auf seine Hände und ließ die Daumen umeinander kreisen. Der Abt nahm ihre Hände ganz vorsichtig in die seinen und sagte:

»Jedenfalls da kann ich Linderung verschaffen. Ich werde, wenn Ihr es erlaubt, Euch morgen eine Salbe bringen, so dass Ihr jedenfalls diesen Schmerz vergesst.«

»Doch, natürlich, das wäre sehr nett«, antwortete Alice höflich, während sie ihre Stirn kraus zog und an anderes dachte.

»Nur weiß ich überhaupt nicht, wie es mit uns weitergehen soll. Ich muss gestehen, ich fürchte mich, wieder nach Passau zurückzukehren. Wie viel üble Nachrede wird es geben? Wovon sollen wir leben? Ich bin vollkommen verarmt. Ich habe nichts, was mir weiterhelfen könnte.« Hilflos blickte Alice den Abt und Bruder Thaddäus an.

Bruder Thaddäus war währenddessen aufgestanden.

»Ich geh schon zum Dormitorium«, sagte er, »und wecke die Brüder zur Prim.«

»Hab dafür Dank. So kann ich vor der Messe meine Brudertochter Alice noch zum Gästehaus geleiten.«

Bruder Thaddäus nickte und machte sich auf den Weg zum Schlafsaal der Mönche.

Endlich allein mit dem Abt und Leyla, fragte Alice: »War ER da?«

»Ja, er war da. Nach der langen Zeit musste er sich überall in seiner Grafschaft zeigen, um seine Herrschaft geltend zu machen. Seine Mutter hat zwar in der Abwesenheit ihres Gatten und ihres Sohnes das Lehen mit fester Hand verwaltet, aber die Grafen von Formbach und der Burggraf von Passau hatten selbstverständlich gehofft, dass auch Graf Bernhard wie so viele nicht aus dem Heiligen Land zurückkehren würde und sie sich seiner Grafschaft bemächtigen könnten. Insbesondere der Burggraf Udalrich hat sich bestimmt nicht über Bernhards Auftritt gefreut, da wohl noch ein Zweikampf zwischen den beiden aussteht.«

Alice nickte. »Ich weiß. Bernhard hat mir davon erzählt.«

Sie blickte zu Boden, als sie fragte:

»Und habt Ihr mit Graf Bernhard gesprochen?«

»Der Graf war hier im Kloster, um seine Vermögensangelegenheiten zu klären, genaugenommen, um die verpfändeten Ländereien wieder einzulösen. Er wollte noch wissen, wo sich Kaiser Heinrich aufhält, damit er sein Lehen empfangen kann. Er ist also nicht mehr in der Gegend, sondern zum Kaiser nach Mainz geritten, wo er das Fest der Geburt des Herrn verbringt. Der Abt vom Kloster Tegernsee hat mir geschrieben, der Kaiser wolle mit ihm über Lösungsvorschläge nachdenken, wie der Machtkampf mit dem Papst zu beheben sei, wer die Bischöfe und Äbte einsetzen dürfe, der Papst oder er. Kaiser Heinrich will verhindern, dass der Streit im nächsten Jahrhundert weiter fortdauere.«

»Ja, ja«, sagte Alice zerstreut. »Das ist sicher sehr wichtig. Nur – ich habe sie gesehen, sie ist schön und sicher sehr reich.«

»Alice«, sagte der Abt ernst. »Klagt nicht Gott an, klagt mich an für Euer Unglück. Ganz richtig sagtet Ihr vorhin, ich kennte Euch nicht. Damals, als ich Eurem Vater gebot, das Kreuz zu nehmen, um sich von seiner Sünde reinzuwaschen, da habe ich nicht geahnt, dass Ihr ihn auf der weiten Pilgerfahrt nach Jerusalem begleiten wolltet. Ich dachte, Ihr wäret wie Eure Mutter. Obwohl sie eine eigensinnige Frau war mit ihrem leuchtend roten Haar und der hellen Haut, bezaubernd und sich ihrer Schönheit und Wirkung wohl bewusst, obwohl sie durchaus widerspenstig sein konnte, hätte sie nicht einen Augenblick gezaudert, den reichen Kaufmann aus Regensburg zu heiraten, der ihr als Ehemann anbefohlen gewesen wäre. Niemals hätte sie es im Entferntesten auf sich genommen, Entbehrungen, Leiden und Armut zu ertragen. Prunk, Verschwendung und Ehre waren für sie eine Selbstverständlichkeit. Ihr aber habt den schweren Weg ins Grauen gewählt aus Liebe und Sorge um Euren Vater.«

»Ich war in Jerusalem. Ich war in der Heiligen Stadt. Ich habe am Grab Jesu Christi gebetet«, erwiderte Alice und richtete sich auf. »Ich habe mein Gelübde erfüllt.«

Es schneite unaufhörlich, als der Abt mit Alice und Leyla in den Hof des Benediktinerinnenklosters Niedernburg in Passau hineinritt und sie die Pferde einem Knecht übergaben. Die Äbtissin Uta ließ nicht lange auf sich warten und trat durch die Pforte. Ehrerbietig begrüßte sie den Abt. Alice jedoch wurde von der gottesfürchtigen Frau mit einem Blick von oben bis unten betrachtet, wie nur Frauen sich gegenseitig abschätzen konnten. Die Äbtissin hatte ihr Urteil gefällt. Sicher, Alice' Obergewand war verdreckt, das Untergewand fast schwarz und starr vor Schmutz, auch trug die junge Frau keine Strümpfe, sondern hatte sich irgendwelche Lappen um die Füße gewickelt, aber es war dennoch offensichtlich, das Kleid dieser Person war aus kostbarem Stoff, Damast, und, obwohl von der Sonne und vom Regen gänzlich verblichen, schimmerte noch die grüne Farbe hindurch und ein rotes Muster, vielleicht Blumen. Das blonde Haar hatte sie zwar züchtig zu einem Zopf geflochten, aber deutlich waren noch die Stellen in den Ohrläppchen zu erkennen, durch die vor nicht allzu langer Zeit Ohrringe gesteckt waren. Diese junge Frau vor ihr hatte also während der Pilgerfahrt nach Jerusalem Schmuck getragen, vielleicht ein goldenes Ohrgehänge. Eitelkeit. Pure Eitelkeit. Nein, noch schlimmer, denn es war offensichtlich, das Obergewand war entgegen des Schicklichen zu eng geschnitten, der ehemals wertvolle Gürtel betonte eine schmale Taille. Dies war nicht das Kleid, das sich eine nicht einmal Zwanzigjährige schneidern ließ oder selber nähte, nein, hinter diesem Aufzug stand ein Mann, ein Mann, der seine Liebste gern anschaute, ein Adeliger. Diese junge Person hatte auf der heiligen Pilgerfahrt nach Jerusalem Unzucht getrieben, nicht nur einmal, sondern immerfort.

Sie, die Äbtissin, ließ sich nicht täuschen. Das Kind an ihrer Seite war nicht ihr eigenes, wie sie tuscheln und lästern gehört hatte. Es war das einer Ungläubigen. Wenn es doch ihr eigenes sein sollte, dann war diese Alice vergewaltigt worden von einem Türken oder Ägypter oder von sonst einem bärtigen, fremdartigen Mann. Geschah ihr ganz recht, wenn es eine Vergewaltigung war. Wer sich so herausputzte, durfte nicht erwarten, sanft behandelt zu werden.

Alice fror unter diesem Blick.

Der Abt dachte: Welche Bosheit versteckt sich hinter der Larve der Tugend und Frömmigkeit.

Zu der Äbtissin gewandt, sagte er:

»Wir leben in verwirrenden Zeiten, in Zeiten tiefgreifender Zerrissenheit. Papst und Kaiser stehen sich feindlich gegenüber. Unsicher sind die Menschen über den rechten Weg geworden, wie sie die Gnade Gottes erringen können. Diese Sorge treibt uns alle um, führt uns ins Kloster, lässt uns nach Jerusalem pilgern. Doch eines ist gewiss über alle Spaltungen hinweg. Eines bedarf jeder von uns, um Gott wohlgefällig zu sein: Demut.«

Die Äbtissin verzog den Mund, als wollte sie dem Abt widersprechen. Sie schluckte und erwiderte:

»Abt Johannes, Ihr findet immer das rechte Wort zur rechten Zeit.« Und zu Alice sagte sie:

»Wir wollen hier nicht weiter im Hof verweilen. Es ist kalt. Kommt mit, ich werde Euch Eure Kammer im Gästehaus zeigen. Eine, die sonst dem Adel vorbehalten ist. So wie Ihr es gewünscht habt, Abt Johannes.«

»Ich weiß Euer Entgegenkommen zu schätzen«, antwortete er und neigte vornehm den Kopf.

Dann blieb die Äbtissin stehen, zeigte mit dem Finger auf Leyla und sagte:

»Doch was ist mit dem Kind? Ein Heidenkind kann ich unmöglich in meinem Kloster dulden.«

»Leyla ist getauft«, entgegnete Alice aufgebracht. Dann fuhr sie mit ruhigerer Stimme fort: »Sobald wir in Latakia angekommen waren und auf eine Schiffsüberfahrt warteten, ist sie getauft worden, von einem katholischen Priester, nicht von einem orthodoxen. Sie soll im rechten Glauben erzogen werden.«

Nicht wirklich überzeugt, führte die Äbtissin ihre Besucher zum Gästehaus, das am Eingang des Benediktinerinnenklosters lag. Da der Abt Alice angekündigt hatte, brannte ein Feuer im Kamin. Der Abt überzeugte sich, dieser Raum war tatsächlich für eine Adelige gedacht, es gab eine Bettstatt mit richtigen Federkissen, eine Truhe, Haken für Kleider, einen Tisch und eine Bank, drapiert mit bunten Kissen. Sogar irdenes Waschgeschirr stand bereit.

»Wünscht Ihr andere, saubere Kleidung?«, fragte die Äbtissin.

»Wenn es möglich ist, gerne.«

»Vor nicht langer Zeit ist eine sehr junge Frau ins Kloster eingetreten. Ihre Kleider sind in der Kleiderkammer aufbewahrt. Die könnt Ihr haben.«

»Ist sie denn dann nicht noch Novizin? Ist sie sich ganz sicher, dass sie für immer Nonne werden will?«

»Dort, wo sie ist, bedarf es keiner irdischen Kleidung mehr«, entgegnete die Äbtissin.

Alice schauderte. Warum sagte die Äbtissin nicht, die junge Frau sei heimgegangen zum Vater im Himmel? Warum so vieldeutig? Der irdischen Kleidung bedurfte man auch nicht im Fegefeuer und schon gar nicht in der Hölle.

Die Äbtissin achtete nicht weiter auf Alice, sondern verließ den Raum, um eine Nonne zu beauftragen, das Unter- und Oberkleid für Alice zu holen.

Alice atmete auf.

Der Abt aber zog, kaum dass die Äbtissin gegangen war, aus dem weiten Ärmel seiner schwarzen Kutte Perlen, ein Geschmeide.

»Die Perlen Eurer Mutter«, sagte er und gab sie Alice in die Hand. »Sie gehören Euch.«

»Woher habt Ihr sie? Sie sind wunderschön.«

»Als Ihr und Euer Vater nach Jerusalem aufgebrochen wart, habe ich sie in Eurem Vaterhaus in einer Truhe in Marthas Kammer gefunden wie auch das Hochzeitskleid Eurer Mutter. Der Jude Elias hat sie seitdem für Euch aufbewahrt.«

»Dann sind das die Perlen, die meine Mutter trug in der Nacht, als sie ermordet wurde. Von Martha ermordet wurde.«

Alice schreckte zurück. »Die kann ich nicht nehmen.« Hastig gab sie ihm die Perlen zurück.

»Doch, Ihr könnt und solltet sie nehmen.«

»Es klebt ein Fluch daran.«

»Hat Graf Bernhard Euch erzählt, ich hätte Eure Mutter und Euer ganzes Haus über ihrem Brautbett verflucht?«

Alice nickte.

»Ihr wisst es besser. Ihr habt den Brief gelesen, in dem stand, was ich getan habe, nachdem ich wie drohend rief: ›Wenn Ihr wüsstet, was ich jetzt tun werde!‹«

Alice nickte wieder.

»Und es ist kein Unheil daraus geworden«, setzte der Abt ernst fort, »sondern ein Geschenk Gottes. Martin.«

»Das sprecht Ihr so einfach vor mir aus?«

Der Abt antwortete darauf nicht, sondern reichte Alice die Kette wieder hin.

»Ihr solltet sie nehmen. Nicht als Andenken, sondern um sie zu verkaufen. Elias könnte das für Euch tun. Auch wenn das Kloster sehr reich ist, so habe ich doch kein eigenes Geld, das ich Euch geben könnte. Mein Erbteil habe ich bei meinem Eintritt dem Kloster vermacht und das Geld, was ich zuvor beiseite geschafft habe und das Elias über Jahre hinweg vervielfacht hatte, gab ich Euch und Martin, damit Ihr die Pilgerreise überlebt.«

Wieder wunderte sich Alice, dass der Abt so offen über Verbotenes sprach. Er schien ihre Gedanken zu erahnen, denn er erläuterte:

»Vor Gott ist nichts verborgen. Im Leben und im Sterben muss ich vor ihm Rechenschaft für meine Gedanken und für meine Taten ablegen.«

Alice sann nach. Schließlich sagte sie, die Kette in ihrem Beutel verbergend: »Ihr habt recht. Ich brauche wirklich Geld. Schon als wir vor Jerusalem unser Lager aufgeschlagen hatten, wünschte ich mir, wieder in Passau zu leben, mir ein kleines Schiff zu kaufen und mich am Salzhandel zu beteiligen.«

Der Abt wiegte bedenklich den Kopf.

»Die Salzfertiger sind harte Leute. Wenige Männer beherrschen den Salzhandel. Sie lassen kaum jemals einen Neuen in das Geschäft.«

»Aber mein Vater war einer von ihnen. Und ich bin seine Tochter.«

In diesem Augenblick trat die Äbtissin herein, begleitet von einer Nonne, die die Kleidung für Alice trug. Alice hielt das wollene Oberkleid hoch, betastete den braunen Stoff des Umhangs.

Endlich konnte sie ihr übel riechendes Kleid ausziehen. Überschwänglich bedankte Alice sich bei der Äbtissin, worüber sie sich noch im gleichen Augenblick ärgerte.

Alice war aufgeregt, als sie beim Mauthäuschen des Klosters Niedernburg und am Getreidemarkt vorbei die Gasse hinunter zum Innhafen lief. Der frische, salzige Geruch des Flusses schlug ihr entgegen, den sie schon als Kind so sehr mochte, wenn sie ihren Vater zur Anlegestelle begleiten durfte, wo die großen, schwarzen, mit roten Streifen bemalten Schiffe lagen, die das kostbare Salz aus der fernen Halleiner Saline von Burghausen bis nach Passau befördert hatten. Wie jetzt Leyla durch den Schneematsch neben ihr hertrippelte und sich auf die Schiffe freute, so war sie an der Hand ihres Vaters gegangen, konnte freudig aufgeregt den Augenblick kaum erwarten, da sie endlich den Hafen erreichten. In Alice' Erinnerung war es immer Sommer gewesen, Juli oder August. Und immer war sie überwältigt von dem Anblick der Schiffszüge, die den Treidelweg entlang von unzähligen Männern gezogen wurden und am Innhafen anlegten. Vorneweg auf der Hohenau stand der Schiffsführer mit den beiden Steuermännern und dem Seßhalter, der die Wassertiefe überprüfte, dann die Schiffsleute und auf den Anhangschiffen konnte sie den Koch, einen Dudelsackpfeifer und sogar einen Hund entdecken. Am Hafen ging das geschäftige Treiben erst richtig los. Mautner, Trager, Fasser, Macher und Zwicker warteten nur darauf, dass die Stege von den Schiffen zum Land gelegt waren. In unglaublicher Geschwindigkeit wurden die Schiffe entladen, die Trager brachten das Salz zu den Häusern der Salzfertiger oder es wurde von den Fassern und Machern auf andere Schiffe geladen, die das kostbare Gut nach Regensburg oder die Donau hinunter nach Ungarn bringen sollten. In all diesem Gewühl und Gewimmel standen Ochsenkarren und fremde Händler und natürlich die mächtigen Salzfertiger, denen auch die Schiffe gehörten. Wichtig hatte ihr der Vater erklärt, dass nur Reiche sich ein Schiff leisten könnten, da der Salzburger Erzbischof die Maße vorgeschrieben hätte und der Passauer Bischof die Eisenstangen aufbewahre, nach denen die Schiffe gebaut werden müssten. Das alles war ihr groß und wichtig erschienen und sie war stolz gewesen, einen Vater zu haben, der scheff und gschier besessen hatte. Und das war viel, Besatzung, Schiffszieher, alles für den Schiffszug notwendige Gerät.

Doch schon damals war nicht alles gut gegangen, denn der Inn war ein tückischer Fluss mit Sandbänken und von geringer Tiefe, so dass es zu Unfällen gekommen war, der Vater Verluste erlitten hatte.

Nun aber, da Alice das Flussufer erreichte, war ihr beklommen zumute.

Das geschäftige Treiben, das sich vor ihr ausbreitete, drückte ihr fast die Luft ab. Ein Schiffszug, beladen mit Wintersalz, wurde von Männern mit gewaltiger Anstrengung den Treidelweg den Inn entlanggezogen und unter Rufen und Schreien am Hafen vertäut.

Alice fühlte sich bedrückt, der Schneematsch durchnässte ihre Schuhe und es machte sie auch nicht gerade fröhlicher, dass Leyla vor sich hin summte, dann laut »Mamme, seffe!« rief und auf drei Schiffe wies, die gerade entladen wurden.

Wintersalz, dachte Alice. Jedes Jahr hatten sie in ihrem Handelshaus im Keller Wintersalz eingelagert, ein gewagtes, unsicheres Geschäft, denn mehrfach hatte das Hochwasser alles vernichtet. Leylas Ausruf aber hatte die Aufmerksamkeit eines Salzfertigers erweckt.

Der große Mann drehte sich um und sah die junge Frau auf sich zukommen.

»Die Alice vom Salzfertiger Karl aus der Marchgasse?«, rief er überrascht.

»Grüß Euch Gott, Meister Andreas«, antwortete Alice, erleichtert, erkannt zu werden.

»Mädchen, bist du groß geworden und hast dir noch dazu ein Andenken aus dem Heiligen Land mitgebracht. Na, wie heißt denn dein Balg?«

Alice merkte, wie sie rot wurde und zornig, sehr zornig. Doch der Salzfertiger beachtete ihre Zornesfalte nicht, sondern fuhr unbekümmert fort.

»Wie geht es denn Karl, deinem Vater? Man hat ja Schreckliches gehört, dass er kurz nach seinem Aufbruch schon in Ungarn Geschäfte machen wollte, mit Gewürzen, soviel ich weiß, und dass er Betrügern aufgesessen ist und alles verloren hat. Euer Knecht Martin ist dann zum Kloster geschickt worden, um deine Mitgift zu holen. Die dürfte nach drei Jahren Kreuzzug auch ausgegeben sein. Stimmt's?«

Alice dachte: Ich halte das nicht aus. Stattdessen erwiderte sie:

»Ihr erkundigt Euch als Christenmensch nach dem Wohlergehen meines Vaters. Ich hoffe, nicht um mir irgendwelche Gerüchte zu erzählen, die hier anscheinend seit Jahren die Runde machen.«

»Stimmt es etwa nicht? Aber wie geht es denn deinem Vater?«

»Er ist tot. Schon seit Konstantinopel.«

»Und du bist alleine, ohne männlichen Schutz, weiter nach Jerusalem gezogen?«

»In einem Heerlager ist man nie ohne Schutz«, entgegnete Alice. Unglücklich war sie, das Gespräch lief vollkommen schief.

»Natürlich, natürlich«, sagte er und blickte zu Leyla, die jetzt am Ufer entlanglief und »seff und sgerr« rief und »seff und sgerr« sang. Auch Alice sah besorgt nach der Kleinen. Ins Wasser fiel sie wohl nicht?

Alice nahm all ihren Mut zusammen, sie musste sagen, was sie sich vorgenommen hatte.

»Scheff und gschier. Deswegen komme ich. Von meiner Mutter Seite besitze ich noch ein kleines Vermögen und ich würde gerne in den Salzhandel einsteigen.«

»Ein eigenes Schiff kaufen? Seht Euch an, wie viele Männer Ihr bezahlen müsstest, wie viele Mäuler zu stopfen wären.«

Alice erschien der Wechsel in der Anrede geradezu bedrohlich. Wer Absagen erteilt, wird höflich.

»Ich dachte auch für den Anfang eher an eine Beiladung.«

Meister Andreas wiegte den Kopf.

»Auch das ist schwierig. Denkt allein an die Zölle, die an den Mautstationen zu entrichten sind: Laufen, Burghausen, Obernberg, Schärding und Neuburg. Und wenn Ihr Euer Salz weiter nach Regensburg befördern und dort verkaufen wollt, so weiß noch niemand, wie viel Maut der neue Graf Bernhard von Baerheim Euch auf der Donau abverlangt. Davor fürchten wir uns alle.«

Alice zuckte zusammen. Es war ihr, als würde man sie schlagen.

»Aber mal abgesehen davon. Selbst wenn Ihr einen Salzfertiger finden würdet, bei dem Ihr ein paar Kufen Salz unterbringen dürftet, was unwahrscheinlich ist, denn unsere Schiffe sind ausgelastet, so würde Euch niemand Euer Salz abkaufen.«

»Wieso nicht? Ich kenne die Säumer noch alle, die meinem Vater das Salz abkauften und ihm dagegen Getreide aus Böhmen verkauften, das mein Vater nach Salzburg brachte.«

»Drei Jahre sind eine lange Zeit. Die Händler aus Böhmen verkaufen ihre Ware, so leid es mir tut, nur an uns, die wenigen Salzfertiger, die es in Passau noch gibt. Tut mir leid. Aber ich habe anderes zu tun. Seht, die Arbeit wartet auf mich«, sprach er, ließ Alice stehen und ging zu seinem Schiff. Dort drehte er sich noch einmal zu der jungen Frau um und rief:

»Mit dem kleinen Kobold dort habt Ihr sowieso kein Glück. Bei niemandem!«

Wohin nun?

Alice sah sich nach Leyla um, die vor einem Ochsengespann stand und aufmerksam die Tiere betrachtete, die geduldig in ihrem Geschirr ausharrten und nur bisweilen mit den Hufen im Schnee scharrten.

»Komm, Leyla, komm!«, rief sie und lief auf das Kind zu. Sie musste aber die Männer an sich vorbeilassen, die den Steg vom Schiff hinunterhetzten, bepackt mit schweren Salzkufen, die sie mit Kraft auf den Wagen hievten. Einer der Träger, ein untersetzter, kahlköpfiger, versetzte Leyla wie nebenbei einen Fußtritt, während er zum Schiff zurückrannte. Leyla taumelte, fiel in den Schneematsch, heulte laut auf. Weinend lief sie zu Alice, die sie in ihre Arme nahm und mit dem schluchzenden, zitternden Kind davoneilte.

»Mamme, Mamme«, jammerte die Kleine und klammerte sich ganz fest an Alice' Schulter.

Alice selber war dem Weinen nahe. So viel Unglück!

Wohin? Ins Kloster? Der einzig sichere Ort. Doch Alice mochte das Kloster nicht. Sie fühlte sich nicht wirklich geborgen in dem engen Raum, der ihr zugewiesen war. Aber wohin sonst?

Die Leute auf der Gasse sahen sich nach ihr und dem wimmernden Kind um. Jetzt über den Getreidemarkt! Das war besonders entsetzlich!

»Alice!«, rief eine Frauenstimme. »Alice, so warte doch.« Schwerfällig mit ihrem unförmigen Leib, einen Jungen an der Hand, drängte sich eine Frau von der Seite zwischen zwei Ständen durch und kam auf Alice zu. Dann blieb sie ruckartig stehen, starrte Leyla an und machte Anstalten umzukehren.

»Elfrieda!«, rief Alice, Elfrieda, die ihr liebste Freundin in ihrer Kindheit. Von klein auf hatten sie als Nachbarskinder miteinander gespielt.

Widerwillig ging Elfrieda auf Alice zu, blieb jedoch in solchem Abstand vor ihr stehen, dass Alice sie nicht umarmen konnte.

»Sei willkommen aus dem Heiligen Land.«

»Sei du auch mir willkommen«, erwiderte Alice.

»Lass uns weitergehen. Ich habe zu tun. Heute ist mein Namenstag. Ich erwarte viele Gäste.«

Alice fühlte es wie einen Stich im Herzen, offenbar würde sie nicht eingeladen.

»Das Gehen ist etwas mühsam«, fuhr Elfrieda fort, während sie die Gasse hinaufgingen.

»Ich stehe kurz vor der Entbindung. Drei Buben habe ich schon. Das ist Melchior, mein Ältester.«

»Ich erinnere mich, du hattest kurz vor unserem Aufbruch nach Jerusalem den reichen Salzfertiger Hans geheiratet, ich glaube, seine dritte Frau war gerade gestorben.«

»Ja, die Maria. Ist im Kindbett gestorben. Seine neun Kinder muss ich jetzt großziehen. Und dann jedes Jahr ein Kind, gleich wenn ich dem Kindbett entstiegen bin. Ich sage dir, der Mann ist unersättlich, trotz seines Alters.« Elfrieda kniff den Mund zusammen, ärgerte sich, so viel verraten zu haben.

Dann sagte sie in gehässigem Ton: »Wie ich sehe, bist du auch nicht ohne Andenken aus dem Heiligen Land zurückgekommen. Ist das deine Tochter?«

»Gott hat mir Leyla gegeben«, antwortete Alice möglichst würdevoll.

»Gott hat dir Leyla gegeben. Das ist gut!« Elfrieda gluckste vor Lachen.

»Na, das klingt ja nach der Heiligen Jungfrau Maria.« Elfrieda fasste sich.

Die beiden jungen Frauen hatten die Marchgasse erreicht. Alice hatte genug.

»Auch ich habe zu tun«, sagte sie und wandte sich um.

»Nein, nein, halt. Ich wollte dich nicht verletzen. Lass uns noch ein bisschen plaudern. Komm noch mit. Erzähl mir, wie war es auf dem Kreuzzug?«

Alice zuckte die Achseln. Widerstrebend ging sie die Marchgasse hinunter Richtung Donau. Die Gasse ihrer Kindheit. Kaufmannshäuser, die viel größer waren als die Hütten, an denen sie bisher vorbeigegangen waren.

»Wie war es auf dem Kreuzzug?«, wiederholte Elfrieda ihre Frage.

Was sollte sie darauf antworten? Drei Jahre heimatlos, im Zelt, ständig unterwegs. Kämpfe, Entbehrungen, Belagerungen.

»Wie war es für euch Frauen?«, beharrte Elfrieda.

»Wir Frauen haben nachts bisweilen das Lager bewacht. Während der Schlacht von Doryläon mussten wir den Männern Wasser bringen, Pfeile aufsammeln …«

»Aber kämpfen musstet ihr nicht«, wurde sie von Elfrieda unterbrochen.

»Das taten doch sicher nur die Ritter und Fußsoldaten. Stell dir vor, der Ritter Bernhard, der neue Graf von Baerheim, war hier in Passau und Bischof Thiemo hat ihm zu Ehren einen Festgottesdienst veranstaltet. Er hat alle Schlachten und Belagerungen aufgezählt, in denen Bernhard gekämpft hat. Oder fast alle. Es waren wohl zu viele. Das ist ein Mann! Stark und dabei doch geschmeidig. Ein Adeliger, wie er sein soll. Hast du ihn gekannt?«

In Alice stieg die Wut auf, die sie jedoch niederzudrücken versuchte.

»Wenn du drei Jahre unterwegs bist, dann kennt jeder jeden. Besonders kennen sich natürlich alle, die aus derselben Gegend kommen.«

»Das leuchtet ein«, antwortete Elfrieda und blieb vor Alice' Vaterhaus stehen.

»Hier hast du früher gewohnt«, sagte sie in mitfühlendem Ton.

Ich muss ganz schnell weg, dachte Alice.

»Aber sag, man erzählt sich noch ganz anderes vom Kreuzzug außer Heldentaten. Es heißt, dass die Huren die ganze Zeit mitgezogen sind. Man erzählt sich sogar noch mehr«, raunte Elfrieda, »dass diese verlorenen Frauen sogar den Ungläubigen ihre Dienste angeboten haben.«

In Alice loderte es. Laut rief sie und fasste dabei Elfrieda unsanft am Ärmel:

»Die verlorenen Frauen, wie du sie nennst, haben mehr Opfer für Jesus Christus gebracht und mehr für unseren Herrn gelitten, als du es dir in deinem ganzen Leben nur vorstellen kannst. *Du* bist die verlorene Frau!«

»Lass mich los, du Metze!«, schrie Elfrieda.

In diesem Moment trat aus dem Hof von Alice' Vaterhaus eine junge, hübsche Frau, das braune Haar mehrfach um den Kopf geflochten, einen Weidenkorb unter dem Arm, aus dem es köstlich duftete.

»Was geht hier vor sich? Wer ist diese Person da? Braucht Ihr Hilfe, Elfrieda?«

Verzweifelt lief Alice mit Leyla davon. Nur fort von diesen widerlichen Menschen! Doch an der Ecke zur Marchgasse erhob sich ein Bettler, spuckte aus, schlug mit seinem Stock nach ihr. Laut lachte er hinter der jungen Frau her, während ein Kieselstein Alice am Rücken traf.

In der Nacht wachte Alice auf. Bleiern lag ein böser Traum auf ihr, an den sie sich dennoch zu erinnern suchte. Sie stand am Hafen, es schneite weiße, dicke Flocken, die sich, sobald sie getroffen wurde, in Hagelkörner verwandelten und dann in Salz. Alice erstarrte zur Salzsäule. Von überallher, sogar von den Schiffen, kamen Hunde und leckten an ihr. Noch schlimmer. Ein Hund pinkelte gegen ihre erstarrten Beine. Hatte sie denn gar keinen Rock angehabt? Dann kamen noch mehr Hunde, dreckig, räudig, stinkend. Es war, als könnte sie die Bestien riechen. Und alle pinkelten sie an.

Schluss jetzt mit dem Traum. Und doch sprach der Traum die Wahrheit. Ihr Magen und ihr Herz sagten, dass er die Wahrheit spräche.

Alice drehte sich von der Seite auf den Rücken, leise, damit sie die schlafende Leyla nicht weckte, und hielt die rechte Hand auf ihren Bauch, die linke an ihre Brust. Sie hatte das Gefühl, als würden Herz und Magen zusammengeballt zu einem schmerzenden Klumpen.

Wohin, grübelte sie. Wohin könnte sie noch gehen?

Auf ihrem langen Weg zurück, durch das Heilige Land, am Meer entlang, über das Gebirge, durch das lärmende Tripolis bis zum Hafen nach Latakia, dann über das Meer und durch Italien, es wurde schon Herbst und Leyla erkrankte, und dann auf ihrem Weg über die Alpen, den verschneiten Brenner, hatte sie immer nur ein Ziel vor Augen: ihre Vaterstadt Passau.

Dort wäre alles anders. Dort würden die Menschen sie kennen, dort wäre sie die Tochter des reichen Salzfertigers Karl aus der Marchgasse, dort würde niemand sie beschimpfen, schmähen, verhöhnen, ihr Türkenhure nachrufen. Dort würde sie ihren Freundinnen erklären, dass Leyla nicht ihr eigen Kind, sondern von ihr gerettet worden sei.

Nichts konnte sie erklären. Jeder hielt sie für eine Liebesdienerin, schlimmer als eine solche. Tiefer konnte eine Frau nicht sinken, als es mit einem Ungläubigen getrieben zu haben. Der Balg war das Zeichen, das Brandmal ihrer Sünde.

Wenn es ihr aber sogar in ihrer Vaterstadt so erging, dass sie verhöhnt und geächtet wurde, was müsste sie in einer anderen Stadt, in Regensburg oder Köln, erleiden? Nirgendwo konnte sie mehr hin.

Es gibt keinen Ort auf der Welt, wo ich gelitten wäre. Überall bin ich eine Aussätzige. Überall darf jeder noch so verworfene Mensch mich aburteilen, mich verdammen.

Alice war, als würde sie diesen Druck auf den Magen niemals wieder los. Das Herz raste, sie spürte ein Zittern bis in die Fingerspitzen. Das Gefühl wurde immer entsetzlicher. Alice öffnete die Augen. Sie drehte sich zu Leyla. Im Schein der Glut, die vom Kamin den kleinen Raum erleuchtete, betrachtete Alice das Kind, das fremdartige Gesichtchen.

Nein, niemandem konnte sie deutlich machen, dass sie das Kind einer fremden Frau aufgehoben hatte, dass diese Frau tot war, dass sie Leyla einfach irgendwie durchbringen musste.

Ob sie Leyla liebhatte, fragte sich Alice und erschrak. Sie wusste es nicht. Natürlich hatte sie Leyla lieb. Jedoch so wie Hanno? Es war einerlei. Alice strich Leyla behutsam über das schwarze Lockenköpfchen.

Wohin? Wieder zurück nach Jerusalem? Sie könnte die Perlenkette ihrer Mutter wirklich verkaufen und mit dem Geld zurückgehen. Dann würde sie auch Bernhard nie mehr begegnen.

Nach Jerusalem! Auf nach Jerusalem!

Aber das verschneite Gebirge, die Gletscher, die sie heruntergeschlittert war, das verdreckte Schiff, die Schlangen bei Sidon, die Vergewaltigung am Hundefluss?

War es denn sicher, dass sie lebend Jerusalem erreichte? Was würde dann aus Leyla? Und selbst wenn sie irgendwie dort ankäme, wie würden die Kreuzfahrer sie aufnehmen? Würde sie nicht allen Hass auf sich ziehen, weil sie nicht geraubt, nicht gemordet und stattdessen Erbarmen gezeigt hatte? Alice zitterte und fror. Am liebsten wäre sie vom Erdboden verschwunden. Jetzt sterben. Aber mit 19 Jahren starb es sich nicht so leicht. Sie müsste leben. Für Leyla leben. Irgendwie würde es schon gehen. Tränen liefen Alice über das Gesicht. Sie schluchzte einmal laut auf, suchte ein Tuch zum Hineinschnauben, fand keines, griff den Zipfel ihres Lakens, schämte sich. Leyla schlief fest.

1100! Das neue Jahr hatte begonnen. Was bringt es mir und Leyla?, fragte sich Alice bang.

Seit den unheilvollen Begegnungen hatte sie das Kloster Niedernburg nicht mehr verlassen, hatte sich zumeist in dem engen Raum aufgehalten, der ihr von der Äbtissin zugewiesen worden war.

Leyla quengelte, ungewohnt, stillzusitzen, und auch Alice fühlte sich unwohl, wie eingesperrt – und traute sich dennoch nicht hinaus in die Gassen der Stadt.

Umso mehr war Alice überrascht und erfreut, als es an der Tür klopfte, eine junge Nonne freundlich grüßend hineintrat und sie höflich bat, sie möge hinauskommen, der Abt erwarte sie im Hof.

»Und Leyla?«, fragte Alice.

Für sie sei gesorgt. Leyla werde zusammen mit anderen Mädchen, die im Kloster aufwüchsen, biblische Geschichten erzählt. Hinterher dürften die Kinder spielen.

Alice nickte zustimmend, die Nonne nahm Leyla bei der Hand und Alice verließ erleichtert den bedrückenden Raum. Draußen blinzelte sie. Über ihr wölbte sich ein blauer Himmel, die Sonne schien, ein Wintertag, wie sie ihn schätzte. Tief atmete sie die klare Luft ein und ging dann gespannt und doch furchtsam auf den Abt zu, der ehrfurchtgebietend und dunkel in seiner schwarzen Kutte ihrer wartete.

Ein Herrscher, ein Fürst, ging es ihr durch den Sinn. Was wollte er von ihr?

»Gott sei mit Euch, Alice, Gott möge Euch schützen«, grüßte er.

Sie dankte und stand verlegen da, betrachtete verwundert den prächtigen Schimmel, den er neben seinem Hengst am Halfter führte.

»Wenn es Euch genehm ist, reiten wir zusammen aus.«

»Aber das Kloster Niedernburg liegt am Ende der Stadt. Der Weg bis zum Paulustor ist weit, wir müssen durch ganz Passau. Und heute ist Markttag«, wandte Alice ein.

»Eben. Darum«, erwiderte der Abt.

Zu Alice' Erstaunen entnahm er seiner Satteltasche einen Umhang aus warmem, glänzendem Tuch, an der Schulter zusammengehalten durch eine silberne Spange, blickte sie fragend an und legte ihn der jungen Frau behutsam über die Schulter.

Er lächelte. Offenbar gefiel ihm das leuchtende Blau zu ihrem blonden Haar.

Mit einer vornehmen Geste half der Abt ihr in den Steigbügel.

Alice saß auf. Nach Monaten endlich wieder auf einem Pferd, endlich wieder reiten!

Doch das war nur ein kurzer Gedanke. Vor allem war ihr beklommen zumute. Wie sollte das gehen? Jeder wäre auf den Beinen, jeder würde sie angaffen.

»Alors«, sagte der Abt. »Reiten wir.«

Es war so, wie Alice befürchtet hatte. Die ganze Stadt war unterwegs. Jeder wollte an diesem ersten Markttag im neuen Jahr sehen und gesehen werden. Und eine jede und ein jeder blieb stehen, um dieses Schauspiel nicht zu verpassen: Der wie ein Heiliger verehrte Abt Johannes – mit einer Dirne!

Der Abt versäumte es nicht, hoheitsvoll zu grüßen, bisweilen sein Pferd anzuhalten und einen der Gaffer mit einem Wort zu würdigen. Wider Willen unterwürfig und geschmeichelt schauten die Handelsfrau, der Salzfertiger zu ihm auf.

Der Bettler an der Ecke zur Marchgasse, der noch vor Tagen vor Alice ausgespuckt hatte, fiel auf die Knie und senkte sein Gesicht in den Schnee.

Alice wünschte, sie würden Elfrieda treffen.

»Wir reiten jetzt zum Marktplatz, *Unter den Kramern* und dann am Bischofspalast vorbei hoch zum Dom«, flüsterte der Abt.

»Wollt Ihr das wirklich für mich tun?«, flüsterte sie zurück.

Der Abt schien ihren Einwand zu überhören, er ritt geradewegs die von vielen Menschen, Wagen und Tieren aufgeweichte
Gasse hinauf.

Alice blieb fast die Luft weg, doch sie setzte sich noch auf-
rechter, wissend, dass sie im Sattel eine gute Figur abgab. Reiten,
das konnte sie nach den Jahren Kreuzzug wirklich, auch wenn
sie nicht immer ein Pferd besessen hatte.

Wie schon unten in der Stadt, blieb den Männern und Frauen
bei den Marktständen vor Staunen der Mund offen stehen. Wie ein
Lauffeuer hatte es sich in Passau verbreitet, die reiche, fromme,
von allen geachtete Kaufmannstochter Alice sei vom Kreuzzug
zurückgekehrt – aber in Schande.

Und nun zeigte sich der Abt mit dieser Hure! Hatte er denn
gar keine Angst, dass etwas von ihren Sünden an ihm hängen
blieb wie Krätze?

»Dort, der Burggraf von Passau, Udalrich Vielreich«, raunte
der Abt und deutete mit dem Kopf auf einen Mann, wohl Ende
40, mit rotem, vollem Haar und einem roten Vollbart.

»Er hat sich als junger Mann in den Sachsenkriegen Ruhm
erworben und Kaiser Heinrich hat ihn für seine Treue zum Burggrafen von Passau gemacht. Der Beiname Vielreich ist übrigens
berechtigt. Graf Udalrich ist reicher als alle Salzfertiger zusammen. Kennt Ihr ihn?«, fragte der Abt seine Niftle.

Alice dachte: O Gott, Bernhard will ihn umbringen, im Zweikampf töten.

»Ich habe schon von ihm gehört«, antwortete sie heiser. »Aber
persönlich kennen tu ich Graf Udalrich nicht.«

»Dann werde ich Euch einander bekannt machen«, sprach er
und ritt geradewegs auf den Burggrafen zu, der seinerseits sein
Pferd auf den Abt zulenkte.

»Gott sei mit Euch, lieber Freund. Gott möge Euch beschützen und segnen mit seiner Kraft!«, grüßte der Abt.

Der Burggraf erwiderte in ehrfurchtsvollem Ton: »Vater Abt
Johannes. Gott zum Gruße.«

An Alice gewandt, sagte Udalrich:

»Saelig frouwe.« Dabei fühlte Alice seinen wohlwollenden Blick. Er verbeugte sich leicht, ergriff seinen Umhang und legte die Hand aufs Herz.

Alice neigte vornehm den Kopf.

»Ich habe schon vernommen, dass Ihr aus dem Heiligen Land wieder zurückgekehrt seid nach Passau.«

Alice wurde unruhig. Was kam nun?

»Euch gebührt hohe Ehre«, fuhr der Burggraf fort. »Ihr habt Euer Kreuz auf Euch genommen, wie unser Herr Jesus Christus es uns allen befohlen hat und nur sehr wenige sich danach richten«, sprach er mit Blick auf die sie umgebende Menge.

»Habt Dank«, antwortete Alice und für sich dachte sie: Was soll das? Was will der Burggraf von mir? Doch er schien gar nichts zu wollen, sondern sagte zu dem Abt in nüchternem Ton:

»Wenn die Schneeschmelze einsetzt, befürchte ich, dass Inn und Donau hoch ansteigen und am Ufer gelegene Häuser und Hütten verwüsten. Werdet Ihr, Euer Kloster, Eure unfreien Männer mir zur Verfügung stellen, um das Schlimmste abzuwenden?«

»Darüber lässt sich nachdenken«, antwortete der Abt. »Wir sollten in den nächsten Tagen mit Bischof Thiemo und der Äbtissin vom Kloster Niedernburg über Hilfsmaßnahmen beraten.«

»Das Kloster St. Nikola wäre möglicherweise auch vom Hochwasser betroffen, auch wenn es ziemlich hoch gelegen ist«, überlegte der Burggraf.

»Da Ihr dort ebenfalls die Vogteirechte ausübt, dürfte schnelle Hilfe nicht schwierig herbeizuführen sein«, erwiderte der Abt.

»So ist es«, bestätigte Udalrich und richtete sich in ganzer Größe auf seinem Pferd auf.

Man trennte sich. Alice war erleichtert, die Begegnung hinter sich zu haben. Sie empfand das Gespräch mit dem Burggrafen als schwierig. Innerlich beruhigt und froh war sie allerdings erst, als sie das Paulustor durchquert hatten und zum Inn hinuntergeritten waren.

Es hatte in den letzten Tagen starken Frost gegeben und der Fluss war am Ufer zugefroren. Von der Sonne beschienen, knackte das Eis. Schilf und Weiden am Ufer waren vor Kälte erstarrt.

Alice blickte zu den bewaldeten, tief verschneiten Höhen auf dem gegenüberliegenden Flussufer. Für einen Augenblick sah sie nur die Landschaft, genoss das Reiten, die Luft.

Auch der Abt schwieg und überließ sie ihren Empfindungen und Gedanken.

Doch die Eindrücke des Augenblicks hielten nicht lange an.

»Wohin reiten wir?«, stellte Alice die Frage, die sie schon seit ihrem Fortritt vom Kloster Niedernburg bewegte.

»Zur Veste Neuburg. Die Gräfin von Formbach erwartet uns.«

Alice kräuselte die Stirn.

»Das ist ein stolzes Geschlecht«, gab sie zu bedenken.

»Es verhält sich so, Gräfin Mathilde sucht eine Vorleserin. Ihr, Alice, sprecht fließend Latein, seid des Lesens und Schreibens kundig wie ein Mönch. Möglicherweise könntet Ihr Euch dareinfinden, der Gräfin zu dienen. Jedenfalls für den Anfang.«

»Wird sie mich denn auch nehmen?«, fragte Alice bang.

»Sie gab mir ihr Wort.«

»Ein Wort wiegt nicht viel in diesen Zeiten.«

Der Abt antwortete darauf nicht, ritt weiter neben ihr her und wartete.

»Es ist nicht so, wie Ihr vielleicht denkt. Dass Bernhard, ich meine, Graf Bernhard von Baerheim, mir ein Versprechen gemacht hätte. Niemals hat er mir gesagt, er werde mich heiraten. Im Gegenteil«, fügte sie bitter hinzu.

»Nein, was ich ganz entsetzlich finde, ist, dass nicht einmal auf das Wort eines Kaisers Verlass ist.«

»Wie meint Ihr das?«, fragte der Abt und sah Alice besorgt an. So jung und so enttäuscht.

»Es ist eine Geschichte, die mir mein Vater erzählte, eine wahre Geschichte vom Schicksal des Grafen Friedrich von Formbach. Mein Vater sagte, Friedrich sei ein schöner, starker Ritter gewesen und die Damen am Hofe Kaiser Heinrichs III. hätten ein Auge auf ihn geworfen und seine Kühnheit und Männlichkeit bewundert. Am meisten von diesen Gertrude, des Kaisers niftele. Auch Friedrich liebte sie, die beiden erklärten nach vielen Seufzern einander ihre Liebe – und klagten ihren Kummer, denn sie wussten, der Kaiser werde niemals seine Einwilligung zu einer Ehe geben. Eine niftele des Kaisers darf nicht unter ihrem Stand heiraten. Jedenfalls, Ihr wisst es sicher auch, fanden die beiden einen Priester, der sie traute. Der gewaltige Zorn des Kaisers ergoss sich über das junge Paar, insbesondere über Graf Friedrich. Sie flohen nach Formbach, Gertrude gebar ein Töchterchen.

Friedrich aber quälte der Streit mit dem Kaiser, vielleicht fürchteten die Formbachs auch, Kaiser Heinrich werde ihre Burg zerstören. Jedenfalls ritt Friedrich zum Kaiser, fiel vor ihm auf die Knie und bat um Vergebung – die ihm anscheinend gewährt wurde. Jedenfalls ließ der Kaiser den jungen Friedrich nicht einsperren. Doch auf dem Weg zurück, ganz hier in der Nähe, fast schon in Formbach, wurde Graf Friedrich erschlagen.

Martin und ich wurden als Kinder bisweilen in den Wald geschickt, um Kräuter zu sammeln und Beeren zu pflücken, und dann sind wir zu der Stelle gegangen, an der der arme Friedrich umgebracht worden war. Ganz unheimlich war uns dabei zumute.«

Alice war ganz in ihren Erinnerungen versunken und bemerkte nicht, wie das Gesicht des Abtes in sich gekehrt, abweisend wurde. Schon die Erwähnung von Martin, seinem Sohn, berührte ihn schmerzhaft, noch mehr jedoch die Erinnerung an den Ort, an dem der Leichnam Friedrichs gefunden sein sollte. Dort, unter dieser mächtigen Eiche, hatte er Felicitas geküsst. Ein einziges Mal. Kurz danach hatte sie mit seinem Bruder Karl ganz nach der Sitte die Ehe vor allen Hochzeitsgästen vollzogen. Damals hatte er noch Daniel geheißen und inständig Gott angefleht, mit seinem Eintritt ins Kloster dem Leben für immer abzuschwören. Eine Bitte, die während der vielen Jahre bei den Leprakranken und als Abt erhört worden war.

»Gott, Vater im Himmel, du führst mich, wohin ich nicht will«, betete er leise, ohne dass Alice seine innere Bewegung bemerkte. Vielmehr fuhr sie fort.

»Ich glaube fest, und Martin meinte das auch so, dass der Kaiser selbst den Auftrag zum Mord gegeben hat. Wie denkt Ihr darüber?«

Zu sehr mit ihrem eigenen Kummer beschäftigt, erzählte Alice, ohne innezuhalten, weiter:

»Mein Vater beendete immer die Geschichte, indem er mir mit dem Finger drohte und mich ermahnte: ›Verlieb dich niemals in einen Adeligen!‹« Alice seufzte. »Das ist ja ganz anders gekommen.«

Darauf schwiegen sie. Es war wiederum so, als gingen sie in der Landschaft auf, zwei Reiter zu Pferde an einem klaren Januartag am Fluss, umgeben von Wald und Hügeln.

Doch dann fragte Alice den Abt unvermittelt:

»Meint Ihr, Bernhard würde ermordet, wenn er mich geheiratet hätte? Wie denkt Ihr, Abt Johannes?«

Den Abt erstaunte es, dass Alice ihn nicht als ihren Vaterbruder betrachtete.

»Der Standesunterschied wäre unüberbrückbar«, antwortete er nach einer Weile.

»Es nützt nichts, dies übersehen zu wollen. Ritter Bernhard hätte sein Lehen niemals jetzt in Mainz von Kaiser Heinrich erhalten, sondern es wäre wahrscheinlich an Graf Udalrich gegangen.

Ob er auch hinterrücks getötet worden wäre, fragt Ihr?

Wahrscheinlich. Vielleicht noch nicht einmal auf Veranlassung des Kaisers, sondern von irgendeinem anderen Adeligen.«

»Ihr meint«, setzte Alice seine Überlegung fort, »weil niemand aus Liebe heiratet, weil ausschließlich Stand, Ehre und Vermögen zählen und die Familie die Heiraten vereinbart, es so viele unglückliche Ehen gibt, würde es mit dem Tode gerächt, wenn ein Graf eine Nichtadelige aus Liebe heiratete.«

»Als Abt kenne ich die Nöte vieler Menschen. Die Eheleute können Gott danken, wenn sie einander mögen, lieben will ich gar nicht sagen, obwohl sie verheiratet worden sind.«

Alice machte ein ernstes, trauriges Gesicht, lächelte dann jedoch.

Der Abt wandte sich zu ihr und warnte:

»Alice, erwägt so etwas nicht. Es ist gefährlich, was Ihr eben gewünscht habt.«

»Wir sind da«, sagte der Abt und schaute empor zu den gewaltigen Mauern der Neuburg.

Alice schreckte auf und folgte seinem Blick vom Inn, den mit Laubbäumen bewaldeten Berg hinauf zu der Felskuppe, auf der, von einer hohen Ringmauer umgeben, der Palas mächtig herausragte. Langsam ritten sie den steilen Weg hinauf, schauten bei einer Wegbiegung hinab zum Fluss, der sich in einem weiten Bogen um den Berg wand. Weit unten lag das Dorf Formbach, Alice konnte die mit Reet gedeckten Hütten der Bauern ausmachen und, furchteinflößend, die Ruine der alten Burg. Schwarz und unheimlich lag sie da, und es wirkte auf Alice keineswegs beruhigend, als der Abt ihr erklärte, Kaiser Heinrich IV. habe die Burg gebrandschatzt.

Alice fühlte sich bedrückt, als sie endlich den mächtigen Torturm erreichten und unter dem Fallgitter hindurch in den Wirtschaftshof hineinritten. Ihr blieb fast der Atem weg von den qualmenden Feuerstellen, dem Lärm der Schmiede. Aus den Hütten und Fachwerkhäusern, die an der Burgmauer errichtet waren, liefen die Leute herbei, den Abt zu sehen, vielleicht sein Gewand zu berühren. Knechte nahmen ihnen die Pferde ab, der Burgvogt eilte ihnen entgegen und geleitete sie zum steinernen runden Wohnturm der gräflichen Familie. Aus dem Backofen duftete es nach Brot. Alice verspürte, dass sie Hunger hatte. Aber wahrscheinlich gab es wohl bei der Gräfin von Formbach nichts zu essen.

Der Abt reichte Alice die Hand, damit sie mit ihren glatten Sohlen auf der vereisten, geländerlosen hohen Außentreppe nicht ausrutschte. Alice war angespannt, als sie das erste Stockwerk erreichten und durch einen niedrigen Torbogen in einen dunklen Gang traten, von dem aus zwei Eichentüren zu erkennen waren. Mit einer Verbeugung forderte der Burgvogt die beiden Gäste auf, sich in einen Saal zu begeben. Wärme schlug ihnen entgegen von einem mächtigen Kamin, in dem die Flammen hell loderten. Eine niedrige Tür führte zu einem angrenzenden Raum, Alice vermutete, zum Abort. Sie merkte erst jetzt, dass sie dringend einmal dorthin müsste, aber es sicher nicht wagen würde, dieses Bedürfnis auszusprechen. Denn von einem Schemel mit Lehne, der wie zwei weitere vor dem Kamin aufgestellt war, erhob sich die Gräfin von Formbach. Alice hatte sie sich anders vorgestellt, schlank und hoch gewachsen, mit einem herrschaftlichen, hochmütigen Gesichtsausdruck. Gräfin Mathilde war eher klein, rundlich, zeigte ein freundliches Gesicht, das gut zu ihren weißen Haaren passte, die unter dem von einem goldenen Reif gehaltenen Seidentuch hervorguckten. Unter einem dunkelroten Samtkleid verbarg sich ein beachtlicher Busen. Alice war sich trotz der Mütterlichkeit, die die Gräfin ausstrahlte, unsicher, wie sie sie einschätzen sollte.

Das Begrüßungszeremoniell, die ausgetauschten Höflichkeiten erschienen Alice endlos.

Mit einer einladenden Geste bat die Gräfin ihre Gäste, Platz zu nehmen. Ein Diener brachte Wein in einer grünen Flasche aus Glas. Dazu sogar Gläser aus Glas, ein Zeichen besonderer Aufmerksamkeit und Ehrerbietung.

»Es verhält sich so«, begann Gräfin Mathilde und wandte sich dem Abt zu.

»Wir sind unseres langjährigen Vorlesers verlustig gegangen. Bertold ist uns sogar ins Exil nach Ungarn gefolgt. Nun aber haben wir nach so vielen Jahren eine Entdeckung machen müssen, die meinen Gatten, Graf Ekbert, veranlasst hat, ihn aus unseren

Diensten zu entlassen. Dies ist bedauerlich, denn Bertold hatte eine angenehme Stimme.«

Sie machte eine bedeutungsvolle Pause und wandte sich an Alice:

»Bei Euch kann dergleichen nicht vorkommen.«

Alice fragte sich, was wohl gemeint wäre.

»Ich hörte von Abt Johannes, dass auch Ihr schön vorlesen könnt. Hattet Ihr Gelegenheit, schon einmal im Dienste einer Herrin zu stehen?«

Alice schluckte. Vorsichtig stellte sie ihr Glas mit Wein auf ein Ebenholztischchen und erwiderte:

»Auf dem Kreuzzug war ich Vertraute und Erzählerin Godvere di Tosnis, der überaus reichen und edlen normannischen Erbtochter. Sie ist während der Pilgerreise schwer erkrankt und nach dem regenreichen Marsch über den Antitaurus in Marasch gestorben. Später stand ich im Dienst einer armenischen Prinzessin, der Ehefrau Balduins von Boulogne, des Fürsten von Edessa.«

»Edessa? Das liegt doch gar nicht auf dem Wege nach Jerusalem.«

»Das ist richtig«, bestätigte Alice und setzte sich noch gerader auf, als sie ohnehin schon saß.

»Im Sommer 1098 brach in Antiochia eine Seuche aus, der sogar der Legat des Papstes zum Opfer fiel. Hinzu kam, dass nach dem Sieg über Kerbogha die vom Hunger ausgemergelten Männer zu erschöpft waren, um weiterzuziehen und zu kämpfen. Darum beschlossen die Heerführer, jeder könne dorthin gehen, wo er etwas zu essen erhoffen durfte. Ich habe mich einer Gruppe von Rittern angeschlossen, die sich auf den Weg nach Edessa gemacht hatten.«

»Edessa und Antiochia, das ist eine gute Strecke Weges, das liegt einige Tagesreisen auseinander und Ihr musstest durch das Gebiet der Ungläubigen«, bewies Mathilde ihre ausgezeichneten Kenntnisse.

»Ihr deutet die Gefahr an. Es ist so, wir sind überfallen worden. Allen Rittern und ihren begleitenden Männern ist der Kopf abgeschlagen worden. Emeline von Boulogne, die Ehefrau Fulchers, eines der Ritter, ist gefangen genommen und nur wenige Tage später mit einem Ungläubigen verheiratet worden.«

Was sage ich da? Nun glaubt die Gräfin gewiss, ich sei vergewaltigt worden und Leyla sei dabei entstanden.

»Wie kam es, dass Ihr gerettet wurdet?«

»Ich fühlte mich den Tag unpässlich. Hatte sogar Sorge, ich sei auch von der Seuche befallen«, log Alice. Einen Augenblick sah sie das Bild vor sich. Emeline, die sie anherrschte, der weinende Hanno werde noch die Türken herbeilocken, sie solle das Kind endlich zur Ruhe bringen. Wie Bernhard und sie sich berieten und auf einer von Palmen umgebenen Wiese zurückblieben, Hanno gestillt und gewickelt wurde und es etwas länger dauerte, bis Bernhard und sie sich der kleinen Gesellschaft wieder anschließen wollten.

Da waren alle Männer tot, die Köpfe zerstreut, Emeline fort, nur Bernhards Bursche Kaspar sprang aus dem Gebüsch.

»Es sind während der Kreuzzuges oftmals nebensächlich erscheinende Umstände und Ereignisse, die darüber entscheiden, ob jemand am Leben bleibt oder stirbt.«

Gräfin Mathilde schien mit Alice' Antwort zufrieden zu sein, denn, sich an den Abt wendend, erklärte sie:

»In diesem oder spätestens im kommenden Jahr will mein Gatte, Graf Ekbert, zusammen mit den Großen des Reiches sich auf die Heilige Pilgerfahrt nach Jerusalem begeben. Sie werden den Landweg über Konstantinopel und Romanien wählen.«

Die Gräfin blickte jetzt den Abt mit ihren großen, kindlich wirkenden Augen an, als erwartete sie Zustimmung. Die ihr auch zuteil ward. An Alice gerichtet, fuhr sie fort:

»Euer Rat bei der Vorbereitung wäre nützlich. Es sind meist die kleinen, geringen Dinge, die, nicht bedacht, Ungemach verursachen.«

Der Abt sah die Gräfin streng an, die wurde unruhig und fügte hinzu:

»Gibt es etwas, was Euch ganz schnell einfällt, was wir unbedingt beachten müssten?«

»Ja«, antwortete Alice, ohne zu zögern. »Sultan Kilij Arslan ist ein mächtiger Herr und ein gefährlicher Gegner. Er wird seine Späher ausschicken und Euch beobachten lassen, um Euch in einem für ihn günstigen Augenblick anzugreifen oder in einen Hinterhalt zu locken und Euch dort niederzumetzeln. Deswegen müssen alle Heere immer und unter allen Umständen zusammenbleiben, auch dann, wenn die Heerführer sich uneins sind. Sonst werden die einzelnen Heeresteile von Sultan Kilij Arslan oder anderen heidnischen Fürsten angegriffen und vernichtet. Das andere ist, beim Marsch müssen die Fußsoldaten außen aufgestellt werden, um die Pferde der Ritter zu schützen, die als Erstes von den Sarazenen abgeschossen würden. Dann kommen die Ritter mit den Pferden und im Inneren des Zuges gehen die Frauen und Kinder und Priester. Da befindet sich auch der Tross. Sonst ist ein Überleben nicht möglich.«

Gräfin Mathilde schluckte. Das war nun kein Geringes, das ihr von dieser jungen Person gesagt wurde. Es entstand ein Schweigen, das der Abt überbrückte, indem er vermittelnd fragte:

»Steht es denn schon fest, wer außer Euch diese Pilgerfahrt nach Jerusalem unternehmen will?«

»Herzog Welf von Baiern, Erzbischof Thiemo von Salzburg, der Bruder meines Gatten, und unsere Verwandte, Itha, die Markgräfin von Österreich …«

Der Abt hob erstaunt die Augenbrauen.

»Ich sehe, Ihr macht schon bei diesen wenigen Namen ein bedenkliches Gesicht.«

»Es ist nicht zu leugnen, dass Euer Gatte mit all diesen Großen des Reiches fast ein ganzes Leben auf Seiten des Papstes gegen Kaiser Heinrich gekämpft hat.«

»Wir waren im Reich seine größten Feinde«, erklärte Gräfin Mathilde stolz, blickte dann aber den Abt verunsichert an.

»Was meint Ihr? Wie wird der Kaiser es auffassen, wenn wir

uns wieder zusammenfinden, dem Aufruf des Papstes folgen und nach Jerusalem ziehen. Wird der Kaiser nicht misstrauisch werden, befürchten, dass wir ihn hintergehen?«

»Ich denke nicht. Wahrscheinlich wird es den Kaiser nicht unglücklich machen, seine ehemaligen Gegner so fern vom diutschen landt zu wissen.«

»Nein, nein. Das glaube ich nicht. Abt Johannes«, sagte Mathilde kläglich, »ich habe Angst. Ich, eine Fürstin. Ich habe Angst. Jahrelang mussten wir unsere Herrschaft verlassen, mussten in Ungarn leben. Und als eine Rückkehr möglich war, weil mein Gatte wie auch Herzog Welf sich mit dem Kaiser versöhnt hatte, da fanden wir unser Schloss zerstört. Felder und Dörfer hatten die Männer des Kaisers verwüstet. Ich fürchte die Rache des Kaisers. Er ist jähzornig und unberechenbar. Nichts ist ihm heilig. Nicht einmal vor seiner Familie macht seine Grausamkeit halt. Es ist leider wahr, wer sich gegen Heinrich IV. und sein Kaisertum erhebt, den schlägt er dermaßen zu Boden, dass an dessen Kindern und Kindeskindern noch die Narben seiner majestätischen Strafe sichtbar sind. Ich fürchte den Zorn des Kaisers.«

Was soll das?, dachte Alice. Worauf will sie hinaus?

Die Gräfin blickte ängstlich zum Abt und gab sich dann einen Ruck.

»Seit unserem letzten Gespräch ist etwas eingetreten, was ich vorher nicht bedacht hatte. Ihr habt ein Mädchen bei Euch, ein Sarazenenkind.«

»Das habe ich Euch nicht verschwiegen«, wandte der Abt ein.

»Gewiss nicht. Aber wie wird der Kaiser darauf antworten? Er, der um eine Einigung mit dem Papst ringt. Wird sich nicht sein gewaltiger Zorn auf uns entladen, wenn wir ein Heidenkind in unseren Mauern aufnehmen?«

»Ihr stellt eine Frage, obwohl ich vermute, dass Ihr diese für Euch selbst mit Ja beantwortet habt.

Nein, der Kaiser wird seinen Zorn nicht auf Euch entladen, denn sein Handeln hier im Reich zeigt, dass er die Rechte der

Andersgläubigen, der Juden, achtet und schützt. Gegen den Erzbischof von Mainz hat der Kaiser eine inquisitio eingeleitet, weil er sich an dem Vermögen von ermordeten Juden bereichert hat. Da er sich dieser Untersuchung nicht stellen will, ist Erzbischof Ruthard geflohen. Der Kaiser wird nicht an einem getauften Sarazenenkind Anstoß nehmen.«

Die Gräfin rutschte unruhig auf ihrem Schemel hin und her. Ihre Augen flackerten.

»Es wäre mir eine liebste Freude, wenn Ihr, Alice, meine Vorleserin wäret. Aber allein. Ohne das Kind.«

Alice schüttelte den Kopf. »Ich habe seit Jerusalem Leyla unter über alles Maß hinausgehenden Mühen und Entbehrungen hierhergebracht, sie wie eine Mutter versorgt. Ich kann sie nicht im Stich lassen.«

Damit erhoben sich der Abt und Alice.

Der Abt blickte die Gräfin streng von oben herab an und sagte: »Jesus Christus hat den Sohn des römischen Hauptmanns geheilt, obwohl dieser ein Heide war. Meine niftele Alice hat das Kind einer Ungläubigen vor dem Tode bewahrt. Wie meint Ihr, hätte unser Herr Jesus Christus gehandelt?«

Die Gräfin, die noch immer auf ihrem Schemel saß, sackte in sich zusammen.

»Ich kann nicht. Ich kann dieses Mädchen nicht um mich auf meiner Burg dulden.«

Der Abt entgegnete: »Wie es Euch beliebt«, und wandte sich zum Gehen.

Schon bei der Tür, lief Gräfin Mathilde ihm nach, erhob flehentlich die Hände:

»Abt Johannes! Verflucht mich nicht!«

Es dämmerte, als der Abt und Alice die vereiste Treppe hinuntergingen. Unten im Burghof standen Bedienstete des Grafen um eine Feuerstelle und wärmten sich. Ein frostiger Wind pfiff durch die Zinnen. Ehrfürchtig machten die Menschen dem Abt Platz.

Alice bemerkte, während sie aus der Burg herausritten, wie oben die Gräfin auf die Treppe trat, eine kleine, ängstliche Gestalt. Wie verunsichert musste die alte Frau sein.

Welche Angst vor dem Fegefeuer machte sie erzittern?

Draußen vor dem Burgtor verschluckte der Wald das letzte Tageslicht. Der Weg war dunkel, steil und vereist, so dass sie die Pferde führen mussten.

Alice sagte nichts. Sie war hin- und hergerissen zwischen der Macht des Abtes und seiner Ohnmacht gegen die Hartherzigkeit der Menschen. Vor allem fragte sie sich bang, was aus ihr und Leyla werden sollte.

Unten am Inn ritten sie langsam den Treidelpfad zurück nach Passau. Von den gegenüberliegenden Höhen war nichts als ein Schatten zu sehen. Auch der Fluss wirkte dunkel und schwer, nur das Eis am Ufer glitzerte im Schein der Fackel, die der Abt hielt.

Endlich riss sich Alice aus ihren Gedanken und sagte:

»Die Äbtissin hat mich gefragt, ob ich Nonne werden wolle. Sie kenne die Äbtissin des Benediktinerinnenklosters in Bassum, das ist wohl in der Nähe von Bremen, fast an der Nordsee. Die wolle sie fragen, ob sie mich, eine Kreuzfahrerin, gerne aufnehmen möchte. Dort würde ich gewiss in besonderem Maße für meinen Dienst an Jesus Christus geehrt. Leyla dürfe in Passau im Kloster Niedernburg bleiben und würde eine ausgezeichnete Erziehung erhalten. Das hieße, Leyla und ich wären für immer getrennt. Was soll ich tun?«

»Wünscht Ihr denn, Nonne zu werden und auf diesem Wege unserem Herrn Jesus Christus nachzufolgen?«, fragte der Abt.

»Es ist so schwer«, antwortete Alice.

Der Abt hielt inne und sah Alice an: »Sicher, es ist ein Weg zur Heiligung, aber ist es der Eure?«

»Ich weiß es nicht«, sagte Alice traurig.

»Jesus hat die Frauen geehrt, mehr als die Männer«, sprach er ernst und freundlich. »Es war eine Frau, die gewürdigt wurde, das Salböl über dem Herrn auszugießen und mit ihren Haaren und Tränen seine Füße zu trocknen. Wie oft heißt es in der Heiligen Schrift, dass die Jünger sich vor Jesus fürchteten, nicht wagten, ihn zu fragen. Über Frauen wird dergleichen nie ausgesagt. Frauen gegenüber verwandte Jesus eine ganz andere Sprache. Die Art, wie er zu Frauen sprach, ist rücksichtsvoll, achtungsvoll, ja, zärtlich.«

Alice wurde warm zumute. Es war ihr, als ob auch ihr diese Achtung zuteilwerde.

»Es ist also nicht verwunderlich«, fuhr der Abt fort, »dass Frauen nach Jesu Tod und Auferstehung wünschten, sich zusammenzuschließen und als Bräute Christi dem Herrn ihr Leben zu weihen. In unserer Zeit sind wir gewohnt zu denken, die Gottesmägde würden über den Frauen dieser Welt stehen. Doch geboten hat Jesus Christus es nicht, dass seine Jüngerinnen in einem Kloster ihr Leben verbringen.

Es heißt in der Schrift als erstes Wort über den Menschen: Gott schuf den Menschen ihm zum Bilde, zum Bilde Gottes schuf er ihn. Er schuf sie als Mann und als Frau. Nicht als Mönch oder Nonne.«

Alice erschrak. Wie konnte er als Abt solche Gedanken haben. War das nicht auch gefährlich?

»Wie meint Ihr das?«

»Ich meine, dass es die Aufgabe eines jeden Menschen ist, für sich selbst herauszufinden, was es in seinem eigenen Leben bedeutet, Ebenbild Gottes zu sein.«

Anfang März ließ die Äbtissin Alice zu sich in den Kreuzgang rufen, um ihr erneut zu unterbreiten, sie solle sich entschließen, den Schleier zu nehmen. Diesmal war allerdings von dem so hoch im Norden gelegenen Kloster Bassum nicht mehr die Rede, wie überhaupt das Verhalten der Äbtissin sich grundlegend geändert hatte. Geradezu liebenswürdig verhielt sie sich, hochachtungsvoll, eine Veränderung, die Alice auf eindringliche Ermahnungen des Abtes zurückführte. Wahrscheinlich hatte er die Äbtissin in einen theologischen Disput verwickelt, aus dem sie keinen Ausweg fand. Wer aber das letzte Wort hatte, der hatte gewonnen.

Wortreich und eindrucksvoll schilderte die Äbtissin, dass Alice' Eintritt in das Kloster Niedernburg auch für Leyla wünschenswert sei. Das Kind habe sich im Kloster eingewöhnt. Von der erziehenden Nonne habe sie vernommen, Leyla sei mit ihren drei Jahren aufmerksam und lernbegierig, nie laut und ungehorsam. Auch die anderen Mädchen, die als Waisen im Kloster aufgezogen würden, hätten sie lieb gewonnen, vielleicht sogar, weil Leyla so fremdartig sei. Ein Umgang mit Leyla wäre zwar nicht erwünscht, werde Alice jedoch nicht gänzlich verwehrt, insbesondere dürfe sie entscheiden, ob Leyla mit sieben Jahren dem Kloster als Gottesgabe übergeben werden solle oder als Schülerin auch später einen irdischen Lebensweg wählen könne.

Alice sah ein, dass die Äbtissin sie mit Vernunft überzeugen wollte und dass sie recht hatte. Was sollte denn aus ihr werden? Sie hatte aus Wortfetzen aufgeschnappt, dass Bernhard sein Lehen Ende Dezember aus der Hand Kaiser Heinrichs empfangen, danach sich in seiner Grafschaft gezeigt und seine Herrschaft durch Beurkundungen sinnbildlich ausgeübt habe und nun, vielleicht war es in diesen Tagen, glanzvoll in der Toskana – war es in Florenz? – Hochzeit feierte. Was blieb da noch zu hoffen? Liebe? Wohl kaum.

Nach Bernhard einen anderen Mann lieben? Undenkbar.

Ehe? Vielleicht könnte der Abt eine Ehe vermitteln. Sicher könnte er es, besonders seit ihr Ruf in Passau nach dem Ausritt mit dem Abt beachtlich gestiegen war. Er hatte gar bewirkt, dass die Passauer das Gehetze, das verleumderische Reden unterließen, Alice zumeist mit Neugierde, bisweilen mit Achtung begegneten. Der Bettler verneigte sich tief, wenn er ihrer ansichtig wurde, und Elfrieda hatte sie zusammen mit ihren Freundinnen zu einem Mahl eingeladen. Einer Heirat stand also nichts wirklich im Wege – außer dass Alice es sich nicht vorstellen konnte, mit einem fremden Mann das zu tun, was sie mit Bernhard so sehr geliebt hatte. Aber der hatte keine Scheu, seine Ehe öffentlich zu vollziehen. Daran wollte sie nun gar nicht denken. Dann lieber Nonne werden.

Alice zögerte, während sie mit der Äbtissin den Kreuzgang auf und ab ging. Endlich blieb sie stehen und bat sich eine Bedenkzeit bis zum Herbst aus, die ihr gewährt wurde. Um aber Alice zu überzeugen und für ihr Kloster zu gewinnen, klatschte die Äbtissin in die Hände und durch den Torbogen trat eilig eine Nonne.

»Hildegard!«, rief Alice erfreut und lief auf die Freundin zu. Die Äbtissin schmunzelte, erklärte, Hildegard habe den Namen Johanna angenommen, und ließ die beiden jungen Frauen allein.

Es war vor allem Johanna, der nach Reden zumute war:

»Weißt du noch, wie unglücklich ich war, als meine Eltern ihr Kreuzzugsgelübde nicht einhielten und wir zurück von Konstantinopel nach Passau zogen und ich als Sühne für ihr gebrochenes Gelübde ins Kloster geschickt wurde?«

Alice nickte, natürlich wusste sie es, wie Johanna heftig weinend in ihrem Zelt saß und geheult hatte, dass man Meere mit ihren Tränen hätte füllen können.

»Markus, du weißt, ich meine den Mönch Markus, was ist aus ihm geworden? Hat er den Kreuzzug überlebt?«

»Ich kann dich beruhigen. Der Abt hat mir erzählt, Markus ist letzte Woche in sein Kloster zurückgekehrt. Nach der Eroberung von Jerusalem hat er die Verwundeten betreut, darum hat es so lange gedauert. Er ist gesund und fröhlich und stark wie immer, sagt der Abt.«

»Oh«, erwiderte Johanna. Und flüsternd vertraute sie Alice an, wie sehr sie Markus noch immer liebe.

»Es hat mich vollkommen in Verwirrung gebracht, wenn der Abt unserer Äbtissin einen Brief zum Vorlesen überreichte, in dem Markus vom Kreuzzug berichtete. Einmal hat Markus sogar ein Schreiben an die Äbtissin gerichtet. Sie las die Briefe immer im Refektorium vor und ich bin ganz rot geworden, glaube ich. Liebt er mich denn noch? Was meinst du, Alice?«

Alice wusste es nicht. Sie wusste nur von Martin, dass Markus einmal mit einer von einer Giftschlange gebissenen Frau geschlafen hatte, die ihn angefleht habe, sie auf diese Weise durch das Schwitzen vorm sicheren Tod zu bewahren. Damit wollte sie aber Johanna nicht beunruhigen und verletzen.

Sehr vorsichtig fragte Johanna nach Bernhard, wie es denn weitergegangen sei. Auch das tat weh – und milderte zugleich den Schmerz.

Der Umstand, eine Freundin unter den Nonnen zu haben, mit der sie heimlich über Bernhard sprechen konnte, die Freude Leylas zu beobachten, die stolz begann, Buchstaben zu malen, bewog Alice während des Sommers immer mehr, sich vorstellen zu können, dem Wunsch der Äbtissin zu folgen und als Novizin in das Kloster einzutreten.

Es war schon Herbst, bereits Oktober, und die Äbtissin drängte von Tag zu Tag deutlicher auf eine Antwort, als sich die Kunde in Passau verbreitete und auch zu Alice ins Kloster drang, Graf Bernhard von Baerheim kehre mit seiner Gattin und beladen mit in Jerusalem erbeuteten Schätzen noch vor Einbruch des Winters auf seine Burg zurück.

Man erzählte sich gar, der Graf habe im Heiligen Land Männer um sich versammelt, die seine Teppiche, Spiegel, Möbel, Gläser, Stoffe und eine Truhe voller Geld und Schmuck befördern sollten. Er habe ihnen gedroht: ›Wer von euch beabsichtigt, mich zu bestehlen, der soll sofort gehen. Es wird ihm daraus kein Schaden erwachsen. Wer aber wagt, mich zu berauben, dem werde ich ohne lange Untersuchung beide Hände abschlagen lassen.‹

Das Laub raschelte, als Alice wütenden Schrittes und mit geballten Fäusten den Abhang vom Dom hinunter zum Inn lief. Dunkle Wolkenfetzen jagten einander, verbargen einen fahlen Mond, dessen kaltes Licht jäh auf das schwarze Geäst der Bäume fiel und so ganz zu Alice' Stimmung passte.

Ruhe hatte sie finden wollen im Gotteshaus und endlich eine

Antwort auf die Frage, was sie denn tun sollte. Sollte sie den Schleier nehmen oder nicht? Lange hatte sie vor der Gottesmutter gekniet, gebetet, gefleht – doch die Mutter war stumm geblieben, hielt ihr Jesuskind Alice wie teilnahmslos entgegen und forderte: Bete es an! Liebe meinen Sohn. Liebe Jesus Christus. Entsage der Welt!

Doch wie sollte sie das können, Jesus Christus lieben und nur ihn? Wäre es nicht Heuchelei, wenn sie diese Liebe geloben würde? Noch niemals war sie der Welt so nahe wie jetzt, nie hatte die Welt sie so gepackt – im bösen Sinne.

Bernhard war zurückgekehrt! Er hatte es geschafft, noch vor Einbruch der heftigen Schneefälle seine Burg zu erreichen. Ganz Passau erzählte sich von den Maultieren, Pferden und Wagen, beladen mit Schätzen aus dem Heiligen Land. Zornig sei der Graf über jedes zerbrochene Glas gewesen, was angesichts der Kostbarkeit eines solchen zwar verständlich sei, aber bei den Mengen an Gütern …

Überaus zornig war Alice. In ihr brannte es, loderte die Flamme der Eifersucht, der Wut und der Liebe. Wie konnte er sie nur so verletzen! Wie konnte er es wagen, einer Frau so nahe zu sein, wie er es ihr gewesen war. Nach jeder Schlacht war er zuerst zu ihr gekommen – und nicht nur dann. Was konnte diese Gräfin ihm geben, was er nicht unzählige Male von ihr, Alice, empfangen hatte. Und sicher konnte diese Gräfin ihm niemals das geben, was nur sie ihm geben konnte, bei sich selbst zu sein. Das erkannte Alice klar, mit eisiger Klarheit. Es schnürte ihr das Herz zu. Von Genugtuung erfüllt und todtraurig, schlich sie über den menschenleeren Getreidemarkt die Gasse hinauf zum Kloster Niedernburg.

»Alice! Komm! Beeil dich!«, rief ihr Johanna von Weitem entgegen, die am Eingangstor stand und fror. »Der Burggraf wartet auf dich.«

Alice sah Johanna verständnislos an.

»Udalrich Vielreich?«

»Natürlich, wer denn sonst. Er wartet mit der Äbtissin zusammen in ihrer Wohnung.«

»Was will er denn?«

»Weiß ich doch nicht.«

»Halt!«, rief Alice. »Ich möchte vorher noch in die Kirche zum Grab der Äbtissin Gisela. Ich habe so ein sonderbares Gefühl.«

Kopfschüttelnd folgte Johanna ihrer Freundin in das mit biblischen Ereignissen ausgemalte Gotteshaus. Doch kaum hatte Alice den Sarkophag erreicht und ein kurzes Stoßgebet ausgesprochen, da drehte sie sich um und sagte mit fester Stimme:

»Also, gehen wir.«

Johanna öffnete die Tür zur Äbtissinnenwohnung, verneigte sich. Mit einer Handbewegung gebot die hohe Frau der jungen Nonne, sich zu entfernen. Auch sie selber verließ nach wenigen Worten den Raum. Alice war mit dem Burggrafen allein.

Es entstand eine unangenehme Stille.

Alice setzte sich auf eine Bank. Der Burggraf blieb vor einer mit Messing reich beschlagenen Truhe stehen, die Arme verschränkt. Dann fiel ihm ein, dass diese Haltung nicht passend sei und er zog einen Schemel heran. Er räusperte sich und Alice wartete.

»Graf Bernhard von Baerheim ist aus Jerusalem zurück.« Er machte eine Pause.

»Dieser Umstand ist für mich nicht unbedeutend. Vielleicht habt Ihr schon davon gehört, dass seit Jahren ein Zweikampf zwischen uns aussteht.«

Offenbar wollte er jedoch von Alice keine Antwort, denn er fuhr fort:

»Kennt Ihr Graf Bernhard?«

»Natürlich«, antwortete Alice. »Die Ritter, besonders die aus der Heimat, waren einem jeden bekannt.«

»Das Passauer Land ist erfüllt von seinen Ruhmestaten. Wisst Ihr etwas darüber? Ist die Kunde von seinen kriegerischen Erfolgen nur geschickte Selbstdarstellung oder entspricht sie der Wahrheit?«

»Prahlt denn Graf Baerheim mit seinen Taten?«, fragte Alice mit verwunderter, enttäuschter Stimme.

Udalrich sah sie erstaunt an.

»Nein, das wohl nicht. Aber zurück zu meiner Frage. Oder lassen wir das. Sie beantwortet sich von selbst nach drei Jahren Kreuzzug und so vielen Kämpfen und Schlachten.«

Er räusperte sich. »Meine Frage an Euch lautet: Wie schätzt Ihr den Grafen ein? Wird er seine Forderung nach einem Zwei-kampf aufrechterhalten?«

Nun gib bloß keine schnelle Antwort, überlegte Alice. Tu so, als würdest du nachdenken.

»Der Graf wird auf dem Zweikampf bestehen«, antwortete sie endlich.

»Ich dachte es mir. Wisst Ihr, worum es bei dem Zweikampf geht?«

Alice schüttelte den Kopf.

»Eigentlich betrifft das Treffen den Vater Graf Bernhards, Otto. Kurz vor dem Aufbruch ins Heilige Land kam es vor dem Portal des Stephansdomes zu einem Zusammenstoß zwischen Graf Otto und mir. Ich ging, wohl etwas brüsk, zuerst durch das Tor, stieß ihn sogar mit dem Ellenbogen zurück und forderte: ›Macht Platz!‹

Graf Otto sah sich in seiner Ehre verletzt, leider zu Recht. Die Grafen von Baerheim üben schon seit 200 Jahren ihre Grafen-rechte aus. Ich bin bloß Titelgraf von Passau und habe die Gra-fenrechte über Isengau und Lunau von Kaiser Heinrich erhalten, also nicht ererbt. Es ist zu befürchten, dass der bairische Adel wie überhaupt der Adel auf Graf Bernhards Seite steht.«

»Warum ist es nicht damals schon zum Zweikampf gekom-men?«, fragte Alice, obwohl sie es genau wusste.

»Graf Otto und sein Sohn Bernhard hatten bereits das Kreuz-zugsgelübde abgelegt, durften also nicht mehr gegen Christen kämpfen. Deshalb wurde der Zweikampf bis auf die Zeit nach Beendigung des Kreuzzuges verschoben. Graf Otto ist tot, aber Bernhard lebt.«

Was hat das mit mir zu tun?, fragte sich Alice.

»Verehrteste Alice«, fuhr Udalrich fort, beugte sich etwas zu ihr vor und sah ihr in die Augen.

»Ich weiß nicht, wann Graf Bernhard diesen Zweikampf führen will, ob sofort oder ob er sich Zeit lässt. Es heißt, er wolle noch im Winter mit den Vorbereitungen beginnen, sich eine Burg aus Stein bauen zu lassen. Hinzu kommt, er hat sein Lehen gerade erst aus der Hand des Kaisers empfangen und Kaiser Heinrich will Frieden in seinem Land. Mir ist er besonders gewogen wegen meiner Treue. Ich habe selbst dann zu Heinrich gehalten, als Herzog Welf von Baiern und andere Fürsten einen Gegenkönig wählten. Die Huld des Kaisers mir gegenüber könnte Graf Bernhard davon abhalten, sofort gegen mich kämpfen zu wollen.«

»Hm«, machte nun Alice und ihr fiel auf, dass es dieselbe Art war, wie Bernhard bisweilen ›Hm‹ sagte.

»Also, um es kurz zu machen. Seitdem Ihr mir von Eurem Vaterbruder, dem Abt, bekannt gemacht wurdet, seid Ihr mir nicht mehr aus dem Sinn gegangen. Meine Frau ist gestorben, ich habe keinen Sohn.«

Alice kräuselte die Stirn. Nicht ein einziges Mal hatte sie seit dieser Begegnung im Januar an den Burggrafen gedacht, auch nicht, wenn sie ihm zufällig begegnet war, wie er achtunggebietend und furchteinflößend durch Passau ritt.

»Ich wollte Euch fragen«, und dabei leuchtete sein Gesicht so rot wie sein Bart und sein volles Haupthaar, »wollt Ihr mir einen Sohn schenken?«

Alice verschlug es die Sprache, sie verschluckte sich und musste husten. Der Burggraf überlegte, ob er ihr wohl leicht auf den Rücken klopfen durfte. Unterließ es aber lieber.

»Ich muss es wohl genauer erklären. Natürlich ließe ich diesen unseren Sohn vom Kaiser als meinen rechtmäßigen Sohn und Erben anerkennen. Euch würde ein Leben in Glanz zuteil. Nicht umsonst nennt man mich Vielreich.«

»Und meine Ehre?«

»Verzeiht. Vor Geld und Macht verstummen alle bösen Zungen.«

»Wie denkt Ihr über meine Ehre?«, beharrte Alice.

»Ihr seid die niftele des Abtes. Der Abt hat Euch Ehre erwiesen und so erweise ich Euch Ehre. Ihr braucht nicht zu befürchten, ich wollte Euch entehren. Ich wünsche mir einen Sohn von Euch, nur von Euch.«

»Lasst mich nachdenken. Nein, nein. Ihr braucht nicht den Raum zu verlassen. Lasst mich überlegen, indem ich Euch sehe. Aber Ihr könnt Euch bitte ein wenig von mir fortsetzen.«

Alice stützte ihre Arme auf und legte ihr Gesicht in ihre Hände. Was hatte der Abt gesagt: Es gibt selten das allein Gute. Meistens ist das Gute mit Bösem gemischt. Jetzt ist das Gute zu wählen, was das wenigste Böse enthält. Nach dem Maßstab Gottes. Nach dem Maßstab, wie wir erkennen, was Gott von uns fordert.

War es nicht das eindeutig Gute, dass Gott von ihr forderte, in den heiligen Stand zu treten und Nonne zu werden, ihr Leben ihm und Jesus Christus zu weihen? Sprach nicht so der Heilige Geist zu ihr?

Aber hieß das nicht, sich hinter Klostermauern für immer zu verbergen und Bernhard niemals wiederzusehen? Um Gottes willen, ermahnte sich Alice. Da fragte ein fremder Mann sie, ob sie mit ihm schlafen wollte, und sie dachte an Bernhard. Das war bestimmt nicht Gottes Wille.

»Welche Folgen hätte das für den Zweikampf, wenn ich Euch einen Sohn schenkte?«, fragte sie, um nicht vollkommen unkeusche, böse Gedanken aufzuwühlen.

»Es wäre möglich, er würde nicht stattfinden. Es geht Graf Bernhard wahrscheinlich nicht nur um Ehre, sondern auch um meine Lehen und meinen Reichtum. Wenn aber ein Sohn als mein Erbe vom Kaiser eingesetzt wäre, möglicherweise würde der Graf auf einen Kampf verzichten, der auch ihn verletzen könnte.« Er seufzte. »Ich gebe es zu. Ich bin fast 50 Jahre alt. Es ist nicht wahrscheinlich, dass ich überlebe. Aber ich bin stark und kampferfahren, wenn auch meine Kriegserfahrungen längere Zeit zurückliegen. Lange Zeit. Es waren die Sachsenkriege. Aber verletzen könnte ich den Grafen ebenfalls. Schon mancher Sieger ist an kleinen Wunden gestorben. Ihr könntet zwei Menschenleben retten, indem Ihr ein neues zur Welt bringt.«

Alice hielt sich die Hände an die Brust, rang nach Atem. Es war, als würde ihre Kehle zugedrückt. Aber war das nicht das Gefühl, das sie seit Monaten mit dem Ausharren im Kloster verband? Der Zwang, in diesen engen Mauern wie eingesperrt zu sein? Niedergedrückt auf engem Raum, nachdem sie drei Jahre gepilgert war? War sie überhaupt noch fähig, in einem eng begrenzten Raum zu leben – und das bis zu ihrem Tod?

Alice erhob sich und blickte dem Burggrafen freimütig in die Augen:

»Ihr wisst, ich habe ein Kind bei mir, Leyla.«

Auch der Burggraf stand auf und entgegnete mit gewollt fester Stimme:

»Sicher, wer wüsste dies nicht. Die Äbtissin sagte mir zu, Leyla könne weiterhin im Kloster aufwachsen. Zu mir in meinen Geschlechterturm in Passau nehmen möchte ich das Kind ungern.«

Unruhig blickte er im Raum umher und heftete seinen Blick auf das Kreuz.

»Das Mädchen ist noch immer in Passau bei vielen ein Stein des Anstoßes.«

»Der Abt hat mich anderes gelehrt. Auch wenn es nicht ganz auf Leyla zutrifft, so gelten doch für sie die Worte des Hohen Liedes: *Schwarz bin ich und doch anmutig, ihr Töchter Jerusalems, wie die Zelte der Beduinen, denn die Sonne hat mich verbrannt.* Und weiter heißt es: *Siehe, du bist schön, siehe, du bist schön, deine Augen sind wie Tauben.* In diesem Leben wird die Schöne durch Widerwärtigkeiten niedergedrückt. Doch der Apostel Paulus spricht: *Alle, die gottselig leben wollen in Christo Jesu, müssen Verfolgungen leiden.*«

IM BAIRISCHEN LANDT,
1101 – 1105

BERNHARD BAHNTE SICH SEINEN WEG durch den winterlichen
Auenwald. Auf Gräsern und Büschen lag Schnee, eine milde
Dezembersonne spürte er warm im Gesicht, Strümpfe und
Schuhe hatte er in die Hand genommen, der aufgeweichte Boden
schwappte unter seinen Füßen. Bisweilen war die Erde gefroren.
Ruhe kam über Bernhard, als er die Stelle erreichte, wo er sein
Schwert und seine Kleidung zu verstecken pflegte.

Nebel stiegen aus der Donau, so dicht, dass Bernhard das
gegenüberliegende Ufer kaum ausmachen konnte. Der Fluss
war wie gewohnt eisig, kleine Wellen umspielten kalt seine Füße
und Waden. Ein kurzer Schock, als er sich in das Wasser hin-
einwarf. Bernhard schwamm in die Mitte des Flusses, schaute
hinauf zu dem bewaldeten Bergvorsprung, auf dem seine Burg
gebaut wurde. Zu sehen war bei dem Nebel nichts, auch nichts zu
hören von dem Hämmern der Steinmetze. Aber schon im kommenden Sommer könnte er aus seiner Motte aus Holz auf die
Höhe hinaufziehen. Glück und Stolz erfassten ihn einen Augenblick, während er mit kräftigen Bewegungen das Wasser teilte.
Schwimmen, Tauchen, Auftauchen empfand er mit seinem ganzen Körper. Frei sein!

Nein, er würde nicht darauf verzichten, allein schwimmen zu
gehen. Auch wenn Salome und seine Mutter, die Stolze, ihren
aufreibenden täglichen Zwist unterließen und sich ausnahmsweise einmal einig waren, um ihn wortreich zu bedrängen, sich
von einem Knecht oder Ritter beim Baden in der Donau begleiten zu lassen. Er allerdings könnte es nicht ausstehen, dass dort
jemand am Ufer stand, frierend, ungeduldig, und seiner wartete
und ihn beobachtete.

Aber das war es ja, was sie so sehr befürchteten, dass er beobachtet, dass er hinterrücks beim Schwimmen von einem Giftpfeil getroffen, durchbohrt, getötet wurde. Von Udalrich, dem Burggrafen von Passau ermordet. Denn der Zweikampf zwischen ihnen stand noch immer aus, auch wenn es nun schon ins vierte Jahr ging, dass Bernhard vom Kreuzzug zurückgekehrt war. Je mehr Zeit verstrich, desto gefährlicher wurde dieser Burggraf, gefährlich nicht im Zweikampf, sondern im Willen zum Mord. Denn der Kaiser war alt, konnte schon bald sterben, dann entfiele sein Schutz für den Burggrafen. Was danach kam, wie der junge König handeln würde, war ungewiss. Also müsste Bernhard vor dem Hinscheiden Kaiser Heinrichs getötet werden. So sprach Salome, seine Gattin, auf ihn ein. Und noch dazu plagte sie ihn mit Alice, des Burggrafen Konkubine. Es war doch wohl anzunehmen, dass der Burggraf einen Bastard von dieser verhexten Frau vom Kaiser legitimieren lassen würde. Doch bekam diese Metze keinen Sohn. Nur eine Tochter hatte sie zur Welt gebracht. Eine Todgeburt.

Salome weidete sich an diesem Wort, das sie sogar auf Deutsch auszusprechen verstand. Bernhard aber blickte sie vorwurfsvoll und verächtlich an, denn nicht einmal schwanger war sie in diesen annähernd vier Jahren ihrer Ehe geworden. Und dies, obwohl mehrere Italienaufenthalte mit ausführlicher Mittagsruhe auf weichen Kissen im Dämmerlicht durchaus den gewünschten Erfolg hätten bringen müssen.

Wenn aber der Zweikampf stattfände, ohne dass sie Udalrich einen Sohn geboren hätte, so ereiferte sich Salome weiter, dann wäre Alice wieder das Nichts, das sie vor dieser buhlerischen Verbindung war. Aus wäre es mit den feinen goldbestickten Kleidern, dem Schmuck, Ketten, Armbändern, Ringen und Ohrringen, dem Parfum. Vorbei wäre es mit den Einladungen in Stadt und Land, zu denen sich glücklicherweise nicht die nobiles herabließen. Wäre Udalrich endlich tot, dann wäre Alice nichts als eine verlorene Frau.

»Udalrich wird schon ihre Versorgung testamentarisch fest-gelegt haben«, meinte Bernhard dazu beiläufig und verschlafen, obwohl ein solches Reden Salomes ihm Magenschmerzen verur-sachte. Am liebsten hätte er seiner Gattin den Mund zugehalten. Doch alles Beschwichtigen war umsonst. Salome hielt an ihrem Verdacht fest, Alice wolle ihren früheren Geliebten, das Wort wurde niemals ausgesprochen, ermorden lassen, bevor er ihren Burggrafen töten würde.

Das Wasser war wirklich kalt und Bernhard schwamm ans Ufer. Auch wenn ihm das Gezeter Salomes lästig war, so gab er ihr doch darin Recht, der Zweikampf musste bald um seiner Ehre willen stattfinden.

Nur war die Zeit ungeeignet für eine solche Begegnung, über-legte Bernhard zum wiederholten Mal. Nein, er scheute nicht das Treffen, den Kampf, verspürte sogar einen Reiz. Allerdings musste er vor Kaiser Heinrich auf der Hut sein, denn der ging mit fester Hand gegen Friedensbrecher vor. Dem Grafen von Limburg hatte der Kaiser die Burgen belagert, zerstört und letzt-endlich ihn durch Fürstenspruch gezwungen, die dem Kloster Prüm entwendeten Güter zurückzugeben. Ja, noch befremd-licher. Der Papst selbst hatte in einem eindringlichen Schrei-ben Graf Robert von Flandern aufgefordert, gegen den kaiser-freundlichen Bischof Walcher von Cambrai vorzugehen und mit Waffengewalt exkommunizierten Klerikern ihre Pfründe zu nehmen. Robert, der dem Wunsch des Papstes gefolgt und mit dem Schwert im Bistum Cambrai gewütet hatte, musste sich kläglich dem Kaiser in Lüttich unterwerfen und konnte erleich-tert sein, dass diese deditio Heinrich IV. genügte und er nicht auf Bestrafung sann.

Es war also keineswegs sicher, dass Kaiser Heinrich den Zwei-kampf billigen würde, wahrscheinlich würde er ihn gar verbie-ten. Deswegen war es ratsamer, ihn so lange wie möglich hin-auszuzögern. Die langen Abwesenheiten in der Toskana waren dafür durchaus dienlich.

Während Bernhard aus dem Wasser stieg, sich mit einem Tuch abtrocknete, anzog und sein Schwert umgürtete, überlegte er, die Parteinahme für exkommunizierte Kleriker gegen den Papst und gegen Graf Robert von Flandern, der immerhin ein Heerführer des Kreuzzuges gewesen war, musste dem Kaiser auch Feinde einbringen. Das Geburtsfest des Herrn würde Heinrich IV. in Regensburg feiern. Er war zum Hoftag geladen und wollte sich umhorchen, wie es mit der Macht des Kaisers wirklich stand.

Endlich Regensburg!

Bernhard spürte, hörte und roch es mehr, als dass er es sah. Die Zelte vor der Mauer der Stadt, die Feuer, die Düfte nach Braten, der Rauch, das Stimmengewirr, die Musik der Spielleute. Er stellte sich im Steigbügel auf, ob die beiden massigen Türme des Domes schon zu erkennen wären, aber er musste sich wohl noch gedulden. Das fiel schwer.

Ärgerlich war es schon gewesen, dass der Aufbruch sich verzögerte, da Graf Ekbert von Formbach sich unpässlich fühlte. Allerdings hatte Bernhard den Verdacht, dass der Graf den feierlichen Einzug des Kaisers in Regensburg absichtlich versäumen wollte. Zu viele Jahre, fast ein ganzes Leben, hatte die Feindschaft gedauert, als dass Graf Ekbert dem Kaiser seine Huldigungen entgegenbringen wollte. Wahrhaft mühsam war dann der Ritt von Passau nach Regensburg gewesen, nicht wegen des Wetters, das Bernhard sich nicht besser hätte wünschen können, eine weiße, dünne Schneedecke bedeckte die sanften Hügel und Wälder, die Luft war klar, die Sonne schien, nein, es war das Gezeter des Grafen von Formbach, der nicht enden wollte zu jammern, wie entsetzlich sein Kreuzzug ins Heilige Land gewesen sei.

›Wir sind von Kilidj Arslan in einen Hinterhalt gelockt worden‹, klagte er wieder und wieder.

›Allen Fürsten ist großes Unheil widerfahren. Die Markgräfin Itha ist wahrscheinlich tot. Sie ist nach dem Überfall unauffindbar verschwunden. Und wenn sie nicht tot ist, dann ist sie in einem Harem für immer eingesperrt und muss diese entehrenden Dinge tun. Sie, die fromme, hohe Frau.‹

Bernhard konnte sich nicht enthalten, dem makellosen Bild Ithas entgegenzuhalten, die Markgräfin habe es auf wunderbare Weise verstanden, tiefe Religiosität mit Abenteuerlust zu verbinden. Graf Formbach räusperte sich und beschwor das unausdenkbar Entsetzliche.

›Mein Bruder, der Erzbischof von Salzburg – sein Schicksal ist eines jeden Märtyrers würdig. Die Hände haben die Ungläubigen ihm abgehackt, die Gedärme ihm bei lebendigem Leibe herausgeschnitten. Sie haben ihn nach der Gefangennahme gefragt, was er denn besonders gut verstünde. Auf seine Antwort ›Schnitzen!‹ haben sie gefordert, er solle eine Mohammed-Figur anfertigen. Als er sich weigerte, haben sie ihn massakriert.‹

Auf Bernhards Einwand, die Sarazenen hätten ein Bilderverbot, reagierte der Graf mit Unwillen, ließ sich jedoch dann nicht davon abhalten, wieder und wieder zu erzählen, dass auch sein langjähriger Freund und Kampfgefährte, Herzog Welf von Baiern, auf dem Kreuzzug ums Leben gekommen sei. Und auch die französischen nobiles, Stephan de Blois, der Schwiegersohn Heinrich des Eroberers, und Hugo de Vermandois, der Bruder des Königs von Frankreich – alle tot.

Bernhard hatte es nicht mehr anhören mögen und erwiderte, die Heere hätten sich nicht trennen dürfen. Geradezu leichtsinnig sei es gewesen, dass einige Ritter Kleinasien mit dem Schiff umrundet hätten. Graf Formbach hatte dazu nur ein abweisendes, dann nachdenkliches Gesicht gemacht, bis er, sie hatten Regensburg schon fast erreicht, mit der Sprache herausrückte.

»Abt Johannes ist mit seiner Brudertochter auf der Burg gewesen, damit sie eine Stelle als Vorleserin bei meiner Gattin, Gräfin Mathilde, erhalte.«

Dann schwieg er und Bernhard hatte den sicheren Eindruck, dass er etwas verschwieg. In die nicht ausgesprochenen Gedanken hinein erklärte Graf Formbach:

»Es war ein Fluch. Aus Rache für diese Ablehnung hat der Abt unseren Kreuzzug verflucht. Und für mich noch schlimmer. Kurze Zeit nach dem Besuch des Abtes auf meiner Burg ist meine geliebte Frau Mathilde gestorben.«

Bernhard zuckte zusammen. Nahm das denn niemals ein Ende: Alice, der Abt?

Wie er ihn hasste, dieses edle, durchgeistigte Gesicht, diese unangreifbare, unnahbare Herrschergestalt. Abkassiert hatte ihn der Abt, als er Geld für den Kreuzzug brauchte und ein Großteil seines Lehens an das Kloster verpfändete!

Es war nur zu wahrscheinlich, so überlegte Bernhard, es war tatsächlich ein Fluch. Bernhard bekreuzigte sich. Ganz sicher hat der Abt die Macht, einen Fluch wirkungsvoll zu verhängen. Schon seit Jahren hatte er den Abt im Verdacht, mit Luzifer im Bunde zu stehen.

Da endlich die Türme des Gotteshauses, des mächtigen Domes von Regensburg, auf den Wiesen vor der Donau die Zelte der Fürsten! Bernhard zog die Stirn vor Unmut kraus. Denn statt des festlichen Gewoges, das er erwartet hatte, statt der Geschäftigkeit der fast unübersehbaren Schar von Schildknappen, Schreibern, Bediensteten lastete eine erdrückende, kriegerische Stimmung auf dem Lager. Überall drohten die Feldabzeichen des Grafen Sigehard von Burghausen, der offenbar mehr Krieger mit sich führte als alle anderen Fürsten.

Was soll das?, überlegte Bernhard. Hat der Graf solche Angst vor dem Kaiser, dass er sich gegen ihn rüstet, als wollte er ihn angreifen? Ein Übermaß an Rittern, Fußsoldaten würde wohl eher den Kaiser ungnädig und zornig stimmen.

Es ging ihn nichts an. Er selbst wie auch Graf Formbach war mit einer angemessenen Begleitung nach Regensburg gekommen.

Trompeten, Flöten, Fiedeln kündigten ihren feierlichen Einzug an, als Bernhard mit dem Grafen von Formbach und weiteren bairischen Adeligen, ihren Rittern, Ministerialen und Bediensteten über die Holzbrücke in die Stadt hineinritt. Gebührend wurden sie von den Regensburgern empfangen, begafft und bejubelt.

Es war unübersehbar, Regensburg, die civitas regia, war die bevorzugte Stadt der Könige und Kaiser, und die Regensburger waren stolz darauf, niemals in all den Wirren, dem Zwiespalt zwischen Papst und Kaiser, von Heinrich IV. abgefallen zu sein. Ihnen galt des Herrschers Gnade und Huld und sie dienten ihm mit Treue. Fahnen, festlich gekleidete Menschen, Frohsinn strömte Bernhard entgegen, als er an mehrgeschossigen Geschlechtertürmen aus Stein, dann am mächtigen Römerturm vorbei zur Kaiserpfalz ritt. Von den Satteldächern tropfte es, Tauwetter hatte eingesetzt. Beim Gästehaus des Kaisers trennte er sich von Graf Formbach, der in Regensburg ein eigenes Haus besaß.

Seinen Knechten befahl Bernhard die Versorgung der Pferde, das Abladen der Kisten und das Aufschlagen der Zelte vor der Stadt, während Kaspar sich um sein persönliches Gepäck zu kümmern hatte.

Erwartungsvoll stieg Bernhard die Außentreppe in den ersten Stock seiner Herberge hinauf, dann die Wendeltreppe zum zweiten. Erleichtert, endlich allein zu sein, begutachtete er seine Kammer. Eine Truhe für die Kleidung war vorhanden. Das Bett sah reinlich und nicht unbequem aus. Die schweren Wandteppiche an den Wänden hielten wohl die Winterkälte fern. Leider fehlte ein Kamin, was seine gute Laune nicht beeinträchtigen sollte. Schließlich war er Kälte gewohnt. Hübsch waren die beiden Öllampen, er zündete den Docht an, es duftete nach dem Süden, nach Orient. Bernhard schaute durch ein schießschartenartiges Fenster hinaus auf die dreischiffige Hauskapelle der Könige und Kaiser. Es war ihm angenehm, ein oder zwei Monate in einer aufblühenden Stadt sich aufzuhalten. Am kommenden Tag, am Fest der Geburt des Herrn, würde er sich einen Badezuber bringen lassen und, wie es Brauch war, die Haare von Kaspar schneiden lassen. Rasieren tat er sich immer selbst.

Doch vorerst verspürte Bernhard Hunger und stieg die schmalen, hohen Steinstufen hinab in ein Tonnengewölbe, in dem eine lange Tafel für die vornehmen Gäste des Kaisers vorbereitet war. Am Tisch saßen junge bairische Adelige, sein Freund Berengar von Sulzbach, den er herzlich begrüßte, und eben auch dieser Graf Sigehard, der sich für den Hoftag und ein hohes christliches Fest so kriegerisch gerüstet hatte und nun massig, übel gelaunt über seinem Brotteller saß, mit den Fingern aus seinem Karpfen das Auge herauspulte und hinunterschluckte. Sein Gesicht war rot vor Ärger und wahrscheinlich auch vom Met. Bernhard verging dabei der Appetit.

»Nur Brot, Käse und Wein«, sagte er zu der drallen Magd, die die Herren bediente.

»Ich wette meinen Kopf«, äußerte Graf Sigehard laut seinen Unwillen, »der Kaiser durchbricht die Fastenzeit und speist mit den sächsischen Fürsten Hirschbraten und alle verbotenen Leckereien. Der Hoftag hat noch nicht einmal richtig begonnen, da zeigt es sich schon, dass Kaiser Heinrich die Sachsen freundlicher und ehrenvoller behandelt als uns Baiern, obwohl der Hoftag in Baiern stattfindet.«

»Pst, nicht so laut«, mahnte Berengar von Sulzbach.

»Murren tun doch alle«, brummte Sigehard und nahm einen kräftigen Schluck aus seinem Krug, dass der Met in seinem Bart hängenblieb. Mit dem Handrücken wischte er ihn ab.

»Noch mehr Odinsblut«, befahl er der Magd, die gerade einen Holzbecher, randvoll gefüllt mit Wein, und eine große, glatte Holzschale mit Käse und Brot vor Bernhard auf den Tisch stellte.

Der wandte sich um zu der jungen Frau, bemerkte ihr liebes, rundes Gesicht und ihren schweren Busen. Sie hat bestimmt einen niedlichen Bauch, ging es ihm durch den Sinn.

Bernhard lächelte ihr zu und sie lächelte erstaunt, beglückt zurück.

»Wohl bekomm's, Herr«, sagte sie mit einer angenehmen, schüchternen Stimme.

Dann drehte er sich wieder zu Graf Sigehard und gab zu bedenken:

»Kaiser Heinrich hat wahrscheinlich seine Gründe, sich mit den Sachsen gut zu stellen. Schließlich sind vor Kurzem die beiden Söhne Otto von Nordheims von verbrecherischen Männern niederen Standes erschlagen worden. Da will der Kaiser vermutlich jede weitere Auseinandersetzung mit den Sachsen vermeiden.«

»Das ist ja das Erbärmliche«, empörte sich Graf Sigehard, »worüber wir Vornehmen des Reiches uns entsetzen. Heinrich bevorzugt die unteren Stände. Der Kaiser handelt gegen die göttliche Ordnung, so dass in seinem Reich die niedrigsten Leute sich die schlimmsten Verbrechen gegen die Höchsten herausnehmen dürfen.«

Leiser fügte er hinzu und kam Bernhard und Berengar mit seinem Kopf unangenehm nahe:

»Bedenkt, die Söhne Graf Otto von Nordheims, des lebenslangen Todfeindes des Kaisers, meuchlerisch ermordet! Wer hatte da wohl den größten Vorteil von ihrem Tod? In wessen Auftrag geschah die frevlerische Tat?«

»Diesen Verdacht möchte ich nicht vernommen haben«, sagte Bernhard und erhob sich.

»Ist doch wahr. Das kann alle Welt hören«, eiferte sich Sigehard. »Warum hat denn der Papst den Kaiser im letzten Jahr zum vierten Mal gebannt? Ja? Warum? Der Kaiser ist heimtückisch, verwüstet die Kirche durch Zügellosigkeiten, Meineide, schreckt vor Verrat und Mord nicht zurück.«

»Sachte, sachte«, versuchte Berengar zu beschwichtigen. »Auf einem Hoftag in des Kaisers Stadt Regensburg muss nicht unbedingt die Exkommunikation des Kaisers angesprochen werden. Es gibt viele Lauscher.«

»Meine Herren, ich verabschiede mich«, grüßte Bernhard und wandte sich zum Gehen.

»Wir sollten uns für den Tag der Geburt unseres Herrn Jesus Christus rüsten.«

»Halt!«, rief Graf Sigehard und wollte Bernhard am Arm fassen, wovor er im letzten Augenblick zurückschreckte.

»Papst Paschalis hat ausdrücklich betont, dass der Bann auf uns allen nördlich der Alpen lastet, die wir uns von der Sünde des Kaisers nicht fernhalten.«

»Und doch will der Kaiser dem Bann entgegensteuern«, wandte Bernhard ein, trat wieder an die Tafel, auf die er sich mit beiden Händen aufstützte und in die Runde sah.

»Ihr wisst es selbst, Kaiser Heinrich hat zu Epiphanie in diesem Jahr in einem Festgottesdienst seinen Willen eröffnet, er beabsichtige eine Wallfahrt zum Heiligen Grab nach Jerusalem. Er erhofft sich die Vergebung seiner Sünden.«

»Aber gilt denn für ihn dasselbe wie für Euch, Graf Bernhard, der Ihr Jerusalem mit Eurem Schwert, mit Eurem Leben für Jesus Christus erobert habt? Euch ist die Generalabsolution vom Papst zugesagt – aber auch ihm, dem unwürdigen Kaiser?«

Bernhard schüttelte den Kopf. »Ich denke, wir sollten den Wunsch nach Buße eines jeden Menschen achten.«

Nachdenklich ging Bernhard die von wenigen Kerzen erleuchtete Wendeltreppe hinauf. Mit einem so lautstarken Angriff auf den Kaiser hatte er nicht gerechnet – und doch sprach dieser Sigehard aus, was die meisten Fürsten wohl heimlich dachten.

Oben auf dem Gang begegnete ihm nicht die Magd – leider. Nun ja, er war schließlich gerade erst in Regensburg angekommen.

»Gloria! Gloria in excelsis Deo.« Ehre sei Gott in der Höhe!, ertönte es vom Singchor.

Die feierliche Eröffnung des Hoftages. Das Hochamt im Dom St. Peter zu Regensburg. Das Kirchenschiff war durchströmt vom Wohlduft der Kerzen, des Weihrauchs, mit dem jeder der prächtig gekleideten geistlichen und weltlichen Herren beim Eintritt ins Gotteshaus besprengt war. Bernhard empfand es als angenehm und bemerkenswert, dass all diese Herzöge, Grafen, Bischöfe,

Äbte und Domherren sich zum Fest der Geburt des Herrn gewaschen und den Bart gestutzt hatten. Würdevoll, geradezu majestätisch gaben sie durch ihr ernstes Gesicht, ihre stolze Haltung bekannt, dass sie die Herren des Reiches wären. Bernhard ließ seine Augen schweifen, an den mit Knospenkapitellen verzierten Wandpfeilern vorbei, die mit biblischen Szenen bemalten Wände hinauf zu den hoch gelegenen schmalen Fenstern und zur farbigen Holzdecke des Domes. Er wandte sich um und sein Blick blieb einen Augenblick an der Herrscherempore haften. Auf einem bronzenen, reich verzierten Sessel thronte der Kaiser und neben ihm saß sein Sohn, der junge König.

Bernhard drehte sich wieder um, den Kaiser zu begutachten ziemte sich nicht. Und dennoch fiel es ihm schwer, seine Aufmerksamkeit auf die Heilige Messe zu richten. Das Bild des Kaisers in seiner machtvollen Größe nahm seine Gedanken in Anspruch: die goldene, mit Edelsteinen geschmückte funkelnde Reichskrone auf seinem Haupt, das goldene Brustkreuz. Mit der Hand war sich der Kaiser durch den Bart gefahren, so dass Bernhard seinen großen rotgoldenen, mit Edelsteinen besetzten Fingerring sehen konnte. Der Kaiser strahlte, so empfand es Bernhard, nicht Weisheit, Erhabenheit, Güte, Milde und Frömmigkeit aus, sondern unnachgiebige Entschlossenheit, Macht. Mit seinen großen, offenen Augen schien er jeden der Anwesenden zu durchbohren, zu erforschen, ob er Freund oder Feind sei. Bernhard hatte es auf die Entfernung nicht genau erkennen können, aber es war ihm, als umspielte ein verschlagenes Lächeln seinen schmalen Mund. Doch trotz der Abneigung, die Bernhard empfand, fühlte er sich auf eine nicht erklärbare Weise ihm verbunden. Der Kaiser wirkte edel, männliche Kraft war erstaunlicherweise mit fast weiblicher Anmut gepaart. Und hätte er, Bernhard, nicht bei gleichem Schicksal ähnlich gehandelt? Hatte dieser Kaiser nicht seit dem frühen Tode seines Vaters kaum etwas anderes erfahren und durchlebt als Widerwärtigkeiten, Hinterlist, Machtkämpfe, Feindschaft? Angefangen beim Erzbischof von

Köln, der zusammen mit anderen Fürsten den Zwölfjährigen seiner Mutter, der Kaiserin, entriss, indem er den jungen König auf ein prachtvoll erleuchtetes Schiff lockte und dann entführte, damit die Fürsten in seinem Namen regierten. Musste dies nicht ein tiefes Misstrauen gegen die Fürsten und ihre Ratschläge bei dem jungen Heinrich erwecken? Sicher, allzu geschickt hatte er sich nicht verhalten, Burgen in Sachsen zu bauen und sie mit landfremden Ministerialen zu besetzen, was zu jahrelangem Krieg mit den Sachsen führte, der sich bis heute auswirkte. Diese verfehlte Politik hätte er, Bernhard, wohl nicht betrieben. Das tiefe, grundlegende Zerwürfnis mit dem Papst hätte er auch nicht vermeiden können, so überlegte er weiter, während er gedankenlos, gewohnheitsmäßig dem Gang der Messe folgte. War noch sogar des Kaisers Vater, Heinrich III., dem Papsttum überlegen, indem er in Sutri drei Päpste gleichzeitig absetzte, standen, so wie es sein sollte, Papst und Kaiser eigentlich auf gleicher Stufe, so forderten die Päpste seit Gregor VII. vom König und Kaiser Gehorsam, Unterwerfung. Bischof Gregor, Knecht der Knechte Gottes, sendet König Heinrich Gruß und apostolischen Segen, jedoch nur, wenn er dem apostolischen Stuhl gehorcht, wie es einem christlichen König geziemt, so hatte, wie allgemein bekannt, der Bischof von Rom an Heinrich den IV. geschrieben. Niemals, so stand es für Bernhard fest, hätte er sich, wäre er König, dem Papst unterworfen. Als Herrscher wäre er König von Gottes Gnaden, vicarius, Stellvertreter Christi, Werkzeug Gottes. Was allerdings aus dem Ungehorsam folgte, war die Exkommunikation und daraus der Zwang, Gregor VII. militärisch zu besiegen, sich von einem Gegenpapst in Rom zum Kaiser krönen zu lassen.

Bernhard blickte sich um. In großer Anzahl hatten die Fürsten des Reiches sich hier versammelt. Doch von vielen, die so heuchlerisch kaisertreu auf ihren eigens für den Festgottesdienst aufgestellten Faltstühlen saßen, hatte Heinrich bisher nichts Gutes erfahren: Einen Gegenkönig, Rudolf von Rheinfelden, hatten sie oder ihre Väter gewählt, Krieg hatte es gegeben, Heinrich wäre militärisch unterlegen gewesen, wenn nicht Rudolf von Rheinfelden im Kampf die Schwurhand abgeschlagen worden wäre.

Es hieß, als Heinrich mitgeteilt wurde, der Gegenkönig sei wie ein Märtyrer im Merseburger Dom bestattet, habe er geantwortet, er wünschte, alle seine Feinde hätten so ein prächtiges Begräbnis erhalten. Die ärgsten Feinde aber waren dem Kaiser aus seiner eigenen Familie erwachsen, seine Gemahlin Praxedis hatte ihren Gatten der unwürdigsten Behandlung und Vergewaltigungen öffentlich bezichtigt und sein Sohn Konrad, der Thronfolger, war zur Partei des Papstes übergelaufen und hatte sich dem Papst unterworfen, indem er dem Papst den Strator-Dienst erfüllte, er des Papstes Pferd führte und ihm den Treueid leistete. Wie musste Heinrich vor Enttäuschung und Wut fast geplatzt sein – und gleichzeitig so verzweifelt, dass er Selbstmord begehen wollte. Aber dieser Kaiser gab nicht auf, überlegte Bernhard. Das war wohl seine hervorstechendste Eigenschaft, niemals aufzugeben. So erreichte er es, dass die Fürsten Konrad absetzten und seinen jüngeren Bruder Heinrich zum König wählten.

Doch misstrauisch war der Kaiser gegen diesen seinen zweiten Sohn. Konnte er, Bernhard, ihm das verübeln? Wäre er nicht an des Kaisers Stelle ebenfalls misstrauisch gewesen und hätte er nicht auch seinen jungen Sohn bei dessen Krönung gezwungen, einen Eid abzulegen, sich niemals zu Lebzeiten in die Regierungsgeschäfte des Vaters einzumischen? Andererseits, war dieses Misstrauen sinnvoll? Was blieb dem Zwölfjährigen anderes übrig, als feierlich das Geforderte zu schwören. Und nun? 17 Jahre mochte Heinrich sein. Bernhard sah sich doch noch einmal kurz nach ihm um. Schmal und schmächtig wirkte der Jüngling neben seinem machtbewussten Vater.

Er sieht nicht aus wie ein König trotz seiner Krone. Er sieht aus wie ein Knecht, stellte Bernhard fest. Diese Erkenntnis war verwirrend, ließ den jungen König und seine zukünftigen Handlungen schwer einschätzen. Jedenfalls, Bernhard gestand es sich ein, war er selbst ziemlich erleichtert gewesen, als sein eigener,

ebenfalls herrschsüchtiger Vater so unverhofft am Schlangenbiss gestorben war.

Der Kaiser wirkte keineswegs irgendwie gebrechlich oder
krank. Sicher, falls er wirklich das Kreuz nehmen und nach Jerusalem pilgern wollte, so konnte dies durchaus seinen Tod bedeuten. Aber noch war es ein schales Gelöbnis – und der Kaiser
war dafür bekannt, dass er sich an Vereinbarungen nicht hielt.
Das aber hieße, der Kaiser könnte sich auf keinen Fall von seiner Exkommunikation befreien. Was bedeutete das Anathema
für den Sohn? Bernhard sah es diesem blassen, ernsten, dabei
hübschen und einnehmenden Jünglingsgesicht an, wie sehr der
junge König litt. Bernhard mochte ihn, den jungen Heinrich V.
Doch wie musste es den jungen König bedrücken und ängstigen,
dass der Bann des Papstes auch ihm galt, solange er sich an den
dem Vater geleisteten Schwur hielt. Zerrissen musste der junge
Mann sein zwischen seinem Treueid, der ihn wie eine Fessel an
den Vater band, und der Sorge um sein Seelenheil, das er verlor,
wenn er seinem Vater treu blieb. Papst Paschalis hatte die Schlüsselgewalt des Petrus, hatte die Macht auf Erden, zu binden und
zu lösen. Wen er exkommunizierte, dem waren die himmlischen
Tore verschlossen, den erwartete nicht nur das Fegefeuer, der war
der ewigen Hölle übergeben.

Bernhard fiel es drückend und beängstigend auf die Seele.
Auch auf ihm lastete der Bann des Papstes wie auf allen Fürsten,
die an diesem Festgottesdienst teilnahmen. Er warf einen Blick
auf den Grafen von Formbach, blickte in die Gesichter der um
ihn herum Sitzenden. Auf all diesen würdigen, entschlossenen,
selbstherrlichen Häuptern lag ein Zug von Sorge und Angst um
die eigene Seligkeit. Das Paternoster wurde gesprochen. Bernhard
erhob sich wie alle Gläubigen. Und während er betete: *et dimitte
nobis debita nostra*, ließ er seine Augen durch das Kirchenschiff
gleiten, entdeckte in der Menge den roten Schopf des Burggrafen von Passau und neben ihm den Passauer Bischof Thiemo.
Die hatten sicher keine Skrupel, waren vom Kaiser selbst in ihr

Amt eingesetzt. Doch während Bernhard weiter die Gläubigen musterte und zu seiner Beruhigung feststellte, dass auch ehemalige Feinde des Kaisers zum Hoftag erschienen waren, Grafen, Herzöge, auch Bischöfe und Erzbischöfe, durchfuhr es ihn wie ein Schwert: Der Abt fehlte!

Bernhard überflog die anwesenden Äbte. Es waren wahrhaftig fast alle Äbte erschienen, wenn auch nicht alle. Vom Abt von Hirsau konnte man es nicht anders erwarten, war dessen kaiserfeindliche Haltung doch nur zu bekannt. Aber der Abt. Warum war er nicht erschienen? Stand er eindeutig auf der Seite des Papstes? Wollte er sein Seelenheil und das seiner Mönche nicht gefährden? Wollte er seinen Ruf als Wunderheiler, als Heiliger nicht aufs Spiel setzen? Und war doch des Teufels? Bernhard wurde es heiß und kalt. Am liebsten wäre er, während er zum Gebet auf die Knie fiel, aus dem Dom hinausgelaufen. Er richtete seinen Blick von seinen beringten Händen weg zum Bischof, der, dem Kreuz zugewandt, die Heilige Messe zelebrierte. In Bernhards Kopf fieberte es. Dieser vom Kaiser eingesetzte Bischof Gebehard war, so munkelte man, nicht einmal geweiht. Er war, so hieß es, für seine militärischen Verdienste zum Bischof von Regensburg ernannt. Die Sakramente, die er spendete, waren nicht gültig. Dieser Bischof durfte die Eucharistie nicht feiern. Gebehard war im Sinne der Kirche kein Bischof. Außerhalb der Kirche aber gibt es kein Heil! Bischof Gebehard stand außerhalb des Heils. Bernhard erschauerte: Bischof Gebehard zelebrierte eine Schwarze Messe! Er hatte an einer Schwarzen Messe teilgenommen!

Bernhards Erschrecken hielt noch während des anschließenden Festmahles an, das Kaiser Heinrich mit viel Pracht seinen fürstlichen Gästen darbot. Ohne rechten Appetit saß er vor den üppig aufgeladenen Speisen, den Bergen von am Spieß gebratenen Lämmern, Ochsen, Geflügel, den zu Türmen aufgehäuften Trauben, den Silberschalen mit weißem, köstlichem Brot. Wein floss in

Mengen und aufdringlich empfand er es, dass Diener ihm nach-
schenkten, sobald er seinen Becher geleert hatte. Ihm war nicht
nach Trunkenheit zumute, sondern nach Nüchternheit, denn fiebernd sann er der Frage nach, ob die von Papst Urban versprochene Loslösung von allen irdischen und himmlischen Strafen
auch für Verbrechen galt, die nach Erfüllung des Kreuzzugs-
gelöbnisses, nach der Eroberung Jerusalems begangen worden
waren. Für Mord, das könnte sein, aber für ein Verbrechen gegen
die Kirche, den Papst? Wohl kaum.

Graf Berengar von Sulzbach, der Bernhard an der Tafel gegenübersaß, prostete ihm zu und sagte:

»Graf Bernhard. Wir denken wohl alle dasselbe.«

Das Entsetzen und die Angst vor Fegefeuer und Jüngstem
Gericht wichen einer bleiernen Erwartungshaltung. Würde dieser Hoftag irgendeine Aussicht auf eine Lösung des tiefen Gra-
bens zwischen Kaiser und Papst bringen? Doch nicht einmal von
der Pilgerfahrt Heinrichs ins Heilige Land war mehr die Rede,
der Kaiser schien keinerlei Vorbereitungen zu treffen, sondern
schärfte seinen Fürsten wiederum ein, sie sollten den reichswei-
ten Landfrieden nicht brechen, keine Felder verwüsten, keine
Klöster ausrauben, keine Mönche gefangen nehmen, keine Kaufleute überfallen und sich mit Fehden zurückhalten. Graf Sigehard
hatte sich daraufhin so sicher gefühlt, dass er die Scharen seiner
Krieger entließ und nur mit wenigen Ministerialen in Regensburg
zurückblieb. Bernhard schätzte, das waren keine guten Aussichten für einen Zweikampf. Durch Graf Berengar ließ Bernhard
dem Burggrafen Udalrich dennoch übermitteln, dass nach Ablauf
des Reichsfriedens er den Ehrverlust abgelten werde.

Das alles war zähflüssig und unerfreulich. Und auch seine
Eheverhältnisse waren nicht gerade erheiternd. Salome schien
unfruchtbar zu sein, er hatte es schon vor der Eheschließung
geahnt. Und nun verlangte seine Gattin, dass er für sie vom Kloster St. Emmeram einen kostbaren Reliquienschrein anfertigen
ließ, und zwar ausgerechnet für den Fingernagel der Heiligen

Justine von Padua, den sie kürzlich für teures Geld in Italien erworben hatte. Sicher, die Gelegenheit musste genutzt werden, das Kloster Emmeram war berühmt für seine Goldschmiedekunst, aber ausgerechnet eine Märtyrerin und Jungfrau besonders zu verehren, fand Bernhard mehr als unpassend. Dennoch begab er sich weisungsgemäß zum nahe der Pfalz gelegenen Kloster und ließ einen goldenen, mit Perlen verzierten Reliquienschrein anfertigen.

So verging der Januar mit ermüdender Tatenlosigkeit, gegen die auch Jagdpartien und Zerstreuungen, die nächtlichen Vergnügungen mit der hübschen Magd nicht gänzlich halfen. Käthe hatte wirklich einen gewaltigen Busen, in dem er gerne sein Gesicht vergrub, und einen niedlichen, runden Bauch und war überhaupt ein liebes, anständiges Geschöpf, das ihm von Herzen zugetan war. Trotzdem war und blieb diese dumpfe Stimmung, ein unbestimmtes Warten, es müsse irgendetwas geschehen, das die Lähmung aufbrechen ließ.

Und dann, Anfang Februar, geschah etwas.

Stimmen, Rufen, Schreien, dann lautes, nachdrückliches Pochen, Hämmern gegen die schwere Eichentür Sigehards von Burghausen.

»Aufmachen, sonst seid Ihr des Todes!«

Stille.

»Wir wissen, dass Ihr da drinnen seid. Aufmachen!«

Bernhard, sowieso auf dem Weg zur Messe, trat aus seinem Zimmer. Auf dem Gang und auf der Treppe: Männer, bewaffnet mit Schwertern, Spießen, Äxten. Bernhard kannte sie, es waren Ministeriale des Grafen Sigehards, seine eigenen Leute, dazu Regensburger Bürger.

Ehrerbietig traten sie zur Seite und grüßten Bernhard. Dann hämmerten sie wieder gegen die Tür.

»Aufmachen, wenn Euch Euer Leben lieb ist!«

»Dreckskerle! Haut ab!«, dröhnte die wütende Stimme Graf Sigehards.

»Wir gehen nicht, bevor Ihr öffnet. Wir verlangen, dass Ihr Euch öffentlich entschuldigt.«

»Schert Euch zum Teufel, Ihr Arschlöcher!«

Balthasar, der Anführer, pfiff einen Jungen herbei:

»Lauf und hol einen Priester, damit der da drinnen noch seine Sünden bekennen kann, bevor …«

Er fuhr mit der Hand an seiner Gurgel entlang.

Allgemeines Gelächter.

Bernhard überlegte, was zu tun sei, und entschied sich, erst einmal die Herberge zu verlassen.

Auf der engen Wendeltreppe machten ihm die Ministerialen Platz, quetschten sich eng an die Mauer, so dass Bernhard bequem und unangefochten die Stufen hinuntergehen konnte.

Unten auf der vom Schneematsch aufgeweichten Gasse kam Graf Berengar eilends auf ihn zu.

»Graf Bernhard. Ich bin erleichtert, dass ich Euch erreiche. Der König möchte Euch sprechen.«

Bernhard hob erstaunt die Brauen.

»Deswegen«, sagte Berengar und deutete nach oben. »Von dort zu fliehen, wird Graf Sigehard unmöglich sein.«

»Was geht hier eigentlich vor?«

»Kommt, ich werde es Euch erzählen. Dann bringe ich Euch zum König.«

Auf dem Weg zum Dom wurde schon laut über das Ungeheuerliche hergezogen. Jeder, das ganze niedere Volk, wusste es, Graf Sigehard sollte noch an diesem Tag ermordet werden:

»Dieser Tyrann. Weg mit ihm!«

Bernhard war unangenehm berührt. Widerlich war dieses Volk.

»Also«, begann Graf Berengar, während sie sich im Arkadengang auf eine Steinbank setzten. Vor Anspannung ließ er seine Daumen umeinanderkreisen.

»Ihr habt sicherlich bemerkt, dass es Dienstleute des Grafen Sigehard und Regensburger sind, die ihn belagern.«

Bernhard nickte.

»Sie klagen Sigehard an, ein ungerechtes Urteil gegenüber einem der Ihren gefällt zu haben. Daher die Empörung. Sie verlangen, dass Sigehard sich ihnen unterwirft, sich öffentlich entschuldigt.«

»Das kann er nicht«, sagte Bernhard, ohne weiter darüber nachzudenken.

»Ein Graf kann sich nicht bei Menschen niederen Standes entschuldigen.«

»Natürlich nicht. Deswegen wollen sie ihn umbringen.«

»Wessen wird Graf Sigehard denn angeklagt?«

»Ja, das ist es eben. Der Fall ist der: Es geht um Roland, er stammt aus einer angesehenen, reichen Regensburger Kaufmannsfamilie und war Schreiber beim Grafen. Ein junger, hübscher, beliebter, dabei angesehener, anständiger, gottesfürchtiger Mann. Des Grafen Tochter Adelheid warf ein Auge auf ihn. Er aber achtete den Standesunterschied und verhielt sich, wie es sich ziemt. Gekränkt wie sie war, schwärzte sie Roland bei ihrem Vater an, er habe sie vergewaltigen wollen. Ohne sich zu besinnen, ohne Roland überhaupt nur anzuhören, ließ Graf Sigehard ihn ergreifen, fesseln, entmannen und verbluten.«

Bernhard wiegte den Kopf. Das war allerdings ziemlich ungeschickt.

»Wie verhält sich der Kaiser in dieser Angelegenheit?«

»Er tut nichts. Gar nichts. Der junge König hat seinen Vater flehentlich gebeten, Graf Sigehard zu befreien. Ein Wort des Kaisers würde genügen und die Belagerer würden abziehen.

Der junge König ist außer sich. Da ist ein Adeliger gefangen, wird in seiner Herberge belagert. Noch lebt er und der Kaiser könnte seine Ermordung verhindern – und sieht tatenlos zu, wie niederste Leute ihn umbringen.«

Bernhard war fassungslos. »Das wird dem Kaiser zum Nachteil gereichen. Alle Fürsten bringt er gegen sich auf, wenn vor seinen Augen ein solches Verbrechen verübt wird. Das nennt er nun einen landesweiten Reichsfrieden«, bemerkte Bernhard bitter.

»Warum aber möchte der König mich sprechen?«

»Er wünscht, Ihr möget vermitteln.«

»Warum ich?«

»Ihr werdet von allen Parteien geachtet, vom König, den Fürsten, Graf Sigehard und vom Pöbel, weil Ihr das Heilige Grab für uns alle erobert habt.«

»Einverstanden. Gehen wir«, erklärte Bernhard und fühlte sich geehrt, die Bekanntschaft des Königs zu machen. Es war keineswegs einfach, zum Ohr des Herrschers vorzudringen, auch wenn der junge König noch kein Herrscher war. Gespannt betrat er die Pfalz und die Räume des Königs, die sich gewiss in ihrer Pracht von seiner Burg abhoben. Im Gegenteil, die Kostbarkeiten aus dem Heiligen Land, die Teppiche, Truhen, Tische und Ruhepolster, all das Silber und gar die Gläser übertrafen die Ausstattung des Reiches des Königs. Der dunkle Raum wirkte eher kläglich.

Wie ein Knecht, dachte Bernhard wiederum.

Heinrichs junges Gesicht glühte:

»Der Kaiser wird den hohen Adel gegen sich aufbringen, alle Fürsten werden ihren nur mühsam begrabenen Groll, ihre alte Feindschaft wieder auf ihn werfen, wenn er diese Freveltat zulässt. Die alten Vorwürfe, der Kaiser lasse Verbrechen ungesühnt, die niedere Menschen begehen, werden abermals gegen ihn erhoben. Und auf mich, seinen Sohn, wird der Verdacht fallen, ich hätte untätig zugesehen.«

Er hat Sorge, dass das Verhalten des Kaisers auf ihn zurückfällt und ihn die Krone kostet, dachte Bernhard.

»Wir müssen den Mord verhindern«, schloss der König seine Rede.

Bernhard verneigte sich, vermied es aber, den König in Verlegenheit zu bringen und zu fragen, an welche Lösung er gedacht habe. Bernhard wusste, es gab keine. Oder vielleicht nur die, dass der König selbst es war, der für den Grafen eintrat. Was sollte es, die Stunden verrannen, noch lebte Graf Sigehard.

Auf dem Treppenaufgang, im Gang immer noch die Ministerialen, die Graf Sigehard belagerten. Mit Gewalt brachen sie die Tür auf. Der Geistliche betrat zusammen mit den Mördern den Raum.

Mit erhobenem Schwert erwartete sie Graf Sigehard. Doch seine Hand zitterte beim Anblick des Priesters. Sein Schwert wurde ihm gewaltsam entwunden.

»Ihr könnt beichten und die Letzte Ölung empfangen. Das gestehen wir Euch zu«, sagte Balthasar, »und dann ...« Er zeigte auf sein langes Messer.

Bernhard stieg die Zornesröte ins Gesicht. Nimm dich zusammen, forderte er sich auf. Sonst erreichst du gar nichts.

»Ich komme im Auftrag König Heinrichs.«

»Im Auftrag des Königs«, erwiderte Balthasar. »Aber nicht im Auftrag des Kaisers. Wir wissen alle, dass der Kaiser eine Wut, einen Hass auf Graf Sigehard hat. Der Kaiser wird diesem Tyrannen nicht beistehen. Er soll sterben.«

»Der König ist sehr besorgt um Euer Seelenheil. Es kann vor Gott nicht gut geheißen werden, wenn Ihr einen Adeligen tötet. Ihr schadet Eurem Stand, wenn Ihr Euch durch Eure Grausamkeit selbst brandmarkt. Dem Adel wird dies nicht entgehen.«

Die Männer stutzten.

Gleichgültig entgegnete Balthasar: »Ungerechtigkeiten müssen bestraft werden. Wir kämpfen für das Recht.«

»Unser Herr Jesus Christus hat uns verboten zu töten«, gab Bernhard zu bedenken. »Wer aber tötet, der wird dem Gericht, dem Feuer der Hölle verfallen.«

»Graf Bernhard«, erwiderte Balthasar und richtete sich auf. »Wir ehren Euch wie keinen anderen Grafen. Euer Ruhm für Eure Tapferkeit und Euren Mut eilt Euch voraus. Aber bemüht Euch nicht. Dieser Mann hat unschuldiges Blut vergossen.«

Graf Sigehard hatte sich wieder gefasst und wandte sich an Bernhard:

»Niemals werde ich den Forderungen dieser unwürdigen Bestien nachkommen. Der Himmel sei mein Zeuge. Niemals werde ich gegen die göttliche Ordnung verstoßen und die Ehre unseres Standes diesen Hunden zum Fraß vorwerfen. Ihr, ein Graf, ein Herr, werdet mir recht geben.«

»Schluss jetzt!«, rief Balthasar. »Von der dritten bis zur neunten Stunde geben wir uns schon mit dieser Kreatur ab.« Er zückte sein langes Messer.

»Priester, beginnt!«

»Nein!«, fuhr Bernhard entschieden dazwischen und zückte sein Schwert.

»Nicht mit dem Messer. Niemals werde ich es dulden, dass ein Adeliger mit dem Messer getötet wird.«

Die Männer wichen zurück

Balthasar verbeugte sich vor Bernhard.

»Euer Wunsch ist mir eine Ehre.«

Der Priester begann sein unheimliches Geschäft. Willig und ergeben bereitete sich Graf Sigehard auf seine Heimkehr zu Gott vor, wissend, dass er zum Märtyrer für die Fürsten würde.

Bernhard hätte am liebsten die Augen verschlossen. Doch etwas in ihm zwang ihn, genau hinzusehen.

Graf Sigehard von Burghausen wurde gepackt. Die Hände vor dem Bauch gefesselt, musste er niederknien.

Balthasar hob sein Schwert. Schlug zu. Ein Schrei! Beim zweiten Schlag fiel der Kopf zu Boden.

Die Männer um ihn herum jubelten. Bernhard wurde übel. Wortlos verließ er die Kammer, lief die Treppe hinunter, aus der Herberge. Im Hof wartete Graf Berengar. Bernhard bat ihn, dem König die böse Botschaft zu überbringen. Ihm selbst wurde eng in der Stadt. Wie im Taumel sattelte er sein Pferd, ritt hinaus, gejagt von dem fürchterlichen Anblick. Dabei hatte er enthauptete Menschen auf der Pilgerfahrt mehr als genug gesehen. Dies aber war etwas anderes. Ein Christenmensch, ein Adeliger, war inmitten der Stadt Regensburg von seinen Ministerialen ermordet worden. Jeder wusste es. Der Kaiser wusste es. Welche Gerechtigkeit gab es dann noch im Reich?

Erst später, müde und wie erschlagen, kehrte Bernhard in seine Herberge zurück. Ekel ergriff ihn. Unangenehm war es ihm, dass sein Mittleramt keinen Erfolg gehabt hatte. Fiele er in Ungnade? Doch das Gegenteil war der Fall. König Heinrich schenkte Bernhard ein kostbares Pferd.

Des Königs Wut aber galt dem Vater, dem Kaiser!

Der prächtige Einzug König Heinrichs in Passau! Eine seltene Ehre. Des Königs jugendliches Gesicht strahlte vor Freude und Stolz über den jubelnden, festlichen Empfang, den die Passauer ihm, ihrem hohen Herrn, bereiteten. Auch Bernhard, seine Freunde, die Grafen Berengar von Sulzbach, Diepold von Vohburg und Otto von Habsburg-Kastl, strömten strahlende Heiterkeit aus, warfen sich allerdings bisweilen, von Heinrich unbemerkt, erleichterte Blicke zu. Das vereinbarte Ritual lief wie am Schnürchen. Bischof Thiemo und der Burggraf Udalrich ritten dem jungen Herrscher weit entgegen, tauschten mit ihm den Bruderkuss und überreichten dem König kostbare Geschenke aus den Passauer Silberschmieden. Die strohgedeckten Hütten der Vorstadt waren mit Blumen geschmückt. Wie von Zauberhand läuteten die Glocken des Domes, während der König durch das Paulustor in Passau einritt. Gnädig nahm er die Huldigungen der Domherren, Kleriker und Adeligen entgegen. Trompeten, Fideln, Pauken, Schalmeien ertönten. Die Musikanten zogen vor dem König und seinem Gefolge durch die mit Hagrosen, Felsenbirnen, Weinreben und Herbstzeitlosen geschmückten Gassen, auf denen eng aneinandergerückt die Passauer standen und dem König zujubelten. Der König dankte mit majestätischer Geste den festlich gekleideten Menschen. Bernhard allerdings war trotz seiner heiteren Miene mehr als unwohl zumute. Allein schon die Begegnung mit dem Burggrafen Udalrich bereitete ihm Unbehagen und Magendruck. Jeder von beiden wusste, dass nur der allgemeine Reichsfrieden sie vom Zweikampf trennte. Kühl und schneidend war der Gruß. Doch damit war die Unannehmlichkeit nicht beendet. Der königliche Zug führte am Palas des Burggrafen vorbei und das bedeutete …

Da stand SIE! Da stand Alice, schöner, prächtiger, kostbarer gekleidet als jede andere vornehme Dame. Sie trug ein Oberkleid aus dunkelviolettem reich gemustertem Brokat, das mit unzähligen Gold- und Silberfäden durchwirkt und mit Perlen und Edelsteinen nur so übersät war. Das blaue seidene bodenlange Unterkleid zierte eine mit Perlen besetzte Spitzenborte. Um den Hals trug sie eine Perlenkette, auf der weiß behandschuhten Hand an jedem Finger Ringe. Ihr blondes, zu einem Kranz geflochtenes Haar schmückte ein Goldhäubchen und lange goldene Ohrringe betonten ihr schönes Gesicht.

Aber nicht *seine* Ohrringe. Überhaupt, wie war sie ausstaffiert, wie eine Metze, wie eine verlorene Frau. Natürlich, einen Schleier durfte sie als unverheiratetes Weib nicht tragen. Und in der Hand hielt sie auch noch eine Herbstzeitlose. Wusste sie denn nicht, dass die Blume den Beinamen »Nackthure« trug? Wut, Enttäuschung, Eifersucht flammten in seiner Seele, während er kalten Auges an Alice vorbeiritt, die ihn unverwandt betrachtete. Er konnte ihren Blick nicht deuten, was seine Erbitterung unerträglich machte. Schlafen tut sie mit dem Sack da vorne, jede Nacht für Geld, für Reichtum. Sie ist nichts als eine niedere, ekelhafte Dirne. Sie hat sich verkauft. Alice hat sich verkauft. Bernhard hätte mit einem Male weinen mögen. Doch auch der junge König war auf die schöne Frau aufmerksam geworden und Bernhard sah, wie Udalrich ihm mit stolzem, prahlerischem Gesicht etwas zuflüsterte.

Zorn stieg in Bernhard auf, unbändiger Zorn. Wäre es gegangen, er hätte Udalrich auf der Stelle mit seinem Schwert niedergemacht. Wie konnte dieser hässliche, grobe Mann es wagen, Alice als seine Geliebte auszugeben!

Anerkennend musterte darauf König Heinrich den schon fünfzigjährigen Burggrafen. So eine junge, hübsche Frau im Bett war sicher ein angenehmer Zeitvertreib. Bernhard hätte in diesem Augenblick sein Leben für Alice' Ehre gegeben. Ich werde sie rächen. Sobald dieses ganze Friedensgetue vorbei ist, werde ich sie rächen und dich töten. Bernhard schaute sich noch einmal nach Alice um. Ihr Aussehen berührte ihn und ließ ihn seine innere Leere spüren.

Von Berengar wurde er fragend angeblickt:

»Was ist? Stimmt etwas nicht?«

»Nein, nein, schon gut«, antwortete Bernhard. »Ich hätte nur schon jetzt Lust auf den Zweikampf.«

Graf Berengar lachte. »Das kann ich verstehen.« Ernst fügte er hinzu:

»Wenn wir erst den jungen König da auf unserer Seite haben, dann ...«

Sie gaben ihrem Pferd die Sporen, um den kleinen Vorsprung aufzuholen. Der königliche Festzug führte jetzt die Gasse zum Dom hinauf, auf deren Sandweg Eichen-, Buchen- und Tannenzweige gelegt waren. Auf dem weiten Platz vor dem hohen Dom überreichten die Domherren dem König ein goldenes, mit Edelsteinen geschmücktes Kreuz. Sie schlossen sich dem Zug an. Die Gasse hinunter am wuchtigen Palas des Bischofs entlang ritt der beglückte König an jubelnden, sauber gekleideten Menschen vorbei.

Aus der Menge trat dem König eine armeselige alte Witwe in den Weg und jammerte tränenreich über ihr trauriges, bedauernswertes Schicksal, das sie unverschuldet in Not geraten ließ. Wie von Bernhard erhofft, hielt sich der König an die Vereinbarung, stieg von seinem Pferd, hörte sich die Klagen der Frau geduldig und hoheitsvoll an und ließ ihr von seinem Kämmerer drei Passauer Silberpfennige in ihre schmutzigen Hände legen. Die Frau warf sich dem König zu Füßen und küsste den Saum seines prächtigen, reich verzierten Obergewandes. Gerührt und beglückt verfolgten die Menschen in der engen Gasse atemlos die gnadenreiche Handlung. Wer sich den Armen so gnädig und mildtätig zuwandte, der musste ein guter König sein. Weiter ging es bis zur Marchgasse, in der die freien Kaufleute ihre ansehnlichen Steinhäuser errichtet hatten und auch Alice ihre Kindheit verbracht hatte. Für einen Augenblick streifte Bernhard das Bild, wie er selbst vor Jahren beim Aufbruch ins Heilige Land in diesen Hof eingeritten war. Zu Betrachtungen blieb jedoch keine Gelegenheit, denn an der Grenzmark zur Grundherrschaft des Klosters Niedernburg erwartete sie die Äbtissin Uta. Der hohen, frommen Frau zu Ehren stieg Heinrich von seinem Pferd wie auch sein Gefolge absaß und sich zu Fuß, vorbei an den Stallungen, Wirtschaftsgebäuden, zum Kloster begab.

Neben Bernhard führte Graf Berengar sein Pferd, der möglichst unauffällig Bernhard zuflüsterte:

»Es läuft alles wie geplant. Sogar das Wetter spielt mit. Goldener Oktober. Ich freue mich auf die Einweihung Eurer Burg.«

»Für die Weihung der Kapelle habe ich den rechtmäßigen, von seinem Passauer Bischofssitz vertriebenen Bischof Ulrich gewinnen können.«

»Gratuliere. Das dürfte den vom Kaiser eingesetzten Bischof Thiemo nicht erfreuen.«

»Meine Gemahlin Salome und natürlich auch ich hätten es niemals ertragen, dass ein Feind des Papstes unsere Kirche weiht. Aber wie steht es denn heute? Ich konnte wegen der Bauarbeiten ja nicht bei allen Treffen und Vorbereitungen dabei sein. Wer zelebriert heute die Messe?«

»Bestimmt kein Priester, der durch simonistische Praktiken sein Amt erhalten hat. Auch die Äbtissin ist gegen Ämterkauf. Ihr werdet staunen, ein Asket, womöglich ein Heiliger.«

Bernhard ahnte Übles, unterließ es jedoch, weiter nachzufragen.

Auch hatte der Zug das Kloster erreicht. Mit Kreuzen in der Hand empfingen die Nonnen, die Novizinnen und Zöglinge den jungen König Heinrich und sangen ihm zu Ehren den Thronbesteigungspsalm:

»Jauchzet dem Herrn alle Welt. Dient dem Herrn mit Freuden! Kommt vor sein Angesicht mit Freuden.«

Doch Bernhard hatte kein Auge, kein Ohr für ihren engelsgleichen Gesang. Ohne es zu wollen, blieb sein Blick an einem fremdartigen Mädchen hängen. Ernst sah sie aus, ihrem Singen ganz hingegeben. Trotz ihres überaus kostbaren weißen Samtkleides keineswegs eitel, im Gegensatz zu vielen der Mädchen, die sich ihrer Niedlichkeit durchaus bewusst waren. Von diesem Kind ging ein Zauber aus, es zog Bernhard in einen eigenartigen Bann, dem sich auch der König nicht entziehen konnte. Die Äbtissin bemerkte es und ließ Leyla hervortreten.

»Wie heißt du?«, wurde Leyla vom König gefragt, der sich sogar ein wenig zu ihr vorbeugte, während die Äbtissin fürsorglich ihre Hand auf die Schulter des Mädchens legte.

»Leyla, mein Herr König«, antwortete sie.

»Aus welchem fernen Land kommst du?«

Leyla schien die Frage nicht zu verstehen und blickte die Äbtissin unglücklich an.

»Aus Jerusalem«, antwortete diese für das Mädchen.

Bernhard zuckte zusammen. Dies war also das Kind, von dem er schon gehört hatte. Dies war das Mädchen, das Alice am Tag der Eroberung bei ihrer Flucht mitgenommen hatte.

Flucht, dachte er. Sie war vor ihm geflohen. Bernhard war es, als sei er verflucht.

Ihm war, es sähe er den Palast in Jerusalem, die muslimische Mutter mit dem Kind auf dem Arm, wie sie floh, wie er von Sinnen war, sie verfolgte, die fremde Frau stolperte, er stieß sie auf den Platz, er … Bernhard schloss die Augen. Er wollte das Bild der Schmach nicht sehen. Danach war das Kind fort – und stand nun vor dem König.

Bernhard atmete tief durch.

»Ich komme aus Passau«, wagte die Kleine zu widersprechen.

»Ja, freilich«, der junge Heinrich lachte.

Wie erlöst lachten alle um ihn und auch Bernhard schloss sich dem Schmunzeln an.

»Kannst du denn auch einen Psalm ganz alleine aufsagen?«

Die Äbtissin nickte Leyla zu.

Mit klarer Stimme hob das Mädchen an zu singen:

»Der Herr ist König.

Es zittern die Völker …«

»Brav, mein Kind«, lobte der König, tätschelte Leyla die Wange, während er mit seinen Gedanken schon woanders zu sein schien.

Leyla trat zurück zu den anderen Kindern. Auf ihrem Gesicht lag ein tiefer Schatten, Bernhard bemerkte es. Jerusalem, sie denkt über Jerusalem nach. Was weiß sie? Was hat Alice ihr erzählt? Anscheinend nichts.

Bernhard wurde aus seinen Gedanken gerissen. Er strich sich zerstreut über das Gesicht und reihte sich in den festlichen Zug ein, der sich zu der von zwei wuchtigen Türmen flankierten Klosterkirche begab. Voll böser Vorahnungen trat er in die von Kerzen hell erleuchtete Vorhalle, die ihn wie ein Bilderraum umschloss. Die Gewölbefelder waren vollständig ausgefüllt mit Bildern biblischer Szenen, die ihrerseits eingefasst waren von Ornamentbändern mit Palmetten, Ranken und geometrischen Figuren. Während Bernhard durch das breite Portal in das Langschiff schritt, wurde der junge König von der Äbtissin die Turmtreppe hinauf zur Kaiserempore geführt. Die Nonnen versammelten sich im Chor, auf gepolsterten Faltstühlen erwarteten die hohen Gäste den Beginn des Festgottesdienstes. Bernhard sah sich im reich mit Malereien ausgestalteten Kirchenschiff um, sein Blick fiel auf die Abbildung des Gastmahles des Reichen, unter dessen Tisch, von Geschwüren verunstaltet und von Hunden geleckt, der arme Lazarus hockte.

Unangenehm berührt, schaute Bernhard weg. Das Bild erinnerte ihn zu sehr an den Abt, der jahrelang mit den Leprakranken gelebt und sie versorgt hatte. Mehr noch, quälender noch, er hatte den Sud aus Blut und Eiter eines Leprakranken vor dem Konvent seines Klosters getrunken – und der Adelige war gesund geworden. Er wollte an den Abt nicht erinnert werden und dennoch erwartete Bernhard ihn mit Ungeduld und Grimm. Ein Raunen ging durch das Gotteshaus: Abt Johannes erschien, angetan mit den Würdezeichen Mitra, prächtiger grüner Dalmatik und Ring. Die Gläubigen erhoben sich. Der Festgottesdienst begann.

Von dem Bernhard anfangs nichts mitbekam. Warum, so überlegte er, war nur dieser *der* Abt. Es gab so unzählig viele, warum also war dieser für ihn nicht Abt Johannes, der Abt vom Benediktinerkloster Lichtenfels, warum bloß DER ABT. Wie er ihn verabscheute, gerade weil er edel, hoheitsvoll war, obwohl doch von niederer Herkunft. Bernhard erging sich noch über die Ungerechtigkeit, dass ein Nichtadeliger von Gott so sichtbar ausgezeichnet war, als er getroffen wurde von dem Blick des Abtes. Ohne Scheu sah er Bernhard ins Gesicht, lächelte ihm sogar zu, schien ihn aufzufordern, sich seiner Gedanken zu entledigen. Nein, keiner hatte es mitbekommen.

Der Abt wandte sich wieder an den König:

»Jesus spricht geradewegs seine Zuhörer an: Welcher Mensch unter euch gibt seinem Sohn, der ihn um Brot bittet, einen Stein? Oder statt eines Fisches eine Schlange? Die Antwort kann nur lauten: Niemand, kein Vater gibt seinem Sohn Schlechtes. Oder anders ausgedrückt, jeder gibt seinem Sohn das Lebensnotwendige. Von mehr ist hier nicht die Rede, nicht von Rang, Einfluss oder Reichtum. Dass aber der Sohn das erhält, was er zum Leben braucht, das ist dem Menschen das Natürliche.

Ihr, König Heinrich, habt von Eurem Vater weit mehr erhalten.

Wie uns allen bewusst ist, seid Ihr nicht König, weil die Königsherrschaft vom Vater auf den Sohn übergeht. Im Regnum Romanorum darf niemand zum König erhoben werden, weil er der Sohn eines Königs ist. Dieser Beschluss der Fürsten war für Euren Vater eine schwere Last, besonders als Euer Bruder Konrad, Eures Vaters erstgeborener Sohn, bereits zum König gekrönt, von Eurem Vater abfiel und ihn verriet. Eurem Vater ist es gelungen, die Fürsten davon zu überzeugen, Euch anstelle Eures Bruders zum König zu wählen. Ihr seid in Aachen zum König gesalbt. Euer Vater hat für Euch die Krone errungen. Ihr habt das Höchste erhalten, das ein irdischer Vater seinem Sohn geben kann, ein überaus großes Reich.

Doch hören wir weiter auf das, was unser Herr Jesus Christus sagt. Jesus fragt seine Zuhörer: Wenn nun ihr, die ihr böse seid, euren Kindern gute Gaben zu geben wisst, wie viel mehr wird euer Vater, der in den Himmeln ist, Gutes geben?

Auch hier beantwortet sich Jesu Frage von selbst. Der Vater in den Himmeln gibt den Menschen viel mehr Gutes als irgendein irdischer Vater.

Was ist das Gute, das unser Vater uns allen gibt?

Unser Vater im Himmel schenkt uns trotz unserer Bosheit Erkenntnis. Er gewährt uns die Gabe, zu erkennen, was gut und was böse ist. Doch diese Erkenntnis kann ein scharfes Schwert werden. Diese Erkenntnis trennt, sie schneidet, sie verletzt, sie tötet. Wir, die wir im diutschen landt leben, erleiden diesen Schnitt seit Jahrzehnten. Denn wir alle, Ihr Fürsten wie auch jeder freie und unfreie Bauer, wie jede Magd und jeder Knecht, sind uns uneins über das, was gut und böse ist. Wir müssen uns entscheiden zwischen dem Papst und Eurem Vater, dem Kaiser. Diese Scheidung tut weh. Jesus weiß darum. Er weiß, dass unsere Entscheidung, so lauter und rein sie uns erscheinen mag, auch Böses enthält. Mehr noch, Jesus urteilt über uns: Ihr, die Ihr böse seid.

Das Böse ist dem Menschen innewohnend, es gehört zu seinem Menschsein, wie unser größter Kirchenvater Augustin lehrt: Seit dem Sündenfall wird die Sünde, das Böse, von Generation zu Generation weitergegeben. Die Lehre von der Erbsünde, sie scheint uns so selbstverständlich, dass wir nicht mehr darauf achten, dass jeder, jeder von uns von ihr betroffen ist.

Jesus aber spricht seine Zuhörer unmittelbar an: IHR, Ihr seid böse. Doch wer sind die Menschen, die Jesus zuhören? Es sind nicht die Pharisäer, es sind die Menschen, die sich um Jesus versammeln, die sein Wort hören wollen, seine Anhänger. Noch mehr, es sind diejenigen, die für Jesus ihre Familie, ihr ganzes bisheriges Leben aufgegeben haben und ihm nachgefolgt sind. Die Zuhörer sind seine Jünger.

Uns erfasst Befremden: Wir – seine Jünger? Die Apostel? Petrus? Etwa auch Petrus? Wird Petrus von Jesus als böse bezeichnet?

Halten wir hier inne. Denn das Gute, das Gott uns gibt, ist nicht nur die Erkenntnis, was gut und böse ist, sondern er gibt uns auch das Heilmittel unserer Schmerzen: sein Gebet, mit dem er uns von unserer Schuld befreien hilft und das uns zum Leben führt: Vergib uns unsere Sünden, denn auch wir vergeben jedem, der an uns schuldig wird.

Jesus spricht, als würden wir unseren Schuldnern vergeben. Er weiß, wir tun es nicht. Und so heißt es weiter: Rette uns von dem Bösen.

König Heinrich. Vor Euch liegt eine Aufgabe. Sie heißt nicht Spaltung, Krieg, sondern Gnade, Vergebung, Versöhnung. Doch Ihr könnt zuversichtlich sein. Gott ist mit Euch. Bittet, so wird euch gegeben werden. Jesus sagt uns zu: Der Vater im Himmel wird den Heiligen Geist denen geben, die ihn erbitten.

Amen

Das ist Blasphemie, das ist Gotteslästerung, durchfuhr es Bernhard wie die meisten der Anwesenden. Hatte nicht der Abt Petrus als böse bezeichnet und mit ihm alle Päpste? Das Böse gehöre unabänderlich zu der Natur des Menschen, jedes Menschen, auch des Papstes. Der aber predigte und regierte im Namen des Apostels Petrus, im Namen Jesu Christi. Der Papst, und nur er allein, spricht immer die Wahrheit, er allein ist unfehlbar.

Allerdings selbst Papst Gregor VII. hatte sich geirrt, als er den nahen Tod Heinrichs IV. mit Berufung auf den Apostel Petrus vorausgesagt hatte und selbst in kürzester Zeit danach gestorben war. Bernhard schüttelte sich innerlich. Das wollte er nicht gedacht haben. Denn es stand fest, diese Predigt war Ketzerei. Doch leider war es schwerlich nachzuweisen, der Abt wiederholte lediglich die Worte Jesu Christi.

Auch dieser Tag verging. Bernhard begleitete mit Graf Berengar den jungen König. Der widmete sich lange der Äbtissin, die ihren Stolz zum Ausdruck brachte, dass König Heinrich II. und seine Gemahlin Königin Kunigunde die Marienkirche des Klosters gestiftet hatten. Ausführlich berichtete sie über ihre Sorgen und Nöte, die vor allem dem Machtstreben des Passauer Bischofs entsprangen, nicht nur dieses Bischofs, sondern eines jeden, der den Nonnen ihre, allerdings beträchtlichen, Einkünfte nicht gönnte. Die Reichsabtei sei immer von seinem Zugriff bedroht. Zu ihrer Enttäuschung bestätigte der König nicht ihre Privilegien. Heinrich erzählte es abends auf dem Weg zum bischöflichen Palast seinen Freunden:

»Ich durfte es nicht«, gab er zu und zuckte hilflos die Achseln.

Zum Gastmahl hatte Bischof Thiemo geladen, nicht Burggraf Udalrich, der es doch noch weitaus prächtiger hätte gestalten können. War dies Alice' Werk?

Wie auch immer. Jedenfalls verlief das Festessen äußerst erfreulich, der junge König fühlte sich offenbar sichtbar geehrt. In jugendlicher Unbekümmertheit wandte er sich vor allem dem Abt zu, zeigte sich beeindruckt, dass dieser als ganz junger Mönch, ja geradeso alt wie Heinrich jetzt, dem damaligen Abt gehorcht und ins Leprosum gegangen war. Voller Eifer und Lust am Schauerlichen ließ Heinrich sich von den eiternden, blutenden Wunden, den verfaulenden Gliedern und schwarzen Mundhöhlen berichten. Der Abt hielt sich mit genaueren Beschreibungen zurück, wurde aber vom König gedrängt. Man ließ den jungen Mann gewähren. Es war das Vorrecht der Jugend, neugierig zu sein.

Nebel, stellte Bernhard am nächsten Morgen fest. Nebel, so dicht, dass er die gegenüberliegende Kirche kaum erkennen konnte. Besorgt kleidete er sich an, gürtete sein Schwert um, die Schwierigkeiten voraussehend, die auf sie zukommen würden. Es war wie erwartet. Der Fährmann weigerte sich untertänigst, den König über die Donau zu setzen. Es sei zu gefährlich, er wolle am Tod des Königs nicht schuld sein. Bernhard sprach auf ihn ein, Bischof Ulrich werde die Kirche weihen und habe deswegen die Nacht in einem Zelt verbracht und bei der Reliquie die Vigilien gelesen, eine Verzögerung wäre für ihn untragbar. Doch erst eine große Menge Geldes, das Bernhard ihm einfach zusteckte, machte den Fährmann gefügig. Dennoch, es war mehr als leichtsinnig. Das gegenüberliegende Ufer war nicht zu erahnen. Eingehüllt in Nebelschwaden, sahen sie nichts, hörten nur das Wasser, das unter ihnen schwappte und gluckste und gurgelte. Ein Strudel ließ die Fähre seitwärts kippen, die Menschen verstummten.

Bernhard überspielte den Schrecken: »Unser Herr Jesus hat beim Sturm auf dem Wasser fest geschlafen. So wird er auch heute uns wohlbehalten zur Weihung der Burgkirche bringen. Sie wird schließlich dem Heiligen Georg geweiht, der uns bei der Eroberung Jerusalems zur Seite gestanden hat.«

Trotzdem war es unheimlich, über das schlüpfrige, kabbelige Element in ein weißes Nichts zu fahren. Bernhard hätte sich sicherer gefühlt, wäre er geschwommen, anstatt sich den Künsten des Fährmanns zu überlassen. Der sie ans andere Ufer brachte. Auf dem Treidelweg am Fluss konnten sie nicht eine Pferdelänge voraus sehen. Den schmalen Waldpfad hinauf ritten sie im Schritt auf den Kamm der Berge. Die mächtigen Stämme der Tannen tauchten schattenhaft vor ihnen auf. Von ihren Zweigen tropfte es ins Gesicht. Klamm und kalt war es. In ein dumpfes, undurchsichtiges Weiß gehüllt, mussten sie bisweilen absteigen. Dann lichtete sich der Nebel einmal, Nebelfetzen jagten wie Geister um sie herum und verhüllten und enthüllten den Wald in ein wisperndes Geraune, das sie wieder in das Nichts lockte.

Als der Tag sich schon neigte, tauchte verschwommen Bernhards Burg auf. Bernhard atmete erleichtert auf. In die Gesellschaft kam Leben, jedenfalls das letzte Stück Weges über die Fallbrücke ritt der König im Galopp in den festlich geschmückten Burghof hinein, von dessen Pracht jedoch wenig zu sehen war, denn auch hier hing der Nebel zwischen den hohen Mauern. Es musste rasch gehandelt werden, sollte die Kirche noch vor Einbruch der Dunkelheit geweiht werden. Und Bischof Ulrich war nicht der Mann, festgesetzte Ziele zu verschieben. Ehrfürchtig umstanden der König mit seinen Freunden, die adeligen Gäste, Ritter, die Ministerialen Bernhards und hochaufgerichtet, stolz die Burgherrin Salome das für die Weihung aufgerichtete Zelt, in das sich der Bischof unverzüglich begab. Hier war die Reliquie aufbewahrt, der Fingerknöchel der Heiligen Justine, für die Bernhard in Regensburg den kostbaren Reliquienschrein hatte anfertigen lassen und die jetzt endlich feierlich im Altar der Kirche beigesetzt werden sollte. Es dauerte eine Weile, bis Bischof Ulrich das Zelt verließ, musste er doch noch das Gregoriuswasser aus Salz, Asche und Wein bereiten. In einer feierlichen Prozession wurde die Reliquie vor das Tor der Kirche getragen, in der währenddessen ein Diakon zwölf Kerzen anzündete. Mit mächtiger Stimme hob Bischof Ulrich den Gesang an:

»*Ihr Tore hebt Euch, hebt euch, ihr uralten Pforten*«,

und umrundete darauf die Kirche, sie mit dem gesegneten Weihwasser besprengend, den Psalm »*Der Herr ist mein Hirte*« singend.

Zum allgemeinen Erstaunen begann sich schlagartig der Nebel bei den Worten zu lichten:

»*Und wanderte ich auch durchs finstere Tal.*«

Nach dreimaligem Umrunden und Wechselgesang mit dem Diakon trat der Bischof mit zwei seiner Helfer in das Gotteshaus. Draußen lauschte gespannt die Menge, um zu erkennen, was der Bischof drinnen tat, wann er sich dort in Kreuzesform vor dem Altar zu Boden warf, die Wände und den Fußboden mit Weihwasser besprengte, wann er den Altar weihte, die Reliquie in dem Altar beisetzte, die eucharistischen Gaben, die Hostien und drei Weihrauchkörner in dem Reliquiengrab beisetzte und Altar und Kirche kreuzförmig mit Chrisam salbte.

Es erschien Bernhard wie allen Lauschenden wie ein Zeichen Gottes, dass sich der Nebel ganz und gar während der heiligen Handlung verflüchtigte und mit ihm die Kräfte des Bösen. Als dann die Kirche zur Messe geöffnet wurde, da trat der König, da traten die Gäste, da trat Bernhard zusammen mit seiner Gattin Salome in den entsühnten, von Befleckung und Einflüssen des Bösen befreiten Raum. Bischof Ulrich ermahnte in seiner Predigt seine Zuhörer und insbesondere den König, er solle ein lebendiger Stein Gottes werden, ein Glied der pilgernden Kirche und ihr verhelfen, nicht nur im Himmel, sondern auch auf Erden eine triumphierende Kirche zu sein.

Nach dem Festmahl, Salome zog sich in ihre Kemenate zurück, wie auch die adeligen Gäste sich zur Ruhe begaben, bat Bernhard den jungen König, noch eine Weile mit Berengar von Sulzbach, Otto von Kastl-Habsburg und Diepold von Vohburg bei einem Becher Wein zusammenzubleiben. Gerne willigte Heinrich ein, stolz, in den Kreis der Freunde aufgenommen zu sein, die alle ein wenig älter und dabei schon mächtige Adelige waren. Vor allem aber waren sie richtige Männer.

In der Halle vor dem prasselnden Kaminfeuer setzten sie sich eng zusammen, bedient von einer hübschen Magd, die ihnen Wein einschenkte, den König mit Ehrfurcht und Verlockung anlächelte und sich dann leise zurückzog. Mit Blicken folgte Heinrich einen Moment der jungen Frau, sah dann wie ertappt die Freunde an, die ihm zutranken.

»Bischof Ulrich hat uns als Christi sponse filii bezeichnet«, begann Bernhard mit ernster Stimme. »Ich fürchte, wir müssen diese Auszeichnung erst verdienen.«

Der König setzte abrupt sein kostbares türkisfarbenes Glas ab, blickte Bernhard verwundert an.

»Ihr?«, widersprach er. »Ihr seid nicht nur ein Sohn der Braut Christi, Ihr gehört sogar zum exercitus Dei, dem Heer Gottes. Ihr braucht Euch um Eure Seele gewiss nicht zu sorgen. Ihr habt Jerusalem erobert, Euch sind alle Sünden auf Erden wie im Himmel vergeben.«

»Das trifft auf Graf Bernhard zu«, gab Graf Berengar zu bedenken, »aber wir anderen, wir haben uns nicht auf die Pilgerfahrt begeben, sind nicht dem Aufruf des Papstes gefolgt. Darum zweifle ich, ob wir uns als Söhne der Kirche verstehen dürfen.«

Berengar machte ein äußerst besorgtes Gesicht.

Der junge König schüttelte den Kopf und widersprach heftig:

»Wie könnt Ihr nur so einen Gedanken in Erwägung ziehen. Ihr habt das Reformkloster Kastl gegründet, es aufwendig ausgestattet, es in den Besitz und Schutz Papst Paschalis' gestellt. Die Mönche dort leben streng asketisch. Sie beten für Euer Seelenheil, für das Eurer Vorfahren und für das Eure nach Eurem Tode.«

Er ereiferte sich, trank hastig einen Schluck Wein, verschluckte sich. Bernhard hätte ihm fast auf den Rücken geklopft, unterließ es aber.

Heinrich fasste sich, rang mit sich. Die Freunde ließen ihm Zeit, sahen das traurige Gesicht des Königs. Der schließlich hilflos in die Runde blickte:

»Aber ich? Mich hat Bischof Ulrich gewiss nicht als Sohn der Kirche bezeichnet. Ich bin an meinen Vater gefesselt und klebe an ihm wie eine Fliege am Leim. Was ist mit meinem Seelenheil? Der Papst wird meinen Vater nicht vom Bann erlösen. Wen aber der Papst aus dem rettenden Schiff der Kirche hinauswirft, der ist auch drüben im Jenseits für immer verdammt, also alle, die mit ihm sind und mit ihm leben. Besonders jedoch ich, sein Sohn.«

Heinrichs junges Gesicht verfiel in das eines Greises, eingefallen, faltig, grau, die Schultern ließ er hilflos hängen.

Die Freunde schwiegen betrübt, ließen Heinrich mit seiner Angst allein.

Endlich wandte sich Graf Berengar an den König:

»Ich verstehe Eure Furcht. Das Leben ist kurz, selbst dann, wenn wir 60 Jahre alt werden. Aber schon in der Jugend kann uns der Tod holen. Nicht nur auf der bewaffneten Pilgerfahrt nach Jerusalem, sondern hier und jetzt.«

Er sah traurig in die Runde. »Es ist hart für mich, dass meine Frau Adelheid in dieser schweren Zeit mir durch den Tod genommen wurde. Nur die Seelengebete der Mönche unseres Klosters Kastl für ihre Seele geben mir Trost.«

Er seufzte.

»Es berührt mich immer wieder das Schicksal Kaiser Ottos III., der bereits mit 22 Jahren sein irdisches Dasein beenden musste. Sogar in Eurer königlichen Familie habt Ihr den Tod Eurer Geschwister zu ertragen, die ganz jung gestorben sind.«

Der König senkte den Kopf.

»Daran habe ich schon oft gedacht. Von meinen Geschwistern lebt nur noch Agnes. Dass ich jung bin, schützt mich nicht vor dem frühzeitigen Grab.«

»Es schaudert mich«, warf Bernhard ein. »Wie groß muss Eure Furcht sein, dürft Ihr doch, so eng mit Eurem exkommunizierten, vom Papst verfluchten Vater verbunden, nicht in geweihter Erde beerdigt werden, und das, obwohl Ihr König eines Reiches seid.«

»Für das Ihr die Verantwortung tragt«, setzte Berengar nach. »Es geht ja nicht nur um Euer Seelenheil, sondern um das Eures Volkes, das vom Bann betroffen ist, solange der Herrscher nicht reumütig in den Schoß der Mutter Kirche zurückkehrt. Als damals die Nachricht vom Bann über den König erstmals zu den Ohren des Volkes gelangte, da erzitterte unser ganzer römischer Erdkreis – und tut es noch, nach beinahe dreißig Jahren.«

Heinrich schüttelte trostlos den Kopf:

»Mein Vater wird sich niemals dem Papst unterwerfen.«

»Was die Fürsten ihm sehr übel nehmen, auch wenn sie im Augenblick sich ruhig verhalten. Unter der Oberfläche gärt es.«

Erschreckt sah Heinrich auf.

»Nun ja«, fuhr Berengar in besorgt bedächtigem Ton fort.

»Die alten Vorwürfe gegen den Kaiser sind zwar verstummt, aber nicht vergessen. Seine Verfehlungen gegenüber Frauen, der Verdacht von Mordanschlägen bereiten jedem guten Christen in diesem Land Angst und Pein. Viele halten den Kaiser für einen Tyrannen, der die Alleinherrschaft rücksichtslos auf dem Rücken der Fürsten ausgeübt hat, ohne ihren Rat zu erfragen. In maßloser Selbstliebe hat er das Reich zugrunde gerichtet. Verzeiht, dass ich dies Euch gegenüber so ausspreche. Aber Schmeicheleien nützen Euch nichts. Ihr lebt in Gefahr, Eurer Krone verlustig zu gehen, sobald Euer Vater tot ist.«

Heinrich schnappte nach Luft. Er wurde bleich, fasste sich an die Gurgel.

»Wir müssen darüber nicht sprechen«, ließ sich Graf Diepold hören.

»Doch, doch, bitte lasst uns darüber sprechen. Warum meint Ihr, ich könnte die Krone verlieren?«

»Es ist nun einmal so, dass niemand Euch kennt«, erläuterte Bernhard. »Kein Fürst weiß, wie Ihr einmal regieren werdet, kein Fürst weiß, ob Ihr ein Tyrann, ein schlechter König werdet wie Euer Vater. Kein Fürst kann sich sicher sein, dass Ihr Euch mit dem Papst aussöhnt und dieses traurige, verfinsterte Land rettet. In den Augen der Fürsten seid Ihr nichts als das Anhängsel Eures machtgierigen Vaters. Verzeiht, Ihr habt mich gefragt und seid gewiss ein Mann, der die Wahrheit kennen und ertragen kann.«

»Ein König muss die Wahrheit wissen«, entgegnete Heinrich würdevoll.

»Seht«, fuhr Bernhard fort und ergriff für einen Augenblick die Hand des Königs.

»Es könnte sein, und dies ist zu bedenken, dass mit dem Ableben Eures Vaters ein anderer zum König gewählt wird, ein Fürst, der schon immer Gegner Eures Vaters war, wahrscheinlich ein Sachse.«

»Was?«, schrie jetzt Heinrich entsetzt.

»Nein, nein. Es steht nichts fest. Es ist nichts entschieden. Nun erregt Euch nicht zu stark.«

»Wie soll ich mich da nicht aufregen? Ich kann doch gar nichts selber machen. Ich bin durch den verdammten Eid gefesselt, dass ich meinem Vater nicht in die Regierung hineingreifen darf, solange er lebt. Wie soll ich da eine eigene Handschrift als König haben? Wie? Könnt Ihr mir das sagen?«

»Indem Ihr Euch von dem Eid befreit«, entgegnete Graf Berengar ruhig, geradezu gelassen.

Entgeistert starrte Heinrich ihn an.

»Dem Papst als dem Stellvertreter Petri ist von Gott die Gewalt gegeben, zu binden und zu lösen. Sogar die dem Kaiser geleisteten Treueide kann der Papst lösen, auch den Euren, den Ihr bei Eurer Krönung leisten musstet. Ihr wart damals fast noch ein Kind.«

Berengar machte eine Pause, ließ seine Worte in den jungen Heinrich hineinsacken.

»Ich war vor drei Jahren bei Papst Paschalis in Rom«, fuhr er bedächtig fort. »Der Heilige Vater wird Euch von dem Eid, der wie ein Fluch auf Euch lastet, befreien, wenn Ihr ein treuer Sohn der Kirche sein wollt. Dessen bin ich gewiss.«

»Das wäre Verrat an meinem Vater.«

»Wer verrät hier wen? Verrät Euer Vater nicht Euch, indem er Euch mit sich in die Verdammnis reißt, Euch dem Fegefeuer übergibt? Was kümmert Euren Vater Eure Seele?«

»Aber ich bin sein Sohn, Fleisch von seinem Fleisch. Das vierte Gebot«, rang Heinrich mit sich.

»Du sollst deinen Vater und deine Mutter ehren.«

»Wir wollen Euch nur warnen«, bemerkte Bernhard. »Entscheiden müsst Ihr. Doch wem zollt jeder von uns größeren Gehorsam: Gott oder dem leiblichen, fehlbaren, sündigen Vater?«

Hilflos blickte der junge König seinen Gastgeber an. Der schenkte ihm selbst Wein in das funkelnde Glas nach.

»Doch bedenkt noch ein anderes. Eigentlich müsste Euer Vater Euch dankbar sein, ja geradezu eine Empörung Eurerseits wünschen, ist dies doch die einzige Möglichkeit, die Königsherrschaft für Euer Haus weiterzuführen. Ihr schlagt nur scheinbar Euren Vater. In Wirklichkeit rettet Ihr die Königsherrschaft Eures salischen Herrschergeschlechts.«

Heinrich vergrub sein Gesicht in den Händen und weinte. Weinte lange.

Dann schnaubte er hoch, wischte sich die Tränen mit seinem blau-seidenen Ärmel ab und fragte:

»Wie soll das gehen? Ihr sprecht immer von den Fürsten. So ist es aber nicht. Mein Vater hat treue Anhänger, den Markgrafen von Österreich, dessen Schwager, den Herzog von Böhmen, und ganz besonders den Burggrafen Udalrich von Passau. Der ist so reich, er würde ein Heer für den Kaiser aus dem Boden stampfen.«

»Was Letzteren anbelangt«, erwiderte Bernhard, »so ist Eure Sorge zwar begründet, aber ich kann Euch beruhigen. Es steht ein Zweikampf zwischen uns aus, schon seit Jahren. Wegen des Reichsfriedens habe ich gezögert. Ich habe mich gefragt, ob ein Zweikampf nach so vielen Jahren noch rechtens ist. Nun aber, wo unser armes, geplagtes Reich gerettet würde, wenn Ihr die Zügel in die Hand nähmet, werde ich den Burggrafen für Euch fordern und für Euch mein Leben wagen.«

Der junge König war entzückt.

»Das würdet Ihr für mich tun? Ich verspreche Euch, wenn Ihr Udalrich tötet, dann erhaltet Ihr seine Lehen und sein Vermögen, Graf Bernhard.«

»Wir geben für Euch unser Leben!«, rief Graf Berengar. »Wir schwören Euch ewige Freundschaft, ewige Treue.«

Begeistert rief der junge König:

»Lasst uns eine sodalitas schließen. Lasst uns durch Handschlag unseren ewigen Bund besiegeln.«

Die Männer schlugen ein. Glückselig begab sich danach der König zur Ruhe.

Bernhard begleitete Berengar vor seine Kammer.

»Fällt er nun von seinem Vater ab oder nicht?«, flüsterte Berengar seinem Gastgeber zu.

Am frühen Morgen war der Burghof erfüllt vom Wiehern der Pferde, dem Bellen der Jagdhunde, den Rufen der Jagdhelfer, den Stimmen der Adeligen, die, miteinander plaudernd, ihren Herrn erwarteten.

»Siegfried schlug einen Wisent und einen Elch, starker Ure viere und einen grimmen Schelch«, sagte der junge König in angespanntem, erregtem Ton. Es war ihm offenbar wichtig, seinem Gastgeber zu zeigen, dass er die im Passauer Land erzählte Nibelungensage kenne. Bernhard unterdrückte denn auch ein überlegenes Lächeln, während er mit dem König die Außentreppe des Palas' hinunterging.

Salome begleitete ihren Gatten in den Burghof und verabschiedete sich zärtlich, bewundernde Blicke des jungen Königs auf sich lenkend.

»Ich sollte es nicht sagen. Aber gebt acht! Der Urus ist gefährlich und wild.«

Bernhard lachte: »Ich weiß, wen er auf die Hörner nimmt, der ist verloren.«

Leise flüsterte er ihr zu: »Solange Ihr mir keine Hörner aufsetzt, habe ich auf der Welt nichts zu fürchten.«

Sie errötete, ihr eigenes stetes Misstrauen hinunterschluckend, Bernhard wäre ihr nicht treu.

An diesem Morgen, der wider Erwarten nicht nebelig war, unterdrückte sie ihre Zweifel, beglückt von den bewundernden Blicken der sie umgebenden Adeligen. Sie war gewiss die Schönste im ganzen Land, keiner der Männer konnte sich rühmen, eine schönere Frau zu besitzen.

Der König saß auf.

Die Jagdhörner erschallten.

Bernhard gab das Zeichen zum Aufbruch.

Die Windhunde, Leithunde, kleinen Bärenbeißer stürmten voran über die Zugbrücke. Hundeführer, Treiber, Netzwerfer und Spießjäger liefen neben den Adeligen, die im mäßigen Trab den Berg zum Donauried hinunterritten.

Bernhard erzählte Heinrich, er habe vor einigen Tagen im Überschwemmungsgebiet der Donau einen Ur entdeckt, ein mannshohes, mächtiges Tier, wohl fünf Jahre alt. Er breitete seine Arme aus, um Heinrich die Größe der riesigen, ausladenden Hörner zu veranschaulichen.

»Wen dieser Bulle angreift, der hat keinen heilen Knochen mehr«, bemerkte der König und machte dabei ein bekümmert verzagtes Gesicht.

»Ich habe es selbst erlebt, wie ein Treiber von einem Bullen auf die Hörner genommen und in die Luft gewirbelt wurde. Beim Fallen hat der Ur dem Mann einen Schlag versetzt. Der Kopf war ab. Regelrecht geköpft war der Mann.«

»Das Wagnis, ihm die Stirnlocke bei lebendigem Leibe zwischen den gewaltigen Hörnern abzutrennen, lohnt sich. Es werden dem Ur magische Kräfte zugesprochen, Fruchtbarkeit, wenn es gelingt, dem Stier die Stirnlocke vom lebendigen gewaltigen Haupt abzuschneiden«, erwiderte Bernhard.

»Was kaum einer überlebt«, bemerkte der König.

Ihr müsst es ja nicht tun, dachte Bernhard.

Dann schwiegen sie, denn sie hatten das mit Erlen, Weiden und Strauchwerk bewachsene Donauried erreicht. Auf matschigem, schlammigem Grund lief und ritt die Jagdgesellschaft leise an der Donau entlang bis zur mäandernden Schleife, wo die Tiere ihre Tränke hatten.

Richtig, dort im Moor waren frische Wildspuren von der Nacht. Der Spurenleser las sie aus und gab das Handzeichen, ein Bulle. Ganz nahe, gegenwindig. Bernhard bedeutete den Netzträgern, sich aufzustellen und die Netze zu spannen. Die Drücker durchdrangen beinahe unhörbar zu Fuß das Gebüsch und schlugen einen weiten Bogen, um das sumpfige Dickicht einzukreisen. Die Jagdgesellschaft wartete. Der junge König tänzelte mit seinem Pferd. Bernhard sah es ihm an, Heinrich hatte es sich vorgenommen, dem Tier den Todesstoß zu versetzen, und fürchtete sich davor. Jetzt müssten die Knechte das Tier umstellt haben. Angespannt lauschten alle. Da, endlich hörten sie, wie die Drücker mit Knüppeln gegen die Bäume schlugen, ihr lautes Ho, Ho ließ Heinrich zusammenfahren. Immer näher trieben sie das Tier zur Wasserstelle. Die Hunde bellten, die Männer riefen. Gespannt blickten alle in die Richtung, aus der das aufgescheuchte Tier kommen musste.

»Ur, Urus!«, schrien die Drücker, die als Hochmacher vorangegangen waren, mit lautem Ruf.

»Netze, zieht die Netze!«

Krachend drückte der riesige schwarze Bulle durch das Unterholz. Dampfend, keuchend stand er einen Augenblick still. Weitab. Mit einem Schnaufen setzte er sich in Bewegung. Massig, mit einem doppelten Widerrist von Manneshöhe. Ausladende, ellenlange Hornschläuche, nach oben gebogen, Leitbulle, kräftig, ohne Angst. Bernhard war entzückt. Welche Kraft! Welche Leichtigkeit in der fast tänzelnden Bewegung. Der Urus wich aus, trabte am Wasser entlang. Die Treiber drückten nach. Die Netzwerfer versperrten auf der Lichtung den Weg, andere liefen auf das Tier zu, um es in die Netze zu treiben. Der Urus gewann an Geschwindigkeit, stürmte auf die Netzwerfer zu, die wichen entsetzt zurück. Der Bulle senkte sein gewaltiges Haupt, um den kleinen Mann vor sich auf die Hörner zu nehmen. In diesem Moment schoss Graf Berengar.

Der Pfeil saß hinter dem Blatt, aber der Urus war nicht aufzuhalten. Wütend raste er mit gesenkten Hörnern auf Berengar zu. Der sprang zur Seite, das Tier galoppierte weiter, auf die Jagdgesellschaft, auf den König zu.

»Schießt!«, rief der König. »Schießt!«

Von Pfeilen in seine Flanken getroffen, brüllte der Urus auf, blieb stehen.

In diesem plötzlichen Stillstand ritten zwei Netzwerfer von beiden Seiten an das Tier heran und warfen mit geübtem Griff ein großes Netz über die Hörner und den dampfenden Körper. Der Bulle setzte sich schnaubend in Bewegung, verfing sich mit den Hufen. In Windeseile schlugen die Netzträger Pflöcke in den Boden. Das Tier konnte weder vorwärts noch rückwärts.

»Der Ur ist gefangen!«, schrien die Männer. Der Bulle wehrte sich, schlug aus, stieß mit seinen gewaltigen Hörnern um sich, zerrte an dem Netz, das sich immer enger, verwickelter um seine Hörner legte. Dampf kam stoßweise aus seinem weißen Flötz-maul.

»Reitet dicht an den Ur heran«, forderte Bernhard den König auf.

»Haltet Euer Schwert bereit. Ich lenke ihn ab.«

Der König nickte.

Bernhard beobachtete den Urus scharf, jede Bewegung des Kopfes vorausahnend, ein seitliches Senken des Kopfes kühl abwartend. Dann – blitzartig sprang Bernhard vor das gewal-tige Haupt, ein scharfer Schnitt.

Der König stieß mit dem Schwert in die Flanke des Tieres.

Rasend stieß der Bulle nach Bernhard. Pfeilgeschwind warf sich Bernhard zur Seite. Der Ur brüllte auf vor Wut und Schmerz.

Das gewaltige Tier brach zusammen, blutete, zuckte, veren-dete. Mit einem langen Messer schnitt ein Jäger dem sterbenden Tier die Kehle durch.

Bernhard überreichte dem König die blonde Stirnlocke.

»Dies ist ein Geschenk für Eure zukünftige Gemahlin, die Königin. Trägt sie die Locke am Gürtel, so bedeutet dies Fruchtbarkeit. Eine Verheißung für die Zukunft Eures Königs-hauses.«

Es war ein trüber Nachmittag Anfang Januar 1105, als Salome zur Feder griff, um ihrem Bruder in der fernen Toskana zu schreiben. Gedankenverloren ließ sie den linken Zeigefinger durch die Flamme der Kerze gleiten. Sollte sie ihrem Bruder ihre Kümmernisse anvertrauen? Wäre es nicht erleichternd, an ihre Schwägerin Imilia zu schreiben? Die Gräfin richtete sich auf, tauchte ihre Feder in das Tintenfass und begann.

Dem Marchio, Graf Guido Guerra, adoptivus filius Mathildes von Tuszien, dem geliebten Bruder / Seine Schwester, Gräfin Salome von Baerheim, Tochter des Grafen Guidi

Das Heil voraus, das Gott denen versprochen, so ihn lieben!

Teurer Bruder, es haben sich Ereignisse zugetragen, uns die schwere Last des Bannes durch den Papst zu nehmen, mir zu nehmen, die ich, Gott ist mein Zeuge, unter dem Fluch Seiner Heiligkeit des Heiligen Vaters in Rom gelitten habe, seitdem ich dieses unwirtliche Land betreten musste. So hoffe und glaube ich zuversichtlich, wieder unter dem Heil Gottes atmen zu dürfen.

Doch lasst mich Euch in der Ordnung der Geschehnisse erzählen.

Der Sommer verging, indem mein Gemahl mit äußerster Strenge und hohen Kosten die letzten Bauarbeiten an unserer Burg, sie trägt den Namen Baerheim nach dem Geschlechte der Grafen, überwachte, so dass wir zu meiner großen Freude noch beinahe vor Beginn der Herbstnebel und der endlosen kalten Regengüsse Einzug halten konnten. Die Burg liegt auf einem von Wald umgebenen Bergvorsprung hoch über der Donau. Sie ist mit allem nur erdenklichen Prunk ausgestattet, mit Kaminen, Teppichen, kostbaren Truhen, einer Bibliothek und einem orientalischen Raum. Für meine Kemenate hat mein Gatte sogar ein Fenster aus Glas gewünscht. Die Pracht würde Euch wohl gefallen. Aber Ihr kennt Eure Schwester. Demut vor Gott ist meine Zier. Denn mein Seelenheil wird durch nichts so sehr befördert wie durch eine Burgkapelle, die von Bischof Ulrich, dem von Kaiser Heinrich vertriebenen rechtmäßigen Passauer Bischof, geweiht wurde. Zu diesem Anlass war eigens höchstpersönlich der junge König Heinrich bei uns zu Gast.

Doch ich merke wohl, ich bin abgewichen, ich greife voraus. Wohl aus Freude darüber, dass Gottes Recht durch die Hand des Papstes wieder in diesem kalten Land Einzug hält. Ich gestehe Euch, meinem geliebten Bruder und Eurer teuren Frau, die Euch mit vier Söhnen beglückt und vielleicht schon wieder schwanger ist, eine undenkliche, lähmende Traurigkeit hat sich auf mein Gemüt gelegt. Seit fünf Jahren nun bin ich keine Jungfrau mehr – und nichts regt sich. Mein Gemahl vergilt es mir nicht, er spricht nicht von Scheidung. Aber mein Gemüt weint – und wird lachen. Denn ich bete fest zu Gott, und er wird mein Bitten erhören, dass nun, da mein Gatte sich von der Bindung an den Kaiser losgesagt und fest auf der Seite Seiner Heiligkeit des Papstes steht, auch ich gesegnet werde.

Ihr zieht die Stirn krause, streicht über Euer Bärtchen und denkt, was soll das? Was ist dort vorgefallen?

Ich werde meinen Vorsatz einhalten und Euch der Reihe nach berichten:

Wie ich Euch wissen ließ, ist letzten Februar Graf Sigehard von Burghausen durch die Hände meuchlerischer böser Halunken niedrigsten Standes getötet worden. Der Kaiser aber ließ die Tat ungesühnt, was das Entsetzen, Misstrauen, die Vorwürfe der Fürsten hervorrief, der Kaiser billige heimtückische Mordanschläge gegen Adelige und habe selbst solche in Auftrag gegeben. Galt die Empörung dem Kaiser, so traf die Verwundung den jungen König Heinrich. Mein Gatte hat es mir genau geschildert und es ist wahr: Starrsinnig hat der alte, gottverlassene Kaiser die flehentliche Bitte des jungen Heinrichs überhört und ihm erneut gezeigt, wie wenig die Stimme des Sohnes des Vaters Ohr erreicht. Gedemütigt, wie ein Knecht schikaniert, sank das Ansehen des jungen Königs vor dem Adel. So einer sollte einmal herrschen? Meinen Gatten dauerte das erniedrigende Schicksal des jungen Königs, denn er wirkte keineswegs nur wie ein Schwächling, sondern ist ein guter Kämpfer in allen Waffen, zeigt neben dem Jünglingsgesicht auch das des entschlossenen Mannes. Zusammen mit

Graf Berengar von Sulzbach und anderen bairischen Adeligen, vor allem den Verwandten des ermordeten Sigehard, beschloss mein Gatte, dem jungen König unmissverständlich zu verstehen zu geben, dass er sein Königtum verwirkt, wenn er an der Seite des vom Papst gebannten Kaisers ausdauert. ›Niemand ist in der Sintflut gerettet worden außerhalb der Arche, welche die Gestalt der Kirche trägt‹, so schrieb auch der sächsische Adelige Dietrich von Katlenburg an König Heinrich und an meinen Gatten. Es war trotz des Vorfalls in Regensburg, des schikanösen Verhaltens des Kaisers und seines unzweifelhaften Weges in die Hölle nicht ganz einfach, den jungen König zum Abfall vom Vater zu bewegen. Jagdpartien, Vergnügungen und Gelage bewirkten, dass eine sodalitas, ein enges Band freundschaftlich-männlicher Bindung des Königs zu meinem Gatten und zu anderen jungen bairischen Adeligen entstand.

Doch den Schritt, die Abkehr vom Kaiser, vom Tyrannen, musste Heinrich allein tun. Und tatsächlich brachte er den Mut auf. Im November dieses Jahres zog der Kaiser nach Sachsen gegen papsttreue Adelige, die den Reichsfrieden gebrochen hatten. Bei Fritzlar floh der junge König Anfang Dezember aus dem kaiserlichen Heer nach Regensburg. Die Kunde davon verbreitete sich wie ein Lauffeuer, Graf Berengar benachrichtigte meinen Gatten, und Bernhard, Graf Otto von Kastl-Habsburg und Markgraf Diepold empfingen jubelnd den König. Oder fast jubelnd. Denn den König bedrückte der Eid, den er seinem Vater bei der Krönung leisten musste. Ein gebrochener Eid, so befürchtet der König zu Recht, lässt unentrinnbar im Jüngsten Gericht den Zorn Gottes über ihn hereinbrechen. Darum bat König Heinrich meinen Gatten herzlich, er möge unverzüglich nach Rom aufbrechen, damit Papst Paschalis ihn vom Eid löse und er den apostolischen Segen und die Absolution im Jüngsten Gericht erhalte. Graf Bernhard hat sich noch vor Jahreswechsel auf den Weg zum Heiligen Vater begeben. So kann es geschehen, dass Ihr seiner ansichtig werdet, bevor dieser Brief Euch erreicht. Es kann aber auch sein, dass Ihr

Graf Bernhard gar nicht trefft, da die Loslösung vom Eide kei-
nen Aufschub erlaubt. Bernhard will ohne Rast nach Rom reiten,
um wiederum ebenso schnell zurück ins diutsche landt zu kom-
men, wo dann auch der Bischof von Konstanz Heinrich vom Bann
und vom Eid lösen wird. Dann aber hat Heinrich freie Hand, um
offen gegen den Vater vorzugehen. Graf Bernhard hat dem König
dazu seine Treue und Waffendienst im Kampf gegen den Kaiser
zugesagt. Im Gegenzug wird der König billigen, dass die mei-
nem Gemahl zugefügte Ehrverletzung durch einen Zweikampf
gesühnt werde und mein Gemahl, im Falle des Sieges, von dem
ich überzeugt bin, die Lehen des Burggrafen von Passau erhält.
So wird Ende Februar vor der Fastenzeit, in der ja nicht gekämpft
werden darf, der Zweikampf endlich stattfinden. Gott wird gegen
den exkommunizierten frevelhaften Burggrafen mit UNS sein.

Falls Graf Bernhard wider Erwarten Zeit finden sollte, kur-
zen Aufenthalt bei Euch zu nehmen, so solltet Ihr wissen, dass er
um seine Mutter, Gräfin Gertrude, trauert. Sie ist in der Nacht
vor seinem Aufbruch nach Rom gestorben – an einer Fehlgeburt.
Ihr lest richtig. Ich glaube, ich habe es Euch nicht mitgeteilt, dass
sie Ostern einem jüngeren Bruder des Grafen von Hals *wäh-*
rend einer Messe im Stephansdom von Passau begegnet ist und
schon eine Woche später ihn heimlich geheiratet hat! Ohne sich
die Erlaubnis des Kaisers einzuholen! Ohne Graf Bernhard, ihren
Sohn, davon zu unterrichten und ihn um seinen Rat zu bitten.
Es dauerte nicht lange, und sie wurde schwanger. Ich kann Euch
meine Herzensangst nicht verschweigen, sie könnte einen Sohn
gebären. Auch mein Gemahl war voller Unruhe. Es war eine
harte Zeit für mich. Gott hat ihre Tat gesühnt, sie war schließ-
lich schon über 40, ihr Gemahl erst 23, ihre Schwangerschaft und
gar leibliche Genüsse äußerst unschicklich. Es hat mich verwun-
dert, wie diese strenge, beherrschte, keusche Frau so zügellos von
einem Tag zum anderen werden konnte. Als ich sie auf ihr gegen
Gottes Ordnung verstoßendes Verhalten ansprach – da entgeg-
nete sie mir scharf, ich wisse nicht, was Liebe sei!

Genug davon. Ich deute mir ihren Tod als Gottes gerechtes Wirken. Er bestraft das Laster – das uns zum Trost, die wir gottesfürchtig leben.

Nehmt mich, teurer Bruder, in Eure Gebete auf, bittet um den Segen meines Leibes.

Gott möge unser Geschlecht segnen. Möge der Zweikampf meines Gatten mir zur Ehre gereichen.

~°~

»Mamme, ist Graf Udalrich morgen tot?«

Alice blieb erschrocken stehen, schloss die mit Rankenwerk verzierte Holztür und setzte sich wieder zu Leyla aufs Bett.

»Kind, wie kommst du darauf?«

»Alle reden von dem Zweikampf. Als die Kinderfrau mich heute Morgen zum Kloster brachte, standen auf den Plätzen und in den Gassen die Leute herum und redeten über nichts anderes als über den Zweikampf. Sie starrten mich so sonderbar an, weil ich mit Euch beim Grafen lebe. Selbst Schwester Maria sprach von dem Kampf, obwohl sie sonst nur fromme Dinge sagt und darauf achtet, dass wir richtig schreiben und Latein lernen. Sie ist sehr streng, aber ich bin aufmerksam. Nach der Schule nahm mich Schwester Maria beiseite, strich mir über das Haar und flüsterte, dass ich sie kaum verstehen konnte:

»Armes, kluges Kind. Mamme, sind wir arm, wenn Graf Udalrich stirbt?«

»Arm sind wir nicht. Der Graf hat für uns gesorgt. Wohnen bleiben können wir in der Stadtburg natürlich nicht. Aber wir würden uns ein kleines Haus kaufen. Verhungern werden wir gewiss nicht und du kannst auch weiter im Kloster Niedernburg zum Unterricht gehen. Aber was reden denn die Leute?«, drängte es Alice, zu fragen. Sie merkte, dass sie dabei rot wurde. Hitze stieg in ihr auf.

Leyla dachte nach.

»Ich habe nicht so viel davon mitbekommen. Die Leute schweigen, wenn ich an ihnen vorbeigehe, und reden erst weiter, wenn ich weg bin. Aber ich habe doch das eine oder andere aufgeschnappt. Ich glaube, die einen meinen, dass der fremde Graf, ich glaube, Bernhard von Baerheim heißt er, Unrecht hat, weil die Ehrverletzung sehr lange zurückliegt, so dass man sich kaum mehr daran erinnern kann. Es war noch vor der Pilgerfahrt nach Jerusalem.«

Alice atmete schwer, Leyla redete so unbefangen davon. Wann würde das Mädchen genauer nachfragen?

»Die anderen sagen, eine Ehrverletzung müsse immer gesühnt werden. Und Schwester Maria hat mit uns für den Sieg des Grafen Baerheim gebetet.«

»Gebetet?«

»Ja, weil der Graf von Baerheim doch beim Papst war und den Segen des Papstes für den Zweikampf erhalten hat. Der Papst hat gesagt: ›Verflucht sei, wer sein Schwert nicht im Kampf gegen Gottlose erhebt.‹ So habe ich jedenfalls Schwester Maria verstanden.«

Alice schluckte.

»Mamme, wird denn Graf Udalrich sterben, wenn Gott nicht auf seiner Seite ist?«

»So einfach ist ein Zweikampf nicht. Es ist nicht immer leicht zu entscheiden, auf wessen Seite Gott steht. Graf Udalrich ist ein frommer, gottesfürchtiger Mann. Er hat dem Passauer Dom bedeutende Stiftungen gemacht. Er war gut zu uns. Auch das zählt vor Gott. Jesus lehrt, wenn jemand ein Kind aufnimmt um Jesu willen, der hätte ihn selbst aufgenommen und den, der Jesus gesandt hat. Der Graf hat uns aufgenommen.«

Leyla machte dazu ein erschreckend ernstes Gesicht.

»Ja, Mamme«, sagte sie endlich. Alice ging darüber hinweg.

»Es ist also nicht klar, für wen Gott sich entscheidet. Wer vor Gott im Recht ist. Ein Zweikampf ist eine sehr ernste Angelegenheit, niemand weiß im Voraus, wer gewinnt. Es hängt davon ab, dass einer der Gegner schwächer ist, aber auch vom Licht, ob die Sonne den einen blendet, wie er sich an dem Tag fühlt, ob er noch irgendetwas anderes im Sinne hat als den Zweikampf, ob er sich ablenken lässt. Ein einziger Augenblick der Unaufmerksamkeit bedeutet den Tod. Und wenn beide gleich stark sind, dann sterben beide.«

Was sage ich da?, dachte Alice.

»Sind sie gleich stark?«, fragte Leyla bang. Alice zuckte die Achseln. »Ich weiß es nicht.«

»Graf Udalrich hat sich im Schwertkampf geübt«, überlegte Leyla. »Ich finde, dass er sehr stark ist.«

»Das ist er sicher«, pflichtete Alice ihr bei. »Versuche nun zu schlafen. Ein Zweikampf ist zwar außergewöhnlich, aber es ist üblich, dass Ritter im Kampf sterben. Und dann sind sie bei Gott.«

»Mamme, lasst uns für Graf Udalrich beten.«

Alice nickte. Sie war dem Weinen nahe. Leyla huschte wieder aus ihrem Bett und kniete vor dem Kruzifix nieder, das in ihrer Kammer hing. Auch Alice kniete und sprach ein Gebet für den Grafen und ein Vaterunser. Den Namen des Grafen nannte sie dabei nicht.

Beruhigter kuschelte sich Leyla unter ihre Federdecke. Alice gab dem Mädchen einen Gutenachtkuss, ließ ein Licht brennen und schloss die Tür.

Im Gang lehnte sie sich an eine Mauer, sie hatte das Gefühl, sie bräche zusammen. Ein Kribbeln, eine widerwärtige Unruhe bemächtigte sich ihrer, Alice schwindelte. Bevor sie in Ohnmacht fiel, setzte sich die junge Frau einen Augenblick auf den Steinboden, erhob sich dann, indem sie sich an die Wand stützte, und strich ihr Kleid glatt.

Nimm dich zusammen, Alice! Geh zu Udalrich.

Die niedrige Tür zur Schreibstube war einen Spalt geöffnet. Alice lugte hinein und sah den Burggrafen an das Pult herantreten, an dem der Sekretär die Schriftrolle mit flüssigem Silber versiegelte. Alice zögerte, ob sie wohl eintreten dürfe.

»Kommt nur herein, was hier geschehen ist, soll nicht im stillen Kämmerlein verborgen sein. Alle Welt soll es erfahren, auch Graf Bernhard.«

Alice sah den Burggrafen erstaunt an. Rechnete Udalrich so fest mit seinem morgigen Tod?

Sie schwieg aber, wie sie zu schweigen gewohnt war.

»Bring das Schriftstück auf der Stelle zu Bischof Thiemo. Du wirst im Bischofspalast erwartet«, befahl der Burggraf seinem Ministerialen. Der verneigte sich vor seinem Herrn und auch vor Alice, was sie mit Verwunderung zur Kenntnis nahm.

»Ich habe mein Testament diktiert«, sagte Udalrich und schloss die Tür.

»Ich habe bestimmt, dass unser Sohn meine Lehen erhält, die mir Kaiser Heinrich als erbliche verliehen hat. Bis der Junge mündig ist, wird Bischof Thiemo die Lehen verwalten. Ich habe ihn als Paten eingesetzt. Sobald mein Sohn geboren ist, wird Bischof Thiemo unseren Kaiser um die Legitimation ersuchen. Mein Sohn soll den Namen Luitger tragen. Ihr könnt mit meinem Sohn in meiner Burg wohnen bleiben.«

Alice war totenblass geworden. Sollte sie nicht endlich mit der Sprache herausrücken, dass sie nicht mehr schwanger war, dass sie das Kind verloren hatte, kaum dass sie Udalrich gegenüber ihre Hoffnung ausgesprochen hatte? Falls es überhaupt eine Schwangerschaft gewesen war.

Wieder wurde ihr schwarz vor Augen und sie hielt sich an einem der Schreibpulte fest. Udalrich bemerkte es, reichte ihr seinen Arm und führte sie zu einer Holzbank an der Wand.

»So geht es Schwangeren. Immer wird ihnen übel. Kommt, setzt Euch noch einmal auf meinen Schoß. Da könnt Ihr Euch erholen und ich kann Eure Wärme spüren.«

Alice biss sich auf die Lippen und gehorchte. Sein flammend roter Bart kratzte an ihrer Wange.

»Ihr müsst während der Schwangerschaft achtsam sein. Versprecht mir, dass Ihr niemals alleine ausreitet, schon gar nicht in den Wald, wo so viele junge Frauen ermordet werden. Geht niemals ohne Ritter aus der Burg. Hütet Euch vor Gift. Schont Euch. Setzt alles daran, dass dieser, mein Sohn, gesund geboren wird. Versprecht es mir. Gelobt es mir.«

Alice wollte aufstehen und vor dem Kreuz schwören, doch der Graf hielt sie zurück.

»Bleibt sitzen und seht mir in die Augen.«

»Ich gelobe es«, sagte Alice mit gepresster Stimme.

Es war entschieden, es war zu spät, sie würde schweigen. Die Nachricht, Udalrich würde nicht Vater, wäre beim Zweikampf sein sicherer Tod. Noch durfte er hoffen.

Alice fühlte, wie sich sein Geschlecht regte. Es drängte sie aufzustehen.

»Keine Sorge, ich bringe meinen Sohn nicht in Gefahr. Er ist meine einzige Hoffnung. Dieser mein Sohn wird den Sieg des Grafen von Baerheim zunichtemachen.«

»Es können noch mehr Söhne folgen«, sagte sie und merkte, dass sie log.

»Nein, Alice. Ihr wisst es selbst. Ich überlebe den Zweikampf nicht.«

»Wie könnt Ihr das sagen. Ihr habt in gefährlichen Schlachten gekämpft. Ihr bereitet Euch seit Jahren auf dieses Treffen vor. Auch Graf Bernhard hat keine rechte Übung mehr. Der Kreuzzug liegt sechs Jahre zurück.«

»Graf Bernhard«, sagte Udalrich und wiegte bedeutungsvoll den Kopf.

»Ihr habt mir immer noch nicht glaubhaft erzählt, wie Ihr Eure Jungfräulichkeit verloren habt.«

Alice rang nach einem Wort.

Er hielt der jungen Frau den Mund zu.

»Ihr braucht nichts zu erwidern. Ich weiß, die Vergewaltigung am Hundefluss. Ich weiß nichts und will nichts wissen.«

Alice war es unerträglich. Sie sprang auf, am liebsten hätte sie den Raum verlassen. Irgendetwas musste sie jedoch sagen.

»Ich habe Euch niemals in den vielen Jahren, die ich nun bei Euch lebe, so niedergeschlagen gefunden. Ihr und Graf von Baerheim seid gleich starke Gegner. Der Ausgang des Zweikampfes steht keineswegs fest.«

»Alice, es gibt zwei verschiedene Arten des menschlichen Gemütes: die eine ist der Wunsch, zu dem ich auch die Vernunft zähle, die andere ist der Wille.

Es ist mein Wunsch zu überleben, zu leben, und darum habe ich mich im Schwertkampf täglich geübt. Aber ich fühle, es ist nicht mein Wille. Sosehr ich wollen will, dass ich den Grafen besiege, dass ich am Leben bleibe, so sehr weiß ich, dass es unmöglich ist zu wollen, was man nicht will. Ich kann mich nicht zwingen zu wollen.«

Alice schüttelte den Kopf. »Es ist vor Gott nicht recht, so zu denken. Gottes Wille möge geschehen. Ihr verrennt Euch in Vorstellungen, die Euch andere Mächte einflüstern.«

Auch der Burggraf war aufgestanden und trat dicht an Alice heran. Drohend kam er ihr sehr nahe. Dennoch wich Alice keinen Schritt zurück.

»Nehmt Euch selbst als Beispiel. Eben, als Ihr auf meinem Schoß saßet, redetet Ihr Euch aus Pflichtgefühl zu, Ihr möget ruhig sitzen bleiben. Ihr wünschtet, es möge aus Liebe geschehen. Aber Euer Wille sprach anderes. Der Wille spricht die Wahrheit, nicht der Verstand.

Sagt, was ist morgen Euer Wille?«

Alice verschlug es die Sprache. Sie hielt einen Augenblick ihren Arm vor ihr Gesicht in der Angst, der Burggraf würde sie schlagen. Er hatte aber nichts dergleichen im Sinn, sondern fuhr in seinem Gedankengang fort.

»Wenn ich schon sterben muss, so will ich eines, und ich schwöre es vor Gott, das ist mein Wille: Bernhard Wunden zufügen, dass er mich sein Leben lang nicht vergisst.«

Alice zuckte zusammen.

Er lachte, es klang grausig.

»Ihr aber sollt morgen nicht schon wie eine Witwe vor die Gaffenden treten. Zeigt Euch in all Eurer Pracht. Behängt Euch mit Schmuck, Silber und Gold. Ich heiße nicht umsonst Udalrich Vielreich.«

Sein dröhnendes Lachen verfolgte Alice noch in ihre Kemenate. Dort öffnete sie den Kasten aus Ebenholz, in dem sie ihren Schmuck aufbewahrte. Sie suchte ein Amulett zum Schutz für Udalrich. Sie fand: Bernhards Ohrgehänge.

Im Burghof war es noch dunkel. Knechte, Mägde, Ministeriale, Ritter auf ihren Pferden drängten sich auf dem engen Raum. Bernhard beugte sich von seinem braunen Hengst herab zu seiner Gattin, die ihm ihre schöne weiße Hand reichte. Hochachtungsvoll küsste er ihre Fingerspitzen und gab das Zeichen zum Aufbruch. Während er unter dem Fallgitter über die Brücke ins Freie ritt, drehte er sich noch einmal nach Salome um. Hatte sie wirklich Tränen in den Augen? Was sollte es. Darüber nachzudenken, war müßig und vor einem Zweikampf geradezu schädlich.

Draußen vor der Burg empfing Bernhard mit seinem Gefolge beinahe der Frühling. Vögel zwitscherten im Morgengrauen, das Buschwerk am Rande des Weges ließ erste Knospen erkennen, der Himmel war wie von einem rosa Band durchwirkt, von der Donau stieg Nebel herauf.

»Nach diesem kalten, schneereichen Winter. Welch ein herrlicher Tag«, sagte Bernhard zu seinen Begleitern, erhielt jedoch von den Grafen Berengar von Sulzbach und Otto von Kastl-Habsburg, die rechts und links neben ihm ritten, keine rechte Antwort, sie wirkten verkrampft vor Anspannung. Wenn Bernhard in diesem Zweikampf zu Tode käme, so verlöre der König einen wichtigen Verbündeten im Kampf gegen den Kaiser. Noch verhängnisvoller, die Niederlage Bernhards könnte als Gottesurteil aufgefasst werden, dass der Herr der Heerscharen auf Seiten des Burggrafen stände, obwohl dieser ein Gegner des Papstes war.

Graf von Baerheim musste siegen, nicht nur um seiner Ehre willen!

Bernhard empfand die bedrückten Gesichter als lästig, er lächelte den Grafen zu und sagte:

»Meine Herren. Jesus Christus spricht: ›Sorget Euch nicht um Euer Leben.‹ Lasst uns sein Wort zur Mahnung nehmen und diesen Gottestag wie jeden anderen freudig begrüßen.«

Die Mienen heiterten sich etwas auf. Sie ritten an der Donau entlang. Auf den am Hang gelegenen Feldern beackerten die Bauern mit ihren Hakenpflügen den Boden. Sie hielten in ihrer Arbeit inne, blieben stehen, verbeugten sich vor ihrem Fronherrn und gafften Bernhard mit seinen Mannen nach. Es kam nicht allzu häufig vor, dass sich ein Graf den Gefahren eines Zweikampfes aussetzte. Bedrohlich war das. Wer den mächtigen Burggrafen nicht fürchtete, der hatte sicher keine Bedenken, rücksichtslos und unnachgiebig gegen seine unfreien Bauern vorzugehen. Seine harte Hand hatte manch einer schon zu spüren bekommen. Wie würde das erst nach dem Zweikampf werden?

Bernhard spürte ihre Blicke, die nicht gerade freundlich waren. So mancher der Bauern stand auf der Seite des Burggrafen und damit des Kaisers. Wie würde das erst in Passau sein?

Kaum tauchten von Weitem die mächtigen, hohen Türme des Stephansdoms auf, so hatten sie schon die Seilfähre erreicht, setzten über die Donau, ritten zum Paulustor, dann an der Befestigungsmauer um Passau herum und erreichten den Inn, auf dessen gegenüberliegendem Flussufer der Zweikampf bei der St.-Severin-Kirche stattfinden sollte.

Es war umständlich, auch hier wiederum mit der Seilfähre über den Fluss zu setzen. Der Burggraf hatte es, wie Bernhard gehässig dachte, natürlich versäumt, eine Brücke bauen zu lassen.

Am Ufer der Innstadt angekommen, schien ganz Passau Bernhard zu erwarten. Das allgemeine Geplauder, Lärmen, Lachen verstummte. Ehrfurchtsvoll wichen die Männer, Frauen mit ihren Kindern zurück und machten Bernhard, den vornehmen Grafen und Rittern, Gefolgsleuten und Knechten Platz. Es war ganz still geworden, als Bernhard an der Reihe der Menschen vorbeiritt. Im Hintergrund entdeckte er Martin. Martin, Ritter Martin, den natürlichen Sohn des fremden Fürsten. Ausgerechnet Martin, den er beim Zweikampf nicht gerne als Zuschauer sah. Wann war der aus dem Heiligen Land zurückgekommen? Wieso trug er auf seinem Wams das große blaue, von vier kleinen Kreuzen eingerahmte Kreuz des Königs von Jerusalem? Was wollte der in Passau?

Ganz am Schluss der langen Menschenreihe, in der Nähe der Kirche, stand Alice. Sie trug ein dunkelblaues Samtkleid mit einer Goldbordüre am Ausschnitt und eine Kordel mit Silberfäden um die schmale Taille. Die blonden widerspenstigen Haare hatte sie hochgesteckt, so dass das Ohrgehänge mit seinen Perlen, Kreuzen an den langen Pendülen sichtbar herunterhing.

SEINE Ohrringe. Für IHN sichtbar.

Mit klarem, offenem Blick schaute sie ihn an, während er an ihr vorbeiritt.

Bernhard stockte der Atem. Warum trug Alice sie am Tag des Kampfes? Liebte sie ihn noch immer trotz des Verrates vor dem Kloster Nonantola? Liebte sie ihn, obwohl er verheiratet war und sie die Geliebte seines Gegners? Oder war es genau das Gegenteil: Hass. Wollte sie ihn mit SEINEN Ohrringen so in Verwirrung bringen, dass er im Zweikampf unterlag und der Burggraf ihn tötete? Waren diese Ohrringe wie der Judaskuss?

Beim Friedhof vor der Kirche saß er ab, vor der auf einem Tragegestell sein Sarg, bedeckt mit einem weißen Kreuz auf schwarzem Tuch, ihm entgegenharrte. Daneben stand der Sarg des Burggrafen. Wahrscheinlich hatte Udalrich seinen Sarg ebenfalls schon am Vortag vor der Kirche aufstellen lassen.

Fass dich, forderte Bernhard sich auf und begab sich mit den Grafen Berengar von Sulzbach und Otto von Kastl-Habsburg und seinen Rittern zum Eingang des Gotteshauses, wo Udalrich bereits mit seinen Begleitern, dem Graf Eckbart von Formbach und Markgraf Leopold von Österreich, seiner wartete.

Von Feindschaft war nichts zu spüren, wenn auch die Begrüßung äußert kühl verlief. Die Gesellschaft begab sich in die Kirche, um das Wort Gottes zu hören, gemeinsam zu beichten und die Wegzehrung durch das Sakrament des Herrn zu empfangen.

Dunkelheit umfing Bernhard, als er die Stufen hinab in die Vorhalle trat. Düster wirkte das Kirchenschiff, nur wenig Licht fiel in die Tiefe bis zum Steinboden, es war vielmehr, als schwebten die Sonnenstrahlen hoch oben bei den wenigen Fenstern. Kalt war es, Bernhard zog die Schultern hoch, was er an sich rügte. Aufgewühlt und frierend stand er in der ersten Reihe neben den Grafen Berengar und Otto vor der Apsis. Diese Unruhe aber war der Tod.

An alles hatte er gedacht, es erwogen, nur nicht daran, dass er aus dem Gleichgewicht gerissen werden könnte. Seit Jahren hatte er sich auf diesen Zweikampf vorbereitet, er beherrschte sein Schwert virtuos, konnte ebenso hart zuschlagen wie abwehren wie es auch sehr weich allein mit den Fingern drehen. Er war eins mit seinem Schwert. Die Absichten seines Gegners konnte er erfühlen, sich in ihn hineinversetzen und seinem Angriff vorauseilen, in ihn hineinfließen.

Jeden Fußbreit des Kampfplatzes hatte er erkundet, die Entfernungen, die Unebenheiten des Bodens hatten sich seinen Füßen bis in die Zehenspitzen eingeprägt, so dass er sich in den Schranken bewegte, als lebte er dort. Bei jedem Wetter hatte er den Platz aufgesucht, wusste, wo er einen Sprung bei Nässe und aufgeweichtem Boden ansetzen musste, wo bei trockenem Untergrund. Bei jedem Stand der Sonne hatte er sich zum Ort des Zweikampfes begeben, um gewappnet zu sein, falls er die Sonne nicht im Rücken oder zur Rechten hätte.

Doch auch für den himmlischen Zuspruch hatte Bernhard Sorge getragen und darauf bestanden, dass nur ein nicht von einem exkommunizierten Bischof geweihter Priester die Messe zelebrierte. Diese Forderung hatte zu zähen Verhandlungen mit Udalrich geführt, der aber letztendlich nachgab, wohl weil er sich unsicher war, ob ein exkommunizierter Priester die Sakramente vor Gott wirkungsvoll spenden konnte.

Und selbstverständlich hatte Bernhard an die Menge gedacht, die den Zweikampf mit Zurufen, Grölen, Klatschen und sonstigem Lärm stören würde. Und natürlich hatte sein Herz sich auch mit der Frage gequält, ob Alice zum Treffen erscheine. Falls sie, wie auch Salome, dem Zweikampf fernbliebe, so könnte es den Grund haben, dass es ihr als Frau nicht passend erschiene, sich unter das Volk, die Gaffenden, zu stellen. Es könnte jedoch auch sein, dass sie hin- und hergerissen war, wem sie den Sieg gönnen sollte. Falls sie aber beim Zweikampf zusehen wollte, so könnte es aus Angst um den Burggrafen sein, wäre es ein Zeichen, dass sie zu Udalrich hielte. Mit Alice' Abneigung, Verachtung, Hass hatte er gerechnet. Das wäre bitter, aber verständlich und vor allem kein Grund, aus der Fassung zu geraten.

Nur diese eine Möglichkeit hatte er nicht bedacht, dass Alice SEINE Ohrringe trüge, dass es ihn umhertreiben könnte, in welcher Absicht sie diese ihm zeigen wollte. War Alice sein Engel oder eine Hexe?

Hör auf, darüber nachzudenken, zwang sich Bernhard. Nimm dich zusammen. Wenn du überleben willst, dann gibt es kein Leben vor dem Zweikampf, keines danach, alles versinkt im Nichts, dann gibt es nur dich selbst. Kehre zu dir selbst zurück.

Bernhard richtete sich auf wie im Schwertkampf, die Schultern gesenkt, der Rücken gerade, die Hüfte nicht gebeugt, die Bauchdecke angespannt. Von den Füßen aufwärts gewann er Kraft, sein Auge ließ er nicht mehr umherschweifen.

Bernhard heftete seinen Blick auf den gekreuzigten Christus.

Wer sein Leben gewinnen will, muss es verlieren. Das Jesu-Wort gewann mit einem Mal für ihn Bedeutung.

Sein Leben fiel von ihm ab wie ein schwerer Mantel. Was vor diesem Tag, vor dem Kampf war, Alice, seine Ehe mit Salome, seine Ehre, verlor sich im Nichts, wurde gleichgültig wie auch alles, was kommen könnte. Er kämpfte nicht um Ruhm, um Sieg, sondern in Selbsthingabe, Selbstauflösung um sein Leben. Es war Bernhard, als flösse ihm vom Haupt eine Kraft zu und durchströmte seinen Körper bis zu den Zehenspitzen. Seine Leibseele und seine Flugseele vereinigten sich. Er fühlte sich eins in Zeit und Raum. Es gab nichts und niemanden im Weltall außer ihm, auch nicht den Gegner.

Dies war der Augenblick, sich dem Burggrafen zuzuwenden. Gelassen schenkte Bernhard seine Aufmerksamkeit Udalrich, ohne ihn dabei weiter anzuschauen. Es war offensichtlich, sein Gegner wollte ruhig erscheinen, zwang sich dazu. Der Mund beherrscht, die Stirn in Falten gelegt. Sicher hatte sich der Burggraf ebenfalls auf das Treffen vorbreitet, hatte den Kampfplatz untersucht, jedoch übellaunig, gepeitscht von aufgebrachter Unruhe, widerwillig, obwohl wissend, dass von der genauen Kenntnis sein Leben abhing. Sicher war er wütend und von bösen Gedanken befallen, während er sich zwang, den Boden zu erkunden, den Ort mit großen und kleinen Schritten zu durchmessen und sich alles zu merken. Die ungute Gesichtsfarbe, die Röte unter einer fahlen Haut verrieten die Aufregung, seine Wut, als würde Udalrich die Galle aufsteigen. Offensichtlich hatte er am Morgen auch etwas Falsches gegessen, wahrscheinlich Fleisch, in der Vorstellung, es würde stark machen, während er, Bernhard, nur Schwarzbrot zu sich genommen und Wasser dazu getrunken hatte.

Nun sah auch der Burggraf zu Bernhard herüber, sein Blick verriet Angst und Hass, woraus Bernhard schloss, dass sich Udalrich unterlegen fühlte. Er würde mit aller Kraft auf Bernhard zugehen, um ihn beim ersten Schlag niederzustrecken. Wenn dies nicht gelänge, würde er hinterhältig kämpfen, versuchen, die Hände abzuschlagen oder das Geschlecht zu treffen. Udalrich betrachtete Bernhard unverwandt, wurde wohl nicht schlau daraus, denn Bernhard blickte friedlich drein, fast ein wenig gelangweilt.

Die Messe neigte sich ihrem Ende zu, der Priester forderte Bernhard und Udalrich auf hervorzutreten, um das Sakrament des Herrn als Wegzehrung ins Jenseits zu empfangen.

Auf dem Kampfplatz verstummten jäh die heftigen, hitzigen, begeisterten Reden über abgeschlagene Ohren, Hände und Arme, durchschlagene Kniekehlen, durchstoßene Augen, abgehauene Köpfe. Alle Augen richteten sich auf die beiden Gegner, die unverzüglich in die Schranken traten. Ohne Schutz, ohne Kettenhemd, Helm und sogar ohne Schild standen sie sich gegenüber. Keinen von beiden blendete die Sonne.

Beide sprachen das Sterbegebet: »*Pater, in manus tuas commendo spiritum meum.*«

Die Grafen Berengar von Sulzbach und Eckbart von Formbach gingen ebenfalls in die Schranken, kreuzten die Klingen zum Zeichen der Eröffnung, traten zurück.

Der Zweikampf begann.

Bernhard hielt sein Schwert locker in der Rechten und blickte mit schläfrigem Gesichtsausdruck zu Udalrich, der sein Schwert mit beiden Händen gepackt hatte.

»Fangt an!«, rief jemand ungeduldig aus der Menge.

»Halt's Maul!«, schrie jemand zurück.

Bernhard ließ sich Zeit, eröffnete immer noch nicht den Kampf, was den Burggrafen zu verunsichern schien, offenbar hatte er einen direkten schnellen Eingang erwartet.

Die Spannung unter den Zuschauern stieg. Wie bei Schaukämpfen wollten sie heftige Halbdistanzkämpfe und Nahkämpfe, Klingenbindungen, hartes Zuschlagen, Ausweichen, Fußtritte erleben. Am Aufregendsten war es, wenn einem der Kämpfenden das Schwert aus der Hand geschlagen wurde oder es zum Bodenkampf überging.

Hier aber standen Leben und Tod auf dem Spiel. Je länger sich die Eröffnung hinauszögerte, desto atemloser starrten die Zuschauer auf Bernhard und Udalrich.

Udalrich hielt die Spannung nicht länger aus. Einen Augenblick zögerte er noch, dann aber, mit wütendem Gebrüll, stürzte er, das Schwert weit über seinen roten Schopf gehoben, auf Bernhard zu und griff ihn mit dem Oberhau an. Ein schneller, kräftiger Schlag von oben nach unten und dieser eitle Angeber wäre tot. Bernhard wich einen Schritt zurück, so dass Udalrich noch mehr Geschwindigkeit im Lauf gewann. Statt den Angriff durch einen Unterhau zu blockieren, ließ Bernhard sein Schwert fallen, ein erstauntes, entsetztes Raunen ging durch die Menge. Dann aber, wie eine Raubkatze, sprang Bernhard den Burggrafen an, duckte sich, unterlief seinen Gegner, stieß den Kopf in Udalrichs Leib, so dass der große, starke Mann über ihn purzelte, packte ihn bei den Beinen und am Gesäß und warf ihn der Länge nach über die Schulter nach hinten. Udalrich landete im Staub, das Gelächter wurde kaum unterdrückt. Manche der Zuschauer zeigten auf den Burggrafen, der sogar sein Schwert verloren hatte. Doch die günstige Gelegenheit zu nutzen, unterließ Bernhard, stattdessen sah er zu, wie Udalrich sich mühsam, den Rücken haltend, wieder aufrappelte und nach seinem Schwert griff. Bernhard selbst hob das seine lässig auf, wirbelte es mit den Fingerspitzen herum, warf es in die Höhe. Mit Entsetzen, Staunen und Bewunderung verfolgten die Zuschauer, wie das Schwert mehrmals in der Luft um sich kreiste. Jubel brach aus, als Bernhard es mit einer Hand wieder auffing.

Udalrich schäumte vor Wut. Noch niemals in seinem Leben war er so gedemütigt worden, er, Udalrich Vielreich, der reichste Mann von Passau und neben dem Bischof der mächtigste.

Das Schwert mit ganzer Kraft zum Oberhau erhoben, griff er Bernhard an. Bernhard aber sprang auf ihn zu, packte ihn mit der linken Hand am Handgelenk der Schwerthand, drückte sein Schwert zur Seite und stieß mit der Rechten sein eigenes Schwert in Udalrichs Unterleib, drehte es im Gedärm. Udalrich schrie auf, taumelte, fiel, röchelte, dann war er still.

Eine Frau mit einem Kind auf dem Arm rief:

»Das ging schneller, als wenn man eine Mücke erschlägt.«

Gelächter. Dann betretenes Schweigen.

Die begleitenden Grafen Bernhards und Udalrichs stellten übereinstimmend den Tod fest. Gegenseitig verbeugte man sich, sprach seine Hochachtung aus. Bernhard begab sich mit den Grafen Berengar und Otto in die Kirche, um Gott für den Sieg und sein Leben zu danken. Als sie das Gotteshaus verließen, war Udalrich schon von seinen Bediensteten auf eine Bahre gelegt und wurde vom Kampfplatz zur Waschung ins Leichenhaus getragen. Alice ging mit versteinertem Gesicht neben dem Toten.

Bernhard schritt mit seinen Begleitern und seinem Gefolge zu den Pferden. Beim Fortreiten bezwang er seinen Willen, sich nach Alice umzuschauen.

Aufregung bei der Seilfähre über die Donau.

»Der Fährmann ist tot!«, rief ein Junge mit langen schwarzen Haaren und einer zerlumpten Jacke den ankommenden Reitern entgegen.

»Tot?«

»Er ist ertrunken. Seine drei Kühe sind in die Donau gegangen. Zwei Kühe sind gleich wieder zurück ans Land gekommen. Eine Kuh aber, die Eugenia, ist davongeschwommen. Der Fährmann wollte das schwere Tier einfangen. Sie hat ihn bei einem Strudel in die Tiefe gerissen. Die Kuh ist auch tot.«

»Und was ist jetzt, wie kommen wir über die Donau?«, fragte Bernhards Burggraf Johann besorgt und entrüstet.

»Es kann später Nachmittag werden«, hörten sie von allen Seiten.

Berengar von Sulzbach unterdrückte einen Fluch.

»Was machen wir?«, wandte er sich an Bernhard. »Wir müssen so schnell wie möglich im Auftrag des Königs nach Quedlinburg, um das Osterfest für ihn in Sachsen vorzubereiten.«

»Ich schlage vor, Ihr überquert den Fluss bei Plattling. Ein Stück des Weges werde ich Euch begleiten. Dann können wir noch weiter über die Lage des Reiches sprechen.«

Bernhard entließ sein Gefolge, sie sollten warten, bis die Fähre wieder fuhr. Seinen Burggrafen beauftragte er, seine Gattin Salome vom Zweikampf und vom Sieg zu unterrichten. Er sei unverletzt, dies zu ihrer Beruhigung.

In ihm jubelte es! Dabei machte er ein ernstes Gesicht. Welch ein unerwarteter, wenn auch bedauernswerter Zufall! Welch eine unverhoffte Fügung Gottes! Nichts verursachte ihm eine so tiefe Unlust, einen unerträglichen Widerwillen, wie die Vorstellung, Salome gegenüberzutreten als der ruhmreiche Gatte, der zu seiner liebreizenden Gemahlin heimkommt. Nein, er wollte jetzt Salome nicht sehen, sollte sie seiner warten und harren.

Er wollte, er musste zu Alice. Dieser Tod des Fährmanns war die Gelegenheit, zu Alice zurückzukehren, sie zu sprechen. Es war ihm unerträglich, nicht zu wissen, ob sie aus Liebe oder Hass seine Ohrringe trug. Wenn sie ihn verabscheute, er könnte es verwinden. Es schmerzte eine Weile, aber es bliebe mit der Zeit nur eine dumpfe, verblassende Erinnerung. Wenn sie ihn jedoch liebte, ja, was dann? Diese Möglichkeit schob er beiseite. Nur eines, die Ungewissheit musste er beseitigen, sie würde ihn zerfressen, sich wie Gift in seinem Herzen ausbreiten, ihn vernichten. Alice war der einzige Mensch im Erdenrund, der ihn vernichten konnte, weil sie der einzige Mensch war, bei dem er keine Maske aufsetzte, er selbst war.

Die Erkenntnis traf ihn wie ein Schlag.

An der Donau entlang ritten sie in Richtung Plattling. Es war Bernhard nicht ganz wohl, als er am gegenüberliegenden Ufer auf dem Bergeskamm seine Burg sah. Es beschlich ihn für einen Augenblick ein schlechtes Gewissen. Umso eifriger beteiligte er sich am Gespräch. Es ging um den König, das Reich, die Versöhnung mit den Sachsen, die Vernichtung des Kaisers. Der junge König beabsichtige, Palmsonntag in Erfurt zu feiern, die Karwoche im Kloster Gernrode zu verbringen und dann am Karfreitag barfuß von Gernrode nach Quedlinburg zu ziehen, um öffentlich seine Demut zu bezeugen und für seine Sünden zu büßen. Unmissverständlich gäbe er jedem durch seine Erniedrigung zu verstehen, dass er würdig sei, König zu sein. Des Königs Auftritt wollten Berengar von Sulzbach und Otto von Kastl-Habsburg vorbereiten. Darum die Eile. Insbesondere weil Heinrich zu Pfingsten auf einer Synode in Nordhausen, zu der er noch geladen werden müsse, öffentlich vor hohen Geistlichen erklären wolle, dass es ihm nicht um die Macht ginge, er sie nicht frevlerisch an sich reiße. Vielmehr ginge es ihm allein darum, dass der Bann vom Reich genommen und der Kaiser sich dem Papst unterwerfen, ihm seinen Gehorsam entgegenbringen solle. Das sei die Bedingung, dass er wieder ein folgsamer Sohn wäre, der das vierte Gebot beachten und seinen Vater lieben und ehren werde.

»Der alte Kaiser wird nicht nachgeben. Niemals wird er sich dem Papst unterwerfen«, vertrat Bernhard seine Meinung und dachte dabei an Alice.

»So ist es«, nickte Berengar. »Das ist unser Plan, den Kaiser zu vernichten.«

Gegen Abend kamen sie bei einer Herberge an, die auch für adelige Gäste zumindest annehmbar war. Bernhard dankte seinen Begleitern für den Beistand beim Zweikampf. Hatte das Odal tatsächlich erst heute stattgefunden?

Im Galopp, dann bei zunehmender Dunkelheit im schnellen Trab ritt er zurück nach Passau. Er dankte Gott für den klaren, sternenreichen Himmel. Gegen Mitternacht erreichte er die Stadt, ritt am Inn entlang, fand die Furt und nahte sich der Kirche St. Severin mit Herzklopfen, wie er nicht umhin kam, sich einzugestehen. Ja, er war aufgeregt. Seinen Braunen ließ Bernhard frei vor dem Gotteshaus grasen. Tief atmete er durch, ging eilig, erhobenen Hauptes über den Friedhof vor der Begräbniskirche und betrat das Gotteshaus.

Bernhard stach es ins Herz, als er Alice in der von Kerzen hell erleuchteten Kirche mit anderen Frauen vor dem geöffneten Sarg beten sah. Leise trat er hinzu, überlegte, ob er sich neben sie stellen sollte, entschied, sich einen Platz zu Füßen des Toten zu suchen. Scheu wich eine Frau zurück. Beim Schein der Lichter konnte Bernhard sehen, der Burggraf war wie ein Säugling von Kopf bis Fuß in Tücher eingewickelt und gebunden.

Bernhard blickte nicht zu Alice, zog seinerseits seinen Rosenkranz aus der Tasche seines Umhangs. Alice steckte ihren Rosenkranz in einen Beutel, den sie am Gürtel befestigt hatte, und verließ das Gotteshaus, ohne ihn eines Blickes zu würdigen. Bernhard bezwang sich, ihr nicht sofort nachzueilen. Dennoch – er musste, *musste* Gewissheit haben. Hatte sie die Kirche verlassen, weil sie es nicht aushielt, mit ihm, dem Mörder ihres Liebsten, in einem Raum zu verweilen, oder wollte sie ihm die Gelegenheit geben, ihr unauffällig zu folgen? Mit andachtsvollem Gesicht betete er Perle für Perle. Auf den Frauengesichtern um sich las er Anerkennung, dass er den Besiegten ehrte.

Ihn selbst durchfuhr der Gedanke: Dies ist Gotteslästerung. Sicher hatte Udalrich Vielreich ein Vermögen gestiftet, um an der Mauer eines Klosters oder Gotteshauses beerdigt zu werden, und für unzählige Seelenmessen, die seine Seele aus dem Fegefeuer in den Himmel geleiten würden. Seiner Fürbitte bedurfte Udalrich gewiss nicht.

Bernhard machte eine Kniebeuge vor dem getöteten Gegner, kniete darauf vor dem Gekreuzigten nieder, sprach ein Vaterunser und verließ die Kirche.

Er zitterte innerlich, als er an den Gräbern vorbeiging, auf denen das Ewige Licht unheimlich flackerte.

Alice stand anmutig auf dem Weg vor der Buchsbaumhecke, die den Gottesacker eingrenzte. Den Blick hatte sie auf das Kirchenportal gerichtet, als erwartete sie ihn.

Alice wartete auf ihn!

Bernhard trat an Alice heran, auch sie ging auf ihn zu, wobei die Perlen, Kreuze und kleinen Glöckchen an den langen Pendülen ihres Ohrgehänges fein aneinanderschlugen. Sie blickten einander in ihr Antlitz. Nur das, keine Berührung, kein Kuss.

»Bernhard«, sagte Alice und legte die flache Hand auf seine Brust.

Dieses eine Wort. Liebe und Weisheit lagen in ihrer Stimme.

Die junge Frau legte ihre Hand um seinen Rücken, wie er auch seinen Arm um ihre Schulter legte. Ohne sich weiter zu besprechen, streiften sie auf engem Pfad durch den Wald in Richtung einer Lichtung, die Bernhard seit Kindestagen von Jagden, Alice vom Beeren- und Pilzesammeln kannte. Bernhards Brauner trottete auf seinen Pfiff hinter ihnen her.

Zu sagen gab es nichts. Sie wussten alles voneinander, Alice von Bernhards mühsam aufrechterhaltener Ehe, Bernhard von Alice' Gefühlen, wenn sie aus Pflicht mit dem Burggrafen hatte schlafen müssen. Nur über Leyla zu sprechen, wäre notwendig, dafür war aber weder Zeit noch Stunde.

Einander verbunden und selbstvergessen erreichten sie die Lichtung.

Da blieben sie eng umschlungen stehen. Glücklich gaben die Liebenden dem Verlangen nach und küssten sich inniglich. Ohne zu zaudern, griff Bernhard unter Alice' Ober- und Unterkleid, wie auch sie seinen Umhang abnahm, ihm das Wams und das leinene Hemd auszog. Sie musste lachen, als sie dem Geliebten die leinene Unterhose, die Beinlinge abstreifte, sanft sein erregtes Geschlecht berührte und sich erhob. So standen sie sich gegenüber und betrachteten einander mit Wohlgefallen. Andächtig berührte Bernhard mit den Lippen ihre Stirn, den Mund, den Hals, glitt langsam über ihre Brüste, ihren Bauch, bückte sich, zog behutsam einen Strumpf aus und küsste zärtlich Alice' Fuß, dann den anderen ebenso ergeben. Alice umschlang Bernhards Hüften. Das Begehren schien unerträglich. Bernhard breitete seinen schweren Mantel aus Tuch mit dem breiten Bärenbesatz auf das Moos, auf dem sich Alice ohne weitere Umstände niederließ und ihn mit vertrautem Lächeln aufforderte. Bernhard beugte sich über die geliebte Frau, drang sogleich in sie ein. Alice stieß einen Glücksschrei aus und schlang ihre Beine um seine Schulter. Bernhard drückte sie weiter nach oben und drang tiefer in sie ein. Dies war so vertraut, jede Hautfaser, jede Bewegung. Innig mit ihr zusammen zu sein, befreite, beseelte ihn. Es war, als fiele ein quälender, immerzu gegenwärtiger Bann von ihm ab. Bernhard blickte in Alice' Gesicht und er bemerkte, wie Alice sich weiter verlor, bis ein Zittern ihren Körper durchzuckte. Erst jetzt gab er seinem eigenen Verlangen nach und hielt seine Lust nicht länger zurück.

Beseligt lagen sie ineinander verschlungen, umhüllt von seinem Mantel. Sie küssten sich, küssten jede Stelle, jedes Fitzelchen Haut des anderen, und schliefen wieder miteinander, zärtlich, liebevoll, hingebungsvoll. Gegen Morgen wurde es noch kühler. Sie hüllten sich in den Mantel ein, unter dessen Wärme sie fest aneinandergepresst lagen. Beide ängstigten sie sich vor dem kommenden Tag. Im aufkommenden Morgenrot nahm Bernhard Alice' Hände, betrachtete ihre Handinnenflächen und fragte verwundert:

»Die verbrannten Hände?«

»Der Abt hat sie geheilt.«

Bernhard zuckte zusammen.

»Ist gut«, sagte Alice, strich ihm über das Gesicht und küsste ihn auf den Mund.

Dann schliefen sie noch einmal miteinander, zärtlich, Abschied nehmend, wissend, es würde sich nicht wiederholen.

Bernhards Brauner stupste seinen Herrn mit der Schnauze an. Die Liebenden erhoben sich und kleideten sich an. Alice musterte Bernhards Umhang, ob wohl grüne Flecken zu sehen wären. Da er aber aus dunkelgrünem Tuch war, konnte sie nichts erkennen.

Hand in Hand gingen sie auf dem engen Pfad durch den Wald zurück zur Kirche.

Auf dem Friedhof brannten noch immer Ewige Lichter, wenn auch einige erloschen waren.

Bernhard schwindelte. Die Flammen wuchsen zu einer unglaublichen Größe, sie flackerten und loderten, verwandelten sich in das Gesicht des Abtes. Bernhard erschauerte. Der Abt blickte ihn strafend an. Das ist das Jüngste Gericht, durchfuhr es ihn.

Alice bemerkte seine innere Bewegung und drückte seine Hand.

»Was wird aus Euch?«, überwand er sich, über den Augenblick hinauszudenken.

Alice wurde es staunend gewahr. Zum ersten Mal duzte Bernhard sie nicht, sondern sprach sie wie eine Adelige an.

Sie erwiderte: »Gott weiß es, ich weiß es nicht.«

Mit fester Stimme fügte sie hinzu:

»Gott hat mir ein Kind gegeben. Ich werde für Leyla sorgen.«

Dann wandte sich Alice ab und ging entschlossenen Schrittes zurück in die Kirche. Sie schaute sich nicht nach Bernhard um.

Nur noch heiß baden und einen Tag lang schlafen, wünschte Bernhard, als er gegen Mittag seine Burg erreichte.

Durch das hochgezogene Fallgitter ritt er in seinen Burghof, wo das Plaudern, Reden, Rufen und Schreien verstummte, die Kinder herbeigelaufen kamen, ihn zu begaffen, die Mägde und Knechte sich scheu und verängstigt zu ihm umwandten und ehrfurchtsvoll grüßten. Es wäre ihm lieber gewesen, sie hätten gesungen und gelacht und vor allem, sie wären ihrer Arbeit nachgegangen. Bernhards Kaplan lief ihm zusammen mit dem Burgvogt entgegen. Alle Ritter versammelten sich, Trompeten und Hörner erschallten. Huldvoll nahm Bernhard ihre Demutsbezeugungen entgegen.

Umso erstaunter und enttäuschter war er, als er die Halle leer fand. Im großen steinernen Kamin glomm das Feuer, das vor dem Zweikampf für die adeligen Gäste entzündet worden war. Verwundert blickte er sich nach Salome um, deren liebevollen Empfang er erwartet hatte, wenn auch die Vorwürfe über sein spätes Kommen nicht ausgeblieben wären. Wieso begrüßte sie ihn nicht? Kaspar hastete hinter ihm die hohen Stufen hinauf in die Halle, verbeugte sich.

»Ein heißes Bad«, befahl Bernhard.

»Es ist für Euch bereitet, mein Herr.«

»Doch, halt, verzeiht, Graf Bernhard«, rief Salomes italienische Magd, die nun eilends auf zierlichem Fuß durch die Halle trippelte.

»Die Gräfin ist krank und bittet Euch, unverzüglich zu ihr zu kommen. Sie ist in ihrer Kemenate.«

Auch das noch, dachte Bernhard.

Also krank. Bernhard fürchtete Salomes Unpässlichkeiten. Sowieso anspruchsvoll und leidend, verschlechterte sich ihre Laune, wenn sie krank war, ins Unerträgliche, worunter nicht nur die Mägde litten.

Bernhard seufzte innerlich, als er die Tür zu der Kemenate seiner Gattin öffnete.

Äußerst vorsichtig zog er sie hinter sich zu, denn er wollte Salome nicht wecken, falls sie schlief.

Das heiße Bad war zu verlockend.

Doch verwundert blieb er stehen. Im Kamin prasselte lichterloh ein Feuer, so dass ihm die Hitze fast den Atem nahm. Die auflodernden Scheite ließen das Rot des schweren Bettvorhangs erglühen. Die hineingestickten Pfauen wirkten lebendig. Auf dem Mosaikfußboden war ein einzelner goldbestickter Pantoffel mit der Spitze zum Bett drapiert und vor dem Bett der zweite.

Bernhard hob sie auf und stellte die Pantoffeln ordentlich unter die kunstvoll gedrechselten Füße des Bettes.

»Schlaft Ihr, seid Ihr krank?«, fragte er leise.

»Krank vor Verlangen nach Euch«, flüsterte es.

Bernhard runzelte unwillig die Stirn.

So gewarnt, nahm er den Vorhang misstrauisch zur Seite.

Da lag Salome. Doch statt die mit weißem Linnen bezogene Steppdecke bis zum Hals hinaufgezogen zu haben, so dass ihr nackter Körper nicht frieren musste, hatte sie ihr langes Haar offen auf seidenen bunten Kissen kunstvoll verführerisch ausgebreitet, ihre schönen festen Brüste waren unbedeckt, seinen Blick anlockend, und nun, da Bernhard zu ihr hineinsah, zog sie die Bettdecke bis zum Bauchnabel hinunter. Anmutig lugte ein Fuß aus der Decke, um dessen Fessel sich zierlich ein Goldkettchen legte.

Bernhard schluckte. Das sollte Salome sein, die fromme, die keusche, die starre, ihres Gatten Eheweib wider Willen?

Bernhard zog sich einen Schemel heran.

»Ihr habt ihn getötet«, frohlockte sie und fuhr sich vor Begehren über die rotgeschminkten Lippen. »Im Zweikampf. Es gibt nichts Ruhmreicheres, als den Gegner im Zweikampf zu töten.«

»Es war ein harter, kurzer Kampf. Ich bin müde«, entgegnete Bernhard und fuhr sich mit der Hand über die Augen.

»Ihr wollt nicht? Ihr müsst!«, zischte sie und zog einen Dolch hervor, den sie bisher unter der Bettdecke verborgen hatte.

Erregt hielt sie sich die Waffe an ihren Busen und rief:

»Wenn Ihr versucht, mir den Dolch zu entwenden, bringe ich mich um. Nun? Grande!«

Bernhard setzte sich auf die Bettkante.

Kniend wollte sie ihn entkleiden.

Bernhard sagte unwirsch: »Das mache ich schon selbst.«

»Ihr quält mich.«

»Das wünscht Ihr doch, von mir gequält zu werden.«

»Oh!«, entfuhr es ihr. Schamvoll verbarg sie ihre Brüste unter ihren Händen. Bernhard fasste sie und drückte unsanft Salome an den Handgelenken in die Kissen. Rücksichtslos drang er in sie ein. Schmerzen sollte sie empfinden. Sie schrie, sie kreischte, ihr weißer Körper wurde flammend rot.

Wut und Gier überkamen ihn.

Sein Blick fiel auf den Dolch. Er nahm die mit Edelsteinen verzierte Waffe und hielt sie Salome so dicht an den Hals, dass er mit jedem Stoß ihre zarte Haut verletzen könnte. Salome riss die Augen auf, wehrte sich nicht. Es erregte ihn, wie die tödliche Waffe ihren schlanken Hals fast berührte.

Eine ungeahnte, ungeheure Begierde packte ihn.

Er ließ den Dolch über ihren Busen gleiten, jedoch ohne die Haut zu verletzen.

»Stoßt zu!«, stöhnte sie.

Da zog er mit Lust einen feinen Schnitt über ihre Brüste. Das Blut schoss aus der Wunde.

Sie wehrte sich nicht. Sie schrie vor Schmerz und Lust.

»Tötet mich!«, forderte sie in Ekstase.

Er stieß so hart zu, dass sie keine Wonne, nur noch Schmerzen empfinden musste.

Wie in einem ungeheuren Rausch ergoss sich sein Samen in sie.

Dann lagen sie erschöpft beieinander. Die Wunde blutete. Bernhard stillte sie, indem er Hautfitzelchen für Hautfitzelchen aussaugte, während seine Hände über ihre Brustwarzen glitten und rieben, dass sie vor Schmerzen aufstöhnte. Kissen und Laken waren blutig.

»Ein Andenken an Euch, mein Leben lang«, begeisterte sie sich.

»Ich bin Eure Sklavin.«

»Knie nieder«, befahl er. »Dort vor dem Bett.«

Salome gehorchte.

»Küsse mich.«

Salome kniete vor Bernhard und nahm sein Glied in den Mund, küsste es ergeben. Doch bevor sich seine Erregung ergoss, zog er sie ins Bett, warf sie auf den Bauch und packte sie bei den Schenkeln, hob sie auf. Sie ergötzte sich an der tierischen, verbotenen Stellung.

»Ihr seid mein Held, mein Gebieter, mein Dämon und ich bin Eure Dirne«, jauchzte sie. Es erregte ihn maßlos.

Jegliche Keuschheit fiel von Bernhard ab.

Als Bernhard am späten Abend tatsächlich ein heißes Bad nahm, während Salome sich von ihrer Vertrauten, ihrer Magd Lucia, einen Verband anlegen ließ, war es ihm, als sähe er im Wasser sein Bild, wie er fein und böse lächelte. Es war schon sonderbar, sinnierte er, während er im heißen Nass lag und den Schaum durch seine Finger rinnen ließ: Mit seiner vor Gott angetrauten Ehefrau hatte er Unzucht, eine schwere Sünde begangen, mit seiner verbotenen Liebe, mit Alice, war es, als hätte sich der Himmel ihnen gnädig zugeneigt.

∽⊛∼

Alice verbrachte den Tag wachend und betend am Sarg Udalrich Vielreichs. Es war schon später Nachmittag, als sie sich mit der Seilfähre über den Inn setzen ließ und dann, zögernd, zaudernd, sorgenvoll, die Stadtburg des Grafen betrat, um in der Küche eine Kleinigkeit, eine Suppe zu essen. Zu ihrer Erleichterung verhielt sich die Dienerschaft zwar zurückhaltend, aber achtungsvoll. Unausgesprochen stand in den Augen der Mägde und Knechte die Frage, wie es nach dem Tode des Burggrafen weitergehen sollte, ob sie entlassen würden, ein neuer Herr käme.

Alice hielt sich nicht lange auf, doch immerhin so lange, dass sie vor einem Spiegel in ihrer Kemenate stehen blieb, beobachtete, wie die Perlen, Glöckchen und Kreuze ihres Ohrgehänges fein aneinanderschlugen. Kurz entschlossen nahm sie den Schmuck ab, verwahrte ihn in einem Kästchen aus Ebenholz und eilte zum Kloster Niedernburg, um endlich Leyla abzuholen.

Schwester Maria brachte das Kind bis an die Pforte.

»Bist du auch brav gewesen?«, fragte Alice, obgleich sie wusste, dass Leyla den Nonnen niemals Anlass zum Tadel gab.

»Mehr als das«, antwortete Schwester Maria. »Leyla hat uns eine Freude bereitet. Sie hat Psalm 18 gesungen, so rein wie ein Engel.«

Leyla strahlte und blickte Alice stolz an.

»Das ist schön«, sagte Alice und nahm Leyla an die Hand.

Sie grüßte und ging zum Inn hinunter. Über dem Wasser lag dichter Nebel, schon seit dem frühen Morgen. Bernhard war ungesehen entkommen, überlegte Alice.

»Mamme, soll ich Euch den Psalm einmal aufsagen? Den Anfang kann ich auswendig.«

»Tu das, Leyla.«

»Ich liebe dich, Herr, meine Stärke!

Der Herr ist mein Fels und meine Burg und mein Retter, mein Gott ist mein Hort, bei dem ich mich berge, mein Schild und das Horn meines Heils, meine hohe Feste.

›Gepriesen!‹, rufe ich zum Herrn, so werde ich von meinen Feinden gerettet.«

Leyla brach ab und blickte nachdenklich zu Boden.

»Mamme, hat denn Gott Graf Udalrich gar nicht lieb gehabt? Warum hat er ihn nicht gerettet?«

Alice rang nach einer Antwort.

»Gott hat Graf Udalrich gewiss lieb gehabt. Aber es ist ein Zweikampf. Und da muss einer sterben.

Ich denke, Graf Bernhard ist einfach jünger und kampferfahrener als der Burggraf. Wir sind keine Marionetten Gottes, hängen nicht an Fäden, die uns lenken, ohne dass wir selbst etwas machen könnten. Nicht Gott allein entscheidet über den Ausgang eines Kampfes.«

Leyla schien darüber nachzugrübeln.

»Mamme, Ihr wart doch dabei. War Graf Udalrich gleich tot oder hat es sehr wehgetan?«

Alice schluckte, dann sagte sie mit heiserer Stimme:

»Graf Udalrich hat nicht leiden müssen. Er war gleich tot.«

»Trotzdem, es ist böse zu töten, lehrt unser Herr Jesus Christus. Aber die Nonnen haben Gott gedankt, dass Graf Bernhard gewonnen hat. Weil Graf Bernhard für den Papst gekämpft hat, sagen sie. Mamme, ich verstehe das nicht.«

Wie ist dieses Kind klug und eigensinnig, dachte Alice. Und wieder graute ihr vor dem Moment, da Leyla nach ihrer eigenen Mutter fragen würde. Noch immer durchfuhr sie der Schrecken, wenn sie sich an den Augenblick erinnerte, als Leyla wissen wollte, wieso sie aus Jerusalem käme.

»Ja«, sagte Alice. »Für die Ehre der Kirche ist es recht zu kämpfen. Und auch die Werte der Ritter, des Adels sind nicht nur friedliebend. Die Ehre eines Adeligen darf niemand verletzen.«

»Wir sind nicht adelig, Mamme.«

»Nein, aber wir sind frei. Wir sind niemandes Eigentum.«

Die Antwort schien Leyla zufriedenzustellen. Sie sah ganz vergnügt aus und sprang vor Alice her. Dabei summte sie:

»Frei, frei wie ein Vogel.«

Alice war froh, einen Augenblick für sich allein zu sein.

Leyla lief ein Stückchen voraus, drehte sich um, kehrte zu Alice zurück, lief wieder voran, zog mit dem Schuh einen großen Kreis in den Sand, hüpfte auf einem Bein und sang dabei ein Marienlied.

»Do gehit ime so werde
Der himel zuo der erde.«

Alice blieb stehen, schaute versonnen Leyla zu und legte dabei unwillkürlich ihre Hand auf ihren Unterleib. Do gehit ime so werde der himel zuo der erde. Und wie sie so dastand, spürte sie ein heftiges Ziehen, fast wie ein Knallen, dass es wehtat. Es durchströmte sie von den Füßen bis zum Kopf ein Glücksgefühl, so unerwartet, so plötzlich, selig machend.

Leyla sang mit klarer, lauter Stimme:

»Do was diu din wampe
Ein chrippe dem lambe
Sancta Maria.«

Alice horchte auf. Da war dein Leib eine Krippe dem Lamme.

Ich bin schwanger, durchfuhr es Alice. Mein Gott, ich bin schwanger.

Ich bin von Bernhard schwanger! Ich erwarte ein Kind von ihm!

Oh Gott, wie wunderbar! Welch ein Segen!

Halt, woher weißt du das, Alice?

Ich weiß es, ich weiß es genau, frohlockte sie. Ich fühle es. Es ist wahr. Ich erwarte ein Kind von Bernhard.

Es ist genau wie bei Hanno. Da war ich auch so glücklich, so glücklich.

Bernhard muss es wissen. Ich muss es ihm sagen. Wir erwarten ein Kind, und wenn Gott will, einen Sohn.

Ich bin schwanger.

Ruhig, Alice. Bleib ruhig. Denke nach. Du bist also sicher, dass du schwanger bist?

Ja, ich bin sicher.

Also, was ist nun klug? Ist es wirklich klug, Bernhard zu sagen, dass du ein Kind von ihm erwartest? Wie willst du ihm das eigentlich mitteilen, zu ihm auf die Burg reiten, seiner Gattin begegnen, wie ihn heimlich sprechen? Und überhaupt, warum muss er es wissen? Wenn du es ihm sagst, wird dieses Kind nichts weiter als ein Bastard. Allerdings, der Bastard eines Grafen. Damit würde er erzogen wie ein Adeliger. Unsinn, Salome würde es niemals dulden, dass es Bernhards natürlichem Sohn gut ginge. Sie würde rasen vor Wut und Eifersucht, dass er ihr untreu geworden ist. Ich habe sie doch gesehen vor dem Kloster Nonantola. Sie ist böse. Vielleicht würde sie sogar unseren Sohn ermorden lassen, schließlich hat sie kein Kind. Salome, was für ein entsetzlicher Name. Das Haupt Johannes' des Täufers hat sie sich auf einem Silberbrett servieren lassen. Nein, meinen Sohn bekommst du nicht.

Ruhig, Alice. Du bist ja ganz durcheinander. Also, denke klar.

Noch einmal, du bist schwanger. Aber du hast von Graf Udalrich ein Testament, dass sein Sohn vom Kaiser legitimiert werden soll. Dann erbt dieser Sohn sein ganzes gewaltiges Vermögen, vielleicht auch seine Lehen. Das müsste zeitlich hinkommen. Ich könnte jetzt gerade vor ein paar Tagen von Udalrich schwanger geworden sein. Wer will das wissen, wer das feststellen? Niemand hat Bernhard gesehen, niemand weiß von unserer Liebe. Höchstens Johanna, aber die kann mit ihrem Leben beschwören, dass ich Bernhard noch niemals in Passau begegnet bin. Niemand schöpft Verdacht. Wenn ich also dieses Kind für Udalrichs ausgebe, dann wird es ein Leben in Ehren führen können, dann wird es reich sein, selbst wenn es eine Tochter würde. Denn auch sie hat Udalrich in seinem Testament bedacht. Dann kann ich weiter bis zu meiner Niederkunft in Udalrichs Stadtburg leben und auch Leyla wäre durch mich vermögend.

Also, ganz nüchtern. Bleib klar und nüchtern, Alice. Was ist vernünftig? Vernünftig ist nur eines, ich gebe das Kind für Udalrichs aus.

Und wenn es doch irgendwie herauskommt? Dann kommst du an den Pranger, dann schneidet man dir für deine Lüge die Zunge heraus, dann wirst du bespien und gehenkt.

Wirst du nicht. Niemals, Alice, unter keinen Umständen und niemandem auf der Welt wirst du verraten, dass das Kind nicht von Udalrich ist. Niemals. Schwöre! Schwöre bei der Hilfe der Mutter Maria.

Leyla hatte ihr Spiel unterbrochen, kam zu Alice und ergriff ihre Hand.

»Mamme, was ist mit Euch? Ihr schaut so merkwürdig?«

»Nichts, Leyla. Mir war eben nicht gut. Ein wenig Bauchweh.«

»Tut es wirklich nicht mehr weh?«

»Nein, komm, Leyla, lass uns heimgehen. Es ist kalt und schon fast dunkel.«

Leyla fühlte sich ängstlich in den von Fackeln erleuchteten Gängen der Burg. Es war ihr unheimlich zumute. Es war ihr, als schleiche der tote Graf umher, die Wendeltreppe hinauf, durch den Festsaal bis zu ihrer Kammer. Alice saß lange am Bett des Kindes, hielt ihre Hand und summte beruhigend leise Gutenachtlieder. Doch als Leyla immer noch nicht einschlafen konnte, bat sie eine junge Magd, sich zu dem Kind ans Bett zu setzen. Alice selbst hatte keine Ruhe, sie wollte, sie musste Bischof Thiemo schreiben und eilte deswegen in die Schreibstube.

Da blieb sie wie erstarrt stehen: Da das Pult, noch vor zwei Nächten hatte hier Udalrich gestanden und sein Testament diktiert. War es nicht Frevel, was sie vorhatte? Würde Gott sie nicht für diese Sünde strafen? Gleichgültig, nein, nicht gleichgültig, dachte sie. Aber auch wenn sie dafür büßen müsste, sie musste handeln. Sie musste dieses Kind, das gerade angefangen hatte, in ihrem Leib zu leben, schützen. Sie musste es für Udalrichs ausgeben.

Entschlossen trat Alice an das Pult, spitzte die Feder, tauchte sie ein in das bereitstehende Tintenfass und schrieb mit ihrer geordneten Schrift auf dem glatten Pergament:

Im Namen Jesu Christi!

Um Himmels Willen, was tue ich da? Darf ich im Namen Jesu Christi lügen?

Dennoch schrieb sie mit fester Hand:

Dem verehrungswürdigen, hochwürdigen Herrn Thiemo, durch Gottes Gnade Bischof von Passau, von Alice von der March-gasse, niftele des Abtes von Lichtenfels, Tochter des freien Kaufmanns Karl, Jerusalempilgerin und Getreue Udalrichs, des Burggrafen von Passau

Seid gegrüßt

In großer Trauer schreibe ich Euch. Mit all meinem Flehen bete ich für die Seele des Grafen und bitte Euch mit Eurer viel größeren Gebetskraft, seine Seele auf ihrem Weg in die höhere Welt zu begleiten. Ich bin getröstet, wenn Ihr die Tränen des guten Hirten für meinen Herrn Udalrich vergießt. Meine Seele ist erfüllt von Trauer.

Doch gibt es in all meinem Kummer noch eine Hoffnung, nein, die Gewissheit, dass der letzte Wille des Grafen von Gott erfüllt wurde: Ich trage ein Kind von meinem lieben Herrn Udalrich unter meinem Herzen.

Alice stockte. Ihr blieb die Luft weg, sie fasste sich ans Herz und hatte das Gefühl, ihr würden die Beine wegkippen.

Ich lüge aus Not. Ich lüge, um Not abzuwenden. Also weiter ...

So bitte ich Euch, mir, einer freien, aber schwachen Frau zu helfen, den letzten Willen des Grafen zu befolgen, und, wenn es ein Sohn wird, beim Kaiser die Legitimation zu erwirken. Graf Udalrich hat Euch zum Vormund des Kindes eingesetzt, und so bitte ich Euch um Euren Schutz. Denn wenn das Kind auch noch nicht den Augen sichtbar ist, so wächst gleichwohl die Leibesfrucht in mir. Darum versagt mir Eure Hilfe nicht!

Gottes Ratschlüsse sind weise und ich vertraue auf seine Güte.

Alice drückte das Siegel des Burggrafen auf das Schreiben und während sie überlegte, wie sie ihren Brief Bischof Thiemo überbringen könnte, klopfte es leise an der Tür, Udalrichs langjähriger Diener Arnold trat ein und meldete Ritter Martin von Passau. Arnold verbeugte sich und zog sich sofort zurück.

In der Tür erschien ein großer, breitschultriger junger Herr. Alice staunte, lief freudig auf ihn zu, umarmte ihn, fasste Martin bei den Schultern, schaute ihm in seine braunen Augen, betrachtete ihn und rief:

»Ich bin beeindruckt. Gut schaust du aus. Ach, Martin, nach so vielen Jahren ...«

»Nach sechs Jahren. Hast du denn auch manchmal an mich gedacht, wenn du hier in Passau herumgegangen bist? Warst du wieder einmal im Apfelgarten, wo wir uns als Kinder Geschichten erzählt haben? Warst du einmal wie früher Beeren pflücken im Wald?«

Alice senkte den Kopf:

»Ich gestehe. Ich habe weniger an dich gedacht, als ich es hätte tun sollen.« Sie seufzte:

»Es war so viel und es war so schwer für mich. Aber setzen wir uns doch.«

Sie nahm ihn bei der Hand und führte Martin zu der Bank, auf der sie noch vor zwei Tagen auf Udalrichs Schoß gesessen hatte. Wohl war ihr nicht dabei zumute. Aber sie überlegte, dass sie diesen für die Dienerschaft fremden Herrn unmöglich in ihr Schlafgemach führen konnte.

»Erzähl erst einmal von dir. Wie lange bist du schon in Passau? Willst du hierbleiben? Wie ist es dir im Heiligen Land ergangen?«

»Der Reihe nach, nicht so hastig. Du hast sicher gehört, dass

Herzog Gottfried ein Jahr nach der Eroberung Jerusalems gestorben ist.«

Alice nickte: »Man erzählt sich, dass der Emir von Akkon ihn mit Früchten vergiftet habe.«

»Es kann aber auch wie das große Sterben damals in Antiochia gewesen sein«, entgegnete Martin. »Jedenfalls, nach seinem Tod wurde ich nach Edessa geschickt, damit Balduin von Boulogne, Gottfrieds Bruder, die Herrschaft im Heiligen Land übernimmt. Auf dem Weg zurück mit Balduin nach Jerusalem wurden wir vom Emir von Homs und von Duqaq von Damaskus mit einem großen Heer angegriffen, doch Balduin täuschte zum Schein einen Rückzug vor, dann griffen wir sie so unerbittlich an, dass wir beim Anbruch der Nacht alle Feinde in die Flucht geschlagen hatten und den Hundefluss überqueren konnten.«

Beim Wort ›Hundefluss‹ zuckte Alice zusammen. Die Vergewaltigung am Hundefluss, ein sich von Zeit zu Zeit wiederholender Alptraum. Martin bemerkte nichts davon.

»Sein Vetter, Balduin von Le Bourg, ist dann übrigens Fürst von Edessa geworden. Er hat Morphia, eine armenische Prinzessin, geheiratet und sich einen Bart wachsen lassen, weil die Armenier unbedingt als Zeichen ihrer Männlichkeit einen Bart tragen müssen. Als er mal in Geldnot war, hat er seinem Schwiegervater gedroht, er werde sich seinen Bart abrasieren, wenn er nicht umgehend 30.000 Byzantinii erhalte. Der hat sich auf die Erpressung eingelassen.«

Martin schwieg.

»Alice, nun lächele doch einmal. Du hast ihn doch auch gekannt. So viel Einfallsreichtum hätte ich ihm gar nicht zugetraut.«

»Erzähl nur weiter. Es ist für mich nur ungewohnt, nach so vielen Jahren wieder etwas über die Menschen zu hören, mit denen ich nach Jerusalem gepilgert bin oder die ich dort gekannt habe.«

»Also Balduin von Boulogne wurde am Festtag der Geburt unseres Herrn Jesus Christus in der Geburtskirche zu Bethlehem zum König von Jerusalem gekrönt.«

»Niemals hätte ich gedacht«, sagte Alice, »dass dieser mittellose Abenteurer jemals König würde. Aber Bernhard hatte schon während der Pilgerfahrt vermutet, dass Balduin dieses Ziel hätte.«

Martin sah Alice zweifelnd an:

»Bernhard, sagst du? Ich war auch gestern beim Zweikampf. Schon in Salzburg sprachen die Leute von nichts anderem als von dem Kampf zwischen Graf Bernhard und dem Grafen Udalrich. Da habe ich mich sehr beeilt, nach Passau zu kommen.«

Alice riss die Augen entsetzt auf: »*Du* warst dabei?«

»Ich stand weit hinten. Alice, ich habe dich gesehen.«

Alice' Hände zuckten, als wollte sie nach ihren Ohrläppchen fassen. War ausgerechnet Martin der Feind, der sie verraten könnte?

»Du hast Bernhards Ohrgehänge getragen. Du hast ihm ein Zeichen gegeben, auf wessen Seite du stehst.«

»Sei still. Sei still. Wehe, wenn du mich zu deiner Feindin machst. Niemand hier in Passau hat Kenntnis von dem Ohrgehänge, auch Udalrich ahnte nichts. Er bat mich sogar, kostbaren Schmuck anzulegen. Er hat mir so viel geschenkt, dass er in seiner Aufregung und Not keinen Verdacht schöpfte. Was weißt du schon von mir und meinem Leid. Du scheinst ein reicher Herr geworden zu sein im Heiligen Land und warst doch ehemals Knecht bei meinem Vater. Dir steht kein Urteil über mich zu.«

Martin erwiderte still: »Da hast du recht. Das habe ich mir auch gesagt. Ich gebe zu, ich war enttäuscht, sogar entrüstet, dich als die Geliebte eines Grafen wiederzufinden. Doch dann hörte ich von dem Kind, dass du bei der Eroberung von Jerusalem ein muslimisches Kind gerettet hast. Ich stellte mir die Entbehrungen, die Not und deine unsagbare Kraft vor, wie du es den weiten Weg durch Italien und über die Alpen im Winter bis nach Passau auf deinem Rücken getragen hast. Ich habe mir in der letzten Nacht deutlich gemacht, wie ängstlich und verzweifelt du gewesen sein musst, wie arm. Darum bitte ich dich um Verzeihung.

Ich habe mir überlegt: Es war nun einmal so bei diesem Zweikampf, dass einer sterben musste. Natürlich weiß ich auch nicht, wie es dir bei dem Burggrafen ergangen ist, dass du aber Bernhard geliebt hast und offenbar immer noch liebst, das ist eine Wahrheit. Die muss ich anerkennen. Auch ich liebe Theresa immer noch, trauere um sie und kann ihre Ermordung nicht verwinden, meine Ohnmacht. Es gibt sie, die Liebe, der wir für ein Leben ausgeliefert sind.«

Um Himmels willen, ich bin erkannt. Gerade habe ich den Entschluss gefasst, diese Liebe vor jedermann zu verheimlichen, da werde ich von dem einzigen Freund, den ich habe, durchschaut, vielleicht verraten.

»Martin«, sie fasste ihn bei seiner Hand. »Es ist schwieriger, als du denkst. Bernhard ist verheiratet mit einer sehr reichen italienischen Gräfin. In diesen sechs Jahren habe ich Bernhard genauso wenig gesehen wie dich, obwohl er doch ganz in der Nähe seine neue Burg gebaut hat.«

Alice atmete tief durch. Martins Blick versuchte sie zu deuten. Glaubte er ihr?

»Warum hast du dann sein Ohrgehänge getragen?«

Das geht dich nichts an, dachte sie. Aber vielleicht war es gescheiter, ihm zu antworten.

»Mit dem Ohrgehänge kam es so: Graf Udalrich hatte, wie ich schon sagte, mich gebeten, Schmuck anzulegen. Er hat gefühlt, dass er sterben muss, und wollte nicht, dass ich aussehe, als ginge ich zu seiner Beerdigung. Am Abend also suchte ich nach einem Amulett, das Udalrich mir geschenkt hatte. Ich fand es nicht so schnell. Stattdessen fiel mir, so möchte ich es ausdrücken, das Ohrgehänge in die Hände. Es zog mich unwiderstehlich an.«

»Hast du keinen eigenen Willen?«

Und wie ich den habe, dachte Alice erbost. Bleib besonnen, bleib ruhig.

»Ich fühle mich sehr schuldig. Schuldiger, als du glaubst. Denn, ach Martin, es ist so schwer zu sagen. Also«, sie stockte, atmete hörbar tief durch.

»Du bist der Erste, dem ich mich anvertraue. Ich erwarte ein Kind von Graf Udalrich.«

Martin war sprachlos.

»Wirklich? Aber dann hättest du doch wollen müssen, dass er am Leben bleibt.«

Hilf mir, Mutter Maria, stieß Alice innerlich einen Stoßseufzer aus.

»Bitte, Martin. Ich bin so durcheinander. Es ist alles so schrecklich für mich. Die Tage vor dem Zweikampf, die Angst, die zunehmende Gewissheit, ein Kind zu erwarten. Und dann Bernhard. Während so vieler Schlachten habe ich um ihn gebangt. Diese Pilgerfahrt nach Jerusalem, ich kann sie nicht in meinem Herzen auslöschen. Es fällt mir auch schwer, sesshaft zu sein, immer wieder zieht es mich fort, laufe oder reite ich in den Wald, halte es in der Stadt mit ihrer Mauer nicht aus.

Wir sind gezeichnet. Alle, du wahrscheinlich auch, selbst wenn du nun reich geworden bist. Wodurch eigentlich?«

Martin ließ sich auf ihre Frage ein, schließlich war es Alice' Leben und ihre Entscheidung.

»Ich habe für König Balduin an allen Belagerungen und Kämpfen teilgenommen: Caeserea, Ramlah, Akkon, um nur die wichtigsten zu nennen. Doch es war mir nicht daran gelegen, ein Lehen zu erhalten. Schließlich war ich der Knecht eines Kaufmanns und habe viel von deinem Vater gelernt. Ich bin Kaufmann geworden. Die eroberten Küstenstädte sind wichtig für den Handel mit den italienischen Seestädten, Venedig, Pisa, Amalfi, Genua. Insbesondere wird mit Luxusgütern Handel getrieben: Seide, Edelsteinen, Gewürzen. Ich habe gute Rezepte für Seife entwickelt, stelle sie her und verkaufe sie. Jetzt überlege ich, ob ich meine Handelsbeziehungen zum Orient nutzen sollte. Seife ist schließlich hier fast noch unbekannt.«

»Das heißt, du bleibst in Passau?«

»Mal sehen. Es ist da noch etwas, was ich mit dir besprechen möchte. In Jerusalem habe ich vor zwei, drei Jahren den Kaufmann kennengelernt, der dein Vaterhaus gekauft hat und heute besitzt. Er, Reinhold heißt er, war damals in Geldschwierigkeiten, er war überfallen worden und seine Ware geraubt. Das Reisen im Heiligen Land ist noch immer äußerst gefährlich. Überfälle gibt es ständig. König Balduin versucht zwar, die Straßen sicher zu halten. Aber … Ich würde ihn gerne aufsuchen, um mit ihm über die Handelsmöglichkeiten in Passau zu sprechen, die möglichen Eingriffe durch den Bischof, Märkte, Zölle. Und natürlich auch, um das geborgte Geld zurückzuerhalten. Aber bevor ich das Haus unserer Kindheit wieder betrete, wollte ich mit dir darüber sprechen. Warst du jemals wieder in deinem Vaterhaus? Hast du es seit deinem Aufbruch nach Jerusalem noch einmal betreten?«

Alice schüttelte traurig den Kopf.

»Nein, ich kann es nicht. Frau Katharina hat mich mehrfach eingeladen. Aber als ich dort als Kind und junges Mädchen aufwuchs, habe ich immer gedacht, eine ehrbare, verheiratete Frau zu werden. Niemals aber die, die ich geworden bin. Auch wenn mich die meisten Menschen in Passau achten. Denn der Weg zum Ohr des Burggrafen ging über mich. Es gibt viele Bittsteller, Bedürftige. Das ist auch vorbei. Mir geholfen hat übrigens der Abt.«

Hier war es an Martin, zusammenzuzucken.

»Der Abt«, sagte er gedankenverloren. »Auch um seinetwillen bin ich wieder hierhergekommen. Ich weiß gar nicht, was ich von ihm will. Ich möchte ihn nur einmal sehen, ich möchte einmal zu ihm ›Vater‹ sagen. Ob es jemals dazu kommen wird?«

Martin erhob sich, auch Alice stand auf.

»Ich bitte dich, dieses Schreiben Bischof Thiemo zu geben.«

Martin nahm den Brief in die Hand.

»Vergiss es aber nicht«, bat Alice.

Martin lächelte: »Kennst du mich wirklich so schlecht?«

Schon am frühen Morgen machte sich Martin von seiner Herberge am Rossplatz auf den Weg, um Bischof Thiemo Alice' versiegeltes Schreiben zu überbringen und um eine Audienz in den kommenden Tagen zu bitten. Umso erstaunter war er, als er nach einer kurzen Weile des Wartens vom Bischof gnädig empfangen wurde. Bischof Thiemo ließ es nicht unbeachtet, dass Martin auf seinem Wams das Kreuz des Königs von Jerusalem trug, er ließ sich ausführlich von den äußerst schwierigen Lebensbedingungen im Heiligen Land berichten, den Kämpfen, vor allem dem Mangel an Rittern und Fußsoldaten aus dem Abendland, die das Land verteidigen könnten. Der missglückte Kreuzzug von 1101 sei eine Katastrophe für das Königreich Jerusalem gewesen. Der Bischof versprach nicht nur, er schwor, in seinen Predigten Geld von den Gläubigen einzufordern und um Bewaffnete für Jerusalem mit all seinem Einfluss zu werben.

Martin, dem zunächst die Hilfe für Jerusalem und das Heilige Grab als selbstverständlich erschienen war, stutzte, als Bischof Thiemo ihm ausführlich erklärte, er werde alles tun, um das Wohlwollen Papst Paschalis' zu erlangen. Martin sah den Bischof erstaunt an, wagte sich aber nicht dazu zu äußern.

Der blickte ihn scharf an und fragte:

»Ihr wisst nicht, welch unselige Verhältnisse im Reich herrschen?«

Als Martin verwundert den Kopf schüttelte, erklärte der Bischof und seine Stimme bebte:

»Bischof Gebhard von Konstanz hat im Auftrag des Papstes Heinrich V. von seinem Eid entbunden, den er seinem Vater geleistet hat. König Heinrich will die Einheit der Kirche, der Papstkirche, gegen alle durchsetzen, die sein Vater zum Bischof eingesetzt hat, und gegen alle Kleriker, die von uns Bischöfen geweiht wurden. Alle sollen ihr Amt verlieren. Aber noch ist es nicht so weit, nicht in Passau. Der Kampf zwischen dem König und seinem Vater, dem Kaiser, ist noch nicht beendet.«

Der Bischof, der in seiner Erregung aufgestanden und aufgebracht in der Halle hin- und hergegangen war, ließ sich in einen Armstuhl fallen und strich sich über die bleiche Stirn, als würde ihn der Schlag treffen. Er fasste sich:

»Nun geht mit Gott, Ritter Martin. Euer Anliegen, in Passau Euch niederzulassen, ein Haus zu erwerben und mit Seife Handel zu treiben, findet meine Zustimmung. Doch leider muss ich Euch mitteilen, dass der Kaufmann Reinhold Euch das geliehene Geld nicht zurückgeben kann. Er ist vor Kurzem auf einer Reise in Siena gestorben. Das Fieber. Ganz plötzlich hat es ihn hingerafft. Innerhalb von drei Tagen, wie man hört.«

Martin verschob den Besuch bei der Witwe auf später, beschloss jedoch dann nach einer Woche, vorsichtig bei Frau Katharina wegen der Auslagen vorzusprechen. Zögernd, vom schlechten Gewissen geplagt, ging er die Marchgasse hinunter, blieb, noch immer unschlüssig, vor Alice' Vaterhaus stehen, das so ganz für sie verloren war, gab sich einen Ruck, schließlich stand ihm das Geld zu, und ging zielstrebig über den Hof. Das Tor stand offen. Ohne dass ihn jemand nach seinem Begehr fragte, trat er in die Halle, die nur von wenigen rauchigen, flackernden Unschlittkerzen erhellt wurde. Martin fand, sie stanken nach Rinderfett.

Im Dämmerlicht sah er einige Männer auf einer Bank an der Wand sitzen. Martin grüßte, setzte sich dazu und betrachtete sie von der Seite. Groß wirkten sie mit ihren mächtigen Bärten, aufrecht in ihren Pelzen und feinen Tuchen.

»Was guckt Ihr?«, wurde er von seinem Nachbarn angefaucht.

Martin sah weg. In welche Gesellschaft war er geraten? Dabei sahen sie alle aus wie ehrbare Kaufleute und Handwerker.

Nicht weiter beachten, dachte er, es gab sowieso anderes zu denken, sich zu erinnern.

Fast zehn Jahre war es her, dass hier in dieser Halle ein festliches Mahl zu Ehren des Grafen Otto von Baerheim, seines Sohnes Bernhard und des Abtes gegeben wurde. Martin sah die vielen Lichter vor sich, spürte dem Duft der Wachskerzen nach, sah die weiße, mit linnenem Tuch bedeckte Tafel, sah vor allem sich selbst, wie er dem Abt Wein einschenkte, dieser sich ihm zuwandte und freundlich mit ihm sprach. Niemals hätte er damals geahnt, dass dieser hoheitsvolle Fürst sein leiblicher Vater war. Und doch fügte sich alles zu einem Bild zusammen: Das unerwartete Auftauchen des Abtes vor dem Aufbruch zum Kreuzzug, sein Wunsch, sein Befehl, Martin möge ihm während seines Aufenthaltes aufwarten, sein Diener sein, die bohrende Nachfrage, ob er lesen, schreiben, rechnen und Latein könne. Es war sogar möglich, Martin stockte der Atem, dass der Abt nicht oder nicht vorrangig gekommen war, um Alice' Vater zur Pilgerfahrt nach Jerusalem zu drängen, sondern seinetwegen, Martins wegen, um einige wenige Tage seines Lebens mit seinem Sohn zusammen zu sein. Hirngespinste, wies sich Martin zurecht. Doch dann wurde er die Frage nicht los, die ihn schon seit Wochen quälte: Würde der Abt ihn rufen oder sollte er selbst seine Ankunft im Kloster melden?

»Reinhold. Dieser Betrüger«, wurde Martin aus seinen Gedanken gerissen.

»Hat jemand schon einmal im letzten Jahr von Euch Geld gesehen? Kauft Waren und bezahlt nicht.«

»Zwei warme Umhänge habe ich ihm vorm Winter geschneidert – und keinen hat er bezahlt.«

»Das ist noch gar nichts. Für seinen Italienhandel habe ich Pelze geliefert, feinstes Rauchwerk, keinen einzigen Passauer Silberpfennig habe ich von ihm erhalten.«

»Nun ist er tot«, sagte triumphierend ein Mann mit einem spitzen, grauen Bart und einem Stock, auf den er sich auch beim Sitzen stützte.

Martin warf den Männern einen misstrauischen Blick zu, was diesmal jedoch keine Beachtung fand. Die Tür zu einer Kammer öffnete sich. Wütend, die Faust geballt, verließ ein Mann, Martin erkannte ihn, es war ein reicher Pferdehändler, den Raum und eilte durch die Halle, während er den Männern auf der Bank vielsagende Blicke zuwarf.

In der Tür stand eine schmale, große Frau, das geflochtene braune Haar zu einem Kranz gewunden.

Sie hielt sich am hölzernen Türknauf fest, als würde sie gleich umkippen.

Der Nächste betrat den Raum. Die Tür schloss sich.

So ging es weiter den langen Nachmittag. Martin überlegte, ob er nicht aufstehen und das Haus verlassen sollte. Er schämte sich noch mehr, seine Forderungen an eine anscheinend verarmte Witwe zu stellen. Doch etwas ließ ihn sitzen bleiben. Schließlich war er der Letzte. Er erhob sich fast demütig, grüßte Frau Katharina. Sie bat ihn, auf einem Schemel aus Flechtwerk Platz zu nehmen.

»Ritter Martin. Ihr seid der Einzige, dem ich gerne das von Euch verauslagte Geld gebe. Ihr habt es verdient, aber die da ... Entschuldigt.«

Sie holte ein Schnupftuch hervor und wischte sich über die Augen.

»Wisst, mein Mann hat mir nie etwas über sein Geschäft erzählt. Ich weiß kaum etwas über die Leute, mit denen er Handel getrieben hat, und schon gar nichts über die Bezahlung der Waren. Nur eines ahne ich. Diese Männer sind Betrüger. Ich kenne meinen Mann, ich weiß, dass er ehrlich war und dass er gelieferte Ware stets sogleich bezahlt hat. Dieser Schneider, mein Gatte hat mir erzählt, dass die Umhänge bezahlt wurden. Aber kann ich es beweisen? Nichts kann ich beweisen. Nicht einmal die Bücher kann ich lesen. Ich kann weder lesen noch schreiben.«

Arme Frau, dachte Martin. Er hatte Mitleid mit ihr, wie sie so verzweifelt auf ihrer Bank saß, das große Schnupftuch zwischen ihren starken Händen, die sicher gut anpacken, aber nicht schreiben konnten.

»Ich möchte das Geld nicht zurück.«

»Nicht?«

»Nein. Ich bin kein barmherziger Samariter. Gewiss nicht. Aber Euer Gemahl ist unter die Räuber gefallen und ich habe nur getan, was unser Herr Jesus Christus uns gebot.«

Katharina hob den Kopf, das Schnupftuch zwischen ihren Händen zerknüllt, und schaute Martin an.

»Ich bin gerade erst in Passau angekommen und habe noch nicht wirklich etwas vor. Zwar möchte ich einen Handel mit Seife beginnen, aber es hat noch Zeit. Wenn Ihr es wünscht, helfe ich Euch gegen diese Männer. Ich könnte feststellen, ob ihre Forderungen berechtigt sind, und die unberechtigten zurückweisen.«

Martin stand auf. Sie sah ihn groß an.

»Frau Katharina. Es ist vielleicht heute nicht der Tag, so etwas zu entscheiden. Aber wenn Ihr erlaubt, komme ich demnächst wieder und frage Euch nach Eurer Meinung.«

Auch sie war aufgestanden. Sie lächelte sogar, fasste ihn aber nicht bei der Hand.

So standen sie sich gegenüber.

»Ritter Martin. Mein Gatte war Euch für Eure Hilfe sehr dankbar. Stets sagte er, er wolle wieder ins Heilige Land reisen, um Euch für Eure Barmherzigkeit zu danken und das Geld zurückzugeben. Wenn ich Euer Angebot annehme, so stehe auch ich in Eurer Schuld. Aber da mein Gatte damals Euer Anerbieten annahm, so darf ich es wohl auch. Ich vertraue Euch. Es wird viel von Eurer Zeit in Anspruch nehmen. Der Sommer wird darüber vergehen.«

Es war ein heißer, stickiger Tag Anfang September. Alice hatte die blauen, mit silbernen Kordeln versehenen Vorhänge ihres Bettes zurückgezogen, lag auf ihren weichen Kissen und hielt ihre Hände sanft und beschützend über ihren gewölbten Bauch. Es war unübersehbar, sie erwartete ein Kind. Doch anders als bei der Schwangerschaft mit Hanno, während derer sie im ständigen Regen über das Antitaurusgebirge gewandert war und den Hungerwinter im regennassen Zelt vor Antiochia verbracht hatte, musste sie sich schonen. Die geburtskundige Frau, die Alice schon im zweiten Monat voller Sorge hinzugezogen hatte, gebot ihr eindringlich, nur noch aufzustehen, wenn es sich überhaupt nicht vermeiden ließ, wollte sie ihr Kind nicht verlieren. So war ihr Leben einsam geworden. Umso froher war Alice, wenn Martin sie besuchte, der nun einen Schemel an ihr Lager herangezogen

hatte. Am Fenster saß Leyla und strickte Socken, die sie am Niko-
laustag zusammen mit den Nonnen bedürftigen Kindern bringen wollte. Alice horchte auf das eifrige Klappern ihrer Nadeln,
auch Martin sah zu dem hübschen Mädchen mit den schwarzen
Locken herüber und sagte:

»Sie ist eine eifrige, mildtätige Christin.«

Leyla hörte es und antwortete:

»Freilich bin ich das. Wir müssen den Armen Gutes tun. Es
ist so traurig, dass die Kinder sich nur Lappen um die Füße binden können und kein Geld für Wolle haben.«

»Ja«, erwiderte Martin. »Das Geld ...«

»Wie steht es denn mit deiner Witwe? Frau Katharina«, fragte
Alice. »Musste sie ihren Gläubigern die Schulden bezahlen?«

»Meiner Witwe? Also gut. Nein, musste sie nicht. Ich habe die
Bücher durchgesehen. Die Forderungen waren tatsächlich unbe-
rechtigt. Ihr Gatte Reinhold hatte alle Rechnungen bezahlt, was
ich nachweisen konnte. Nur der Schneider behauptet noch, Frau
Katharina schulde ihm Geld. Dabei weiß sie genau, dass ihr Mann
damals unverzüglich selber die geforderte Summe dem Schneider
vorbeigebracht hat. Aber das schaffe ich auch noch.«

»Dann sind deine Beziehungen zu Frau Katharina also bald
beendet«, stellte Alice fest.

Martin hob den Kopf und sah Alice verständnislos an.

»Wie geht es dann denn weiter?«, forschte Alice.

»Wie meinst du das?«

»Du hast schon wohl verstanden, wie ich das meine«, lachte
Alice.

»Hm«, sagte er und fuhr sich verlegen durch sein dichtes Haar.
Doch bevor er weiter antworten konnte, klopfte es.

»Soll ich aufmachen?«, fragte Leyla und ging schon zur Tür.

Sie nahm von dem Dienstboten einen Brief entgegen, schaute
rasch auf das Siegel.

»Ich glaube, der Brief ist vom Abt. Für Euch«, sagte sie und
überreichte Martin das Schreiben.

»Leyla, nicht so neugierig sein. Das schickt sich für ein Mädchen nicht«, wurde sie von Alice ermahnt.

»Ich weiß, Mamme«, antwortete Leyla artig und nahm ihren Strickstrumpf wieder auf.

Martin erbrach das Siegel, Hitze stieg in ihm auf, es war die erste Nachricht von seinem Vater seit mehr als sechs Jahren. Martin hatte Angst.

»Nun lies schon«, wurde er von Alice aufgefordert. »Du musst mir auch nicht erzählen, was drinsteht.«

›*Unserem teuren Pilger in Jesus Christus Ritter Martin / Sein demütiger Vater Johannes, Abt von Lichtenfels*‹

Martin starrte entgeistert auf den Brief.

»Was ist denn?«, wurde er von Alice ungeduldig gefragt.

»Abt Johannes hat gegen die Briefform und die Naturordnung meinen Namen vor den seinen gestellt, obwohl er viel höher steht als ich. Er duzt mich nicht mehr, sondern schreibt ›Ihr‹.«

»Er ehrt dich, auch mich hat er geehrt, als ich nach Passau zurückkehrte, als einziger.«

»Das ist nicht genug. Er schreibt ›demütiger Vater Johannes‹.«

»Das ist durchaus zweideutig. Aber lies weiter«, drängte Alice.

»Mamme, Ihr seid auch neugierig«, ertönte es vom Fenster.

Martin blickte sich erstaunt und erschrocken nach Leyla um.

»Leyla, geh einen Augenblick hinaus und hole den alten Kuno. Er soll auch ein paar Birnen mitbringen.«

»Ja, Mamme.« Gehorsam verließ Leyla den Raum.

Martin versenkte sich wieder in den Brief.

›*Ehre sei Gott in der Höhe und Frieden auf Erden bei den Menschen seines Wohlgefallens*

Gegrüßt seid Ihr, Ritter Martin. Gott hat Euch mit Segen bedacht und Euch unversehrt, und, wie mir Bruder Thaddäus schrieb, auch nicht unvermögend zurück nach Passau kommen lassen. Dank sei Gott für diese Gnade.

Die Nachricht Eurer Heimkehr nach Passau erreichte mich erst jetzt in Cluny, wohin mir das Schreiben unseres Bruders Thaddäus nachgesandt wurde.

Zum Zeitpunkt Eurer Ankunft war ich als Vermittler beim Kaiser in Speyer, das Zerwürfnis mit seinem Sohn versucht Heinrich IV. mit aller Kraft zu beseitigen, von dort aus bin ich zu der denkwürdigen Synode nach Nordhausen geritten, die auf dem königlichen Hofgut stattfand, und bin nun im Begriff, mit einem Brief Kaiser Heinrichs zu Papst Paschalis nach Rom aufzubrechen. Für das Fest der Geburt des Herrn ist ein Hoftag zu erwarten, so dass ich Euch erst im kommenden Jahr bitten darf, über Eure Eindrücke und die Lage im Heiligen Land vor unserem Konvent zu berichten.‹

»Er ist das ganze Jahr nicht mehr in Passau«, teilte Martin der gespannten Alice mit.

»Dann kann ich den Abt nicht bitten, mir bei der Legitimierung meines Sohnes zu helfen, falls es Schwierigkeiten gibt«, bangte sie.

»Falls es ein Junge wird, Alice.«

»Natürlich wird es ein Sohn.«

›*Es verwundert Euch vielleicht, dass ich als Abt über einen so langen Zeitraum von meinem Kloster fern bin, doch die Geschicke dieses armen, zerrissenen Reiches zersprengen unsere Ordnungen. Der Friede Christi ist gestört, und womöglich steht uns bald ein Krieg bevor, in dem der Sohn gegen den Vater kämpft.*

Die Synode in Nordhausen bildete in dieser unsäglichen Spaltung einen entscheidenden Höhepunkt.

Auf Bitten der papsttreuen Synodalen wohnte der junge König Heinrich der Kirchenversammlung bei. Er erschien im schlichten Gewand und erklärte, auf erhöhtem Platze stehend, unter Tränen, der König des Himmels sei sein Zeuge, er wolle nicht aus Herrschsucht die Herrschergewalt des Vaters an sich reißen und er wünsche keineswegs, dass sein Herr und Vater des Römischen Reiches verlustig ginge, vielmehr bringe er der Halsstarrigkeit des Vaters, seinem Ungehorsam gegenüber dem Papst stets das größte

Mitleid entgegen. Unter Tränen gelobte er, dem Vater untertänig zu dienen und ihm im Reiche Platz zu machen, sofern dieser sich dem Heiligen Petrus und seinen Nachfolgern unterwerfen werde. Unter Tränen und Gebeten stimmte darauf die ganze versammelte Menge das ›Kyrie eleison‹ an.

Uns Priestern, Äbten und Bischöfen brachte der junge König die angemessene Ehrerbietung entgegen, zeichnete sich durch große Demut und verständiges Reden aus, was allgemein mit Hochachtung zur Kenntnis genommen wurde.

Die Ostern abgesetzten Bischöfe Udo von Hildesheim, Heinrich von Paderborn und Friedrich von Halberstadt warfen sich Erzbischof Ruthard von Mainz zu Füßen. Die drei Bischöfe baten um Vergebung und versprachen die Unterwerfung unter den Papst. Dennoch blieb es bei ihrer Amtsenthebung, ein Gericht des Papstes soll über ihr ferneres Schicksal entscheiden.

Ausgespart blieb auf der Synode ganz und gar der Streit um die Investitur der Bischöfe. Letztlich dürfte diese Angelegenheit dem König Heinrich nicht gleichgültig sein, denn die Frage, wer die Bischöfe einsetzt, ob der König aufgrund seiner sakralen Stellung und wie es von langer Zeit her Brauch ist, oder ausschließlich die Kirche, ohne Einfluss der Laien, zu denen neuerdings auch der König zählt. Es ist durchaus fraglich, ob der junge König sein Amt, wie es seine Väter getan haben, nicht als von Gottes Gnaden gegeben verstehen will. Vor allem wird ihn wahrscheinlich der Machtverlust mehr als schmerzen, wenn er auf die Bischofswahl keinen Einfluss mehr ausüben darf.

Denn es sind die Könige und Kaiser, die die Kirche, die Bischöfe reich und mächtig gemacht haben. Die kirchlichen Würdenträger haben von den Königen Privilegien wie das Markt-, Münz- und Zollrecht erhalten. Grafschaften, die an den König zurückfielen, wurden nicht Adelsfamilien, sondern Bischöfen überantwortet, die ihre Vasallen als ›Amtsgrafen‹ einsetzen. Der Bischof von Würzburg rühmt sich, dass alle Grafschaften in seiner Diözese in seiner Hand liegen.

Das wird den jungen Heinrich zum jetzigen Zeitpunkt noch nicht stören, haben ihm sowohl die Sachsen ›Treue und Dienst‹, also Waffendienst, zugesichert, wie auch die papsttreuen Bischöfe mit ihren weltlichen Vasallen, mit ihren Heeren. Dem König Heinrich werden sie ihren Heeresdienst leisten. So hat diese feierliche fromme Synode weltliche Auswirkungen: Krieg.

Uns droht ein Krieg mit seinen Verwüstungen, Toten und Verletzten. Das Volk wird leiden müssen. Schon jetzt hat der junge König seine Heere zusammengezogen und ist gegen Mainz marschiert, um Erzbischof Ruthard wieder in sein Amt einzusetzen. Der Kaiser erwartete ihn mit einer so starken Mannschaft, dass er abziehen musste. Jedoch dies bedeutet nicht das Ende der Feindseligkeiten. Würzburg wurde eingenommen, der vom Kaiser eingesetzte Bischof aus seinem Amt vertrieben. Mit Hilfe bairischer papsttreuer Adeliger hat Heinrich V. darauf das kaisertreue Nürnberg belagert, die Holzhäuser in Brand gesteckt und die Stadt zerstört. Ein Friede ist nicht in Sicht.

Deswegen bin ich nach Cluny geritten, um mit Abt Hugo Möglichkeiten zu besprechen, die einen weiteren Krieg zwischen Vater und Sohn verhindern könnten. Abt Hugo, als der Taufpate Heinrichs IV., hat mit großer Besorgnis und großem Schmerz beobachten müssen, dass der Kaiser viermal exkommuniziert wurde und weiterhin exkommuniziert ist. Gleich nach dem Tode Papst Gregors VII. sprach Abt Hugo wieder das Karfreitagsgebet für den exkommunizierten Kaiser. Cluny setzt ein Hoffnungszeichen in dieser oft so erbärmlichen, weil erbarmungslosen Welt. Es herrscht ein freundlicherer Ton als in dem Kloster Hirsau, wo entgegen der stillen, dienenden, dem Gottesdienst hingegebenen Aufgabe des Mönchtums gegen den Kaiser in öffentlichen Predigten gehetzt wird. Cluny ist, ich möchte sagen, jesuanisch, hier werden auch exkommunizierte Menschen in gesegneter Erde begraben. Seelenrettung und Totengedenken stehen über den Spaltungen und Feindschaften dieser Welt.

Anders allerdings sieht es in Rom aus.

Auch wenn es Rom um Erneuerung der ecclesia primitiva geht,
um die Hinwendung zu christlicher Ordnung, die Sehnsucht nach
einem engelgleichen, apostelgleichen Leben, die das Mönchtum
bestimmt und den Adel erfasst hat, so richtet sich der Blick gleich-
wohl nicht auf die eigene Gottesbeziehung, auf die eigene Sünd-
haftigkeit, mit Jesus gesprochen, auf den Balken im eigenen Auge,
sondern auf den Splitter des Nächsten, der gnadenlos herausge-
rissen werden soll. Mit einer Theologie des Friedens und der Ver-
söhnung ist beim Papst nichts zu erreichen, so hat das Papsttum
durch Papst Gregor VII. an der Spitze in den letzten 25 Jahren
eine Theologie der Gewalt entwickelt. Im Dienste und im Auf-
trag der Kirche ist es durchaus erlaubt, Gewalt anzuwenden, da
allein die Kirche im Besitz der veritas, der Wahrheit, ist. Jeder
Einwand wird als Ungehorsam und damit als Sünde verurteilt.
Ungehorsam aber ist mit Häresie gleichzusetzen und darf, ja muss
mit Gewalt bekämpft werden. Dies bedeutet gar, dass es rech-
tens, sogar gottgewollt ist, Häretiker, gemeint sind die Anhän-
ger Heinrichs IV., zu töten. Eine Sünde bestehe nur darin, wenn
dies nicht ganz im Dienst der Kirche geschehe, sondern sich auch
Eigennutz mit einer solchen Tat vermische.

Ihr seht, die Päpste verbinden mit veritas grundlegend andere
Werte als der Mann aus Nazareth, der auf dem Berge eine Predigt
von Feindesliebe, von Nächstenliebe und Demut hielt.

Seitdem Gregor VII. der Römischen Kirche das Signum der
Unfehlbarkeit zugeschrieben hat, befindet sich der Papst aller-
dings in einer gewissen Zwangslage, dass nämlich seine Entschei-
dungen sich als Wahrheit bewähren müssen. An diesem heiklen
Punkt hoffe ich auf zumindest besorgte Ohren zu treffen. Denn
gilt dem Papst auch nicht das Wort des Friedens, so doch die Spra-
che der Waffen. Auch Kaiser Heinrich verfügt noch über beträcht-
liche Truppen. Es könnte sein, käme es zur Schlacht zwischen
dem Kaiser und dem König, der exkommunizierte Vater könnte
gewinnen. Ein solcher Sieg aber würde als Gottesurteil verstan-
den, woran Papst Paschalis sicher nicht gelegen sein kann. Eine

militärische Niederlage würde den Papst in seiner Machtfülle empfindlich treffen.

Obwohl das Schreiben, das ich im Auftrag Kaiser Heinrichs dem Papst überbringe, ganz sicher nicht seine Unterwerfung enthält, versuche ich Papst Paschalis dennoch zu überzeugen, dass es klug wäre, Gesprächsbereitschaft zu zeigen, das heißt, den Ausbruch des Streits, des Krieges zum eigenen Vorteil hinauszuzögern.

Beten wir zu Gott, dass ein vatermörderischer Krieg, ein parracidale bellum, abzuwenden ist.

Doch ich vermute, Ihr erwartet von mir nicht nur, über die Geschicke des Reiches zu hören.

Ihr seid von Gott gesegnet. Seit Ihr vor langer Zeit als Knecht meines Bruders aus Passau nach Jerusalem aufgebrochen seid, habt Ihr mit den Euch gegebenen Gaben Vielfaches geschaffen: Ihr seid Sekretär des Legaten des Papstes geworden, habt in Schlachten Euren Mut gezeigt und Euch bewährt, Ihr seid zum Ritter geschlagen, Ihr habt im Heiligen Land dem König gedient und seid als Mann nach Passau zurückgekehrt. Wessen Ihr nur noch bedürft, wie jeder von uns, ist Gottes Segen und Hilfe.

Ich werde Euch jeden Tag in meine Gebete aufnehmen.

Lebt wohl!

Martin ließ fassungslos den Brief sinken.

»Er will nicht mehr mein Vater sein – und ist es doch nie wirklich gewesen. Lies selbst!«

Alice nahm ehrfürchtig das Schreiben in die Hand. Doch beim Lesen stieg ihr die Schamesröte ins Gesicht.

Martin bemerkte es und fragte: »Was ist? Ich ahne es, die bairischen Adeligen, Bernhard.«

Abwehrend hob sie die Hand.

»Bitte, Martin!«

Gefasst reichte sie den Brief nach einer Weile Martin zurück und sagte ernsthaft:

»Der Abt hat recht. Du brauchst ihn nicht mehr. Jeder von

Euch muss seinen Weg gehen und der Weg des Abtes scheint mir sehr gefährlich zu sein. Dahin, wohin er sich wenden könnte, solltest du ihm nicht folgen.«

»Meinst du? Ich sehe ihn ganz anders. Wer kann schon den Abt von Cluny seinen Freund nennen? Wer besitzt das Vertrauen Kaiser Heinrichs und findet dennoch Zutritt und Gehör bei Papst Paschalis?«

Alice schüttelte den Kopf. »Der Abt will Frieden. Frieden zu wünschen, halte ich für gefährlich.«

~◉~

Bernhard stand mit dem jungen Grafen Diepold an den Flusswiesen des Regen und schaute mit grimmigem Gesicht zum anderen Ufer hinüber, wo der Kaiser sein Lager aufgeschlagen hatte, seine Feldzeichen wehten, und wo der Vater seit drei Tagen seelenruhig darauf zu warten schien, dass sein Sohn den Kampf eröffnete und über den Fluss hinüberkäme. Außer zeitweiligem Geplänkel, einigen Toten auf beiden Seiten, hatte es nichts gegeben als untätiges Herumlungern.

Kalt war es, zu kalt für Oktober, und, wie Bernhard zu seiner Verwunderung sich eingestehen musste, unheimlich, die Nacht, das sumpfige Gelände, der schwarze, schlierige Fluss, die Feuer am gegenüberliegenden Ufer. Eine ungute Stimmung lag über den Menschen, eine Unlust, den Kampf zu beginnen, den Kampf Vater gegen Sohn, Bruder gegen Bruder, Freund gegen Freund. Die Priester, Erzbischof Ruthard allen voran, hatten Mühe, mit Ermahnungen den Kampfgeist anzustacheln. Wahnsinn war es, bei dem hohen Wasserstand den Fluss zu überqueren. Von den Bogenschützen des Kaisers würden sie abgeschossen wie, ja, wie die Menschen auf den Bäumen vor Askalon.

Merkwürdiger Vergleich. Den Kreuzzug hatte er beinahe vergessen. Bei der bewaffneten Pilgerfahrt nach Jerusalem war es für ihn unbezweifelbar, im Namen Gottes in den Kampf zu ziehen –

aber hier? Auf wessen Seite würde Gott stehen, besonders da der Kaiser zahlenmäßig überlegen war?

»Die unzähligen Feuer da drüben sind leider keine Kriegslist«, fürchtete Bernhard und versuchte, seine Besorgnis sich nicht anmerken zu lassen.

Graf Diepold spuckte aus: »Dieser verdammte alte Fuchs. Wer hätte auch gedacht, dass er das sichere Mainz verlassen und uns heimlich mit einem riesigen Heer folgen und überraschen würde. Und diese Regensburger, diese feigen Hurensöhne, die schon meinen Verwandten Sigehard umgebracht haben, vertreiben unseren König aus der Stadt.«

»Hatten wohl wenig Bedarf, niedergebrannt zu werden wie die Nürnberger«, stellte Bernhard fest. Dieses leidige Gejammer war ihm zuwider. Er wusste schon, was als Nächstes kam. Diepold würde sich beklagen, dass die Böhmen für den Kaiser sein Land verwüstet hatten.

»Wenn ich diese Böhmen mit ihrem gottverdammten Herzog Boriwoi zu fassen kriege …«

»Sie stehen da drüben«, bemerkte Bernhard trocken.

Diepold schnaufte vor Wut und rotzte auf den Boden.

Bernhard trat einen Schritt zur Seite. Es fiel ihm schwer, wütend zu sein, Feindgefühle zu entwickeln, besonders da der größte Heeresteil des Kaisers von dem Markgrafen Leopold von Österreich angeführt wurde, dem er sich, wenn nicht freundschaftlich, so doch als Ehrenmann verbunden fühlte.

»Graf Bernhard, Graf Diepold!«, rief Kaspar von weitem, eine Fackel in der Hand.

»König Heinrich wünscht Euch zu sprechen.«

Die beiden Männer sahen sich verwundert an. Was könnte es Neues geben?

Am morastigen Fluss entlang gingen sie zurück ins Lager. Auch hier brannten die Feuer, aber es waren weniger, und ihre Ritter und Fußsoldaten wirkten bedrückt. Vor dem prächtigen Zelt des jungen Königs standen Wachen, die den Eingang öffneten. Da saß der Jüngling im Kettenhemd auf einem thronartigen Stuhl, umgeben von Priestern und seinen engen Vertrauten Berengar von Sulzbach und Otto von Kastl-Habsburg. Kerzen erhellten das Zelt, das Licht ließ die Edelsteine auf dem Kruzifix funkeln, das auf einem Gebetsaltar stand, der in der Mitte des Zeltes den Blick des Eintretenden gefangen nahm. Stühle waren aufgestellt, an einem Tisch erwartete ein Heinrich ergebener Mönch mit gezücktem Federkiel den Beginn der Rede seines Königs.

»Meine tapferen Gefährten! Höchsten Dank sage ich Euch für Eure Zuneigung zu mir; ich werde nicht anstehen, jedem von Euch Gleiches mit Gleichem zu vergelten, wenn es erforderlich sein sollte.«

Es ist erforderlich, dachte Bernhard. Gib mir wie versprochen die Lehen des Grafen Udalrich von Passau. Schließlich war der schon ein halbes Jahr tot. Worauf wartete der König noch, auf die Vertreibung des unrechtmäßigen Bischofs Thiemo, den endgültigen Fall des Kaisers?

»Der Kaiser zwingt mich zum Kampf. Er allein trägt die Schuld. Während ich mein Heer auflöste und nur noch wenige Getreue um mich hatte, sammelte er ein gewaltiges Heer, zerstörte die Markgrafschaft Diepolds und lässt grausame böhmische Truppen für sich kämpfen. Doch wenn er auch ein großes Heer hat, so stehen nur wenige Fürsten hinter ihm. Mit Besorgnis und Angst um das Reich und unsere Seelen beweinen wir die Uneinsichtigkeit des Herrschers, dessen Widerspenstigkeit gegen das Gebot des Papstes uns alle ins Verderben führt. Niemand anders als der Kaiser ist für die Spaltung des Regnum Romanorum verantwortlich. Er setzt die menschlichen und göttlichen Gesetze außer Kraft. Wir, Ihr, die Fürsten, und ich, der König, sind die Söhne Christi, die mit der Hilfe des Heiligen Geistes die Spaltung der Kirche überwinden. Wir müssen uns widersetzen, um unser Reich vor Gottes Zorn zu retten. Die Angst um mein, um unser aller Seelenheil und die Sorge für die ecclesia, die Gemeinschaft der Christen, zwingt mich, den Vater zu stürzen.« Er machte eine Pause, sein junges Gesicht wirkte sorgenvoll und bedrückt.

Dann erhob er sich zu eindrucksvoller Größe: »Wenn mein Vater sich dem Joch des Papstes unterwirft, werde ich sogleich mit dem zufrieden sein, was er mir gibt. Ich will meinen Vater und Herrn nicht töten. Ich möchte wahrhaftig nicht Vatermörder heißen oder gar sein.«

Wie will er das anstellen?, fragte sich Bernhard.

Doch er sagte, wie es sich geziemte, nichts, sondern schloss sich dem allgemeinen Schweigen an. Beeindruckt verließen die Kleriker und Ritter das Zelt. König Heinrich gab Graf Berengar und Bernhard ein Zeichen, noch zum vertraulichen Gespräch zu bleiben.

Der Auftrag war schnell gesagt und schwierig vollbracht.

Die beiden Fürsten begaben sich augenblicklich zu ihren Zelten.

»Aufstehen«, gebot Bernhard und gab Kaspar einen leichten Tritt, so dass dieser von seinem Lager auf dem Boden aufschreckte.

»Wir müssen auf die andere Seite, sofort, jetzt in der Nacht.«

Dennoch wagte Kaspar einzuwenden:

»Aber die Bogenschützen des Kaisers?«

»Wir durchqueren ohne Fackeln den Fluss.«

Kaspar beeilte sich, Bernhards und sein Pferd zu zäumen, Berengar erschien im Eingang, mit Helm und Kettenhemd. Bernhard nickte ihm zu und sagte, während er sein Zelt verließ:

»Beten wir zu Gott, dass er mit uns ist.«

Im Lager war es fast dunkel, die Flammen waren erloschen, um die glühende Asche hatten sich auf dem Boden die Fußsoldaten ausgestreckt. Die wenigsten schliefen, einige knieten und beteten. Priester gingen umher und sprachen ihnen Mut zu.

Die Pferde am Halfter führend, verließen die drei leise das Lager, suchten eine Furt. Am mäandernden Fluss an Weiden entlang ritten sie durch Wasserlachen bis zu einem Erlenhain, durch dessen dunkles Geäst sie ihre Pferde führten, damit diese sich nicht in Baumwurzeln verfingen.

»Voila!«, sagte Bernhard, bückte sich und betastete den Boden. Steine und Holzflanken, hier müsste die Furt sein.

»Die Nacht ist unser Freund und unser Feind«, bemerkte Graf Berengar und deutete auf den verhangenen Mond.

»In Euch ist ein Cantor verborgen«, lachte Bernhard. Dann wurde er ernst. Vorsichtig ritten sie durch den modrigen Schlick in den Fluss hinein.

Sand. Bernhard atmete auf. Er hatte die Sandbank wiedergefunden. Vorsichtig ritten sie durch den Fluss, der allerdings zur gegenüberliegenden Seite reißender wurde, tiefer, ein Strudel.

Ziemlich durchnässt an den Füßen und Beinen, erreichten sie das feindliche Ufer. Einige Weiden boten ihnen Schutz. Kaspar wurde ausgeschickt, um zu den Zelten des Markgrafen Leopold von Österreich und seines Schwagers Herzog Boriwois von Böhmen zu schleichen und die Fürsten zu holen.

»Nur diese, keine anderen«, wurde er von Bernhard ermahnt.

»Ja, Herr«, antwortete Kaspar und verschwand so lautlos wie ein Stück Wild.

Bernhard und Berengar warteten. Kalt war ihnen, sie gingen langsam zwischen den kahlen, schwarzen Bäumen auf und ab, klopften sich mit den Händen auf die Oberarme. Warteten.

Die beiden feindlichen Fürsten müssten endlich kommen. War Kaspar geschnappt worden?

»Wie würdet Ihr Euch entscheiden?«, fragte Graf Berengar, während er neben Bernhard stand und seinen Atem in der kalten Luft spürte.

»Ein Eidbruch ist ein schweres Vergehen«, gab Bernhard zu bedenken.

»Hm. Der Kaiser ist alt. Er ist ein Sünder, schon immer gewesen.«

»Ihr meint, einem Sünder müssen die Fürsten nicht die Treue halten. Ich denke, das sehen der Markgraf und der Herzog anders.«

»Wahrscheinlich«, gab Berengar zu.

»Aber«, fuhr Bernhard fort, »der Schwager eines Königs zu werden, Agnes, die Tochter des Kaisers zu heiraten, verändert die Lage. Warten wir es ab.«

Es dauerte lange, bis die gegnerischen Fürsten erschienen. Kaiser Heinrich hatte in der Nacht seinen Schlachtplan mit ihnen, seinen wichtigsten Verbündeten, besprochen.

»Gibt es eine neue Botschaft vom König?«, wandte sich Markgraf Leopold an die Grafen des Königs Heinrich.

»Wir, die Fürsten des Königs, wie auch Ihr, die Fürsten des Kaisers, sind uns, wie unsere bisherigen Verhandlungen gezeigt haben, darin einig, dass ein Krieg zwischen Vater und Sohn wenig Aussicht auf Erfolg hat und dass keine Gerechtigkeit daraus entstehen kann. Deshalb sollten wir das Volk schonen und von diesem vatermörderischen Krieg Abstand nehmen«, erklärte Bernhard.

»Darüber haben wir schon am Tage ausführlich gesprochen. Leider blieb unser Friedensgespräch ohne einen glücklichen Ausgang«, gab Markgraf Leopold zu bedenken.

»Hört das Angebot des Königs. Es mag Euren Sinn umstimmen«, erwiderte Bernhard.

Für sich dachte Bernhard, es müsste geradezu schauderhaft sein, die Botschaft der Kaisertochter Agnes zu überbringen. Leider weilte sie bei Salome auf seiner Burg.

»Krähen, Krähen, meine einzige Gesellschaft seit Monaten«, sagte Salome bitter und wandte sich vom Fenster ab. Mehr watschelnd als gehend bewegte sie sich durch das Gemach zum Kamin, wo sie sich unbeholfen auf seidene Kissen sinken ließ. Sie hielt die Hände über ihren schweren Leib und sagte kalt:

»Ich bete zu Gott, dass mein Kind nicht so hässlich wie eine Krähe wird.«

Erschreckt stellte Herzogin Agnes von Schwaben, des Kaisers Tochter, ihr blauchangierendes Kristallglas vor sich auf das niedrige Tischchen aus Ebenholz. Bisher hatte sie Salome nur mit halbem Ohr zugehört, Freuden und Leiden der Schwangerschaft kannte sie zur Genüge. Versunken, wie verwunschen hatte sie sich gefühlt, umgeben von den fremden Kostbarkeiten, die Graf Bernhard aus dem Heiligen Land herbeigeschafft hatte: der ledernen türkisfarbenen Tapete, den schweren bunten Teppichen und Messinglampen, die tief von der Decke herunterbaumelten, sich bei jedem Luftzug bewegten und ein geheimnisvolles Licht ausstrahlten. Einen Augenblick hatte diese orientalische Pracht sie ihre Trauer vergessen lassen.

»Nein, nein, gewiss nicht«, antwortete sie zerstreut. »Bei Eurer Schönheit, Gräfin, und bei der männlichen Schönheit Eures Gatten, wie könnt Ihr da ein hässliches Kind zur Welt bringen.«

Salome verzog ihren Mund.

Wenn Ihr wüsstet, dachte sie. Dieses Kind, das ich unter meinem Busen trage, ist von meinem Gatten in zügelloser Lust und Wut gezeugt, jedoch noch schlimmer, von mir in Sünde, in lasterhafter, tierischer Verdorbenheit empfangen. Es durchzuckten sie der Schmerz der Vereinigung und eine wilde Gier, ihres Gatten Dirne zu sein, sich ihm nackt zu unterwerfen und von ihm genommen zu werden. Er sollte ihr Herr sein. Grauenhaft, frevlerisch, gotteslästerlich waren diese Bilder, war ihr Verlangen. Salome zitterte vor Gottes Angesicht. Denn sie war es, die Gott strafen würde. Sie war es, Eva, die ihren Gatten verführte. Noch immer hörte Salome seine Worte: ›Ich bin müde‹, und sah, wie er sich über die erschöpften Augen strich. Wenn Gott ihn dermaleinst fragte: Wo warst du, Adam?, dann würde er auf sie zeigen und antworten: ›Das Weib, das du mir zur Seite gegeben hast, sie hat mich verführt.‹

Salome bemerkte des Kaisers Tochter erstaunten, forschenden Blick.

»Seit Beginn meiner Schwangerschaft bin ich allein auf dieser Burg«, klagte sie mit trauriger, nachdenklicher Stimme.

»Noch vor Ostern ist mein Gemahl aufgebrochen: Quedlinburg, Nordhausen, Merseburg, Mainz, Würzburg, Nürnberg,

Regensburg. Die Nachricht, dass er Vater wird, habe ich meinem Gatten schriftlich übermitteln müssen.«

»Graf Bernhard wird Euch sicher auch geschrieben haben.«

»Doch, doch«, antwortete Salome zerstreut. Aber es war so eine lange Zeit. Wie oft hatte sie die Eifersucht gepackt auf irgendeine Magd, auf irgendeine Frau, die er zufällig traf. War Bernhard ihr treu? Die Frage quälte sie so oft des Nachts, besonders, wenn sie ihr Kind strampeln fühlte.

»Aber auch Briefe trösten nicht immer über die Einsamkeit hinweg. Ich bin Euch dankbar, dass Ihr bis zu meiner Niederkunft hierbleibt, mir beisteht.«

Herzogin Agnes seufzte.

»Leider fürchte ich, ich werde eine schlechte Gesellschafterin sein. Der Kummer, die Trauer um meinen Gatten nehmen mich gefangen. Es ist gerade drei Monate her, dass Herzog Friedrich verstorben ist – und ich kann sein Wegscheiden nicht verwinden. Wenn auch der Tod unser Freund sein sollte, weil er uns ins himmlische Reich entlässt, so finde ich keinen Trost. Nicht allein das macht mir Kummer, schon das ganze Jahr zermartert mich die Feindschaft, der Krieg zwischen meinem Vater und meinem Bruder Heinrich. Jetzt ist es bestimmt am Regen zur Schlacht gekommen und ich ahne, ich zittere, einer von ihnen ist tot. Ich halte das nicht aus. Mich quält immer wieder die Frage: Wie konnte es dazu kommen? Mein Vater, der Kaiser, ist alt. Warum konnte mein Bruder nicht warten?«

Salome dachte, weil alle, die zum gebannten Kaiser halten, um ihr Seelenheil bangen. Außerhalb der Kirche gibt es kein Heil. Und ich, ausgerechnet ich, habe gegen die Heilige Ordnung der Kirche verstoßen. Salome war elend zumute.

»Euer Gatte Herzog Friedrich hat treu zum Kaiser gehalten«, bemerkte sie.

»Wenn er noch lebte, es wäre niemals zu so einer schändlichen Lage gekommen«, überlegte Agnes. »Er hätte sich auch dafür eingesetzt, dass unsere Dynastie nach dem Tode meines Vaters weiter das Königtum behielte.«

Salome erwiderte nichts darauf. Warum sollte sie die Kaisertochter betrüben oder gegen sich aufbringen mit der Ansicht so vieler Fürsten, auch Bernhards, dass der junge Heinrich die Krone verlieren würde, wenn er nicht den Vater verriete.

»Es ist jetzt auch gleichgültig. Was geschehen ist, ist geschehen«, fuhr Herzogin Agnes fort. »Ich denke nur an mein Leid. Sicher bangt auch Ihr um Euren Gemahl.«

»Ich bete jeden Tag, dass er lebend zu mir zurückkommt«, raunte Salome und zog ein Schnupftuch aus ihrem Ärmel. Die Herzogin nahm ihre Hand und streichelte sie sanft.

Salome blickte sie dankbar an.

Da wurde die Tür aufgerissen.

Die Gräfin und die Herzogin warfen der Eintretenden einen erbosten Blick zu.

»Gräfin Salome, Euer Gemahl ist da!«, stürmte Lucia hinein. Wurde rot und entschuldigte sich für ihr ungebührliches Tun.

Durch die offene Tür trat Bernhard.

Beide Frauen erhoben sich. Ein Zittern durchlief die Herzogin. Salome aber wurde es heiß und kalt und sie fühlte sich einer Ohnmacht nahe.

Bernhard verbeugte sich zuerst vor der Kaisertochter und wandte sich dann seiner Frau zu, die er sanft umarmte, dann anblickte und sagte:

»Welch ein prächtiger Anblick. Ich wünschte, so würdet Ihr die nächsten zehn Jahre aussehen.«

»Graf, wir sterben vor Sorge und Angst«, unterbrach ihn die Kaisertochter Agnes.

»Lasst uns wissen, wie die Schlacht ausgegangen ist.«

»Es hat keine Schlacht gegeben.«

»Nicht? Dann haben mein Vater, der Kaiser, und mein Bruder, der König, sich versöhnt?«

»Das nicht.«

»Ja, was ist denn geschehen?«, rief Agnes ungeduldig.

»Die stärksten Verbündeten des Kaisers, Markgraf Leopold

und sein Schwager, der Herzog von Böhmen, haben in der Nacht vor der Schlacht die Seiten gewechselt und sind zum König übergelaufen. Markgraf Leopold hat dies selber den Kaiser wissen lassen.«

»Verrat!«, stieß die Kaisertochter entgeistert hervor. »Und um welchen Preis?«

»Der Preis – seid Ihr.« Bernhard machte eine Pause. »Euer Bruder, der König, hat Euch Markgraf Leopold als Gemahlin versprochen.«

Agnes taumelte zurück, hielt sich an einer Truhe fest.

»Mein Vater? Was ist mit meinem Vater?«

»Der Kaiser, Euer Vater, hat noch vor dem Morgengrauen heimlich das Heerlager verlassen und ist mit wenigen Getreuen geflüchtet. Wahrscheinlich nach Köln.«

IM REGNUM TEUTONICUM

Dezember 1105

BERNHARD ERSCHAUERTE. AN DIESEM DONNERSTAG, vier Tage
vor dem Fest der Geburt des Herrn, sank der Kaiser in seinem
Kernland am Rhein vor seinem Sohn auf die Knie.

Es lief Bernhard bei diesem unsäglich demütigenden Anblick
kalt über den Rücken. Über sich selbst verwundert, durchzuckte
ihn der Gedanke, es war möglicherweise gar nicht so unübel,
eine Tochter zu haben, eine Tochter würde niemals widerspenstig sein. Den Ehemann jedoch würde er selbst für Giselinde wählen, einen Schwiegersohn, der nicht aufmüpfig würde. Niemals,
so schwor sich Bernhard, sollte ihm eine Entwürdigung widerfahren wie dem alten Kaiser dort, der Tränen vor seinem jungen
Sohn vergoss.

Dennoch, Bernhard seufzte, es war zu bedauerlich, dass
Salome nur ein Mädchen zur Welt gebracht hatte, auch wenn
die Kleine niedlich war, ein hübsches, gesundes Kind, entzückend,
wunderschön, wie Lucia fand, die sich überschwänglich über
Giselinde vor der Dienerschaft freute. Aber es war nicht wegzu-
leugnen, es war enttäuschend nach all den Jahren. Kaum konnte
er vor Salome seine Niedergeschlagenheit verbergen. Er setzte
sich zwar zu ihr ans Wochenbett, hielt ihre Hand und sprach ihr
aufmunternde Worte zu, vermochte jedoch seine Erleichterung
kaum zu verbergen, als einen Tag nach der Geburt, am Tauftag,
ein Bote König Heinrichs erschien, um ihn zum allgemeinen
Reichstag nach Mainz zu laden. Sämtliche geistliche und weltliche Fürsten wie auch zwei Legaten des Papstes würden erwartet. Es stehe allerdings zu befürchten, dass ebenfalls der Kaiser
sich von Köln auf den Weg nach Mainz begebe. Der König bitte

den Grafen von Baerheim, er möge unverzüglich aufbrechen. So hatte Bernhard, kaum Vater geworden, von der ermatteten Wöchnerin Abschied genommen.

Auf König Heinrich traf er nach hartem Ritt in Koblenz. Der war übelgelaunt, stampfte sogar mit dem Fuß, hatte er doch gerade erfahren, dass sein Vater vor ihm geflüchtet war und zurück auf die linke Seite der Mosel übergesetzt hatte. Kaum seine Wut verhüllend, wandte sich der junge Heinrich an Graf Berengar und Bernhard, damit sie sich auf das gegenüberliegende Ufer begäben und den Kaiser um eine Unterredung bäten.

Das große Gefolge des Kaisers hatte das Flussufer in eine Schneematschwüste verwandelt. Bernhard bemaß an den umgeknickten Weiden, den abgehauenen Zweigen, dem Unrat der Pferde, dass Kaiser Heinrich eine Masse von Bewaffneten mit sich führen müsste. Die feuchte Kälte drang durch den Waffenrock. Es hatte jedenfalls aufgehört zu schneien. Bernhard und Berengar mussten lange warten, bis sich der Kaiser mit seinen Getreuen beraten hatte und zu einem Treffen mit seinem Sohn bereiterklärte.

Zurück über die Mosel zum König.

Mühsam und langwierig war es, bis Heinrich und seine an die 300 Ritter mitsamt ihren Pferden den Fluss mit dem Floß ebenfalls überquert hatten und auf glitschigem, wässrigem Grund einsackten.

Nun aber kniete der Kaiser zu Füßen seines Sohnes und beschwor ihn bei Gott, der Mutter Maria, bei seiner Treue, beim Heile seiner Seele, nicht länger in seiner grausamen Verfolgung zu verharren.

»Aber ich glaube, du urteilst folgendermaßen: ›Die Entzweiung kommt von der Schuld des Vaters‹. Ich bin ein Mensch – niemand lebt ohne Sünde und Schuld. Und ich bekenne vor Gott, dass ich gesündigt habe. Aber sage mir, was habe ich gegen *dich*, meinen geliebten Sohn, gesündigt?«

Da fiel auch der Sohn vor dem Kaiser auf die Knie.

»Mein Herr und Vater!«, rief der König mit gefalteten emporgehobenen Händen. »Verzeiht mir alles, was ich Euch in der letzten Zeit angetan habe.«

Er weinte, Tränen rollten ihm über die Wangen.

»Ich verspreche Euch, zukünftig wie ein Vasall seinem Herrn zu dienen, wie ein Sohn dem Vater, in Treue und Wahrheit Euch immerwährenden Gehorsam erweisen zu wollen. Nur versprecht mir eines, dass Ihr Euch mit dem Herrn Papst, dem apostolischen Stuhle, versöhnt.«

»Das will ich gerne tun, mein Sohn. Seit Jahren sehne ich mich nach Frieden mit dem Papst. Unendliche Tränen habe ich wegen dieses Zwiespalts vergossen. Darum will ich meine Sache vor Euch, den Fürsten und den Legaten des Papstes auf dem Reichstag am Tag der Geburt des Herrn in Mainz vertreten.«

Hier erhob sich der junge König. Sein Gesicht wirkte ernst und klar.

»Vertraut Euch meiner Treue an. Ich verspreche Euch in die Hand, Euch sicher nach Mainz zu geleiten, dort auf der Versammlung der Fürsten für Eure Ehre einzustehen und für die Aussöhnung mit der Kirche zu wirken. Wie auch immer die Sache ausgehen wird, so gebe ich Euch mein Wort, Euch in Sicherheit und Frieden an den Ort zurückzugeleiten, wohin Ihr wollt.«

Den Umstehenden standen ebenfalls die Tränen in den Augen. Welch denkwürdiger Augenblick, dort, wo Rhein und Mosel zusammenflossen – die Versöhnung von Vater und Sohn.

Bernhard, der neben Berengar ganz in der Nähe der Monarchen der Beendigung der Feindseligkeiten beigewohnt hatte, hörte, als Vater und Sohn ganz dicht im traulichen Gespräch an ihm vorbeigingen, dass der König dem Kaiser riet, dass nun, da sie sich versöhnt hätten, sein Vater sein großes Gefolge an Bewaffneten nicht nach Mainz mitnehmen solle.

»Die Massen verwüsten die Gegend, wir aber wollen Frieden und Segen für die Menschen.«

Kaiser Heinrich nickte zustimmend und schon wenig später entließ er seine Gefolgsleute bis auf ganz wenige enge Vertraute.

Beschwerlich war es wieder, mit dem Floß über die Mosel zu setzen. Für einen Aufenthalt in Koblenz blieb keine Zeit, auch wenn Bernhard ziemlichen Hunger verspürte, und wahrscheinlich nicht nur er allein, wie er an den erschöpften Gesichtern um sich sah, die auf aufgeweichtem Boden sich abmühten, den Hang zu erklimmen. Die Pferde konnten kaum Tritt fassen, auch sein Pferd hätte einer Ruhepause bedurft. So klopfte Bernhard sanft und beschwichtigend seinem Braunen auf den Hals.

Der Kaiser und der König, Vater und Sohn, schienen keinen Hunger, keine Müdigkeit zu kennen. Nebeneinander in inniger Einigkeit ritten sie im schnellen Trab die Höhenstraße entlang, die dem Wald seit Urgedenken, seit den Römern, abgerungen war. Um sie herum schroffe Felsen und Wald so dicht, dass er jeden Blick auf den nahen Rhein versperrte. Wildspuren im Schnee. Aus dem Unterholz brachen fünf Wildschweine und verschwanden krachend im gegenüberliegenden Gebüsch.

Bei dem frühen Einbruch der Dunkelheit wurde endlich angehalten, Zelte wurden aufgeschlagen, Feuer entzündet, Wein ausgeschenkt, Brot am Spieß geröstet und dazu, welch eine Abwechslung – Stockfisch. Fisch, Fisch und noch einmal Fisch. Und das seit Wochen. Bernhard mochte Fisch nicht mehr riechen und schon gar nicht mehr schmecken. Die Fastenzeit wäre am Fest der Geburt des Herrn endlich vorbei. Bis dahin also: Na ja. Um die Feuer lagerten sich die Männer. Es war trotzdem ziemlich kalt. Beim Schein der Glut beobachtete Bernhard, wie der Kaiser und der König, wie Vater und Sohn ihre Arme über die Schulter des anderen gelegt hatten und so einmütig ihr Zelt betraten. Es fiel Bernhard mit einem Mal wieder ein, wie unangenehm es ihm war, zu Beginn des Kreuzzuges das Zelt mit seinem Vater teilen zu müssen, und welche Erleichterung er spürte, als er nach der Schlacht von Nikäa ein herrliches Zelt erbeutet hatte, das er mit anderen jungen Männern bewohnte. Das war Jahre her. Aber Bernhard stellte es sich vor, dass diese trauliche Enge mit dem Vater dem jungen Heinrich nicht lieb sein konnte.

Sobald die Morgendämmerung etwas Licht spendete, drängte der König zum Aufbruch. Er machte auf Bernhard einen angespannten Eindruck. Auch Graf Berengar schien sich zu einer gelassenen Haltung zu zwingen. Einmal blickte sich der junge Heinrich, der wieder neben seinem Vater ritt, nach Berengar um, der ihm aufmunternd zunickte. Bernhard bemerkte es und wunderte sich. So ging es den Morgen im schnellen Trab voran, bis gegen Mittag der König etwas unbeholfen seinem Vater erklärte:

»Ich muss vor Freude einmal galoppieren.«

»Ihm nach, Graf Bernhard!«, rief Berengar und preschte davon. Hinter einer Wegbiegung ritten sie fast einige Männer über den Haufen, die auf dem engen Pfad sich gerade noch ins Unterholz flüchteten.

»Hoffentlich schöpfen die keinen Verdacht«, bangte Graf Berengar.

Wie gehetzt ging es ein weites Stück durch den verschneiten Wald. Der König galoppierte voran, als würde er gejagt. Berengar ritt neben Bernhard und keuchte ihm zu:

»Der Kaiser darf Mainz nicht erreichen. Die Mainzer haben ihm unlängst noch die Treue geschworen. Mainz ist die Stadt des Kaisers. Die Stimmung ist für den alten Fuchs. Und auch viele Fürsten stehen immer noch auf seiner Seite, besonders die Lothringer und Niederlothringer. Wenn der Kaiser sich auf dem Hoftag verantworten kann, so ist für den König vielleicht alles verloren.«

Wie sollte das verhindert werden, überlegte Bernhard. Fußfall, Tränen, Treueschwüre, das waren verbindliche Handlungen. Der König wäre ein Heuchler und Lügner, wollte er diese Zeichen der Versöhnung brechen. Bernhard wurde aus seinen Gedanken gerissen, als plötzlich drei Männer zu Pferde auftauchten, die sie zu erwarten schienen.

Graf von Sponheim mit Ministerialen des Bischofs von Speyer, des Lehnsherrn des Grafen?, dachte Bernhard erstaunt.

»Mein Herr König«, sagte der Graf und neigte ehrfürchtig den Kopf.

»Es ist alles vorbereitet, wie Ihr es wünscht.«

Bernhard fühlte sich unbehaglich, horchte, vernahm das Dröhnen von Pferdehufen.

»Dort, Reiter«, unterbrach er die geheime Unterredung. »Der Kaiser schickt bestimmt nach Euch.«

»Fort!«, rief der junge Heinrich entsetzt.

Schnell wendete er sein Pferd, bekam sich in den Griff und ritt mit heiterer königlicher Gelassenheit den Getreuen seines Vaters entgegen.

»Beten wir zu Gott, dass das nicht schiefgeht«, flüsterte Berengar, der mit Bernhard hinter der Gruppe etwas zurückgeblieben war. Er bekreuzigte sich gar.

Mit ernstem, strafendem Blick erwartete der Kaiser seinen Sohn.

Mit gesenktem Kopf und mit Unschuldsmiene erduldete der König die Vorwürfe seines Vaters.

»Verrat. Du willst mich verraten. Von Getreuen, die mir entgegengelaufen sind, habe ich in vollkommener Wahrheit erfahren, dass du einen Verrat vorbereitest.«

Da fiel der junge König Heinrich wiederum vor seinem Vater auf die Knie und schwor seine Treue:

»Ich habe Euch einen Eid abgeleistet, dass ich mein Leben für Euch einsetzen will. All jene Warnungen sind die Unwahrheit.«

Wiederum liefen ihm die Tränen über das Gesicht.

Der Kaiser ließ sich besänftigen, hieß seinen Sohn, sich zu erheben.

Weiter ging es Richtung Bingen, das sie noch vor Einbruch der Dunkelheit erreichen wollten.

Bernhard befürchtete, die Pferdespuren an der Wegbiegung würden den Kaiser misstrauisch machen. Aber es hatte leidlich geschneit und war diesig und dämmrig. Auch später äußerte er keinen Verdacht, als sich immer mehr Bewaffnete dem König anschlossen. Vielmehr war er bestrebt, sich vor seinem Sohn zu rechtfertigen:

»Du wirfst mir vor, die Fürsten im Reich zu wenig an der Regierung zu beteiligen. Mein Sohn, das mag für meine frühen Jahre zutreffen, aber nicht für die Zeit meiner Rückkehr aus Italien. In den letzten Jahren waren meine Hoftage immer gut besucht. Und du kannst es mir nicht zur Last legen, dass ich auch die Armen, die Bauern, die Städte, die Juden mit der Liebe und Fürsorge eines gerechten Königs bedacht habe.

Warum hast du mich ausgerechnet in Fritzlar verlassen, wo ich die Gerechtigkeit gegen den Grafen von Katlenburg durchgesetzt habe. Er hielt es für sein Recht, Magdeburger Kleriker und Laien gefangen zu nehmen, weil sie sich zu mir, ihrem Herrscher, aufgemacht hatten, um ihren Kandidaten als Bischof eingesetzt zu sehen. Meinen Reichsfrieden hat der Graf freventlich missachtet. Und so handeln viele. Straßenraub wird für Gesetz ausgegeben, Beute aus Kirchen weggeschleppt, Gotteshäuser verwüstet, auch die umliegenden Dörfer beraubt, Klöstern ihr Land genommen. Und als ich das Recht des Reiches, dein Recht als König wieder aufrichten will, da verlässt du mich? Meinst du nicht, dass du den Herren, die von ihrer Burg aus rauben wollen, ein böses Beispiel gibst, indem du das Unrecht deckst? Befürchtest du nicht für dein Königtum, dass diese Grafen und sonstigen Adeligen den Reichslandfrieden als Einschränkung ihrer Einkünfte begreifen, weil sie nicht mehr ungestraft plündern und rauben dürfen? Bist du dir so sicher, dass all deine fürstlichen Anhänger wirklich um das Heil ihrer Seelen bangen, es ihnen um den Frieden des Reiches, die Einheit der Kirche geht? Ich fürchte für dich und dein Königtum, dass dem Adel ein Reichsfrieden missfällt.«

Der König schwieg dazu. Auch der Kaiser schwieg. Sie mussten sich beeilen, die Dunkelheit setzte schon ein. Bald wäre es im Wald finster, das Fortkommen schwierig.

Da endlich war von der Höhe aus Bingen in Sicht, der Rhein, die große Schleife, die der dunkle Fluss machte, und inmitten des Wassers: die Mäuseturminsel.

Der Kaiser hielt trotz der Dämmerung an, zeigte mit einer ausladenden Bewegung auf das alte Gemäuer und sprach, für alle hörbar:

»Mein Sohn Heinrich, sieh den Turm. Nimm ihn als Warnung. Vor nicht einmal 200 Jahren ist der Mainzer Erzbischof Hatto darin von Mäusen aufgefressen worden. Es herrschte Hunger, es war eine große Hungersnot. Da baten, da flehten die Armen den Erzbischof um Brot an. Er aber gab vor, ihnen helfen zu wollen, lockte sie in eine Scheune, sperrte sie dort ein und ließ die Scheune von seinen Schergen anzünden. Auf das Schreien und Klagen, auf die unsägliche Pein der Verbrennenden rief er voller Hohn: ›Hört ihr, wie die Kornmäuslein pfeifen?‹

Da kamen aus allen Ecken und Enden seines Palastes die Mäuse, er flüchtete, nahm ein Boot und suchte Rettung in dem Turm da unten. Aber die Mäuse übten Gerechtigkeit und fraßen den Erzbischof bei lebendigem Leibe auf.«

Dem König war dieses Reden lästig, er war erleichtert, als sie ihre Herberge endlich erreichten, ein langgestrecktes strohgedecktes Fachwerkhaus. Vom Wirt wurden sie dienernd erwartet.

Doch statt sich zurückzuziehen, folgte der junge Heinrich seinem Vater die Holztreppe hinauf in den ersten Stock, wo dieser sich mit seinem Sohn für die Nacht einrichtete.

Bernhard spürte seinen leeren Magen und freute sich, es roch köstlich. Der Wirt hatte für die Ritter Biber am Spieß gebraten. Bernhard lachte in sich hinein. Biber, Biber lebten im Wasser, hatten einen schuppigen Schwanz und waren darum Fische. Dagegen würde auch König Heinrich nichts einzuwenden haben. Zufrieden ließen sich die Männer zum Mahl in der Halle beim Kamin nieder. Man unterhielt sich leise, erleichtert, die schwierige Gesellschaft von Kaiser und König für eine Nacht los zu sein. Von oben aus der Kammer des Kaisers drangen freundliche Stimmen, sogar Lachen. Die Ritter horchten auf, sahen einander erstaunt an. Graf Berengar von Sulzbach, der Kaiser und König bei Tisch aufwartete, lief eilig die knarrende Holztreppe hinunter. Im Vorbeigehen flüsterte er Bernhard zu:

»Sie wollen ein Brettspiel, am liebsten Wurfzabel, mal sehen, ob der Wirt es hat.«

»Vielleicht sonst einer der Ritter«, schlug Bernhard vor. Doch er war nicht so recht bei der Sache. Denn während er zerstreut sich ein Stück Fleisch abschnitt und hineinbiss, fiel ihm das Bibelwort ein:

»*Ehe der Hahn zweimal kräht, wirst du mich dreimal verraten haben.*«

Diese traute Nacht war also das dritte Mal, dass der junge Heinrich seinem Vater falsche Treue schwor. Petrus aber weinte bitterlich über seinen Verrat. Würde der König weinen? Wohl kaum. Triumphieren würde er über seinen Vater. Feiern ließe er sich in Mainz am Tag der Geburt des Herrn Jesus Christus. Bernhard war nicht ganz wohl bei diesem Spiel um die Macht. Doch dann tröstete er sich, dass der Kaiser schon viele Jahre von Jesus Christus und vom Stuhle des Apostels Petrus geschieden war. Er hatte nichts anderes verdient, als entmachtet zu werden, für immer zu verschwinden. Der junge König war der Vollstrecker des Willens Gottes und des Willens des Stellvertreters, des heiligen Apostels Petrus, beschwichtigte sich Bernhard. Schließlich hatte Jesus selbst es vorausgesagt, er sei nicht gekommen, um Frieden zu bringen auf Erden, sondern Zwietracht. Der Vater würde gegen den Sohn sein und der Sohn gegen den Vater. Dieses Wort hatte sich nun erfüllt. Der junge König Heinrich stand auf der Seite des Papstes – der richtigen Seite – und er, Bernhard, tat es ebenfalls. Weg also mit jeder Art von Bedenken. Es geschähe morgen nichts, als dass der Antichrist ausgeschaltet würde. So durch das Bibelwort getröstet, wartete Bernhard ungeduldig auf seinen Freund Berengar, der sich endlich neben ihn auf die Bank setzte:

»Sie umarmen, herzen und küssen sich, plaudern und spielen miteinander. Der alte Heinrich hegt keinen Verdacht. Und die da«, Berengar wies mit dem Kopf auf die Ritter und Ministerialen, die noch einen Becher Wein tranken, sich auf den Boden zum Schlafen legten oder einmal austreten mussten, »die da ahnen ebenfalls nichts. Also«, er hob seinen Becher und trank Bernhard zu. »Gott mit uns.«

Es zog ein kalter Windzug durch die Halle. Bernhard sah verärgert zum Eingang, welcher Mann denn nun schon wieder die Tür so lange offen stehen ließ. Doch es war keiner von den Ihren, es war Martin, der einen Augenblick im Torbogen stehen geblieben war, sich umschaute, ein paar Worte mit dem Wirt wechselte und dann geradewegs auf Bernhard zuging.

»Gott zum Gruße«, wandte er sich an Bernhard und Berengar.

Bernhard forderte ihn mit einer leichten Handbewegung auf, sich zu ihnen zu setzen.

»Endlich habe ich den Kaiser gefunden. Ich habe ihn in Köln vermutet, aber nicht mehr angetroffen. Hier«, Martin legte zwei Lederhüllen auf den Tisch, »bringe ich zwei Schreiben für den Kaiser, eines von König Balduin von Jerusalem und eines von Bischof Thiemo von Passau.«

Bernhard und Berengar warfen sich einen besorgten Blick zu. Sollte Thiemo sich etwa beschweren, dass er, obwohl vom Kaiser in das Hirtenamt eingesetzt, nicht nach Mainz geladen war? Natürlich war es nicht. Wie könnte der König den Gegenbischof, den Feind der Kirche, zu einem Hoftag bitten, auf dem zwei Legaten des Papstes anwesend wären. Martin fing den Blick auf und sagte:

»Der König von Jerusalem bittet den Kaiser um Ritter. Der Kaiser möge seine Autorität dafür einsetzen, dass mehr Ritter ins Heilige Land zu dessen Verteidigung sich aufmachen. Der Brief von Bischof Thiemo ist fast persönlicher Natur. Möget Ihr so gütig sein, die Schreiben dem Kaiser noch heute Abend auszuhändigen.«

»Ich denke, das hat bis morgen Zeit«, erwiderte Berengar

unwillig. »Kaiser Heinrich hat sich mit seinem Sohn zurückgezogen und ist sehr erschöpft.«

In diesem Augenblick drang das laute Lachen des Kaisers zu ihnen hinunter.

»Also? Überbringt Ihr die Sendschreiben?«

Widerstrebend erhob sich Berengar. »Ich werde dies von dem Wunsch des Kaisers abhängig machen.«

Wenige Augenblicke später erschien Berengar wieder:
»Er will sie lesen.«

Martin machte ein erleichtertes Gesicht. »Ich hatte es gehofft. Ich hatte so ein sonderbares Gefühl, dass es wichtig sein könnte, diese Schreiben noch vor dem Hoftag in Mainz dem Kaiser zu überbringen. Stellt Euch vor«, Martin lehnte seine Unterarme auf den Tisch und beugte sich weit zu Bernhard vor, »Alice hat einen Jungen vom Burggrafen Udalrich zur Welt gebracht. Der Graf hat vor seinem Tod ein Testament gemacht und seinen noch nicht geborenen Sohn zum Erben eingesetzt. Sein letzter Wille ist, dass der Kaiser den Jungen legitimiert. Luitger heißt er übrigens, hat, so klein er auch noch ist, rote Haare wie sein Vater.«

Wie ein Erschlagener in die Grube geworfen. Mit unsäglicher Pein erlitt Bernhard, wie der Schreiber geweckt wurde und in der Kammer des Kaisers ziemlich lange verschwand.

»Der König lässt es zu, dass der Gegenbischof von Passau zum Vormund dieses Jungen eingesetzt wird?«, versuchte Bernhard einen Ausweg, während er mit Berengar die Stufen zur Kammer der beiden Heinrichs hinaufging.

»Leider ist es so, Graf Bernhard. Was bleibt dem König in dieser Nacht anderes übrig, als sich den Wünschen seines Vaters zu beugen«, entgegnete Graf Berengar leise.

»Treten wir ein«, sagte Bernhard gefasst, während sich Wut, Enttäuschung, Verzweiflung seines Inneren bemächtigten wie ein feuriger Drache.

Da saß der Kaiser auf einem Faltstuhl, vor ihm ein Tisch mit unzähligen Kerzen, im Hintergrund ein einziges Bett, worin er mit seinem Sohn schlafen würde. König Heinrich stand hinter seinem Vater abseits im Dunkeln. Bernhard warf ihm einen prüfenden Blick zu, der junge König wich seinem Blick aus.

Feiger König, dachte Bernhard. Was war von einem König zu erwarten, der seinen Vater verriet?

Würde der Treue mit Huld belohnen?

»Meine Herren«, wurde er vom Rechtsgelehrten des Kaisers aus seinen trüben Vorstellungen gerissen.

»Die Zeit drängt. Die Nacht ist weit vorangeschritten. Ich bitte Euch, den Willen unseres Kaisers zu unterfertigen.«

Bernhard las:

Im Namen der heiligen und ungeteilten Dreifaltigkeit. Heinrich durch den Willen von Gottes Gnaden Kaiser. Es ist Aufgabe kaiserlicher Gewalt und Güte, die Treue und Ergebenheit mit guten Gaben zu belohnen. Und Wir haben Udalrich, den Burggrafen von Passau, für würdig gefunden, da er in der großen Erschütterung und Gefährdung Unseres Reiches mit ganz großer und besonderer Treue Uns gedient hat. Darum erfüllen Wir seinen letzten Wunsch ...

Bernhard schwindelte es, noch nie hatte irgendetwas ihn so getroffen, so zutiefst verletzt wie die Worte, unter die er als Zeuge seinen Namen setzen sollte:

Luitger war mit dieser Urkunde legitimer Sohn des Burggrafen. Und er war auch sein leiblicher Sohn, er war Allerheiligen geboren, also nicht ganz drei Wochen vor Giselinde! Alice hatte ihn betrogen! Während sie mit ihm schlief, als wäre er ihre Liebe, ihre einzige Liebe, wusste sie, dass sie ein Kind von einem anderen, von diesem seinem Feind, erwartete.

Grausame, falsche Schlange. Und dieser König dort? War der nicht genauso ein Verräter mit seiner hübschen Larve und seinen kindlichen Augen? Würde der sich tatsächlich an sein Versprechen halten und ihm, Bernhard, die Lehen Udalrichs übergeben? Wozu auch? Dieser König dort hatte den Vorteil, dass der kaisertreue Burggraf tot war, ein mächtiger Gegner weniger. Er aber,

Bernhard, hatte im Zweikampf sein Leben aufs Spiel gesetzt und wurde nun geopfert. Welch ein Hohn, seinen Verlust mit seiner Unterschrift zu besiegeln!

Nach einer qualvoll durchwälzten Nacht schlief Bernhard gegen Morgen endlich ein. Als er aufwachte, war die Halle fast leer, nur der unangenehme Geruch zeugte noch von den vielen Männern, die auf dem Boden auf Streu geschlafen hatten. Bernhard streckte sich, gähnte, bemerkte Martin, der beim Schlafen die Lederhülle mit der Urkunde des Kaisers fest an seine Brust drückte, sein Schwert griffbereit daneben. Auch Martin erwachte und die beiden Männer taten so, als sähen sie sich nicht, bis Martin sich dazu durchrang,

»Grüß Euch Gott« zu wünschen.

Bernhard erwiderte den Gruß, stand auf und schlenderte auf den Hof, wo Graf Berengar seine Bewaffneten so dicht im Halbkreis aufgestellt hatte, dass keine Maus hätte durchschlüpfen können, geschweige denn der Kaiser entkommen.

Bedrücktes, verlegenes Schweigen herrschte, als der Kaiser mit seinem Sohn aus der Tür trat, erschrocken stehen blieb und misstrauisch die mit Schwertern und Lanzen bewaffneten Reiter betrachtete.

»Wo ist mein Pferd?«, fragte er unwirsch.

»Vater, es wird gleich gebracht. Zuvor ein Wort.«

»Was gibt's? Die Zeit eilt. Sicher sind schon alle Fürsten des Reiches in Mainz eingetroffen. Was soll das hier?«, wies der Kaiser auf die Reiter, die feindselig an den alten Heinrich heranrückten.

»Vater, Ihr könnt nicht nach Mainz kommen. Erzbischof Ruthard, den Ihr vor Jahren aus Mainz vertrieben habt und der wieder Metropolit der Stadt ist, wird Euch niemals in seine Stadt einlassen, solange Ihr noch unter dem Bann des Papstes steht. Kein Gebannter darf die Stadt betreten. Ehe Ihr nicht mit der Kirche ausgesöhnt seid, wage ich nicht, Euch unter unsere Feinde zu bringen. Stattdessen möget Ihr auf der Burg Böckelheim das Fest der Geburt des Herrn mit aller Ehre und in Frieden begehen. Ich werde inzwischen für uns beide sorgen, denn ich erachte, dass Eure Sache die meinige ist.«

Da fiel der Kaiser seinem Sohn und Berengar und Bernhard und allen, die sie umstanden, zu Füßen:

»Mein Sohn! Höre! Gott möge heute zwischen uns als Zeuge und Richter der Reden und der Treue anwesend sein. Du versprachst, mich nach Mainz zu der Versammlung der Fürsten zu führen, damit ich vor allen und vor den Legaten des Papstes meine Sache vertreten kann. Du gabst mir dein Wort, mich von dort sicher fortzugeleiten, wohin ich auch immer will.«

Tränen liefen dem Kaiser über sein zerfurchtes Gesicht in den Bart hinein. Wirkliche Tränen tiefer Enttäuschung und Betrübnis, wie Bernhard für sich feststellte. Er war bewegt. Würde der Sohn den Vater nicht erhören, würde er ihn tatsächlich abführen lassen?

Der junge Heinrich stand gebieterisch vor seinem knienden Vater:

»Ich bin Euch treu. Ich werde, wenn Gefahr droht, mein Leben für Euch freudig geben. Aber nach Mainz könnt Ihr nicht!«

Während dieser Worte verließ Martin die Herberge. Bernhard sah es aus den Augenwinkeln. Der junge Ritter drückte sich an dem Gebäude entlang zu den Ställen, sattelte sein Pferd und verließ so schnell und heimlich, wie es ging, den Hof.

Währenddessen war der Kaiser ganz von den Bewaffneten des Königs umzingelt.

Der König ritt noch einmal zu ihm heran und sagte: »Ihr könnt, wenn Ihr wollt, wenige Getreue mitnehmen.«

An Berengar und Bernhard gewandt, mahnte er leise: »Lasst ihn nicht entkommen. Der Alte ist schlau. Macht alles wie vereinbart.«

»Selbstverständlich. Gott und dem Reich und Euch zur Ehre«, erwiderte Berengar.

Die vielen Bewaffneten setzten sich in Bewegung, den Kaiser wie einen Gefangenen abführend.

Bernhard drehte sich noch einmal um und sah, wie der König siegesgewiss den Arm hob und den Rittern, die ihn nach Mainz begleiteten, das Zeichen zum Aufbruch gab. Bernhard fühlte sich nicht wohl bei dieser Sache. Dass die Tränen des Kaisers, seine Bitten, ihn nicht gefangen zu nehmen, und sein Flehen, ihn nicht seinen Todfeinden zu übergeben, so gar keine Wirkung des Mitleids auf den jungen Heinrich hatten, war beunruhigend. Andererseits hatte der junge Heinrich erklärt, er hätte keinen irdischen Vater mehr, sondern erachte ausschließlich den himmlischen als seinen Vater, dem er zu gehorchen habe. Mit diesen Gedanken beschäftigt, ritt Bernhard über die Steinbrücke bei Bingen, dann an der Nahe entlang. Bernhard mochte den Kaiser nicht ansehen, dessen Gesicht in sich zusammengefallen war. Grau, zerfurcht, verzweifelt, hoffnungslos. Ein geschlagener alter Mann, der Todesängste auszustehen schien. Weiter ging es an einigen ärmlichen Hütten vorbei. Die den Zug verwundert anstarrenden Waldbauern wurden von den Männern des Königs weggescheucht. Auf steilen Berghängen ging es hinauf zu einem Felsberg, auf dem die Burg wie eine Festung gebaut war.

Das Ziel war erreicht. Sie ritten unter dem Fallgitter in den Burghof hinein, wo Graf Sponheim mit seinen bewaffneten Rittern den Kaiser ohne jegliche Ehrerbietung in Empfang nahm. Die Übergabe erfolgte. Graf Berengar wiederholte den Befehl des Königs:

»Kärgliche Nahrung, kein Bad, kein Bartscheren, kein Priester!«

Das ist zu hart, zu entehrend, dachte Bernhard, während er sein Pferd wendete, um zusammen mit den Fürsten den jungen König Heinrich in Mainz zu feiern.

Er ahnte es, er wusste es, auch er wurde der Machtgier und der Feigheit des Königs geopfert. Tief in Gedanken grübelte er darüber nach, wie er dennoch an das Erbe Udalrichs käme. Letztlich gab es nur einen Weg, den Preis seines Zweikampfes zu erlangen:

Der Junge musste weg.

Alice' Sohn musste weg.

1106

Wie jede Nacht wurde Alice vom Weinen ihres kleinen Luitger geweckt. Sie stand auf, hob ihn aus seiner Wiege, nahm ihm die lange Binde ab, mit der er von Kopf bis Fuß gewickelt war, säuberte ihn sanft mit Rosenöl, streichelte und massierte seine Arme, Hände, Beine, Füße, den ganzen kleinen Körper, und nahm ihn zu sich ins Bett.

Hingebungsvoll saugte Luitger an ihrer Brust. Zu einer Amme hatte Alice sich nicht entschließen können, sie hatte Hanno gestillt und wollte genauso auch dieses Kind stillen. Es erschien ihr sicherer, insbesondere da die Geburt schwierig und Luitger fast drei Wochen zu früh geboren war. Endlich glaubte sie hoffen zu dürfen, dass ihr Kind am Leben blieb. Zärtlich strich Alice ihm über sein Köpfchen.

Rotes Haar, dachte sie. Dem Himmel sei Dank, dass Luitger flammend rotes Haar hatte. Wenn auch mehr noch ein Flaum denn volles Haar sein Köpfchen bedeckte, so war die Farbe unverkennbar. Jeder sprach, wenn er des Jungen zum ersten Mal ansichtig wurde:

›Wie der Vater, Udalrich, unser Burggraf. Gott habe ihn selig.‹

Alice dankte Gott, dass niemand Verdacht schöpfen konnte.

Auch Bernhard nicht? Nein, entschied sie sich, während sie ihren Sohn beim Schein des Kerzenlichtes betrachtete. Auch er nicht.

Ihre Sinne blieben an seiner Gestalt haften, schmeckten seine Haut, rochen sein Haar.

Was denke, was fühle ich da?, ertappte sie sich. Reiß dich zusammen, überlege, was ist von Bernhard zu erwarten? Verletzt ist er, enttäuscht und zornig, dass ausgerechnet er die Urkunde des Kaisers unterfertigen musste. Das verzeiht er mir nie!

Es stach Alice durchs Herz, als sie seinen Namen las: Graf Bernhard von Baerheim.

Er war Zeuge des Rechtsaktes. Er bebte sicher vor Wut und Empörung, während er sich zwang, einen gleichmütigen Eindruck zu erwecken. Alice wunderte sich über sich selbst, sie konnte keine Schadenfreude empfinden. Bernhard tat ihr leid. Der Zweikampf um die Lehen des Burggrafen war vergeblich. Ihr Sohn nahm ihm den Lohn seines Kampfes. Wie musste er das Kind hassen.

Der kleine Luitger war an ihrem Busen eingeschlafen, vorsichtig löste sie seinen Mund, stand auf und legte ihn in seine Wiege. Der Kleine wurde davon nicht wach, schlief ruhig weiter, das Mündchen noch immer leicht geöffnet.

Alice aber fand keine Ruhe, als sie sich wieder in ihr Bett legte und die Federdecke bis zum Hals hinaufzog. Sie fröstelte.

Es fehlt die Handschrift des Königs, überlegte sie. Martin hat gesagt, dass der Kaiser mit seinem Sohn zusammen in einer Kammer schlief und der junge Heinrich bei der Ausstellung der Legitimierung anwesend war. Warum fehlt seine Unterschrift? Wollte der Kaiser es seinem Sohn nicht zumuten, eine Urkunde zu unterfertigen, in der der Gegenbischof von Passau als Vormund eingesetzt war? Hatte der Kaiser aus Klugheit darauf verzichtet, seinen Sohn zu einer Handlung zu zwingen, die dieser aus tiefer Frömmigkeit und Ergebenheit für den Papst nicht billigen konnte?

Was aber würde die Zukunft bringen?, fragte sich Alice bang. Der Kaiser war gefangen, er könnte ihr nicht mehr zu ihrem Recht verhelfen. Ihr war so kalt, dass sich ihre Glieder schmerzhaft verkrampften, sie mit den Zähnen bibberte.

Würde Bernhard die Legitimierung anfechten? Und wenn er damit keinen Erfolg hätte? Das könnte durchaus sein, dass der König keine Kaiserurkunden infrage stellen ließ. Was würde dann Bernhard machen? Verzichten? Wohl kaum. Was dann?

Entführen, dachte Alice kalt. Noch schlimmer: Ermorden. Töten lassen. Bernhard würde seinen eigenen Sohn töten!

Ihr wurde übel, es würgte, es kam ihr hoch, sie schluckte die Galle herunter.

Er wird seinen eigenen Sohn umbringen lassen, dachte Alice klar und nüchtern.

Sie wusste auch, von wem, wer dazu fähig wäre, ein Kind zu beseitigen: Kaspar.

Der Name wurde zur Drohung, zu einer Fratze, einem Meuchelmörder, der sie belauerte, bereit, zuzuschlagen.

Oh Mutter Gottes!, rief sie. Trotz der Kälte kniete sie auf dem kalten Boden nieder und betete:

Ave Maria!
Gegrüßet seist du, Maria, voll der Gnade,
der Herr ist mit dir.
Du bist gebenedeit unter den Frauen
Und gebenedeit ist die Frucht deines Leibes,
Jesus!

»Maria, Mutter Gottes, lass auch mich gesegnet sein. Lass auch meine Kinder gesegnet sein!

Hilf mir.«

Alice vergrub ihr Gesicht in ihren Händen. »Was soll ich tun? Fliehen?«

Maria war mit ihrem Kind geflüchtet. Nein, Maria und Josef waren mit ihrem Kind nach Ägyptenland geflüchtet, verbesserte sich Alice. Sie aber war allein, allein mit zwei Kindern, die nicht ihre Kinder waren, wie es sich gehörte.

Wohin sollte sie mit ihnen fliehen? Nur in Passau gewährte Bischof Thiemo ihnen Schutz, Thiemo, der Bischof des gefangenen Kaisers. Wie lange würde er sich halten können? Und die Passauer? Sie wurde geehrt um ihres Sohnes willen, des rechtmäßigen Erben des Grafen Udalrich. Und auch zu Leyla waren die Leute gut. Die Nonnen waren sogar stolz, dass sie aus einem Heidenkind eine Christin gemacht hatten. Alice war nicht ganz wohl dabei, wenn sie die klugen Augen ihrer Tochter sah. Woanders aber wäre sie mit ihrer dunklen Haut, den schwarzen, lockigen Haaren und den fremdartig geschnittenen dunklen Augen nichts als ein Bastard, das Kind eines Sarazenen, und sie, Alice, wäre wieder eine Hure. Das war schrecklich genug. Was aber, wenn Leyla verfolgt würde, weil sie das Kind von Ungläubigen war?

Ungläubig, das Wort sackte in Alice hinein. Die Mutter von Leyla war eine Ungläubige, so wurde sie genannt. Und dennoch fühlte Alice eine warme Verbundenheit mit dieser fremden Frau. Sie hatte den tiefen, festen Glauben, dass ihr Kind gerettet würde. Von einer Überlebenden gerettet – und sei es von einer Christin. Sie aber wurde getötet, von Bernhard getötet.

Bernhard hat Leylas Mutter getötet.

Er hat Leylas Mutter getötet. Der Satz hämmerte sich in ihrem Gehirn ein.

Alice blieb die Luft weg. Der Magen tat ihr weh, ihr Kopf schmerzte.

Gepeinigt drehte sie sich zur Seite und starrte zu Leyla hinüber, die tief und sanft schlief. Doch selbst wenn sie Bernhard in seiner Ohnmacht und Wut über Hannos Tod verstand, es nützte alles nichts, er hatte Leylas Mutter getötet – und sie, Alice, hatte auf der Treppe zur Klagemauer gestanden, war Zeuge der Tat – und hatte sich ihm in Liebe hingegeben, ein Kind von ihm.

Alice schämte sich. Es half nichts. Es war die Wahrheit. Sie musste überlegen, ganz klar überlegen, was Bernhard tun würde.

Würde er ein Kind töten? War er dazu fähig? Gut und Böse hatten sich in diesen schlimmen Zeiten verschoben. Einen Gefolgsmann des Tyrannen, des Antichristen, des Kaisers Heinrich, zu töten, war zur gottgefälligen Tat geworden. Das Kind eines treuen Anhängers des Kaisers zu töten – auch? Salome sähe darin gewiss ein frommes Werk und stachelte Bernhard dazu an.

»Gott im Himmel, mit deinem Sohn Jesus Christus, sei mir Sünderin gnädig, sende deinen Heiligen Geist, dass es nicht geschieht.«

Angst.

Alice hatte unablässig Angst. Sie verfolgte sie des Nachts. Angst im Schlaf, auch wenn sie die Schlafkammer mit einem festen Riegel verschlossen, ihren Sohn zu sich ins Bett genommen hatte, ein scharfes Messer und ein Schwert griffbereit. Angst verfolgte Alice den ganzen Tag. Angst im Palas, hinter jeder Tür konnte der Mörder lauern, aus jeder Kammer springen und das Kind erwürgen, erstechen. Angst draußen in den Gassen, am Inn, an der Donau, auf ihrem Weg zum Kloster Niedernburg. Hinter jeder Hütte, jedem der niedrigen, strohgedeckten Häuser, jedem Gebüsch, in jeder Gasse, bei jeder Biegung des Weges an den Flüssen konnte der Mörder warten.

Die Angst steigerte sich zur Furcht, als sie am Nachmittag, es dämmerte schon, auf ihrem Weg zum Kloster Niedernburg Kaspar am Inn begegnete. Er sprang nicht plötzlich aus einem Gebüsch, lautlos, das Messer gezückt, er kam ihr am Hafen entgegen, ganz offen. Er versteckte sich nicht.

Alice zückte ihr Messer, das sie am Gürtel trug. Noch nie war sie Kaspar in all den Jahren in Passau begegnet. Warum also ausgerechnet jetzt? Er war kaum wiederzuerkennen. Aus dem Jungen war längst ein Mann geworden. Wahrscheinlich ein Frauenheld mit seinem Oberlippenbärtchen und seinen langen schwarzen Wimpern unter seinen dunklen, schmalen Augen.

Kaspar ging ganz nah an ihr vorbei, sah ihr unverfroren ins Gesicht und sagte deutlich:

»Grüß Gott, Alice. Ihr habt einen niedlichen Sohn bei Euch.«

Alice packte das Grauen. Davonlaufen oder nicht? So tun, als fürchte sie sich nicht? Alice rannte los. Dabei kam sie sich lächerlich vor.

Sie spürte, dass er sich nach ihr umdrehte.

Was für ein ekelhafter Kerl, den Bernhard schon seit Antiochia mit sich schleppte.

Auf dem Rückweg, diesmal an der Donaulände, begegnete ihr Kaspar erneut. Alice hielt Leyla fest an der linken Hand, den

Arm legte sie um den kleinen Luitger im Tragetuch, die rechte Hand krallte sie um den Knauf ihres Messers. Es war mittlerweile dunkel. Kein Mensch an diesem kalten, zugigen Januarabend unterwegs.

Wenn er Luitger etwas antun wollte, so war jetzt die Gelegenheit. Alice zückte ihr Messer, flüsterte Leyla zu: »Wenn der Mann mir etwas tut, lauf davon! Hol Hilfe!«

Doch Kaspar blickte ihr wieder frech ins Gesicht und sagte: »So spät noch, Jungfer Alice. Habt Ihr gar keine Angst? Darf ich Euch begleiten?«

»Nein, nein«, stammelte sie.

»Ist schon gut«, erwiderte er und verschwand spurlos.

Alice war erschüttert, als sie endlich in ihrer Kammer den Riegel vorgeschoben hatte. Was sollte sie von dieser Begegnung halten? Wollte Bernhard ihr Angst machen, sie quälen, bevor er Luitger ermorden ließ?

Oder handelte Kaspar aus eigenem Antrieb? Schließlich hatten sie sich noch nie leiden können, war sie immer misstrauisch gewesen, hatte damals während des Kreuzzuges einmal Kaspar sogar im Verdacht, Hanno mit einem Kissen ersticken zu wollen.

Den folgenden Tag ließ sich Alice von Rotger, einem seinem toten Herrn Udalrich noch immer treu ergebenen waffenkundigen Knecht, begleiten, ging auch nicht mehr am Fluss entlang, sondern ritt mitten durch die Stadt. Sie fühlte sich sicherer, auch wenn sie in jede der Seitengassen voller Argwohn spähte. Kaspar ließ sich nicht blicken, sofern er sie überhaupt verfolgte. Leyla saß auf ihrem kleinen Pferdchen und erzählte unbefangen von den Erlebnissen ihres Tages, der kleine Luitger im Tragetuch schlief. Der Knecht ritt etwas hinter Alice, bewaffnet mit Schwert und Lanze.

Da erblickte Alice in der Gasse *Unter Schustern* vor einem Laden zwei Pferde, von denen ihr das braune bekannt vorkam.

Pferde gibt es so viele, beruhigte sie sich. Wie sollte sie Bernhards Pferd wiedererkennen?

Doch das Gefühl sprach die Wirklichkeit aus gegenüber ihrem

vernünftigen Beteuern. Aus dem Schusterladen trat Bernhard mit seiner Gattin Salome.

Alice wurde heiß. Umkehren? Die Flucht ergreifen? Lächerlich.

Aufrecht ritt sie auf das Paar zu. Bernhard half Salome beim Aufsitzen und saß selber auf. Salome tat, als hätte sie Alice nicht bemerkt, tätschelte den Hals ihres Pferdes.

Bernhard aber betrachtete die sich nähernde Gruppe unverwandt. Sein Blick blieb an Leyla haften.

Er lächelte ihr zu, als das Mädchen an ihm vorbeiritt.

Auch Leyla blickte den Fremden an, lächelte.

Alice hörte erleichtert, wie Bernhard und Salome in entgegengesetzter Richtung davonritten.

Leyla schien in Gedanken.

»Mamme«, fragte sie endlich, als sie schon den Platz *Unter Kramern* erreichten, »kennt Ihr den Herrn?«

Alice schluckte.

»Ja. Es ist Graf Bernhard von Baerheim«, sagte sie heiser.

Leyla strahlte. »Mamme, so stelle ich mir einen Ritter vor.«

In der Nacht darauf wurde Alice krank. Leylas Bemerkung, dass Bernhard ihr gefiel – und das Mädchen ihm offenbar ebenfalls, die Geschehnisse in Jerusalem und die bange Frage, was er eigentlich wollte, verursachten ihr Kopfschmerzen, Übelkeit und eine Pein, als könnte sie den Tag nicht überleben. Mehrmals klopfte eine Magd an ihre Tür, Ritter Martin warte in der Halle. Gegen Abend, nachdem sie noch einmal den Finger in den Mund gesteckt und Galle gespuckt hatte, raffte Alice sich auf.

»Endlich kommst du. Ich warte schon seit dem frühen Nachmittag auf dich!«, rief Martin, stand von seinem Schemel auf und ging auf Alice zu, die den kleinen Luitger in einem Tuch vor ihrer Brust trug.

»Warst du denn so krank?«

Ohne ihre Antwort abzuwarten, stieß Martin hervor:

»Bischof Thiemo ist fort.«

Alice runzelte die Stirn.

»Was heißt das, ›fort‹?«

»Das heißt, Bischof Thiemo ist spurlos verschwunden. Niemand weiß, wo er sich aufhält, wo er hingegangen ist, er war einfach mit einem Mal weg. Vielleicht ist er geflüchtet, weil der Bischof des Papstes Ulrich jeden Tag hier in Passau auftauchen könnte. Vielleicht ist er auch ermordet worden. Keiner weiß es.«

Alice hielt sich vor Schreck die Hand vor den Mund und sank mehr, als dass sie sich setzte, auf einer Bank nieder.

»Woher weißt du das?«, stammelte sie.

»Von seinen Ministerialen. Er hatte mich auf heute zu einer Besprechung geladen. Da war er fort. Seine Leute sind in Aufregung. Ich glaube, sie fliehen auch oder überlegen es sich.«

»Erzähl! Was ist passiert?«

»Also, ich war letzte Woche bei Bischof Thiemo, weil ich ihn im Auftrag des Königs von Jerusalem bitten wollte, in seiner Predigt Ritter und Fußsoldaten aufzufordern, ins Heilige Land zu kommen. Da habe ich ihn schon besorgt, zornig und mutlos gefunden. Bischof Thiemo hat mir mitgeteilt, dass der Kaiser auf der Burg Böckelheim wie ein Verbrecher behandelt wurde, in strengster Haft, unter unwürdigsten Bedingungen. Das war erst der Anfang der Ereignisse. Der Kaiser wurde offenbar bis zur Todesnot gequält. Um sein bloßes Leben zu retten, hat er angeordnet, dass die Herrschaftsinsignien Krone, Zepter, Reichskreuz, Heilige Lanze und Reichsschwert an seinen Sohn zu übergeben seien. Nach all diesen unmenschlichen, entwürdigenden Handlungen wurde der Kaiser unter strengster Bewachung zur Pfalz Ingelheim bei Mainz gebracht.«

»Warum denn nicht nach Mainz?«, wollte Alice wissen.

»Das Volk von Mainz ist für den Kaiser. Man befürchtete einen Aufstand. Außerdem sind nach Ingelheim nur die Anhänger Heinrichs V. gekommen, die des Kaisers blieben in Mainz.

Der Kaiser wurde dort aufs Peinlichste befragt und verhört.

Er bat darum, sich auf würdige Weise rechtfertigen zu dürfen, dies wurde ihm ausgeschlagen. Als der Kaiser sah, dass das Urteil über ihn längst gefällt war und er nur noch Gewalt zu erwarten hätte, da warf er sich allen Anwesenden zu Füßen und erklärte öffentlich, er verzichte auf die Kaiserwürde. Seinen Sohn flehte er inständig und unter Tränen an, jedenfalls das Naturrecht walten zu lassen und Erbarmen zu zeigen, aber der hat sein Gesicht von ihm abgewandt. Doch nicht genug damit. Der Kaiser hat das von den beiden Legaten des Papstes verlangte Sündenbekenntnis abgelegt, und zwar in der erniedrigendsten Haltung, ausgestreckt auf dem Boden liegend vor allen Geistlichen und Fürsten. Er hat sich sogar bereit erklärt, dem Papst den unterwürfigen Gehorsam zu leisten und in allen geistlichen Dingen dessen Machtvollkommenheit anzuerkennen, wenn er nur vom Bann befreit würde. Doch die Legaten haben ihm die Lossprechung verweigert.«

»Warum?«

»Mit der Begründung, dies könne nur der Papst tun.«

»Mein Gott, furchtbar. Wie unbarmherzig. So ist noch niemals ein Herrscher entehrt worden.«

»Der junge König ist dann in Mainz unter großem Jubel der Fürsten, die ihn bereits mit Hochrufen nach der Gefangennahme seines Vaters begrüßt hatten, zum zweiten Mal gekrönt worden, übrigens von Bischof Ruthard von Mainz.«

»Von dem Bischof also, der sich an dem Besitz von Juden bereichert hat. Da hat Bischof Thiemo als Bischof des Kaisers natürlich die Flucht ergriffen.«

Reglos saß sie da. Die Hände kraftlos im Schoß. Ganz blass.

»Was wird aus mir? Aus meinem Sohn? Der Bischof von Passau ist sein Vormund. Die Vormundschaft wird sich Bischof Ulrich bestimmt nicht nehmen lassen.«

»Bei dem Reichtum gewiss nicht.«

Luitger fing an zu weinen. Alice nahm ihn aus ihrem Tragetuch. Der Kleine schrie noch lauter.

»Still ihn doch«, schlug Martin vor.

»Ich habe ihn gerade gestillt.«

»Dann leg ihn in seine Wiege.«

»Ich lasse ihn nie allein.«

Martin blickte Alice verwundert an.

»Ich habe Angst, dass ihm was passiert.«

»Dass jemand ihn ermordet?«, fragte er ungläubig.

Alice antwortete nicht darauf, sondern legte Luitger doch an. Nach wenigen Zügen war das Kind eingeschlafen.

Alice betrachtete ihren Sohn und fragte dann besorgt:

»Kennst du den neuen Bischof?«

»Thiemos Leute haben mir einiges über ihn erzählt, sie fürchten sich vor ihm.

Ulrich ist uralt, über 70, aber keineswegs vergreist, im Gegenteil. Als hart und unerbittlich gilt er. Vor allem ist er ein Gegner Heinrichs IV. Ulrich ist 1092 von Feinden des Kaisers zum Bischof von Passau erhoben worden, konnte sich jedoch nur im östlichen Teil seiner Diözese aufhalten, und das auch nicht immer. Passau konnte er, wie du weißt, wegen Bischof Thiemo jedoch nicht betreten. Vor allem hat er sich beim Papst eine herausragende Machtfülle angeeignet. Er ist Vikar des Papstes, Papst Paschalis hat ihn zusammen mit Bischof Gebhard von Konstanz, einem Todfeind Heinrichs IV., als apostolorumque vicarius bezeichnet. Und was dich besonders interessieren dürfte, Zehntrechte und Pfarreien des Klosters Kremsmühl hat er an sich gerissen, auch das große Gut zu Pettenbach. Er hat es den Mönchen bisher nicht zurückerstattet trotz kaiserlichen Gerichtsentscheids.«

»Wegen des kaiserlichen Gerichtsentscheids, meinst du wohl. Das sieht böse für mich aus«, stöhnte Alice.

»Dazu ist er noch sittenstreng, wie alle geweihten Anhänger des Papstes. Frauen sind für ihn gewiss Teufelswerk, Schlangenbrut. Nonne oder wenigstens verheiratet muss eine Frau sein, damit ihr nicht vorgeworfen wird, mit dem Teufel im Bunde zu stehen«, sagte sie bitter.

»Die verheirateten Priester haben schon Passau verlassen. Sie haben gewiss Sorge, so misshandelt zu werden wie damals, als Bischof Altmann regierte. Ich habe gesehen, wie sie ihre Habseligkeiten auf Wagen packten und verschwanden.«

»Martin, was soll aus mir werden? Ich habe Angst.«

»Das Schlimme ist, Bischof Ulrich hat auf den jungen König großen Einfluss. Der König wird dir gewiss kein Recht verschaffen, wenn Ulrich das Vermögen deines Sohnes an sich reißt. Seit Beginn des Aufstandes des jungen Heinrich ist er an dessen Seite. Deshalb hat sein Wort so viel Gewicht, dass Bischof Ulrich den König in seinen Entscheidungen umstimmen kann. Das hat sich gleich beim Hoftag in Mainz gezeigt. König Heinrich wollte den Abt Hartmann von Göttweig zum Erzbischof von Salzburg erheben. Da aber Ulrich den Abt Hartmann nicht ausstehen kann, hat er sich dem König widersetzt. So wurde Konrad von Abensberg am Tag nach dem Hochfest der Heiligen Drei Könige auf den Erzstuhl erhoben.«

»Er handelt also aus persönlicher Willkür zu seinem Vorteil. Martin, das wird furchtbar für mich und meine Kinder.«

»Alice, der Mann ist gefährlich. Sei auf der Hut!«

Tags darauf hielt Bischof Ulrich Einzug in Passau. Alice beobachtete den hohen Geistlichen aus einem schmalen Fenster ihres Palas'. Alt war er, viel älter als gewöhnlich Menschen werden. Dürr, hager saß er aufrecht, ehrfurchtgebietend auf seinem prächtigen Schimmel. Scheu wichen die Männer und Frauen auf der Gasse vor ihm zurück, verbeugten sich tief vor dieser Macht. Auf ihren Gesichtern stand Sorge, fast 20 Jahre war Thiemo Bischof von Passau gewesen, für viele fast ein halbes Leben. Was würde Ulrichs Pontifikat bringen, wie hart würde er durchgreifen, wie unnachgiebig im Sinne des Papstes das religiöse Leben in Passau erneuern? Wer fiele dem zum Opfer?

Dieser knochige, machtbewusste Fürst wird wie ein strenger Hirte seine Schafe gefügig machen, dachte Alice. Seinen scharfen Augen entgeht nichts.

Ihre Gedanken hasteten weiter. Ganz sicher nimmt er sich das Recht heraus, anstelle Bischof Thiemos Vormund meines Sohnes zu sein. Ganz sicher wird er sich unverzüglich einen genauen Überblick über das Erbteil seines Mündels machen, jede Urkunde bis aufs Kleinste auswerten, Geld und Schmuck an sich raffen.

Aber nicht meinen Schmuck, durchfuhr es Alice.

Der Entschluss war gefasst. Alice rief nach Rotger, schickte ihn zu Martin mit dem Auftrag, ein Packpferd mitzubringen. Was konnte sie in Sicherheit bringen, ohne des Diebstahls bezichtigt zu werden? Schmuck, kostbare, mit Gold bestickte Kleider, Geld. Alice entschied: eine kleine Truhe voller Passauer Silbermünzen. Hastig stopfte Alice den Schmuck in Ledertaschen. Um die Kleider tat es ihr leid, dass sie nicht sorgfältig in Truhen fortgeschafft werden konnten. Raschen Schrittes ging sie in die Schreibstube, überlegte, die Schriftstücke müsste sie dalassen. Sie gab dem secretarius die Anweisung, jedenfalls Abschriften zu machen. Von bösen Vorahnungen geplagt, hastete Alice von Kammer zu Kammer. Vorsichtshalber steckte sie Leylas Puppe ein, als ahnte sie, dass sie mit ihren Kindern in der Stadtburg nicht wohnen bleiben dürfte. Also alles mitnehmen, was ihr lieb war.

Eine Magd meldete Martin.

»Was ist denn los?«

»Bischof Ulrich wird als Vormund Luitgers den gesamten Besitz an sich bringen.«

»Du meinst, verwalten, bis Luitger mündig ist.«

Alice ging auf den Einwand nicht ein.

»Ich versuche, zu retten, was zu retten ist. Ich bitte dich, die Sachen an dich zu nehmen. Martin, du bist mein einziger Freund.«

»Selbstverständlich helfe ich dir.«

»Sind die Sachen in deiner Herberge auch sicher?«, überkam Alice die nächste Sorge.

»Nein, sind sie nicht. Nun erschrick nicht. Wir bringen sie zu Frau Katharina.«

»In mein früheres Elternhaus? Bitte nicht.«

Alice nahm sich zusammen.

»Du bist dir sicher, dass Frau Katharina die Sachen für mich versteckt?«

»Alice«, druckste Martin. »Ich wollte es dir schon seit Längerem sagen. Katharina und ich sind uns sehr gut. Wir wollen noch in diesem Jahr heiraten. Es wäre mir eine große Ehre, ich wäre dir mein Leben lang dankbar, wenn du zu unserer Hochzeit kämest. Ich weiß, es fällt dir schwer, das Haus zu betreten, das du einmal dein Vaterhaus genannt hast.«

Alice schluckte, dann sagte sie:

»Es gibt Schlimmeres. Natürlich werde ich kommen.«

»Ich habe, das solltest du wissen, auch Bernhard eingeladen, als ich ihn kurz vor dem Fest der Geburt des Herrn in Bingen traf.«

Alice hörte sich Martins Erklärung und Entschuldigung gar nicht mehr richtig an. Sie dachte nur: Auch das noch, so viel Unglück.

Nach einer unruhig verbrachten Nacht wachte Alice wie zerschlagen auf. Die Glieder taten ihr weh, besonders die Arme, und sie hatte einen Krampf im Fuß. Sie wusste nicht, wie sie sich kleiden sollte, reich und kostbar oder bescheiden, ärmlich. Nach einigem Hin und Her entschied sich Alice für ihr verschlissenes grünes Kleid mit dem roten Kreuz, das sie als Jerusalempilgerin auszeichnete. Darüber legte sie den blauen Mantel, den ihr einst der Abt geschenkt hatte.

Leyla sah sie erstaunt an.

»Der neue Bischof könnte mich sprechen wollen. Da ist es vielleicht gut, ihm zu zeigen, dass ich das Kreuz genommen habe und nach Jerusalem gepilgert bin.«

»Mamme, Ihr seht aus, als hättet Ihr Angst.«

Alice unterdrückte ein: ›Hab ich auch‹ und sagte stattdessen:

»Auf zum Kloster Niedernburg. Die Nonnen sorgen sich sonst, wo du denn bleibst.«

Es war bedrohlicher, als Alice befürchtet hatte. Als sie wieder vom Kloster zurück zu ihrer Stadtburg kam, warteten vor dem Tor Soldaten des Bischofs.

»Zum Bischof, los!«, schrie einer sie an. »Aber ohne den Säugling da. Der bleibt hier.«

Widerstrebend übergab Alice den Jungen Rotger:

»Gebt acht auf ihn.«

Der kräftige Mann nickte und nahm behutsam Luitger in den Arm.

Wie eine Gefangene führten die Männer Alice über den Domplatz zum Bischofssitz. Durch mit Fackeln erleuchtete Gänge wurde sie geführt, bis ein Mönch eine niedrige Tür öffnete.

In einem kargen, dunklen Raum stand Bischof Ulrich.

Der Greis blickte Alice zwar ernst, aber durchaus wohlwollend an, während sie vor ihm auf die Knie sank und seinen Ring küsste.

»Meine Tochter, erhebe dich«, gebot Bischof Ulrich und ließ sich auf einem gepolsterten Stuhl nieder.

Alice blieb im Raum stehen. »Möglicherweise hat sich auch in das entfernte Passau zu dir die Kunde getragen, dass der alte Kaiser abgedankt hat und der junge Heinrich König geworden ist.«

»Gewiss«, antwortete Alice.

»Es hat sich so zugetragen: Der Kaiser wollte nach Mainz eilen, um den Hoftag zu verhindern, den sein Sohn einberufen hatte. Auf dem Weg dorthin trafen die beiden zusammen und König Heinrich mahnte den Vater wegen des Kirchenbanns und der vielen ungewöhnlichen Vergehen, denen sich der Kaiser im Laufe seines Lebens schuldig gemacht hatte. Gemeinsam machten sich Vater und Sohn auf den Weg nach Mainz. Da erfuhr der junge Heinrich von Vertrauten, dass der Kaiser geheime Machenschaften plane, weswegen er auf eine sichere Burg gebracht wurde. Der junge König hat auch seinem Vater deutlich gemacht, dass Ruthard, der Erzbischof von Mainz, den Kaiser nicht in seiner Stadt dulden werde.«

Der Bischof hob sein Kinn.

»Nachdem der Kaiser, in Ruhe und mit sich selbst zu Rate gekommen, das Fest des Herrn in Böckelheim verbrachte, befahl er, die Reichsinsignien zur Pfalz Ingelheim zu bringen. Dort übergab er die königlichen und kaiserlichen Insignien seinem Sohn, empfahl unter zahlreichen Tränen den jungen König den Fürsten und versprach, von nun an gemäß den Verfügungen des Papstes und der ganzen Kirche für seine Seele zu sorgen.«

Bischof Ulrich machte eine Pause und sah Alice eindringlich und besorgt an.

»Das solltest auch du tun, für deine Seele sorgen.«

»Das ist uns allen von Gott aufgetragen«, wagte Alice zu bedenken zu geben. »Unser Herr Jesus Christus sagt: ›Wer auch die ganze Welt gewönne und nähme Schaden an seiner Seele …‹«

Sehr ungnädig fuhr Bischof Ulrich dazwischen:

»Genau das hast du, Schaden an deiner Seele genommen. Wie ich sehe, bist du Jerusalempilgerin. Obwohl du dem Aufruf Papst Urbans gefolgt bist, obwohl du wahrscheinlich dein Leben für Jesus Christus aufs Spiel gesetzt hast, bist du von ihm abgefallen und bist die Buhle eines Erzfeindes der Kirche geworden.«

Seine Augen bekamen einen stechenden Blick.

Falsch gemacht, dachte Alice. Das Kleid hätte sie besser nicht angezogen.

»Noch schlimmer«, setzte der Bischof nach.

»Eine Frau verkauft sich nicht, wenn sie nicht schon gewisse Erfahrungen hätte. Wo aber könntest du die gewonnen haben. So jung, wie du damals warst, wohl nur auf der Heiligen Pilgerfahrt. Schon damals warst du eine Metze. Du hast das Heilige Kreuz entweiht.«

O Gott, worauf will er hinaus?, fieberte Alice.

»Sag, was spricht für deine Verteidigung?«

»Ich bin die Tochter Karls von Passau, eines freien Kaufmanns. Ich habe auf der Pilgerfahrt keine Unzucht getrieben. Ich habe Jesus Christus mit meinen eigenen Händen verteidigt, Wache gestanden, mitten im Kampfgeschehen unseren Rittern Wasser gebracht, Pfeile aufgehoben, habe mir bei der Eroberung Jerusalems schwere Brandwunden an den Händen zugezogen.«

»Zeig sie mir.«

Verächtlich zog Bischof Ulrich die Mundwinkel nach unten.

»So schlimm kann es nicht gewesen sein.«

»Abt Johannes vom Kloster Lichtenfels hat sie geheilt. Der Abt ist meines Vaters Bruder.«

Das könnte die Rettung sein.

»Abt Johannes, sagst du? Das macht dein Vergehen, deinen tiefen Fall ins Fegefeuer, nur noch unaufhaltsamer. Abt Johannes ist ein Heiliger, und du bist so weit vom Pfad der Tugend abgeglitten, dass du die Dirne eines Gotteslästerers wurdest. Glaube nicht, dass dich deine Verwandtschaft mit einem Abt rettet.«

Wieder schwieg er.

»Ich lege dir eine Buße auf, die dir die Jahre im Fegefeuer verkürzen könnte, wenn du beichtest und bereust. Werde Klausnerin, lass dich einmauern – ohne deine Kinder.«

Alice wurde todbleich. Sie fasste sich an ihren Hals. Es war ihr, als würde ihr die Gurgel zugeschnürt.

»Ich muss für meine Kinder sorgen«, erwiderte sie möglichst furchtlos. »Ich habe Leyla in Jerusalem vor dem Tode gerettet, sie auf meinen Schultern vom Heiligen Land bis nach Passau getragen, im Herbst und Winter über die Alpen. Ich habe einen Sohn, der fast bei der Geburt gestorben wäre. Ich muss ihn stillen.«

»Das beweist deine Verworfenheit. Gott straft dich und deinen Sohn durch Schwachheit.«

Zwischen Ulrichs Augenbrauen zeigten sich tiefe Zornesfalten.

»Der Vater im Himmel hat mich mit diesem Sohn gesegnet. Er ist gnädig und ließ ihn am Leben. Er hat gütig auf mich herabgesehen.«

Der Bischof lachte höhnisch.

»Was weißt du schon von Gott? Das weiß allein die Kirche. Du bist nichts als eine Sünderin, nicht würdig, deine Kinder, wie du sie nennst, zu erziehen. Darum habe ich beschlossen, dass dieses

Mädchen im Kloster Niedernburg bleibt. Sie wird dem Kloster als Gottesgeschenk übergeben, sie wird Nonne. Ich verbiete dir, das Kind noch einmal vor der feierlichen Übergabe zu sehen. Und was Luitger anbelangt. Dir ist hoffentlich bewusst, dass Luitger nicht dein Kind ist, sondern meins. Ich bin sein Vormund. Ich allein bestimme, was mit ihm geschieht. Und ich habe beschlossen, Luitger wird zu Erzbischof Ruthard nach Mainz gebracht und dort dem Kloster St. Alban übergeben.«

»Ihr wollt aus Luitger einen Mönch machen? Und sein Erbe?«

»Das werde ich treulich verwalten.«

»Wenn Luitger in einem Kloster aufwachsen und eine umfangreiche gelehrte Erziehung erhalten soll, so gebt ihn ins Kloster Lichtenfels.«

Der Bischof geriet einen Augenblick aus der Fassung, kratzte sich am dürren Hals.

»Das Kloster Lichtenfels«, dehnte er das Wort. Dann erwiderte er:

»Bedenke, meine Tochter, wie traurig es für dich wäre, Luitger so in deiner Nähe zu wissen und ihn nicht sehen zu dürfen.«

»Dann gebt ihn wenigstens zu Bischof Hermann von Augsburg. Der Bischof ist der Bruder des Vaters Luitgers, des Grafen Udalrich.«

Bischof Ulrich lachte verächtlich.

»Er ist durch Simonie zu seinem Amt gekommen. Es ist nur allzu bekannt, Graf Udalrich hat ihm seinen Bischofssitz erkauft.«

»Aber Papst Paschalis hat im Jahre 1100 seine Befriedigung darüber ausgesprochen, dass sich Hermann von Heinrich IV. abgewandt hat, und er ist, wie ich hörte, seit dem Reichstag in Mainz wieder in den Schoß der Kirche aufgenommen.«

Der Bischof stutzte einen Augenblick, bis er eine Antwort fand:

»Gerade wegen der verwandtschaftlichen Nähe mit einem Anhänger des gottlosen alten Heinrichs wird und darf Bischof

Hermann nichts mit dem Erbe Udalrichs zu tun haben. Er muss sich reinwaschen durch Demut.«

Alice war am Verzweifeln, vollkommen rechtlos dem Bischof ausgeliefert.

»Meine Entscheidung steht fest«, bekundete er abschließend.

»Was aber dich betrifft«, und seine Augen waren lüstern vor Macht, »auch du bedarfst der Demut. Ich befahl es dir bereits. Lass dich einmauern und vertrau deinen Sohn meiner Fürsorge an. Für eine geeignete Amme habe ich schon gesorgt.«

Er will Luitgers Vermögen an sich reißen. Er wird ihn umbringen. Dazu muss er Luitger nicht einmal töten. Ein wenig Nachlässigkeit reicht. Den weiten Weg nach Mainz überlebt Luitger nie. Und selbst wenn. Luitger ist ein kränkliches Kind. Es ist so einfach, ihn sterben zu lassen. Vater im Himmel! Mich aber will er ausschalten. Er will Luitger so weit fortbringen, dass ich keine Klage erheben kann.

Alice wäre am liebsten mit Fäusten, mit ihrem Messer auf Bischof Ulrich losgegangen. Aber es half nichts. Er hatte die Macht. So sagte sie lediglich:

»Gott ist unser aller Richter. Je höher das Amt, desto strenger das Gericht. Wenn Luitger etwas passiert, wenn er stirbt, dann wird Gott Euch zur Rechenschaft ziehen. Gott schaut in Euer Herz, kennt all Eure Gedanken, sieht Eure Handlungen, vor ihm bleibt nichts verborgen. Denkt immer daran. Die Rache ist mein, spricht der Herr.«

Der Bischof stand auf, war aschfahl geworden vor Zorn, er klingelte. Die Wachen erschienen. Er befahl ihnen, Alice in ein Verlies zu bringen und sie dort erst einmal einzusperren.

Als Alice endlich am Abend entlassen wurde und, von Angst gehetzt und gepeinigt, bei ihrer Stadtburg ankam, da war Luitger bereits fort. Der Wagen mit der Amme hatte Passau verlassen.

Von der Pförtnerin des Klosters Niedernburg wurde Alice abgewiesen. Trotz ihres Bittens und Flehens bekam sie Leyla nicht zu Gesicht. Gerade konnte Alice der die Klappe schließenden Pförtnerin zurufen, sie wohne ab jetzt in der Marchgasse.

~⚬~

»Herr, gut, dass ich Euch gleich hier antreffe!«, rief Kaspar und sprang von seinem Pferd ab. »Leiser«, mahnte Bernhard mit Blick auf die Mägde, Knechte, Handwerker, die im Burghof ihrer Arbeit nachgingen oder nur herumstanden.

»Es verhält sich so genau so, wie Ihr es vorausgesagt habt.«

»Wie genau so?«, fragte Bernhard, während sie zum Palas gingen.

»Bischof Ulrich hat früh am Morgen das wip Alice von seinen soldates abholen und zu sich bringen lassen. Dort hat er sie wahrscheinlich eingesperrt, sie ist jedenfalls nicht wieder herausgekommen, auch nicht, als des Bischofs Leute Udalrichs, ich meine Alice' Wohnturm besetzt, den Jungen geholt und sofort in einen geschlossenen Wagen getragen haben. Er wird nach Mainz in ein Kloster gebracht. Das habe ich aus einem Bediensteten des Bischofs herausgekriegt.«

»Gegen Geld?«

»Nein, er hat sich verplappert.«

»Wer ist sonst noch im Wagen?«

»Eine Amme ist mit dabei und ihr eigenes dickes Kind. Ansonsten wird der Wagen von zwei soldates des Bischofs bewacht. Und«, Kaspar grinste, »sie fahren auf unserer Seite der Donau.«

»So, so«, bemerkte Bernhard, »der Bischof fürchtet wohl den Abt. Dass der seine Pläne durchkreuzt, wenn der kleine Luitger so in der Nähe des Klosters Lichtenfels fortgeschafft wird.«

»Da kann noch ganz anderes geschehen«, freute sich Kaspar.

›Wie ein kleiner Junge‹, schmunzelte Bernhard und blieb stehen.

»Ist noch etwas unklar?«, fragte er seinen Burschen.

Kaspar schüttelte den Kopf.

»Dann bleibt alles wie besprochen«, gebot Bernhard.

Mit raschen, frohen Schritten eilte Kaspar erhobenen Hauptes zu den Stallungen. Bernhard hörte, wie er einige leibeigene junge Männer zusammenrief.

Er selbst begab sich in den Palas, traf in der Halle Lucia, die er eigentlich gar nicht fragen musste, wo sich Salome aufhalte. Er unterließ es auch und ging gleich in die Bibliothek.

Salome stand am Lesepult, das sie am Fenster hatte aufstellen lassen. Sie trug einen Pelz aus Bärenfell, ein durchtriebenes, gefährliches Tier, das Bernhard für sie erlegt hatte. Er trat leise ein, sie bemerkte es nicht, ihre Lippen formten lautlos die Worte nach, die Wangen waren sanft gerötet, sie sah versunken und edel aus. Bernhard fand seine Gattin sehr schön. Er stellte sich neben seine Gemahlin.

»Das Proslogion von Anselm von Canterbury«, sagte er, »das freut mich.«

»Habt Dank, dass Ihr das Buch mir in Florenz geschenkt habt.«

»Und was habt Ihr darin gelesen?«

»*Aliquid quo maius nihil cogitari potest*«, antwortete sie.

»Das, worüber hinaus nichts Größeres gedacht werden kann«, wiederholte Bernhard, während er nach draußen lauschte. Vom Hof hörte er Pferdegetrappel. Er schielte hinaus und sah Kaspar mit fünf leibeigenen bewaffneten Burschen aus dem Burghof hinaustraben.

»Das, worüber etwas Größeres nicht gedacht werden kann, ist Gott. Wie niedrig ist im Vergleich zu Gott unser Leben, wie kleinlich unsere Sorgen, wie erbärmlich unsere Sehnsüchte, unsere Gelüste und böse Begierlichkeit«, sagte sie mit harter Stimme, in der Ekel mitschwang. »Wenn wir uns aber versenken, wenn wir still mit uns überlegend nach dem forschen, was wir nicht wissen, so tut sich mir eine Lichtwelt auf. An dieser Höhe Gottes, an diesem höchsten Sein möchte ich teilhaben, möchte mich aufschwingen, als ob ich Flügel hätte«, sagte sie schwärmerisch und wandte Bernhard ihr durchgeistigtes, erglühtes Gesicht zu.

»Wie sehr bedaure ich es, dass ich den ehrwürdigen Vater Anselm nicht kennengelernt habe, als er bei der Markgräfin Mathilde auf Canossa zu Gast war. Ich frage mich, warum ich ihn nicht aufgesucht habe, als er in Rom weilte, um vom Heiligen Vater Unterstützung gegen die vom englischen König so misshandelte Kirche und die Priesterehen zu erlangen.«

»Wir könnten nach England reisen. Mittlerweile darf sich der Erzbischof dort ja wieder aufhalten. Aber so weit müssen wir nicht gehen, damit Ihr Eure Dankbarkeit gegenüber einem Heiligen erweist. Ihr habt dem Heiligen Valentin drei Messen gelobt, weil Ihr durch seine Gebeine von Euren ständigen Kopfschmerzen befreit wurdet. Zwei dieser Messen stehen noch aus und wir haben schon Anfang Februar. Es bleibt nicht mehr viel Zeit bis zum Namenstag des Heiligen.«

»Doch nicht heute. Ihr wollt nicht heute noch nach Passau?«

»Nun ja, schon. Es verhält sich so, dass Bischof Ulrich gestern in Passau eingetroffen ist und seine Diözese gewiss sehr schnell in den Griff bekommen will. Wir kennen ihn noch nicht in seinem Amt als Fürst von Passau, aber möglicherweise ist er ähnlich wie einst Bischof Pilgrim, der gerne seine Diözese auf Kosten anderer erweitert hat. Jedenfalls halte ich es für ratsam, mit einigen Rittern ihm meine Aufwartung zu machen.«

»Ihr wollt ihm drohen?«

»So würde ich es nicht nennen. Ich möchte ihn nur auf die Machtverhältnisse aufmerksam machen und dabei die Formen der Höflichkeit wahren. Deswegen möchte ich Euch bitten, mit mir nach Passau zu kommen. Die Nacht können wir dort verbringen und morgen dem Bischof gratulieren.«

Salome überlegte. Wie sie Bernhard kannte, würde er auch ohne sie aufbrechen. Dann wäre er die Nacht allein in Passau – dann könnte er zu Alice gehen ... War sie wirklich davor sicher?

»Ich lasse rasch einige Kleider packen. Dann können wir aufbrechen.«

Bernhard atmete innerlich auf. Das war geschafft.

Im raschen Trab ging es zur Donau hinunter. Schweigend, aber nicht gegeneinander abweisend, ritten Salome und Bernhard nebeneinander her. Eine dünne Schneeschicht bedeckte den Boden, die Donau war am Ufer leicht zugefroren. Das Eis knackte bisweilen.

Plötzlich: Rufen, Gelächter, gellendes Schreien einer Frau.

»Bleibt hinter uns!«, gebot Bernhard seiner Gattin und preschte im Galopp auf den Lärm zu.

Der Schrei eines Käuzchens ertönte. Jemand verschwand im dichten Unterholz.

Im Nu hatten sie den Ort des Unglücks erreicht.

Ein Wagen war überfallen worden. Auf dem Boden winselte ein Mann, einen Pfeil im Bein. Bernhard sah die Räuber in den Wald fliehen. Zwei Ritter preschten ihnen nach.

Bernhard stieg vom Pferd ab und ging auf die Gruppe zu. Auch Salome kam heran. Ein zweiter Mann blutete im Gesicht. Der Wagenführer hatte sich unter der Deichsel versteckt. Eine Frau mit einem Mädchen im Arm wagte sich aus dem Wagen. In den Gräsern am Wegesrand lag ein Säugling und schrie. Die Überfallenen redeten und riefen durcheinander. Salome aber ging auf das erbarmungswürdige Bündel zu und hob es auf, nahm das Kind in den Arm.

Streng fragte sie die Frau:

»Wer ist der Junge? Warum hast du nicht auf ihn achtgegeben?«

Die Frau jammerte:

»Die Räuber haben ihn mir entrissen. Ich kann nichts dafür. Es ist das Kind vom Bischof.«

Salome blickte die Frau streng an:

»Vom Bischof?«

»Nein. Es ist von der ... der Frau des Grafen Udalrich. Wir sollen es zum Erzbischof nach Mainz bringen.«

Salome sah fragend überrascht zu Bernhard herüber, der sich von den Kriegsknechten des Bischofs den Vorgang des Überfalls berichten ließ.

Mit betrübter Miene kehrten die beiden Ritter unverrichteter Dinge zurück.

Bernhard äußerte laut seinen Unwillen. Von seinem Herrn zur Rechenschaft gezogen, versuchte sich der ältere Ritter zu verteidigen:

»Verzeiht, Erlaucht. Im Wald war es schon fast dunkel. So viele Schlupfwinkel. Vielleicht sind die Räuber auch auf die Bäume geklettert. Und, bedenkt, unsere Pferde haben das Dickicht nicht durchdringen können, in das sich die Räuber geflüchtet haben.«

Zornig wandte sich Bernhard ab und gebot dem Wagenführer, dem vom Pfeil getroffenen Mann in den Wagen zu helfen. Der packte ihn unsanft unter die Arme und hievte den Stöhnenden auf die Holzbank.

Bernhard zeigte eine besorgte Miene. Zu Salome gewandt, sagte er:

»Der Mann hat Schmerzen. Es scheint geboten, dass wir uns als barmherzige Samariter erweisen und den unter die Räuber Gefallenen beistehen. Ich denke, der Heilige Valentin wird es Euch vergelten, wenn Ihr erst den Notleidenden helft und dann zum Altar geht.«

»Nun denn«, antwortete sie. »Hören wir auf den Apostel Paulus, der uns gemahnt: Trachtet nach Gastfreundschaft. Also kehren wir auf unsere Burg zurück.«

Die Amme stieg wieder ein, fauchte den Verletzten an, er mache sich zu breit. Er hielt dagegen, sie sei zu dick. Beide Kinder schrien. Bernhard befahl seinen Rittern, dem anderen Kriegsknecht Geleitschutz zu geben.

Bernhard ritt mit Salome voran, gefolgt von seinen Rittern und dem Mann des Bischofs. Hinter ihnen rumpelte der Wagen und den Abschluss bildete wieder ein Ritter. Bernhard blickte sich einmal um und las dem Kriegsknecht das Unbehagen vom

Gesicht. Vermutlich hatte er Anweisung vom Bischof, Bernhards Burg rechts liegen zu lassen.

So aber zogen sie wie Gefangene den Berg hinauf, über die Brücke unter dem Fallgitter in den Burghof hinein. Den herbeilaufenden Mägden gab Bernhard Anweisungen für die Bewirtung der Unglücklichen. Salome zog sich augenblicklich zurück. Bernhard jedoch setzte sich zu den Überfallenen in die Halle, wo das Feuer im Kamin prasselte und die Leute nach dem überstandenen Überfall wärmte.

Der Kaplan wurde geholt, der den Pfeil aus der Wade herausstechen sollte, wie auch nach Giselindes Amme geschickt wurde, die unverzüglich erschien, eine junge, kräftige Frau, die ihr Knie vor ihrem Herrn beugte und gespannt auf seinen Auftrag wartete.

»Sei unbesorgt, weil deine Milch verschreckt ist«, sagte er zu der Amme des Bischofs.

»Die Amme meiner Tochter wird Luitger stillen.«

Widerstrebend übergab die Ziehmutter den Säugling der Amme des Grafen, die den Kleinen liebkoste, während sie sich mit ihm entfernte.

Bernhard beobachtete belustigt, wie Bier und der Duft einer deftigen Fleischbrühe die Bedenken der Kinderfrau verscheuchten und sie sich außerordentlich geehrt fühlte, dass der Herr Graf am Tisch sitzen blieb und sich den Überfall genau erzählen ließ: Wie die Räuber, diese Halunken, im Dickicht verborgen, ihnen aufgelauert und sie mit Pfeilen beschossen hätten. Dann seien sie aus dem Gebüsch gesprungen.

»Mit Knüppeln haben sie uns vom Pferd gestoßen, mit Knüppeln, welche Schande.«

»Wir waren in Lebensgefahr!«, rief erregt die Kinderfrau und fasste sich an ihren dicken Hals. »Wäret Ihr nicht gekommen, so hätten diese Galgenvögel uns die Gurgel umgedreht oder uns mit ihren Messern erstochen. Den Balg vom Burggrafen wollten sie entführen. Lösegeld wollten sie erpressen.«

Bernhard hörte sich das Gezeter geduldig an, bis zu seiner

Erleichterung eine Magd erschien, die Schlafplätze seien in den Gesindekammern gerichtet.

Allerdings war die Erleichterung nicht vollkommen. Auf Vorwürfe gefasst, ging Bernhard zu der Kemenate seiner Gattin und horchte. Salome hatte sich nicht zur Ruhe begeben, sondern ging auf und ab. Als Bernhard die Tür öffnete und hereintrat, blieb sie stehen und warf ihm einen zornigen Blick zu:

»*Ihr* habt den Überfall befohlen. Ihr wolltet das Kind an Euch bringen.«

»Nein«, antwortete Bernhard scharf. »Ich stecke nicht dahinter. Und ich nehme es Euch sehr übel, dass Ihr mich so eines Verbrechens für fähig haltet.«

»Verbrechen?«, lachte sie. »Ist Kindesentführung ein Verbrechen? War es ein Verbrechen, dass Erzbischof Anno von Köln seinerzeit den zwölfjährigen König Heinrich IV. nach einem Festmahl auf ein prächtig erleuchtetes Schiff lockte und den Ruderern den Befehl gab, auf die Mitte des Flusses zu fahren?«

Bernhard sah seine Ehefrau erstaunt an und strich sich nachdenklich über sein Kinn. Bedächtig gab er zu bedenken: »Heinrich hat damals die Tat als Entführung aufgefasst und ist angsterfüllt von Bord gesprungen. Wäre beinahe ertrunken, wenn nicht Graf Ekbert von Brauschweig hinterhergesprungen und ihn mit Müh und Not wieder auf das Schiff zurückgebracht hätte.« Er wunderte sich über seine fromme Frau, die ein Unrecht deckte. Und sei es auch nur, weil es von einem Erzbischof begangen worden war.

»Die Mutter, die Kaiserin, hat es jedenfalls dem Erzbischof nicht übel genommen«, erwiderte sie. »Schließlich hat sie nichts unternommen, um ihren Sohn zurückzuerhalten. Sie wollte nur noch der Welt entsagen.«

»Wie auch Ihr?«

Salome schwieg und ließ sich auf ihrem Bett nieder. Bernhard stand noch immer im Raum. Er merkte, wie er müde wurde. Und gleichzeitig war er beunruhigt, was noch kommen würde.

»Wie wird die Mutter Luitgers sich verhalten?«, fragte sie und sah Bernhard scharf an.

»Wozu verhalten?«, fragte er zurück.

»Ihr werdet den Jungen sicher nicht an den Bischof herausgeben, sondern hier auf Eurer Burg behalten.«

»Ihr vermutet richtig. Da er schon einmal in unsere Hände gefallen ist, bleibt das Kind hier«, antwortete Bernhard.

»Wie also wird sich die Mutter verhalten?«

Bernhard stellte für sich fest, dass Salome es vermied, den Namen Alice auszusprechen.

»Als Mutter, schon gar als ledige, hat sie sowieso keine Rechte auf den Jungen, die hat nur der Vater oder der Vormund. Also was soll sie schon machen? Hier auf die Burg kommen? Lächerlich.«

Salome schien nicht wirklich beruhigt. »Ihr Vaterbruder ist der Abt. Vergesst das nicht.«

»Der wird nicht die Burg angreifen.«

»Aber Bischof Ulrich.«

»Der auch nicht. Der Burggraf hat Bischof Thiemo als Vormund eingesetzt. Da dieser von der Weltgeschichte spurlos verschwunden ist, bleibt die Frage, wer Vormund des Jungen wird, ungeklärt. Ich werde an König Heinrich ein Gesuch stellen, dass ich die Vormundschaft für Luitger erhalte. Das kann er ablehnen, ich weiß, aber ich vermute, ich habe gute Aussichten auf Erfolg.«

Überrascht hob Salome die Augenbrauen, zog die Beine hoch und legte die Hände um ihre Knie.

»Gestern kam ein Bote und brachte die Nachricht, der Kaiser sei aus Ingelheim geflohen. Sein Sohn hat ihn unterschätzt und gedacht, sein Vater sei durch die Erniedrigung vernichtet. Der Kaiser, dieser schnelle Hecht, ist mit einem Schiff entkommen und hat Köln erreicht. Dort wollten ihn die Bürger in feierlicher Weise einholen, was er allerdings abgelehnt hat. Die Kölner halten treu zum alten Heinrich. Auch in den Angehörigen des lothringischen Hochadels und in Bischof Otber von Lüttich hat Kaiser Heinrich treue Verbündete. Möglicherweise wendet er sich um Waffenhilfe sogar an Philipp, den französischen König. Das bedeutet, es wird diesmal zur Schlacht kommen, und da braucht der junge Heinrich – mich. Es gibt kaum einen Fürsten im diutschen landt, der so viel jahrelange Erfahrung im Kriegführen hat wie ich. Ihr seht, die Zeiten stehen günstig für uns, dass Luitger auf Befehl des Königs auf unserer Burg bleibt.«

Salome betrachtete ihren Gatten achtungsvoll. Bernhard sah es mit Genugtuung, setzte sich zu ihr aufs Bett und umarmte sie zärtlich. Sie ließ es sich gefallen. Während nachher Salome sich in seinen Arm schmiegte und sie ganz ruhig lagen, kam sie plötzlich hoch, blickte Bernhard besorgt an und sagte:

»Was wird der Abt machen? Wird er nicht«, sie zögerte, »wird er nicht dieser Frau beistehen?«

Die Äbtissin hatte das Erscheinen des Abtes erwartet. Doch als er tatsächlich groß, dunkel und achtunggebietend vor ihr stand, erschrak sie. Wenn auch nur kurz. Sie musste Bischof Ulrich zustimmen, er hatte ihr durchaus aus dem Herzen gesprochen, als er Alice aufs schärfste verurteilte. Statt ein Vorbild für einen christlichen Lebenswandel abzugeben, sei diese Alice jahrelang die Konkubine des verruchten exkommunizierten Burggrafen gewesen und habe unverantwortlicherweise Leyla an ihrem gottlosen Liebesleben teilhaben lassen. Sogar gestern Nacht noch, die Äbtissin hatte es sich zutragen lassen, war Alice so schamlos, sich zu einem Mann in ein Gasthaus zu flüchten, diesem Ritter Martin, der als Gesandter des Königs von Jerusalem, das musste sie zugeben, ansonsten einen tadellosen Ruf genoss. Aber trotzdem, bei Männern konnte man es ja nie so genau wissen.

Die Äbtissin hatte sich gewappnet, saß kerzengerade und angriffsbereit dem Abt gegenüber, der sich ebenfalls niedergelassen hatte und sich mit hochgezogenen Augenbrauen ein überlegenes Lächeln untersagte.

»Ich nehme an, diese A…, die Mutter von Leyla hat Euch geschickt«, hob sie an, jedes Wort genau betonend.

»Ich lasse mich von niemandem schicken, ich lasse mich höchstens bitten«, antwortete der Abt und legte die Hand mit dem Abtring auf den Tisch.

»Aus Euren Worten entnehme ich jedoch, dass Bischof Ulrich schon jetzt einen ziemlichen Einfluss auf Euch ausübt.«

Die Äbtissin hob abwehrend die Hand und entgegnete entrüstet: »Ich bin Äbtissin einer Reichsabtei.«

»Eben, genau deswegen komme ich. Wir sollten uns in Ruhe über die Kräfteverhältnisse, genauer, Machtverhältnisse, in unserem Passauer Raum unterhalten, die durch das Eintreffen Bischof Ulrichs neu geordnet werden könnten.«

Erstaunt blickte die hohe Frau den Abt an.

»Es könnten Veränderungen eintreten, die Euch und mir unliebsam sind. Wir sind es nicht mehr gewohnt, in Auseinandersetzung mit dem Bischof zu leben, denn in den letzten 30 Jahren haben die Passauer Bischöfe Hermann und Thiemo ihr Bischofsamt zurückhaltend ausgeübt, womit ich nicht nur meine, dass sie die Priesterehen mehr erlitten als geduldet haben, sondern vor allem, dass sie die Rechte unserer Klöster nicht antasteten. Genau dies könnte sich ändern. Bedenkt, von Übergriffen seitens des Bischofs seid Ihr gewiss weitaus stärker betroffen als ich als Abt des Klosters Lichtenfels.«

Er beugte sich vor und seine wollene schwarze Kutte schimmerte im Licht des Feuers.

»Ihr meint unsere Lage in der Stadt?« Die Äbtissin schaute ihn fragend an.

»Sicher. Euer Kloster befindet sich in unmittelbarer Nähe des Bischofssitzes. Es liegt am äußeren Ende der Stadt. Jede Ware, jeder Wagen, der zu Euch will, steht unter der Beobachtung des Bischofs. In einem Streitfall könntet Ihr Lebensmittel nur über die Flüsse erhalten, und auch das könnte der Bischof verhindern. Doch denken wir gar nicht an Kampf.

Seit der Gründung Eures Klosters haben Passauer Bischöfe immer wieder versucht, Euer Kloster Niedernburg, das wichtigste

Nonnenkloster im weiten Umfeld, dem bischöflichen Besitz einzuverleiben. Bischof Pilgrim ist es gelungen, König Otto II. schenkte ihm Eure Abtei. Sein Nachfolger Bischof Christian hat sogar von Kaiser Otto III. den Besitz Eurer Abtei, ja den Besitz der ganzen Stadt Passau bestätigt bekommen.«

Die Äbtissin schluckte.

»Kaiser Heinrich II. hat dies rückgängig gemacht und unser Kloster aus der Hoheitsgewalt des Bischofs herausgenommen«, wandte die Äbtissin ein.

»Bischof Egilbert hat darauf versucht, wenn auch vergeblich, Eurem Kloster die Unabhängigkeit wieder zu nehmen.

Euer Kloster ist reich, ich brauche es Euch nicht zu beschreiben. Ihr seid eine mächtige Frau. Sicher die mächtigste im ganzen ostbairischen Raum. Der Kaiser hat Euch Anteil am Zoll in der Stadt, die gesamte böhmische Maut, also das begehrlichste, was es gibt, die Goldstiege übergeben. Ihr besitzt Bann und Abgaben über den auf Eurem Klostergut errichteten Fleischmarkt, Gerichtsbarkeit über alle auf Eurem Klostergut lebenden Hörigen und Freien. Der Kaiser hat Euch die Dörfer Aufhausen, Irching und Anthofen geschenkt. Ihr habt zwei Mautstellen, eine in der Ilzstadt und eine hier. Und da sollte der Bischof nicht begehrlich auf Eure Rechte und auf Eure Einkünfte schielen? Euer Kloster auf Dauer unabhängig vom Bischof zu halten, ist unwahrscheinlich. Seid gewiss, die Passauer Bischöfe werden nicht eher ruhen, bis sie Euer Kloster in ihren Besitz genommen haben. Nur muss dies ja nicht gerade jetzt schon geschehen, indem Ihr dem Bischof willfahrt, statt ihm Eure Stirn zu bieten.«

»Der König wird uns schützen.«

Der Abt antwortete darauf nicht.

»Ihr meint, der König ist schwach im Umgang mit Bischof Ulrich?«

»Ich stelle nur fest, dass Graf Baerheim sich auf die veränderten Machtverhältnisse bereits eingestellt hat und Bischof Ulrich seinen Willen aufzwingt.«

Die Äbtissin spitzte ihren Mund: »Wie das?«

»Ihr habt sicher von dem Überfall gehört, der sich gestern ereignet hat, als des Burggrafen Udalrichs Sohn Luitger nach Mainz gebracht werden sollte.«

»Schrecklich, dass sich wieder Räuber in unserer Gegend aufhalten. Ich befürchte auch Überfälle auf meine Mautstellen.«

»Zu Recht. Das Gefährliche daran ist, wenn die Höchsten, wenn König und Kaiser das Naturrecht verletzen, wenn der Sohn sich gegen den Vater erhebt, auch die natürlichen Ordnungen des einfachen Volkes, ihr natürliches Rechtsempfinden zerrüttet wird. Aber lassen wir das.

Jedenfalls war glücklicherweise Graf Bernhard mit seiner Gemahlin und einigen Rittern auf dem Weg nach Passau. Der Graf fuhr dazwischen, hat die Räuber vertrieben und das Kind gerettet.«

»Wo ist da der Widerstand?«, fragte die Äbtissin unwirsch.

»Der Widerstand besteht darin, dass der Graf das Kind offenbar nicht wieder herausgibt, sondern auf seiner Burg behält. Eben, als ich auf dem Weg zu Euch war, gelangten die unglücklichen Überfallenen hier in Passau an – ohne den Säugling. Der Graf hatte allerdings Ritter und einen Ministerialen mitgeschickt, der dem Bischof kostbare Geschenke überreichen sollte, offenbar Stoffballen, vielleicht sogar welche aus dem Orient. Verwunderlich wäre das bei Graf Bernhard ja nicht.«

»Ihr meint, der Graf will den Bischof bestechen?« Sie lachte höhnisch. »Das sollte wohl unmöglich sein. Kaum jemand rühmt sich eines so untadeligen Lebenswandels wie unser neuer Bischof.«

»Nun ja«, antwortete der Abt bedächtig. »Zorn kann sich in Gnade und Wohlwollen verwandeln, wie die erstaunten Gläubigen sogar einst an Papst Alexander erfahren haben. Der Bamberger Bischof war nach Rom vorgeladen, glaubte, für seine Vergehen eine Beeinträchtigung seiner Ehre und seines Ranges erleiden zu müssen, und brachte, um dem vorzubeugen, zahlreiche und kostbare Geschenke mit nach Rom, das er mit dem Pallium und anderen erzbischöflichen Abzeichen wieder verließ. Ich nehme einmal an, dass Graf Baerheim dem Bischof durchaus seine Ehrerbietung erweisen möchte, aber den Jungen, den gibt er nicht heraus. Nicht umsonst hat er, wie es allgemein heißt, um das Erbe des Burggrafen einen Zweikampf gegen ihn geführt. Der Sohn des Grafen verkörpert dieses Erbe. Wer ihn besitzt, kann daraus durchaus seinen Vorteil ziehen.«

»Das ist verständlich«, bemerkte die Äbtissin. »Aber im Falle des Grafen verhält es sich geradezu gegenteilig zu unserem, zu Leyla. Widerstand gegen den Bischof, und ich sehe ein, dass dies notwendig ist, man muss dem Unheil von Anfang an wehren, also Widerstand gegen den Bischof hieße, Leyla der Mutter zu übergeben. Wie sollte das geschehen?«

»Ihr könntet dem Bischof Eure Entscheidung mitteilen, jedoch nicht als Faktum, sondern begründet.«

»Wie das bei dem wirklich unsittsamen Lebenswandel der Mutter?«

»Die Mutter ist nebensächlich. Wichtig ist das Kind, Leyla. Wie seht Ihr ihren Charakter, wie ihre Entwicklung, wenn sie gezwungenermaßen Nonne wird?«

Die Äbtissin stützte gar den Kopf in die Hand und dachte nach.

»Leyla ist klug, wissbegierig, wahrheitsliebend, genauer, sie ist, ich möchte sagen, unerbittlich, die Wahrheit zu erforschen. Diese Entwicklung steckt natürlich noch in den Anfängen, denn sie ist ebenfalls äußerst gehorsam, beinahe streng, wo andere Kinder Unfug machen. Wenn sie erforscht, dass ihre Eltern Muslime waren, sie aber den Schleier nehmen und die ewigen Gelübde ablegen musste, dann könnte es sein, dass sie den christlichen Glauben zu hassen beginnt und im Kloster einen verheerenden Aufstand macht.«

»Sehen wir ihre Wahrheitsliebe einmal von der guten Seite«, gab der Abt zu bedenken. »Leyla ist wie die reiche Lydia, die Purpurhändlerin im Römischen Reich. Sie hat zugehört, sie hat nachgedacht, den christlichen Glauben geprüft und hat sich erst dann, nachdem sie von der Wahrheit Jesu Christi überzeugt war, taufen lassen. Leyla kann nur dann als erwachsene Frau Christin werden, wenn wir ihr die Möglichkeit lassen und geben, sich frei zu entscheiden.«

»So viel Freiheit gewähre ich meinen Zöglingen nicht. Kinder sind von Natur aus böse, wie unser größter Kirchenvater Augustin uns lehrt. Sie müssen gezüchtigt, ihnen muss der böse Wille durch Härte ausgetrieben werden.«

»Anselm von Canterbury lehrt anderes. Immerhin besitzt er die Gunst unseres Papstes Paschalis. Er lehrt, dass Kinder nicht gezüchtigt, sondern ihren Anlagen, ihrem Charakter entsprechend geleitet und unterstützt werden sollen. Und tatsächlich habt Ihr Euch Leylas auch in diesem Sinne immer angenommen. Das Mädchen hängt an Euch, liebt Euch. Wollt Ihr tatsächlich, dass Liebe in Hass umschlägt?«

»Was ist schon ein Kind?«

»Richtig. Was ist schon ein Kind. Obwohl Jesus die Kleinen liebkoste und das berühmte Wort sprach: *Lasset die Kinder zu mir kommen.* Etwas anderes ist aber das Gerede in der Stadt, der Unwillen, der sich jetzt schon breitmacht und zum Aufbegehren, zum Aufruhr führen könnte. Auf meinem Ritt durch die Stadt blieb es mir nicht verborgen, dass die Passauer, die Passauer Mütter entsetzt und entrüstet sind, dass der Bischof – und Ihr mit ihm – vrouwe Alice die Kinder genommen habt.«

Der Abt schwieg. Seine Worte wirkten wie ein Schock. Die Äbtissin rang nach Atem. Der Abt setzte nach.

»Euer Kloster Niedernburg ist Maria, der *Mutter* Gottes geweiht. Die Frauen und Mütter erhoffen sich von Euch und Euren Nonnen durch die Verehrung der Gottesmutter Trost und Hilfe. Sie vertrauen auf Euch. Nun ist einer der ihren sehr großes Unrecht in den Augen der Mütter widerfahren, die Kinder sind ihr genommen. Ihr wollt widersprechen, vrouwe Alice sei nicht eine der ihren. Ihr habt recht. Sie ist es deswegen nicht, weil sie jahrelang jeder Frau, die bittend zu ihr kam, geholfen hat. Wie keine andere ist sie zu den Armen gegangen, sie hatte ein offenes Ohr für die Nöte der Mütter, und noch mehr, durch ihren Einfluss auf den Grafen Udalrich hatte sie das Geld, die Not zu lindern oder gar abzuwenden. So wie sie selbst als Pilgerin, die das Kreuz genommen hat, das Elend erfahren hat, so hat sie niemals gefragt, ob jemand verschuldet oder unverschuldet in Not geraten ist, ob er des Geldes würdig sei oder nicht, wie auch unser Herr Jesus Christus nicht die Menschen, die er geheilt hat, nach ihrem bisherigen Lebenswandel gefragt hat. Ihr aber schließt Euch Bischof Ulrich an und richtet?«

»Nein«, erwiderte die Äbtissin. »Ich habe jahrelang mit vrouwe Alice zusammen in Passau gewirkt. Ich werde mein eigenes Werk nicht zunichtemachen. Unser der Mutter Maria geweihtes Kloster soll auch weiterhin den Passauer Müttern Gnade und Trost bringen und Leid wenden.«

Die Äbtissin erhob sich zu ganzer geradezu majestätischer Größe, klingelte und befahl einer jungen Nonne:

»Schwester Martha. Bring unverzüglich Leyla zu ihrer Mutter in die Marchgasse.«

Der Abt horchte auf. Alice hatte Unterkunft gefunden in ihrem Elternhaus, das auch ehemals seines gewesen war?

»Nimm zwei Kriegsknechte mit, nein, vier, zwei scheinen ja nicht zu reichen. Noch besser. Schick nach Ritter Martin. Er ist wahrscheinlich auch bei Frau Katharina in der Marchgasse. Ritter Martin möge das Kind schützen. Leyla soll auf ihrem kleinen Pferdchen reiten und jeder in Passau soll es sehen und wissen, insbesondere der Bischof, um der reichsgegebenen Ordnung willen.«

Der Äbtissin entging die innere Bewegung des Abtes, als sie den Namen Martin nannte. So fuhr sie stolz fort:

»Die erste Äbtissin unserer wiedererlangten Freiheit war Königin Gisela von Ungarn. Sie war verfolgt nach dem Tode ihres Gatten und nahm hier den Schleier, fand in diesen heiligen Mauern Schutz. Diesen Schutz wollen wir Nonnen weiterhin den Mühseligen, den Beladenen, den Verfolgten gewähren. Ich schreibe noch heute an den Bischof. Ich werde allerdings ihn darauf aufmerksam machen«, die Äbtissin lächelte, »dass ein allgemeiner Aufruhr kein ihm liebsamer Anfang seines Pontifikats sein könne.«

»Zumal Krieg bevorsteht«, fügte der Abt hinzu. »Die Gefahr einer vom König verlorenen Schlacht wird Bischof Ulrich durchaus zur Achtsamkeit bewegen. Der Krieg zwischen dem Kaiser und dem König, zwischen Vater und Sohn, ist keineswegs entschieden. Noch vor Ostern ist in Lothringen eine Schlacht zu erwarten.«

⟋⟍☙⟋⟍

Missmutig ritt Bernhard an der Maas entlang. Weit hinter ihm auf der anderen Seite des Flusses Lüttich mit seiner mächtigen Befestigungsmauer und der Backsteinkathedrale, weiter nördlich bewaldete Hügel, Wiesen, nass, matschig, grau und wieder dasselbe Bild, eine zerstörte Brücke, unter der träge und breit der Fluss wie ein dunkles Ungeheuer dahinfloss. Tief war der Fluss, nirgends eine Furt auszumachen.

Bernhards Missmut verwandelte sich in Wut, nicht auf Kaiser Heinrich, der zum Zeichen seiner Demut im tiefen Winter barfuß in Aachen eingezogen war, dann sich weiter nach Lüttich aufmachte, von wo ihm Bischof Otbert entgegeneilte, ihn mit allen Zeichen der Ehrerbietung in Lüttich aufnahm und auch nicht ruhte, bis er treue Verbündete gefunden hatte, allen voran Herzog Heinrich von Lothringen und Graf Gottfried von Namur. Wütend war Bernhard auch nicht, dass der Bischof alle Brücken über die Maas hatte zerstören lassen, genauso hätte er auch gehandelt, nein, sein geballter Zorn galt König Heinrich V., diesem Kindskopf, der vom Kriegführen keine Ahnung hatte.

Wie unüberlegt, widerborstig und dumm war es, den Vater demütigen zu wollen und den Hoftag zu Ostern ausgerechnet in

Lüttich abhalten zu wollen, dort, wo der alte Kaiser festsaß. Was für Flausen, gefährliche Machtgefühle! Wie um alles in der Welt wollte König Heinrich in die feindliche Stadt gelangen? Aachen hatte ihm die Tore geöffnet – Lüttich niemals.

Bernhards Ärger steigerte sich zum Zorn. Hätte der König vor ihm gestanden, er hätte ihn mit Blicken vernichtet.

Nur noch drei Tage bis Ostern!

Verächtlich dachte Bernhard: Der König begeht seelenruhig in jugendlichem Überschwang und gedankenloser Feigheit im sicheren Aachen den Gründonnerstag und wartet, dass er, Bernhard, ihm den Weg in die Stadt Lüttich freikämpft. Von wegen.

Bernhards Empörung verwandelte sich in Verzweiflung. Noch niemals war er einem Kampf ausgewichen, im Gegenteil, den gefährlichen Vorstreit war er auf der Pilgerfahrt nach Jerusalem geritten, in der ersten Reihe hatte er Schlacht für Schlacht gekämpft. Der Tod war ihm während der drei Jahre zum Gefährten geworden, aber es war ein Tod, den er hatte annehmen können. Hier aber würde er der Laune eines aufgeblähten Jünglings geopfert!

Er musste einen Entschluss fassen. Sollte er sich tatsächlich dem Befehl König Heinrichs widersetzen? Nicht auszudenken, welche entsetzlichen Folgen ein Treuebruch nach sich ziehen würde.

Dennoch, zum Abwägen war es zu spät. Die Zeit drängte.

Bernhard entschied sich. Er schickte seine ihn begleitenden Ritter und Knappen zu König Heinrich nach Aachen, um ihn zu warnen, um ihn vor einer unabwendbaren Demütigung zu bewahren, eine Schlacht verloren zu haben.

Er selbst ritt im Galopp die Maas entlang. Das Dorf Visé kam in Sicht. Ein Haufen von Hütten um eine kleine, mit Stroh gedeckte Kirche, eine Holzbrücke über den Fluss, trostlos von Weitem, so trostlos, wie er sich selber fühlte. Die Bauern hatten sich ohne Kampf ergeben, selbstredend, des Königs Rache hätte sie sonst auch ebenso hart getroffen wie die Bauern von Ruffach im Elsass. Das königliche Gefolge hatte sich da vor einigen Wochen übermütig aufgeführt, er konnte sich vorstellen, was damit gemeint war, so dass die Leute des Dorfes König Heinrich inständig gebeten hatten, diesem ruchlosen Treiben Einhalt zu gebieten. König Heinrich hatte dann selbst eingegriffen, indem er seine Leute noch in ihrem schändlichen Tun anstachelte. Darauf griff das ganze Dorf, Herr und Knecht, Mann und Weib, in den Kampf ein und hatte, Bernhard musste denn doch schmunzeln, die königlichen Insignien, Zepter, Reichsapfel, Heilige Lanze, einfach alle Abzeichen der königlichen Herrschaft dem König entwendet. Das war nun eigentlich eine wackere Leistung.

Aber, Bernhard wurde ernst. König Heinrich hatte den Ruffachern Friede und Gnade versprochen. Jedoch, sobald er die königlichen Insignien wieder im Besitz hatte, ließ er das Dorf mit Feuer und Schwert verwüsten und viele Menschen töten.

Der König hat sein Wort gebrochen. Er ist unberechenbar und jähzornig. Schwer lastete diese Einschätzung auf Bernhard, als er Visé erreichte, wo Graf Cuno die Brücke schon von einigen Männern hatte besetzen lassen und mit 300 Berittenen am Ufer der Maas auf ihn wartete. Seinem Gesicht war die Ungeduld anzusehen und auch Verwunderung, wenn nicht Verachtung, dass Bernhard als Graf selbst die Gegend ausgekundschaftet hatte.

»Alle Brücken über die Maas sind zerstört«, meldete Bernhard und fühlte sich fast wie ein Dienstmann. Doch gleichzeitig ergrimmte er sich über die eingebildete Miene seines Gegenübers, der offenbar nicht begriff, dass der Kampf bereits verloren war, bevor er begann.

»Dann reiten wir eben über diese Brücke und greifen Lüttich an«, erklärte Graf Cuno in bestimmtem Ton.

»Nein«, antwortete Bernhard, »das sollten wir unterlassen.«

»Wie? Wir haben vom König den Befehl, ihm den Weg nach Lüttich zu ebnen.«

»Graf Cuno. Lasst uns zusammen beratschlagen. Bischof Otbert hat für den Sieg des Kaisers alle Brücken bei Lüttich zerstören lassen – bis auf diese eine. Seht Euch die Brücke einmal an, sieht ziemlich morsch aus. Es ist fraglich, ob sie hält, wenn wir fliehen.«

»Fliehen? Wir schlagen den Gegner. Gott ist mit uns.«

»Am Gründonnerstag? In den heiligen Tagen vor dem Osterfest ist es streng verboten zu kämpfen.«

»Wir müssen aber. Ob wir gegen Gottes Gesetz verstoßen oder nicht. Doch ich bin gewiss, Gott sieht uns den Kampf gegen den alten Heinrich, den Satan, nach.«

Bernhard schüttelte den Kopf und erwiderte darauf ganz ruhig:

»Es ist eine Falle. Wir sind es, die die schmale Brücke überqueren müssen. Wir sind es, die mit dem Rücken zum Fluss kämpfen müssen.«

»Die Feinde sind doch gar nicht da.«

»Wir sehen sie bloß nicht. Ich wette, Bischof Otbert ist schon längst benachrichtigt, wahrscheinlich gerade, als er das Salböl weihte.«

»Ihr scherzt.«

»Mir ist nicht nach Scherzen zumute.«

Graf Cuno wurde nachdenklich. »Ihr habt jahrelange Erfahrung im Kampf?«

»Glaubt mir, die Schlacht dort drüben überlebt keiner.«

»Trotzdem«, Graf Cuno gab sich einen Ruck. »Welch eine Schande wäre es für König Heinrich, wenn die Fürsten zum Hoftag nach Lüttich reisen und der Hoftag dort nicht stattfinden kann, weil der Kaiser da kampfbereit festsitzt. Habt Ihr bedacht, wie uns die Wut des Königs treffen würde? In seinem glühenden Eifer würde er …«

»Wird er uns die Lehen nehmen.«

»Das sprecht Ihr so gelassen aus.«

»Ich sage es, weil es sich so verhält. Lehensentzug und Exkommunikation – das sind die Mittel der Macht.«

Und für sich dachte Bernhard, alles umsonst. Ganz umsonst habe ich Luitger entführt. Aber es bleibt mir keine andere Wahl,

Verweigerung der Vormundschaft, wahrscheinlich Lehensverlust – dafür Leben.

»Wir haben König Heinrich die Treue geschworen«, wandte Graf Cuno ein.

»Das haben wir Kaiser Heinrich auch.«

»Aber der Papst hat König Heinrich von seinem Treuegelöbnis entbunden und uns damit ebenfalls.«

»Treue kann auch bedeuten, eine sichere Niederlage für den König zu vermeiden. Wie steht König Heinrich vor dem Papst, den Fürsten, vor seinem Volk da, wenn er seine erste Schlacht verliert. Opfern wir uns für seine Ehre, nehmen wir gemeinsam die Entrüstung des Königs auf uns, seine Strafe, so wahrt er sein Gesicht.«

»*Ihr* werdet also nicht kämpfen?«

»Ganz sicher nicht.«

»Dann los, für Gott und den König!« Graf Cuno gab den Reitern das Zeichen zum Aufbruch.

Als er schon auf der Brücke war, wendete er noch einmal sein Pferd und rief:

»Ich werde König Heinrich Eure Untreue hinterbringen.«

Bernhard schrie zurück: »Dazu werdet Ihr kaum noch Gelegenheit finden!«

Bernhard ließ die Ritter an sich vorbeireiten. Die Männer sahen verwundert, aufgebracht oder verächtlich zu Bernhard hinüber, der stumm und eisig beobachtete, wie Reiter für Reiter die schmale Brücke überquerte. Um ihn herum versammelten sich die Dorfbewohner, Männer, Frauen mit Kindern auf dem Arm. Jungen gaben großspurig ihre Meinung ab zur erwarteten Schlacht. Mädchen hatten ihre Wassereimer neben sich gestellt, blickten heimlich zu den jungen Burschen und warteten gespannt, ob es etwas zu sehen gäbe. Wenn die Leute sich auch nicht wirklich an Bernhard herantrauten, so waren ihre Nähe und ihre Ausdünstungen Bernhard unangenehm.

Doch wie erwartet blieb für derartige Betrachtungen keine Zeit.

Mit Genugtuung und Entsetzen gewahrte Bernhard, dass, kaum hatten die 300 Reiter des Königs die Brücke überquert, wie aus dem Nichts die Reiter und Ritter des Kaisers auf sie zugaloppierten.

Ein Augenblick des Erschreckens. Dann griff Graf Cuno mit ganzer Gewalt an. Mit eingelegter Lanze und fürchterlichem Schlachtruf galoppierten er und seine Reiter auf die Angreifer zu. Die Lothringer ließen sie nahe an sich herankommen, berühmt und berüchtigt für ihre Reitkünste, wendeten sie in unglaublicher Schnelligkeit und stürmten in die Ebene davon. Graf Cuno mit seinen Kämpfern den Flüchtenden nach.

Bernhard spuckte aus. Ihm wurde übel von so viel Torheit. Schließlich hatte er Graf Cuno gewarnt. Der aber und seine Männer ließen sich in die weiten, flachen, modrigen Wiesen locken.

Einen Augenblick war es fast still am Ufer der Maas. Eine Entenmutter mit acht Küken watschelte an Bernhard vorbei, verschwand im Schilf und schwamm mit ihren Kleinen auf dem Fluss.

Plötzlich – ein Aufschrei des Entsetzens. Pferdedonnern, das näher kam. Die Lothringer hatten also wieder ihre Pferde blitzschnell herumgerissen, griffen von allen Seiten an, umzingelten die Gefolgsleute des Königs, kreisten sie ein, nahmen ihnen immer mehr Raum, drängten sie zusammen. Mit dem Rücken zum Wasser, kämpften diese verzweifelt, wichen zurück. Der Fluchtweg über die Brücke war ihnen schon längst versperrt. Von Angst getrieben, versuchten die Männer dennoch, zur Brücke zu gelangen, vor der sie sich drängten, sich gegenseitig tottrampelten und von den Lothringern niedergestreckt wurden. Keinem gelang es, über die Brücke zu entkommen. In Todesangst sprangen Männer in den Fluss, wurden von ihren Kettenhemden in die Tiefe gezogen, ertranken. Pferde ersoffen oder liefen herrenlos auf dem Schlachtfeld herum.

Bernhard konnte in der Nähe der Brücke Graf Cuno ausmachen, er kämpfte unbändig, verzweifelt, er wurde von seinem Pferd gestoßen, von Reitern umringt, die ihm ihre Lanzen in die Gurgel stießen.

Ein Bauer trat zu Bernhard und raunte ihm zu:

»Der Teufel hat den jungen König dazu angestiftet, an diesem heiligen Tag gegen den Vater zu kämpfen.«

Hinter sich hörte Bernhard zwei Reiter. Bernhard drehte sich zu ihnen um, er kannte sie, es waren Abgesandte des Königs.

Bernhard verwünschte sich innerlich, seine Gefolgsleute zu König Heinrich geschickt zu haben. So könnte er nicht mehr König Heinrich weismachen, er und seine Ritter seien die einzigen Überlebenden.

Äußerst erstaunt begrüßten die Männer des Königs Bernhard und meldeten pflichtgemäß, der König bestehe auf der Schlacht.

Allerdings galt ihre Aufmerksamkeit ihm, dem Abtrünnigen, nicht lange, denn drüben auf der anderen Flussseite bot sich ihnen ein nie geahntes Abschlachten. Vor der Brücke kämpfte noch ein verschwindend kleiner Haufen um das nackte Leben, um die Flucht über die Brücke. Vergeblich – die Verzweifelten wurden mit dem Schwert oder der Lanze niedergestreckt. Deutlich konnte Bernhard sehen, wie ein Ritter, der es auf die Mitte der Brücke geschafft hatte, von drei Reitknechten, es mochten sogar Bürger Lüttichs sein, gepackt wurde. Die Schwerthand wurde ihm abgeschlagen. Sein gellender Aufschrei ließ die Bauern am Ufer zusammenfahren. Dann wurde er kurzerhand unter lautem Jubel in den Fluss geworfen.

Die Abgesandten des Königs erstarrten vor Schreck.

Die Schreie wurden weniger, verstummten ganz.

Eine Handvoll verwundeter Männer wurde fortgeführt.

Die Truppen des Kaisers zogen ab.

Langsam überquerte Bernhard mit den beiden Rittern des Königs die Brücke, stieg über den Leichenberg, der sich vor dem rettenden Übergang aufgehäuft hatte. Schweigend folgten ihnen die

Männer, Frauen und auch die Kinder des Dorfes. Tote, Verstümmelte überall auf dem Schlachtfeld. Vereinzelt klagte, stöhnte ein Sterbender. Die Frauen bückten sich, ob noch jemand zu retten sei.

»Die haben ganze Arbeit geleistet«, hörte Bernhard einen Bauern anerkennend sagen. Er überhörte es, sah zu den beiden Männern des Königs, die mit geisterhaft fahler Miene unentschlossen zwischen den Leichen herumstanden.

»Das war endlich eine richtige Schlacht, so ein Gemetzel, alle tot, die haben reinen Tisch gemacht«, freute sich ein barfüßiger Junge, auf dessen Füßen das Blut dick klebte.

Der ältere Gesandte des Königs hob den Kopf und griff den Lümmel am Hemd:

»Willst du hängen?«

»Nein, nein, Herr«, stotterte er. »Es lebe der König. Er ist von Gott geschickt, damit er uns vor dem Teufel Kaiser Heinrich befreie.«

»Das hat dir die Mutter Maria zugeflüstert«, sagte der Mann und ließ den Knaben los.

Zu Bernhard gewandt, klagte er: »Wir müssen unserem König melden: Bis auf ganz wenige Gefangene hat keiner Eurer Männer die Schlacht überlebt.«

Bernhard trieb es nicht, schnell nach Passau zurückzukehren, im Gegenteil, er trödelte mit seinen Rittern auf dem Rückweg herum, in der Hoffnung, die Nachricht von der vollkommenen Niederlage des Königs möge seine Gattin vor ihm erreichen. Salome wiederzusehen, erschien ihm keineswegs angenehm, er fürchtete, in ihren Augen als feige zu gelten. Dennoch, er näherte sich seinem Ziel, die Donau bei Techindorf war an einem sonnigen Tag Ende April erreicht. Während er den breiten, dunklen Fluss entlangritt, das zarte Grün der Laubbäume, den harzigen Duft der Tannen einatmete, in nicht allzu weiter Ferne seine Burg erwartete, die sich auf einem Bergvorsprung mächtig erhob, dachte Bernhard an – Alice.

Sie würde ihn verstehen, nicht einen Augenblick an seinem Mut, seiner Tapferkeit zweifeln. Sie war es, die in jedem Kampf, in jeder Schlacht um ihn bangte – sie war die Einzige, die ihn kannte, als Sieger. Nicht nur als Sieger, das war das Schmerzliche, sie kannte ihn müde, erschöpft, gelangweilt, guten Mutes, schweigsam, hoffnungsvoll, niedergeschlagen oder einfach nur so, ohne irgendeine herausragende Stimmung, ohne besondere Gedanken, sie kannte ihn, wie er sich alltäglich fühlte, und sie liebte ihn. Hatte ihn geliebt, verbesserte er sich. Was wusste er nach so vielen Jahren noch von Alice? Es war in Passau in aller Munde, er hatte ihr Kind und gab es nicht wieder frei. Was aber empfand Alice dabei, dass Bernhard ihren Sohn auf seiner Burg gefangen hielt? Wie litt sie dahinten in der Ferne in Passau bei der Witwe Katharina, die demnächst, war es nicht schon diese Woche, Martin heiraten würde. Der war reich geworden mit seiner Herstellung von Seife, mit seinem Handel im ganzen Reich. Er war ein Herr geworden, adelig, vom Legaten des Papstes während des Kreuzzuges zum Ritter geschlagen. Und Alice? Sie müsste gedemütigt der Eheschließung zusehen.

Wie verabscheute er diese Standesgesellschaft, die es ihm unmöglich gemacht hatte, die Frau zu heiraten, die er geliebt hatte.

Bernhard zügelte seine Verzweiflung.

An Alice zu denken, war nicht allzu angenehm – dann sollte wohl sinnvollerweise seine Aufmerksamkeit Salome gelten. Ihr musste er schließlich gegenübertreten. Würde sie ihn verachten, Schande über ihn rufen, wie vor einigen Jahren Gräfin Adele über ihren Gatten Stefan de Blois? Der war vor Antiochia geflohen, zu seinem Weibe nach Frankreich zurückgekehrt. Die stolze Tochter Wilhelms des Eroberers ließ ihren Gatten nicht in sein Schloss, beschimpfte ihn öffentlich und drängte ihn, dass er sich dem nächsten Kreuzzug anschloss – und in der Schlacht umkam. Da hatte ihre Seele Ruhe, da war die Schande ein wenig, wenn auch nicht ganz, ausgemerzt. Würde Salome ihn auch lieber tot sehen?

Wahrscheinlich.

Umso angenehmer berührt war Bernhard, dass Salome ihm auf dem Burghof entgegeneilte, ihn vor allen Dienstleuten umarmte und ein festliches Essen auftragen ließ. Über sein Verhalten während der Schlacht von Visé wollte sie kaum etwas hören, stattdessen zeigte sie ihm, als sie in ihrer Kemenate beim Feuer zusammensaßen, ein Schreiben, das König Heinrich an die Fürsten seines Reiches gesandt hatte. Nachdenklich las sie vor:

»*Welcher königlichen Person ist jemals eine so große Schmach zugefügt worden? Nicht nur mich trifft diese Schmach; Ihr Fürsten, Ihr seid verachtet.*

Was meint er damit, auch Ihr seid verachtet?«, forschte sie, ihren Gatten verständnislos anblickend.

Bernhard trank einen Schluck Wein und erläuterte:

»In letzter Zeit ist König Heinrich nicht gerade vom Glück gekrönt worden. Die geistlichen und weltlichen Fürsten, die vom Hoftag in Mainz zu Papst Paschalis gesandt wurden, sind bei Trient überfallen, festgesetzt worden und konnten nur durch Herzog Welfs Eingreifen befreit werden. Die Salzburger haben gegen ihren vom König eingesetzten Erzbischof rebelliert, während seiner Weihe auf den Gassen die für das Festmahl aufgestellten Bänke und Stühle mitsamt den Speisen umgeworfen. Für den König jedoch ist es die größte Schmach, die Kölner haben vor ihm nach der Schlacht von Visé die Tore geschlossen, so dass er das Osterfest in Bonn begehen musste. Er gibt allerdings den Fürsten eine Schuld an seinem Missgeschick.«

»Das bedeutet, er gibt Euch die Schuld an der verlorenen Schlacht und wird Euch bestrafen?«

»Vermutlich nicht«, antwortete Bernhard. »Ich habe auf meiner Rückreise von Visé natürlich darüber nachgedacht. Aber selbst die größten Anhänger des Königs, allen voran sein Chronist Ekkehard von Aura, halten diese Schlacht mindestens für unüberlegt. Der Vorwurf der Niederlage gilt dem König, nicht mir. Er würde vor allen Fürsten als ungerechter Herrscher dastehen, entzöge er mir das Lehen für das Verhängnis. Gott hat entschieden. Gott verbietet und bestraft die frevelhafte Tat, den Kampf an einem heiligen Tag. Das Unangenehmste, was mir passieren kann, ist, dass er meine deditio fordert, ich vor ihm öffentlich niederknie und meine treue Ergebenheit geloben muss. Aber auch das halte ich für unwahrscheinlich. Allerdings«, Bernhard wurde ernst, sein Gesicht bekam Sorgenfalten, »allerdings wird er meinen Wunsch nach Vormundschaft ablehnen. Bischof Ulrich wird dann Luitgers Vormund.«

Salome schwieg dazu, sah auf ihre schönen ringgeschmückten Hände, rang mit sich und sagte nichts.

»Denkt Ihr an eine Lösung?«

Sie schüttelte den Kopf. »Ich sehe keine.«

Bernhard betrachtete sie, dachte, sie lügt, wahrscheinlich hat sie denselben Vorschlag wie ich.

»Das wundert mich. Ich vermute, Ihr kennt den Ausweg auch. Es ist der übliche, wenn Herrschaft und Geld gewonnen werden sollen.«

Salome hob den Kopf und sah ihn groß an, als wollte sie bitten: Sagt es nicht.

»Noch ist keine Entscheidung gefallen«, fuhr er ungeachtet ihres Blickes fort. »Der König sammelt ein Heer, um Köln zu belagern und einzunehmen, hat somit anderes zu tun, als sich um die Vormundschaft Luitgers zu kümmern. In der Zwischenzeit sollten wir handeln.«

»Ja? Seid Ihr sicher?«

»Wir verloben unsere Tochter Giselinde mit Luitger, dem reichsten Mann in der gesamten Passauer Gegend.«

Es war ganz still in dem Gemach. Es war, als stockte beiden Ehegatten das Herz.

»Wie soll das gehen? Wenn König Heinrich schon seine Einwilligung für die Vormundschaft wahrscheinlich nicht geben wird, wie dann zur Verlobung und späteren Eheschließung?«, wandte Salome ein, erleichtert über diesen Widerspruch.

»Ihr habt recht. Das habe ich mir auch überlegt«, sagte Bernhard ruhig und dachte, sie will Alice' Sohn nicht, trotz seines Reichtums. Erklärend fuhr er fort:

»König Heinrich hat die Burgen und Güter seines Vaters in Beschlag genommen. In Mainz hat er den Schatz des Kaisers an sich gebracht. Er ist in Geldsachen offenbar hemmungslos. Für den Krieg gegen seinen Vater braucht er Geld. Die Belagerung Kölns wird teuer werden und damit wird der Kampf nicht beendet sein. Der wirkliche Krieg steht noch bevor. König Heinrich trifft Vorbereitungen für einen allgemeinen Kriegszug nach Lothringen. Luitger stellt als zukünftiger treuer Sohn der Kirche und des Königs einen beträchtlichen Teil des Vermögens dem König für den Krieg zur Verfügung und erhält dafür seine Einwilligung für die zukünftige Ehe mit Giselinde. Die in gar nicht so weiter Ferne ansteht, nicht einmal 14 Jahre sind es mehr, bis Luitger ehefähig ist, bei Giselinde wären es nur 12.«

»Ihr seid also entschlossen. Ihr habt Euch schon entschieden. Aber habt Ihr auch bedacht, dass Bischof Ulrich, wenn er die Vormundschaft erhält, sich widersetzen könnte?«

»Das wird er unterlassen. Das Geld ist für den Kampf gegen den Satan bestimmt und für den Sieg der Heiligen Kirche. Der Bischof wird sich hüten, auch nur ein Wörtchen des Widerspruchs verlauten zu lassen.«

»Ich gebe zu, Ihr habt alles wohl durchdacht. So sollten wir es machen«, gestand sie Bernhard zu. »Eine Heirat ist besser als eine Vormundschaft. So gelangt der Lohn Eures Zweikampfes zu guter Letzt in Eure Hände. Nur«, sie blickte Bernhard triumphierend an, »nur dass Luitger niemals ein reicher Mann werden wird.«

»Wieso?«, fragte Bernhard unwirsch.

»Luitger wird niemals ein Mann, weil er nur noch eine Woche zu leben hat, höchstens zwei.«

Bernhard sah Salome entsetzt an.

»Der Junge stirbt uns unter den Händen weg. Es ist schon die vierte Amme, sie hat bestimmt gute Milch, aber es nützt nichts.

Luitger schreit ständig vor Schmerzen, ist bleich, wird immer weniger, ist nur noch ein winziges Bündel Elend.«

Bernhard erhob sich jäh:

»Ich will ihn sehen. Lasst das Kind holen«, befahl er.

»Ich habe alles getan, damit er am Leben bleibt«, jammerte Salome. »Auf keinen Fall wollte ich Euren Zorn auf mich laden, wenn der Junge während Eurer Abwesenheit stirbt. Ich habe sogar den Abt kommen lassen.«

»*Was* habt Ihr gemacht?«, rief Bernhard erzürnt.

»Luitger hatte von dem Fall auf den Kopf eine Wunde, die nicht heilen wollte. Sie hatte sich entzündet. Der Junge war schon fast tot. Keine kundige Frau, kein Arzt konnte helfen. Da habe ich in meiner Not den Abt gebeten. Er hat eine Salbe mitgebracht und seine Hände aufgelegt.«

Bernhard sah Salome misstrauisch an.

»Da war noch etwas, was mich beunruhigt hat«, gestand sie. »Der Abt hat Luitger in den Armen gehalten und ihn ganz seltsam angesehen. So als wollte er seine Gesichtszüge, die hat das Kind doch eigentlich noch gar nicht, in sich aufsaugen oder erforschen. Dann hat er ihn wieder in seine Wiege gelegt und nichts gesagt. Jedenfalls ist die Wunde geheilt. Nur dass er immer schwächer wird.«

Bernhard ging erschüttert im Raum auf und ab. Alice' Kind würde sterben, auf seiner Burg, durch seine Schuld!

Es pochte an der Tür.

Angstvoll trat die Amme ein, eine erfahrene Frau mit breitem, gutem Gesicht. Augenblicklich fiel sie vor Bernhard nieder, das Kind an ihrem Busen haltend:

»Ich kann nichts dafür. Ich bin unschuldig, wenn der Junge stirbt. Diese Rothaarigen – und dann noch Jungen, die sind so empfindlich. Die sterben einfach weg. Ich habe es schon Eurer Gemahlin gesagt: Da hilft nur Muttermilch.«

»Mamme, der Ritter ist da«, flüsterte Leyla aufgeregt, zupfte Alice am blauen Samtärmel und riss sie aus ihren trübsinnigen Gedanken. Alice fühlte sich elend unter den heiteren, fröhlichen Hochzeitsgästen, die im Kreis um das Brautpaar standen und ihrem Hochzeitstanz mit Vergnügen zusahen, bisweilen jedoch ihre Blicke mit Staunen und Bewunderung durch den hell erleuchteten Festsaal gleiten ließen und flüsternd einander zuraunten: Niemand war hier mehr zum Fest geladen, seitdem Alice' Mutter vor mehr als 20 Jahren auf der Steintreppe eines gewaltsamen Todes starb. Selbst der Kaufmann, Katharinas verstorbener Gatte, hatte hier niemals Gäste empfangen, weil er fürchtete, ein Fluch läge auf diesen Mauern. Nun aber stellten sie mit Erstaunen fest, nach all den Jahren und trotz des Fluches feierte Martin seine Hochzeit in dem verbotenen Steinsaal.

Alice tat es weh, nur als Gast gelitten zu sein, nein, nicht gelitten, gebeten. Trotzdem, ihr Großvater hatte den Saal erbaut, ihre Eltern hatten hier die Ehe vollzogen. Hier hätte sie selbst Hochzeit feiern sollen. Alice konnte ihre Niedergeschlagenheit nicht niederkämpfen. Ihr gehörte eigentlich der Kaufmannshof, in dem sie nun Zuflucht gefunden hatte. Dabei war sie es doch, die als Herrin in diesem Haus aufgewachsen war – und Martin als Knecht. Dennoch hatte sich alles verkehrt, Martin hatte durch den Kreuzzug gewonnen, war dank seines Vaters, des fremden Fürsten, nun, sie wusste, es war der Abt, Sekretär des Legaten des Papstes geworden, war zum Ritter geschlagen. Sie aber hatte durch den Kreuzzug alles verloren, ihr Elternhaus, ihren Vater, ihr Vermögen, ihre Ehre. Bitterkeit stieg wie Galle in ihr auf. Prächtig war sie gekleidet in ihrem Samtkleid mit der Goldborte und dem goldgeflochtenen Krönchen auf ihrem geflochtenen Haar, prächtiger als alle Frauen, jedoch zugleich fühlte sie sich erniedrigt. Das Krönchen stach, als wäre es eine Dornenkrone. Wie beneidete Alice die Jungfrauen mit ihren Blumen und Reifen im offenen Haar, die stolz und schamhaft zur Hochzeit herbeigeeilt waren. Sie aber durfte ihr Haupt nicht wie die verheirateten, ehrbaren Frauen mit einem leichten Tuch bedecken. Zerschlagen war sie, vernichtet, sie empfand ihre Demütigung als eine niemals abzuwälzende Pein. Ohnmächtige Wut stieg in ihr auf, sie ballte die Fäuste, während sie Martin und Katharina zulächelte. Wut auf den Bischof und noch größere Wut auf Bernhard, der ihren Sohn überfallen hatte und auf seiner Burg gefangen hielt. Keinen Augenblick glaubte sie an Räuber. Wie konnte Bernhard ihr das antun, das Letzte, was ihr geblieben war, Luitger zu nehmen. Wie sie ihn verabscheute!

»Welcher Ritter?«, fragte Alice zerstreut, obwohl sie genau wusste, wen Leyla meinte.

»*Der* Ritter. Graf Baerheim, der mein Brüderchen vor dem bösen Bischof und den Räubern gerettet hat.«

Alice wandte sich leicht zur Tür. Ihr Herz klopfte und blieb fast stehen. Warum war Bernhard der Einladung Martins gefolgt, aus Höflichkeit, aus Neugierde oder weil Luitger krank, gar gestorben war? Kam Bernhard als Todesbote?

Auch die anderen Gäste hatten das Erscheinen des Grafen bemerkt, es war, als ginge ein Raunen durch den Tanzsaal.

Die Musikanten unterbrachen ihr Spiel, blickten zu Bernhard, der ihnen mit einer hoheitsvollen Handbewegung bedeutete, sie mögen weiter zum Tanz aufspielen. Die Flöten, Fideln und der Dudelsack ertönten wieder. Ehrerbietig verbeugten sich die Hochzeitsgäste und rückten ein bisschen auseinander, so dass der Graf in den Kreis eintreten konnte.

Alice bemühte sich, ihn nicht zu beachten, stattdessen Katharina in ihrem purpurroten Kleid und Martin zuzusehen und ihren Hochzeitstanz zu würdigen, nicht verbittert zu erscheinen. Dies war nun schon Martins zweite Hochzeit, glänzender als seine erste mit Theresa im Hungerwinter vor Antiochia. Auch er hatte Leid erfahren, versuchte sie sich zu trösten und abzulenken von dem Schrecklichen, das zu hören sie erzitterte. Luitger wäre tot.

Indessen hatte Leyla ihre Hand ergriffen, sie strahlte vor Aufregung und Glück in ihrem grünen, mit Sternen bestickten Damastkleidchen, denn Bernhard hatte ihr kurz zugelächelt.

Das Brautpaar beendete seinen Tanz, die Gäste klatschten. Martin und Katharina gingen auf Bernhard zu, begrüßten ihn, indem sie sich leicht umarmten und auf die Wange küssten. Bernhard winkte einen Knappen aus seinem Gefolge herbei, der ihm ein Kästchen aus Rosenholz, eine schöne byzantinische Arbeit, übergab. Behutsam öffnete Bernhard den Deckel, das Kästchen war mit Seide ausgeschlagen und darinnen funkelten sechs kostbare, in Silber eingefasste Gläser. Mit einer generösen Geste überreichte Bernhard das Geschenk dem Brautpaar.

Der nächste Tanz galt der Braut, Bernhard forderte Katharina auf, während Alice von Martin freundlich zum Reigen gebeten wurde. Damit war die Pflicht erfüllt. Alice stockte das Herz, als Bernhard mit ernster Miene auf sie zukam und sie zum Tanz bat.

Ohne ihn zu begrüßen, fragte sie erbost »Wie geht es Luitger?«

»Nicht so gut«, antwortete Bernhard, während er ihre Hand ergriff und sie auf die Tanzfläche führte.

»Also schlecht. Wie schlecht? Stirbt mein Kind?«, fragte sie bang, während sie aufeinander zuschritten und sich ihre Fingerspitzen leicht berührten. Bernhard antwortete nicht gleich darauf, denn sie gingen wieder auseinander und wandten sich versetzt einem neuen Tanzpartner zu.

Alice stand Qualen aus, bis sie wieder auf Bernhard zutanzte.

»Deswegen komme ich. Luitger braucht Euch.«

Der Tanz ging paarversetzt weiter, es dauerte lange, bis endlich die Hand des ersten Tänzers gefasst wurde und Alice mit Bernhard als Paar im Kreis ging.

»Was heißt das?«

»Ihr müsst ihn stillen.«

»Wo?«

»Auf meiner Burg.«

»Damit ist Eure Gemahlin einverstanden? Warum sollte Eure Gattin wollen, dass mein Sohn nicht stirbt?«

Erneut bildeten die Paare eine Reihe. Alice fieberte Bernhards Antwort herbei.

Endlich tanzten sie wieder aufeinander zu.

»Weil Luitger und Giseline einander heiraten sollen.«

Alice blieb vor Schreck stehen. Die Ordnung der Tanzenden geriet durcheinander, eine Dame stieß Alice an und schimpfte. Unmut wurde geäußert. Bernhard lächelte den Paaren gönnerhaft zu. Eine kleine Ungeschicklichkeit halt. Der Tanz ging weiter. Alice nahm sich zusammen.

Auch dieser Tanz ging zu Ende.

Bernhard geleitete sie zu der mit Speisen nur so überhäuften und prunkvoll geschmückten Tafel.

Alice war wahrhaftig nicht nach Essen zumute. Wider die Sitte schenkte Bernhard ihr und sich selbst einen Becher Wein ein, was von der bedienenden Magd mit Schrecken bemerkt wurde. Hatte sie etwas falsch gemacht?

»Ihr wollt, dass mein Kind nicht stirbt, weil Ihr sein Erbe haben wollt, welch eine Schande«, sagte Alice enttäuscht.

Bernhard wurde fahl, so bleich, wie Alice ihn noch nie gesehen hatte. Er schluckte. Schließlich entgegnete er heiser:

»Ich gebe zu, dass ich meine, Anspruch auf dieses Erbe zu haben. Schließlich war es der mir vom König versprochene Lohn meines Zweikampfes.«

Er setzte ab und Alice verwunderte es, dass Bernhard ernsthaft, sogar ehrlich zu ihr sprach.

»Jedoch ich schwöre bei der Mutter Maria und bei meinem Seelenheil, ich könnte es niemals ertragen, dass Ihr durch mich, durch meine Schuld, noch einmal ein Kind verliert.«

Alice blickte Bernhard ins Gesicht und sah seine Pein.

»Meint Ihr, ich hätte Hanno vergessen und wie er starb? Meint Ihr wirklich, dass ich mich von diesem Vorwurf reingewaschen hätte?«

»Ihr wart nicht schuld. Ihr hieltet Hanno im Arm und kämpftet nur mit einer Hand gegen eine Übermacht. Es war die Elitetruppe des Kommandanten Iftikhar ad Daula.«

Bernhard schüttelte den Kopf. »Es gibt keinen Trost. Trotzdem. Danke, Alice.«

Leyla hatte sich zaghaft den beiden genähert. Bernhard wandte sich dem Mädchen zu, beugte sich etwas zu ihr herab und fragte sie:

»Darf ich deine …«, er wusste nicht recht, wie er Alice nennen sollte, Mutter?

»Mamme«, half Alice ihm nach.

»Darf ich deine Mamme bitten, dich zum Tanz aufzufordern?«

Leyla nickte vor Stolz und Seligkeit.

Bernhard führte Leyla auf die Tanzfläche, wenn auch nicht gerade in die Mitte, sondern etwas abseits. Er zeigte ihr Schritte, Sprünge, Stampfen, drehte sie im Kreis, hob sie hoch. Das Mädchen strahlte.

Alice stellte sich dazu, wie auch alle anderen Hochzeitsgäste mit dem Tanzen innegehalten hatten. Der Graf tanzte mit einem Kind? Und dann noch mit diesem fremden Bastard?

Alice überlegte. War es Berechnung, wollte Bernhard sie gewinnen, indem er gegen die geltenden Verhaltensregeln verstieß? Er musste doch wissen, dass sie sich längst entschieden hatte. Sie würde alles tun, um ihr Kind zu retten. Sie tat alles, was nur menschenmöglich war. Sie tat das Verbotene, sie stimmte dem Inzest zu. Ihr graute schon jetzt vor dem Fegefeuer und der Hölle. Wenn Bernhard nur ahnte, was er da beabsichtigte. Er aber ahnte nichts, sondern tanzte mit Leyla – war ausgelassen, ja glücklich. Das war nicht Berechnung, das war – Zuneigung, Stolz, als würde Bernhard seine schöne Tochter den staunenden Zuschauern vorstellen.

Der Tanz ging zu Ende. Leyla wurde umringt von den etwas älteren Mädchen, sie war mit einem Mal die Königin in dem kleinen Kreis.

»Was wird Eurer Vorstellung nach aus Leyla?«

»Sie wird mit Euch auf der Burg leben. Alice, ich dachte, ich müsste es nicht betonen. Es ist mir ernst in meinem Wunsch, dass Ihr Eure Kinder behaltet.«

Alice fühlte sich beschämt. Bernhard war ein Spötter, wusste den eigenen Vorteil zu nutzen, auch hier. Trotzdem, sie glaubte ihm.

»Ihr habt Euch wirklich noch nicht entschieden?« Bernhard sah Alice zweifelnd an.

»Natürlich habe ich das.«

»Welche Bedingungen stellt Ihr?«, wurde Bernhard von Alice gefragt.

»Ich? Keine.«

»Jedoch Eure Gattin.«

»Salome hat mir zu gehorchen.«

Alice blickte Bernhard erstaunt an.

»Jede Ehefrau hat ihrem Mann zu gehorchen, das ist nichts Neues. Verwundert Euch das bei Salome?«

Alice antwortete darauf nicht.

»Es gibt natürlich gewisse Verhaltensweisen, damit der Frieden auf der Burg gewahrt bleibt«, fuhr Bernhard fort. »Salome möchte Euch möglichst wenig begegnen, was auf der Burg allerdings etwas schwierig sein dürfte. Euer Gemach liegt deswegen nicht im Palas, sondern im Turm am Burghof. Ich werde, mit Eurer Erlaubnis, einen Kachelofen einbauen lassen.«

»Kachelofen?«

»Eine neue Erfindung. Der Ofen gibt wunderbar gleichmäßige Wärme.«

Bernhard räusperte sich.

»Die zweite Bedingung stellt sich von selbst. Wir dürfen nichts miteinander haben.«

»Wenn es weiter nichts ist«, sagte Alice aufatmend, was Bernhard allerdings etwas enttäuschend fand.

»Wann brechen wir auf?«

»Morgen, ich habe ein Reitpferd und ein Packpferd für Euch mitgebracht. Ich habe sie beim Domprobst unterbringen lassen, wo ich heute übernachte. Leyla hat ja ein eigenes kleines Pferdchen, wie ich gesehen habe.«

Alice lächelte. Bernhard erinnerte sich also an die Begegnung in der Gasse *Unter Schustern*.

Die Musikanten hörten auf zu spielen. Martin trat in Ermangelung des Brautvaters selbst auf die Tanzfläche und bat die Gäste, sie zum Beilager zu begleiten. Er führte Katharina an der Hand ins Schlafgemach, wo das Lager duftend und weiß bereitet war. Katharina setzte sich aufs Bett, entkleidete sich, wie auch Martin sich entkleidete. Ein Freund, ein älterer Passauer freier Kaufmann, breitete über das Paar eine Decke. Alice legte behütend ihren Arm um Leyla. Hinter ihr stand Bernhard.

»Wie in Antiochia«, raunte er ihr zu. »Wir sind wohl verdammt, anderen zuzusehen, wie sie die Ehe vollziehen.«

Sie blickte sich nach ihm um und nahm diesen Zug von Wehmut wahr, mit dem er sie bisweilen auf dem Kreuzzug angeschaut hatte.

Dann lächelte er: »Wir stecken ebenfalls unter einer Decke und wischen Bischof Ulrich eins aus.«

Der Akt war zu Ende. Die Zeugen des Beilagers klatschten und verabschiedeten sich. Alice brachte Bernhard zusammen mit Leyla ans Tor.

Nein, dachte Alice bei sich, sie müsste wirklich keine Sorge haben, dass Bernhard nicht gut zu Leyla wäre.

Am nächsten Morgen begab sich das Ehepaar mit festlichem Gepränge zum Dom. Ein Priester erwartete Braut und Bräutigam, segnete sie vor dem Kirchenportal und Martin steckte Katharina einen goldenen Ring an den Finger. Dann ging die Hochzeitsgesellschaft in den mit Bildern reich bedachten und geschmückten Stephansdom. Stehend erwarteten sie die Messe. Leyla blickte voller Stolz hinauf zur Fürstenempore, wo Bernhard und die adeligen Passauer saßen.

»Der Abt!«, rief sie plötzlich und zeigte nach oben.

Auch die anderen Hochzeitsgäste hatten ihn erblickt und neigten sich vor ihm.

Die Messe begann, von der Alice nichts mitbekam. Selbst das Te Deum, das sie sonst immer sonderbar berührte, erreichte ihr inneres Ohr nicht. Was musste Martin empfinden? Bisher hatte der Abt keine Begegnung mit seinem Sohn gewünscht.

Sie sah kurz hoch zu Bernhard, der es wahrscheinlich kaum ertragen konnte, so dicht neben dem Abt zu sitzen, den er achten musste und gleichzeitig hasste wie keinen anderen Menschen. Das jedoch war letztlich nebensächlich. Wichtig war die Frage: Wie würde ihr Leben auf Bernhards Burg sein? Vor allem, wie ging es Luitger? Alice ertrug die heilige Handlung kaum vor Angst, Luitger würde im letzten Augenblick noch ein Unglück zustoßen.

Endlich war der Gottesdienst beendet. Vor dem Kirchenportal versammelten sich die Hochzeitsgäste in freudiger Erwartung eines weiteren üppigen Mahles. Der Abt sprach freundliche Worte zu Martin und Katharina. Niemand der Umstehenden und wahrscheinlich ebenfalls Katharina nicht konnte nur irgend bemerken, dass der Vater seinen natürlichen Sohn segnete. Es erschien Alice sogar im Nachherein, als sei die Hochzeit seines Sohnes nicht der eigentliche Anlass seines unerwarteten Erscheinens. Denn der Abt trat zu ihr, schaute sie an und sprach zu ihr: »Alice. Gott ist mit Euch. Vertraut auf Gottes Güte und Barmherzigkeit. Vertraut auch dann, wenn Ihr zweifelt.«

Eilig brachen sie auf und setzten mit der Fähre über die Donau. Alice quälte sich. Sie musste sich entscheiden. Sie musste sich entscheiden, wer sie sein wollte, wer sie sein konnte. Sie musste einen Entschluss fassen, bevor sie Bernhards Burg erreichten, bevor sie Salome und den Bediensteten gegenübertrat. Wenn sie nur mit Bernhard über ihre Stellung auf der Burg sprechen könnte. Der aber ritt plaudernd mit dem Domprobst voran, damit bloß nicht der Verdacht aufkommen könnte, sie würden den Ritt an der Donau nutzen wie einst Tristan und Isolde, die sich keine Gelegenheit zur heimlichen Liebe entgehen ließen. Ein Aufpasser war lächerlich, fand Alice, schließlich war auch Leyla dabei, deren Gesicht so schön war, wie Alice das Mädchen noch nie gesehen hatte. Beängstigend war das, Leyla wurde vom Mörder ihrer Mutter auf seine Burg geführt – und sie strahlte vor Stolz und Glückseligkeit.

Alice fasste an ihre Stirn, ihren Kopf, der dröhnte, als würde er auseinanderspringen, als schwirrten die einzelnen Gehirnpartien unermüdlich rasend schnell durcheinander. Sie fasste nach ihrem nicht zu bändigenden Haar. Wie sehr hatte Bernhard ihr blondes, lockiges, widerspenstiges Haar geliebt. Der Gedanke war nun ganz falsch, ermahnte sich Alice. Bernhard, sie musste über ihn nachdenken. Nein, da wäre nichts zwischen ihnen. Jeder Blick, jedes Lächeln würde den Argwohn Salomes hervorrufen – und ihre Vertreibung von der Burg nach sich ziehen. Das wäre Luitgers Tod. Wären sie doch endlich da! Lebt ihr Kind noch, kamen sie zu spät? Die Angst packte Alice und umklammerte mit eisernen Händen ihre Brust. Und dennoch zwang sie etwas, sich trotz ihrer Sorge darüber klar zu werden, was sie für Bernhard noch empfand. Alice blickte zu ihm, wie er da Achtung gebietend vor ihr ritt. Er war nicht mehr der junge, draufgängerische, spöttische Ritter, er war Graf, Herr über Dörfer und Hörige, er war schon über dreißig wie auch sie selbst nicht mehr das 15-jährige Mädchen war, das ihm beim spielerischen Kampf bewundernd zugeschaut hatte. Bernhard war ihr fremd oder zumindest nicht nahe. Und doch hatten sie gemeinsam einen Sohn. Sonderbar war es, dass ausgerechnet Bernhard seinen Sohn rettete, ohne zu ahnen, dass er sein Vater war. Verwirrend nur war es, dass auch sie es kaum empfinden konnte. Ihr Gefühl zu Luitger war so anders als zu Hanno. Dieses weinende, kleine rothaarige Menschlein, das sie geboren hatte und in ihrem Arm hielt, an ihre Brust legte, war ihr unvertraut, wie Hanno es nie gewesen war. Hanno war ihr Sohn und Bernhards

Sohn auf eine selbstverständliche innige Weise. Jedoch – schon während sie mit Luitger schwanger war, litt sie darunter, dass sie dieses ungeborene Kind nicht so zärtlich liebte wie Hanno. Wie oft hatte sie sich deswegen gescholten.

Alice nahm am Waldrand ein Eichhörnchen wahr, wie es von Ast zu Ast sprang. Sie strich sich über das Gesicht. Wie auch immer. Natürlich liebte sie ihr Kind, hatte nicht die Hoffnung aufgegeben, ihren Sohn wiederzubekommen, hatte die ganze Zeit ein anderes Kind gestillt, damit die Milch nicht versiegte. Wenn sie nur nicht zu spät kämen.

Also, Alice, fasse deine Gedanken. Wer bist du?

Wenn du auf die Burg kommst, wirst du von den Leuten als Luitgers Mutter angesehen, die ihr Kind stillt, um es vorm Tode zu bewahren. Aber so war es nicht ganz richtig. Luitger war nicht irgendein Kind, er war in 20 Jahren als Graf der reichste Mann im ganzen Passauer Raum, einer der Reichsten in Böhmen, wo Udalrich seine Allodien hatte. Udalrich hatte nicht umsonst den Beinamen Vielreich getragen. Sie selbst war freie Kaufmannstochter, ihr Vaterbruder der Abt, ein Fürst. Alice gewann Mut, wie sie auf ihrem Pferd saß, wie sie ritt, würde ein Außenstehender sie gewiss für eine Adelige halten. Dennoch fraß es an ihr. Sie war nichts als die Konkubine eines reichen adeligen Mannes. Jede unehelich geborene Tochter eines Grafen war gesellschaftlich höher angesehen. Sie aber hatte einen Fehltritt getan, ihr ganzes Leben als erwachsene Frau war ein Fehltritt. Erst die Geliebte von Bernhard, dann die Geliebte des Burggrafen. Wer konnte sie sein auf der Burg? Wer in Salomes Augen? Wusste Salome von ihrer Liebesbeziehung mit Bernhard? Bei allen Heiligen, die Begegnung damals in Italien, die war Salome nicht entgangen, die hatte diese Gräfin nicht vergessen. In jedem feinen Gewand würde sie die Bettlerin vor dem Tor des Klosters wiedererkennen.

Alice graute vor der Begegnung mit Salome, sie fürchtete sich vor ihrem hochmütigen und misstrauischen Blick. Nein, beschloss Alice, sie wollte nicht entehrt als Konkubine behandelt werden. Nein und nochmals nein!

Bernhard wandte sich nach Alice und Leyla um, wies auf die Burg am Berghang und rief ihnen zu: »Seht, wir sind bald da.«

»Halt!«, befahl Alice.

Sie schwang sich von ihrer schwarzen Stute, ging zu dem Packpferd und nestelte in einer Tasche.

Verwundert blieb die kleine Gesellschaft stehen. Der Domprobst strich sich über seinen Bart.

Alice hatte gefunden, was sie suchte. Nach Art der verheirateten Frau bedeckte sie ihr Haar mit einem seidenen, weißen Tuch, gehalten von einem goldenen Reif.

Der Domprobst hob erstaunt die dichten Augenbrauen.

Der Knappe sagte: »Donnerwetter!«

»Mamme!«, rief Leyla entsetzt. »Was macht Ihr denn da? Das dürft Ihr nicht.«

»Ist es nicht gut?«, fragte Alice.

»Doch, Mamme«, erwiderte das Mädchen kleinlaut und nicht überzeugt.

Bernhard aber erklärte in freundlichem, anerkennendem Ton: »Lebten wir noch zur Zeit der Merowinger, in der der König unter den unfreien, freien und adeligen Töchtern des Reiches seine Ehefrau wählen konnte, Ihr wäret zur Königin erhoben worden.«

Der Domprobst lachte erstaunt und nickte beipflichtend Alice zu.

Alice atmete erleichtert auf.

»Setzen wir unseren Weg fort«, sagte Bernhard und forderte mit einer einladenden, großzügigen Geste seine Gäste auf, ihm auf die Burg zu folgen. Leyla blickte darauf Bernhard strahlend an und ritt stolz auf ihrem kleinen Pferdchen den Hang zur Burg hinauf. Alice jedoch wurde es unwohler, je mehr sie sich der Burg näherten. Voller Bedenken und Zweifel ritt sie über die Brücke, unter sich der tiefe Burggraben, blickte misstrauisch hinauf zum Fallgitter, das hinter ihr zuzufallen schien. Wie würde es Leyla ergehen? Und wie sollte sie selbst es nur einen einzigen Tag in der Nähe von Salome und Bernhard aushalten?

Johannes, dem hochwürdigen Herrn und Vater, dem verehrungswürdigen Abt von Lichtenfels / Alice, Eures Bruders Tochter, Eure niftele.

Meinen Dank und meine Liebe zuvor.

Als mein Sohn Luitger unter die Räuber gefallen ist und auf der Burg des Grafen Baerheim eine Zuflucht fand, ich aber fern von meinem Kind weilen musste, habt Ihr Euch herabgelassen, Ihr seid auf Bitten der Gräfin auf die Burg geeilt und habt getan, worum ich Euch gebeten hätte, wenn ich von der Verwundung gewusst hätte. Ihr habt meinen Sohn geheilt.

Inzwischen ist viel geschehen, wovon Ihr wahrscheinlich schon Kenntnis habt, was ich Euch gleichwohl mitteilen möchte, damit Ihr Euch ein vollständiges Bild machen könnt.

König Heinrich hat die Vormundschaft für Luitger, Graf Udalrichs legitimen Sohn, auf Bischof Ulrich von Passau übertragen. In Luitgers Namen, der als treuer, demütiger und gehorsamer Sohn der Kirche sich schon jetzt erweisen möchte, hat der Bischof eine große Truhe voller Passauer Silberpfennige, bewacht von 20 Rittern und Kriegsknechten, zum Heil der Heiligen Römischen Kirche dem König für den Krieg gegen seinen Vater, den ehemaligen Kaiser Heinrich, gesandt.

Aus Großmut hat König Heinrich der Verlobung meines Sohnes Luitger mit Giselinde, der Tochter des Grafen Bernhard und seiner Gattin Salome, zugestimmt. Aufgrund dieser Erlaubnis unseres höchsten weltlichen Herrschers nahm Graf Bernhard beim Bischof Einsicht in das Vermögen, die Lehen sowie Allodien, Zölle seines zukünftigen Schwiegersohnes. Unterstützt wurde der Graf von mir, da ich in der Nacht vor meiner Befragung durch Bischof Ulrich ein Verzeichnis des Inventars, des Geldes sowie eine Abschrift aller Urkunden von den Schreibern des Grafen Udalrich habe anfertigen und noch vor Morgengrauen bei Rit-

ter Martin in Verwahrung habe bringen lassen. Graf Bernhard hat somit einen genauen Überblick über das Erbe, das der Bischof treulich zu verwalten hat.

Die Verlobung meines Sohnes am Dreifaltigkeitssonntag naht. Sicher hat Euch Graf Baerheim schon eine Einladung zukommen lassen. Unter der langen Liste der hohen Gäste, Graf Formbach, Graf Hals, Graf Berengar, um nur einige zu nennen, nehmt Ihr einen herausragenden Platz ein. Ritter Martin ist leider vor drei Tagen ins Heilige Land mit einigen Rittern aufgebrochen, die dort ihren Treueid König Balduin leisten und in seinen Dienst treten wollen. König Heinrich wäre selbst gekommen, wenn nicht die Kriegsvorbereitungen ihn am Rhein festhielten. Durch Euer Erscheinen würde Luitger bereits jetzt als mächtiger Graf gewürdigt.

So wirkt es möglicherweise überflüssig, wenn auch ich Euch ebenfalls bitte, der Verlobung beizuwohnen. Doch denkt Euch in meine Lage, so werdet Ihr verstehen, dass Eure Anwesenheit meiner Ehre zugutekommt, derer ich sehr bedarf. Wenn Ihr nicht erscheint, so befürchte ich, ich müsste der Verlobung fernbleiben.

Hier sollte meine Feder spätestens innehalten. Doch wes das Herz voll ist, das kann der Mund nicht verschweigen und auch das geschriebene Wort will heraus. Wem auf der Welt kann ich mich anvertrauen, wenn nicht Euch, meines Vatersbruder?

Ihr mahntet mich in Passau, ich solle auf Gottes Gnade und Barmherzigkeit vertrauen und nicht zweifeln. Tatsächlich habe ich hier auf der Burg vieles von Gottes Güte erfahren. Graf Bernhard hat mir den Wohnturm, der ursprünglich für seine Mutter Gräfin Gertrude errichtet worden ist, überlassen. Er besteht aus einer Schlafkammer und einem kleinen Saal mit einem Kachelofen, schönen Wandteppichen und sogar einem Fenster mit Glasscheiben. Auf die Fensterbank eingeritzt ist ein Mühlespiel, so dass ich häufig bei geöffnetem Fenster dort mit Leyla sitze und wir die Wärme der Frühlingssonne nach dem langen Winter spüren. Leyla hat sich auf der Burg eingewöhnt. Es erstaunte sie anfangs, dass *die gleichaltrigen Jungen und Mädchen nicht lesen und schreiben können, stattdessen wie die Erwachsenen arbeiten müssen. Jetzt hilft sie häufig mit, besonders die Versorgung der Hühner, der Kälber und Fohlen bringt ihr Freude. Am Morgen geht sie mit hinaus, wenn die Schweine an einem Pflock angebunden werden. Noch ist alles neu für sie und sie hängt mit einer geradezu zärtlichen Anhänglichkeit an Graf Bernhard, der Leyla außergewöhnlicherweise neulich mit auf die Jagd genommen hat.*

Vor allem bin ich Gott dankbar, preise ich ihn in meinen Gebeten, dass Luitger sich erholt, wieder gesund wird. Anfangs habe ich ihn wohl zu jeder zweiten Stunde gestillt. Die Abstände werden jetzt etwas größer. Ich trage ihn häufig im Freien herum, begleitet von zwei oder drei Rittern oder Kriegsknechten, die Graf Bernhard treu ergeben sind. Es fällt mir schwer, mich daran zu gewöhnen, nicht mehr frei umhergehen zu können. Aber beim Kreuzzug war es schließlich auch nicht anders. Allein das Lager zu verlassen, bedeutete meist den sicheren Tod. Ich habe es nur ein einziges Mal getan.

Mit der Erinnerung an den Kreuzzug kommen mir die dunklen Seiten meines Fühlens und Denkens. Ich bete zu Gott, ich möge an seiner Gnade und Barmherzigkeit nicht zweifeln. Es fällt mir schwer. Bernhard sagte vor vielen Jahren zu mir, es war zu Beginn der Pilgerfahrt, aber mein Vater war schon zum Krüppel geschlagen, es war, als wir eines Nachts am Goldenen Horn entlanggingen, er sagte also, meine Familie sei verflucht. Er versuchte es mir sogar zu beweisen. Erlaubt mir, es auszusprechen, Bernhard behauptete, Ihr habet meine Eltern über dem Brautbett verflucht. Das glaube ich nicht. Jedoch quält mich etwas anderes. Ich fürchte durch die Sünde meiner Mutter, dass wir alle bis ins siebente Glied verfolgt werden, dass ich ein Teil dieser Kette bin und auch Luitger.

Meine Mutter hat in den Augen der Welt natürlich keine Sünde begangen. Sie war eine gehorsame Tochter und hat den Mann geheiratet, den ihr Vater für sie ausgesucht hat. Dennoch, ihr letz-

tes Wort, als sie sterbend am Fuße der Steintreppe lag, ihr letztes Wort war Euer Name: Daniel. Hätte sie sich widersetzt, hätte sie mit ihrer rothaarigen Schönheit nicht auch noch Hochmut verbunden, sie wäre, ich ahne es, von der Magd nicht vergiftet worden. Ich sehe meine Mutter, so grausam wie es für mich ist, nicht als Opfer, sondern als Auslöser dieser unentrinnbaren Kette des Leides. Ihr gingt ins Kloster, so wurde aus Daniel Bruder Johannes. Ihr wolltet mit der Welt nichts mehr zu tun haben, angeekelt davon, dass mein Vater die Magd liebte. So denke ich es mir jedenfalls. Meiner Mutter Tod zog die Schuld meines Vaters nach sich und diese wieder den Kreuzzug nach Jerusalem, darauf den entsetzlichen Tod meines Vaters vor Konstantinopel, mein Versagen, meine Liebe zu Bernhard und den Verlust meiner Ehre, die besonders hart vor Gott wiegt, da wir als Pilger im geweihten Stand waren. Den Tod Hannos. Warum Hanno? Noch immer klage ich Gott für sein Sterben an. In Passau folgte meine zweite Entehrung. Auf Martin lastet dieser Fluch, denn seine Mutter Martha war es, die die meine tötete. Selbst auf Graf Bernhard und seiner Gattin liegt ein Hauch des Unglücks, denn es ist Salome ganz gewiss nicht recht, verletzt sie jeden Tag, dass ich auf ihrer Burg lebe.

Wie soll es mit Leyla weitergehen? Sie verbindet Klugheit, Wissbegierde mit Leidenschaft. Zu welch einem Ende soll das führen?

Euren Einwand, ich höre ihn, er heißt: Tugend. Hätte ich demutsvoll den Schleier genommen, wäre ich Nonne geworden, hätte ich der Welt entsagt, die Kette des Frevels wäre abgebrochen. Durch Enthaltsamkeit, Frömmigkeit, ein Gott geweihtes Leben hätte ich Gottes Gnade und Barmherzigkeit wiedererlangt.

Die Tugend, ich übe sie hier. Zugegebenermaßen fällt sie nicht schwer, da ich zurückgezogen lebe, ganz vom Wunsch erfüllt, Luitger möge am Leben bleiben. Auch ist Bernhard fast immer fort, beim König am Rhein.

Was mag mich erwarten, im Diesseits und im Jenseits?

Der Dreifaltigkeitssonntag heißt auch goldener Sonntag. Ihr kennt die alte Sage gewiss, dass an diesem Tag die Wunderblume blüht, mit der verwunschene Jungfrauen erlöst werden. Ich aber bin von der Angst gepeinigt, Giselinde werde durch die Verlobung und Heirat mit Luitger in den Strudel unseres Geschickes hineingezogen.

Ihr sagt mir zu, Gottes Gnade und Barmherzigkeit seien mit mir? Erklärt mir, wie soll ich das verstehen?

Es war einige Tage nach der Verlobung, als Alice und Leyla wieder einmal auf dem Fensterbrett beim Mühlespiel saßen. Beide waren nicht so recht bei der Sache, schauten weniger aufs Spielbrett als in den Burghof hinunter, in den, tiefe Schatten bildend, warm die Junisonne fiel. Dort begann es lebendig zu werden: die Packpferde wurden von den Knechten mit Waffen, Kochgeschirr, Kleidung, Decken und Zelten beladen, des Grafen Schlachtross und Reitpferd aus dem Stall geführt, die Ritter, Kriegsknechte und Knappen versammelten sich. Bernhard trat aus seinem Palas, begleitet von seiner Gattin.

»Graf Bernhard trägt sein Kettenhemd und hat sein Schwert umgürtet, so habe ich ihn noch nie gesehen«, flüsterte Leyla aufgeregt.

Alice und Leyla schauten zu, wie Bernhard sich auf sein Pferd schwang, ohne den Steigbügel zu benutzen, sich zu Salome beugte, die ihm die schöne Hand reichte, er beugte sich hinab zum letzten Kuss. Leyla riss die Augen auf.

Alice hingegen hätte sie am liebsten für immer verschlossen. Sie blickte vom Burghof weg in den Raum zu der Wand, an der das Kreuz hing, und wandte dann wieder den Blick zu Bernhard.

Denke an die Worte des Abtes, ermahnte sie sich. Am Ende der Verlobung nahm er dich beiseite und sprach:

Unser Herr Jesus Christus befiehlt: Eure Rede sei Ja. Ja. Nein. Nein. Beantwortet für Euch und vor Jesus Christus die Frage: Bereut Ihr Euer Leben?

Nein, sie bereute nichts, aber es tat trotzdem weh zu sehen, wie Bernhard mit seinen Gefolgsleuten aus dem Burghof hinausritt. Kurz jedoch, bevor er das Burgtor erreichte, drehte Bernhard sich noch einmal um, schaute zu Alice und Leyla hinauf. Scheu hob Leyla ihre Hand und winkte. Bernhard gab seinem Pferd die Sporen, ritt über die Fallbrücke und war aus ihrem Blickfeld verschwunden. Salome raffte ihren Rock und schritt in den Palas zurück.

»Graf Bernhard reitet in den Krieg«, sagte Leyla schwärmerisch. Ihr Gesicht glühte vor Stolz und Eifer. »Dort wird er kämpfen, Mann gegen Mann, Ritter gegen Ritter. Mit eingelegter Lanze wird er auf die Feinde zurasen, sie vom Pferd stoßen, mit dem Schwert kämpfen, den Gegner besiegen und ihn töten.«

Alice erfüllte diese Begeisterung mit Besorgnis. Und tatsächlich. Leyla wurde mit einem Mal ernst, zog die Stirn zusammen, wurde todernst.

»Mamme, hat Graf Bernhard auch meine Leute getötet?«

Alice wurde starr vor Schreck. Dann japste sie nach Luft. Sie glaubte, sie würde ersticken.

»Wieso deine Leute? Was meinst du, Kind?«

»Ich weiß schon längst, dass ich nicht so bin wie ihr alle. Die Kinder hier auf der Burg haben es auch gesagt und wollten anfangs nicht mit mir spielen und haben mich geärgert, sogar beschimpft. ›Schwarze Hexe‹ haben sie mich genannt. Graf Bernhard ist dazwischengefahren, den Ludwig und den Berard hat er mit Weidenruten auspeitschen lassen.«

Wie wenig weiß man von seinen Kindern, dachte Alice erschüttert und betrübt.

»Ich weiß auch, dass Ihr nicht meine richtige Mutter seid.«

Alice verzog das Gesicht, als würde sie geschlagen.

»Warum denkst du das?«

»Die Äbtissin hat es gesagt, als sie zornig auf mich war. Wisst Ihr, als Ihr mich abholen wolltet und sie mich nicht aus dem Kloster gehen ließ? Da wollte ich zu Euch laufen, da haben mich die

Nonnen gepackt und festgehalten. Ich habe um mich getreten, sie gebissen und geschrien. Die Nacht über hat mich die Äbtissin in ein Loch gesperrt. Dann kam sie, machte die Klappe auf, ich konnte sie nur hören, nicht sehen, weil kein Licht in dem Kerker war. Da sagte sie mir das.«

Alice liefen die Tränen über die Wangen.

»Komm vom Fenster weg«, sagte sie weinend, ging mühsam durch den Raum und stützte sich ab, als sie sich auf die Bank setzte.

Leyla ergriff ihre Hand und beteuerte: »Mamme, ich habe Euch trotzdem lieb.«

Alice schnäuzte sich in ihren Rock und sagte unter Tränen:

»Weißt du, Leyla, ich habe dich gerettet, damals in Jerusalem.«

Wieso nur fühlte sie sich schuldig.

»Mamme«, fragte Leyla erneut mit einem flehentlichen, ängstlichen Blick, der Alice jammerte:

»Hat Graf Bernhard die Meinen getötet?«

Was antworten? Meine Antwort muss wahr sein und dennoch darf ich Bernhard nicht verraten.

Alice stand auf, holte ein Tuch aus der Truhe, schnäuzte umständlich hinein, ging dann wieder zu der Bank, setzte sich zu Leyla und blickte das Mädchen an.

»Es besteht kein wirklicher Unterschied zwischen den Deinen und den Menschen hier. Wir alle sind Abrahams Kinder. Wir alle haben denselben Stammvater.«

Alice machte eine Pause. Sie merkte, Leyla sog ihre Worte erleichtert ein.

»Du kennst das Annolied«, fuhr Alice fort. »Da wird von Troja erzählt, das die Griechen durch List erobert haben.«

Leyla nickte verwundert.

»Ja, Mamme, das kenne ich.«

»Also, als die Trojaner geschlagen waren, konnten sich noch viele ihrer Krieger retten. Sie verstreuten sich in alle Winde, in die vier Himmelsrichtungen, nach Osten, nach Westen, nach Norden und Süden. Sie gründeten Städte und waren starke, furchtlose Ritter. Es heißt, wir stammen alle von ihnen ab. Wir sind alle Schwestern und Brüder, ob wir nun in Jerusalem leben oder in Passau.«

Alice holte tief Luft.

»Nur kommt es vor, dass Brüder sich streiten. Das mag nicht immer gut sein, aber dass Ritter gegeneinander kämpfen, das findest du doch auch richtig.«

Leyla nickte.

»Siehst du. Die Schlacht Mann gegen Mann, Ritter gegen Ritter ist der Ruhm eines jeden Edlen. Wichtig ist nur eines, dass derjenige, der im Kampf unterliegt, seine Ehre behält. Ich kann dir versichern, dass Graf Bernhard niemals die Ehre eines Gegners verletzt hat.«

Leyla atmete auf. Der Schatten verschwand aus ihrem Gesicht, was Alice erleichtert feststellte. Damit aber nicht noch eine bange Frage folgte, erklärte sie:

»Jetzt aber, in diesem Krieg, hat Kaiser Heinrich die Ehre des Königs und, noch viel schlimmer, die Ehre der Fürsten verletzt. Damit alle davon wissen, ließ König Heinrich einen Brief an die Fürsten im ganzen Reich verbreiten, in dem er auch sie als entehrt anspricht. Besonders groß ist diese Entehrung der Fürsten, weil der papst- und königstreue Erzbischof Friedrich von den Kölnern vertrieben wurde und Herzog Heinrich, obwohl ihm sein Lehen Lothringen entzogen ist, Truppen nach Köln gegen den König beordert hat. Auch die Bürger von Lüttich haben Bewaffnete nach Köln geschickt. König Heinrich wird Köln belagern und erobern, um alle Verräter zu warnen. Um die Ehre des Königs wiederherzustellen, ist Graf Bernhard heute nach Köln aufgebrochen. Wir wollen beten, dass er gesund zu uns zurückkehrt.«

Der Juli wälzte sich mit drückender Hitze über das Land. Dumpfe Schwüle lastete auf aller Kreatur. Vieh wie Mensch war geplagt vom Ungeziefer, das sich in der feuchtheißen Wärme auf alles

Lebendige zu stürzen schien. Wer den langen Winter über den Sommer sehnsüchtig erwartet hatte, der war der Klagen voll.

Alice verbrachte ihre Tage mit ungeduldigem, ermüdendem Warten. Was immer sie tat, ob sie Luitger stillte oder wickelte, mit Leyla Mühle spielte, ob sie aß, ob sie aus dem tiefen, bis zur Donau reichenden Brunnen Wasser schöpfte, ja, gerade dann sah Alice unentwegt nach dem Burgtor, durch das hornblasend ein Bote reiten müsste, um zu verkünden, König Heinrich habe Köln im ersten Sturmangriff erobert. Alice wusste, der Bote käme nicht, ob mit oder ohne silbernes Horn, er käme überhaupt nicht. Und auch keine Nachricht von Bernhard. Nichts, nur diese stickige Schwüle und die zunehmende, unabweisbare Gewissheit, Bernhard wäre etwas zugestoßen. Was – das konnte Alice nicht sehen, ob er verwundet oder krank war. Sie sah ihn nur, so als wäre sie mit ihm in einem Zelt, sie sah ihn fiebernd daniederliegen. Sie sah ihn sterben. Die Brust schnürte sich ihr zusammen, sie fühlte sich selber sterbenselend. Jeden Abend der Blick von Leyla, ihre furchtsame Frage, wie es wohl Graf Bernhard gehe, jeden Abend Leylas Gebet, Gott möge Graf Bernhard beschützen. Es stach ihr ins Herz, wie das Mädchen sich um ihn ängstigte – und gleichzeitig war sie von derselben Sorge ganz und gar gefangen genommen.

Eines Abends, während Alice das Bittgebet für Bernhard sprach und wie abwesend die Worte formte, fasste sie gleichzeitig den Entschluss, sogleich zu Salome zu gehen und sie zu bitten, zu Bernhard nach Köln zu reiten, um ihn zu retten.

Wie gewohnt gab sie Leyla einen Gutenachtkuss, nahm ihre Umarmung und ihren Kuss entgegen, sah noch einmal kurz zu Luitger, schloss leise die Tür hinter sich und stieg die hohe Außentreppe hinunter in den Burghof.

Alice war beklommen zumute, noch niemals hatte sie Salome aufgesucht, kaum jemals ein Wort mit ihr gewechselt. Auch mit Bernhard hatte sie eigentlich, solange sie auf der Burg wohnte, kein Wort gesprochen. Gänzlich unerwartet wollte sie also, die ehemalige Geliebte, und dazu war es schon spät, die Gräfin aufsuchen, um derselben zu sagen, ihr Gatte liege im Sterben. Alice wusste, das war gewiss nicht schicklich, das war sogar anstößig. Dennoch.

Zu Salomes Kemenate wagte Alice nicht zu gehen. Stattdessen suchte sie Salomes Kammerfrau. Die war nicht in der Halle. So hoffte Alice, die junge Frau in der Burgküche anzutreffen. Alice stieg, ungewiss, ob sie richtig handelte, die Holztreppe hinab. Der Duft von Rinderbrühe und Zwiebeln schlug ihr entgegen. Über der offenen Feuerstelle hing an einer Herdkette ein Metallkessel, in dem die Köchin mit einem langen Holzlöffel rührte. Eine alte, taube Magd hockte vor dem Herd und schürte die Glut, fuhr dabei vorsichtig an den Keramikgefäßen vorbei, die darinstanden. Funken sprühten auf. Tatsächlich, da saßen Lucia und Kaspar am Tisch, vor sich einen Birkenholzbecher mit Wein.

Alice grüßte.

Die Köchin drehte sich nach ihr um, grüßte überschwänglich und freundlich.

Lucia und Kaspar sahen sie abwartend, abschätzend an. Alice tat, als bemerke sie es nicht, setzte sich unaufgefordert zu ihnen auf die Bank und sagte in bestimmtem Ton:

»Lucia, ich habe eine Bitte. In einer wichtigen Angelegenheit muss ich die Gräfin noch heute Nacht sprechen. Sei deinem Herrn und deiner Herrin treu und führ mich zu ihr.«

Lucia runzelte die Stirn.

»Jetzt?«, antwortete sie patzig. »Das wird Gräfin Salome nicht recht sein.«

»Es muss sein«, erwiderte Alice. »Gerade damit kein Tadel dich trifft.«

»Wenn ich bloß keine Schelte kriege«, murrte Lucia, stand widerwillig auf und nickte Kaspar mit einem Gesichtsausdruck zu, als sagte sie: Die ist verrückt ...

Der trank mit unbewegtem Gesicht seinen Becher leer.

Alice dachte: Warum lasse ich mich nur demütigen?

Lucia führte Alice hinauf zu Salomes Kemenate. Die beiden Frauen sprachen nicht miteinander, aber Alice bemerkte die wachsende Neugierde.

Vor Salomes Tür blieben sie stehen, Lucia klopfte, trat hinein, ließ Alice vor verschlossener Tür warten. Alice vernahm Stimmen, dann durfte sie eintreten.

Alles sah nach Bernhard, nach dem Morgenland aus, die Bettvorhänge, die seidenen, bunten Kissen. Alice mochte gar nicht hinschauen, fürchtete den Schmerz und sog dennoch begehrlich alles auf: die Teppiche, den Spiegel, vor dem Salome saß und ihr langes, glattes, dunkelbraunes Haar kämmte, das Bett. Schnell schaute sie wieder weg.

Alice hatte das Gefühl, als würde sich jedes Härchen ihres widerspenstigen blonden Haares unter ihrem Tuch aufrichten. Langsam drehte sich die Gräfin nach Alice um, hob in Erstaunen die Augenbrauen, ließ Alice stehen, obwohl ein mit rotem Samt bezogener und an den Armlehnen mit Löwenköpfen verzierter Faltstuhl neben dem offenen Kamin stand, dessen von Säulen getragene, reich verzierte Kaminhaube davon zeugte, dass dieser Raum der Herrin zu besonderer Ehre gereichen sollte.

»Nun. Was führt Euch zu mir?«, begann Salome und schlug ein Bein über das andere, so dass Alice ihr spitzes Knie erahnen konnte.

»Die Belagerung von Köln.«

»So? So spät am Abend? Es ist bereits fast dunkel. Da werden die Waffen wohl schweigen.«

»Ich komme, weil die Belagerung erfolglos ist«, entgegnete Alice ernst.

Salome lächelte von oben herab und sagte in süßlichem Ton:

»Das wollt Ihr wissen? Ihr versteht Euch in Kriegsdingen?«

»Allerdings«, entgegnete Alice und hielt Salome ihre Hände entgegen, auf denen die Brandnarben noch zu erkennen waren.

»Ich bin nicht hier, um zu scherzen oder damit Ihr Euch lustig über mich macht.«

»Also gut, warum meint Ihr, dass Köln nicht bereits erobert wurde?«

»Es ist kein Bote gekommen.«

»Köln ist weit von Passau entfernt«, unterbrach Salome, als wüsste Alice dies nicht.

»Hätte der König gesiegt«, setzte Alice möglichst ruhig nach, »er hätte seine Boten auf den schnellsten Pferden Tag und Nacht reiten lassen, um die Siegesmeldung bis in den letzten Winkel hinein zu verkünden. Vor allem aber, eine so große Stadt wie Köln, die größte nördlich der Alpen, die größte im Reich, kann nicht erobert werden, und schon gar nicht durch einen Sturmangriff. Auf dem Kreuzzug haben wir nicht eine einzige Stadt so erobert. Nikäa wurde hinter unserem Rücken vom türkischen Kommandanten an Byzanz zurückgegeben, Antiochia haben wir monatelang belagert, ohne einen Sturmangriff zu wagen, es ist nur durch Verrat in unsere Hände gefallen, den missglückten Sturmangriff auf Jerusalem möchte ich Euch nicht schildern, so viele Verletzte, Blinde, Tote. Jerusalem ist durch Kriegslist und Gottes Hilfe eingenommen worden. Das aber ist bei Köln nicht möglich.«

»Nicht Gottes Hilfe, für die Sache des Königs und der Kirche?«

»Kaiser Heinrich war im April in Köln. Die Kölner haben ihm Treue geschworen und er hat ihnen das Privileg erteilt, Köln zur Festung auszubauen. Seit April rüsten sich die Kölner für den Kampf gegen den König. Sie haben um die Ansiedlungen von St. Kunibert, St. Aposteln und St. Georg einen Befestigungsring gebaut mit Wällen und Torburgen und Vorwerken. Wir hier in Passau haben um unsere Neustadt noch nicht einmal eine Stadtmauer. Sie haben Söldner angeworben, haben Katapulte, Kriegsmaschinen aller Art, Bogenschützen, die Brandpfeile verschießen, Bündel mit Glassplittern. Dagegen helfen keine Belagerungsmaschinen. Sie erhalten Lebensmittel über den Rhein, fangen vielleicht sogar die Schiffe ab, deren Ladung für den König bestimmt ist.«

»Der König hat ein Heer von 20.000 Mann. Das wird die Stadt eingeschlossen haben.«

Alice schüttelte den Kopf. »Sturmangriffe nützen bei einer so gut befestigten Stadt nichts. Sie bringen Verwundete, Tote, Leichen über Leichen. Überall im Lager eitrige Wunden, wahrscheinlich Hunger, übler, fauliger Gestank. Wohin mit den Toten? Verbrennen lassen darf der König sie nicht, es sind Christen. Außerdem würde er den Feinden zeigen, dass es so viele Tote sind, dass sie nicht mehr christlich bestattet werden können. Massengräber ausheben? In den Rhein werfen? Und dann diese Hitze, die lässt die Wunden nicht heilen und die Leichen verfaulen.«

»Worauf wollt Ihr eigentlich hinaus?«, fragte Salome unwirsch und erhob sich.

Sie trug einen wunderschönen Seidenmantel, ein leichter Parfumduft nach Moschus ging von ihr aus.

Alice sah sie fest an und sagte: »Ich hatte ein Gesicht, dass Euer Gemahl im Sterben liegt.«

»Das wollt Ihr wissen? Ich als seine Gemahlin sollte es besser wissen. Ich bin mir ganz sicher, dass es Graf Bernhard wohl ergeht. Er ist ein Ritter, ein Held. Wollt Ihr das abstreiten?«

»Gräfin, Belagerungen haben mit ritterlichem Kampf wenig zu tun. Es wird nicht mit dem Schwert gekämpft, jedenfalls nicht, solange die Befestigungsmauer nicht eingenommen ist. Niemand weiß, wenn er eine Mauer erklimmt, wen ein Eimer mit siedendem Pech trifft, wen ein Brandpfeil.

Gräfin Salome, ich bitte Euch, reist zu Eurem Gemahl, rettet ihn. Und wenn er Eurer Hilfe nicht bedarf, was wir hoffen wollen, dann ist es ein Zeichen Eurer Liebe.«

Salome verzog bitter ihren Mund.

»Ich? Niemals. Unser Herr Jesus Christus mahnt: Was sorgt ihr euch um euren Leib? Wer ist unter euch, der, wie sehr er sich auch darum sorgt, seines Lebens Länge eine Elle zusetzen könnte? Der Herr hat es gegeben. Der Herr hat es genommen.«

»Unser Herr Jesus Christus hat die Menschen geheilt«, entgegnete Alice und konnte ihre Wut nur mit Mühe unterdrücken. »Er hat den römischen Hauptmann nicht abgewiesen, sondern seinen Knecht wieder gesund gemacht, ja sogar das tote Töchterchen des Jairus wieder zum Leben erweckt. Unser Herr Jesus Christus ist ein Gott der Lebenden.«

»Nicht der Toten? Das ist Gotteslästerung.«

Alice hob in einer flehenden Gebärde ihre Hände:

»Unser Herr Jesus Christus fordert uns auf, die Kranken zu besuchen. Das wird uns beim Weltgericht zum Guten angerechnet. Denn wenn wir die Kranken besuchen, dann ist es, als wären wir zu Jesus selbst gegangen.«

»Ihr wollt behaupten, dass es Jesus gefiele, wenn ich zu Graf Bernhard ins Lager nach Köln reise. Dass mir Jesus diese Tat beim Weltgericht anrechnen würde, als hätte ich Jesus selbst geheilt? Graf Bernhard als Jesus?«

Salome lachte höhnisch auf und sagte mit kreischender Stimme:

»Reitet Ihr zu ihm. Legt Ihr Euch zu meinem Gatten ins Bett, wie dies ein allzu beliebtes Heilmittel ist, um kranke Männer aufzumuntern und vom Tode zu bewahren.«

»Mamme, wo wart Ihr so lange?«

»Du schläfst noch nicht, Leyla?«

»Ich konnte nicht einschlafen, als ich hörte, dass Ihr weggingt.«

»Warte, ich mache erst einmal Licht.«

Alice entzündete den Docht einer Ampel, die über einem Tisch am Fenster hing und die im Windzug ein unruhiges Licht gab. Bedächtig zog sie einen Schemel heran und setzte sich zu Leyla ans Bett, legte ihre Wangen zwischen die Hände. Wie beginnen?

»Ich war bei Gräfin Salome«, sagte sie zögerlich. »Weißt du, ich habe so ein Gefühl, dass es Graf Bernhard nicht gut geht.«

»Mamme, ich habe so eine Angst um Graf Bernhard.«

»Ich weiß. Du bist ein braves Mädchen, braver als die Gräfin. Ich habe sie gebeten, zu ihrem Gatten nach Köln zu reisen. Aber sie will nicht.«

Wahrscheinlich, weil ich es war, die sie dazu aufforderte. Wäre ein Brief von Graf Berengar gekommen oder gar vom König, sie wäre noch heute Nacht aufgebrochen.

»Dann müsst Ihr zu ihm reiten!«, rief Leyla und setzte sich aufgeregt im Bett auf.

»Das sagte mir die Gräfin auch, allerdings in entwürdigender Absicht. Im ersten Augenblick war ich so wütend, dass ich ihre Tür zuschlug und dachte: Das mache ich. Ich reite zu Bernhard nach Köln.«

Alice bemerkte, dass sie ihn einfach mit seinem Vornamen genannt hatte, was auch Leyla auffiel. Es entstand eine Pause.

»Aber schon, als ich den Palas verließ, war mir klar, dass das unmöglich ist. Was soll aus Luitger werden? Er ist gerade so weit, dass er gesund ist. Ich muss ihn stillen, ich müsste ihn mitnehmen. Dann würde ich ihn in Gefahr bringen. Das kann ich nicht. Ich darf nicht Luitgers Leben aufs Spiel setzen, um Graf Bernhard vielleicht das Leben zu erhalten. Damit ist es entschieden. Ich bleibe hier.«

Alice stand auf. »Ich werde mir jetzt die Zähne putzen und schlafen gehen.«

Leyla zog die Bettdecke übers Gesicht und beobachtete, indem sie die Decke ein wenig lupfte, wie Alice Wasser in eine Tonschale goss und Gerstenmehl mit Alaunpulver mischte, etwas Salz und eine Spur zerlassenen Honig hinzugab.

»Mamme«, sagte Leyla schüchtern. »Ich bin ganz unglücklich, wenn Graf Bernhard stirbt. Bitte, steht ihm bei. Ihr wäret sonst auch ganz unglücklich.«

Alice spülte aus, drehte sich nach Leyla um.

»Was sollte aus dir in der Zeit werden? Allein kannst du nicht auf der Burg bleiben. Du müsstest zurück ins Kloster Niedernburg.«

In Leylas Antlitz zeigte sich ein Hoffnungsschimmer.

»Ach, Mamme, das mache ich für Graf Bernhard gern. Manchmal wird es mir hier auf der Burg ein wenig langweilig. Die Äbtissin wird mir schon nichts tun.«

Dann muss ich auch an mich selber denken, an meine Ehre, überlegte Alice für sich.

Leyla hatte sich auf die Seite gelegt. Den Kopf in die Hand gestützt, zeichnete sie mit der anderen ein Muster in das leinene Betttuch. Schließlich druckste sie:

»Nur, was ist mit Eurer Ehre, wenn Ihr Graf Bernhard pflegt?«

Alice zuckte die Achseln. Leise sagte sie:

»Es spricht alles dagegen, wenn ich zu Graf Bernhard nach Köln reite.«

Leyla verkroch sich wieder unter ihre Bettdecke. Alice versank in Schweigen, grübelte vor sich hin. Schließlich entschied sie:

»Nur eines spricht dafür. Er stirbt, wenn ich ihm nicht beistehe.«

Bei Sonnenaufgang brach Alice zusammen mit Leyla und den beiden Bernhard treu ergebenen Kriegsknechten auf. Den kleinen Luitger trug sie im Tragetuch auf dem Rücken. Der Junge war nur kurz aufgewacht, sie hatte ihn gewickelt und gestillt, und er war sofort eingeschlafen, als Alice im leichten Trab aus der Burg ritt. Sie drehte sich noch einmal um, ob wohl Salome sich blicken ließe. Aber die schlief gewiss noch, würde erst später den Brief überreicht bekommen, in dem Alice ihr mitteilte, sie habe das letzte Wort der Gräfin als Bitte aufgefasst.

Die verbleibende Nacht hatte Alice damit verbracht, das Geld aus der Truhe in kleinen Beuteln unter ihren Rock zu nähen. Jäckchen und Höschen aus Leinen, Windeln, Tücher zum Reinigen, Öl, Seife, Luitgers kleinen Hornlöffel, ein Holzschälchen hatte sie eingepackt, das Nötigste für sich selbst, während Leyla aufgeregt und freudig die Kleidung zusammenfaltete, die sie im Kloster Niedernburg benötigen würde. Viel war es nicht.

Müde war Alice, dabei angespannt. Ihr Kopf schmerzte trotz

der klaren Luft und der angenehmen Kühle des frühen Morgen. Handelte sie tatsächlich recht, mit Luitger zu Bernhard nach Köln zu reiten? Was würde Bernhard sagen, wenn er, wie es zu hoffen war, nicht der Hilfe bedürftig wäre. Wie erzürnt wäre er, dass sie Luitger, seinen reichen zukünftigen Schwiegersohn, in Lebensgefahr gebracht hätte. Das würde er ihr nie verzeihen, wahrscheinlich ihr sogar Luitger fortnehmen, sie selbst von der Burg verweisen, sobald Luitger nicht mehr gestillt würde. Nur vielleicht Leyla hielte ihn davor zurück, sie zu vertreiben. Merkwürdig, ausgerechnet Leyla. Verletzend war das, ein sonderbarer Trost. Alice blickte zu dem Mädchen hinüber, das erwartungsvoll und stolz neben ihr ritt. Die Donau war erreicht, die Pferde wurden durch niedriges Wasser auf das Floß geführt. Dunst lag über dem Fluss. Noch könnte sie den beiden Männern befehlen, sie sollten das Floß wenden, auf die linke Donauseite zurückstaken, dort, wo Bernhards Burg am Bergeshang kaum erkennbar aus dem aufsteigenden Nebel hervorragte. Doch unaufhaltsam zogen die gleichmäßigen Schläge des Schwertruders sie leicht stromabwärts über den Fluss. Den schmalen Pfad durch Schilf, Binsen und Weiden ging es weiter, dann war die staubige Straße nach Passau erreicht, überquert und weiter sanft aufwärts ritten sie zum Kloster, das, umsäumt vom Wald, auf einem Hügel lag. Alice war mehr als beklommen zumute, als sie auf die hohe Steinmauer zuritt, die weit von den beiden Türmen der Abteikirche überragt wurde. Was würde der Abt zu ihrem Vorhaben sagen? Würde er sie unterstützen, Leyla zum Kloster Niedernburg bringen und ihr Heilkräuter mitgeben?

Doch so, als hätte sie keinen eigenen Willen mehr, stieg Alice vom Pferd, grüßte den Pförtner, bat, Abt Johannes sprechen zu dürfen, sie sei seine niftele. Der Pförtner nickte. Ein Novize wurde zur Kirche geschickt, der Abt würde nach der Prim sicher kommen. Die beiden Knechte hatten beim Gesindehaus am Eingang des Klosters zu warten. Alice jedoch wurde mit Leyla an den Stallungen vorbei zum Haus für vornehme Gäste geführt, das gegenüber der Abteikirche lag. Durch einen langgestreckten, hallenartigen Speisesaal, überwölbt von einem niedrigen Tonnengewölbe, von dem beheizbare Schlafkammern abgingen, wie Alice noch in Erinnerung hatte, wurden sie und Leyla in einen kleinen Raum gebeten, in dem, wie auch in der Halle, ein Kreuz dem Eintretenden als Erstes ins Auge fiel. Alice und Leyla setzten sich auf eine Bank, vor ihnen ein glänzender Tisch aus rotem Kirschenholz. Ein leichter, mit Wasser gemischter Wein wurde ihnen in Tonbechern gereicht.

Sie warteten, nippten einmal, sprachen nicht, warteten.

Die Tür öffnete sich. Alice fasste sich ans Herz, Alice und Leyla erhoben sich. Wie vor vielen Jahren fiel es Alice wieder auf, der Abt war schön. So ganz anders als ihr Vater, der, obschon nicht klein, durch seine kräftige Figur untersetzt wirkte, war der Abt hochgewachsen, edel, und, für einen Mönch überraschend, erweckte er den Eindruck, als könnte er ein Schwert führen wie ein Ritter.

»Gelobt sei Jesus Christus«, grüßte der Abt.

»In Ewigkeit, Amen«, antworteten sie.

Mit einer Geste bat der Abt Alice und Leyla, wieder Platz zu nehmen. Er selber setzte sich ihnen gegenüber und blickte sie freundlich aufmunternd an.

»Wir kommen«, begann Alice, »weil ich vermute, dass die Belagerung von Köln ein großes Unglück ist. Ich halte die Stadt für uneinnehmbar.«

»Dergleichen hat Graf Baerheim auch befürchtet, als wir während der Verlobungsfeier einmal ins Gespräch kamen. Der Graf äußerte sich äußerst zurückhaltend, aber es war dennoch herauszuhören, dass er den Versuch, Köln zu erobern, für vergeblich hielt. Das stimmte ihn melancholisch.«

»Wie?«

»Es ist nicht verwunderlich. Melancholie ist die Gestimmtheit der Ritter. Ihre größte Gefährdung, dass sie nicht zur Sünde wird.«

Alice senkte den Kopf. Wieso kannte der Abt Bernhard so genau? Dann blickte sie ihm ins Gesicht und sagte:

»Deswegen kommen wir. Wir fürchten, ja, wir fürchten«, wiederholte Alice, denn es fiel ihr auf, dass sie Leyla, ein Kind, ganz selbstverständlich in ihre Rede einbezog, »also wir werden die Sorge nicht los, Graf Bernhard wäre etwas zugestoßen. Deswegen habe ich gestern Abend Gräfin Salome gebeten, nach Köln zu ihrem Gatten zu reisen. Die Gräfin hat diesen Vorschlag abgelehnt.«

Alice atmete tief durch.

»Folglich wollt Ihr statt seiner Gattin nach Köln reiten«, stellte der Abt fest.

Alice nickte zustimmend. Sagen mochte sie nichts. Sie schämte sich.

Der Abt schwieg einen Augenblick und wandte sich dann freundlich an Leyla:

»Was ist mit dir?«

»Ich bleibe die Zeit über im Kloster Niedernburg.«

»Hast du dir das reiflich überlegt? Willst du da wirklich wieder hin?«

»Ich möchte lieber die ganze Zeit in einem Loch eingesperrt sein, als dass Graf Bernhard stirbt.«

Der Abt lehnte sich zurück, sah Leyla aus schmalen Augen an und antwortete:

»So sei es. Allerdings steht nicht zu befürchten, dass die Äbtissin dich wieder in ein Loch steckt. Wenn sie dich aber schlecht behandeln sollte, so kannst du dich an den Priester und Beichtvater wenden. Es ist Markus«, sagte er mehr zu Alice als zu Leyla, »Markus, der junge Mönch, der mit Euch nach Jerusalem gepilgert ist.«

Alice führte verwirrt den Becher an den Mund, verschluckte sich. Wusste der Abt, was er da tat? Zwei Liebende zusammenführen. Wie oft hatte Johanna ihr heimlich zugeflüstert, sie liebe Markus immer noch. War es Bosheit, was den Abt antrieb? Wollte er zwei Menschen foltern, indem er ihre Tugend auf die Probe stellte? Oder war es im Gegenteil Erbarmen? Alice konnte es dem Gesichtsausdruck des Abtes nicht entnehmen.

»Und Luitger? Die Reise ist für ihn gefährlich, lebensgefährlich«, stellte der Abt fest.

Alice hustete noch, was ihr Zeit gab.

»Unser Herr Jesus Christus spricht«, fuhr er fort, »du sollst Gott lieben und deinen Nächsten wie dich selbst. Es ist nicht immer einfach zu entscheiden, wer der Nächste ist.«

»Ihr meint, ich muss mich entscheiden, ob Graf Bernhard oder Luitger mein Nächster ist. Da gibt es nur eine Antwort: mein Kind.«

Der Abt hob die Augenbrauen, griff in sein schwarzes Gewand und gab zu bedenken:

»Dennoch sagt Jesus auch, der Schäfer lässt 99 Schafe zurück, um eines zu retten. Ich möchte Graf Bernhard nicht mit einem Schaf vergleichen, dennoch zu seiner Ehre, Jesus Christus ist das Lamm Gottes, das da trägt die Sünd' der Welt. Insofern ist das Geheiß und der Vergleich nicht ganz unpassend.«

Leyla atmete erleichtert auf. Sie hatte bei den ernsten Fragen des Abtes die Stirn kraus gezogen und ihn fast böse mit ihren dunklen Augen angesehen.

»Gott hat den Juden viele Reinlichkeitsvorschriften gegeben«, sprach er weiter. »Wir Christen meinen bisweilen, wir müssten uns nicht die Hände waschen, wenn wir vom Markt kommen, weil Jesus dieses seinen Jüngern nicht geboten hat. Doch Jesus Christus sagt auch, dass er nicht gekommen sei, um ein Jota des Gesetzes zu brechen, sondern um es zu erfüllen. Reinlichkeit ist bei Kranken Jesu Gebot.«

Leyla strahlte: »Mamme, dann rettet Ihr Graf Bernhard. Ich werde auch jeden Tag zu Gott beten, dass Graf Bernhard am Leben bleibt.«

Alice warf einen beängstigten Blick auf Leyla, was dem Abt nicht entging. Er schaute sie und Leyla an und fügte hinzu:

»Die Erfüllung des Gesetzes ist die Liebe. Wollen wir zu Gott beten, dass wir unserer Liebe immer treu bleiben mögen.«

Damit erhob sich der Abt und erklärte: »Wenn Ihr erlaubt, so werde ich jetzt Anordnungen für Eure Reise treffen. Ich werde Euch ein Schriftstück mitgeben sowohl geschrieben als auch gezeichnet, damit Ihr nicht nur in jedem Kloster die besten Pferde erhaltet, sondern auch von den Bauern der Fronhöfe.«

Alice schwindelte vor Dankbarkeit.

Leyla strahlte: »Mamme, dann schafft Ihr es. Vater Johannes. Euch hat uns Gott geschickt.«

Der Abt ging darauf nicht ein, sondern wandte sich an Alice: »Zuvor möchte ich Euch noch etwas anvertrauen, eine Kostbarkeit ohnegleichen, eine Sanduhr.«

Alice sah den Abt verständnislos an.

»Ihr müsst die Heilkräuter dem Grafen drei Tage und drei Nächte hindurch in kurzen Abständen reichen. Ihr könntet die Zeit mit dem Beten des Rosenkranzes abmessen, aber drei Tage und drei Nächte haltet Ihr das nicht durch. Deswegen gebe ich Euch dies hier, ich habe es eigens für Schwerkranke ersonnen«, sagte der Abt und öffnete ein Kästchen, in dem, eingebettet auf blauem Samt, eine Sanduhr lag. Dankbar und in ihrem gewagten Vorhaben bestärkt, nahm Alice das lebensrettende Gerät entgegen.

Regensburg, Nürnberg, Würzburg, Aschaffenburg, Frankfurt, Lorch, die Überquerung des Rheins, Bonn, Köln.

Alice zog, zwang, peitschte es nach vorn, Bernhards Gesicht wie eine große, untergehende Sonne vor ihrem Inneren. Sein Gesicht mit geschlossenen Augen. Nicht tot, aber bewusstlos. Wenn sie zu spät käme, wenn er schon sein Bewusstsein verloren hätte, sie könnte ihn nicht zurückholen. Alice zersprang beinahe vor Angst und Ungeduld, es ging ihr viel zu langsam, und das, obwohl der Abt ihnen seine besten Pferde zur Verfügung gestellt hatte, schnell und ausdauernd. Dabei ritten sie und ihre bewaffneten Begleiter von Sonnenaufgang bis Sonnuntergang. Alice lief der Schweiß in der Julihitze nur so den Rücken und die Brust herunter, die Straße war staubig, aber erkennbar, die Flüsse Isar und die Große Laher führten wenig Wasser, so dass es ein leichtes Durchkommen war. Trotzdem, Alice konnte keine Ruhe finden, kaum dass sie den beiden Kriegsknechten eine Rast gewährte, die unsäglich in ihren Kettenhemden unter der Hitze litten. Pferde wechseln. Weiter, weiter.

Es wurde später Abend. In der sich schnell ausbreitenden Dunkelheit sah Alice die hohe Befestigungsmauer Regensburgs und mit Besorgnis dachte sie an das geschlossene Stadttor. Konrad, der jüngere Knecht, läutete die Glocke.

»Wer da?«

»Gesandte von Abt Johannes vom Kloster Lichtenfels.«

»Kann jeder sagen. Zu wem wollt Ihr?«

»Zum Kloster Emmeran, zu Abt Reginhard.«

Misstrauisch betrachtete der Wächter Alice und das Kind, betastete das Siegel.

Alice wurde es angst. Sie müssten jedenfalls einmal drei oder vier Stunden schlafen. Vor allem aber bräuchten sie frische Pferde. Zu ihrem Erstaunen zog der Wächter seinen flachen braunen Schnürschuh aus, dann seinen Strumpf, so dass ein eitriges Ekzem an den Zehen von seiner Laterne beleuchtet wurde. Mit einem schnellen Griff riss er Alice das Schreiben des Abtes aus der Hand und presste das Siegel auf seine Wunden. Dann gab er ehrfürchtig das Pergament an Alice zurück, verbeugte sich. Aufatmend ritten sie in die schlafende Stadt hinein.

Groß und prächtig, von hohen Bäumen umgeben, lag das Kloster vor ihnen im Mondlicht. Der Mönch an der Pforte benachrichtigte sofort Abt Reginhard, sobald Alice den Namen des Abtes Johannes nannte. Trotz der späten Stunde erschien denn Abt Reginhard auch sofort, neigte sein Haupt, wusch Alice und ihren Begleitern die Füße und goss Wasser über ihre Hände. Alice war sich nicht sicher, ob er damit lediglich die Regel des Heiligen

Benedikt befolgte, oder ob, was ihr wahrscheinlicher erschien, ihr das Ansehen des Abtes diese Ehrerbietung verschaffte. Wohlwollend las Abt Reginhard das Schriftstück des Abtes, der seinen Mitbruder in Christo bat:

Nehmt vrouwe Alice und ihre Begleiter mit göttlicher Ehrfurcht freundlich auf, so als ob Ihr uns persönlich in ihnen aufnähmet. Versehet sie mit Verpflegung und den schnellsten Pferden, so dass sie ihre Mission im Sinne der Kirche und des Königs erfüllen können.

Dementsprechend wurde ihnen noch nachts eine Mahlzeit angeboten und eine Kammer zum Schlafen.

Nach einem tiefen, bleiernen Traum riss das Geläut zu den Laudes Alice aus dem Schlaf. Die Sonne ging eben auf, als Alice und Bernhards Knechte wieder auf den Pferden saßen, die ganz dem Wunsche des Abtes entsprachen. Luitger, von Alice versorgt, schlief sofort ein, sobald das gleichmäßige Traben ihn beruhigte.

Wald, Wald, er war nicht menschenleer und gerade deshalb beängstigend. Es hausten dort Köhler und Harzsieder, es begegneten ihnen Grasrupfer und Laubsammler, womöglich Räuber. Alice war erleichtert, wenn sie an Wiesen, Gärten, umgeben von geflochtenen Weidenzäunen, vorbeiritten, das Bellen von Hunden die Nähe eines Dorfes ankündigte, wenn eine kleine Anhäufung von Hütten der Bauern sie das Bedrohliche des Waldes für eine kurze Weile vergessen machte. Sie ließen sich Wasser geben in einem Bauernhaus, Alice versorgte Luitger, wickelte ihn, setzte ihm gegen die Sonne wieder sein Hütchen auf – frische Pferde wurden gebracht, und schon ging es weiter, in der Ferne konnte sie den Limpelberg sehen. Auf den Feldern ernteten die Bauern das Getreide. Und gar nicht weit war Kastl, das von Bernhards Freund Graf Berengar gegründete strenge Kloster.

Nürnberg. Alice erschrak über den Anblick. Die Befestigungsmauer war noch immer zerstört, die Stadt von König Heinrich vor einem Jahr ausgehungert und viele Häuser niedergebrannt. Befremdend war es, dass Bernhard zu diesem Heer gehört hatte.

Welchen Anteil hatte er an der Verwüstung gehabt? Nicht darüber nachdenken. Kaiser Heinrich IV. hatte ebenso bedenkenlos das Land Graf Diepolds von Vohburg verwüstet. Nur gut, die Nürnberger bauten ihre Stadt wieder auf, wahrscheinlich schöner als zuvor, tröstete sie sich, denn offensichtlich waren die Bauarbeiten an der Burg auf dem Berg weitgehend abgeschlossen. Wiederum eröffnete der Brief ihr Gastfreundschaft und am Tag darauf frische Pferde.

Weiter. Würzburg, umgeben von Weinbergen. St. Stephan, ein Doppelkloster. Das bedeutete mehrere Stunden Schlaf, da die Nonnen Alice die Versorgung Luitgers bis aufs Stillen abnahmen. Die Äbtissin warnte Alice, den Spessart durchqueren zu wollen. Die Wege seien nur für Einheimische erkennbar, verliefen im Nichts. Der Wald hole sich wieder, was eben freigeschlagen oder gerodet sei. Außerdem müsse sie mit Räubern rechnen. Also ein Umweg. Auch so war das Fortkommen mühsam. Der Wald fraß den Weg, Grenzsteine mussten gesucht werden, sie orientierten sich an der Sonne. Abends endlich das Kollegialstift St. Peter-Alexander in Aschaffenburg. Bei Sonnenaufgang weiter, hinab in die Rhein-Mainebene. Mücken, schwarze Schwärme winzig kleiner schwarzer Mücken, quälender als die Bremsen im Wald. Luitger schrie, Alice ließ anhalten, sah besorgt in sein zerstochenes Gesicht, kühlte es mit Wasser. Nach diesem lästigen Ungeziefer zu schlagen, nützte nichts, die beiden Knechte gaben es fluchend auf. Alice packte die Verzweiflung, seit fünf Tagen hatte sie höchstens vier Stunden in der Nacht geschlafen. Sie war müde, erschöpft, als ihre Zwischenstation Frankfurt erreicht war. Die abgebrannte Kaiserpfalz vermochte ihre niedergedrückte Stimmung nicht zu heben. Was tat sie Luitger für Leid an, der Kleine versuchte mit seinen Händchen, sich zu kratzen. Alice musste sie umwickeln, und das bei der Hitze. Und für wen tat sie das? Für einen verheirateten Mann, den sie kaum mehr kannte, mit dem sie seit 7 Jahren fast kein Wort gesprochen hatte. Liebe? Liebte Bernhard sie? Es war ihm jedenfalls nicht anzumerken.

Irrsinn war es, was sie tat. Für ein Gesicht, ein Trugbild die beiden Knechte durch die Gegend zu hetzen, die mit hochrotem Kopf unter ihrem Kettenhemd schwitzten und es nicht abzulegen wagten. Wie erging es Leyla? Vor allem aber die Furcht, Luitger könnte erkranken, Sterben durch ihren Wahnsinn.

Doch weiter, weiter. Nicht nachdenken, reiten, reiten. Jedenfalls durch das Schreiben des Abtes erhielten sie überall die schnellsten Pferde.

Aufatmen, der Rhein war erreicht, die Weinberge, die sich an den Felsen hinauf erhoben, boten zwar keinen Schutz vor der Sonne, nahmen aber die Trostlosigkeit, die Alice befallen hatte. Am späten Abend kündigten die beiden Rheininseln endlich das Kloster Lorch an. Es war von keiner Mauer umgeben, nichts als ein größerer Gutshof, obwohl es vor einigen Jahren von der Kaisertochter Agnes und ihrem Gatten Herzog Friedrich von Staufen gegründet worden war. Der war seit einem Jahr tot. Sie aber war der Preis für den Verrat des Markgrafen Leopold. Hatte eine Kaisertochter es besser als sie selbst? Als Siebenjährige von ihrem Vater verlobt mit dem viel älteren Herzog, dann von ihrem Bruder verschachert, gezwungen zu einer zweiten Ehe mit einem fast unbekannten Mann, um den eigenen Vater zu entmachten.

Was sind das für Gedanken. Befiehl dich in Gottes Hände und schlafe ein. Viel wichtiger ist die Frage, wo überqueren wir den Rhein?

Die Mönche rieten zu Neuwied, da hätte Caesar zum ersten Mal über den Rhein gesetzt und sogar eine Brücke gebaut, die allerdings schon längst zerstört sei. Sie möchten ohne Aufschub reiten, wenn sie noch heute über den Fluss kommen wollten. Wenn Gott ihnen gnädig wäre, dann würde das Boot auch abends zur anderen Rheinseite fahren.

Der Aufstieg zur Höhenstraße war beschwerlich, mühsam das Fortkommen. Die vielen Biegungen und Windungen des Rheins wollten kein Ende nehmen. Die steilen schroffen Felsabhänge behinderten das Fortkommen, die Sonne brannte, Luitger quengelte, die beiden Knechte fluchten, wenn auch leise, und bekreuzigten sich dann. Die Mahnung der Mönche befolgend, machten sie nur kurze Rast auf der Burg Sperrenberg. Alice fühlte sich erschöpft, innerlich zerrissen und dennoch wie von einer fremden Kraft gezogen. Weiter, die Lahn überquert, auf der anderen Flussseite Koblenz. Alice begann zu hoffen, vielleicht erreichten sie das Boot doch noch rechtzeitig. Sie ritten durch einen Wald hinab in das Neuwieder Becken, durchquerten das Dorf, erreichten den Bootssteg. Alice atmete auf. Das Frachtboot war nicht fort. An der Anlegestelle standen noch einige Leute, eine Frau mit Körben voller Hühner, ein schlaksiger junger Mann mit einer Kuh, ein alter hagerer Mönch und eine Bäuerin mit zwei kleinen Kindern, von denen sie eines wie Alice auf dem Rücken trug. Auf dem ausgetrampelten Weg hockte eine Gruppe bärtiger, erschöpft wirkender Fußsoldaten aus Zwickau, wie sie erzählten.

»Ihr kommt spät«, wurden sie vom Mönch getadelt. »Der König hat sein Heer schon Ende Juni in Koblenz gesammelt.«

»Wir haben uns im Thüringer Wald verlaufen«, verteidigte sich einer der Bogenschützen und zerrte an dem Riemen seines Köchers. »Sieben Tage umhergeirrt, ohne irgendeinen Pfad zu finden, der uns aus dieser Wildnis hinausführt. Wir haben an abgeknickten Zweigen die Schneisen zu erkennen versucht, die sich das Wild durch das Dickicht bahnt. Wir dachten, wir würden sterben.«

Der junge Mann lachte auf.

»Was ist?«, wurde er von einem Bogenschützen angeherrscht.

Der unterdrückte ein Glucksen:

»Da habt ihr euren Tod nur etwas hinausgeschoben. Ihr könnt noch Wetten abschließen, wie ihr sterbt, ob totgeschossen oder totgeschissen.«

Alle lachten, bis auf den Mönch, bis auf Alice.

»Nein, im Ernst, die Belagerung von Köln ist die Hölle, es herrscht Hunger, die Kölner fangen die für König Heinrich bestimmten Lebensmitteltransporte auf dem Rhein ab. Dazu ist eine Seuche ausgebrochen, daran sterben sogar die Adeligen«, fuhr der junge Mann fort und strich sich über sein Bärtchen.

»Ist auch klar, wenn ein Heer an einem hohen Festtag, dem Sterbetag unserer Heiligen Petrus und Paulus, gesammelt wird, da werden sie zornig«, ließ sich die Frau mit den Kindern vernehmen.

Alice wurde es heiß und kalt.

»Wisst ihr, welche Adeligen erkrankt sind?«, überwand sich Alice zu fragen.

»Nicht so genau. Auf jeden Fall Graf Dietrich von Katlenburg, ein besonders treuer Anhänger des Königs«, antwortete der Mönch. »Der Graf ist ein Diener des Katholischen Glaubens und ein erfahrener Kämpfer.«

»Ist er schon tot?«, fragte die Frau.

»Das wäre besonders zu beklagen«, erwiderte der Mönch. »Der Graf ist der letzte seines Geschlechts.«

Die Fußsoldaten standen unruhig dabei, steckten ihre Köpfe zusammen.

»Die wollen abhauen«, lachte wieder der junge Mann.

Wie ertappt und unschlüssig blickten die Bogenschützen zum Wasser und dann hinauf zu den schroffen Höhen.

»Das Schiff!«, rief der kleine Junge und zeigte auf den Fluss, wo hinter dem Schilf vier Bootsleute sich mit schnellen Ruderschlägen dem Ufer näherten.

»Na los!«, forderte der junge Mann die Fußsoldaten auf.

Zögernd und missmutig setzten sie sich in Bewegung und gingen über einen Steg auf das breite, flache Frachtschiff.

Alice nahm ihren kleinen Luitger aus dem Tragetuch, setzte sich auf einen Holzbalken, schaute ins Wasser und wieder begegnete ihr Bernhards Gesicht mit geschlossenen Augen.

Sein Gesicht so groß wie der Mond, der ihnen leuchtete, bis sie am anderen Ufer an der niedergebrannten Abtei in Andernach einen Umweg von einer Wegstunde zu der Abbatia Maria ad Lacum einschlagen mussten.

Auch dort wurden sie in Ehren aufgenommen, die Mönche entschuldigten sich geradezu, dass sie noch dem Kloster St. Maximin in Trier unterstünden und keinen eigenen Abt hätten, der Alice begrüßen könne. Das allerdings war Alice gleichgültig. Als sie in der kleinen Gästekammer auf ihrem harten Bett lag und einzuschlafen versuchte, würgte sie die Angst. Alice fürchtete sich vor dem kommenden Tag, der ihr die Gewissheit bringen würde. Mit Sonnenaufgang saß sie wieder im Sattel. Alice bot den Mönchen an, die Pferde zu bezahlen, da sie ihre sichere Rückgabe nicht gewährleisten könne. Die Mönche lehnten ab, da der Stifter des Klosters, Pfalzgraf Heinrich, Herr von Laach, das Kloster für sein Seelenheil und sein ewiges Leben gegründet habe und Freigebigkeit und Barmherzigkeit in seinem Sinne seien. Auf der Straße des Königs ging es weiter Richtung Bonn, Richtung Köln. Alice' Herz pochte vor Ungeduld, wenn sie hinter einem Gespann hinterherreiten mussten, weil entgegenkommende Fuhrwerke ein Vorbeireiten unmöglich machten. Und die Straße war dicht befahren, Erntewagen, Ochsenkarren, mit Waren beladene Fuhrwerke. Reiter, Schafherden versperrten den Weg. Menschen zu Fuß, Mägde, Knechte, Bauersfrauen, Mönche, Fußsoldaten, die noch zur Belagerung nach Köln strebten. Es ging Alice viel zu langsam. Dazu schrie Luitger, der wohl ihre Unruhe spürte und dem der Lärm um ihn herum auf der Straße ungewohnt war.

Immer beängstigender war Alice von der Frage hin- und hergerissen, was sie tun sollte, wenn Köln wirklich erreicht sei. Ins Lager zu Bernhard? Unmöglich. Sie brächte Luitger in Gefahr, er könnte an der Seuche erkranken, außerdem würde sie Bernhard in unnötige Verlegenheit bringen, wenn sie mit seinem zukünftigen Schwiegersohn dort auftauchen würde. Peinlich wäre das. Andererseits musste sie eine Unterkunft möglichst in der Nähe des Heerlagers finden, wohin Bernhard kommen könnte, falls er krank war, wo sie ihn pflegen könnte.

Gegen Abend erreichten sie Wesseling. Alice ritt den Treidelweg entlang bis zur Anlegestelle, wo die Boote für die Nacht festgemacht, die Ochsen und Pferde, die die Schiffe zogen, ausgespannt waren und zu den Weiden geführt wurden.

»Eine Herberge?« Eine Frau mit einer Kiepe aus Weidenruten auf dem Rücken wies auf ein ebenerdiges Fachwerkhaus, das umgeben war von einer Scheune und einem Stall.

Schon beim Einreiten in den Hof trat der Wirt aus der Tür. Beide Hände in die Seiten gestemmt, betrachtete er abschätzend die vornehm angezogene Frau mit dem Kind, die beiden sie begleitenden Knechte sowie mit Kennerblick die prächtigen Pferde. Alice fühlte unter diesem prüfenden Blick bereits jetzt schon ihre Beutel mit Passauer Silberpfennigen sich leeren.

»Grüß Gott, guter Wirt«, sagte sie, »ich bin vrouwe Alice von Passau. Habt Ihr Betten für uns frei?«

»Nicht für euch alle. Ihr Männer könnt in der Scheune schlafen. Euch, vrou, kann ich eine Schlafstelle anbieten. Eine Wiege für das Kind haben wir noch übrig.«

Alice stieg ab, seufzte innerlich, wo sollte Bernhard, wenn er krank wäre, untergebracht werden.

»Na, was ist? Ich sage Euch, in ganz Wesseling findet Ihr keine andere Herberge.«

»Ist gut, ich nehme die Schlafstelle.«

Die Knechte waren es ohnehin zufrieden, besser in der Scheune schlafen als auf einer Matratze, deren Bezüge und Stroh seit Jahren nicht gewechselt worden waren und wo sich das Ungeziefer nur so tummelte. Wie mit Alice verabredet, ritten sie ohne Aufschub ins Heereslager.

Alice betrat derweil durch ein Tor die Gaststube, handelte mit dem Wirt einen Preis für die Schlafstelle, die Unterbringung und Versorgung der Pferde sowie den Schlafplatz in der Scheune aus, der sie schon jetzt zornig machte. Während dieses Geschäftes wurde sie von Fuhrknechten, Schiffern, Kaufleuten, Bauern angeglotzt, die da verschwitzt, ungewaschen sich in der ungelüfteten Stube drängten, Bier tranken, Spiele spielten, eine Suppe von Bohnen aßen. Es roch danach. In einer Ecke saß eine Frau, die sich die Haare kämmte. Wie sollte hier Bernhard, wenn er krank wäre, gesund werden?

»Ich zeige Euch Eure Schlafstelle«, wurde sie von der Wirtin, einer kräftigen Frau, aus ihren Überlegungen gerissen. Alice wurde durch eine niedrige Tür in eine angrenzende dunkle Kammer geführt. Die Wirtin hatte ein Licht mitgenommen, so dass Alice vier Betten ausmachen konnte, in denen schon einige Gäste zu dritt schliefen.

»Wir sind ein gutes Haus«, lobte sich die Wirtsfrau. »Wir haben für jeden Gast eine eigene Decke und ein eigenes Kopfkissen. Dort, das große Bett, da ist für fünf Leute Platz. Da könnt Ihr in der Mitte schlafen. Im Winter ist dies den Gästen ja am liebsten, da kann man sich gegenseitig wärmen, wie es schon in der Bibel steht: Wenn zwei zusammen schlafen, wärmt einer den anderen; einer allein, wie soll er warm werden? Aber bei dieser Hitze wollen natürlich alle außen schlafen.«

Sie drehte sich um: »Auf die Bank da könnt Ihr Eure Sachen legen, einen Kammertopf haben wir nicht, aber Ihr könnt gleich von der Kammer in den Hof gehen, wenn Ihr einmal nachts hinausmüsst. Heu und weiches Stroh zum Abputzen kann ich Euch gegen eine geringe Bezahlung geben.«

Alice stand wie erstarrt. Unter Ächzen krabbelte ein nackter, alter Mann aus einem Bett, weckte dabei einen anderen, der fluchte, was den Alten nicht störte, vielmehr huschte er an Alice und der Wirtin vorbei und verschwand auf dem Hof, ohne die Tür zu schließen, so dass man sein Geschäft hören konnte.

Alice schluckte. Die beiden Frauen betraten wieder die Gaststube.

»Ich hätte da noch etwas zu besprechen. Es könnte sein, ich weiß es nicht, dass ein Kranker noch heute Nacht hierher kommt.«

»Wir haben kein Bett mehr frei, Ihr habt es ja gesehen. Und Kranke, nein, die können wir uns nicht leisten. Kranke vergraulen die Gäste«, erwiderte die Wirtin.

»Die würden auch nicht behelligt. Der Kranke, wenn er denn kommt, müsste ein eigenes Bett in einer eigenen Kammer haben.«

Die Wirtin horchte auf.

»Ein Adeliger?«

»Ja.«

»Wer zahlt? Ich meine, wenn er stirbt.«

»Ich zahle.«

Die Wirtin stand auf, ging zu ihrem Mann, der sich zu einigen Bauern an den Tisch gestellt hatte. Offenbar erzählten sie sich Witze.

Der Wirt kam zu Alice.

»Ihr zahlt? Und wer pflegt den Kranken?«

»Ich. Nur müsste ich Eure Gattin oder Eure Tochter bitten, derweil meinen Sohn Luitger zu versorgen. Stillen würde ich ihn, aber eben sonst.«

»Wir haben eine Tochter. Elisabeth. Die passt auch auf unsere kleine Tochter auf, die ist vier Jahre alt. Elisabeth ist 10. Wärt Ihr damit einverstanden?«

Alice dachte. Eine Zehnjährige, die Luitger versorgte? Aber warum sollte sie es nicht können. Schließlich war sie schon fast heiratsfähig.

Alice nickte. Was blieb ihr anderes übrig. Sie fühlte sich unglücklich und verzweifelt müde.

»Ihr könnt unsere Schlafkammer haben«, entschied der Wirt. »Wir und die Kinder schlafen dann in der Scheune«, wandte er sich zu seiner Frau. Die nickte.

»Aber Ihr müsst im Voraus bezahlen, Tag für Tag«, setzte er drohend hinzu.

»Abgemacht. Ich müsste auch Eure Küche benutzen.«

»Selbstverständlich. Das können alle Gäste gegen einen Aufpreis.«

Alice atmete auf und gleichzeitig drückte die Sorge um Bernhard ihre Brust, ihren Magen zusammen.

»Vielleicht ist es auch nicht nötig, wir werden sehen, wahrscheinlich heute Abend.«

Der Wirt und seine Frau ließen Alice allein. Unschlüssig blieb sie stehen. Was sollte sie tun? Schon jetzt die Heilkräuter zubereiten? War das nicht verfrüht? Fast lächerlich? Was wäre, wenn Bernhard stark und kerngesund angeritten käme? Alice überwand ihre Scham, sie hielt es ohnehin in der Gaststube nicht aus. So ging sie in die Küche und machte Aufgüsse zur Stärkung gegen Durchfall und Fieber. Sie konnte sich jedoch nicht entschließen, schon die Kinder des Gastwirtes wecken zu lassen, damit sie die Schlafkammer frei machten. Von ihren Befürchtungen gequält, trat sie auf den Hof, warf einen Blick in die Scheune, in der die Bauersleute schlafen würden, wenn sie tatsächlich ihre Kammer benötigte. Auch Luitger müsste hier des Nachts bleiben. Grauslich, das Kind dort allein zu lassen. Wieder erschien ihr das ganze Vorhaben als Wahnsinn, das Gespräch mit dem Wirt als unwirklich. Sie wusste gar nicht, wie es Bernhard ging. Aufgewühlt stellte sich Alice auf den Weg, auf dem Bernhards Knechte vom Heerlager zurückkommen mussten. Zwischen von Zäunen eingefassten Bauernhäusern, die eher Hütten glichen, ging sie den staubigen Pfad auf und ab. Wartete. Es war ein schöner Abend. Die Hitze hatte etwas nachgelassen, das Dorf wirkte friedlich, Kühe muhten, einige Katzen miauten. Der Hofhund bellte und zerrte an einer langen Hanfleine. Alice horchte. Sie hörte Pferde, die sich langsam näherten. Wenn es Bernhards Knechte wären, dann müssten sie bei dem hellen Mondlicht schneller reiten, überlegte sie.

Drei Pferde tauchten hinter einer Wegbiegung auf, auf dem mittleren saß ein Mann, den Kopf vorn überhängend, am Pferd festgebunden. Es waren Bernhards Knechte und der Mann war – Bernhard.

Alice lief auf ihn zu.

»Wie Ihr angeordnet habt«, sagte Jakob, der ältere Waffenknecht. »Wir haben Graf Bernhard gesucht. Er lag zusammen mit dem Grafen Dietrich von Katlenburg in einem Zelt. Der Priester war da und Graf Dietrich erhielt die Letzte Ölung. Wir haben Graf Bernhard gesagt, dass Gräfin Salome Euch geschickt habe mit einer Botschaft vom Abt.

Ich glaube, Graf Bernhard hat das nicht richtig verstanden und hat Euch mit seiner Gattin verwechselt, denn er sagte:

»Bringt mich zu ihr.«

Beim Anblick von Bernhard, wie er so elendig aussah, grau-bläulich, mit aufgeplatzten, blutigen Lippen und flackernden Augen, wie er von seinen beiden Knechten gehalten wurde, während die Wirtin die Matratze frisch bezog, wie er von den Männern auf das Bett gelegt wurde, da überfiel Alice eine nie gekannte Mattigkeit, Mutlosigkeit. Sie fühlte sich erschöpft, zerschlagen, unglücklich. Und als alle aus der Kammer gegangen waren, die Wirtin, um heißes Wasser und Tücher zu holen, die Knechte, um für Luitger eine Wiege in die Scheune zu tragen und selbst endlich zu schlafen, Elisabeth mit Luitger im Arm fortging, da verzweifelte Alice, da rannen ihr die Tränen nur so über das Gesicht. Tagelang, fast die Nächte hindurch war sie geritten, um Bernhard zu retten. Aber dieser Bernhard, dem sie seit Passau entgegengestrebt war, den sie seit Jahren kannte, war als Ritter stark, auch nach Schlachten. Der Mann aber dort auf dem Bett, der aussah wie der Tod, der röchelte, der stank, der jammerte sie so, dass aller Mut Alice verließ. Es tat weh, das Bild, das sie in Erinnerung hatte, mit dem Bild zu vergleichen, das sich ihr darbot. War Bernhard überhaupt noch bei Bewusstsein? Würde er es wiedererlangen?

»Mutter Maria, hilf mir«, betete sie und tastete nach ihrem Rosenkranz. Während sie ihn aus ihrer Rocktasche nestelte, war ihr, als hörte sie Leylas Stimme:

Ich will lieber die ganze Zeit in einem Loch eingesperrt sein, als dass Graf Bernhard stirbt.

Auf, Alice, Kopf hoch!

Sie nahm einen sauberen Holzlöffel, tauchte ihn in den Aufguss aus Weidenblättern und Weidenrinden, probierte. Der Trank war gut, nicht zu wässrig, nicht zu stark, schmeckte weder süß noch bitter, vielmehr rein und holzig. Vorsichtig richtete sie Bernhard ein wenig auf, hoffte, er möge schlucken, und flößte ihm ein Rinnsal über seine Zunge ein, der seine Sinne wiederbeleben sollte. Ihrem Beutel entnahm Alice die Sanduhr des Abtes. Dieses Kleinod aus Glas teilte die Stunde in sechs Teile. Immer wenn der Sand durchgelaufen war, sollte Alice, so hatte es ihr der Abt anempfohlen, Bernhard einen Löffel Heiltrank geben. Alice starrte auf die Uhr, hob wiederum Bernhards Oberkörper ein wenig an, er stöhnte, hoffentlich würde er schlucken, und gab ihm einen Saft aus Wermut, Tausendfüßlerkraut, Benediktenkraut und einer Prise Salz gegen den Durchfall.

Mittlerweile hatte die Wirtin warmes Wasser und die erbetenen Tücher gebracht. Alice entkleidete Bernhard, rieb ihn mit Seife ab und gab ihm dann Lindenblütentee, so dass er die Krankheit hinausschwitzen könnte. Sein Körper glühte. Alice fürchtete, das Fieber werde ihn umbringen. Hastig wickelte sie um seine Handgelenke und Füße kalte Umschläge. Erschreckt blickte sie auf die Sanduhr, hob wiederum Bernhards Oberkörper ein wenig an und verabreichte ihm erneut einen Löffel Weidensaft. Auf dem Boden lag seine verdreckte, stinkende Kleidung. Schnell, in Eile lief Alice in die Küche zur Wirtin, drückte ihr die Sachen zum Waschen in die Hand und bat sie, einen Brei aus Fünffingerkraut gegen das Fieber zuzubereiten, die Zutaten könne sie ihr geben. Gehetzt eilte Alice durch die allmählich fast leere Gaststube, wo der Wirt ihr entgegentrat.

»Wer ist der Adelige?«

Alice zögerte. Sollte sie wirklich Bernhards Namen verraten? Konnte ihm das schaden? Sie war sich nicht schlüssig.

»Der Herr ist Graf und kommt aus Baiern. Ich denke, das genügt.«

»Wahrscheinlich«, antwortete der Wirt und hielt die Hand auf.

»Da ist noch etwas«, sagte Alice. »Es müsste eine Grube gegraben werden, damit nicht alles auf den Misthaufen gekippt wird, und ich bräuchte dringend eine Nachtschüssel.«

»Ist recht so«, bestätigte der Wirt und hielt wieder die Hand auf. Alice fingerte aus dem Beutel, den sie am Rock trug, einige Passauer Silberpfennige. Sie seufzte innerlich. Arm würde sie hier. Zurück zu Bernhard, der Sand war durchgelaufen.

Alice setzte sich neben sein Bett, wartete auf die Wirtin, die ihr ein warmes Tuch aus Hanf, benetzt mit Teig von Fünffingerkraut, Semmelmehl, Wasser und Mohnöl brachte. Sobald die Wirtin gegangen war, die neugierig in der Kammer stehen blieb, um Genaueres über den Grafen zu erfahren, legte Alice das Tuch um Bernhards Bauch. Sie meinte, so etwas wie ein Aufatmen zu vernehmen. Wieder war es Zeit für einen Löffel des Heilsafts.

Mit der Schüssel voll schmutzigen Wassers hetzte sie hinaus, schüttete es in die Grube, schöpfte aus dem Brunnen frisches Wasser, wusch sich die Hände. Zeit, um nach Luitger zu sehen, blieb nicht, aber sie hörte Elisabeth ein Marienlied singen. Schnell wieder zurück zu Bernhard.

Erschöpft ließ sich Alice auf dem Schemel neben dem Bett nieder. In der Gaststube war es ganz still geworden. Auch die Wirtsleute hatten sich zur Ruhe begeben. Sie aber durfte nicht einschlafen. Alice erfasste Angst. Wie sollte sie das durchhalten?

Immer wenn die Sanduhr durchgelaufen ist, dann gebt Graf Bernhard abwechselnd einen Löffel vom Saft zur Stärkung, vom Saft gegen den Durchfall und dann von dem gegen das Fieber – und das drei Tage lang, Tag und Nacht. So hatte der Abt ihr geraten. Dieser Rat war ein Befehl, wenn Bernhard am Leben bleiben sollte.

Die Augen wurden Alice schwer, sie kippte nach vorn, riss sie erschreckt auf. Sie begann, in der Kammer auf und ab zu gehen, öffnete das Fenster, bald schon würde sich der erste Streifen des Morgenrotes zeigen. Alice wechselte die kalten Umschläge, legte sich auch selbst einen auf die Stirn, nur nicht umkippen, nicht einschlafen, sie befürchtete, sogar im Stehen schlafen zu können.

Beim ersten Hahnenschrei kam Elisabeth, damit Luitger gestillt werde.

Alice wusch sich die Hände und setzte sich in die Gaststube, während Elisabeth freudig erzählte:

»Luitger ist so süß. Er hat mich sogar angelächelt. Er hat so hübsche rote Locken und ist herzallerliebst. Ist er auch ein Adeliger? Wird er einmal ein mächtiger Graf?«

»Meinst du?«

»Er sieht so aus, finde ich. Er hat ein feines, edles Gesicht.«

»Wo du nur hindenkst. Er ist vor allem noch ein ganz, ganz kleines Kind. Und ich bin dir dankbar, dass du ihn liebhast. Wenn du aber annimmst, Luitger wäre ein Adeliger, dann behalte das für dich. Ja?«

»Adelige Kinder leben gefährlich«, wusste Elisabeth »Bei der Heiligen Ursula von Köln, ich schwöre es.«

Alice stand auf, die Sanduhr war wiederum durchgelaufen. Müdigkeit überfiel sie wie ein Anfall. Sie müsste dringend schlafen, aber nicht in der Gästekammer, zusammen mit nackten Mitschläfern in dem engen Bett. Die allerdings bald aufstehen würden. Trotzdem, das Lager stank nach Schweiß, irgendjemand käme immer hinein, sie ahnte, sie würde keine Ruhe finden, würde von einem Fremden belästigt, auch wenn sie ihm die kalte Schulter zeigte. Von der Wirtin ließ Alice sich ein Lager aus Stroh bereiten und bat die Frau, sie möge einige, gewiss nur wenige Stunden dem Grafen die Heilsäfte geben. Todmüde legte sich Alice hin. Im Einschlafen hörte sie, wie der Wirt die Tür öffnete und seine Frau ermahnte:

»Mach das nur ordentlich. Lass den Kerl bloß nicht sterben, sonst kriegen wir kein Geld mehr.«

Es war bereits Ende Juli. Durch das offene Fensterloch spürte Alice die Wärme des Sommertages. Reglos saß die junge Frau auf einem Schemel an Bernhards Bett und hatte die Hände in den Schoß gelegt. Übernächtigt und abgekämpft war sie und dabei auf eine traumhafte Weise hellwach. Lange betrachtete sie Bernhard, wie er schlief. Aufmerksam schaute sie in sein Gesicht. Der schwarze Bart, noch immer ungewohnt, gefiel ihr, die Lippen wirkten voll, die Atemzüge gingen gleichmäßig. Es war nicht der Schlaf zum Tode, sondern zum Leben.

Draußen auf dem Hof hörte Alice Luitgers fröhliches Auflachen, Elisabeths ruhige, ermahnende Stimme: »Nicht so wild, kleiner Mann.«

Alice stand auf, strich ihren Rock glatt, auf dem noch Krümel von Brot waren, stellte sich ans Fenster und beobachtete Luitger, wie er begeistert hinter einigen Hühnern herkrabbelte, die aufgescheucht über den Hof flatterten. Er quietschte vor Vergnügen, patschte mit seinen Händchen nach einem Huhn, das aber schneller war und sich auf den Brunnenrand flüchtete.

»Du Schelm«, lachte Elisabeth und nahm den Rotschopf auf den Arm.

»Wollen doch mal sehen, ob du musst«, sagte sie und hielt Luitger über den Misthaufen.

Ein Strahl und ein brauner Klecks stellten Elisabeth vollkommen zufrieden und sie lobte:

»Gut gemacht, brav gemacht.« Sie nahm ein Büschel Heu, wischte nach, schöpfte etwas Wasser in die hohle Hand und reinigte den kleinen Popo. Dann setzte sie sich in den Schatten auf eine Bank bei der Scheune, strich fürsorglich über Luitgers roten Lockenschopf, wiegte den Jungen sanft hin und her, bis er mit seinen nackten Beinchen strampelte und herunterwollte. Sie ließ ihn sanft auf die Erde gleiten, wo er sich an ihrem Knie hochzog. Eine Freundin kam, ebenfalls mit einem Kleinkind auf dem Arm, setzte sich zu Elisabeth und die beiden Mädchen steckten die Köpfe zusammen.

Alice trat vom Fenster weg und nahm wieder auf ihrem Schemel Platz, stützte ihre Ellenbogen auf ihre Knie und legte ihr Gesicht in ihre Hände. Während sie an nichts und an alles dachte, war es ihr so, als bildete sich um Bernhard, das Kind dort draußen auf dem Hof und sie ein magischer Kreis. Wie niemals zuvor überwältigte sie der Gedanke, dass Bernhard Luitgers Vater, Luitger Bernhards Sohn war. Bisher hatte sie, und sie fühlte es wie einen Riss in ihrem Herzen, Luitger als den gesehen, der er in den Augen der Welt in einigen wenigen Jahren sein würde, adelig, reich, mächtig. Er war der Gegenstand der Bemühungen und Absichten anderer. Auch sie, Alice gestand es sich ein, hatte Luitger weitaus mehr als Erben Udalrichs betrachtet denn als Bernhards Kind. Dass Luitger sein natürlicher Sohn war, das hatte sie vor sich selbst nicht bedenken wollen. Nun aber wurde sie jäh erfasst von einer schmerzlichen Innigkeit, sie sehnte sich danach, das zu sein, was sie waren, Vater – Mutter – Kind. Sinnend hing Alice dieser Vorstellung nach, wurde von ihrer Sehnsucht geführt hoch ins luftige Gebirge, wo sie auf einer duftenden, blühenden Bergwiese lagerten, Bernhard und sie nebeneinandersitzend, die Hände um die Knie geschlungen, und Luitger zuschauten, wie er im Gras spielte. War Leyla dabei?, durchzuckte quälend und schmerzhaft Alice die Frage. Beruhigt stellte sie fest, Leyla stimmte ein Lied an, nahm Luitger auf ihren Schoß und machte ein Fingerspiel mit ihm. Weiter glitten ihre Bilder.

Nachts, noch immer im Gebirge, sie zu viert unter dem Sternenhimmel, der ganz nahe über ihnen leuchtete und seine Pracht tausendfach entfaltete. Sie hatten sich alle angefasst, die Kinder in der Mitte. So betrachteten sie glücklich und staunend die Sterne, beschützt vom Himmelsgewölbe.

Alice wünschte, irgendwo gäbe es diesen Ort.

Nirgendwo war dieser Ort. Das tat weh.

Alice seufzte und Bernhard erwachte. Er nahm ihre Hand in die seine und sie legte ihre Hand um die seine. Statt das Unmögliche zu wünschen, sollte sie lieber Gott für das Mögliche danken.

»Herr, mein Gott, ich habe zu dir geschrien und du hast mich geheilt«, sprach sie leise.

Dann, vom Wunsch zu loben und zu danken erfüllt, schloss Alice die Augen und sang:

»Herr, mein Gott, du hast mich von den Toten heraufgeholt, du hast mich am Leben erhalten.

Meine Wehklage hast du in Reigen verwandelt, mein Sack-
tuch hast du gelöst und mit Freude mich umgürtet, damit meine
Seele dich besinge und nicht schweige.
Herr, mein Gott, in Ewigkeit will ich dich preisen.«
Alice schwieg.

Bernhard setzte sich auf, aus noch tiefen Augenhöhlen sah er
Alice ernsthaft an, als sähe er sie das erste Mal, und küsste sie
auf den Mund. Er schlug die Bettdecke zurück und stand auf.

Lärm drang aus der Gaststube zu Alice und Bernhard in das
Schlafgemach. Singen, Rufen, Schreien, Grölen, Krakeelen, Brül-
len:

»Wirt, mehr Wein! Met! Kölsch! Mehr Wein!«

»Der Wirt macht den Gewinn des Jahres«, bemerkte Bernhard
schmunzelnd, während er sich aus einem Krug frisches Wasser
in die Waschschüssel goss.

Den Gewinn seines Lebens hat er schon an mir gemacht,
dachte Alice schmerzlich. Bitter verzog sie ihren Mund, was
Bernhard nicht bemerkte, da er ihr den Rücken zukehrte, während sie auf seinem Bett saß. Sollte sie es ihm wirklich sagen,
dass ihre Beutel leer und sie durch ihn verarmt war? Wollte sie
Dankbarkeit? Wollte sie das Geld zurück, jeden einzelnen Passauer Silberpfennig?

Was wollte sie eigentlich von ihm, jetzt, da er gesund war und
unbekümmert sich mit ihrer Seife wusch? Sie verbiss sich ihren
beleidigten Stolz und sagte in nüchternem Ton:

»Ich habe Graf Berengar gesehen, wie er am späten Vormit-
tag in den Hof hineinritt. Er machte auf mich einen bekümmer-
ten, besorgten Eindruck. Was hat er gesagt? Warum bricht König
Heinrich die Belagerung Kölns ab?«

»Zu viele Tote«, antwortete Bernhard, während er seinen
Oberkörper abschäumte. »Sein Misserfolg bei seinen kriegerischen Anstrengungen. Gott sei es geklagt, König Heinrich scheint
kein begnadeter Kriegsherr zu sein. Dazu kommt die Seuche,
von der Ihr mich gerettet habt«, Bernhard drehte sich zu Alice,

verneigte sich spielerisch und wandte sich wieder seiner Waschschüssel zu.

»Na ja, dann der Mangel an Nahrungsmitteln, die Hitze. Die
Stimmung im Lager wurde immer bedrückender und feindseli-
ger gegen ihn. Deswegen hat er den Männern heute frei gegeben,
damit sie sich kräftig besaufen können.«

»Als ich zu Euch ging, war die Gaststube zum Bersten voll.
Es ist so eng, dass man in die Schweinshaxe seines Nachbarn
reinbeißen könnte.«

Bernhard lachte: »Ihr hättet uns eine mitbringen können. Mögt
Ihr noch?«

»Noch mal da hineingehen? Nein. Von allen gesehen werden?
Eure beiden Kriegsknechte sind übrigens auch dabei. Sie haben
die Zeit über einen faulen Tag geschoben und sich mit den Knechten aus dem Dorf gestritten.«

»Na, da wird es wohl zur Schlägerei kommen. Für uns könnte
das vorteilhaft sein, wenn es drüben laut ist. Oder?«

Alice mochte darauf nicht eingehen. Es graute ihr vor der
Frage, ob sie wirklich das tun wollte, wessen Salome sie bezichtigte. Wie konnte Bernhard nur so leichtfertig sein. Wieso auch
über ihren Willen verfügen. Er wusste gar nicht, ob sie mit ihm
schlafen mochte.

»Was ist sonst noch vorgefallen?«, fragte sie, um abzulenken.

Bernhard dachte, allzu bereitwillig scheint Alice nicht zu sein.

»Die Lage ist denkbar schlecht«, antwortete er ruhig. »Kaiser
Heinrich soll den König von Frankreich um militärischen Beistand gebeten haben.«

»Hat er?«

»Möglicherweise. Zumindest hat er Philipp geschrieben und
sich von Herrscher zu Herrscher heftigst über seinen abtrünnigen
Sohn beklagt. Das ist für die Beziehung zwischen Frankreich und
dem diutschen landt schon schlimm genug. Fest steht jedenfalls,
Herzog Heinrich von Niederlothringen hat, obwohl vom König
abgesetzt oder gerade deshalb, von allen Seiten viel Kriegsvolk

zusammengezogen und ein erstaunlich großes Heer aufgestellt. Der König fürchtet zu Recht, dass der Herzog mit diesen kaiserlichen Truppen auf Köln zumarschiert, uns einkesselt und die Kölner einen Ausfall machen. Um dem vorzubeugen, zieht der König selbst Richtung Lothringen. Es wird wahrscheinlich diesmal zur Entscheidungsschlacht zwischen Vater und Sohn kommen.«

»Dabei dürft Ihr natürlich nicht fehlen.«

»Alice, was soll das?«

»Nichts. Ihr seid nur gerade von den Toten wiederauferstanden.«

Es entstand ein unangenehmes Schweigen, das Alice zu überbrücken suchte:

»Was ist denn sonst noch in der Zwischenzeit geschehen?«

»Kaiser Heinrich hat die Zeit genutzt, ein Schreiben an seinen Sohn, den König, und eines an uns Fürsten zu richten. Beide Schreiben hat der König öffentlich im Lager vorlesen lassen.

Im Brief an seinen Sohn beklagt er sich über die grausame und hinterhältige Behandlung am Ende des letzten Jahres. Wie er ihn in Bingen gefangengesetzt, ihm die Herrschaftsabzeichen abgepresst hat, schildert der Kaiser eindrucksvoll und dabei so anschaulich, dass schwerlich die unwahre Darstellung des Königs überzeugen kann, sobald König Heinrich keinen Erfolg hat. Die Lage ist für ihn also heikel. Vor allem aber, und dies beteuert der alte Kaiser in seinem Schreiben an seinen Sohn, ist er bereit, sich dem Papst zu unterwerfen, ihm und der römischen Kirche in allem zu gehorchen und alles so auszuführen, wie der Papst und der Rat frommer Männer es wünschen. Der Kaiser geht sogar so weit, dass, falls der Sohn nicht seine Verfolgung aufgibt und wir Fürsten ebenfalls keinen Frieden mit ihm stiften wollen, er sich unmittelbar an den Papst wenden will.«

»Das heißt«, schlussfolgerte Alice, »König Heinrich kann seinem Vater nicht mehr vorwerfen, er führe das Reich durch den Ungehorsam gegen den Papst ins Verderben. Der Vater nimmt dem Sohn die Waffe aus der Hand.«

Bernhard sagte anerkennend: »So kann man es ausdrücken.«

»Du Saukerl, du Mistkerl. Spielst falsch!«, dröhnte es vom Schankraum.

Spielte Bernhard mit ihr falsch, ging es Alice durch den Kopf. Wollte er sie heute Nacht haben und dann ginge es so fremd zwischen ihnen weiter wie bisher auf der Burg? Aber hatte er nicht recht? Diese Nacht und dann nie wieder?

»König Heinrich und die Fürsten dürften Schwierigkeiten gehabt haben, darauf zu antworten«, überlegte sie.

»In der Tat. Graf Berengar erzählte, der König habe gar nicht geantwortet. Die Fürsten aber warfen dem Kaiser vor, er habe 30 Jahre lang das Reich gespalten, während dieser Zeit seien alle menschlichen und göttlichen Gesetze fast abgeschafft. Gräuel wie Totschlag, Raub, Meineid, Brandstiftung, Abfall vom katholischen Glauben bis beinahe hin zum Heidentum hätten um sich gegriffen.«

»Ziemlich beleidigend.«

»Dementsprechend wurden die Boten, die das Schreiben der Fürsten dem abgesetzten Kaiser nach Lüttich überbrachten, auch behandelt. Man hat sie eingesperrt und dann ohne Geleit zurück zum König geschickt. Besonders übel wurde ihnen vermerkt, dass sie mit dem Kaiser und seinen Getreuen als von der Kirche Ausgestoßenen nicht in Berührung kommen wollten.«

Alice bemerkte Bernhards Erregung.

Sie schüttelte den Kopf: »Das ist allerdings ziemlich ungeschickt oder ziemlich offensichtlich, dass sie keine Einigung anstrebten.«

»Ich hau dich tot! Du Dieb! Her mit meinem Geld! Du Hurensohn, du elender Sack!«

Es war, als würde ein scharfer Gegenstand geworfen.

»Au!«, schrie einer.

»Raus!«, hörten sie den Wirt.

Bernhard war fast fertig mit Waschen, er spülte noch einmal Wasser über seinen Nacken. Alice aber war sich unschlüssig, wie es dann mit ihnen weitergehen sollte. So wollte sie wissen:

»Und? Bestand das Schreiben der Fürsten nur aus Beleidigungen?«

»Nicht ganz, die Fürsten forderten den Kaiser im Namen seines Sohnes auf, sich öffentlich und ohne Aufschub in kürzester Zeit zu allen Zerwürfnissen und Vergehen zu äußern und sich zu rechtfertigen.«

»Sie wollen ihn einfach nicht mehr. Sie haben kein Erbarmen mit dem Kaiser, der vielleicht dem Tode nahe ist und unter seiner Exkommunikation leidet.«

»Ihr habt ein barmherziges Herz, Alice. Er leidet wirklich. Darum hat sich der ältere Heinrich auch wiederum an seinen Paten, den Abt von Cluny, gewandt und ihn um Fürsprache beim Papst gebeten.«

Alice fing an zu lachen, laut, schallend, sie konnte sich gar nicht halten. Bernhard hielt verdutzt inne, sich die Beine abzureiben.

»Abt!«, lachte sie. »Abt. Wisst Ihr eigentlich, wie viel Ähnlichkeit Ihr mit dem Abt habt? Ihr könntet Brüder sein. Der Abt hat damals, als er vor dem Kreuzzug bei uns war, sich jeden Tag von Martin Wasser zum Waschen bringen lassen. Seine Mönche dürfen nicht nur vor dem Fest der Geburt des Herrn und Ostern in den Badezuber steigen, wie der Heilige Benedikt es vorschreibt, sondern so oft sie wollen, und dies sogar, ohne sich vorher die Erlaubnis des Abtes, also seine, zu holen. In seinem Kloster hat der Abt Holzwasserleitungen einbauen lassen, das wäre doch was für Eure Burg. Und ich wette, wenn er allein ausreitet, dann verpasst er keinen See und keinen Fluss, um zu schwimmen. Genau wie Ihr.«

»Was du nur immer daherredest!«, lachte Bernhard und drehte sich ganz zu Alice um. Er warf ihr ein linnenes Tuch zu, das Alice geschickt auffing:

»Rubbele mich lieber ab.«

Alice stand zögernd auf. Wie oft hatte sie in der letzten Zeit Bernhard nackt gesehen, ihn gewaschen. Das hier aber war anders. Was würde Salome dazu sagen? Ach was, Salome. Niemals könnte sie Bernhards Ehegefährtin glaubhaft machen, dass nichts zwischen ihr und Bernhard geschehen sei. Natürlich dachte Salome, dass sie getan hatte, was zu tun war, um vom Tode bedrohte Männer ins Leben zurückzuretten.

Wenn Salome überzeugt ist, sie hätte mit Bernhard geschlafen, dann tue ich es, dachte Alice trotzig.

Ganz dicht trat Alice an Bernhard heran. Sie erwartete, er werde sie begehrend umarmen und küssen.

Bernhard aber stand unbeweglich vor ihr. Bärtig und erregt, blickte er die junge Frau vor sich überraschend und ungeahnt ernst an:

»Dieser Tag entscheidet. Alice, du und ich sind wir.«

⁓☙⁓

»Mamme, Mamme! Ihr seid zurück! Ihr habt Graf Bernhard gerettet!«, rief Leyla freudig über den Burghof.

Alice zuckte zusammen, ließ den Hirsebrei stehen, lief zum offenen Fenster in ihrem Turmhaus und sah Leyla auf ihrem kleinen Pferdchen mit dem Abt in den Burghof hineinreiten. Zwischen Hunden, Schafen, Ziegen und flatternden Hühnern saßen sie ab, umringt von Kindern, Mägden und Knechten, die herbeigelaufen kamen, um den Abt zu bestaunen und sich segnen zu lassen.

Am liebsten wäre Alice ihr entgegengelaufen, so aber erwartete sie würdevoll Leyla und den Abt auf der Außentreppe.

Leyla stürmte die Stufen hoch, gefolgt vom Abt, der freundlich zusah, wie Leyla in Alice' Arme fiel.

»Ihr habt ihn gerettet«, frohlockte das Mädchen. »Ihr habt Graf Bernhard gerettet. Abt Johannes hat es mir erzählt.«

»Gegrüßt seid Ihr, Alice«, sagte dieser. »Gelobt sei Jesus Christus.«

»In Ewigkeit, Amen«, antwortete sie etwas matt.

Der Abt sah sie eindringlich an:

»Fühlt Ihr Euch unwohl? Ihr seid blass, und das nach Eurer langen Reise durch den Sommer.«

»Blass? Nein, ich bin wohlauf.«

»Drückt Euch ein Kummer?«

»Nein, nein«, beteuerte Alice und ein Lächeln huschte über ihr fahles Gesicht, das der Abt besorgt bemerkte.

»Luitger, du Süßer!«, rief Leyla derweil freudig und hockte sich vor den Jungen, der sich an einem Hocker festhielt. »Dich habe ich noch gar nicht begrüßt. Bist du groß geworden. Stehen kannst du schon«, lobte sie entzückt, hob das Kind auf und gab ihm dicke Küsse auf die Wange.

Luitger zappelte, so dass sie ihn wieder runtersetzte und Alice glücklich ansah:

»Mamme, ich bin froh, dass ich wieder bei Euch bin.«

»War es denn so schlimm im Kloster?«

»Nein, es war sogar sehr schön. Die Äbtissin war gut zu mir und ich habe mich gefreut, Schwester Johanna und meine Freundinnen wiederzusehen. Dann ist da ein neuer Priester, der ist nicht so griesgrämig wie der alte. Jung ist er und lustig. Er macht sogar Späße und seine Predigten sind gar nicht langweilig. Neulich hat er über den Vers gesprochen:

Lasset die Kinderlein zu mir kommen. Wo Jesus die Kinder auf den Schoß nimmt und herzt. Der Priester, Markus heißt er, hat zu uns Kindern gesagt, natürlich auch zu den strengen Nonnen, er hat gesagt, dass Jesus nicht die Eltern vorher gefragt hat, ob die Kinder auch lieb und brav waren. Jesus liebt alle Kinder, auch die unartigen.«

Der Abt und Alice sahen einander an, Leyla hatte wahrhaftig wenig Vergebung nötig.

»Mamme, geht es Graf Bernhard wirklich gut? Ich habe jeden Tag für ihn gebetet. Wann kommt er denn wieder hierher?«

»Das ist noch ungewiss. Erst wenn der Kampf zwischen König Heinrich und Kaiser Heinrich entschieden ist. Aber ich denke, das wird bald der Fall sein. Denn der Kaiser hat außer in Lothringen keine Verbündeten mehr.«

»Mamme, ich habe nämlich etwas für ihn«, sagte Leyla stolz

und entnahm einem Holzkästchen ein Stückchen Pergament. In winzigen, klaren Buchstaben hatte Leyla das Vaterunser geschrieben.

»Das möge Graf Bernhard beschützen. Vielleicht mag Graf Bernhard einen Ring anfertigen lassen, in den es hineinpasst. Ich weiß nicht«, sagte Leyla und wurde rot.

In diesem Augenblick klopfte es. Alice öffnete einem pausbäckigen Mädchen mit schwarzen Zöpfen. Es beugte die Knie und fragte:

»Darf Leyla hinaus. Tulle ist am Wölfen. Ein kleiner Welpe ist schon draußen …«

»Darf ich?«

Alice nickte. Schon waren die Mädchen aus der Tür verschwunden. Alice hörte, wie sie aufgeregt über den Burghof hetzten. Dann war es still in Alice' Kammer.

Der Abt hatte die ganze Zeit gestanden, was Alice erst jetzt auffiel.

»Bitte nehmt Platz«, forderte sie ihn auf, sich an den Tisch zu setzen.

Zu Alice' Verwunderung nahm der Abt kurz die Holzschüssel mit dem Brei, roch daran und stellte sie auf den Tisch zurück.

»Darf ich Euch Wein anbieten?«, fragte sie verwirrt.

Auch den Wein prüfte der Abt.

»Der Wein ist gut. Ich habe ein Fässchen auf meiner Rückreise an der Mosel gekauft.«

»Natürlich«, sagte der Abt. »Erzählt mir von Eurer Reise.«

»Wie vermutet, war Graf Bernhard sehr krank. Sterbenskrank. Dank Eurer Heilpflanzen und Eures Rates ist er wieder gesund.«

Sie schwieg und der Abt spürte, dass Alice Näheres nicht erzählen wollte.

»Auf der Rückreise nach Passau haben wir uns viel Zeit gegönnt. Die von den Klöstern und Bauern geliehenen Pferde habe ich wohlbehalten zurückgebracht. Habt Dank, Euer Schreiben hat uns aufrichtige Gastfreundschaft erfahren lassen«, sagte sie förmlich.

Der Abt hob erstaunt die Augenbrauen. Alice wurde verlegen. Sie rührte in der Breischüssel herum.

Schließlich überwand sie sich: »Ich gebe es zu. Ich habe mich vor der Rückkehr auf die Burg gefürchtet, vor der Begegnung mit der Gräfin.«

»Und, wie war der Empfang?«

»Ich weiß es nicht. Salome war überaus höflich, fast liebenswürdig. Sie hat mir gedankt, dass ich aus christlicher Nächstenliebe ihrem Gatten in der Not beigestanden hätte.«

»Es klang also aufrichtig. Sie meinte Agape, ohne einen Unterton von Eros?«

»Es war, als hätte Salome gar nicht an Liebe gedacht.«

Der Abt sagte darauf nichts, sondern strich sich lediglich über sein Kinn.

»Sie hat mir sogar aus Dankbarkeit, wie sie sagte, einen überaus kostbaren Evangeliar geschenkt.«

»So?«

»Ja. Dafür hat sie eigens eine Truhe aus Eichenholz anfertigen lassen. Biblische Szenen sind darin geschnitzt. Ich zeige sie Euch gerne.«

»Ein Innehalten, Alice. Erlaubt mir eine Frage. Habt Ihr in dem Evangeliar schon gelesen?«

Alice schüttelte beschämt den Kopf.

»Ich weiß, ich müsste. Aber ich habe es noch nicht. Um es genau zu sagen, ich weiß keine Bibelstelle, die meine Gefühle und Gedanken ausdrückt.«

»Jesus sagt vom Gottesknecht, der er selber ist: Er wird das geknickte Rohr nicht zerbrechen.«

»Wollt Ihr damit sagen, dass ich wie ein geknicktes Rohr bin?«, fragte Alice aufgebracht.

»Sind wir das nicht alle? Wie ein geknicktes Rohr, wie ein glimmender Docht, den Jesus nicht auslöscht. Ist das nicht gerade unsere Zuversicht, durch Gottes Güte aufrecht leben zu können, obwohl wir geknickt sind?«

Alice sah den Abt erstaunt an.

Betrachtete er sich selbst als geknickt?

Der Abt erhob sich: »So zeigt mir den Evangeliar.«

Doch bevor sie das eiserne Schloss öffnete, nahm der Abt ihre Hand in die seine und sagte:

»Stellt Euch vor, Ihr wäret Salome. Von welcher Stelle in den Evangelien würdet Ihr annehmen, dass Ihr, Alice, sie als Erstes aufschlagen würdet?«

»Jesus und die Ehebrecherin«, antwortete Alice, ohne nachzudenken.

»Dann wollen wir mal sehen, ob Salome tatsächlich so gedacht hat.«

»Wie?« Alice sah ihn erstaunt an.

Der Abt forderte Alice auf, ein Tischtuch auf dem Tisch auszubreiten. Er selbst entnahm seinem Lederbeutel feste Leinenlappen, die er sich um die Hände wickelte, darauf vorsichtig das kostbare Buch aus der Truhe hob, es auf den Tisch legte und die Bibelstelle aufschlug.

Ein feines Lächeln glitt über sein Gesicht. Dann wurde er todernst.

»Seht, das Pergament ist bearbeitet. Besonders am unteren Rand, dort wo man die Seiten umschlägt.«

Er beugte sich vor und roch an dem Blatt.

»Eisenhut«, stellte er fest. »Die giftigste Pflanze, die wir kennen. Es gibt kein Gegengift. Seht Ihr den dunklen Schatten auf dem Pergament? Die Seite hat sich verfärbt. Sie ist mit der Knolle eingerieben worden. Schon die Berührung mit der gesunden Hand führt den Tod herbei. Jetzt im Sommer wächst Eisenhut überall, wo es feucht ist. Zuerst fühlt das Opfer ein Kribbeln in Händen und Füßen, dann werden sie taub wie der ganze Körper. Auf Hitzeanfälle folgt eine grausame Kälte. Erbrechen, Durchfall. Stärkste Schmerzen. Wer einen anderen Menschen damit töten möchte, will, dass dieser bis zum letzten Atemzug bei vollem Bewusstsein unsagbare Qualen erleidet.«

Alice blieb die Luft weg, sie bekam weiche Knie und ein flaues Gefühl im Magen. Kraftlos ließ sie sich auf eine Bank an der Wand fallen und vergrub ihr Gesicht in den Händen. Der Abt wartete. Endlich blickte sie ihn aus tiefen Augenhöhlen an und fragte:

»Was soll ich tun? Wie kann ich mich schützen?«

»Wahrscheinlich gar nicht. Wenn Ihr auf der Burg bleibt, kann sich ein Anschlag wiederholen. In Passau scheint Ihr sicherer zu sein, aber Luitger ist es nicht. Er könnte geraubt werden, zumindest um Lösegeld zu erpressen. Aber auch Ihr wäret nicht geschützt. Die Person, die Euch dies antun wollte, und wir wissen, wer sie ist, wird Euch überallhin verfolgen, es sei denn ...«

Alice hob den Kopf.

»Es sei denn, Ihr entsagt. Mit Entsagen meine ich nicht nur, dass Ihr ihn nicht heimlich trefft, wenn er von dem Kriegszug gegen Kaiser Heinrich zurückkehrt, sondern dass Ihr kein Gefühl mehr für ihn habt, dass er in Euch abgestorben ist.«

Alice starrte auf den Steinfußboden, dessen Quadersteine sie mit dem Fuß nachzeichnete.

»Ich fürchte, Ihr und Graf Bernhard habt in Köln anderes entschieden.«

»Ihr haltet mich für eine Sünderin?«

»Es gibt eine Bibelstelle, die Ihr bedenken möget. ›Ganz am Anfang, als Gott den Himmel, die Erde, die Pflanzen, die Tiere und den Menschen geschaffen hatte, als es noch keine Unterschiede zwischen den Menschen gab, nicht arm, nicht reich, adelig oder leibeigen, als es keine Religion, noch keine Ehe gab, da heißt es: Da sagte der Mensch: Diese endlich ist Gebein von meinem Gebein und Fleisch von meinem Fleisch: diese soll Männin heißen. Darum wird ein Mann seiner Frau anhängen und sie werden ein Fleisch werden. Und sie waren beide nackt, der Mann und seine Frau, und sie schämten sich nicht.‹

Ist es so?«

Warum ist diese Alice nicht tot?

Warum ist sie nicht tot?, überlegte Salome angestrengt, während sie neben Bernhard die Treppe von ihrer Kemenate zur Halle hinunterstieg, wohin er nach seiner Ankunft gestern sein ganzes Haus beordert hatte. Sie raffte ihr violettes Obergewand, dass die Seide kreischte, damit sie auf den steilen, hohen Steinstufen nicht stolperte. Bei jedem Schritt lugte ihr rotes Untergewand hervor. Rot wie Blut. Wieso war diese Person nicht an dem Gift gestorben? Wieso hatte sie nicht den Evangeliar aufgeschlagen? Sie konnte schließlich fließend Latein lesen und auch schreiben. Bedurfte sie nicht des Trostes nach ihrer Sünde: Kommet her zu mir alle, die ihr mühselig und beladen seid, denn ich will euch Ruhe geben. Ruhe, ewige Verdammnis, die Hölle, das gebührte ihr. Salome stolperte. Bernhard bemerkte es und hielt sie rasch am Arm fest. Erstaunt blickte er sie an, aber nur kurz. Offenbar blieb diese Alice von der himmlischen Ruhe noch verschont, obschon alle Seiten des Buches, und schon gar die bebilderten, vergiftet waren. War diese Alice tatsächlich so unschuldig, dass sie ihren Seelenfrieden ohne geistlichen Beistand der Heiligen Schrift bewahren konnte? Unschuldig? Salome warf einen zweifelnden, misstrauischen Blick auf ihren Gatten, dessen Gesichtsausdruck nichts verriet, als dass er anscheinend gedanklich mit seiner Ansprache beschäftigt war. Keine Spur von Aufregung, schlechtem Gewissen, dass er seiner Geliebten gegenübertrat, mit der er in Köln ungestört ein Liebesnest innegehabt hatte. Die aber würde in der Halle dabei sein, womöglich in der ersten Reihe stehen.

Vom Saal drang Stimmengewirr. Salome atmete tief durch, als sie die Halle betrat, in der dicht gedrängt die Mägde und Knechte, die Grundholden der umliegenden Dörfer, die Ministerialen standen. Mit ihrem Eintreten verstummten alle augenblicklich. Da war sie, aber anders als alle anderen, sogar als die Ritter in ihrem farbigen Wams und der ehrwürdige Burgvogt, saß sie, Luitger wie die Jungfrau Maria auf dem Schoß. Da saß sie auf einem gepolsterten Stuhl genau Bernhard gegenüber, der von erhöhtem Orte seine Ansprache halten würde. Wer hatte dieser Alice den Stuhl hingestellt? Bernhard? Wohl kaum. Selbst wenn er in Köln sein Liebesverhältnis wieder mit ihr aufgenommen hatte, und er hatte bestimmt mit dieser Dirne geschlafen, so würde er es doch hier auf seiner Burg zu verbergen wissen.

Wer dann? Der Burgvogt? Und warum? Weil sie die Mutter eines mächtigen, reichen Grafen war. Der war aber noch ein Kind, das gerade nicht mehr in die Windeln machte. Nein, es gab einen anderen Grund: Der Abt. Abt Johannes hatte es sich nicht nehmen lassen, diese Leyla, diese schwarze Hexe, an der Bernhard so sehr hing, eigens zurück zur Burg zu bringen und dabei Alice viel von seiner Zeit zu widmen. Seitdem wurde Alice geradezu verehrt. Von seinem Ruhm, seinem Glanz war ein Stück auf sie übergegangen. Mit der niftele eines Mannes, dessen Gebeine schon zu seinen Lebzeiten als Reliquie galten, wollte es keiner gerne verderben.

Grausam, Folter war es, den Abt so lange bei Alice zu wissen, sich vorzustellen, dass Alice ihm den Evangeliar zeigte, er die Seiten aufschlug, sie umblätterte – qualvoll starb. Diese verlorene Frau zu töten, wäre wohl kaum eine große Sünde, ihn aber, den Abt. Keine Gebete, keine Seelenmessen würden sie vor dem Fegefeuer retten, wo sie bis zum Jüngsten Gericht leiden müsste, um von da für ewig in die Hölle verdammt zu werden. Sie sah den Heiligen schon mit gekrümmtem Leibe tot auf dem Boden liegen. Doch – welches Erstaunen, welche Erleichterung, als der Abt auf dem Hof sich von Alice verabschiedete, wieder umringt von den Leuten auf der Burg. Wer seinen Segen bisher noch nicht empfangen hatte, der holte es jetzt nach. Die Mütter hielten ihre Kinder ihm entgegen, damit er seine Hand auf sie lege. Der sterbenskranke Bardo wurde auf einem Brett auf den Hof geschleppt und dankbar empfing dieser den Segen. Leyla strich der Abt zärtlich über das schwarze Haar, sprach ein paar aufmunternde Worte zu ihr und würdigte Alice, indem er ihr die Hand reichte.

Was nur hatten die beiden so lange in ihrer Kammer gemacht?, durchzuckte es Salome, während sie sich auf ihrem mit weichen Kissen bedeckten Stuhl niederließ, von dem sie aus gleichgültig mit kalter Miene von erhöhtem Platz auf ihr Gefolge in dem Saal blickte.

Die Frauen, Männer und Kinder neigten ihr Haupt und beugten die Knie, auch Alice, die sich erhoben hatte und Bernhard genau gegenüberstand. Als Erstes stellte sie fest:

Er hat sich rasiert.

»Schwestern und Brüder in Christo«, begann Bernhard mit kräftiger Stimme, die bis in den letzten Winkel des Saales zu hören und dabei wohltönend, angenehm war.

»Ich spreche Euch nicht als meine Untergebenen an, sondern als Leib der Kirche, deren Haupt unser Herr Jesus Christus ist. Wir alle, vom Geringsten bis zum Höchsten, sind gleichermaßen betroffen von den Ereignissen, die ich Euch mitteilen möchte.«

Alice sah Bernhard verwundert an, denn seine Erscheinung zeigte nicht den Bruder in Christo, sondern den Herrscher, das lange Gewand aus grüner Seide, der dunkle, breite Pelzbesatz am Kragen, das Schwert am weißen Wehrgehenk stimmten nicht mit seinen Worten überein. Alice war sich nicht sicher, wann sie sich wieder setzen sollte.

»Dreißig Jahre hat unser Reich, hat jeder von uns unter dem Bann des Papstes gelitten, war jeder von uns durch die Exkommunikation des Kaisers aus der Gemeinschaft unserer Heiligen Mutter Kirche ausgeschlossen. Viele von uns haben versucht, dem Fluch des Papstes zu entgehen, indem sie einen eigenen Weg beschritten, ein Eigenkloster gründeten wie Graf Berengar von Sulzbach, oder wie ich und auch einige von Euch, die das Kreuz nahmen und nach Jerusalem pilgerten.«

Hilfe, dachte Alice, er schließt mich ein und Salome aus. Alice wurde es heiß und Salome erschien ihr sehr blass. Allerdings konnte das auch an der Schminke liegen, denn Salome schminkte sich gewöhnlich so weiß, als hätte sie nie ein Sonnenstrahl berührt.

»Diese unheilvolle Zeit des Zwiespalts ist vorüber. Kaiser Heinrich ist tot.«

Bernhard machte eine lange Pause, damit jeder dieses ungeheure Ereignis in sich wirken lassen konnte.

»Kaiser Heinrich IV. ist Anfang August, am Dienstag, am Tag der Heiligen Afra, in Lüttich gestorben. Sein Tod kam für König Heinrich und für uns Fürsten vollkommen überraschend. Noch einige Tage zuvor hatten wir Fürsten den Kaiser in einem Schreiben aufgefordert, unverzüglich zum König nach Aachen zu kommen und sich vor uns für seine Regentschaft zu rechtfertigen. Wir und der König wollten die bevorstehende Schlacht zwischen Vater und Sohn durch eine Aussprache verhindern. Der Kaiser jedoch legte in seinem Antwortschreiben dieses Angebot als List aus und erwiderte, der junge Heinrich solle sein Heer entlassen. Ausschließlich vor allen bedeutenden Fürsten des Reiches, die erst einmal geladen werden müssten, was Zeit beanspruche, werde er sich verantworten. Im Übrigen wiederholte der Kaiser, dass er sich in allem dem Papst unterwerfen werde, ihm Gehorsam erweisen wolle und ihn als Richter angerufen habe. Es sah also so aus, als stünde die Schlacht unmittelbar bevor.

Da starb Kaiser Heinrich nach kurzer Krankheit in Lüttich. Er sah sein baldiges Ende kommen. Auf seinem Sterbebett hat er Frieden mit seinem Sohn geschlossen, indem er ihm Ring und Schwert hat überbringen lassen zusammen mit der Bitte, seinen Leichnam an der Seite seiner Väter im Dom zu Speyer beisetzen zu lassen.

Doch obwohl der Kaiser selbst im Sterben keinerlei Arg, keinen Groll mehr gegen seinen Sohn hegte und friedlich schlafend aus dieser Welt geschieden ist, verbreitete sich sofort das infame Gerücht, der Kaiser sei ermordet, sei vergiftet worden.«

Bei dem Wort Gift zuckte Alice zusammen. Dabei entging es ihr dennoch nicht, wie auch Salome zusammenzuckte, nach dem Band an ihrem Umhang fasste. Für alle, für Bernhard, war dies nichts als eine vornehme Geste, Alice aber verstand sie als Verwirrung, als wollte Salome sich an dieser Schnur festhalten.

»Der Verdacht wiegt umso schwerer, als es von dem Kaiser hieß, er sei rüstig wie ein junger Krieger. Was wohl auch tatsächlich zutraf. Es heißt, der Kaiser sei mitten aus dem Leben gerissen worden.«

Mörderin, dachte Alice zornig. Wie leicht hätte sie nicht nur mich, sondern auch Leyla umbringen können. Sollte sie Bernhard von dem vergifteten Evangeliar erzählen? Was wäre gewonnen? Bernhard würde in Zorn entbrennen, Salome alles abstreiten. Allerdings wüsste sie dann, dass Alice durch das Buch nicht sterben würde. Unweigerlich würde sie auf eine andere Todesart sinnen.

»Nach seinem Tod wurde Kaiser Heinrich sofort von den Lüttichern wie ein Heiliger verehrt. Man berührte den toten Körper und küsste seine Hände in der Hoffnung, dadurch gesegnet zu werden. Witwen, Waisen und Arme kamen zusammen, um über ihren Vater zu weinen, den Verstorbenen mit Tränen zu bedecken. Es galt zu verhindern, dass der tote Kaiser wie ein Märtyrer verehrt wurde. Doch wohin mit seinem Leichnam? Die Exkommunikation war durch den Tod des Kaisers nicht gelöst, er durfte folglich nicht in einer geweihten Kirche bestattet werden. Gleichwohl hat ihn Bischof Otbert zunächst im Dom zu Lüttich beigesetzt. Das schaffte scheinbar vollendete Tatsachen, jedoch damit war die Frage, wo der Leichnam bleiben sollte, keineswegs aus der Welt.«

Was sollte sie nur mit dem Kasten tun, wohin damit? Die Vorstellung, dass in dem Kasten ein kostbares, reich bebildertes, vergiftetes Buch lag und die Gefahr, die davon für jeden ausging, erfasste Alice, sie kämpfte gegen ihre Angst. Der Abt und sie hatten eingehend besprochen, dass es unklug wäre, Salome das Buch unter irgendeinem Vorwand zurückzugeben, setzte Alice sich dadurch der Gefahr aus, auf andere Weise ermordet zu werden. So aber lebte Salome in ständiger zermürbender Ungewissheit. Die Truhe mit dem Evangeliar mitzunehmen, scheute sich der Abt. Er befürchtete, auch er habe im Kloster Feinde, einen Feind, den Prior, der sie möglicherweise aufbrechen würde. So nahm er nur den Schlüssel und Alice behielt das vergiftete Buch. Nein, Leyla würde niemals verbotenerweise die Truhe anfassen und schon gar nicht mit Gewalt öffnen. Trotzdem, es blieb unheimlich, Alice graute, wenn sie an diesen Schrein in Form eines Sarges dachte.

»Bischof Otbert hat auf Wunsch des Königs, der sich unsicher zeigte, was mit den sterblichen Überresten seines Vaters geschehen solle, und unseren Rat einholte, diese aus dem Dom zu Lüttich entfernen lassen. Sie wurden in eine ungeweihte Kapelle auf dem rechten Ufer der Maas umgebettet, wohin allerdings die Armen nur so hinströmten. Auf Veranlassung des Königs wurde der Leichnam des Kaisers kurz danach am Tag des Heiligen Bartholomäus wieder nach Lüttich überführt, und da erinnerte sich der König, sein Vater habe ihn gebeten, in Speyer seine letzte Ruhestätte zu finden. In seinem Steinsarg haben wir den toten Kaiser nach Speyer überführen lassen, wo er Anfang September in einer ungeweihten Seitenkapelle des Speyrer Doms im Winkel zwischen Nordquerhaus und Hauptschiff beigesetzt wurde. Dies allerdings hat den Zorn der Speyerer hervorgerufen. Sie haben den toten Kaiser in allen Ehren empfangen und sein Grab findet äußerst großen Zulauf. Doch dies sind Randerscheinungen.«

Bernhard sah eindringlich in die Runde, blickte kaum dabei Alice an, wobei er sie auch nicht geflissentlich übersah.

»In seiner überwältigenden Milde ist unser junger König dem Gebot Jesu Christi gefolgt: Ich habe Wohlgefallen an Barmherzigkeit und nicht am Opfer. Unser König hat denen verziehen, die zu Lebzeiten seines Vaters auf dessen Seite standen, allen voran Bischof Otbert von Lüttich, der an den Beratungen über den Verbleib des Kaisers teilgenommen hat. Damit hat König Heinrich auch eine Bitte seines Vaters erfüllt, die zu überbringen er auf dem Sterbebett seinem getreuen Kämmerer Erkenbald aufgetragen hatte.

So sei auch euch verziehen, die ihr in diesen schweren Jahren des Zweifels, der Zwietracht in euren Herzen und in Taten für den Kaiser wart. Gott hat es gefallen, durch den Tod des Kaisers unser Reich in der communio catholica zu vereinen.«

Bernhard schwieg wirkungsvoll.

»Als Sinnbild der Vereinigung«, fuhr er fort, »wird Markgraf Leopold mit der Kaisertochter Agnes noch in diesem Jahr Hochzeit halten. Meine Gattin und ich werden zu diesem Fest nach Tulln reisen. Burggraf Johann wie frouwe Alice werden die Burg verwalten. Die Mägde und weiblichen Grundholden mögen während meiner Abwesenheit und dann auch fernerhin mit ihren Nöten und Fragen zu vrouwe Alice kommen.«

Zornig erhob sich Salome. Sie hatte keine Lust, sich um die Belange ihrer Grundholden zu kümmern, aber dass Alice von Bernhard damit beauftragt wurde, verletzte sie zutiefst.

Bernhard nahm die Hand seiner Gemahlin und führte sie zu Alice, bedankte sich für die aufopferungsvolle Pflege und den Dienst, den sie ihm erwiesen hatte, und den Dienst, den sie ihm erweisen würde, ein Dank, dem sich Salome mit den Lippen gezwungenermaßen anschloss. Wie eine Raubkatze wäre sie am liebsten den beiden ins Gesicht gesprungen und hätte sie zerfleischt. Das also hatten sie in Köln ausgeheckt, sie könnten sich treffen, wann immer sie wollten, ohne überwacht zu werden. Bernhard hatte sowieso die Angewohnheit, die Unsitte, ihr nicht zu sagen, wohin er ging und wann er wiederkäme. Alice aber war bisher an die Burg gefesselt. Nun hatte sie eine Aufgabe, unter dem Deckmantel christlicher Nächstenliebe konnte sie sich in der ganzen Grafschaft frei bewegen. Wann immer sie wollten, konnten sie sich unbeobachtet zum Stelldichein einfinden.

Bernhard tat, als bemerke er nichts. Beim Fortgehen lächelte er Leyla freundlich zu, lobte Luitgers gesundes Aussehen und verließ mit Salome am Arm den Saal.

Die Hochzeit des Markgrafen Leopold mit der Kaisertochter Agnes drückte Salome auf den Magen. Schon seit drei Tagen Banketts, die in sieben Gängen von den Dienern auf festlich geschmückten Tafeln ihr vorgesetzt wurden und aus mindestens drei Menüs bestanden, von denen sie zwar, wie es sich für eine adelige Frau gehörte, nur Weniges aß, deren Anblick und Gerüche trotz kunstvoll arrangierter Drapierung ihr allerdings zusehends Unbehagen bereiteten, während der Gatte an ihrer Seite, wenn auch in Maßen, die die Vornehmheit gebot, sich die Kalbspastete, den Lachs, den Hirschbraten, die Lerchenpastete, die in Wein gekochten Krebse, die Feigen, kandierten Früchte, das Marzipan, den in Römern kredenzten gewürzten Wein durchaus munden ließ. Jede Speise hatte einen bitteren Nebengeschmack, als sei sie vergiftet. Geradezu angewidert war Salome, wenn vergoldete Schwäne und Pfauen von unzähligen Dienern aufgetischt wurden, womit vorzüglich die erhöhte Tafel des Hochzeitspaares und ihrer höchsten Gäste, des Königs, der Erzbischöfe von Köln und Mainz, geschmückt wurde. Ein Höhepunkt, bei dem sich alle Blicke dem glücklichen Brautpaar zuwandten. Denn glücklich schienen sie, keine Geste, kein Seufzer deutete darauf hin, dass diese Ehe mit Treuebruch, Verrat begonnen hatte. Kaum zu erdulden war es für Salome, als das prächtige Bett mitten in den Festsaal getragen wurde, der König seine Schwester zum Beilager führte und sie die Ehe vor allen Zeugen vollzogen. In Liebe vollzogen, das war unverkennbar. Dabei war es keineswegs so, dass nicht auch sie, Salome, beneidet wurde um einen Mann, der weder weitaus älter oder sonst unansehnlich war, sondern von dem jede Frau wünschen konnte, mit ihm zu Bette zu gehen. Lächeln, freundlich sein, Hoheit ausdrücken, auch wenn ihr zum Weinen zumute war.

Ihre Qual schien von nichts mehr gesteigert werden zu können – und wurde es doch. Wieso aß sie ausgerechnet in ihrem Kummer fetten Aal? Salome kam gerade vom Abort, wo sie sich erbrochen hatte, als ihr der Abt über den Weg lief. Er blieb stehen, grüßte und hielt sie plaudernd auf. Höflich, zuvorkommend, nichts deutete in seiner beherrschten, undurchdringlichen, dabei freundlichen Miene darauf hin, dass er von ihrem Giftanschlag wusste. Unverfänglich begann er ein Gespräch über Italien, die Toskana, Florenz. Salome atmete schon innerlich auf, als er erzählte, auf seiner Rückreise von Papst Paschalis sei er Gast bei der Markgräfin Mathilde von Canossa gewesen und habe Gelegenheit gehabt, sich in ihrer ausgezeichneten Bibliothek umzuschauen.

Jetzt kommt es, dachte Salome. Jetzt spricht er mich auf meine Bibliothek an, erwähnt den kostbaren Evangeliar, mit dem ich seine niftele vergiften wollte.

Doch der Abt wechselte unvermittelt dazu über, den Parmesankäse zu loben, für den die Markgräfin fast so berühmt sei wie für ihre Frömmigkeit. Auf dieser Hochzeit sei er nicht zu knapp gereicht.

Salome nickte geflissentlich.

Auf der Verlobung Luitgers mit Giselinde habe er mit ihrem Gatten über die vorbildliche Wirtschaftsführung Mathildes von Canossa gesprochen. Das hohe Maß an Schriftlichkeit sei bemerkenswert.

»Hat Euer Gatte auch schon eine Schätzung der höchstmöglichen sowie der niedrigsten Erträge der Äcker seiner Grundholden vorgenommen, damit die Höhe der von ihnen geleisteten Abgaben dem zu erbringenden Ertrag auch tatsächlich entspricht? Graf Bernhard erwähnte dieses Vorhaben.«

Sie lächelte bitter und erwiderte: »Graf Bernhard ist für den König fast ständig im Krieg gewesen. Da bleibt für die Wirtschaft wenig Zeit.«

Der Abt verneigte sich verbindlich: »Gräfin, eine Hochzeit ist kein Ort für das Alltagsleben. Hört, die Musikanten spielen zum Tanz auf. Und da, Euer Gatte sucht Euch bereits.«

Salome blickte sich um. Wirklich, da stand Bernhard unter einem Torbogen, kam lächelnd auf sie zu und führte sie in den von unzähligen Honigkerzen erleuchteten Saal. Salome kniff von dem gleißenden Licht die Augen zusammen, fühlte seine Hand und sah Alice wie einen Schatten an seiner anderen Hand tanzen.

Diese Frau musste sterben.

Himmel!, rief ihre zerrüttete Seele. Vergib mir!

Sie musste beichten. Unbedingt. Noch hier in Tulln. Niemals könnte sie vor einem Priester in Passau die Beichte ablegen.

Endlich, am fünften Tag der Hochzeitsfeier, fand sich Gelegenheit. Bernhard hatte sich mit dem König, Graf Berengar, dem Markgrafen Leopold und weiteren Fürsten in das Jagdzimmer zurückgezogen, um über das Reich nach dem Tode des Kaisers zu beraten.

Salome wand sich einen dunkelblauen Schleier um das Gesicht und eilte aus der Burg, wie sie hoffte, unbemerkt. Draußen schlug ihr der Lärm entgegen. Das Volk feierte ebenfalls seit fünf Tagen. Überall offene Feuer, über denen auf Spießen Ferkel, Schweine, Zicklein und Hammel gebraten wurden. Auf dem Platz, wo der wöchentliche Markt abgehalten wurde, waren Zelte aufgebaut. Musikanten spielten drinnen und draußen zum Tanz auf. Um sie herum – Freude und Glück. So schien es. Gaukler trieben ihre Possen, ein Seiltänzer balancierte über eine Gasse. Überall Stände, wo Wein, Met und Bier ausgeschenkt wurden. Torkelnd kamen Salome Männer und Frauen entgegen. Ein Junge hockte mit glasigen Augen in einem Hauseingang. Eine stark geschminkte Frau drängte sich aus dem Gewühl zu Salome, packte sie am Arm, riss ihren Mund auf, aus dem die verfaulenden Zähne stanken. Entsetzt machte sich Salome los, hinter sich gellendes Lachen.

Da – endlich eine Kapelle. Salome öffnete die Pforte, ein strenger, feuchtkalter Geruch schlug ihr entgegen. Vorsichtig schloss sie die Tür, blickte sich um. Sie war allein.

»Ist hier jemand?«, rief sie.

Aus der Sakristei trat ein Priester.

Salome beugte die Knie, küsste die Hand des Geistlichen und sagte:

»Ich komme zur Feier der Versöhnung.«

»Dann folgt mir.«

Der Priester führte sie in eine enge Kammer.

Er stand, sie kniete nieder und sprach: »*Im Namen des Vaters, des Sohnes und des Heiligen Geistes. Amen.*«

»*Gott, der unser Herz erleuchtet, schenke dir wahre Erkenntnis deiner Sünden und seiner Barmherzigkeit.*«

»*Amen*«, erwiderte Salome inbrünstig.

»Meine Tochter, welche Sorgen führen Euch zu mir?«

Salome blieben die Worte weg. Wie sollte sie es ausdrücken, welche Pein sie litt, wie bekennen, dass sie, eine fromme Christin, sie, die ihr Leben Gott weihen wollte, nach Rache, nach Mord sann, dass sie einen Menschen getötet hätte, wäre Gottes Ratschluss nicht ein anderer gewesen.

»Ich leide«, sagte sie schließlich. »Mein Gatte ist mir nicht treu. Damit meine ich nicht nur, dass er gewiss, wenn er länger fort ist, eine fremde Frau verführt, nein, auch das wäre schwer zu ertragen, war schwer zu ertragen. Nein, er liebt seit Jahren eine Frau, die im Stand weit unter mir steht. Er trifft sich heimlich mit ihr. Nur weiß ich nicht, wie und wann. Ich werde vor Eifersucht zerfressen, denn sie lebt auf unserer Burg. Kein Zeichen des Einverständnisses zwischen meinem Gemahl und diesem Weib kann ich finden. Sie sehen sich selten auf der Burg, eigentlich nie. Es gibt nichts Sichtbares, wie sie sich verabreden, ich wüsste keinen Ort, wo sie zusammenkommen.«

»Das ist bedenklich«, sagte der Priester und strich sich über seinen schwarzen Bart.

»Erfüllt Euer Gatte seine Pflicht? Teilt er das Lager mit Euch zum Beischlaf?«

Salome schluckte.

»Ja. Regelmäßig, einmal in der Woche. Die Fastenzeiten selbstredend ausgenommen. Wir haben keinen Sohn«, fügte sie traurig hinzu.

»Wie lange seid Ihr verheiratet?«

»Sechs Jahre.«

Salome war sich bewusst, wie schwer ihre Antwort wog. Sechs

Jahre hatte sie ihre Pflicht als Ehefrau nicht erfüllen können. Verständlich, dass ihr Mann andere Wege ging.

»Ihr bezichtigt Euren Gatten des Ehebruchs, ohne eine sichtbare, dingliche Gewissheit?«

»Ich verstehe Euer Befremden, Pater. Ich fühle es in jeder Sekunde, ich fühle es auf meiner Haut, in meinem Hirn, in meinem Herzen.«

»Nehmen wir an, es verhält sich so, wie Ihr es vermutet. Weiß noch irgendjemand sonst davon?«

Salome schüttelte den Kopf.

»Nein«, antwortete sie. »Die davon wissen könnten, zwei Kriegsknechte meines Mannes, sind ihm bis zum Tode treu ergeben. Falls sie etwas ahnen sollten, werden sie schweigen.«

»Ist die Eifersucht alles, was Euch bedrückt?«

Salome stieg die Hitze in die Wangen, Schweiß brach aus. Gerne hätte sie ihren schweren Umhang abgelegt, das aber ging nicht, ohne dass der Schleier verrutscht wäre.

Wenn sie nicht die Wahrheit bekannte, wie würde Gott sie dann strafen?

»Ich habe versucht, diese Frau zu töten.«

Der Priester schwieg. Die Schuld wurde schwerer und schwerer. Die Last ließ den engen Raum sich wie einen Käfig zusammenziehen. Darin war sie gefangen, sie, die Sünderin.

»Die Frau lebt und ist gesund?«

»Ja.«

»Bereut Ihr Eure Tat?«

»Ja«, antwortete Salome fest. Schon jetzt litt sie unter der Lüge.

Der Priester spürte, dass diese fremde adelige Frau das ihr Mögliche gestanden hatte. Darum forderte er sie auf:

»Sprecht das Reuegebet!«

»*Ich bereue, dass ich Böses getan und Gutes unterlassen habe. Erbarme dich meiner, o Herr.*«

Der Priester legte seine große Hand auf Salomes Haupt:

»*Gott, der barmherzige Vater hat durch den Tod und die Auf-*

erstehung seines Sohnes die Welt mit sich versöhnt und den Heiligen Geist gesandt zur Vergebung der Sünden. *Durch den Dienst der Kirche schenkt er dir Frieden.«*

Es war, als denke er über das Gehörte nach, als fragte er sich, ob dieser Frau die Sünden zu vergeben seien. Er entschloss sich und sprach, wobei er bei der Nennung des Namens des Vaters, des Sohnes und des Heiligen Geistes das Kreuzzeichen schlug:

»*Ego te absolvo a peccatis tuis in nomine Patris, Filiis et Spiritus Sancti.*«

Salome erhob sich, ihr kostbares Kleid raschelte:

»Noch ein Wort, meine Tochter. Trachtet nicht länger danach, Euren Gatten des Ehebruchs zu überführen. Das bringt Euch nur Leiden und zerstört Euren Ruf, nicht den Eures Gatten. Euer Gatte nimmt sich das heraus, was schon von jeher Herrenrecht war. Aber er tut dies nicht öffentlich. Nicht einmal die Dienerschaft ahnt etwas davon. Euer Gatte bewahrt Eure Ehre, bewahrt auch Ihr sie. Bedenkt, Euer Gatte erfüllt seine ehelichen Pflichten so, wie die Kirche es sich für einen Christen wünscht, nämlich zur Zeugung eines Kindes, eines Sohnes. Ihr solltet ihm dankbar sein, dass er Euch nicht verstößt.«

Salome hätte laut aufschreien mögen.

»Seid Eurem Gatten zu Willen, schenkt ihm einen Sohn, gehorcht ihm, so wird er Euch lieben. Und nochmals, forscht ihm nicht nach. Auch nicht der Frau, von der Ihr annehmt, er sei ihr in unkeuscher Weise zugetan. Begegnet ihr in Reue und Sanftmut.

Ich lege Euch als Buße für Eure schwere Sünde auf, Euer Los klaglos zu ertragen.«

Salome beugte die Knie.

Der Priester sprach: »*Der Herr hat dir die Sünde vergeben. Gehe hin in Frieden.*«

Salome antwortete, während ihr Herz in wallendem Aufruhr wie Feuer loderte: »*Ich danke dir Herr für die Vergebung, die ich erfahren habe, und den Mut für einen neuen Beginn.*«

Damit war Salome entlassen. Als sie auf die Burg des Markgrafen zurückkehrte, hatten sich die Fürsten noch immer zur
geheimen Besprechung zurückgezogen.

Die frisch vermählte Kaisertochter Agnes, Mutter zweier
Söhne und einer Tochter, kam freudig auf Salome zu:

»Wir suchen Euch, Gräfin. Ihr sollt Gebieterin sein über die
Tugend. Welcher Eigenschaften bedarf eine Frau, um vor ihrem
Mann, der Welt und Gott vollkommen zu sein?«

Ohne sich zu besinnen, antwortete Salome: »Vollkommen
ist die Frau, die ihren Gatten dem himmlischen Leben im Paradies zuführt.«

DAS IN BERNHARDS GRAFSCHAFT BEGANGENE VERBRECHEN war in aller Munde.

Es war sogar nach Passau zu den Ohren des Königs gedrungen, der drei Tage nach Allerheiligen zusammen mit Bischof Ulrich in Passau eingetroffen war und sich dort von den Strapazen seines missglückten Feldzuges gegen Koloman, den König von Ungarn, und der erfolglosen Belagerung Preßburgs erholen wollte. Überhaupt hatten die fürstlichen Teilnehmer aus der Sicht des Königs am Feldzug nicht die genügende Hingabe gezeigt, allen voran seiner Schwester neuer Gatte, Margraf Leopold, der sich mehr diplomatisch als treu erwiesen hatte. Der Machtkampf des ungarischen Königs gegen seinen Bruder Herzog Almus schien nicht bedeutsam genug, als dass fast alle kirchlichen und weltlichen Fürsten, vornehmlich die bairischen, sich dem Kriegszug anzuschließen hatten. Bernhard hatte sich ebenfalls ziemlich lustlos Anfang September auf den Weg Richtung Ungarn gemacht, nicht ohne vorher ausführlich zärtlichen Abschied von Alice genommen zu haben.

An einem weiteren Zusammensein mit König Heinrich in Passau war Bernhard nicht gelegen, vielmehr hatte er sich sofort weiter auf seine Burg begeben.

Es war schon Abend, Bernhard stand mit seiner Gattin am Lesepult in ihrer von Kerzen erleuchteten Bibliothek, als Lucia eine leibeigene Bäuerin aus einem nahe gelegenen Dorf meldete, die unbedingt den Grafen sprechen wolle. Sie sei in Tränen vollkommen aufgelöst, fügte Lucia noch hinzu. Bernhard und Salome sahen einander verwundert an:

»Das Weib mag eintreten«, entschied er.

Laut weinend fiel ihm eine ärmlich gekleidete Frau vor die Füße, sie rang die rissigen, großen Hände, raufte sich die früh ergrauten Haare, ihr braunes Tuch war schon längst verrutscht, sie jammerte und bettelte:

»Tötet mich. Mein Kind! Mein Kind! Ich haben meinen Buben ermordet!«

»Steh auf!«, forderte er die Frau auf.

Zögernd, die Nase hochziehend, erhob sie sich. Im Schein des Lichtes sah Bernhard eine tiefe, eitrige Wunde, die von den Wangenknochen bis zum Kinn lief, sie war wohl mit einer Weidenrute ins Gesicht geschlagen worden.

»Wie heißt du?«, fragte Bernhard und nahm auf einem gepolsterten Armstuhl Platz, wie auch Salome sich gesetzt hatte.

»Anna.«

Sie schwieg und der Schnodder lief ihr aus der Nase.

»Also?«, fragte Bernhard und zog die Augenbrauen hoch. »Was ist geschehen?«

»Ich habe einen jähzornigen Mann, er schlägt mich, er schlägt mich immer, wenn er betrunken ist, und das ist er alle Tage, auch in der Fastenzeit. Er hat mich schon immer geschlagen. Ich bin mit elf Jahren mit ihm verheiratet worden, vielleicht erinnert Ihr Euch. Nein, ich glaube, Ihr wart da auf dem Kreuzzug. Ich hoffte, es würde besser, wenn ich ihm einen Sohn schenke.«

Sie hielt inne und schien dieser verflossenen Hoffnung nachzusinnen. Dann fuhr sie fort:

»Von seinen früheren Frauen hat er kein Kind, aber er beschimpft mich trotzdem und Ihr seht es ja selbst …« Sie zeigte auf ihr Gesicht. »Mein Rücken, mein Bauch, überall habe ich solche Striemen und Narben. Dann habe ich unseren Max bekommen, aber es half nichts. Vielleicht hat er sich so daran gewöhnt, mich zu schlagen, dass er es gar nicht mehr anders weiß. Jedenfalls konnte ich es nicht mehr ertragen. Als er nun krank wurde, da dachte ich, ja, also …«

Anna schnäuzte in ihren Ärmel »Da wollte ich nur noch, dass diese Qual ein Ende hat, da habe ich, ja also, ich habe ihm einen Brei mit gutem Honig gemacht und Rattengift dareingemischt.«

Mit wirren Augen blickte sie Bernhard und Salome an.

Salome saß steif und aufrecht dabei, die Fingernägel in ihre Hände gekrallt, dass es wehtat.

Wieso war diese Alice nicht tot? Seit zwei Jahren besaß sie das vergiftete Buch. Ahnte sie, dass es vergiftet war? Oder war sie nur so ein verschlamptes Weib, dass sie den Schlüssel verloren hatte?

»Aber weil der Mann keinen Hunger hatte …«, fuhr Anna fort und brach gleich wieder ab, sie schluckte. Ihr Gesicht voller Furchen und Narben war eingefallen, die Backenknochen staken heraus. »Der Brei stand auf dem Boden neben seinem Strohlager. Da rief mich eine Nachbarin, sie hätte Eier für mich, wir sind arm, mein Mann vertrinkt alles, da bin ich rübergegangen in ihre Hütte, und da ist mein Max vom Spielen gekommen, er ist ja noch klein, erst fünf Jahre alt, und da stand der Brei auf dem Boden, da hat er ihn gegessen …«

Die Frau konnte sich nicht länger halten, fiel zu Boden, ihr ganzer Körper zitterte. Unter Schluchzen und Weinen stotterte sie:

»Richtet mich, hängt mich, verbrennt mich, sonst tue ich mir selbst ein Leid an.«

»Gott bewahre dich davor. Wo ist dein Kind jetzt?«

»Draußen. Ich habe meinen Max auf den Schultern hierhergetragen. Er war ja noch ganz warm.«

Salome zog angeekelt die Stirn kraus. Bernhard fasste sich über das Kinn und dachte nach, was jetzt zu tun sei.

»Dein Kind soll heute Nacht aufgebahrt werden und du sollst den Rosenkranz für seine Seele beten. Ein Priester wird Max in geweihter Erde auf dem Gottesacker neben der Burgkirche begraben.«

Anna nickte dankbar, ergriff Bernhards Hände und küsste sie. Es war ihm unangenehm, aber er zog seine Hände nicht gleich zurück.

»Höre, was mit dir geschieht: Morgen ist Gerichtstag. Da wird dein Fall behandelt. Ich werde noch heute Boten aussenden, damit Freie und Unfreie Zeugen deines Verbrechens sind.

Kennst du vrouwe Alice?«

»Wer kennt sie nicht? Sie ist die gute Fee für uns Frauen.«

Salome beugte sich vor. Zornig blickte sie die Bäuerin an.

»Oder nicht?«, fragte Anna verstört.

Salome bebte. Ihr Gesicht erglühte und sie bekam rote Flecken auf den Wangen und auf der Stirn. Bernhard bemerkte Salomes aufwallenden Hass, ließ sich jedoch nicht aus der Ruhe bringen.

»vrouwe Alice wird auf dich Acht geben. Damit du nicht noch eine Sünde begehst und dir selber das Leben nimmst und für ewig verdammt bist, wirst du, bis ein Urteil gefällt ist und noch darüber hinaus, wahrscheinlich bis zu deiner Hinrichtung, unter der Obhut von vrouwe Alice stehen.«

Leider, dachte er innerlich seufzend. Damit stände auch Alice unter der Obhut der Mörderin, er könnte seine während des Feldzuges herbeigesehnte Alice nicht heimlich treffen.

Andererseits, es war Donnerstag. Alice würde er erst Montag sehen können, so wie sie ihre Zusammenkünfte in Köln vereinbart hatten: die erste Woche Montag und Mittwoch, die zweite Dienstag und Donnerstag, die dritte Freitag und Samstag und dann wieder mit Montag beginnend. Ein Plan, der keine sichtbaren Spuren hinterließ. Bis Montag also müsste die Sache mit dieser Giftmörderin abgehandelt sein.

Zur Gerichtsverhandlung strömten seit Sonnenaufgang Männer, Frauen und Kinder, Leibeigene und Freie, ja auch Adelige aus der ganzen Grafschaft und darüber hinaus aus Passau, aus dem Bairischen Wald. Es hatte sich durch die Abwesenheit des Grafen die Verhandlung einiger geringerer Straffälle angestaut – dies hier aber, ein Giftanschlag, kam nur selten vor, und wenn, dann wurde er nicht entdeckt, zumindest wenn er erfolgreich war.

Ein grauer, verhangener Novemberhimmel hing über der Gerichtsstätte. Es sah nach Regen aus, regnete jedoch noch nicht. Scheu wichen die Menschen vor Alice und Anna zurück, die durch die sich teilende Menge schritten, um unter den breiten, ausladenden Ästen der Gerichtslinde, es hieß, schon die heidnischen Vorfahren hätten hier Gericht gehalten, sich aufzustellen und die Verhandlung abzuwarten. Bernhard war noch nicht erschienen, wohl aber Veyt, Annas Ehemann, der seine Frau mit blöden Augen und offenem Mund anstarrte, denn so, wie sein Weib am Tage nach dem Anschlag auf sein Leben vor ihn trat, hatte er sie noch nie gesehen. Die Nacht über hatten Alice und Anna Totenwache in der Kirche gehalten. Anna war zitternd und weinend zusammengebrochen, da hatte Alice ihr den blauen, warmen Umhang über die Schultern gelegt, den sie einst vom Abt erhalten hatte. Es war, als ginge von dem wollenen Tuch, das von den Händen des Abtes berührt worden war, eine Kraft auf Anna aus, die ihr durch Narben entstelltes, verhärmtes Gesicht verschönten und ihrer Gestalt Würde verliehen.

Gefasst erwartete sie Graf Baerheim, ihren Richter.

Bernhard ließ nicht lange auf sich warten, seine Gattin Salome an seiner Seite.

Die Menge verneigte sich vor ihnen. Das Herrscherpaar nahm auf einer Bank unter dem Baum Platz, vor ihm auf dem Tisch das Schwert als Zeichen der Blutsgerichtsbarkeit.

Bernhard ließ von einem Knecht als ersten Zeugen Veyt aufrufen.

»Sie ist ein heimtückisches, ein schlechtes Weib, sie lässt mich verhungern. Und? Welche Speise bekomme ich kranker Mann von ihr? Mich, ihren Ehemann, will sie vergiften!«, rief er mit klagender Stimme. Tränen tropften ihm aus den Augen. Er tat sich sichtbar selber leid. Dann besann er sich:

»Dieses Waldluder, diese Hexe, diese Giftmischerin. Schon immer musste ich sie züchtigen. Verweigert hat sie sich mir, da habe ich sie hart drangenommen.«

»Genug!«, unterbrach ihn Bernhard.

»Hören wir Anna selbst.«

»Das geht nicht!«, rief Veyt entsetzt. »Das geht nicht. Sie ist mein Weib und steht unter meiner munt. Sie darf vor Gericht nicht sprechen. Nur ich als ihr Ehemann kann für sie aussagen. Verzeiht, hoher Herr ...«, katzbuckelte er und wurde ganz klein.

Bernhard sah ihn verächtlich an.

»Wie du willst«, erwiderte er, scheinbar auf Veyts Einwand eingehend.

»Erklär mir Folgendes. Ich habe mir heute Nacht meine Aufzeichnungen über deine zu erbringenden und erbrachten Abgaben angesehen. Obwohl du besten Ackerboden hast, bringt dein Land die geringsten Erträge. Ich habe deine Abgaben mit denen des Hörigen Alois verglichen, der weitaus schlechteren Boden bearbeiten muss und dennoch weitaus höhere Abgaben leistet als du. Seit drei Jahren hast du mir nicht mehr ein Ferkel abgeliefert, zudem schuldest du mir vier Fuder Brennholz. Deine Frau aber erfüllt ihren Mägdedienst. Sie fertigt die von ihr geforderten zwei wollenen Hemden, dazu schöne Gürtel aus Hanf und Leder an, alles ordentliche Arbeiten, wie ich mich überzeugen konnte. Wie erklärst du dir deine Säumnisse?«

»Schlechte Zeiten, Graf. Ich habe es im Kreuz und häufig tut mir der Kopf weh.«

Die Menge lachte und schrie: »Säufer! Lauskrodd! Bärenhäuter!«

Bernhard schmunzelte innerlich, verzog aber keine Miene, sondern sagte in kaltem Ton:

»Du scheinst das Wichtigste vergessen zu haben in deinem benebelten Kopf. Du bist mein Leibeigener. Leider. Ich kann wahrlich bessere gebrauchen.«

Mit einer wegwerfenden Handbewegung sagte Bernhard: »Ich bin mit dir fertig.«

Katzbuckelnd trat Veyt zurück.

»Nun zu dir, Anna. Was hast du mir zu erklären?«

»Nichts, oh Herr!«, rief sie und fiel auf die Knie. »Nichts, was Ihr nicht schon wüsstet. Ich wollte meinen Mann vergiften und habe mein Kind getötet. Meinen Max. Richtet mich!«, flehte sie mit erhobenen, gefalteten Händen.

»Da habt Ihr es selbst gehört, diese Satansbraut. Sie hat alles gestanden«, tobte Veyt mit geballten Fäusten und einer teuflischen Stimme, die alle entsetzen ließ.

»Henkt sie, ertränkt sie, grabt sie lebendig ein, pfählt sie, aber nicht durch das Herz, durch den Leib! Rädert, siedet sie in heißem Fett ...«

»Sei still!«, unterbrach ihn Bernhard.

»Verbrennt sie bei lebendigem Leibe, wie es eine teuflische Gifthexe verdient!«

Die Leute schauten angewidert auf den Mann und dann gespannt auf den Grafen. Bernhard zögerte nicht und sprach, jedes Wort einzeln deutlich betonend:

»Veyt! Die Strafe, die Gott im Alten Testament befiehlt, werde dir zuteil. Ich verurteile dich zu 40 Ruten Streichen. Der Mann ist sofort hier auf dem Richtplatz zu stäupen.«

»Nei...n! Nei...n!«

»Noch ein Wort und deine Haare werden geschoren und du wirst gebrandmarkt.«

Veyt verstummte vor Schreck, wimmerte dann nur noch. Bernhards Kriegsknechte packten ihn, zogen ihm das Hemd aus, fesselten ihn an einen Baum. Bei jedem Schlag mit der Rute brüllte der Mann auf, dass sich so mancher die Ohren zuhielt. Die Grafenkinder Luitger und Giselinde, die an der Hand ihrer Amme und Kinderfrau zum Gerichtsplatz gehüpft und gelaufen waren und jetzt hochgehalten wurden, um ebenfalls der Züchtigung zuschauen zu können, weinten jämmerlich. Salome beobachtete angewidert und zugleich erregt das Geschehen. Die Menge zählte laut die Schläge auf den nackten Rücken mit. So manches Kind, das bisher nur mit den Fingern bis zehn zählen konnte, lernte die Zahlen darüber hinaus.

Anna stand unbeweglich und gepeinigt dabei. Sie empfand weder Hass noch Mitleid, keine Schadenfreude, wollte keine Rache. Sie wollte nur noch fort aus diesem Leben.

Torkelnd, mit zerfetztem, blutigem Rücken versuchte sich Veyt vom Gerichtsplatz zu stehlen.

»Hier geblieben!«, befahl Bernhard. »Du stehst, bis ich das Urteil über deine Frau gesprochen habe.«

»O Gott!«, dachte Alice und nicht nur sie. »Wie wird er entscheiden?«

Bernhard erhob sich, das Schwert in der Hand.

Es war ganz still. Es war, als hielte die Natur den Atem an.

»Du hast dein Kind wider deinen Willen getötet«, sprach Bernhard. »Du bist ohne zu zögern zu mir auf die Burg gekommen und hast deine Tat gestanden. Du hast auch eingestanden, dass du vorsätzlich deinen Mann vergiften wolltest, weil er dir in den Jahren deiner Ehe so viel Leid angetan hat. Du stehst vor den Menschen und vor Gott als Sünderin da.«

Alice fasste sich ans Herz. Was kam nun?

»Als eine arme Sünderin«, fügte Bernhard hinzu.

»Ich verurteile dich zu einem ehrenhaften Tod. Ich verurteile dich zu dem Tod durch das Schwert.«

Bernhard schwieg und ließ dieses gnädige Urteil wirken.

»Das Urteil wird morgen früh mit Sonnenaufgang vollstreckt. Heute Abend wird ein Priester zu dir ins Verlies kommen und dir die Beichte abnehmen. Auf dem Weg zur Hinrichtung darf dich niemand peinigen. Aus Barmherzigkeit erhältst du, Anna, die Gnade, in geweihter Erde bestattet zu werden.«

Bewegt und in aufgeregtem Redebedürfnis verließen die meisten den Gerichtsplatz. Die weiteren Gerichtsverhandlungen durch Sprechen zu stören, verlangte es keinen.

Der Hinrichtungstag war noch in Nacht gehüllt, als Anna, begleitet von Alice, aus dem Burgverlies von Knechten herausgeführt wurde, um den letzten Weg anzutreten, an dessen Ende das Schwert sie erwartete. Überall aus den engen, niedrigen Hütten und Häusern, die an die Ringmauer der Burg angelehnt waren, huschte das Gefolge und das Gesinde, fand sich in Gruppen zusammen, entzündete Fackeln, stand herum und verließ durch das Burgtor den Hof. Vom hohen, dunklen Wehrgang sprang

Kaspar leichtfüßig wie ein Schatten die steilen Stufen hinunter, traf sich unten mit Lucia, umarmte sie flüchtig und eilte mit ihr davon. Beim Fortgehen sah Alice durch das geöffnete Tor des Pferdestalls Bernhard, wie er seinem Kriegsknecht Anweisungen zu geben schien. Alice wusste, der Mann war erfahren, verstand sein Handwerk, das Töten. Sie schauderte, dachte, noch ist es nicht so weit. Behutsam legte Alice ihren Arm um Annas Schulter, nickte ihr zu.

Im Weitergehen war es plötzlich Alice, als zwinge sie eine innere Stimme, sich umzudrehen und zu Salomes Kemenate hinaufzuschauen. Dabei hatte sie das unabweisbare Gefühl, dass hinter dem schmalen Fenster Salome lauerte und sie beobachtete. Alice wunderte sich, Salome wäre die Einzige weit und breit, die nicht der Hinrichtung beiwohnen würde.

»Kommt bitte. Bleibt nicht stehen. Gott, mein Herr und Richter, wartet auf mich«, bat Anna leise.

Auf der Brücke über dem Trockengraben verharrte allerdings Anna einen kurzen Augenblick, blickte hinauf zur Burg und sprach traurig:

»Meinem Max musste ich beim Schlafengehen so oft erzählen, wie es ist, wenn diese Burg angegriffen würde. Dabei ist sie noch nie belagert worden. Max fand das aufregend, er träumte davon, ein Ritter zu sein und die Burg zu verteidigen. Er wäre niemals einer geworden.«

Alice senkte den Kopf. Sie hatte einen Sohn gehabt, der Ritter hätte werden können, der, noch zu klein, um davon nur träumen zu können, vor ihren und Bernhards Augen ermordet, geköpft worden war. Ihr graute vor der bevorstehenden Hinrichtung. Wie viele Enthauptungen hatte sie schon ansehen müssen: Theresas, Martins Frau, auf der Befestigungsmauer von Antiochia, die des schönen Jünglings, für den seine muslimischen Verwandten Antiochia verraten hätten, wäre ihr Vorhaben nicht entdeckt worden, die abgeschlagenen Köpfe all ihrer Wegbegleiter auf dem Ritt von Antiochia nach Edessa, das Haupt des großen, kahlköpfigen Fürsten, der sich weigerte, zum Christentum überzutreten. Die Köpfe der Frauen und der Bogenschützin vor Jerusalem auf der Suche nach Wasser. Zu ihrem Trost sagte sie sich, dass jedenfalls Leyla nicht diesem Vollzug des Grauens zuschauen würde, da sie das Mädchen erst am Dienstag vom Kloster Niedernburg abholen würde.

Außer Leyla und Salome waren alle auf den Beinen. Von den nahen Dörfern kamen die Leute die Hügel hinunter, dass es aussah wie ein Meer von Fackeln. Am Ufer der Donau erhoben sich Menschen, in Decken gehüllt, von der Erde, deren Heimweg zu weit war, als dass sie ihn nach der Gerichtsverhandlung hätten antreten mögen, und die sich während der Nacht um ein Feuer herum gelagert hatten. Hinter sich hörte Alice Pferde, Bernhard ritt mit seinem Knecht an ihnen vorbei. Anna blieb stehen und sah ihm nach.

Es dämmerte schon, da begegnete Alice Giselindes Amme und Luitgers Kinderfrau, die schlafenden Kinder auf dem Arm. Alice erschrak. Wie so oft in der letzten Zeit tat es ihr weh, dass Luitger, seitdem sie ihn nicht mehr stillte, nach Fürstenart zusammen mit seiner Verlobten von Fremden erzogen wurde, bis er dann für seine Ausbildung zum Ritter ganz fortkäme. Irgendwie schien der Junge die Nähe seiner Mutter zu spüren, er wachte auf und wollte auf ihren Arm. Da wurde auch Giselinde wach, schrie und beruhigte sich erst, als die Kinderfrau Luitger wieder nahm. Für Alice war das unerträglich schmerzhaft, mit Entsetzen stellte sie nicht das erste Mal fest, wie nahe sich die Kinder standen, Bruder und Schwester – Braut und Bräutigam.

Alice und Anna erreichten die Hinrichtungsstätte.

Es stank. An einem Galgen verfaulten Seeräuber, die auf der Donau Schiffern aufgelauert, sie überfallen, ausgeraubt und ermordet hatten. Der Anführer hing an erhöhtem Platz. Die Krähen hatten den Männern die Augen ausgestoßen, sie würden in ihren zerfetzten Unterkleidern, aus denen die Gedärme heraustakten, dort hängen bleiben, bis ihre Stricke verfaulten.

Der Priester erwartete die Sünderin bereits, das Kruzifix in der Hand. Er ermahnte sie zur Reue und zum Gebet.

Alice wusste Bernhard für die Gnade zu danken, dass nicht nur der Priester Anna die Beichte im Verlies am Vorabend abgenommen hatte, sondern auch eigens zum letzten Geleit auf der Hinrichtungsstätte erschienen war.

Anna fiel vor dem Priester auf die Knie, bekreuzigte sich mit ihren gebundenen Händen, so gut es ging, und rief:

»Vater, ich bin eine schwere Sünderin. Betet für mich, dass ich meine Seele durch meinen Tod retten kann.«

Mit der Lossprechung von ihren Sünden ging Anna den Weg in den Tod allein.

Alice wie alle anderen, die in einem Kreis dicht gedrängt um die Hinrichtungsstelle herumstanden, sahen zu, wie Bernhards Knecht Anna den blauen Mantel des Abtes abnahm, sie ihre Schuhe ausziehen musste, ihr Haar kurz geschnitten wurde.

Anna musste sich niederknien. Ihren Kopf legte sie auf einen Steinblock. Hinter ihr stellte sich Bernhards Knecht auf, das Schwert mit beiden Händen haltend. Die Menge starrte atemlos auf die Frau, auf den Knecht, der seitlich neben sie trat, das Schwert hob und mit einem einzigen waagerechten Schlag zwischen die Nackenwirbel den Kopf vom Körper so weit trennte, dass ein Wagenrad dazwischen Platz gefunden hätte. Das Blut schoss hoch hinaus. Der Knecht trat zwar blutbespritzt, aber erleichtert einen Schritt zurück. Mit Steinen beworfen für stümperhaftes Enthaupten würde er nicht. Die Menge ließ sich bewundernd vernehmen. Das war wahre Könnerschaft. Über diesen Schlag ließe sich noch viel reden.

Nach der Beerdigung kehrte Alice betrübt und zerschlagen in ihre Kammer auf der Burg zurück. Doch jedes Sinnieren, Grübeln war jäh beendet: Die Truhe mit dem vergifteten Evangeliar war verschwunden.

Salome!, dachte Alice entsetzt, und es war ihr, als würde ihr Blut in den Adern gefrieren.

Er soll sterben. Noch heute soll Bernhard sterben.

Seitdem Salome in der Dunkelheit beim Schein der Fackeln Alice vom Fenster ihrer Kemenate beobachtet hatte, gesehen hatte, wie diese zu ihr hinaufschaute, war Salome von dem Gedanken besessen, nicht nur den Evangeliar wieder an sich zu nehmen, um den Zeugen ihrer Mordgelüste zu vernichten. Vielmehr, weitaus besser, Bernhard damit zu töten, noch an diesem Tag zu töten. Wie sie vorausgesehen hatte, war die Gelegenheit günstig, die Burg menschenleer, bis auf Mäuse und Ratten und das Vieh vollkommen verlassen. Nichts war so einfach, wie sich in Alice' Kammer zu schleichen. Der Kasten mit dem Evangeliar war schnell gefunden, nicht aber der Schlüssel, was nicht eigentlich ein Schade war, denn sie besaß einen zweiten. Salome suchte trotzdem auf dem Bord, wo die Töpfe, Krüge und Becher standen, in Alice' großer Truhe, in der sie außer Lavendelseife nur Kleider und einen warmen Umhang fand, in Alice' Bett. Hatte Bernhard hier schon einmal gelegen und mit ihr das Lager geteilt? Wohl kaum. Nein, entschied Salome. Auf der Burg hatten sie noch nie etwas miteinander gehabt. Aber sonst ...

Sterben sollte er. Aber davor wollte sie ihn haben. Ganz für sich besitzen wollte sie ihn. Sie würde ihn so lieben, dass keine Frau zwischen sie treten könnte, schon gar nicht dieses teuflische Weib, diese Ehebrecherin, diese verdammte, gotteslästerliche Hure! Nein, die sollte ihn nicht noch einmal kriegen. Bernhard gehörte ihr, nur ihr, und darum sollte er sterben.

Salome lauschte. Sie hatte die Bettdecke bis zum Hals hochgezogen, ihr Zeigefinger aber spielte dort, wo es verboten war. Sie war erregt und wartete lauernd auf ihren Gatten. Die Vorstellung, dass Bernhard die Macht über Leben und Tod hatte, durch sein Wort, durch sein Urteil einer Frau der Kopf abgeschlagen worden war, machte sie noch wollüstiger. Lieben wollte sie ihn, dass er alles andere vergaß – und dann vergiften, zusehen, wie er starb. Welch eine Genugtuung! Welch ein Sieg!

Ihr Körper, jede Pore war erglüht. Wann endlich käme er? An der Beerdigung würde er wohl nicht teilnehmen. So lange konnte doch unmöglich eine Hinrichtung dauern. Oder hatte er gleich danach diese Alice geliebt? Zorn und Eifersucht stiegen in ihr auf wie eine lodernde Flamme.

Nein, da hörte sie Männer in den Burghof hineinreiten. Sie eilte zum Fenster, stellte beruhigt fest, Bernhard kam nicht allein, sondern in Begleitung Kaspars und einiger Ritter.

Salome legte sich eilig wieder ins Bett, die Narbe auf ihrem Busen war rot angeschwollen und schmerzte. Mit einem Dolch wollte sie ihren Gatten nicht noch einmal zwingen, ihr beizuwohnen.

Von den Dienstboten war noch niemand von der Hinrichtung zurück, so öffnete sie die Tür einen Spalt weit, horchte, ihr Gemahl schien die Treppe hinaufzukommen. Hoffentlich war er es.

»Graf Bernhard!«, rief sie.

Er antwortete nicht.

»Graf Bernhard!«, rief sie noch einmal. »Seid Ihr es?«

»Was ist los?«, fragte er.

»Kommt!«

Müde und erschöpft, so wie damals nach dem Zweikampf, betrat Bernhard ihre Kemenate. Ihm fiel zwar eine kunstvoll verzierte Truhe auf ihrem Schminktisch auf, er sagte aber nichts dazu. So wie damals setzte er sich auf einen Schemel neben ihr Bett, machte keinerlei Anstalten, zu bemerken, dass seine Gattin nackt darin lag und seiner harrte. Dass sie nichts anhatte beim Schlafen, war üblich. Allerdings war es nicht Nacht und sie nicht krank.

Salome drehte sich auf die Seite, stützte den Kopf auf die Hand, so dass die Bettdecke verrutschte und ihr Busen sichtbar wurde, und ermunterte ihn, indem sie ihn zu zwingen suchte.

»Ich habe auf Euch gewartet. Sehnsüchtig.«

»Ihr wusstet, wo ich war. Was gibt es da zu warten bei einer Hinrichtung? Bevor der Kopf nicht fällt, kann man nicht fort.«

»Ging es glatt?«

»Sicher. Ich habe schließlich meinen erfahrensten Knecht damit beauftragt. Der weiß, wo und wie er treffen muss.« Salome war diese Wendung des Gesprächs nicht recht. Bernhard schien ihre aufreizende Nacktheit nicht zu bemerken.

»Es gibt Mittel, wie Ihr mich treffen könntet.«

»Wie meint Ihr das?«, Bernhard hob erstaunt den Kopf.

»Ist Euch gar nicht bewusst, dass Ihr seit Eurer Rückkehr von Ungarn Eure ehelichen Pflichten mir gegenüber noch nicht erfüllt habt? Pfui, schämt Euch. So lange fort – und dann beginnt in ein paar Tagen schon wieder die Fastenzeit. Wie sollen wir da jemals zu einem Sohn kommen, wenn Ihr ständig bei Hoftagen oder im Krieg seid?«

Unvergleichlich wäre es, wenn er jetzt einen Sohn zeugte, er selbst aber wäre tot, durchzuckte es sie und machte sie noch lüsterner.

»Kommt zu mir. Ihr werdet es nicht bereuen«, lockte sie.

Bernhard kratzte sich am Kopf und dachte: Was soll das?

Andererseits, sie hatte recht. Seine Pflichten hatte er tatsächlich nicht erfüllt, hatte auch keine Lust dazu gehabt, die Fastenzeit stand vor der Tür und ein Sohn wäre immer noch wünschenswert, auch wenn er mit Luitger schon ganz gut für die Zukunft gesorgt hatte.

Also entkleidete er sich. Salome wusste, Bernhard konnte es nicht ausstehen, wenn sie ihm dabei behilflich sein wollte. Für ihn war das zudringlich. Also wartete sie geduldig, bis sich ihr Gatte zu ihr ins Bett legte. Enttäuscht und wütend bemerkte sie, dass Bernhard die Sache sofort hinter sich bringen wollte und ohne weiteres Vorspiel in sie eindrang.

Wehe dir, dachte sie. So etwas erlaubst du dir bei Alice nicht. Die Wut und die aufgestaute Lust ließ sie erblühen, was Bernhard nicht entging, was ihn unbändig aufreizte.

Salome frohlockte, Bernhard schlief mit ihr, ihr Verlangen peitschte ihn auf, er begehrte ihren Körper, ergriff Besitz von ihm.

»Das ist unsere Hochzeitsnacht!«, jubelte Salome, als sich Bernhard nachher über sie beugte, ihren Mund, ihre Augen küsste und auch die brennende Narbe auf ihrem Busen.

»Versprecht mir, so soll es in Zukunft immer sein.«

»Natürlich verspreche ich es«, lachte er und umkreiste mit seiner Zunge ihre Brustwarze.

»Schwört«, forderte sie und kam mit dem Oberkörper hoch, so dass sie ihm in die Augen sehen konnte.

»Schwört, dass Ihr niemals wieder eine andere Frau als mich anrührt.«

Bernhard machte ein betretenes, dann ernstes Gesicht.

Endlich antwortete er: »Unser Herr Jesus Christus hat uns verboten zu schwören, weder beim Himmel, denn er ist Gottes Thron, noch bei der Erde, denn sie ist der Schemel seiner Füße, noch bei Jerusalem.«

Salome zog die Augenbrauen zusammen. Die Erwähnung Jerusalems war ganz gewiss nicht passend. Um abzulenken, fuhr er fort:

»Auch sollst du nicht bei deinem Haupt schwören, denn du vermagst nicht, ein einziges Haar weiß oder schwarz zu machen.«

Du widerlicher, treuloser Hund, das ist dein Tod. Nicht du, ich bin Meister des Todes!

Wenn Blicke töten könnten …, erschrak er.

Salome riss sich zusammen, lächelte freundlich, küsste ihn auf die Nase und sagte:

»Ich habe nämlich ein Hochzeitsgeschenk für Euch.«

»Ich dächte, wir sind schon seit 8 Jahren verheiratet.«

»Ein Hochzeitsgeschenk«, erwiderte Salome unbeirrt.

»Ich habe es während Eurer Abwesenheit im Kloster St. Nikola erworben. Einen Evangeliar. Die Mönche sind berühmt für ihre Kunst. Kommt, seht!«

Salome erhob sich, anmutig in ihrer Nacktheit, wie er für sich bemerkte.

Verwundert folgte er dieser Frau, die seine Gemahlin war.

Salome schloss auf und hob feierlich den Deckel der Truhe. Bernhard blickte hinein. Der Evangeliar war eines Königs wert.

»Was sagt Ihr? Habe ich zu viel versprochen? Das Heilige Buch ist Euer Hochzeitsgeschenk von mir an Euch, meinen Gatten. Es ist wie eine verschlossene Knospe.«

Verführerisch lächelte sie ihn an:

»Öffnet es!«

»Mamme, wann kommt Graf Bernhard endlich?«

»Bald, Kind. Er kommt gewiss bald.«

»Und wenn nicht. Ihr sagtet doch«, ein heftiger Hustenanfall schüttelte Leyla. Das Kind krümmte sich, spuckte Blut. Alice hielt ihr eine Tonschale vor das Kinn, um den blutigen Schleim aufzufangen. Fürsorglich wischte Alice ihr den Mund mit einem sauberen Tuch ab, selbst von innerer Unruhe, von Ängsten gepeinigt. Wenn Salome ihn vergiftet hatte? Warum musste Leyla gerade jetzt so krank werden, dass die Nonnen nach ihr schickten, damit sie Leyla vorzeitig vom Kloster abhole. Nein, sie durfte dem Kind keinen Vorwurf machen. Nur warnen konnte sie Bernhard nicht. Sie hätte es auch sonst nicht gekonnt, beschwichtigte sich Alice. Auf der Burg gab es keine Verbindung zwischen ihm und ihr. So hatten sie es abgemacht, so hatten sie es gewollt.

Vom Kaufmannshof hörten sie Pferdegetrappel.

»Ich schaue mal nach«, sagte Alice, ging auf die Balustrade, blickte hinab, winkte Martin zu und kehrte kopfschüttelnd zu Leyla zurück.

»Leider noch nicht. Es war Martin.«

Sie sah Leylas enttäuschtes Gesicht.

»Mach dir keine Sorgen. Du bist hier gut aufgehoben. Schau, dies war einmal meine Kammer, bis mein Vater und ich auf den Kreuzzug gingen. Damals habe ich mir immer Fensterscheiben aus Glas gewünscht, jetzt gibt es welche und es ist viel weniger kalt als damals. Im Kamin habe ich Feuer gemacht. Da hast du es schön warm und wirst bald wieder gesund.«

»Wenn er gar nicht kommt? Dann will ich nicht hier in Passau auf ihn warten. Dann möchte ich auf die Burg. Bitte.«

Alice machte ein bedenkliches Gesicht. Leyla war viel zu krank, als dass sie bei dem feuchten, kalten Novemberwetter zur Burg gebracht werden konnte. Dennoch versprach sie es um ihrer eigenen Furcht willen.

»Hört, das ist er!«, rief Leyla plötzlich aufgeregt und setzte sich im Bett auf.

Alice lief wieder auf die Balustrade. Er war es wirklich! Stärker als damals, als Bernhard vor Jahren das erste Mal in ihres Vaters Kaufmannshof geritten kam zusammen mit seinem Vater, Rittern, Pferden, Hunden und sogar einem Falken, raste ihr Herz vor Aufregung. Er war es!

Freudig ging sie zu Leyla zurück, setzte sich auf ihr Bett.

»Du hast richtig gefühlt. Es ist Graf Bernhard.«

Wenig später klopfte er, trat ein, begrüßte Alice nur kurz und setzte sich zu Leyla aufs Bett.

»Was machst du denn für Geschichten.«

Leyla lächelte glücklich.

»Werde nur bald wieder gesund. Ich habe einen Tanzmeister für dich eingestellt. Er kommt im Dezember auf die Burg. Du bekommst auch einen Musiklehrer. Auf dem Weg nach Preßburg habe ich in Götweih einen Kanoniker getroffen, der ein ausgezeichneter Harfenspieler ist. Sogar Bischof Ulrich von Passau, der für das Kloster Götweih vom König eine Bestätigung des älteren Besitzes und dazu eine Schenkung erhalten hat, hätte ihn gerne für sich gewonnen. Aber alles kann er nicht haben. Ich war eben schneller und habe auch mehr geboten. Er wird dir Harfenunterricht geben. Du siehst, zum Kranksein hast du keine Zeit.«

Alice dachte, eine Erziehung wie für eine Adelige. Was sollte dabei herauskommen?

»Habt Dank. Ich habe auch Lust zu tanzen. Ihr habt schon einmal mit mir getanzt, wisst Ihr es noch? Das war schön«, sagte sie träumerisch.

Bernhard räusperte sich.

»Weißt du, in drei, vier Jahren verheirate ich dich mit einem adeligen starken, klugen, jungen Mann, den du auch lieben magst.«

»Ich möchte aber nicht heiraten. Ich möchte immer bei Euch bleiben.«

»Glaub mir. In ein paar Jahren, eher als du es erwartest, hast du andere Wünsche.«

Leyla blickte ihn ungläubig an, schüttelte den Kopf. Sie lächelte.

»Ich bin müde. Ich möchte schlafen. Versprecht Ihr mir, dass Ihr noch da seid, wenn ich aufwache?«

Bernhard gab sein Wort und hielt Leylas Hand, bis sie eingeschlafen war.

»Wie soll das gehen«, sprach Alice ihre Verwunderung aus, »ein adeliger Bräutigam?«

»Ich habe da meine Pläne. Ich behaupte einfach, Leyla sei von vornehmer Abstammung, was sie vielleicht auch ist. Ihre Eltern wären muslimische Fürsten gewesen. Wer will mir das Gegenteil beweisen, besonders bei einer überaus großzügigen Mitgift. Leyla soll ungewöhnlich viel Geld und zwei Fronhöfe erhalten.«

Alice senkte den Kopf, Tränen traten in ihre Augen, die sie mit dem Handrücken abwischte.

Bernhard blickte sie fragend an.

»Die muslimische Abstammung bereitet mir Sorge«, sagte sie schließlich. »Leyla weiß schon seit Langem, dass ich nicht ihre leibliche Mutter bin. Bisher hat ihr das keinen wirklichen Kummer bereitet. Jetzt aber, letzte Woche, ist ein gleichaltriges adeliges Mädchen von seinen Eltern dem Kloster übergeben worden, damit es Nonne werde. Judith prahlte damit, ein Gottesgeschenk zu sein, und gibt mit ihren Zukunftsvorstellungen an, entweder will sie Klausnerin werden, sich einmauern lassen, mit Rutenschlägen kasteien und einen eisernen, mit Zacken versehenen Gürtel um ihre Hüfte tragen, der sie ins Fleisch schneidet, oder sie will Äbtissin werden. Leyla aber hat sie gedemütigt und beschimpft, sie sei ein Heidenbastard und gar keine richtige Christin und könne niemals eine werden.«

»Da ist unsere Leyla krank geworden«, sagte Bernhard betrübt, nahm wieder Leylas Hand und streichelte sie sanft.

»Ich weiß mir keinen Rat. Ins Kloster zurück kann sie nicht.«

»Muss sie auch nicht«, antwortete er. »Es ist viel besser, sie lernt die Aufgaben einer Burgherrin«, die Salome außer Repräsentieren nicht erfüllt, dachten beide.

»Ihr fühlt Euch aber auch nicht wohl«, bemerkte Alice und sah in sein müdes Gesicht. Tiefe Augenringe hatte er.

»Ich habe ein entsetzliches Besäufnis hinter mir, seit Samstagabend bis heute Morgen habe ich nur gesoffen. Zum Schluss haben wir buchstäblich unterm Tisch gelegen, ich habe es nicht mehr ins Bett geschafft und die anderen auch nicht«, erwiderte Bernhard und fasste sich an die dröhnende Stirn. »Samstag, am späten Nachmittag, sind König Heinrich und Graf Berengar überraschend auf der Burg erschienen. Der König war tief betrübt. Herzog Svatopluk, sein bester Bundesgenosse im Kampf gegen den ungarischen König Koloman, hat sich bei seinem Ritt nachts durch den Wald an einem spitzen Ast das Auge so schwer verletzt, dass es verloren gegangen ist und sein Heer mit dem halbtoten Herzog den ungarischen König nicht mehr angreifen kann, was beabsichtigt war. Überhaupt grenzt es an Schwachsinn, sich in östliche Verhältnisse einzumischen. Zwar ist Svatopluk unserem Heer bei Preßburg zur Hilfe gekommen, aber er hat im Oktober an seinen Feinden ein solches Blutbad angerichtet, es heißt, er habe 3.000 Männer ohne Unterschied des Alters hingemordet, dass wiederum der ungarische König Koloman in Mähren eingefallen ist. Bei dem Vergeltungsschlag gegen Ungarn hat sich nun Herzog Svatopluk, wie gesagt, das Auge ausgeschlagen. Also nur Misserfolge für den König.«

»Warum führt er eigentlich Krieg gegen den ungarischen König?«

»Hm«, war Bernhards Antwort.

»Also?«

»König Heinrich wirft König Koloman vor, Herzog Gottfried von Bouillon bei seinem Zug durch Ungarn Schwierigkeiten bereitet zu haben.«

Alice lachte. »Das ist lächerlich. Der Kreuzzug ist 12 Jahre her. Da war der König fast noch ein Kind. Und schließlich hat der ungarische König uns ja durchgelassen, wenn auch unter Bewachung seiner Soldaten.«

»Außerdem hat der ungarische König auch noch die Krönung zum König von Dalmatien und Kroatien angenommen. König Heinrich beansprucht diese Gebiete für sich, weil sie ehemals, jedenfalls zum Teil, zum ostfränkischen Reich gehörten.«

»Warum führt er nun wirklich Krieg?«

»Da wird es heikel. Es bahnt sich ein tiefgreifendes Zerwürfnis mit Papst Paschalis an, von dem Heinrich durch Kriegführen ablenken möchte. Papst Paschalis hat den König schon öfter scharf gerügt, dass er genauso selbstherrlich die Äbte und Bischöfe einsetzt wie sein Vater.

Nun hat es im September eine Synode in Benevent gegeben ...«

»Ich weiß«, unterbrach ihn Alice. »Der Abt ist auch dagewesen und noch immer nicht zurück.«

Bernhard war einen Augenblick irritiert.

»Sprecht weiter.«

»Jedenfalls auf der Synode wurde König Heinrich mit Exkommunikation gedroht, wenn er weiterhin die Investitur vornimmt. Der Papst hat nämlich Schwierigkeiten mit dem englischen König bekommen, der sich beschwert, dass seine Heiligkeit bei dem deutschen König ein Auge zudrückt, während er dem englischen König die Einsetzung der Äbte und Bischöfe untersagt. Der Papst soll an Anselm von Canterbury geschrieben haben, dass unser König Heinrich, wenn er auf dem Pfade der Nichtswürdigkeit verharre, das Schwert des seligen Petrus, das schon gezogen wäre, erfahren werde. König Heinrich ist verzweifelt und weiß sich gar keinen Rat, wie dieser Zwist zu lösen ist. Der ganze Jammer seiner Herrschaft ist über ihn gekommen. Darum das Besäufnis.«

»Die Bischöfe sind mächtige Männer im Reiche, ihnen unterstehen ganze Heere. Da will der König bestimmen dürfen, wer Bischof wird. Und außerdem, so scheint es mir, handelt der König nicht selbstherrlich, sondern setzt auf das Zusammenwirken von Bischofskirche und Königtum. Der Abt erzählte mir, dass König Heinrich ausschließlich die strengsten Verfechter der Kirchenreform, eines geistlich reinen Lebens, mit den höchsten Ämtern bekleide. Den Reformklöstern stelle er Schutz- und Bestätigungsurkunden aus, in denen die freie Abtwahl garantiert und jeglicher Zugriff eines Königs, damit auch seiner selbst, unterbunden werde«, stellte Alice nüchtern fest und wunderte sich über dieses Gespräch auf Leylas Bett. Da hatten sie sich monatelang nicht allein gesehen – und dennoch schien nichts so wichtig wie die Belange des Königs.

»Deswegen beklagt sich König Heinrich auch bitter über Papst Paschalis. Nach seiner Wahl zum König hatte er Papst Paschalis eingeladen, zu ihm ins Reich zu kommen. Der Papst machte sich auch tatsächlich auf den Weg nach Norden, aber statt des deutschen Königs besuchte er den französischen. Es kam zu einer persönlichen Begegnung in dem Kloster St. Denis zwischen dem Papst, König Philipp und seinem Thronfolger Ludwig. Und das, obwohl Philipp jahrelang wegen seines geradezu an Sturheit grenzenden Ehebruchs exkommuniziert war. Heinrich jammerte, der französische König, dieser dicke, feiste, unmoralische Mann, der seine eigene Ehefrau, die Königin, davongejagt hat, um die Ehefrau des Grafen Fulco von Anjou zu entführen, wird vom Papst am heiligsten Ort von Frankreich gewürdigt, dort wo die Gebeine eines Jüngers des Apostels Paulus, des Heiligen Dionysos, verehrt werden. Dazu ist St. Denis noch die Grablege der fränkischen Könige. Der französische König und sein Sohn haben dem Papst einen Eid abgeleistet und wurden als treue Söhne der Apostel in der Nachfolge Karls des Großen angesprochen. Das kam einer Salbung des Königs und seines Sohnes durch den Papst gleich. König Heinrich konnte nicht aufhören, sich darüber zu beklagen. Das französische Herrscherhaus ist der Liebling des Papstes. Es war zum Heulen.«

»Ihr nehmt ziemlich Anteil an dem Geschick König Heinrichs«, bemerkte Alice.

»Weiß nicht, ob ich ihn wirklich mag. Aber darauf kommt es wohl auch nicht an. Ich habe ihm meine Treue geschworen und ich halte mich daran.«

»Das habt Ihr Salome auch«, stichelte Alice. Ernst setzte sie hinzu: »Ich glaube, sie ahnt etwas und leidet an Eurer Untreue.«

Bernhard überging die Bemerkung und fuhr fort:

»Mitten in der Nacht wurde es dann doch noch lustig. Ich war kurz einmal rausgegangen und da kam mir der Einfall, den der König auch in die Tat umsetzen will, so begeistert war er davon. Also mir kam der Einfall, jedenfalls die Beziehungen zu England zu verbessern. König Heinrich könnte Mathilde, die Tochter des englischen Königs, heiraten. Dann hätte er mit dem jedenfalls keine Schwierigkeiten mehr.«

»Die Königstocher ist noch ein Kind. Sie kann höchstens zwei oder drei Jahre älter sein als Luitger und Giselinde.«

»Die schließlich auch miteinander verlobt sind. Habt Ihr was dagegen?«

»Nein, natürlich nicht«, antwortete Alice und biss sich auf die Lippen.

»Was ist?«, fragte Bernhard. »Es ist, als wolltet Ihr mir dazu etwas sagen.«

»Nein. Nein. Die Kinder verstehen sich ja auch sehr gut«, antwortete sie bestimmt, so dass Bernhard nicht weiter nachfragte. Schließlich lag ihm noch die Begegnung mit Salome auf dem Magen, die er Alice nicht verschweigen mochte.

»Da ist noch etwas, was ich Euch erzählen möchte«, druckste Bernhard und stand auf.

»Ich kann das nicht so dicht neben Leyla sagen.«

Auch Alice erhob sich und sie stellten sich in eine Ecke.

»Salome hat nach der Hinrichtung von mir meine ehelichen Pflichten eingefordert.«

Ach, dachte Alice. Furchtbar, dass er mit ihr schläft, schlafen muss. Sie fühlte ihre kalten Füße auf dem Steinfußboden. Warum sagt er mir das? Es reicht doch, wenn er es tut.

»Es war anders als sonst. Es war Lust. Ich sage das nicht, um Euch zu quälen, sondern weil ich eine Absicht dahinter spüre. Ich weiß nur nicht, welche. Jedenfalls sagte sie mir hinterher, sie habe für mich ein Hochzeitsgeschenk, eine kostbare Truhe, in der sich ein Evangeliar befindet.«

»Habt Ihr das Buch etwa angerührt? Nein, natürlich nicht.«

»Wieso natürlich nicht?«

»Sag ich gleich. Erzählt weiter.«

»Salome forderte mich auf, den Evangeliar herauszunehmen und aufzuschlagen. Ich erwiderte, ich sei nach unserem Beischlaf kultisch unrein. Später nach einem Bad würde ich mir das heilige Buch gerne anschauen. Dann aber erschienen der König und Graf Berengar und aus dem Bad wurde auch nichts mehr«, fügte er bedauernd hinzu. Er fühlte sich sichtlich unwohl. »Ein Badezuber wäre jetzt nicht schlecht. Na ja, das geht wohl hier nicht. Auf jeden Fall sind sie heute zusammen mit mir aufgebrochen, der König nach Mainz, wo er das Fest der Geburt unseres Herrn begehen will, und Berengar zu seiner Burg nach Sulzbach.«

»GOTT SEI DANK!«, sagte Alice aufatmend. Sie lehnte ihren Kopf gegen seine Schulter.

»Den Besuch des Königs hat Gott für Euch gefügt.«

»Alice, was redest du da?«

»Der Evangeliar ist vergiftet. Kommt, setzen wir uns auf die Bank neben den Kamin. Ich will Euch alles erzählen …«

Mit bleichem Gesicht stand Bernhard endlich auf. Er fasste sich an die Schläfen.

»Was werdet Ihr tun?«, fragte Alice besorgt.

»Weiß noch nicht. Den König begleiten und in den Krieg ziehen wahrscheinlich. Es steht im kommenden Jahr ein Feldzug gegen Polen bevor.«

⟨❦⟩

Im Galopp ritt Salome durch die Gassen Passaus, dass die Leute zur Seite sprangen und der Gräfin kopfschüttelnd nachblickten. Endlich mit der Fähre auf der anderen Donauseite angekommen, jagte sie weiter zur Burg, dass das Laub hoch aufwirbelte und sich ihre Begleiter bedacht hinter ihrer Herrin hielten, um nicht vom Pfützwasser nassgespritzt zu werden.

Dem Bischof von Passau schreibt er – und ihr nicht!

Seit fast einem Jahr war Bernhard fort – und keine Zeile! Nicht aus Mainz, wo er mit dem König das Fest der Geburt des Herrn gefeiert hatte, noch von der Fürstenversammlung in Frankfurt zu Beginn des neuen Jahres und schon gar nicht aus England, wo er zusammen mit anderen hohen Herren für den König um die Hand der englischen Königstochter Mathilde warb. Große Prachtentfaltung sollten die deutschen Fürsten dabei zur Schau gestellt haben, um den englischen König zu beeindrucken. Ha, das gefiel sicher Bernhard gut, Glanz, Prunk, Verschwendung. Und nun seit August der Krieg in Polen. Ein Krieg, an dem er teilnahm, obwohl er ihn für sinnlos und falsch hielt. Gesagt hatte er ihr das nicht, denn Bernhard sprach nicht mehr mit ihr. Sie wusste es auch so. Wie in Ungarn ging es um Bruderzwistigkeiten, Zbigniew, der Stiefbruder des polnischen Königs, gönnte Bolefslav nicht, dass er König war, und hatte deswegen den deutschen König ins Land gelockt. Heinrich versprach sich große Beute und ein leichtes Spiel. Die Böhmen stachelten ihn auf, sie rühmten sich, gewohnt an Beutezüge und Raubtaten in Polen, die polnischen Pfade und Wälder wie ihre Heimat zu kennen. Vergeblich war Glogau an der Oder belagert. Der polnische König hatte gedroht, er werde seine eigenen Leute ans Kreuz nageln, wenn sie sich König Heinrich ergäben. Da war dieser mit seinen Truppen Richtung Breslau abgezogen, seine Männer wurden bei ihrem Marsch an der Oder beim Lebensmittelsammeln- und plündern von König Bolefslav bedrängt und überfallen. Heinrich schickte, wie Bernhard an den Bischof schrieb, statt reicher Beute Leichen zurück nach Sachsen und Baiern.

Wenn er doch auch Bernhard tot zurückschicken würde! Wäre er nur tot! Warum war er nicht einem Meuchelmörder zum Opfer gefallen wie Herzog Svatopluk. Der hatte ihm im Dickicht aufgelauert, war mitten in das den Herzog begleitende Gefolge geritten, hatte Svatopluk so kraftvoll mit einem Wurfspieß zwischen die Schultern getroffen, dass er tot vom Pferd fiel – und war entkommen.

Warum war ihr das nicht gelungen?

Was war geschehen nach diesem späten Nachmittag, als er ihr das Versprechen gab, es immer im Bett mit ihr so zu halten. Nichts hatte er gehalten. Nicht ein einziges Wort sprach er mit ihr, noch furchtbarer, niemals blickte er sie an, würdigte sie keines Blickes, sobald er mit ihr allein war. Ohne Liebkosung, ohne Kuss drang er in sie ein, erfüllte seine Pflicht und drehte ihr die kalte Schulter zu. Kein Wort – kein Blick! Während der wenigen Tage, die er auf der Burg sich aufhielt, war er für sie unerreichbar, hatte sich zu endlosen Beratungen mit dem Burgvogt, seinem Rechtsgelehrten, den Verwaltern der Fronhöfe und oftmals mit dieser Alice zurückgezogen.

Ahnte er, dass der Evangeliar vergiftet war, sie ihn ermorden wollte? Aber wie, schließlich konnte es keiner wissen, denn derjenige, der den Erweis erbracht hätte, wäre tot.

Salome hielt es nicht länger aus. Unverständnis war Ohnmacht gewichen, Verzweiflung der Wut, der Wut war der Zorn gefolgt. Sie wollte nicht länger leiden, sie würde sich rächen! Die Rache ist mein, spricht der Herr. Doch zuvor war ihr die Rache! Ermorden würde sie ihn, im Schlaf erdolchen. Das Blut würde hoch aufspritzen. Welche Lust! Einstechen würde sie auf ihn. Einstechen mit dem Dolche, mit dem er ihren Busen verletzt, verstümmelt hatte. Herrlich war es, sich vorzustellen, wie sie den Dolch in sein Fleisch stoßen würde …

Salome schwelgte in diesen Vorstellungen, als ihr auf dem von der Donau sich am Berg hinaufschlängelnden aufgeweichten, matschigen Weg eine ärmliche Frau mit einem Jungen an der Hand begegnete.

Was wollte die hier? Wahrscheinlich betteln.

Salome jagte im Galopp an ihr vorbei, gefolgt von ihren Begleitern. Die Frau blieb stehen und wischte ihrem Sohn die Schlammspritzer aus dem Gesicht. Sorgenvoll blickte sie der Gräfin nach. Wie sollte das nur werden? Käthe hatte ein ungutes Gefühl. Warum nur war sie den weiten Weg von Regensburg hierhergegangen? Umkehren – jetzt noch? So kurz vorm Ziel? Hoffentlich war Graf Bernhard überhaupt da.

»Mutter, ist sie es?«, rief der Junge aufgeregt und zeigte voller Staunen hinauf zur Burg aus Stein.

»Ja, Wolfhardt. Das ist sie. Das ist die Burg deines Vaters.« Sie atmete tief durch: »Gehen wir hinauf.«

Der Junge war überwältigt. Wie im Traum bestaunte er die gewaltige Burg, die steinerne Ringmauer, die hohe Schildmauer mit dem Zinnenkranz und dahinter der alles überragende Palas. Die runden Flankentürme, die Schießscharten, die Pechnasen, Gusserker und die vergitterten schmalen Fenster beeindruckten ihn zutiefst. Das alles gehörte seinem Vater!

Mit Herzklopfen gingen die beiden über die Brücke, unter ihnen tief der Burggraben, der von Feinden kaum zu überwinden war.

»Pst. Niemandem sagen, wer du bist. Nur Graf Bernhard.«

»Ja, Mutter«, antwortete Wolfhardt zerstreut und schaute hinauf zu den Holzbalken und Ketten, mit denen die Brücke am Torhaus hochgezogen werden konnte. Sie erreichten das zweite gewaltige Tor und Wolfhardt stellte sich vor, wie das Fallgitter mit Wucht heruntergelassen wurde.

Vor ihnen lag massig der dritte Torturm, durch den sie ungehindert hindurchgingen. Es roch nach frisch gebackenem Brot und nach Dung von den Tieren. Lautes Muhen deutete auf den Kuhstall, auf den zwei Knechte zueilten. Es war wohl Melkzeit. Katzen schlichen auf Mäuse- und Rattenfang über den felsigen Boden. Von einer hübschen Frau mit einem italienischen Akzent wurde sie barsch angesprochen:

»Was willst du hier? Willst du betteln?«

Käthe nahm sich ein Herz und antwortete: »Nein, ich komme aus Regensburg.«

»So? Da wird nicht gebettelt?«

Käthe verschlug es die Sprache. Mit zaghafter Stimme sagte sie: »Ich möchte Graf von Baerheim sprechen.«

Lucia sah die Fremde groß an und dann den Jungen. Eine Regung des Erstaunens zeigte sich in ihrem Gesicht. Dann beherrschte sie sich und machte eine gleichgültige Miene.

»Der Graf ist in Polen. Unser Herr ist mit dem König im Krieg. Niemand weiß, wann er wieder zurückkommt.«

»So lange warten kann ich nicht. Dann gehe ich wieder heim«, antwortete Käthe und wandte sich zum Gehen, erleichtert, dieser Frau zu entkommen. Vielleicht war es so besser.

»Halt. Die Gräfin ist gerade aus Passau zurückgekommen. Ich werde dich melden und Gräfin Salome fragen, ob sie dich und den Jungen empfangen will. Kommt mit.«

Zögernd folgten Käthe und Wolfhardt der gewandten, leichtfüßigen Frau in den Palas.

Dort blieben sie in der Halle stehen. Ihnen war beklommen zumute. Käthe wünschte, die Gräfin würde sie nicht sehen wollen.

Doch Salome erschien. Mit einem Blick ermaß sie das Elend der Frau, die eingeschüchtert vor ihr stand: das eingefallene, verhärmte Gesicht über breiten Backenknochen, das schlotternde, geflickte Kleid, das braune Tuch aus grobem Stoff, keine Strümpfe, nicht einmal Schuhe. Sie und der Junge gingen barfuß, obwohl es empfindlich kalt war.

»Du bist also die Person, die meinen Gatten sprechen will«, stellte Salome fest und setzte sich nachlässig und dabei Ehrfurcht gebietend auf einen Stuhl.

Käthe nickte unglücklich und beugte die Knie. Der Junge verneigte sich.

»Wie heißt du?«

»Käthe und das ist mein Sohn Wolfhardt.«

»Wolfhardt? Ein sonderbarer Name für einen Betteljungen«, bemerkte Salome.

»Lassen wir das. Du kommst aus Regensburg und hast den weiten Weg hierher auf meines Gatten Burg gemacht, wie ich von meiner Kammerfrau vernahm. Warum willst du mit Graf von Baerheim reden?«

»Wir sind arm. Der Winter steht vor der Tür. Der letzte Winter war sehr hart.«

»Und in Regensburg gibt es keine Arbeit?«, fragte Salome schnippisch und hob die Augenbrauen in gespieltem Erstaunen.

»Doch, schon … Aber man hört, es gibt hier gute Arbeit.«

»Oh, gute Arbeit. Was machst du denn?«

»Früher, bevor der Junge geboren wurde, habe ich in einem Gasthaus aufgetischt. Dann kam Wolfhardt und ich wurde fortgeschickt. Ich habe auch niemanden, der auf ihn aufpasst. Wir gehen hinaus, schneiden Weiden. Ich mache Körbe.«

»Korbflechterin. Nun, dann wirst du den Herren sicher keinen Korb geben.«

Käthe sah die Gräfin verständnislos an.

»Du möchtest hier also arbeiten, was anscheinend in Regensburg nicht möglich ist. Das ist der einzige Grund deines Kommens?«

Wie versteinert stand Käthe da, dann neigte sie ihren Blick zu Wolfhardt.

Auch Salome starrte den Jungen an. Der sah mit seinen klugen blauen Augen, dem leicht gewellten schwarzen Haar, dem schmalen Gesicht und dem feingliedrigen, flinken Körper nicht aus wie der Balg, der plumpe Bastard einer einfältigen, törichten, ungelenken Magd, der sah aus wie: Bernhard.

Dies war der Sohn, den sich Bernhard von ihr gewünscht hatte!

Salome fasste sich: »Weißt du, wie alt du bist?«

»Ja, Herrin. Meine Mutter hat die Jahre gezählt. Ich bin fünf, gnädige Herrin«, antwortete er stolz.

»Gerade fünf geworden? Stimmt's?«

»Ja, Herrin.«

Salome lachte, ein helles, durchdringendes, tötendes Lachen.

»Ich verstehe«, jauchzte sie. »Der letzte Hoftag des Kaisers in Regensburg. Da wimmelte es ja nur so von Fürsten und Adeligen.«

»Bitte!«, flehte Käthe.

»Nehmt Platz«, forderte Salome die beiden auf. »Nur zu. Keine Scheu.«

Käthe und Wolfhardt setzten sich auf die äußerste Kante der Bank, aufrecht, die Hände im Schoß.

Salome beugte sich vor, ein Knie über dem anderen, sie hielt die Fingerspitzen so, dass sie sich leicht berührten, was anmutig und vornehm zugleich anmutete.

»Es ist so«, begann sie. »Mein Gemahl und ich haben genug Mägde. Und Körbe brauchen wir wahrhaftig nicht. Aber ihr dauert mich und ich bin euch gut. Aus Barmherzigkeit helfe ich euch.«

Sie stand auf und rief nach Lucia. Die sofort erschien, als habe sie nur auf einen Befehl gewartet.

»Bring mir fünf Passauer Silberpfennige und die mit Eisen beschlagene Truhe aus der Bibliothek.«

Es entstand ein Schweigen, bis Lucia das Geld in einem kleinen blauen, mit drei Bären bestickten Säckchen und die Truhe brachte.

»Haushaltet mit dem Geld«, ermahnte Salome die Armen vor sich. »Ich schenke euch nicht nur etwas für euer leibliches Wohl. Ihr bedürft viel mehr der geistlichen Stärkung. Dort in dem Schrein befindet sich ein Evangeliar. Den nehmt mit für Euer Seelenheil.«

Erschrocken sah Käthe die Gräfin an.

»Ihr seid zu gnädig zu mir. Aber ich kann nicht lesen. Das Geschenk ist zu groß für mich.«

»Es sind viele heilige Bilder in dem Buch. Ihr werdet die Geschichten erkennen. Nehmt euren Sohn auf euren Schoß und erklärt ihm die Bilder, erzählt ihm von unserem Herrn Jesus Christus. Dies wird euch stärken und euren Wolfhardt belehren. Ihr werdet sehen, es wird euch beide fromm und selig machen.«

Beunruhigt sah Käthe zu der Truhe.

»Wie sollen wir die bis Regensburg tragen?«

»Der Kasten wird in Decken eingeschlagen und ihr bekommt einen Handwagen mit. Ihr seht, für alles ist gesorgt. Eure weite Reise soll nicht umsonst gewesen sein. So geht in Frieden.«

Käthe küsste Salome vor Dankbarkeit die Hand, wagte nicht, im Herausgehen der hohen gnädigen Gräfin den Rücken zuzukehren, beugte die Knie, wie auch Wolfhardt sich neigte.

Die Tränen stiegen ihm in die Augen, er zog den Schnodder hoch, als er den Handwagen aus dem Hof durch das mächtige Burgtor über die Brücke zog. Graf Bernhard, sein Vater, war Herr über diese Burg, und er wurde mit seiner Mutter fortgeschickt wie Unehrliche, wie Hunde.

In seinem Inneren drängte, quälte ihn die Frage:

Was hätte sein Vater getan? Hätte er uns auch fortgejagt?

Schnee lag auf den Dächern der Geschlechtertürme, den Plätzen und in den engen Gassen von Regensburg. Reiche Fernhandelskaufleute fuhren, warm in Pelze gehüllt, auf prächtigen bunten Schlitten, die von zwei und sogar vier Pferden gezogen wurden. Aus den hohen wehrhaften, burgenartigen Häusern duftete es nach Gänsebraten, nach süßen Köstlichkeiten, wohl gar aus Zucker. Wolfhardt kam an der Hand seiner Mutter von der Messe, sah die Reichen in ihren warmen Mänteln aus feinem Tuch oder aus Pelz, fühlte seine durchfeuchteten, groben Strümpfe in den Holzpantinen und dachte an seinen Vater, den Grafen, der reich und mächtig war – und nichts von ihm wusste. Die Gegend wurde ärmlicher, die Häuser kleiner, Hütten. Käthe schob den Riegel hoch zu dem Verschlag, in dem sie hausten. Die Glut der winzigen Feuerstelle beleuchtete die karge Kammer, den unebenen Lehmfußboden, die Matratze aus Stroh, die ihnen als Bett diente, die Bank, den winzigen Tisch. Über dem offenen Herdfeuer hing an einer Eisenkette ein Topf aus Eisen, eine Kostbarkeit, auf die Käthe stolz war. Der Topf kam noch aus der Zeit, als sie als ehrbare Jungfrau bedienen durfte. Käthe entzündete einen Kienspan, den sie in die Halterung an der Wand steckte, und hielt den Docht einer Talgkerze in die Flamme. Bedächtig stellte sie das Licht auf den Tisch.

»Komm, Wolfhardt. Zum Fest der Geburt unseres Herrn Jesus Christus wollen wir uns das Buch anschauen. Es sind bestimmt schöne Bilder darin, der Engel, wie er Maria den Sohn verkündet, und die Hirten auf dem Felde und der Stern über der Hütte von Bethlehem.«

Sie seufzte und wünschte, auch über ihrer Hütte möge ein Stern leuchten.

Unter ihrem Rock zog sie den Schlüssel hervor, den sie an einem Band immer bei sich trug. Bedächtig und umständlich schloss sie die Truhe auf. Staunend blickten sie auf den mit Gold beschlagenen Einband des Evangeliars. In der Mitte thronte in einem Oval Christus, die Schrift in der Hand, umgeben von den Evangelisten: Matthäus, dargestellt als Mensch, Markus als Löwe, Lukas als Stier und Johannes als Adler. Die Edelsteine, die überall auf dem Einband reich verteilt waren, glänzten im Schein des Lichts.

Käthe konnte es nicht fassen, hielt sich staunend die Hand vor den Mund. Warum schenkte ihr die Gräfin dieses kostbare Buch? Sie schluckte und sagte zu Wolfhardt:

»Setz dich zu mir auf den Schoß, wie die Gräfin befohlen hat. Heute ist ein würdiger Tag, dass wir uns das heilige Buch betrachten.«

Wolfhardt kletterte folgsam auf ihren Schoß, wollte mit seinem Zeigefinger vorsichtig auf den Einband tippen. Doch bevor er das Buch berührte, nahm Käthe seinen Finger beiseite und fragte streng:

»Hast du auch nicht in der Nase gebohrt? Sei ehrlich. Wasch dir erst die Hände. Und trockne sie gründlich ab.«

Wolfhardt rutschte wieder herunter, ging hinaus in den engen Hof. Das Wasser im Brunnen war leicht gefroren. Mit einem festen Stock zerschlug er die Eisschicht, schöpfte in einem Holzeimer Wasser, goss es in einen Trog und wusch sich die Hände. Ein Tuch zum Abtrocknen hatte er nicht. So rieb er sie an seiner Hose ab. Da fühlte er ein Bedrängnis, erst müsste er sein Geschäft erledigen, so hockte er sich über den Misthaufen, es dauerte länger und er dachte an seine Mutter, die allmählich sicher ungeduldig auf ihn wartete. Mit nassem Stroh putzte er sich ab, hatte wieder schmutzige Hände, wusch sie erneut und trocknete sie so gut es ging an seiner nunmehr ziemlich feuchten Hose ab. Endlich war er fertig. Erleichtert öffnete er die Tür.

Vor Entsetzen blieb er stehen.

»Mutter, was ist mit Euch?«, rief er angstvoll.

Schweißperlen standen ihr auf der Stirn, sie krümmte sich vor Schmerzen.

»Das Buch«, keuchte sie, »es ist vergiftet. Rühr es nicht an.«

»Mutter!«, rief Wolfhardt und wollte sie umarmen. Käthe stieß ihn mit dem Ellenbogen weg.

»Fass mich nicht an! Ich sterbe. Lauf, hol den Priester!«

Sie torkelte hinaus in den dunklen Hof, erbrach sich über dem Misthaufen. Wolfhardt folgte ihr.

»Lauf, hol den Priester!« Sie krümmte sich, erbrach erneut und wankte zurück in ihre Hütte. Stärkste, krampfartige Schmerzen ließen sie auf ihr Lager fallen, wo sie zusammengekrümmt dalag und von unsäglichen Qualen geschüttelt wurde.

Für welche Schandtat wurde sie so bestraft? Ehebruch, dachte sie unerbittlich. Ihr Kopf, ihr Gehirn war klar wie noch nie. Sie hatte Graf Bernhard zum Ehebruch verführt. Hatte sie? Es war alles anders gewesen. Sie hatten damals zwei Tage nach dem Fest der Geburt des Herrn, sie wusste es noch genau, so viele Jahre es auch her war, warum musste sie jetzt dafür büßen und sterben, wann kam Wolfhardt mit dem Priester. Es war doch so gewesen, dass Graf Bernhard sie im Gang aufgehalten, mit ihr freundliche Worte gewechselt hatte, währenddessen war Graf Sigehard vorbeigekommen und hatte sie misstrauisch angeblickt, und als der nach einiger Zeit wieder die Treppe hochkam und sie da immer noch stehen sah, da hatte Graf Bernhard, als sie wieder allein waren, sie angelächelt, dieses Lächeln, wie liebte sie es, ihre Hand genommen und sie in seine Kammer geführt. Da war sie nun in seiner Kammer. Was hätte sie denn anderes tun sollen? Pein war es schon damals gewesen, Pein und Glückseligkeit. Einmal im Leben Glückseligkeit, wenn auch nur für die Dauer eines Hoftages. Das wusste sie von Anfang an, dass dann alles zu Ende wäre, und dennoch.

Die Krämpfe jagten Käthe wieder auf den Hof, wo sie sich gleichzeitig erbrach und von heftigem Durchfall geplagt wurde. Wann kam endlich Wolfhardt mit dem Priester?

Käthe fror entsetzlich. Es schüttelte sie. Warum strafte Gott sie für diese kurze Wonne? Nacht für Nacht war sie zu ihm in die Kammer gekommen, hatte bei ihm gelegen, bis sie kurz vor dem Morgengrauen auf ihr Strohlager geschlichen war.

Anfang Februar, wenige Tage vor der Enthauptung des armen Grafen Sigehard, musste es gewesen sein, da fühlte sie sich Mutter werden. Sie hoffte und bangte zugleich. Und dann in der letzten Nacht vor Graf Bernhards Aufbruch, da fragte sie ihn, welchen Namen er seinem Sohn geben würde.

»Sag, bist du schwanger?«, fragte er hoffnungsfroh und blickte ihr aufmerksam ins Gesicht.

»Nein«, antwortete Käthe, so sehr erschrak sie.

Bernhard streichelte sie zärtlich und flüsterte:

»So ein niedlicher, runder Bauch. Ist da wirklich kein Kind drin?«

»Nein, ich glaube nicht«, erwiderte sie unsicher.

»Schade«, meinte er und drehte sich von ihr weg auf den Rücken.

So lagen sie schweigend nebeneinander.

Käthe rang mit sich, sollte sie es ihm nicht doch sagen? Und wenn sie nicht schwanger war? Was war dabei, wenn sie es nicht wäre. Wovor ängstigte sie sich so sehr?

Eben überwand sie sich und das Wort wollte heraus, da stellte Bernhard fest:

»Wahrscheinlich ist es besser so.«

Es war ihr, als würde sie von einem Schwert durchbohrt, stocksteif lag sie neben ihm.

Da beugte sich Bernhard wieder über sie, sah ihr in die Augen, während seine Hand nach ihren Brüsten fasste.

»Weißt du, Käthe. Es ist ganz müßig, über Namen nachzudenken. Meine Gemahlin schenkt mir keinen Sohn, nicht einmal eine Tochter. Ich habe aufgehört zu hoffen«, fügte er bedauernd hinzu.

Käthe aber machte sich von ihm los, richtete sich auf und forderte in unerbittlichem Ton:

»Sagt, wie soll Euer Sohn heißen?«

Bernhard setzte sich ebenfalls auf, verwundert über ihre ungewohnte Hartnäckigkeit.

»Also gut. Wenn du darauf bestehst. Nun denn, wenn ich Vater würde, so würde ich meinen Sohn Wolfhardt nennen.« Bernhardt überlegte, sann dem Klang des Namens nach.

»Wolfhardt«, wiederholte er. »Das ist ein guter Name für einen Ritter und Grafen.«

Oh Gott, ich sterbe jetzt. Denk nicht an Vergangenes. Bereite dich auf den Tod vor.

Käthe fingerte mit zittrigen Händen nach ihrem Rosenkranz und betete. Sie konnte kaum noch atmen, japste mühsam nach Luft. Angst geißelte sie. Wolfhardt war immer noch nicht zurück. Sie würde ohne die Letzte Ölung, ohne Vergebung der Sünden sterben, ohne geistlichen Trost krepieren.

Käthe zwang sich, den Rosenkranz zu halten. Zwang sich zu beten. Stirb mit dem Gebet auf den Lippen. Du musst beten, wenn der Todesengel dich holt. Bete!

Wo blieb Wolfhardt?

Von Angst gepeitscht, war der Junge zu der Kirche gelaufen, die er und seine Mutter besuchten. Die Glocken läuteten, als er das Gotteshaus erreichte. Die Messe begann.

Ein anderer Priester, er musste einen anderen finden. Wolfhardt hetzte durch die Gassen Regensburgs. Da – auf dem Platz ein reicher Domherr, den könnte er bitten:

»Meine Mutter stirbt!«, rief er außer Atem. »Helft ihr. Gebt ihr die Absolution. Bitte!«

»Scher dich!«, rief der Domherr entrüstet und schlug nach ihm. »Drecksbengel!«

»Hurensohn! Galgenschwengel!«, hörte er einen vornehmen Kaufmann schimpfen.

»Willst reiche Leute in dein Versteck locken, wo die Raubmörder warten. Fasst ihn!«

Wie von Furien gejagt, zwängte sich Wolfhardt durch die Menge. Mancher griff nach ihm, er riss sich los, entkam.

Von Angst und Furcht gehetzt, lief Wolfhardt zurück zu seiner Kirche, hoffend, die Messe sei vorüber. Auf sein Flehen kam der Priester mit.

Als er und der Geistliche die Hütte betraten, war Käthe bereits tot.

»Ich bin ein alter Mann«, sagte der Priester. »Habe in meinem Leben viele Sterbende und Tote gesehen, aber noch niemals eine so verkrümmte Frau. Der Teufel hat sie geholt«, entschied er und betrachtete ihr verzerrtes Gesicht, ihre verrenkten Glieder.

»Nein«, weinte Wolfhardt. »Seht den Rosenkranz. Mutter hat gebetet. Sie ist ein guter Mensch. Sie hat nichts Böses getan.«

»Wahrscheinlich doch«, entgegnete der Priester und trat an den Tisch, auf dem noch immer die Kerze brannte und das Buch aufgeschlagen lag.

»Falls du die Wahrheit sprichst und das Buch vergiftet ist«, überlegte der Priester mehr für sich als für den Jungen, »dann muss es einen Menschen geben, dem von deiner Mutter großes Unrecht zugefügt wurde. So groß, dass der Teufel Macht über diesen Menschen, wahrscheinlich eine Frau, bekommen und sie zur Todsünde verführt hat.«

»Ich weiß, wer diese Frau ist«, wagte Wolfhardt zu sagen.

»Ich will es nicht wissen«, entgegnete der Priester.

»Der Stall von Bethlehem«, stellte er fest. »Deine Mutter hat nur wenige Seiten umgeblättert, um die Geburt des Herrn nach dem Matthäus-Evangelium zu finden.« Er betrachtete das mit glänzenden Farben gemalte Bild, den goldenen Engel im dunkelblauen Himmelsgewölbe, Maria mit dem Jesuskind auf dem Schoß.

»Dieser Evangeliar ist eines Fürsten würdig, wenn nicht eines Königs. Niemals gerät ein solches Buch in die Hände einer Korbflechterin, wenn diese ehrbar lebt. Wahrscheinlich verhält es sich so, deine Mutter hat das kostbare Buch gestohlen. Sie ist eine Diebin.«

Wolfhardt kniete vor seiner Mutter und weinte. Er wagte aber nicht, ihre Hand zu berühren.

»Nein«, flehte Wolfhardt.

»Fang eine Maus oder eine Ratte. Wollen sehen, ob du die Wahrheit sprichst.«

Wolfhardt kroch vor das Mauseloch in der Wand, fasste hinein, zog ein Mäuslein heraus und nahm das Tier in die Hand, das mit seinen Knopfaugen hervorlugte.

»Setz die Maus auf das Buch.«

Wolfhardt gehorchte. Die Maus knabberte an einer Seite – fiel um, war tot.

»Maria und Josef!«, gab der Priester von sich und verschloss die Truhe.

»Bitte, vergebt meiner Mutter. Einem Ritter, der ermordet wird, werden auch die Sünden vergeben.«

»Was du nicht alles weißt, kleiner Mann. Bist ein kluges Kerlchen.«

»Habt Erbarmen!«, flehte Wolfhardt.

»Ich muss es mir noch überlegen«, entgegnete der Priester.

»Geld hast du wohl keines, damit die Beerdigung bezahlt wird?«

»Dann wird sie christlich begraben?«, fragte Wolfhardt mit einer Spur Hoffnung in der Stimme.

»Hast du Geld?«

Wolfhardt zog das Band von einem groben Sack, langte nach den fünf Passauer Silberpfennigen, den Beutel aber mit den drei Bären würde er dem Priester nicht zeigen.

Der nahm jeden Pfennig einzeln in die Hand und biss darauf, um den Silberwert zu prüfen. Bedächtig und sorgfältig verwahrte er das Geld in seinem schwarzen Geldbeutel aus Leder.

Angewidert beobachtete Wolfhardt ihn dabei. Dann aber, wie von einer inneren Eingebung getrieben, zog Wolfhardt den Schlüssel von der Truhe und versteckte ihn in seinem Ärmel.

»Du scheinst ehrlich zu sein. Womöglich war es deine Mutter auch, so gut es eben ein nicht ehrbares Weib sein kann. Ich erteile ihr die Absolution«, erklärte der Priester gnädig.

Nachdem dies geschehen war, fragte er in unfreundlichem Ton:

»Was ist mit dir? Wo bleibst du?«

»Weiß nicht. Ich habe niemanden, zu dem ich gehen kann. Wir haben allein gelebt.«

»Dachte mir immer schon, dass du keinen Vater hast.«

Wolfhardt zuckte zusammen.

»Kannst nichts dafür, dass deine Mutter so eine war«, sagte der Priester gutmütig. Er kratzte sich am Hinterkopf

»Geht wohl nicht anders. Du bleibst fürs Erste bei mir. Gehen wir.«

Schluchzend und weinend lief Wolfhardt neben dem Priester durch die eisige, dunkle Winternacht. Der Schnodder floss ihm aus der Nase bis zu den Lippen, die Füße waren beinahe erfroren, er spürte es nicht.

Seine Mutter ermordet! Die böse Gräfin Salome hatte seine Mutter vergiftet!

~❧~

Tod den Frauen, mit denen er schläft!

Wie viele waren es in den letzten Monaten? Ständig war er fort: zum Fest der Geburt des Herrn mit dem König in Bamberg, anschließend noch im Dezember Aufbruch mit dem Grafen Berengar von Sulzbach und nachkommend mit König Heinrich nach Böhmen, dann Anfang Februar in Regensburg, von wo Bernhard mit der Nachricht zurückkehrte, der König beabsichtige, sich vom Papst zum Kaiser krönen zu lassen, weswegen König Heinrich im August mit großem Heeresaufgebot eine Romfahrt antreten werde, von der er nicht vor Frühjahr 1111 zurückzuerwarten war.

Was also trieb Bernhard in dieser Zeit? Salome ahnte es: Nichts.

Denn Bernhards Gedanken beschäftigten sich ausschließlich mit dem Fest, das er zu Ehren der Kaisertochter Agnes und ihres Gemahls Leopold zu geben beabsichtigte und das er zusammen mit Alice vorbereitete. Das hohe Paar hatte sich angekündigt, auf seiner Burg kurzen Aufenthalt nehmen zu wollen, um von dort weiter nach Utrecht zu reisen, wo Ostern 1110 die Verlobung des Königs mit dem Kind, der englischen Königstochter Mathilde, stattfinden sollte.

Sie, Salome, hatte ihren Gatten durchschaut, dieses Fest war nichts als eine List. Bernhard verfolgte ausschließlich ein Ziel, er wollte seinen Liebling Leyla hoffähig machen. Alle würden darauf reinfallen, nur sie nicht. Schon seit einem Jahr streute Bernhard das Gerücht aus, er habe in Jerusalem und in Ägypten Erkundigungen eingeholt, Leyla sei eine ägyptische Fürstentochter, ihr Vater, ein Bruder des Kommandanten von Jerusalem, habe bei der

Verteidigung der Stadt gegen die Kreuzfahrer ruhmreich den Tod gefunden. Keine Lüge war Bernhard zu frevelhaft, er schreckte nicht einmal vor Gotteslästerung zurück, um aller Welt kundzutun, Leyla sei eine ägyptische Adelige. Seine Sorge galt der Suche nach einem Bräutigam, der, selbstredend adelig, jung, reich, gut aussehend, tapfer und dazu gebildet sein sollte. Er müsste mindestens des Lesens und Schreibens kundig sein und möglichst Leyla irgendwie an Wissen gleichkommen. Letzteres bereitete Bernhard besonderes Kopfzerbrechen, denn diese Fähigkeit schränkte die Wahl der infrage kommenden Adeligen ziemlich ein. Darüber sprach er sogar mit ihr, blickte sie wieder an, nicht aus Liebe, sondern aus Berechnung, schließlich sollte sie als seine Gemahlin auf dem Fest glänzen, durch Anmut und höfisches Auftreten die Gäste in den Bann schlagen. Sie, seine Gattin, war nichts als eine Schachfigur in seinem Spiel, allerdings die Königin. Salome hätte aufschreien mögen und ballte die Faust, wenn sie allein war.

Auch wenn sie mitspielte, was sie notgedrungen um ihrer eigenen Ehre willen tun müsste, so war es für ihn dennoch heikel, sein heimliches Vorhaben umzusetzen, aus einem Bastard eine Fürstentochter zu machen. Bernhard ließ sich von Bedenken und Zweifeln allerdings nicht abhalten und plante ein Fest, das die Gäste überraschen, in Staunen versetzen, alles andere durch Prunk in den Schatten stellen sollte. Ohne mit der Wimper zu zucken, gab Bernhard von seinem Schatz aus Jerusalem Unsummen aus. Bitter war es zu sehen, für dieses hergelaufene Heidenkind war ihm nichts zu teuer, nur das Edelste gut genug. Für die Gäste ließ er Betten mit Baldachinen anfertigen, Bettzeug aus Daunen, für die Kaisertochter Agnes eine bestickte Seidensteppdecke, dazu eine scharlachrot ausgeschlagene Truhe, einen Schminktisch, sie sollte die größtmögliche Annehmlichkeit erfahren, es hieß, sie sei schon wieder schwanger, das vierte Kind seit ihrer Hochzeit. Das wäre nun ihr siebentes Kind. Nicht darüber nachdenken, den Neid runterschlucken. Leinwand für Vorhänge, Kissen, weiße Tischtücher und Servietten wurden gekauft und Näherinnen beauftragt.

Bei den Goldschmieden in Passau gab Bernhard den Auftrag, das Tafelgeschirr und die Bestecke zu vergolden. Alle weiblichen Bediensteten wurden neu in leuchtendes Blau eingekleidet, die männlichen in dunkles Grün. Für die Tafel wurden erlesene Gewürze geliefert: Safran, Pfeffer, Kümmel, Zucker, Zimt. Artischocken wie am Hof in Konstantinopel sollten gereicht werden und als größte Attraktion Scherbet, Eis aus Fruchtsirup, Zucker und Schnee. Wahrscheinlich hatte keiner der Gäste jemals diese Delikatesse aus dem Morgenland gekostet.

Es war offensichtlich und sie fiel nicht darauf rein: Bernhard beabsichtigte, den Gästen mit Gaumenfreuden den Mund zu stopfen und sie mit Geschenken zu bestechen. Markgraf Leopold erhielt einen Destrier, dazu einen kostbaren Sattel, Pferdedecken aus Zindeltaft, Zaumzeug mit Zügeln, Gebiss und Steigbügel passend zu goldenen Sporen. Die Kaisertochter wurde beschenkt mit einem Mantel, versetzt mit Feh, Hermelin und einem Zobel verbrämten Schulterkragen sowie einem goldenen Gürtel mit goldener Schnalle. Doch auch den geistlichen Fürsten, Bischof Ulrich von Passau und Luitgers Onkel, Bischof Hermann von Augsburg, wurden kostbare liturgische Gewänder von Bernhard überreicht. So wurden alle Gäste beschenkt, der junge Graf von Formbach mit seiner Gemahlin, die Grafen von Hals erfreuten sich neuer Gewänder, wie auch Bernhard ihre Bediensteten mit kleinen Geschenken beglückte. Nur der Abt, so fiel es Salome auf, ging leer aus. Warum, war er zu vornehm, um beschenkt zu werden? Stand er sowieso auf Leylas Seite und damit ausnahmsweise auch auf Bernhards?

Wie auch immer: Bernhards Rechnung ging auf. Keiner der Gäste erhob einen Einwand, dass Leyla an der Tafel saß, wenn auch ganz unten. Einmal nickte die Kaisertochter sogar dem fremdländischen dunklen Mädchen zu. Mädchen? Die war kein Kind mehr. Salome blickte zu Leyla herüber, wie sie da aufrecht, anmutig lächelnd, zierlich die Speisen zu sich nahm. War sie nicht eher eine junge Frau als ein Mädchen in ihrem Kleid aus weißer Seide, unter dem sich der Busen erahnen ließ. Ganz allerliebst sah dazu das lange schwarze, nicht zu bändigende Haar aus mit einem Kranz, oh wie unschuldig, aus Weißen Jungfrauen, durch den weiße Perlen schimmerten.

Natürlich, Bernhard hatte auch für Luitger und Giselinde hochwertige Kleider anfertigen lassen, die beiden sahen wirklich vornehm und edel aus, aber doch wurden sie von Leylas Glanz überstrahlt. Bernhard hatte gewonnen, Leyla, das Kind aus dem Nichts, war hoffähig!

Salome ging die Galle über, während sie lächelnd den Gesprächen folgte. Eben erzählte Markgraf Leopold, kurz nach ihrer Heirat, dabei blickte er seine Gattin liebend an, sie war tatsächlich schon wieder schwanger, also am achten Tag nach ihrer Heirat hätten sie an einem windigen Erkerfenster seiner Burg gestanden. Da sei ihr Tuch davongeweht. Er aber habe einen Schwur getan, an der Stelle, wo das Tuch gefunden würde, ein Kloster zu errichten. Monate seien vergangen, da, auf der Jagd, hätten die Hunde angeschlagen, und in einem Mistelzweig hätte sich das Tuch verfangen, weiß und unberührt. Nun seien die Bauarbeiten für das Kloster Neuburg schon weit fortgeschritten.

Wie ihr diese Tischgesellschaft zuwider war. Fühlte denn niemand, wie unglücklich sie sich fühlte neben ihrem strahlenden, alle gewinnenden Gatten? Durfte es denn jemand merken? Salome spürte den Blick des Abtes, der ihr gegenübersaß. Ein Blick, den sie nicht deuten konnte, war er Freund oder Feind oder erkannte er sie einfach bis in ihr Inneres. Nein, er erkannte sie nicht. Nicht ihren Hass auf Leyla. Noch weniger, was sie plante. Denn während Bernhard den Bastard zu einer begehrten Braut auf dem Heiratsmarkt hochspielte, da grub sich in ihr Herz ebenso stark der Wille ein: Leyla muss sterben.

Tod der Leyla, die Bernhard liebt!

Schnell musste sie handeln, denn ausgerechnet in diesem Frühjahr standen keine weiteren Kriege an und Bernhard würde den Sommer bis zur Krönung Mathildes in Mainz auf seiner Burg verbringen. Erst der große Romzug des Königs würde ihn für lange Zeit fortführen. Bis dahin sollte es erledigt sein, nahm Salome sich vor.

Sie musste also die Zeit nutzen, die Bernhard in Utrecht bei der Verlobung König Heinrichs mit der englischen Königstochter verbrachte. Dies war eigentlich bedauerlich, denn

Bernhard hatte sie sogar gefragt, ob sie ihn begleiten und mit ihm an den Verlobungsfeierlichkeiten teilnehmen wolle. Salome könnte es als ein Zeichen nehmen, dass Bernhard sich ihr wieder zuwenden, zumindest seine Ehe auf einem erträglichen Maß erhalten wollte. Denn Salome war sich gar nicht sicher, ob sich zwischen ihm und Alice noch irgendetwas abspielte. Bernhard hatte Alice zunehmend die Aufgaben einer Burgherrin und Verwalterin seiner Grafschaft anvertraut. Dieses pompöse Fest hatte weitgehend sie vorbereitet und geleitet. Alice war klug genug gewesen, keinen noch so geringen Platz beim Mahl einzunehmen, vielmehr hatte sie die Oberaufsicht geführt, die Bediensteten geleitet und Befehle erteilt. Jedoch auch wenn Salome die beiden überraschte, wie sie im Gespräch beieinander standen, schien es so prickelnd nicht zwischen ihnen zu sein. Nüchtern und ohne jedes Zeichen heimlicher Zärtlichkeit unterhielten sie sich auf eine Weise, dass jede Nonne ohne zu erröten zuhören könnte.

Oder waren sie sich ihres gegenseitigen Einverständnisses in einer Weise gewiss, dass sie jede Andeutung in der Öffentlichkeit getrost vermeiden konnten? Salome war sich nicht sicher. Allerdings wäre die Reise nach Utrecht eine Möglichkeit, Bernhards Aufmerksamkeit, Zuneigung zu gewinnen – schließlich war bisher der ersehnte Sohn ausgeblieben, die Hoffnung auf einen legitimen Erben jedoch noch nicht erloschen.

Es war also durchaus bedauerlich und fraglich, ob sie nicht ihres Gatten Angebot hätte annehmen und ihn nach Utrecht hätte begleiten sollen. Schließlich hätte sie dort geglänzt und sicher wäre sie der Königstochter Mathilde aufgefallen, so dass das Kind sich ihr huldvoll zugewendet hätte. So kindlich schien die Kleine gar nicht zu sein, hatte sie, so hörte man sie überall rühmen, sich gleich nach ihrer Ankunft in Lüttich für den gefallenen, seines Amtes entsetzten Herzogs Heinrich von Niederlothringen eingesetzt, dem sein Kampf aufseiten Heinrichs IV. vergeben und dem die Huld des Königs wieder gewährt wurde.

Dennoch – trotz dieser Hoffnung, ihr Eheleben erträglicher gestalten zu können, hatte sich Salome entschieden, sie war auf der Burg geblieben. Nur hier und jetzt während Bernhards Abwesenheit konnte sie ausführen, wozu ihr Zorn, ihr Hass sie trieben – Leyla töten zu lassen. Also, sie musste handeln, und zwar schnell.

Listig wollte sie es anstellen, so dass niemand, auch Alice nicht, Verdacht schöpfen würde, Leyla sei nicht eines natürlichen Todes gestorben. Am Alpdruck wäre sie aus der Welt geschieden, der Todesengel habe sie in der Nacht geholt.

Zuvor bräuchte sie einen Meuchelmörder. Der war schnell gefunden, Veyt, der Ehemann der hingerichteten Anna. Die 40 Schläge auf den Rücken waren ihm ein ewiges Andenken. Sein unausgesetztes Aufbegehren, ein Sturm von Rachegelüsten waren vorauszusetzen.

Fein und ruhig besprach sich Salome mit dem Burgvogt. Veyt sei schon immer ein schmieriger, unredlicher, trunkener Kerl gewesen, nach der Hinrichtung seiner Frau drohe er gänzlich aus der Bahn zu brechen. Er sei ein Wilderer geworden, treibe in den Wäldern sein Unwesen, auch wenn er noch nicht überführt sei. Es jammere sie seine arme Seele, gewiss komme er in die Hölle, wenn er nicht auf den Pfad der Tugend zurückgeführt werde. Darum solle der Burgvogt nach ihm schicken, Veyt solle auf der Burg Arbeit erhalten, die Ställe ausmisten, Reparaturarbeiten an Zäunen, die im Frühling reichlich anfielen, ausführen und so zu einem anständigen Leben zurückgeführt werden. Der Burgvogt zeigte sich beeindruckt ob der Milde, des Ausmaßes christlicher Nächstenliebe seiner Herrin.

So kam Veyt auf die Burg, ohne dass jemand sich gewundert, Anstoß genommen hätte.

Lucia war es, die den folgenden Teil der Vorbereitung zum

Meuchelmord übernahm. Sie lockte Veyt in ihre Kammer, setzte ihm ein kräftiges Stück Rindfleisch vor die gierigen, hungrigen Augen, versprach dem Gestrauchelten einen hohen Lohn, sofern er nachts in Alice' Turm schleichen und Leyla, nicht mit seinen großen, groben Händen, sondern mit einem weichen Tuch erdrosseln würde. Alice aber würde sie zuvor weglocken, so dass Leyla ganz allein in der Kammer schlief. Denn Luitger werde sowieso zusammen mit Giselinde erzogen und schliefe kaum noch bei seiner Mutter. Also …

Veyt verschlang das zart gekochte Fleisch und sah begehrlich auf die Silberpfennige, die Lucia ihm auf den Tisch zählte. 40 waren es. Für jeden Schlag einen – allerdings erst nach der Tat. Ihn anmutig und herausfordernd anlächelnd, verwahrte sie das Geld wieder in ihrem Beutel.

Tatsächlich verließ Alice, von Lucia gerufen, bei Einbruch der Dunkelheit die Burg. Salome stand am schmalen, vergitterten Fenster ihrer Kemenate und sah die Feindin, eine Fackel in der Hand, zusammen mit einem Knecht davonreiten.

Ha, Alice fiel auf die List rein, bei einer Bäuerin aus einem entfernten Dorf hätten zu früh die Wehen eingesetzt. Die Schwangere habe Angst vor einer Totgeburt. Nur war es nicht sicher, dass Leyla schon schlief. Wäre sie noch wach, es käme möglicherweise zum Kampf.

Salome, nimm dich zusammen. Wie mit Veyt verabredet, musste sie noch warten. In ihrer Brust stieg der Hass auf diese Dirne auf, loderte heftig. Diese geheimnisvolle, hinterhältige Kröte Leyla, diese widerwärtige Hexe mit ihrer hübschen Larve. Wie hoch hielt sie ihre Nase, seitdem sie am Tisch der Kaisertochter gesessen hatte. Hochmütig war sie, blickte auf sie, die Gräfin, Bernhards Gemahlin, herab, fühlte sich geliebt von ihm, während er seine Gattin mit Verachtung strafte.

Geliebt, das Wort blieb in Salome hängen. Nein, Leyla war nicht seine Geliebte. Das ginge noch. Ein paar Mal mit ihr im Bett und er hätte genug. Viel schlimmer, er liebte sie wie eine Tochter, er liebte Leyla stärker als seine eigene Tochter. Er liebte Leyla unbändig und maßlos. Wann kümmerte er sich jemals um Giselinde? Sie erhielt eine Erziehung, die sie in den Stand versetzte, später zu repräsentieren, überhaupt die Aufgaben, die an eine Gräfin, an die reichste Gräfin im ganzen Passauer Land gestellt würden, zu erfüllen. Was müsste er sich da noch weiter Gedanken um seine Tochter machen?

Leyla, dieses hergelaufene Luder, verdiente den Tod, schon um Giselindes wegen. Leyla hatte bereits jetzt Unsummen verschlungen für den Aufwand des Festes. Ihre Mitgift würde das Giselinde Zustehende schmälern. Vor allem aber galt ihr Bernhards Liebe. Das ließ Salomes Herz erfrieren und erglühen. Tod dieser abgefeimten Ungläubigen, dieser Satansbraut.

Allmählich war es stockfinster. Im Burghof brannten nur zwei Fackeln. Sie auszulöschen, wäre aufgefallen. Atemlos beobachtete Salome, am Fenster stehend, wie Veyt den Stall, in dem er über den Kühen schlief, verließ, sich über den Hof schlich und dann hinauf die Treppe zu Alice' Torhaus. Dort würde er sich eine furchteinflößende Maske über den Kopf ziehen. Ein Dämon. Bei Leyla brannte kein Licht mehr oder höchstens die Öllampe zur Nacht.

Salome zuckte zusammen.

»Mach auf!«, hörte sie Alice' Stimme. Unmöglich konnte die zurück sein. Das Dorf mit der gebärenden Bäuerin lag viel zu weit entfernt. Wieso war sie umgekehrt?

Salome hörte, wie das Tor geöffnet wurde, Alice vom Pferd sprang und wie gehetzt, wie von den Erinnyen verfolgt, die Treppe zu Leyla hochhetzte.

Hatte sie Verdacht geschöpft? Oh, es war falsch, dass ausgerechnet Lucia ihr die Nachricht überbracht hatte, die Wehen hätten bei der Bäuerin vorzeitig eingesetzt, sie solle sich zu ihr sogleich auf den Weg machen. Schließlich hatte Lucia mit den Bäuerinnen der Grafschaft wenig, eigentlich nichts, zu tun.

Sie, Alice, hatte Verdacht geschöpft!

Aus ihrem Haus drangen Schreie. Ein harter Gegenstand, ein

Stuhl?, wurde geworfen. Stimmen. Die Veyts, Alice' und Leylas! Leyla lebte. Dort drüben kam es zum Kampf!

Salome betete, Veyt möge die beiden Frauen töten.

Sie bangte, sie hoffte, sie zitterte.

Nein. Gott wollte es anders. Mit gekrümmtem Leibe torkelte Veyt die Treppe hinunter, konnte, weil es kein Geländer gab, sich nicht halten und fiel die letzten Stufen ins Leere.

Der Lärm hatte die anderen Bediensteten geweckt. Aufgescheucht eilten sie mit Fackeln auf den Burghof, umstanden den Eindringling, begafften ihn, wild durcheinanderredend. Holzpantinen klapperten. Wichtig trat der Burgvogt zwischen das Volk. Er befahl dem Schmied, dem Mann die Maske vom Kopf zu ziehen. Schaudernd traten die Mägde und Knechte vor dem Übeltäter zurück. Man hatte es doch gleich gewusst, dass aus einem solchen Galgenvogel kein guter Christ werden könne.

Salome biss sich auf die Lippen. Auch sie, die Herrin und Gräfin, müsste sich zeigen. Sie schlang einen festen Umhang aus feinem Tuch um ihr Untergewand und stieg die Treppen hinunter, betrat würdevoll, dabei mit einem Ausdruck von herrschaftlicher Aufregung und Empörung, den Burghof.

»Was gibt es?«, fragte sie unwirsch.

Auch Alice und Leyla waren die Treppen hinuntergekommen. Alice hatte ihren Arm schützend um Leyla gelegt.

»Was ist geschehen?«, fragte der Burgvogt mit strenger Stimme.

Leyla zitterte und bebte am ganzen Leibe, konnte nicht antworten, stammelte Unverständliches.

»Redet ordentlich, so dass wir Euch verstehen können«, wurde sie vom Burgvogt ermahnt.

Salome zuckte innerlich zusammen. Der Burgvogt sprach Leyla nicht wie bisher mit »Du« an.

»Er wollte mich umbringen. Er hatte schon das Tuch um meinen Hals gelegt, als meine Mamme kam«, antwortete sie stockend.

Salome ließ sich den Verbrecher vorführen, sah das Messer zwischen seinen Rippen und entschied:

»Der Mann ist auf frischer Tat beim Mordanschlag auf Leyla ertappt. Er ist auf der Stelle zu hängen.«

Der Leichnam Veyts hing noch am Baum vor dem Burggraben, als Bernhard mit einigen Rittern aus Utrecht zurückkehrte. Raben saßen auf dem Schädel des Gehenkten und hackten ihm die Augen aus. Es stank nach Verwesung. Bernhard hielt sich den Arm vor die Nase und ritt zornig über die Brücke auf seinen Burghof. Es war ihm, als wehe ihn der Hauch des Todes an. Dumpf war es, widerlich. Der Graf und seine Begleiter saßen ab. Knechte kamen ihnen entgegengelaufen, aber er sah sie weich und weiß wie in Nebel eingehüllt. Nichts mehr von dem festlichen Treiben, dem frohen Lachen, den Gauklern, Musikanten, die sich im Hof nur so getummelt hatten. Stille – Totenstille.

»Was geht hier vor?«, herrschte er den Burgvogt an, der eilends aus dem Palas herbeigelaufen kam.

»Was soll das, der Leichnam vor meiner Burg?«

»Gräfin Salome hat es so befohlen«, antwortete der Burgvogt und verschluckte sich fast an jedem Wort. »Der Mann, ich meine Veyt, Ihr wisst schon, der Mann von der hingerichteten Anna …«

»Keine Belehrungen, ich weiß, wer der Mann da draußen ist.«

»Verzeihung, Herr. Also Veyt hat versucht, Leyla im Schlaf zu erdrosseln.«

Er holte tief Luft, denn das Schlimmste musste er noch sagen.

»Die Gräfin, Eure Gemahlin, war darüber untröstlich. Schließlich hatte sie Veyt in die Burg geholt aus reiner christlicher Nächstenliebe, damit aus dem Trunkenbold und Dieb ein guter Mensch werde.«

Bernhard erbleichte, was allerdings bei seiner sonnengebräunten Gesichtsfarbe niemandem auffiel.

Einen Mordauftrag hat sie gegeben, erst will sie Alice töten, dann mich, nun Leyla! Oh Gott, mit was für einem Weib hast du mich geschlagen?

»Seitdem hat sich die Gräfin in der Kapelle eingeschlossen. Tag und Nacht liegt sie auf dem Boden, betet. Allein ihre Kammerfrau darf ihr Nahrung bringen, doch sie rührt fast nichts an. Sie verhungert«, ihm stockte das Wort. »Eure Gattin kasteit sich, sie kasteit sich jeden Tag!«

Bernhard schluckte. Er bemerkte kaum, wie der Knecht sein Pferd am Halfter nahm und es in den Stall führte.

»Was ist mit vrouwe Alice?«, fragte er schließlich.

»vrouwe Alice ist in Passau bei Ritter Martin und seiner Frau Katharina«, antwortete der Burgvogt, erleichtert, etwas Erfreulicheres berichten zu können. »Sie ist dort mit Leyla und hat auch Luitger und Giselinde mit ihrem Erzieher und ihrer Amme mitgenommen. Ich habe sie einmal besucht, es geht dort fröhlich zu. Die vielen Kinder im Haus, die von Frau Katharina aus ihrer Ehe mit dem Kaufmann und nun die Kinder mit Ritter Martin.« Er hielt inne. Er bemerkte, Bernhard hörte ihm gar nicht richtig zu. Dass Alice, Leyla und die Kinder in Passau in Sicherheit waren, reichte ihm offenbar als Nachricht.

»Herr«, wagte der Burgvogt zu bemerken. »Warum habt Ihr Euren Kaplan mit nach Utrecht genommen? Eure Gattin hätte des geistlichen Beistandes so sehr bedurft.«

»Ich sehe nach der Gräfin«, ließ sich der Kaplan vernehmen.

»Nein«, entschied Bernhard. »Ich gehe zu ihr.«

»Nehmt auf der Stelle den Leichnam ab!«, befahl er und drehte sich zu dem Burgvogt um.

»Ich will ihn keinen Augenblick länger vor meiner Burg wissen. Begrabt den Mörder auf der Richtstätte.«

Sein Weib – eine Mörderin, sich kasteiend in der Kapelle! Das Ergebnis von zehn Jahren Ehe.

Nach dem flimmernden Sonnenlicht des hellen Frühlingstages konnte Bernhard zuerst in der dunklen Kapelle kaum etwas erkennen. Er kniff die Augen zusammen, um besser sehen zu können.

Da lag Salome auf dem Boden in Kreuzesform vor dem Altar. Bernhard benetzte seine Finger mit Weihwasser, bekreuzigte sich und ging langsam durch das Kirchenschiff auf seine Frau zu.

Salome lag mit entblößtem Rücken auf dem Marmorboden. Es jammerte, entsetzte ihn. Ihr schöner Rücken war übersät mit tiefen Wunden, zerfetzte Hautteile verursachten ihm Übelkeit. Blut lief an ihrem Rücken herunter. Blut von den Striemen, die sie sich mit einer Peitsche zugefügt hatte. Täglich schlägt sie sich und öffnet ihren Körper für neue Wunden. Bernhard empfand es als unanständig. Er war angewidert von ihrer Lust am Schmerz.

Vorsichtig trat er an seine Gemahlin heran und nannte sie leise bei ihrem Namen.

Salome schreckte hoch, zuckte zusammen, starrte ihn an wie den Leibhaftigen und schrie:

»Rührt mich nicht an!«

»Das habe ich auch nicht vor«, erwiderte Bernhard ruhig.

»Bedeckt Euren Rücken. Lasst uns hinaus ins Freie gehen. Es ist draußen ein schöner, sonniger Tag. Habt Ihr schon bemerkt, dass es Mai geworden ist? Die Blätter sind grün, die Bäume blühen. Es duftet, es ist warm. Eure Glieder müssen steif sein vom Liegen auf dem kalten Boden. Kommt. Erfreut Euch an Gottes Schöpfung. Gott lässt die Sonne scheinen über Gerechte und Ungerechte. Er ist zu allen Menschen gut«, versuchte Bernhard, sie aus der Kapelle herauszulocken.

»Wisst Ihr, was Ihr da sagt?«, zischte sie. »Ihr klagt mich an als Sünderin?«

»Ich wiederholte nichts als ein Wort aus der Heiligen Schrift, das für uns alle gilt. Ob wir Heiden oder Christen, Sünder oder Gerechte sind.«

»Ihr haltet mich für eine Sünderin«, klagte sie ihn an. »Ihr habt recht. Ich bin eine Sünderin.«

Blickt hinauf. Seht, dort auf dem Balken hockt der Teufel und lauert auf mich. Erblickt Ihr ihn nicht?«

Bernhard sah hinauf zu dem bezeichneten Balken, schüttelte den Kopf und erwiderte:

»Ich sehe nichts und niemanden. Bloß einen leeren Balken.«

»Ihr wollt nichts erkennen. Dort, der Satan lacht über Euch. Er grinst. Seht Ihr nicht seinen vorspringenden Mund mit seinen üppigen Lippen in seinem hageren Gesicht, seine tiefschwarzen Augen, seine runzlige, zusammengezogene Stirn, sein schmales Ziegenbärtchen über seinem langen, dürren Hals? Er ist tiefschwarz wie ein Rabe, hat tausend Hände und Nägel, die spitzer sind als Lanzen aus Eisen, die sich in meine Haut krallen, wenn ich mich nicht selbst geißele. Seht Ihr nicht seinen Buckel, seine beweglichen Hüften und wie sein langer Schwanz vom Balken runterhängt?«

Bernhard stellte sich neben seine Gemahlin und wiederholte:

»Ich sehe nichts als einen Balken. Da ist niemand.«

Mit irren, aufgerissenen Augen blickte sie ihn an:

»Ihr lügt!«

»Ich lüge nicht. Aber wenn Ihr schon nicht mit mir hinaus in Gottes versöhnliche Natur kommen wollt, so sage ich Euch Folgendes: In einer Kirche in Venedig am Meer hat es mit uns begonnen – hier in einer Kirche auf unserer Burg an der Donau lasst es uns beenden. Das Wasser des Meeres ist das Chaos, das Wasser der Taufe schenkt uns das Leben. Lasst uns zum Leben zurückkehren. Ihr wolltet niemals eines Mannes Gefährtin sein.«

»Ich höre Euren Vorwurf, obwohl Ihr mich freundlich anblickt.«

Sie dachte nach:

»Einverstanden, sprechen wir darüber«, sagte sie endlich.

Salome ließ sich auf einem Stuhl nieder, den sie als Fürstin innehatte. Bernhard setzte sich ebenfalls und wartete.

»Ich wollte niemals heiraten. Ihr wisst es. Von Kindheit an war es mein Bestreben, den Schleier zu nehmen, ein heiliges Leben zu führen. Mit all meinen Sinnen weiß ich, dass ich dazu fähig bin, das menschliche Begehren abzutöten. Hätte ich nicht Euer Weib sein müssen, ich hätte es nicht einmal abtöten müssen, so rein, unschuldig, licht war meine Seele. Ich fühlte mich erhoben über die Menschen, viel mehr Lichtgestalt als Frau.«

Sie ließ diese Worte auf Bernhard einwirken. Er äußerte sich nicht, sondern hörte zu.

»Da bin ich die Beute des Teufels geworden. Ich, die ich die Reinste, die Frömmste hätte werden können, war sein auserwähltes Opfer, gerade weil ich unantastbar war und danach strebte, eine Heilige zu werden. Wie oft träumte ich als Kind und junges Mädchen davon, als Jungfrau den Märtyrertod zu sterben. Wie gerne hätte ich im Römischen Reich gelebt, als Christinnen den Bestien in der Arena zum Fraß vorgeworfen wurden. Als lebendige Fackel hätte ich im Garten Kaiser Neros unserem Herrn Jesus Christus mein Bekenntnis, meine Liebe qualvoll sterbend gezeigt.«

Bernhard zog finster die Stirn in Falten. So ein Weib hatte er sich wahrlich nicht gewünscht.

Beide schwiegen. Bernhard dachte an die wüste Lüsternheit, die sie ergriffen hatte, als Giselinde gezeugt wurde, an ihre Geilheit, als sie ihn ermorden wollte. Er sagte aber nichts.

»Ich sehne mich nach nichts so sehr, als meine Unschuld wiederzugewinnen, und fürchte nichts mehr, als dass der Teufel dort oben auf dem Balken meine Seele schon geholt hat.«

»Ihr sagtet eben, er laure auf Euch. Wenn er lauert, ist nichts entschieden«, tröstete Bernhard.

»Meint Ihr?«, fragte sie und blickte ihren Gatten erstaunt an.

»Wir wollen dies alles im Guten beenden. Im Sommer breche ich zusammen mit dem König nach Rom auf. Ihr wisst es. Wenn Ihr es wünscht, so bitte ich Papst Paschalis um die Auflösung unserer Ehe. Ihr könnt, wenn Euch dies von Eurer Last befreit, Gott mit Eurem Leben und Eurer Liebe dienen.«

Salome legte ihre Hand in die seine und sagte:

»So sei es. Ich werde schon jetzt Gottes Gnade in einem Kloster suchen. Sobald der Papst in seiner Großmut unsere Ehe löst, werde ich den Schleier nehmen.«

Das klang für Bernhard erleichternd.

Mit einem bösen Lächeln fügte sie hinzu:

»Dann seid Ihr für immer von mir befreit und könnt Euch ganz Eurer Buhle Alice widmen.«

Scharf entgegnete Bernhard:

»Ich wüsste nicht, dass ich Euch Gelegenheit gegeben hätte, so etwas zu argwöhnen.«

Salome erhob sich, trat einen Schritt von ihrem Gatten zurück, fasste ihn fest in ihren Blick und erwiderte:

»Ihr seid grausam. Wart Ihr mir jemals gut?«

»Soll das Euer letztes Wort gewesen sein? Wir werden uns vielleicht niemals wiedersehen.«

Salome senkte ihr Haupt, spürte schmerzhaft die Wunden auf ihrem Rücken und sagte schließlich:

»Ich wäre Euch dankbar, wenn Ihr nach Eurer Rückkehr aus Rom mir persönlich die Nachricht überbrächtet, dass der Heilige Vater unsere Ehe aufgelöst hat.«

1111 – 1114

ALICE EILTE DURCH DEN MAIREGEN von ihrem Burgturm zum Palas. Unter ihrem roten Umhang aus feinem Tuch presste sie Bernhards Brief aus Rom dicht an ihre Brust. Er war an sie gerichtet, nicht an den Burgvogt, dem die Aufgabe eigentlich zugekommen wäre, das Schreiben vor dem ganzen Haus vorzulesen. Sicher, der Burgvogt hatte sich im Winter eine Lungenentzündung zugezogen und war noch immer heiser, seine Stimme füllte kaum die Halle, dennoch …

Stolz und Aufregung erfüllten Alice, als sie die Treppe zum Palas hinauflief. Sie strich sich die Regentropfen aus dem Gesicht und befühlte ihre Ohrläppchen. Hätte sie nicht doch Bernhards Ohrgehänge anlegen sollen? Nein, entschied sie. Sie hatte erreicht, was sie erreichen wollte, von Bernhard geliebt zu werden, ohne seine Geliebte zu sein. Sie war seine Gefährtin. Sie war es, die Bernhard vor allen, dem Schreiber, Rechtsgelehrten, den Handwerkern, den Mägden und Knechten hervorheben, auszeichnen wollte. Sie war es, die nach Salomes Fortgang die Schlüsselgewalt innehatte. Da bedurfte es nicht weiblichen Schmuckes, es reichte, dass sie als Herrin über die Arbeit auf der Burg und in der Grafschaft geachtet wurde, nicht als Geliebte des Grafen. Wovon keine Menschenseele etwas ahnte, außer Lucia, die aber auch nichts Bestimmtes ausplaudern konnte außer Verdächtigungen, die niemand so recht hören wollte. Denn Alice wusste, sie wurde um ihrer selbst willen geschätzt, und den Grafen zu verleumden, traute sich niemand.

In der Halle hatte sich jede und jeder bereits versammelt. Die Menschen blickten sich nach Alice um, bildeten eine Schneise, durch die sie hindurchschritt, die Stufen hinauf zu dem erhöhten Platz, auf dem Bernhard zu stehen pflegte, wenn er eine Ansprache an sein Haus hielt.

Ruhig blieb Alice dort stehen, ließ ihren Blick über die Menschen schweifen, schaute prüfend in die Runde, wer war Freund, wer war Feind? In der ersten Reihe standen Giselinde und Luitger mit ihrer Amme und dem Erzieher. Luitger rief aufgeregt und zeigte mit dem Finger auf Alice:

»Seht! Mutter!«

Einige der Umstehenden lachten. Alice wartete, bis es leise wurde. Ein Gefühl des Triumphes überkam sie, Alice versuchte es zu unterdrücken. Nicht Hochmut wurde von ihr erwartet, vielmehr die Fähigkeit, Bernhards Schreiben würdevoll zum Ausdruck zu bringen.

Sie räusperte sich und begann aus dem Lateinischen zu übersetzen:

»*Graf Bernhard an Alice, Gebieterin seines Hauses, an seine Tochter Giselinde, seinen zukünftigen Schwiegersohn Luitger, die juncfrou Leyla und an alle seine Vasallen seines Geschlechts Heil und Segen!*

Ihr könnt ganz sicher sein, dass der von mir zu Euch gesandte Bote mich in Rom wohlbehalten zurückgelassen hat, auch wenn die Dinge für unseren Herrscher nicht zum Besten stehen.

Vorab das Gute. König Heinrich ist am Tag des Heiligen Papstes und Märtyrers Martin zum Kaiser gekrönt worden.

Dann das Beklagenswerte. Kaiser Heinrich hat das Vertrauen seiner Bischöfe, bisher der Grundstock seiner Herrschaft, verloren. Das Verhältnis zu Papst Paschalis ist unwiederbringlich beschädigt.

Nun seiet Ihr der Folge nach über des Königs Romzug unterrichtet.

König Heinrich überschritt mit seinem überaus stattlichen Herr die Alpen beim Großen St. Bernhard, wir, die bairischen geistlichen und weltlichen Fürsten, zogen über die Berge und dann an der Etsch abwärts durch das Tal bis Trient und schlossen uns dem Heer des Königs am Po bei Roncalia an, so dass wir ein Ritterheer von 30.000 Mann bildeten. Dort gab König Heinrich den Befehl, dass jeder Ritter nachts eine Fackel vor seinem Zelt entzünde, was auch für mich, der ich Heerlager gewöhnt bin, einen überwältigenden Anblick bot und eine Zurschaustellung weltlicher Macht und Ruhms darstellte. Zur Erleichterung des Königs kam die Markgräfin Mathilde, die Heinrich bis dahin feindlich gesonnen war, von Canossa zu ihrer Burg Bianello, um den König zu treffen. Von dort marschierten wir nach Parma, wo sich der Weg über den Apennin mühsam gestaltete, denn es regnete ununterbrochen sieben Wochen lang. Kurz vor dem Fest der Geburt des Herrn erreichten wir Florenz.

Die meisten befestigten Orte ergaben sich dem König. Allerdings hatte Novara Widerstand geleistet und wurde mit Feuer und Zerstörung bestraft. Die Festung Pontremoli, die uns den Durchmarsch verwehrte, nahmen wir im Sturm. Ebenfalls machten wir Arezzo, das auf die Stärke seiner Mauern und Höhe seiner Türme vertraute, dem Erdboden gleich. Von da aus zogen wir weiter südlich, wo uns schon auf dem Wege Abgesandte aus Rom entgegenkamen. Auch der König schickte eine Gesandtschaft nach Rom, zu der ich auch gehörte. Papst Paschalis geht es wahrhaftig um die Heiligung der Kirche, mit der sich seiner Ansicht nach nicht die Ausübung weltlicher Ämter verträgt. Der fürstliche Stand der Bischöfe sei ein Raub an der Kirche. Nach der Forderung des Heiligen Apostels Paulus müsse die Kirche frei sein, die Ausübung weltlicher Aufgaben sei eines Geistlichen unwürdig.

In der Kirche Maria in Turri, die am Eingang des Vorhofes der St. Peterskirche liegt, fanden Anfang Februar erneute Verhandlungen mit von Papst Paschalis ermächtigten Vertretern statt. Zu unserem größten Erstaunen eröffneten sie uns, der Papst werde den Bischöfen am Tage der Kaiserkrönung befehlen, alle Güter und Rechte dem König zurückzugeben, die sie seit der Zeit Karls des Großen von Königen empfangen hätten. Der Papst garantiere unter Androhung des Kirchenbanns, dass kein Bischof sich mehr der Regalien des Reiches bemächtigen werde, der Herzogtü-

mer, Städte, Markgrafschaften, Grafschaften, Münzrechte, Zölle, Märkte, Vogteien des Reiches, der Gerichtsbarkeiten, Hundertschaften, Kriegsmannschaften, Ministerialen und Burgen. Die Bischöfe sollten also ihre weltliche Macht gänzlich verlieren. Papst Paschalis erwartete von ihnen die Entweltlichung. Im Gegenzug verpflichte sich der König, auf die Investitur der Bischöfe mit Ring und Stab vollkommen zu verzichten. Wir, die Gesandten des Königs, zu der, wie uns auffiel, nicht ein einziger Geistlicher gehörte, wenn wir des Königs Erzkanzler Adalbert, der Erzbischof von Mainz werden soll, nicht dazurechneten, waren höchst beunruhigt, hielten das Vorhaben des Papstes schlicht für undurchführbar. Umso mehr erstaunte es uns, dass der König dem Vertrag zustimmte, Geiseln von beiden Seiten gestellt wurden.

Es kam, wie es kommen musste, es kam zur Katastrophe. Zunächst ging noch alles gut. Am Sonntag vor dem großen Fasten, an dem die Kaiserkrönung stattfinden sollte, geschah die feierliche Einholung. Eine große Menge Volkes zog mit Zweigen, Blumen und Palmen hinaus, die Vornehmen, die päpstlichen Amtsleute trugen Fahnen, Kreuze und Tierbilder, von dem Stadttor Roms bis zur Peterskirche war die untere Geistlichkeit aufgestellt, um den König mit Lobgesängen zu begleiten. Auf den Stufen der mit Kreuzen und Weihrauchfässern und mit allem erdenklichen weltlichen und geistlichem Gepränge geschmückten Peterskirche erwartete Papst Paschalis, umgeben von Bischöfen, Kardinalpriestern, Kardinaldiakonen und der Sängerschule, den König, der sich vor dem Papst niederwarf, ihm die Füße küsste und vom Papst zum Kusse auf den Mund hervorgehoben wurde.

Dann aber wurde die mit dem Papst ausgehandelte Urkunde verlesen, in der die Bischöfe als Fürsten des Reiches entmachtet werden.

Noch während der Verkündigung dieses Privilegiums entstand ein wilder Sturm der Entrüstung, ein Aufstand der Bischöfe, wie dergleichen wohl noch nie vorgekommen ist. Der Aufruhr galt sowohl dem Papst, der so Unerhörtes von seinen Bischöfen for-

derte, als auch dem König, der bisher gemeinschaftlich mit den Bischöfen das Reich regiert hatte – und sie nun für seine Kaiserkrone opferte. Erzbischof Konrad von Salzburg wäre in diesem Tumult beinahe getötet worden.

Damit war die Kaiserkrönung unterbrochen. Die Verhandlungen zogen sich den Nachmittag über hin. König Heinrich wurde der Vorschlag unterbreitet, sich auf der Stelle zum Kaiser krönen zu lassen und die Frage der Investitur auf die kommende Woche zu verlegen. Auf Anraten seines Erzkanzlers Adalbert lehnte König Heinrich ab. Und ich muss hinzufügen: Leider.

Gegen Abend kam es auf dem Vorhofe der Kirche zu gewaltsamen Übergriffen auf unsere Leute.

Dann geschah das Unheil: Aufgestachelt von seinem Erzkanzler Adalbert, ließ der König den Papst und den größten Teil seiner Geistlichen gefangen nehmen. Nur wenige konnten entkommen. Inzwischen war es Nacht geworden, und nunmehr ließ der König Papst Paschalis und seine Kardinäle unter strenger Bewachung in ein benachbartes Hospiz führen.

Die Römer waren empört, mehr als das. Noch in der Nacht wurden einige von uns umgebracht. Am Morgen kam es zum Angriff, wir waren nur wenige, da der größte Teil des Heeres vor den Mauern Roms lag. König Heinrich selbst warf sich in den Kampf, wurde verwundet, fiel vom Pferd und wäre kaum mit dem Leben davongekommen, wenn nicht der Vizegraf Otto, ein vornehmer, treuer Mailänder Anhänger, ihm sein Pferd zur Verfügung gestellt und sich für ihn geopfert hätte. Wir kämpften bis in die Nacht hinein, besonders an der Brücke zur Engelsburg. Groß war auf beiden Seiten die Zahl der Gefallenen, der Tiber rot vor Blut. Vier Tage später entschloss sich König Heinrich, Rom zu räumen und den Papst, seine Kardinäle und seine Geistlichen als Gefangene in der Burg Trevi in Haft zu halten.

Es sah in den nächsten Tagen so aus, als würden die Normannen dem Papst und dem römischen Volk zu Hilfe kommen, was aber nicht geschah. Ihr tatkräftigster Fürst Bohemund war inzwischen im März gestorben. Dies schreibe ich vor allem Euch, Alice, die Ihr auf dem Kreuzzug nach Jerusalem Bohemund als einen hochbegabten Krieger kennengelernt habt.

Die Römer und der Papst sahen sich der Hoffnung eines Eingreifens durch die Normannen beraubt, der König fürchtete um seine Kaiserkrone. Es ist für die deutschen Könige schon von jeher geradezu ein Verhängnis, dass nur der Papst sie zum Kaiser krönen kann. Also versuchte König Heinrich, das Herz des Papstes zu erweichen, indem er ihm Gehorsam versprach, eine merkwürdige Angelegenheit, denn der Papst war noch während des Osterfestes und darüber hinaus Gefangener des Königs.

In der dem Papst mit Zustimmung der gefangenen Kardinäle abgerungenen Vereinbarung gesteht dieser dem König die Investitur der Bischöfe und Äbte zu, sofern diese frei ohne Simonie gewählt worden seien. Er gibt darüber hinaus König Heinrich das Versprechen, ihn niemals zu exkommunizieren. Zudem gelang es König Heinrich, seinen Vater von der Exkommunikation zu lösen, so dass er an geweihtem Orte beigesetzt werden darf. So stand der Kaiserkrönung an einem gewöhnlichen Donnerstag im April nichts mehr im Wege. Der Papst wurde freigelassen, zumindest kurz vor der St.-Peters-Kirche, wobei die von unseren Bewaffneten umstellt war. An der silbernen Pforte wurde König Heinrich von Bischöfen, Kardinälen und Klerus empfangen, vom Kardinalbischof wurde er zwischen den Schulterblättern und am rechten Arm gesalbt. Vor dem auf den Stufen von St. Peter wartenden Papst sank Heinrich zu Boden und küsste ihm die Füße als Zeichen der Devotion. Der Papst führte König Heinrich zum Altar der Apostel, setzte ihm da die Kaiserkrone auf und weihte ihn zum Kaiser. Nachdem der Papst und der Kaiser sich den Friedenskuss gegeben hatten und Hand in Hand zur Kammer vor der Confessio des heiligen Papstes Gregor gegangen waren, der Kaiser von römischen Patriziern einen Goldreif als Zeichen seiner Herrschaft über Rom erhalten hatte, eilte Kaiser Heinrich unverzüglich in unser Feldla-

ger vor Rom zurück. Ich befürchte, dass dieses Jahr 1111 einen deutlichen Wendepunkt in der Herrschaft König und von nun an Kaiser Heinrichs darstellt.

Wie Euch bekannt ist, hatte ich eine eigene Mission in Rom zu erfüllen. Gräfin Salome ist von dem unabdingbaren Wunsch erfüllt, dem weltlichen Leben zu entsagen und den Schleier zu nehmen. In einem Schreiben an den Papst, den ich Seiner Heiligkeit überbracht habe, bittet sie um die Auflösung unserer Ehe.«

Alice stockte. Vor ihr stand die kleine Giselinde, ein hübsches, liebes Kind, das von jetzt an keine Mutter mehr hatte. Salome hatte sich zwar niemals viel um ihre Tochter gekümmert, wie in Adelskreisen üblich, hatte sie die Erziehung der Amme und dem Erzieher überlassen. Gleichwohl musste Giselinde der Verlust ihrer Mutter hart treffen, härter, als wenn Salome gestorben wäre. Der Tod hätte sie ohne ihren Willen fortgenommen, Salome aber hatte ihre Tochter freiwillig verlassen.

»Es war äußerst schwierig angesichts der Gefangennahme des Papstes, Seine Heiligkeit zur Auflösung der Ehe zu bewegen, insbesondere da er schon bei den Vorverhandlungen, also noch in Freiheit, dieser Bitte nicht entsprechen wollte. Er betrachtet, wie schon Papst Gregor VII., die Ehe als von Gott gestiftet und damit nur mit größten Bedenken als auflösbar, zumindest dann, wenn die Eheleute nicht miteinander verwandt sind oder beide, Mann und Frau, ins Kloster eintreten wollen. Dass meine Gattin aus dem Geschlecht der Grafen Guidi ist, war dazu noch ein Hinderungsgrund, da die Auflösung der Ehe auch einem Verzicht auf meine Grafschaft gleichkommt, auf deren Einflussnahme der Papst mittels der Grafen Guidi wohl noch gehofft hat.

Dass der Papst dem Begehren meiner Gattin stattgegeben und ihr den Weg freigegeben hat, Nonne zu werden, rechne ich weniger mir als Verdienst an als der engelhaften Gottesliebe meiner Gattin.

So möget Ihr ihrer gedenken und darum bitten, dass die dem Himmel Geweihte auch Euch in ihre Fürbittegebete aufnimmt.«

Alice blickte in die Runde, lächelte freundlich Bernhards Leuten zu. Mit einer Handbewegung löste sie die Versammlung auf.

Sie holte tief Luft, anscheinend hatte niemand Anstoß daran genommen, dass sie es war, die Graf Bernhards Schreiben vorgelesen hatte.

Während Alice von ihrem erhöhten Platz hinunterstieg, beobachtete sie, wie Kaspar sich an Leyla herandrängte und dicht hinter ihr den Saal verließ.

~@~

»Welch anmutiges Bild. Eine morgenländische Schönheit, wie sie am Brunnen Wasser schöpft. Wie Rebecca, um die der Knecht für seinen Herrn Isaak wirbt. Fehlen nur noch die Kamele«, sprach Kaspar, während er sich Leyla näherte und so hinter ihr stehen blieb, dass er sie beinahe berührte.

»Mit welchen Gedanken beschäftigt sich denn die juncfrou?«

Leyla fuhr vor Schreck zusammen. Sie fühlte sich belästigt und zugleich ertappt. Seit Tagen hatte sie diese merkwürdige, dumpfe Stimmung. Irgendwie langweilte sie sich, war sich selber lästig, wusste nicht so recht, was mit sich anfangen. Ihr war heiß, sie schwitzte, obwohl es in den Mauern der Burg trotz der stechenden Augustsonne kühl war. Sie bedauerte es, sie hätte doch mit ihrer Mamme und Graf Bernhard nach Speyer reiten sollen zur feierlichen Beisetzung Kaiser Heinrichs IV. im Dom. Aber sie hatte keine rechte Lust gehabt. Ihre Mamme hatte sie zwar gefragt, ob sie mitkommen wolle, und sie hätte wohl auch wirklich nicht gestört. Aber sie fühlte sich überflüssig, seitdem Graf Bernhard aus Rom zurückgekehrt war und keinen Zweifel daran ließ, dass ihre Mamme seine Gefährtin war. vrouwe Alice saß mit einem Male neben Graf Bernhard auf erhöhtem Platz an der Tafel und kaum eine Nacht verbrachte sie noch in ihrem Bett im Torhaus. Ganz selbstverständlich und für alle sichtbar begaben sich die beiden nachts zur Ruhe. Würde ihre Mamme schwanger werden und ein Kind bekommen?

Der Gedanke quälte sie. Leyla wusste nicht, ob sie sich das wünschen sollte.

Sie war so allein, dass sie überlegte, ob sie nicht zu Luitger und Giselinde, der Amme und dem Erzieher in die Kinderkammer ziehen sollte. Aber das ging auch wieder nicht, schließlich war sie erwachsen und würde bald heiraten. Graf Bernhard sah sich nach einem Bräutigam um, hätte vielleicht sogar schon einen gefunden, wenn er nicht für Luitger einen Grafen oder Herzog suchte, bei dem Luitger seine Ausbildung zum Ritter beginnen könnte. Deswegen waren einige Zusammenkünfte mit Bischof Ulrich von Passau vonnöten, der ja schließlich Luitgers Vormund war. Dennoch, es war ihr klar, sie würde nicht mehr lange auf der Burg leben können, die Heirat nahte. Sie aber, Leyla, hatte keinerlei Verlangen danach, auch wenn dies Abwechslung in ihr Leben gebracht hätte. Denn auf der Burg war es öde trotz des Tanzunterrichts und des blinden Sängers Olivier, den Martin aus Jerusalem mitgebracht hatte und der sie im Französischen, im Gesang und in der Dichtkunst unterrichtete. Das alles war irgendwie nicht richtig und Leyla fühlte sich leer, ausgelaugt, matt. Und dann auch noch dieser Kaspar, der sie verfolgte, ihr auflauerte, sie belästigte.

Unwirsch nahm Leyla den Eimer und zischte Kaspar an:

»Stellt mir nicht nach!«

Kaspar lachte: »Wie Euch nachstellen. So groß ist die Burg auch wieder nicht, dass man sich nicht ständig über den Weg läuft. Aber halt«, er fasste Leyla am Arm. Die machte sich los.

»Seid nicht hochmütig. Denkt Ihr, ich sei nicht gut genug für Euch? Seht mich an: Bin ich nicht ein Mann, den jede Frau sich wünscht? Und doch bin ich in Euren Augen niedrig, ein Knecht des Grafen, zuständig für die Pferde und für alles, was die rechte Hand des Grafen nicht wissen will.«

»Redet nicht falsch Zeugnis wider Graf Bernhard. Nehmt Euch in Acht!«

»Aber natürlich«, entgegnete Kaspar und strich sich über sein Oberlippenbärtchen.

»Fast hätte ich es ganz vergessen. Ihr wollt gar nicht irgendeinen Grafen heiraten. Genauer, ihr wollt keines fremden Grafen Eheweib sein. Wen immer Graf Bernhard für Euch aussucht, er ist der falsche. Denn Ihr begehrt nur einen zu heiraten. Und dieser eine ist Graf Bernhard selbst.«

»Hört auf!«, schrie Leyla verzweifelt.

»Ich denke nicht daran. vrouwe Alice, mit der unser Graf zusammenlebt, als hätten sie Gottes Segen empfangen, den der Kirche selbstverständlich, ist 30 Jahre alt. Sie wird 31 noch in diesem Jahr. Wie lange noch, vermutet Ihr, wird Graf Bernhard Gefallen an so einer alten Frau finden?

Ihr aber seid jung, 13 Jahre alt, vermute ich, und sehr wohlgestaltet. Wie die Gazelle im Hohen Lied. An Euch wird er sich nicht sattsehen. Hat Graf Bernhard Euch nicht schon vor vrouwe Alice ausgezeichnet, als er mit dem Kaiser aus Rom nach Passau zurückkehrte und Euch, nicht vrouwe Alice, sondern Euch, zum feierlichen Festakt mitnahm, bei dem der Kaiser auf dem Altar des heiligen Stephanus Bischof Ulrich eine Schenkung bestätigte? Ich habe gesehen, wie stolz Ihr an seiner Seite fortrittet. Ich beobachte Euch. Verzehrt Ihr Euch nicht nach ihm, während Ihr an seiner Tafel sitzt und keinen Bissen verzehrt? Ihr fühlt es genau, Ihr könnt Graf Bernhard den ersehnten legitimen Sohn schenken, denn Euch kann er heiraten, Euch, eine ägyptische Prinzessin.«

»*Das* ist meine Antwort!«, rief Leyla wütend und schüttete den Eimer über Kaspar aus, dass das Wasser aus seinen Haaren bis zum Boden tropfte. Mit raschen Schritten lief sie entrüstet und voller Angst davon.

Kaspar schrie ihr nach:

»Ihr habt kein Wasser mehr, Eure Seele zu reinigen.«

Er lachte in sich hinein und wischte sich die Tropfen mit dem

Ärmel aus dem Gesicht. Er hatte auf jeden Fall gewonnen. Könnte Leyla der Versuchung widerstehen, so wäre dennoch ein Nagel, ein Pfahl in ihr Herz getrieben, so dass es eitern und verbluten würde. Ginge aber Bernhard auf ihr Begehren ein und würde sie heiraten wollen, so wüsste er, Kaspar, ein Mittel, sie beide zu zerstören.

Glückselig ritt Alice zusammen mit Bernhard in den letzten Augusttagen von Speyer zurück nach Passau. Sie konnte sich nicht erinnern, jemals so unbeschwert mit ihm gelebt zu haben wie in diesen drei Wochen, die ihr wie ein einziges Fest erschienen waren. Ganz Speyer feierte. Endlich, nach fünf Jahren, hatte es König Heinrich in Rom beim Papst durchgesetzt, dass sein in der Exkommunikation verstorbener Vater an geweihter Stätte beigesetzt werden durfte. Im Königschor des Speyerer Doms erhielt der von den Speyerern geliebte, verehrte Kaiser neben dem Grabe seines Vaters seine letzte Ruhestätte. Der Jubel war ungeheuer, die Ehren, die Pracht überstiegen alles, was jemals einem verstorbenen Herrscher zuteilgeworden war. Alice wurde in diesen Sog des Glücks hineingezogen, obgleich der Standesunterschied durchaus fühlbar blieb. Bernhard hatte an der feierlichen Beisetzung, zu der Bischöfe, Äbte, auch der Abt, Fürsten in großer Zahl erschienen waren, im Dom teilgenommen, sie aber hatte mit den freudig bewegten Menschen draußen vor dem Gotteshaus gestanden, dem größten und prächtigsten diesseits der Alpen, wie die Speyerer nicht aufhören konnten ihr mitzuteilen. Es war in der Tat sehr eindrucksvoll, als die Privilegien, die die Speyerer vom Kaiser erhielten, in goldenen Buchstaben, das Bild des Kaisers in der Mitte, an der Vorderseite des Doms angebracht wurden. Die Worte *Am Tage der Bestattung unseres teuren Vaters, des Kaisers Heinrich glücklichen Angedenkens* verwunderten Alice zwar, wenn sie daran dachte, wie König Heinrich seinen Vater verfolgt und misshandelt, wie sehr sie auch selbst darunter gelitten hatte, aber eigentlich hatte sich alles zum Guten gewendet. Wie von Zauberhand geführt, war sie mit Bernhard wieder zusammengekommen. Nein, es störte Alice nicht, dass sie beim Festakt nicht teilnehmen konnte, sie war auch keineswegs darauf erpicht, sich die Reden der Erzbischöfe und Bischöfe anzuhören oder an ihren Festmählern teilzunehmen. Viel angenehmer fand sie es, sich mit der Menge treiben zu lassen, die Waren der unzähligen Stände zu betrachten, zu kaufen, wie sie Lust hatte, den Spielleuten zuzuschauen, die Feuerschlucker zu begaffen, denn sie wusste, Bernhard dachte während all seiner Verpflichtungen an sie. Wenn er dann kam, bummelten sie durch die Gassen, sahen den Lustbarkeiten zu, ließen es sich schmecken, tanzten, vor allem tanzten sie in die Nacht hinein, bis sie dann irgendwann zu Bernhards Zelt schlenderten, das wie die Zelte der meisten Adeligen vor der Stadt aufgebaut war. Es war noch sein Zelt aus dem Kreuzzug, das er damals nach der Schlacht bei Nikäa erbeutet hatte, ein wunderschönes Zelt mit einem Sternenhimmel. Niemals hatte Alice gehofft, unter diesem prächtigen Gewölbe wieder zu schlafen. Es war, als sei die Zeit stehen geblieben, als sei sie wieder 16 oder 17 Jahre alt, und dann auch wieder nicht, denn was sie nun erlebte, war schöner, beglückender als damals. Bernhard bekannte sich zu ihr, zu seiner Liebe, und keine Ehefrau träte mehr dazwischen.

Heiteren Sinnes verließen sie Speyer, es war warm, aber nicht heiß. In den frühen Morgenstunden stieg der Nebel wie Marienhaar auf und lagerte sich dicht über Wiesen und Felder. Wenn dann die Sonne durchbrach, die Reben voller Trauben hingen und sie im Schatten eines Baumes eine Rast machten, war Alice wie erlöst und glücklich. Gegen Abend erglühten am Waldesrand die Farben der Büsche, der Sträucher, beladen mit Beeren. Es war Alice angenehm, draußen zu schlafen und im Morgengrauen, wenn es kühl wurde, sich dicht an Bernhard zu schmiegen. Wie hatte sie das vermisst, das Leben mit ihm unterwegs in der Natur.

Doch je weiter sie sich von Speyer entfernten, desto mehr holten unruhig stimmende Gedanken sie ein. Noch weilten ihre

Gespräche bei den Festlichkeiten. Kaiser Heinrich hatte mit größter Prachtentfaltung das Andenken seines Vaters beschworen. War es nicht möglich, dass der Verrat des Sohnes am Vater zwischen den beiden besprochen und ausgeklüngelt war, damit weiterhin ein Salier an der Macht blieb? Hatte sich damals die Auseinandersetzung nur deshalb bis ins Unerträgliche zugespitzt, weil die päpstlichen Legaten dem vor ihnen in der erniedrigsten Haltung auf dem Boden ausgestreckten alten Kaiser nicht die Absolution erteilen wollten, obwohl selbst die feindlich gesinnten Fürsten Erbarmen wünschten oder zumindest geduldet hätten?

»Es war doch wohl Verrat«, überlegte Bernhard, »sonst hätte Kaiser Heinrich sich nicht so bitter beim französischen König über die schmähliche, entwürdigende Behandlung durch seinen Sohn beklagt, übrigens sehr zum Schaden des jetzigen Kaisers. Der Verrat am Vater zusammen mit der Gefangennahme des Papstes ergibt im Ausland, besonders in Frankreich, ein sehr unangenehmes Bild.«

Alice nickte und fügte hinzu:

»Der französische Klerus ist gegen ihn aufgebracht. Selbst in entlegenen Klöstern, im bretonischen Quimperlé, im abgeschiedensten Winkel der Welt, wo man bisher noch nie etwas von der Auseinandersetzung des Königs mit Papst Paschalis gehört hatte, verurteilen die Mönche die Gefangennahme des Papstes als Verrat.«

Bernhard fragte erstaunt:

»Woher wisst Ihr das?«

»Von Martin.«

»Und von wem hat der das?«

»Vom Abt.«

Bernhard lachte auf. »Das hätte ich mir auch gleich denken können. Natürlich vom Abt – von seinem Vater.«

Vor Schrecken riss Alice die Zügel hoch, so dass ihr Pferd sich aufbäumte und sie beinahe heruntergefallen wäre.

Bernhard sah ihr belustigt zu.

»Das finde ich überhaupt nicht komisch!«, rief Alice empört, als sie weiterritten.

»Eure Empörung ist schon sehr erheiternd. Da glaubt Ihr ernsthaft, mir diese Kenntnis so viele Jahre vorenthalten zu können.«

»Ihr habt damals in Antiochia gelauscht, als Martin und ich den Brief des Abtes geöffnet haben, aus dem hervorging, dass der Abt Martins Vater ist.«

»Habe ich nicht. Alice, dieser Vorwurf ist entwürdigend. Ich lausche nicht«, entgegnete Bernhard, tat beleidigt und drohte ihr dann scherzhaft mit dem Zeigefinger.

»Aber ich habe es mir schon seit Langem zusammengereimt. Ihr und Martin, ihr seid wahrscheinlich in der Hochzeitsnacht deiner Eltern entstanden. Da lebte der Abt noch als der jüngere Bruder deines Vaters mit ihm unter einem Dach. Während er dem Beilager deiner Eltern zusehen musste, rief er aus: ›Wenn ihr wüsstet, was ich jetzt tun werde!‹ Es war kein Fluch, es war eine Drohung, dass er zu Martha gehen und mit ihr schlafen werde, gerade weil dein Vater die Magd mehr liebte als deine Mutter. Erst nach Martins Geburt und dem Tod deiner Mutter trat er ins Kloster ein, dein Vater jedoch machte Martha zur Herrin seines Hauses. So ähnlich, wie es bei uns beiden ist.«

Er blickte Alice von der Seite an. Die machte ein unwilliges Gesicht.

»Scherz beiseite. Ich weiß, wie sehr Ihr Euch um die Menschen in meiner Grafschaft verdient macht. Also, zurück zum Abt. Der Abt tauchte nach vielen Jahren das erste Mal bei Euch in der Marchgasse auf, als zur bewaffneten Pilgerfahrt nach Jerusalem aufgerufen wurde. Warum? Er wollte wissen, ob Martin mitziehen würde. Ich glaube nämlich allmählich, er kam weniger, um Euren Vater zur Teilnahme am Kreuzzug zu bewegen, als um Martins willen. Als Euer Vater auf dem Marsch in Ungarn durch Betrug fast sein gesamtes Geld verlor, Martin zurück nach Passau geschickt wurde, um Eure Mitgift zu holen, Martin nach einem

Überfall schwer verwundet im Kloster ankam, da pflegte zur Verwunderung aller Mönche der Abt ihn so lange, bis er außer Todesgefahr war. Noch niemals war einem Schwerkranken eine solche Ehre zuteil geworden. Mein veter, der Probst, vertraute mir an, die Mönche munkelten, der Abt habe sich Martin in unkeuscher Weise genähert. Das wurde niemals laut ausgesprochen, dazu ist der Abt auch zu unantastbar, ich möchte sagen, zu hoheitsvoll. Ich teile diese Ansicht nicht. Ich glaube, der Abt wollte seinem Sohn das Leben retten. Damit war es der Zuwendung jedoch nicht genug. Kaum war Martin zu unserem Pilgerheer zurückgekehrt, da erhielt er vor der Schlacht von Nikäa Schwert und Lanze, Kettenhemd und Geld für ein Schlachtross von einem fremden Fürsten aus diutschem landt, der sich auch noch als Vater seines natürlichen Sohnes zu erkennen gab. Die Waffen waren eines Fürsten würdig. Ich weiß zwar nicht, woher der Abt das Geld nahm, denn auch in seiner Stellung darf er schließlich keinen persönlichen Besitz haben, aber ich traue dem Abt zu, aus Steinen Geld zu machen. Seit Martins Rückkehr nach Passau hält er sich wohlweislich von Martin fern. Bei der Hochzeitsfeier war er nicht zugegen, erschien allerdings, um nach der Messe Martin und seiner Frau Katharina den Segen zu erteilen. Die Patenschaft von Martins Tochter hat er nur angenommen, weil dieser Ritter, Gesandter des Königs von Jerusalem, Kreuzfahrer und ein sehr reicher, angesehener Kaufmann ist, der dem Kloster kostbare Stoffe aus Jerusalem hat zukommen lassen. Hätte Martin einen niedrigeren Stand gehabt, so wäre der Abt nicht Pate von Martins Tochter geworden, obgleich er eigentlich der *ane* des Kindes ist.«

Bernhard schmunzelte. »Sonderbar, als *ane* kann ich mir den Abt wahrlich nicht vorstellen. Wie denkt Ihr darüber?«

»Wahrscheinlich verhält es sich so. Der Abt will sich und Martin nicht ins Gerede bringen. Mich wundert nur, dass Martin sein Kind nach seiner ersten Frau benannt hat«, antwortete Alice. »Ich vermute, er will ihr Andenken bewahren, hat jedoch allmählich den Schmerz über ihren Tod, ihre Hinrichtung, überwunden«, bemerkte sie, erleichtert, von diesem heiklen Gespräch über Vorenthaltenes loszukommen.

Bernhard schüttelte unwillig den Kopf, schwieg, schwieg lange. Schließlich fragte er erschreckend ernst:

»Alice. Alice. Du lenkst ab. Welches Geheimnis verbirgst du noch vor mir?«

Alice wurde bleich wie der Tod und dann erglühte sie vor Scham. Himmel, bebte es in ihr. Luitger – Bernhards Sohn. Sollte sie Bernhard endlich gestehen, dass er Luitgers Vater war? Warum erzählte sie es ihm nicht einfach? Inzest, hämmerte es in ihrem Kopf. Durfte sie Bernhard mit dieser Sünde belasten? Und wenn Bernhard aus Gewissensgründen nicht mitspielte, würde sie nicht Luitger seines Vermögens berauben? Er wäre nichts als Bernhards natürlicher Sohn. Die Verlobung mit Giselinde wäre geplatzt. Bernard wäre der Lächerlichkeit des gesamten Adels preisgegeben und ihr würde die Zunge herausgeschnitten.

Sie überlegte mit krauser Stirn, wie sie der Frage entgehen könnte.

Bernhard betrachtete sie aufmerksam, ein Blick, den Alice kaum aushielt.

»Ihr habt sicher auch ein Geheimnis, das Ihr noch nie jemandem anvertraut habt«, versuchte Alice, sich zu retten.

»Also gut. Wie Ihr wollt. Hm, nun ja. Regensburg ist nicht mehr weit. Ich rieche schon beinahe die Donau«, ließ sich Bernhard darauf ein.

»Es war in Regensburg, während des letzten Hoftages, den Kaiser Heinrich abhielt. Da habt Ihr übrigens mit Graf Udalrich zusammengelebt, zu Eurer Beruhigung, falls irgendwelche Verdächtigungen auftauchen sollten.«

Alice blickte nach unten, betätschelte den Hals ihres Pferdes und war noch immer verlegen.

»In der Herberge, in der ich für die Zeit des Hoftages abgestiegen war, bediente eine schöne Magd. Der Ausdruck ›schön‹ ist nicht ganz zutreffend. Sie war nicht das niedliche, hübsche

Ding, das zum Zeitvertreib Adeliger sich gerne bereitfindet und auch gegen Geschenke nichts einzuwenden hat.

Käthe war eigentlich überhaupt nicht schön, für meinen Geschmack viel zu üppig, mit einem schweren Busen und einem runden Gesicht. Ich erspare Euch die Einzelheiten. Oder auch nicht. Dieses Gesicht hatte etwas Anrührendes, Unschuldiges, wie ich es niemals bei jemandem so rein gefunden habe. Ihr Gesicht drückte aus, wer diese Frau war, lieb und fromm und gut.

Verzeiht, Alice. Ich möchte Euch nicht verletzen. Aber Ihr fragt mich nach meinen Geheimnissen. Und wenn Ihr schon Eure noch immer nicht preisgebt, so will ich Euch doch meine anvertrauen.

Während der letzten Dezembertage und den ganzen Januar hindurch war Käthe jede Nacht bei mir, genauer, ich bat sie am Morgen, abends zu mir in die Kammer zu kommen. Das ist wichtig, denn von sich aus hätte sie es niemals gewagt, stattdessen hätte sie sich auf ihrem Strohlager verzehrt, ob es mir recht sei, dass sie wieder die Nacht mit mir verbringt, oder ob sie etwas falsch gemacht habe und ich ihrer überdrüssig sei. So ging es also den ganzen Januar hindurch, bis ich plötzlich von dem Wunsch gepackt wurde, Käthe würde mir einen Sohn gebären. Von Salome erwartete ich mir nichts mehr, ich hielt sie für unfruchtbar. Nicht einmal eine Fehlgeburt hatte sie gehabt, sie wurde einfach nicht schwanger. Von Käthe konnte ich es mir gut vorstellen, einen natürlichen Sohn. Sie war zwar ungebildet, eine Dienstmagd eben, aber weil es ihrem niedrigen Stand entsprach. Ein Sohn mit ihr könnte durchaus klug sein, so wünschte ich damals. Eines Nachts, es war kurz vor unserem Abschied, fragte sie mich gar, wie ich meinen Sohn nennen würde. Ich habe einen Augenblick gehofft, ich werde Vater.«

»Was habt Ihr denn Käthe auf ihre Frage geantwortet?«

»Wolfhardt, habe ich gesagt. Wolfhardt würde ich meinen Sohn nennen. Ich hätte ihn legitimieren lassen, wie heftig Salomes Widerstand auch gewesen wäre.«

Schweigend, in sich versunken, ritten sie nebeneinanderher. Alice taten Bernhards Worte ein wenig weh, wenn auch nicht zu sehr. Offenbar hatte Bernhard diese Frau lieb.gehabt.

»Wie ging die Geschichte weiter?«, wollte Alice wissen.

»Käthe meinte, sie sei nicht schwanger, obwohl ich ihr das nicht wirklich geglaubt habe. Als ich dann das nächste Mal nach Regensburg kam, habe ich mich nach ihr erkundigt. Sie bediente nicht mehr in der Herberge. Ich habe den Wirt nach ihr gefragt, aber er antwortete schroff, sie sei nicht mehr da, spurlos verschwunden.

Später habe ich ihn zufällig in einer Gasse in Regensburg wiedergetroffen, da war er nicht mehr Wirt, sondern ein Krüppel, er war in betrunkenem Zustand von einem Fuhrwerk erfasst und angefahren worden. Jedenfalls erzählte er mir, Käthe sei tot.«

Alice fühlte die Müdigkeit nach dem langen Ritt.

»Regensburg«, sagte Bernhard. »Übernachten wir im Kloster St. Emmeran. Da erwartet uns auch vom neuen Abt eine ehrenvolle Begrüßung. Und ein Gebet, das haben wir beide nötig.«

Früh am Morgen brachen sie Richtung Plattling auf. Alice wollte eine ehemalige Hörige aufsuchen, der Bernhard gestattet hatte, die Herrschaft zu wechseln, um zu heiraten. Die junge Frau hatte Zwillinge bekommen und Alice wollte schauen, ob sie Unterstützung benötigte. Als Alice die niedrige reetgedeckte Hütte verließ, steckte sie der jungen Mutter Geld zu. Die Frau küsste Alice' Hände und wünschte:

»Gott segne Euch, vrou Alice.«

Am späten Nachmittag ritten Alice und Bernhard weiter. Sie beabsichtigten, noch vor Einbruch der Nacht Bernhards Burg zu erreichen.

Die hohen, weit ausgedehnten Mauern sahen sie schon von Weitem auf der Anhöhe thronen, während sie noch durch die Ebene an der Donau entlangritten. Es waren keine frohen Gefühle, die Alice mit dem Anblick der Burg überkamen. Sie fühlte sich schon jetzt beengt, bedrückt. Eine ungewohnte Bangigkeit überkam sie. Und auch Bernhard war in sich gekehrt, schien über etwas nachzugrübeln.

Schließlich sagte er:

»Wie es wohl Leyla geht? Hoffentlich ist sie während unserer Abwesenheit nicht verhungert. Es war schrecklich anzusehen, wie das Mädchen an der Tafel saß und fast nichts mehr aß. Sie wurde von Tag zu Tag weniger und wirkte bleich und krank.«

Er seufzte und macht ein sorgenvolles, bekümmertes Gesicht.

»Leyla ist sowieso in letzter Zeit so anders«, fuhr er fort. »Ich hatte den Eindruck, sie ginge mir aus dem Weg. Und dann sah sie mich bisweilen sonderbar an, so gar nicht wie eine Tochter. Wisst Ihr, was mit Leyla los ist? Was sie bedrückt?«

»Nicht wirklich. Leyla, die mir sonst alles erzählt, vertraut mir seit einiger Zeit nichts mehr an. Über irgendetwas muss sie nachdenken, was sie zermürbt.«

»Was, vermutet Ihr, bereitet Leyla solchen Kummer?«

Alice suchte nach einer Antwort. Sie hatte schon einen Verdacht. Leyla hatte ihr denn doch einmal eine Frage gestellt, die Alice verwundert und beunruhigt hatte.

»Leyla fragte mich einmal, sie schämte sich offenbar dafür, ob Ihr ganz bestimmt nicht mehr mit Salome verheiratet seid, ob Eure Ehe wirklich vom Papst annulliert sei.«

»Was geht es sie an«, erwiderte Bernhard unwirsch.

»Nichts oder alles«, entgegnete Alice. »Leyla ist kein Kind mehr, auch nicht nach dem Gesetz der Kirche. Seit einem Jahr dürfte sie verheiratet sein.«

»Ich musste erst für Luitger einen Fürsten finden, bei dem er zum Ritter ausgebildet würde. In Speyer habe ich deswegen mit dem Herzog von Sachsen, Lothar von Süpplinburg, verhandelt. Nächstes Jahr wird Luitger sieben Jahre alt, da wird er von Herzog Lothar als Knappe aufgenommen.«

»Lothar von Süpplinburg? Seltsam, seine Mutter ist eine geborene Formbach. Bei der Gräfin Mathilde von Formbach, den Passauer Formbachs, habe ich mich einmal als Vorleserin beworben. Der Abt hatte mir die Stelle besorgt, mich auch auf ihre Burg begleitet. Sie wollte mich nicht haben, wegen Leyla. Kurz danach ist sie gestorben. – Und nun habt Ihr das Mädchen hoffähig gemacht.«

»Der Sohn des alten Grafen von Formbach Eckbert II. ist sogar mit seiner Frau Kunigunde zu meinem Fest erschienen und hat sich beschenken lassen«, bemerkte Bernhard schmunzelnd. »Als Nächstes beabsichtige ich, Leyla zu verheiraten. Damit dürfte ihre Unausgeglichenheit beendet sein.«

Alice schüttelte den Kopf.

»Ihr meint nicht?«

»Als Leyla Euch das erste Mal begegnete, damals in Passau in der Gasse *Unter Schustern*, da sagte sie mir hinterher, so stelle sie sich einen Ritter vor. Ich war erstaunt, sie kannte Euch nicht, wusste auch nichts von unserer engen Verbindung, na, damals war sie nicht so eng.«

Der Fluss mäanderte, Auenwäldchen verdeckten die Sicht zur Burg. Sie mussten einen weiten Bogen schlagen, um wieder zügig reiten zu können.

»Jedenfalls glaube ich«, Alice schluckte und bekam eine heisere Stimme. »Jedenfalls vermute ich, dass Leyla Euch seit diesem Tage liebt.«

»Ich liebe Leyla auch«, sagte Bernhard leichthin.

»Ich meine, Leyla liebt Euch weniger wie einen Vater, sondern, je älter sie wird, als Mann.«

»Was redest du für einen Unsinn, Alice«, wies er sie zurecht.

»Leider nicht. Ich vermute, Leyla ist bewusst geworden, dass Ihr, jetzt, da Ihr frei seid, Euch wieder verheiraten könntet. Und sie sehnt sich danach, Eure Frau zu werden.«

»Jetzt ist es aber genug.«

»Das lässt sich leicht sagen und schwer verwirklichen. Leyla sehnt und zerquält sich nach Euch, und ich fürchte, sie hungert sich zu Tode.«

»Leyla ist für mich wie eine Tochter. Um es genau zu sagen, sie steht mir näher als Giselinde. Eine Ehe, das wäre für mich Inzest.«

Bei dem Wort zuckte Alice zusammen. Ruhig bleiben, ermahnte sie sich. An Luitger und Giselinde und an deren Hochzeit wollte sie nicht denken. Es ging jetzt um Leyla und das war schlimm genug.

»So abwegig ist der Gedanke nicht, dass Ihr Leyla zur Frau nehmt. Von mir könnt Ihr, so wie es aussieht, nicht einmal einen natürlichen Sohn bekommen. Ich fürchte, ich bin seit meiner schweren Erkrankung nach Luitgers Geburt unfruchtbar. Sonst wäre ich in all den Jahren wohl einmal schwanger geworden«, fügte Alice traurig hinzu. »Leyla aber würde Euch, da bin ich mir sicher, den ersehnten Sohn schenken, den Ihr dringend braucht, damit das Geschlecht der Grafen von Baerheim im Mannesstamm erhalten bleibt.«

Abrupt hielt Bernhard sein Pferd an. Das Licht fiel schräg durch die Blätter und Alice musste blinzeln, so dass sie sein Gesicht nicht deutlich sah. Sie wusste es auch so. Ihre Rede hatte Bernhard gründlich verärgert. Doch entgegen seiner aufgebrachten, gereizten Stimmung erwiderte er ruhig und ernst:

»Alice, du bist die Schlange, du bist Eva, die den Mann versucht und ins Verderben lockt. Eins kann ich dir versichern. In diesen Apfel beiße ich nicht.«

Es kam, wie Alice befürchtete. Leyla wurde sterbenskrank. Schon am Tag nach seiner Rückkehr aus Speyer erklärte Bernhard, an Leyla gewandt, er werde niemals wieder heiraten. Zur allgemeinen Verwunderung sprang Leyla von der Tafel auf, lief aus der Halle. Und wenn sie sich auch verschämt kurz darauf wieder auf ihren Platz setzte, so wurde doch vermerkt, eine solche Ungezogenheit hatte sie sich noch nie erlaubt. Kaspar unterdrückte ein triumphierendes Lächeln, hatte er das kleine Luder richtig bis ins Mark und Herz durchschaut.

Noch in derselben Nacht wurde Leyla krank, fieberte, fantasierte und es war unschwer auszumachen, dass ihre Traum- und Trugbilder um Bernhard kreisten. Mit Besorgnis und Kummer beobachtete Alice, wie das Siechtum, das ständige Liegen, das sich wochen- und monatelang über den Winter hinzog, Leylas Sinnlichkeit aufs Unerträglichste reizte, dass sie weniger die Ehe wünschte, als in seinen Armen zu liegen, mit ihm das Lager zu teilen, einfach alles. Dass Bernhard schon Ende 30 war, wenn nicht sogar 40 wurde, machte ihn in Leylas Augen offenbar noch begehrenswerter.

Alice wusste sich keinen anderen Rat, als den Abt zu rufen. Danach ging es allmählich besser. Leylas gesunde Natur gewann die Oberhand. Am Ende des Sommers schien Leyla so weit genesen zu sein, dass Bernhard für sie ein Fest veranstaltete.

Er verwandelte die Burg in eine einzige Lustbarkeit.

Aus dem hell erleuchteten Saal im oberen Geschoss des Palas' drang die Musik der Piper, Fideln und Dudelsackbläser hinab in den Burghof, der seinerseits, von unzähligen Fackeln und Feuern erleuchtet, ein prächtiges Bild ergab. Schöne, in bunte Gewänder gekleidete Menschen bewegten sich anmutig im Tanz. Im Hof wurden am Spieß Hammel gebraten. Bei den Ständen, an denen Wein ausgeschenkt, Trauben, Pasteten, Käse und Milchreis in Brottellern serviert wurde, standen plaudernd und lachend Bernhards Gäste. Ein glänzender Sternenhimmel und ein runder Mond ließen so manchen jungen Herrn sich zu gewagten Huldigungen an seine Dame verleiten, besonders wenn eine Sternschnuppe vom Himmel fiel und Wünsche erlaubt schienen. Ein Jubel, eine seltene Glückseligkeit erfüllte eine jede, einen jeden der von Bernhard zum Fest Geladenen.

Missmutig verbrachte Kaspar mit Lucia den Abend in deren kleinem Haus an der Burgmauer. Er saß breitbeinig auf einem Schemel, sie hatte auf einer Truhe Platz genommen und baumelte mit den Beinen.

»Für mich hat er nie ein Fest gegeben wie für diese Leyla. Seit so vielen Jahren diene ich ihm, schon seit dem Kreuzzug, und was ist der Dank? Da macht er ein Riesentrara, bloß weil diese Leyla wieder gesund geworden ist.«

Er spuckte auf den Lehmboden, was Lucia missfiel. Überhaupt störte sie seine üble Laune.

Tadelnd erwiderte sie: »Hör auf, dich selbst zu bemitleiden. Tu lieber was dagegen.«

»Ach was, ist doch wahr. Da fällt diesem verwöhnten Bastard nichts ein, als den ganzen Winter, den Frühling, ja fast ein ganzes Jahr krank zu sein. Die genießt es doch, wenn sich alle Sorgen um sie machen, vrouwe Alice und der Graf höchstpersönlich.«

»Sei nicht ungerecht. Leyla wäre beinahe gestorben. Sie hat schließlich sogar die Letzte Ölung erhalten.«

»Vom Abt empfangen«, höhnte Kaspar. »Natürlich, darunter ging es nicht. Graf Bernhards Kaplan war nicht gut genug.«

»Der war selber krank. Du bist mal wieder ungerecht und verbittert.«

»Mag sein«, erwiderte Kaspar, ließ den Kopf hängen. Dann aber reckte er ihn empor und sagte angriffslustig:

»Nur, mit welchen Mitteln hat er sie geheilt? Flüstert diesem Hurenmädchen ein, sie werde gesund, wenn sie ins Kloster geht. Das ist Gotteslästerung! Er maßt sich an, wie Gott zu sein.«

Lucia war bei diesen Worten nicht wohl; den Abt zu verunglimpfen, schien ihr durchaus nicht ratsam. Sie fürchtete seinen Zorn oder Gottes Zorn. So entgegnete sie:

»Es ist gar nicht gewiss, dass der Abt Leyla auf diesen Gedanken gebracht und von ihr ein Gelübde gefordert hat, sie werde Nonne. Ich habe schon oft gehört, dass er Vornehme, Reiche, die in sein Kloster eintreten wollten, abgewiesen hat. Er nimmt grundsätzlich keine Väter von kleinen Kindern auf und auch Eltern, die ihren Sohn als Gottesgabe dem Kloster übergeben wollen, bereitet er durchaus Schwierigkeiten. Er sieht sich zuvor das Kind genau an und wenn er der Meinung ist, der Junge eigne sich nicht als Mönch, dann ist er auch mit hohen Zuwendungen nicht zur Aufnahme zu bewegen.«

»Ist mir wurscht. Ich verstehe nur nicht, warum Graf Bernhard noch so ein Fest für diese Kröte veranstaltet, obwohl sie den Schleier nehmen und sich den Rest ihres Lebens hinter Klostermauern vergraben will.«

Lucia lachte, lachte Kaspar aus. Der sah sie beleidigt an.

»Du bist manchmal zu komisch«, rang sie nach Luft. »Du kennst deinen Herrn bisweilen überhaupt nicht. Er gibt dieses Fest für Leyla, damit sie nicht Nonne wird.«

Kaspar sah sie verblüfft an.

»Ist dir denn nicht aufgefallen, dass keiner dieser Gäste älter als 25 Jahre ist? Ich habe gar nicht gewusst, wie viele gut aussehende adelige Männer es in unserer Gegend gibt. Graf Bernhard hat nicht einmal davor zurückgeschreckt, den fünften Sohn eines Grafen einzuladen, sofern der nur ein starker, hübscher Ritter ist, sonst aber nichts besitzt als sein Pferd und sein Schwert.«

Sie zog ihre Tunika glatt, so dass ihr Busen schön sichtbar war.

»Ach was«, sagte sie und klapperte mit ihren Pantinen gegen die Truhe. »Was sitze ich hier noch mit dir herum. So eine Gelegenheit wie heute Nacht mit so vielen adeligen jungen Männern hat es noch nie gegeben.«

Kaspar sprang auf, packte Lucia am Handgelenk und drückte es fest zusammen.

»Wehe!«, rief er.

»Hör auf!«, fauchte sie und spie ihm ins Gesicht.

Kaspar ließ los, wischte sich die Spucke ab und sagte in ruhigerem Ton:

»Hören wir auf zu streiten. Lies endlich den Brief vor, den du von Salome erhalten hast.«

Lucia murrte noch leise vor sich hin, öffnete dann jedoch bereitwillig die Truhe, entnahm das Schreiben, rückte einen Schemel an den Eichentisch heran, auf dem die Kerze stand.

Sie hielt den Brief an das Licht und übersetzte:

»Salome, Magd Gottes, Braut Jesu Christi, durch Gottes Gnade
Äbtissin des Klosters Sankt Marien / Lucia, ihrer treuen Dienerin
in der irdischen gottlosen Finsternis

Gott zu ewigem Lobe voraus.

Unlängst klagte der Kölner Erzbischof Friedrich, eine ehrbare
Frau finde kaum ein Kloster, in dem sie Zuflucht vor der Welt fin-
den könne, wenn sie enthaltsam leben wolle. So habe ich es auch
selbst gefunden, als ich vor nunmehr eineinhalb Jahren hier einen
Schutzort suchte vor den Verwüstungen, die das Eheleben in mei-
ner Seele hervorgerufen hat.«

Lucia hob den Kopf, blickte Kaspar an und sagte:

»Das steht hier wirklich.«

»Lies weiter!«, forderte er sie auf.

»Umso mehr beklagte ich mein Schicksal, als ich an geweih-
ter Stätte Unordnung, Lässigkeit, Fehler und Laster vorfand. Die
Welt hatte, so musste ich mit Bestürzung feststellen, auch von die-
sen Gott geweihten Frauen Besitz ergriffen – oder soll ich lieber
sagen – der Teufel.

Wohin mich also wenden? Ich hatte dem Kloster erhebliche
Reichtümer vermacht und betete zu Gott, er möge es mir endlich
ermöglichen, ein reines, frommes Leben zu führen.

Da erhörte mich Gott und nahm die Äbtissin des Klosters zu
sich.

Du kannst dir den verwerflichen Zustand des Klosters vor-
stellen, wenn ich dir sage, dass sich aus den Reihen der Nonnen
keine Äbtissin fand. Sie waren alle misstrauisch gegeneinander.
Jede kannte die Schwächen der anderen und jede Nonne fürch-
tete, dass die neue Äbtissin unnachsichtig und mitleidlos von der
Kenntnis dieser Schwächen Gebrauch machen und ihre früheren
Mitschwestern erbarmungslos knechten werde.

Meine hohe Abstammung, meine einflussreichen Beziehungen
zum Papst wie auch meine Frömmigkeit machten den Schwes-
tern die Wahl leicht, ich wurde Äbtissin.

Wir wissen zwar, dass es uns nicht zukommt, unsere eigene

Person zu rühmen, aber da ich nach Gottes Beschluss Äbtissin und nach Gottes Gnade die mir anvertrauten Töchter als strenge Mutter zum ewigen Seelenheil führen soll, so will ich dir mitteilen, dass Ordnung und Demut wieder in das Kloster eingezogen sind. Den Nonnen, meinen geliebten Töchtern, lasse ich keine Unregelmäßigkeit durchgehen. Singt eine Nonne nicht wohltönend zum Lobe Gottes, so lasse ich mir zwar während des Gottesdienstes nichts anmerken, aber danach rufe ich sie zu mir in die Konventstube, und da muss sie mit heller, lauter Stimme singen, bis sie meine Zufriedenheit erlangt. Kommt gar eine zu spät zum Gottesdienst angehetzt, so muss sie zwei Nächte hindurch, in der Kirche stehend, büßen. Bei Tisch achte ich auf strengste Zucht. Ich setze mich so, dass ich alle Nonnen im Blick habe und beobachten kann, wie sie mäßig und züchtig das heilige Almosen zu sich nehmen. Meinen Töchtern ist es nicht gestattet, ihre Augen hin und her gehen zu lassen, nur soweit Brot und Teller vor ihnen stehen, dürfen sie schauen. Beim Essen haben sie selbstredend zu schweigen. Nach Tisch rufe ich einige heraus, immer so, dass keine erahnen kann, wann sie an die Reihe kommt, und lasse mir die Tischlesung aufsagen. Dies geschieht, damit neben dem Leibe auch die Seele gespeist werde. Eine ganze Stunde des Tages müssen sie das Leiden und Sterben unseres lieben Herrn Jesus Christus betrachten und ich lehre sie, wie sie sich an allen Orten, auf Gängen, in Kammern, in der Klausur, stets immer das Leiden unseres Herrn Jesus Christus vor Augen führen sollen.

So ist, da ich strengen Gehorsam fordere, die Macht des Herrn in die Herzen meiner Töchter eingedrungen. Demutsvoll schauen sie nach unten, sprechen kaum miteinander, nur das Nötigste.

Allerdings bis auf eine, Ursula, eine junge, recht gebildete Grafentochter. Sie besaß einen unruhigen, aufmüpfigen Geist, einen inneren Trotz, der auch durch Verweise und Schläge nicht gezüchtigt werden konnte. Eines Tages entwich sie der strengen Klausur, stieg die Stufen zum Glockenturm hinauf, weil sie, wenn sie schon nicht hinausgehen durfte, wenigstens die Berge und Auen ringsum schauen wollte.

Doch Gott bestrafte ihre niederen Regungen, sie stürzte über dem Altar der Heiligen Jungfrauen durch die Holzdecke herab und brach sich den Hals.

Dies ist ein deutliches Zeichen, wie Gott Ungehorsam ahndet.

Wie aber muss er es zutiefst hassen, wenn Heiden unter der Larve des Christen Gott freveln. Mir ist zu Ohren gekommen, dass der heidnische Bastard Leyla den Schleier nehmen und eine Magd Gottes werden will. Das darf niemals geschehen, denn wie sehr sie auch vorgibt, Christin zu sein – und vielleicht sogar selbst davon überzeugt ist – so ist und bleibt sie vor Gott eine Ungläubige. Nicht die Taufe, nicht ein frommes Leben kann ihr schwarzes, verderbtes Herz in ein christliches verwandeln.

Dir zur Anschauung will ich meinen Gedanken, der die Wahrheit ist, kurz mitteilen. Es verhält sich mit Leyla so, wie uns die Heilige Schrift lehrt von Dina und Sichem. Sichem, der Heide, nahm Dina, Jakobs Tochter, zu sich und lag bei ihr, er gewann sie lieb, heißt es sogar. Jakobs Söhne gerieten in großen Zorn, dass Sichem ihre Schwester geschändet hatte, und verlangten von ihm und all seinen Untertanen, sie sollten sich beschneiden lassen, dann dürfe er Dina zum Weibe nehmen. Am dritten Tage aber, als Sichem und alle Männer seines Volkes Schmerzen hatten, ergriffen zwei Söhne Jakobs ihr Schwert und töteten alles, was männlich war. Jakob wurde zornig und schalt seine Söhne. Sie aber haben recht gehandelt, der Arm Gottes wurde durch ihr Schwert sichtbar und vollstreckt, denn Gott wollte nicht, dass sein Volk sich mit dem heidnischen vermischt.

Wie sehr wird Gott gekränkt sein in seiner Ehre, wenn Leyla Nonne wird. Ich bin der Herr, dein Gott, du sollst nicht andere Götter haben neben mir, spricht der Herr. Leyla aber wird in ihren bösen Gedanken, vom Teufel geleitet, dagegenhalten: Du sollst deinen Vater und deine Mutter ehren. Ihr Vater und ihre Mutter sind Ungläubige und sie wird ihnen den Vorzug vor Gott

*geben. Als Nonne wird sich der Teufel ihrer bemächtigen und sie
wird das Kloster ins Unglück stürzen.*

Bevor dies geschieht: VERNICHTE SIE!«

Das Fest hatte die von Bernhard beabsichtigte Wirkung nicht
gezeigt. Leyla hatte an keinem der jungen Männer Gefallen gefunden, geschweige denn sich verliebt. Im Gegenteil, die hübschen
Adeligen waren ihr schal, nichtssagend und unbedeutend vorgekommen, er selbst leuchtete in ihren Augen, gerade auch wegen
seiner Männlichkeit, seiner Erfahrung, wie eine Fackel, nein, wie
die Sonne.

Leyla war verzweifelt. Ständig quälten sie Gewissensbisse,
wenn sie sah, wie wohlgemut ihre Mamme mit ihrem Geliebten
zusammenlebte. So wusste sich Leyla keinen anderen Rat, als,
wenn sie schon nicht sterben dürfte, das hatte ihr der Abt verboten, so jedenfalls ins Kloster zu gehen.

Nicht jedoch ins Kloster Niedernburg. Da hörte man ja ganz
schreckliche Dinge, die auch tatsächlich eingetreten waren. Die
Nonne Johanna hatte ein Kind bekommen – von ihrem Beichtvater, von Markus, weswegen ihre Mamme auch jetzt in Passau
war, und außerdem war das Kloster Niedernburg viel zu nahe
bei Bernhards Burg, er selbst viel zu häufig in Passau, jetzt schon
wieder, weil es irgendwelche Schwierigkeiten mit Herzog Lothar
von Süpplinburg gab, zu dem Luitger als Knappe aufgenommen
werden sollte, weswegen Bernhard mit Bischof Ulrich reden
wollte, weil der ja Luitgers Vormund war. Sie hatte nicht genau
zugehört, als Bernhard davon erzählte, aber es schien ziemlich
schlimm zu sein. Überhaupt war die Welt schlecht. Deswegen
wollte sie in ein Kloster, das ganz weit weg von Passau war
und in dem sich die Nonnen rein und engelsgleich dem Got-
teslob widmeten. Streng sollte es sein, hatte sie geäußert, was
Graf Bernhards Unmut hervorgerufen hatte. Allerdings angesichts der Erkenntnis, dass gegen ihre Verzweiflung womöglich
tatsächlich nichts half als Askese und Weltverneinung, hatte er

sich umgehorcht und einen Aufenthaltsort gefunden, wo sich Heiligkeit mit Gelehrsamkeit verband. Eine Adelige namens Jutta von Sponheim hatte sich einmauern lassen, ihr Leben war begrenzt auf ein Haus und einen Garten, und sie hatte das feierliche Gelübde abgelegt, diesen umzirkelten Lebensbereich nur als Tote zu verlassen. Bernhard hatte an die Reklusin geschrieben und um Aufnahme Leylas in ihrer Frauenklause auf dem Disidenbodenberg gebeten. Bingen war nun wirklich weit genug von Passau entfernt, das würde den nötigen Abstand schaffen. Außerdem käme Leyla mit gleichaltrigen jungen Frauen zusammen, was ihr hoffentlich guttun würde. Bernhard hatte von den Edelfreien von Bermersheim gehört, sie hätten ihre Tochter Hildegard als Achtjährige der Klausnerin zur Erziehung übergeben. Stolz hatten ihm die Eltern erzählt, Hildegard habe bereits mit ihren 14 Jahren die ewigen Gelübde abgelegt. Das würde womöglich zu Spannungen führen, fürchtete Bernhard, da Hildegard sich Leyla gegenüber überlegen fühlte, aber, so dachte Bernhard für sich, den vollkommenen Ort der Ruhe gab es wohl auf Erden nicht.

Um diesen Ort des Friedens, der Innerlichkeit, des Endes aller Qualen, Zweifel, Selbstvorwürfe, des Schweigens und Sterbens ihrer Liebe betete Leyla in der Burgkapelle. Nachdem Bernhard und ihre Mamme fortgeritten waren, hatte sie sich dahin geflüchtet in der Hoffnung, ihren Schmerz lindern zu können. Seit Stunden kniete sie vor dem Kreuz, obgleich ihre Knie schmerzten. Anfangs hatte sie geweint, nun empfand sie ihre Augen wie in tiefen Höhlen liegend. Wenn Graf Bernhard sie so sähe, er würde sie ausschelten, jede Art von unnötigem Schmerz lehnte er ab. Er sagte bisweilen, es gäbe schon genug Wunden und Leiden auf der Welt, da müsste man sich nicht noch selber welche zufügen. Leyla stützte sich an dem Holzstuhl ab, der für den Grafen in der Kapelle stand, und stand mühsam auf. Sie beugte sich nach vorne und rieb ihre steifen, schmerzenden Knie. Da hörte sie, wie hinter ihr sich die Kirchentür öffnete. Die Kerzen auf dem

Altar flackerten von dem Windzug. Graf Bernhard, dachte sie erschrocken. Er schilt mich gewiss. Ist er denn schon zurück?

Leisen Schrittes näherte sich ihr jemand, blieb hinter einem Pfeiler stehen. Angst überkam Leyla. Sie wollte sich gerade nach dem Eindringling umschauen, da raunte er:

»Leyla, Eure Mutter ruft Euch!«

Sie schreckte zusammen. Dann schluckte sie und antwortete fest:

»Meine Mamme ist in Passau.«

»Leyla, Eure *Mutter* ruft Euch«, wiederholte der Fremde, wobei er das Wort »Mutter« besonders betonte.

Leyla zuckte zusammen.

»Wer seid Ihr?«

»Erkennt Ihr mich nicht?«, erwiderte Kaspar und trat hinter der Säule hervor.

»Was wollt Ihr von mir? Hört endlich auf, mir nachzustellen. Ich dachte, der Wasserkübel hätte Euch eines Besseren belehrt.«

»Ihr irrt. Ihr seid es, die belehrt werden muss.«

Leyla blickte ihn verwundert an. Sie fühlte sich unwohl, mit Kaspar allein in der Kapelle. Der Jesus am Kreuz und die Mutter Maria mit dem Jesuskind schienen ihr keine Hilfe zu bieten, schon gar nicht die Pieta, Maria mit dem toten Jesus, mit dem Leichnam im Arm. Sie fühlte sich Kaspar ausgeliefert.

»Ich spreche nicht im Scherz mit Euch«, fuhr er fort. »Ich stelle Euch auch nicht nach. Es geht um die Wahrheit. Eure Wahrheit. Ich will Euch die Wahrheit zeigen.«

»Wie das?«

»Ist es Euch tatsächlich noch nie aufgefallen, habt Ihr wirklich noch nie darüber nachgedacht, dass es im Palas im obersten Geschoss noch über dem Festsaal eine niedrige Tür gibt zu einer Kammer, die Ihr noch nie betreten habt und die niemals betreten wird?«

Leyla schüttelte den Kopf, ihr war kalt, ihre Zehen steif und blutleer. Langsam floss das Blut hinein und es schmerzte.

»Hinter der Tür zu dieser Kammer wartet Eure Mutter auf Euch.«

»Das kann nicht sein.«

»Ich schwöre bei meiner Seele. Ich will für immer in der Hölle verdammt sein, wenn ich lüge. Eure Mutter ruft Euch, sie schreit nach ihrem Kind. Hört Ihr sie nicht?«

Leyla stand unschlüssig da, hielt sich an Bernhards Stuhl fest, das Blut kribbelte in ihren Zehen.

»Kommt mit. Ich zeige Euch den Raum. Überzeugt Euch, dass ich es gut mit Euch meine.«

Leyla schreckte zurück. Dass Kaspar es gut mit ihr meinte, konnte sie sich im Leben nicht vorstellen.

»Ihr vertraut mir nicht? Das ist auch nicht nötig. Vertraut Eurer Mutter, die Euch, Ihr Kind, geliebt hat. Ich beweise Euch, dass Eure Mutter Euch geliebt hat.«

Leyla nahm die Hand von Bernhards Stuhl und hatte dabei das Gefühl, etwas Unwiederbringliches aufzugeben. Zögernd folgte sie Kaspar aus dem Gotteshaus. Füße und Knie taten weh. Doch während sie über den dunklen Burghof gingen, ließen die Schmerzen nach, und als sie den Palas betraten, fühlte sie nichts mehr davon. Niemand begegnete ihnen, als sie die Stufen hinaufstiegen. Unablässig überlegte Leyla, ob es recht war, was sie hier tat. Wenn es diesen Raum gab, der ein Geheimnis barg, war es dann nicht ehrlicher, wenn sie ihre Mamme und Graf Bernhard bat, den Raum zu öffnen und ihr zu zeigen? War nicht alles anders und so wie es Gott wollte, wenn ihre Eltern, die ihre Mamme und Graf Bernhard genau genommen für sie waren, ihr das Geheimnis um ihre Mutter erklären würden?

Leyla nahm sich vor, sich nicht von Kaspar einlullen zu lassen, seinen Einflüsterungen zu widerstehen. Sollte sie nicht doch besser umkehren?

Wie von einem Band gezogen, folgte Leyla dem widerlichen Knecht. Das Mondlicht, das schimmernd durch die schmalen Fensteröffnungen fiel, schien sie hinaufzulocken. Die Steinstufen raunten ihr zu, kehre nicht um, setze Fuß um Fuß vor den anderen.

Bedeutungsvoll blieb Kaspar vor der Tür der Kammer stehen und drückte Leyla eine Kerze, die auf einem Fenstersims im Gang stand, in die Hand. Er selbst nahm auch ein Licht.

Leyla schluckte, ihr war heiß und kalt zugleich. Schweiß brach aus. Es war ihr, als ob sie fieberte.

Kaspar schob den Riegel zurück, öffnete die schwere, niedrige Tür, deutete mit einem Kopfnicken, Leyla möge als Erste eintreten.

Zögernd, mit schleppenden Füßen betrat sie den Raum. Zuerst konnte sie wenig erkennen, die Kammer wurde kaum von den beiden Kerzen erhellt. Es roch muffig, Spinnweben hingen an der niedrigen Decke. Sie spürte eine im Gesicht, es war ihr ekelhaft. Dann fühlte sie weich und warm den Teppich unter ihren Füßen. Der ganze Raum war mit dicken, bunten Teppichen ausgelegt und Teppiche hingen an den Wänden. Polsterkissen, bespannt mit bunten, glänzenden Stoffen, nahm sie wahr, ein Ruhebett, einen niedrigen Tisch aus Ebenholz, einen mit silbernen Ranken umkränzten Spiegel.

Verwundert beschaute sie die kostbare Tapete, die schönen Möbel, die Öllampen aus Messing, die Truhe aus Kirschholz, die fremdländische Pracht. Sie war betört von all dem fremden Glanz des Orients. Kaspar freute sich über die Wirkung. Er unterbrach Leyla in ihrem Staunen und fragte unvermittelt:

»Wisst Ihr, was in Jerusalem geschah?«

Leyla blickte sich nach ihm um und erwiderte:

»Sicher weiß ich das. Wir haben Jerusalem für unseren Herrn Jesus Christus zurückerobert und ihm das Heiligste des Heiligen, die Grabeskirche, zurückgegeben.«

»Wir? Sagt Ihr? Aber lassen wir das. Hat denn nicht Jesus Christus verboten zu töten und stattdessen geboten: Du sollst deine Feinde lieben?«

»Unser Herr Jesus Christus fordert uns auf, unser Kreuz für ihn aufzunehmen, er befiehlt uns zu kämpfen, wenn er sagt: *Ich bin nicht gekommen, Frieden zu bringen auf die Erde, sondern das Schwert. Wer sein Leben verliert um meinetwillen, der wird es finden.* Niemand aber wagt sein Leben so sehr für Jesus Christus wie ein christlicher Ritter.«

»Wie Graf Bernhard, wolltet Ihr wohl sagen.«

Leyla errötete, wurde wütend und hätte am liebsten sofort die Kammer verlassen.

Irgendetwas hielt sie fest.

»Ich fragte Euch nicht, was die Eroberung von Jerusalem für die Christen bedeutet, sondern was dort in Jerusalem geschah.«

Leyla wurde unsicher.

»Die Stadt war voller Menschen, jüdischen und muslimischen Glaubens. Gottesfürchtig, natürlich nur nach ihrem Glauben. Frauen und Kinder lebten in Jerusalem, viele. Sie wurden ermordet. Ihr Schreien gellte durch die Gassen, ihr hilfloses Flehen um Gnade, um ihr Leben. Es nützte ihnen nichts. Sie wurden hingemordet vom einfachen Volk wie von den Rittern.«

»Wollt Ihr damit andeuten, Graf Bernhard hätte Frauen und Kinder getötet? Das ginge gegen seine Ehre«, wies ihn Leyla entrüstet zurecht. Nachdenklich sich über das Kinn streichend, antwortete Kaspar: »Da habt Ihr ganz recht. Das ginge gegen seine Ehre.«

Er sah Leyla bedeutungsvoll an.

»Es ging ihm aber nicht gegen seine Ehre nach dem Kampf, Mann gegen Mann selbstredend, mit blutigen Kleidern und blutigen Händen in der Grabeskirche Gott für den Sieg zu danken.«

Leyla spottete: »Macht Euch nicht lächerlich. Graf Bernhard würde niemals blutverschmiert eine Kirche betreten. Er würde sich vorher reinigen.«

»Ich weiß, er wäscht sich viel mehr, als gewöhnliche Leute es tun und als es üblich ist. Aber von der Sünde, die er auf sich geladen hat, kann er sich nicht reinwaschen.«

Leyla sah ihn fassungslos, furchtsam an, in ihren Augen flackerte die Angst.

»Seht Euch hier um, das alles ist Raub, Beute.«

Standhaft antwortete sie:

»Wollt Ihr mich damit erschrecken? Es ist gutes Recht, nach dem Sieg Beute zu machen. Schon bei Jesaja steht: *Sie freuen sich, wie man jubelt, wenn man die Beute teilt.*«

»Was redet Ihr da so auswendig gelerntes Zeug herunter«, sagte Kaspar abfällig.

»Mich zu verhöhnen, habt Ihr mich hier raufgelockt. Ich dachte, Ihr wolltet mir eine Wahrheit zeigen.«

Kaspar schwieg, schwieg, schwieg. Es wurde Leyla unheimlich zumute. Die Kammer schloss sich immer enger um sie und schien sie zu erdrücken.

»Ich gehe jetzt«, sagte sie schließlich und wandte sich zur Tür.

»Nicht doch. Nicht ich habe Euch hier heraufgeführt, sondern Eure Mutter. Ich spreche nicht von irgendeiner Beute, sondern von dem, was Graf Bernhard Eurer Mutter geraubt hat. Schaut Euch um: Alles, was Ihr seht, war in dem Haus, in dem Eure Mutter gelebt hat. Auf all dem, auf diesem Polstermöbel hier, auf diesem Kissen, dem Teppich an der Wand, hat der Blick Eurer Mutter geruht. All dies hat sie mit ihren eigenen Augen gesehen. Stellt Euch vor den Spiegel!«

Leyla gehorchte.

»Schaut Euch an, die dunklen Augen, die schwarzen Haare, die schönen Locken – wie Eure Mutter.«

Leyla fuhr herum. Zornig sagte sie:

»Das könnt Ihr gar nicht wissen, dass meine Mutter Locken hatte. Denn sie war eine Muslima und trug deswegen einen Schleier um ihr Haar.«

»Gut, gut. Dann wisst Ihr ja schon eine ganze Menge. Doch ich weiß es, denn ich habe ihre Locken gesehen. Sie rannte aus dem Palast nahe der Klagemauer. Sie trug Euch auf dem Arm, gehetzt und verfolgt von Graf Bernhard. Eilig, in Todesangst lief sie die Stufen zur Klagemauer hinunter. Da verrutschte ihr Tuch, da habe ich ihr Haar gesehen. Eure Mutter stolperte, ich glaube, sie stolperte absichtlich. Denn sie legte Alice ihr Kind, Euch, vor die Füße, damit sie Euch rette. Graf Bernhard aber ließ nicht ab von Eurer Mutter, er zog sie an den Haaren hoch, seht Ihr, wie genau ich das Haar Eurer Mutter kenne, stieß sie die letzten Stufen hinab. Da stand sie vor ihm und er hätte noch Erbarmen zeigen können. Er aber, Graf Bernhard, der Mann, den Ihr liebt und den ihr, wenn es nach Eurem Willen zuginge auf der Welt, geheiratet hättet, hob sein Schwert, hielt es über ihr Haupt und spaltete ihren Schädel. Graf Bernhard ist der Mörder Eurer Mutter.«

»NEIN!!!!!«

Leyla stand starr vor Schreck, hielt sich die Hand vor den Mund und starrte Kaspar wie ein Gespenst an. Er war der Leibhaftige.

Dann sank sie auf ein Polsterkissen, fühlte sich schuldig. Sie mochte den Stoff nicht mit den Händen berühren und es war Frevel, darauf zu sitzen. Doch in ihr begehrte es auf:

»Das ist nicht wahr.«

»Es ist die Wahrheit. Als Beweis zeige ich Euch etwas. Urteilt selbst.«

Er öffnete den Deckel eines mit Elfenbein verzierten Kastens aus rotem Kirschenholz und entnahm eine blaue Leinentasche, die Leyla schon immer im Turmzimmer bei ihrer Mamme gesehen hatte und die seit einigen Jahren verschwunden war.

»Nehmt sie, öffnet sie. Meine Hände sind es nicht wert, dass ich die Tasche länger berühre«, forderte Kaspar sie auf.

Zögernd zog Leyla die Schleife auf. Sie fühlte etwas Weiches, Stoff, nahm eine vergilbte Windel heraus.

Kaspar war klug genug zu schweigen.

War das die Windel, mit der ihre Mutter sie gewickelt hatte? Leyla wusste: Es war die ihre, Alice hatte sie aufbewahrt. Kaspar sprach die Wahrheit. Zögernd, angstvoll und dabei andächtig entrollte Leyla den Stoff. Da hatte ihre Mutter etwas in arabischen Buchstaben hineingestickt.

Leyla hielt die Kerze gegen das Tuch. Kaum noch zu erkennen, gewahrte sie einen Blutstropfen. Ihre Mutter musste sich beim Sticken in den Finger gestochen haben. Leyla stellte die Kerze weg, hielt das Stück Stoff in den Händen, begriff, dass ihre Mutter, ihre wirkliche Mutter, ihren Namen in die Windel gestickt hatte. Ahnte sie, dass sie sterben würde? Von Christen ermordet?

Bernhard – Mörder!, hämmerte es in ihrem Kopf. Bernhard – Mörder meiner Mutter!

Leise verließ Kaspar die morgenländische Kammer. Leyla blieb allein zurück. Regungslos saß sie da, die Windel verkrampft in den Händen. Irgendwann in der Nacht stand sie auf, nahm die Kerze und trat vor den Spiegel. Leyla zuckte zusammen, sie hörte Alice' Stimme, ihre Mamme rief nach ihr.

Unentschlossen, ob sie antworten sollte, öffnete Leyla die Tür zum finsteren Gang. Sie lauschte in die Dunkelheit hinein, Türen wurden geöffnet, wohl zur Kemenate, der Bibliothek, dem Festsaal.

»Merkwürdig«, hörte sie Alice sagen und ihre Stimme klang besorgt.

Dann näherten sich Schritte, Schatten einer Fackel flackerten auf dem Mauerwerk auf.

Leyla verschränkte die Arme.

Hintereinander kamen Bernhard und Alice die Stufen hinauf. Alice hielt eine Fackel in der Hand.

»Kind, warum antwortest du nicht?«, schalt sie Leyla.

Trotzig verzog diese den Mund und versperrte den Eingang zur Kammer.

»Mörder!«, sagte ihr Blick.

Bernhard schob sie unsanft zur Seite.

»Was geht hier vor?«, fragte er streng, während Alice stumm hinter ihm eintrat und die Fackel in die Halterung steckte, sich umwandte. Sie sah die Windel auf dem Ruhebett sofort.

Himmel, dachte Alice und schloss kurz die Augen. Dies war der Augenblick, den sie seit Jahren befürchtet hatte.

»Wieso bist du in dieser Kammer? Antworte!«, herrschte Bernhard das Mädchen an.

»Kaspar«, erwiderte Leyla und schwieg.

Wieso Kaspar?, überlegte Alice. War der denn damals in Jerusalem dabei? Hatte er alles gesehen?

»Nun?« Bernhard zog zornig die Augenbrauen hoch.

»Kaspar sagte, meine Mutter, meine richtige Mutter, sei in diesem Raum und warte auf mich.«

»War sie da?«

Alice setzte sich vor Schrecken schweigend auf ein Kissen.

»Nein, war sie nicht. Sie ist tot. Ermordet!«

Standhaft blickte sie Bernhard in die Augen. Mörder!, rief es in ihrem Inneren.

»Das kommt vor«, antwortete er leichthin. »Im Krieg ist dies nichts Ungewöhnliches.«

»Das glaube ich nicht.«

»Was weißt du vom Krieg? Geh auf die Schlachtfelder! Sieh die Verwundeten, die Verstümmelten, Wimmernden, Schreienden, Betenden, Sterbenden, die Toten. Es gibt im Krieg nur ein Gesetz und das heißt: Töte als Erster. Töte, damit du nicht getötet wirst.«

Leyla schluckte und wagte zu widersprechen.

»Aber meine Mutter hat nicht gekämpft, hat niemanden bedroht.«

»Lächerlich«, antwortete Bernhard. »Meinst du, im Krieg herrsche die Vernunft und schon gar die Gerechtigkeit? Im Krieg waltet ein gnadenloser Kriegsgott, dem Menschen geopfert werden wie Schlachtvieh.«

»Jesus hat verboten zu töten!«, rief Leyla verzweifelt. »Ihr aber habt meine Mutter getötet!«

Es war gesagt. Das Furchtbare war gesagt und wirklich. Alle drei wussten und fühlten, von jetzt an war es Wirklichkeit. Einen

Augenblick war es still. Leylas Gesicht glühte, glühte vor Zorn und Enttäuschung, unheimlich fiebrig, beleuchtet vom Feuer der Fackel.

»Was ich getan habe und tue, geht dich nichts an«, erwiderte Bernhard scharf. »Und wenn es davon eine Steigerung gäbe, dich am allerwenigsten. Verantworten muss ich mich vor Gott und sonst vor niemandem. Auch nicht vor deiner Mutter.«

Warum sagt er das? Warum nichts von Hanno?, dachte Alice und sprach dann möglichst ruhig.

»Leyla, du kennst die Wahrheit nicht. Wir, Graf Bernhard und ich, hatten einen Sohn, unseren Hanno. Er war so alt, wie du damals warst. Er wurde krank vor Hitze und Staub und wir wollten ihn aus dem Lager vor Jerusalem nach Bethlehem bringen. Von einer Übermacht, der Elitetruppe des ägyptischen Kommandanten von Jerusalem, sind wir überfallen worden. Nicht uns haben sie getötet, das wäre zumindest gerechtfertigter gewesen, gerecht will ich nicht sagen. Sie haben uns gefesselt und vor unseren Augen Hanno, unserem Kind, den Kopf abgeschlagen.«

Leyla war sprachlos, ihre Mamme und Graf Bernhard hatten ein gemeinsames Kind gehabt auf der Pilgerfahrt? Und dieses Kind wurde von Ungläubigen ermordet? Eine Ungläubige war auch ihre Mutter?

Leyla wurde unsicher, unruhig wechselte sie das Standbein. Alice atmete zögernd auf.

Da fiel Leylas Blick auf Bernhards Schwert. Er trug es in der Scheide, wie immer. Der Knauf funkelte und leuchtete rot.

Wie besessen starrte sie die Waffe an und fragte dann kalt:

»Ist dies das Schwert, mit dem Ihr meine Mutter getötet habt?«

»RAUS!«, donnerte Bernhard.

»RAUS!«, wies er Leyla aus der Kammer.

Zögernd und erschreckt gehorchte Leyla. Bei der Tür blieb sie stehen und drehte sich ratlos um.

In schneidendem Ton befahl Bernhard:

»Geh mit Gott, aber geh!«

Benommen blieb Leyla im Gang stehen. Ließ ihre Mamme sie allein?

Alice trat heraus, eine Kerze in der Hand.

»Geh schon einmal vor in mein Gemach!«, forderte sie Leyla auf und drückte ihr den Leuchter in die Hand.

»Kommt Ihr nicht mit?«, fragte Leyla bittend.

»Ich komme später nach. Graf Bernhard und ich werden gemeinsam beraten, was mit dir geschehen soll«, sprach sie und schloss die schwere, dunkle Tür.

Es dämmerte bereits, als Alice die Treppe zu ihrer Kammer im Turm hinaufstieg. Ihr war bang zumute. Wie würde sie Leyla vorfinden?

Die saß seit Stunden auf dem Bett. Zornig, verlassen, einsam, wütend, hoffnungslos, niedergeschlagen, weinend, erbittert, voller Hass und Liebe und Enttäuschung und Wut.

Verwundet, unglücklich, zurückgewiesen, im Stich gelassen, geschüttelt und geplagt von diesen Empfindungen, war sie der Weisung Alice' gefolgt. Ängstlich hatte Leyla sich nach Kaspar umgesehen, als sie über den düsteren Burghof ging, ja, sie hatte sogar befürchtet, er werde ihr in Alice' Kammer auflauern. Dann, als sie sich seinetwegen beruhigte und die Angst von ihr wich, war ihr Zorn entbrannt. Da entschieden die beiden, ihre Mamme mit dem Mörder ihrer Mutter, über ihr weiteres Schicksal und sie, die Unschuldige, wurde nicht gefragt. Empört war sie. Verstoßen war sie von dem Mörder, der selbst verstoßen und bestraft werden müsste. Ihr Hass und ihre Enttäuschung waren unermesslich. Mörder!, hämmerte es in ihrem Gehirn, packte sie an allen Gliedern. MÖRDER MEINER MUTTER!

Doch je mehr Zeit verstrich, je mehr Stunden sich quälend dahinwälzten, sie müde wurde, erschöpft in ihrem Hass, je länger Leyla auf Alice wartete, wie vergeblich wartete, desto mehr entlastete sie Bernhard. War es nicht auf der bewaffneten Pilgerfahrt geschehen, im Kampf um Jerusalem? Hatte er nicht recht, da wurde gemordet, Krieg war nichts als Morden. Da konnte es schon geschehen, da geschah es, dass jemand Falsches, ein Unschuldiger getötet wurde. Hitze, es war Juli und gewiss im Heiligen Land sehr heiß, Staub, Erschöpfung, Durst, Kampf, Brandpfeile auf dem Belagerungsturm, und immer und immer noch Kampf mit dem Schwert. Und dann Hanno. Das hatte sie nicht geahnt, Hanno. Den hatte Bernhard sicher lieb gehabt. Leyla sah Bernhards Gesicht, so nahe, so nahe. Es war wohl so, er hatte einen Mord, eine schwere Sünde begangen, aber er war kein Mörder.

Alice hingegen, sie hatte Leyla hintergangen. Wie sehr hatte ihre Mamme sie während all der Jahre getäuscht! Je länger Leyla wartete, desto mehr geriet sie in Zorn über diesen maßlosen Betrug. Sie, Alice, hatte die Jahre über gewusst, dass Bernhard ihre Mutter ums Leben gebracht hatte. Statt ihn anzuklagen, ihn zur Rechenschaft zu ziehen, hatte sie um seine Liebe gebuhlt, trieb Schändliches mit ihm. Und sie, Leyla, ein Kind, hatte sie in ihre frevlerische, gottlose Liebe hineingezogen! Schande über Alice! *Sie* war die Verräterin, die Hexe, die Verworfene. Nicht Bernhard, der hatte einmal zu viel getötet, aber er war Ritter und Kämpfen und Töten sein Dienst für den Kaiser und für Gott. Sie aber, ihre Mamme, hatte sie irregeführt!

Alice erschrak, als Leyla sie feindselig aus tiefen Augenhöhlen anstarrte. Sie setzte sich nicht zu ihr auf das Bett, wie es sonst ihre Art war, sondern rückte einen Stuhl heran.

»Ihr habt es gewusst!«, giftete Leyla sie an. »Ihr habt es all die Jahre gewusst und habt mich nicht vor Graf Bernhard bewahrt. Ich hätte ihn nie kennenlernen dürfen. Warum habt Ihr das getan?«

Alice schüttelte den Kopf und erwiderte ernst:

»Du weißt, dass es nicht so war. Wäre Luitger nicht krank geworden, wir wären niemals auf die Burg gekommen.«

»Ihr hättet gehen können, als Luitger nicht mehr gestillt wurde.«

Alice verschlug es die Sprache. Ja, das hätte sie. Dann stieg der Ärger in ihr auf wie Galle.

»Leyla, ich will nicht, dass du so mit mir sprichst. Ich habe dich auf meinem Rücken im Herbst und Winter über die Alpen getragen. Ich bin deinetwegen beschimpft, unsäglich erniedrigt worden. Und glaubst du wirklich, ich hätte mit dem Grafen Udalrich zusammengelebt, wenn dies nicht zum Schutz vor Anfeindungen geboten gewesen wäre? Mittlerweile bist du Frau genug, um mein Opfer ermessen zu können.«

Alice biss sich auf die Lippen. Das hätte sie nicht sagen müssen, das ging Leyla überhaupt nichts an. Wie hatte sie sich nur so weit hinreißen lassen können.

In möglichst beherrschtem Ton fuhr sie fort:

»Wie ich deinem Vorwurf entnehme, klagst du nur mich an, nicht aber Graf Bernhard. Du liebst ihn noch immer.«

Ein Aufschluchzen war die Antwort. Leyla weinte, heulte, dass sich ihr magerer Körper schüttelte.

»Ich liebe ihn«, schluchzte sie. »Ich werde niemals einen anderen Mann lieben können. Ich hätte ihm einen Sohn geboren. Ich weiß es. Er braucht einen Sohn. Sonst sterben die Grafen von Baerheim im Mannesstamm aus. Warum nimmt er das in Kauf? Er hat doch keinen Sohn.«

Er hat einen Sohn, durchfuhr es Alice. Luitger. Oh Herrgott, warum die schändliche Tat? Warum hatte sie gelogen vor Gott und den Menschen und Luitger als Udalrichs Sohn ausgegeben? Warum nur? Sie konnte sich selbst nicht mehr verstehen. Ihr fielen nicht einmal mehr die Gründe ein. Gelogen! Was geschähe, wenn auch diese Sünde ans Licht käme?

Alice war aschfahl geworden, saß da in sich zusammengesunken, mit krummem Rücken und Augen, als wäre sie tot.

»Was ist Euch?«, fragte Leyla, trotz allem erschrocken und mitfühlend.

»Nichts, nichts«, antwortete Alice mit heiserer Stimme. Nur jetzt nichts sagen müssen. So fragte sie:

»Was hat dir eigentlich der Abt gesagt, damit du wieder gesund wirst?«

»Er hat gesagt, ich dürfe nicht sterben. Gott habe an den Lebendigen mehr Freude als an den Toten. Jedenfalls wolle er nicht, dass ich so jung stürbe, und deswegen sei es verboten. Und dann hat er erzählt, es gäbe in der Bibel das Wort: *Führe mich, wohin ich nicht will.* Er sei sich ganz sicher, dass Gott mich irgendwo hinführen wird, wohin ich nicht will. Aber ich könne getrost sein, dass Gott mich begleitet und immer um mich und mit mir und für mich ist.«

»Da hat er vorausgeahnt, gewusst, was geschieht«, sagte Alice. »Graf Bernhard und ich haben über dein weiteres Geschick beratschlagt. Wir haben entschieden ...«

Leyla hob gespannt den Kopf, sie krallte ihre Fingernägel in den Handballen.

»Wir haben entschieden, du gehst nach Jerusalem.«

»Als Buße? Für welche Sünde soll ich nach Jerusalem pilgern?«

»Nicht um zu büßen, sondern um dort zu leben.«

»Ich soll nie wieder zurück?«

Alice ging darauf nicht ein, sondern gab zu bedenken:

»Es ist so, Gott wirkt bisweilen durch die Bösen Gutes. Kaspar hat es böse gemeint, und so hoffe ich, Gutes oder zumindest nichts Schlechtes für dich gewirkt. Sieh mal, wie hätte es hier weitergehen können. Graf Bernhard und ich, wir waren über deinen Entschluss, ins Kloster einzutreten, und dann noch bei einer Klausnerin, niemals wirklich erfreut. Wir haben es gebilligt, notgedrungen.

Nach Jerusalem zu gehen, dafür ist jetzt der günstigste Augenblick. Ich war heute bei Ritter Martin in Passau, er bricht übermorgen auf. Er reist nicht alleine, mit ihm sind Johanna und Markus, du hörst richtig, und ihr Säugling, ihre kleine Martha. Johanna ist mit Schimpf und Schande aus dem Kloster Niedernburg verwiesen, Markus hat der Abt von seinem Gelübde entbunden. Sie haben als Buße die Auflage erhalten, nach Jerusalem zu pilgern und dort zu bleiben. Du siehst, du reist in bester Gesellschaft. Du magst Johanna und Markus. Euer Weg führt Euch über Italien, die Strecke, die wir, du und ich, damals zusammen gegangen sind. Ritter Martin will noch vor Einbruch des Winters Jerusalem erreichen. Wenn allerdings die Stürme zu sehr wüten, werdet ihr den Winter über in Italien bleiben.«

»Und Seeräuber. Ihr habt immer erzählt, dass das Mittelmeer von Piraten nur so wimmelt. Dass die alle Männer umbringen und die Frauen auf dem Sklavenmarkt in Kairo oder Damaskus oder Askalon verkauft werden. Oh Gott, Mamme, die Seeräuber sind ja Ungläubige – wie meine Mutter!«

»Das war sie sicher nicht vor Gott, eine Ungläubige«, antwortete Alice und nahm die Windel in die Hand.

»Sieh, das hat deine Mutter gestickt, deinen Namen, damit du gerettet wirst. Da hatte sie wohl dieselbe Ansicht wie der Abt, dass du nicht jung sterben sollst. Und was die Seeräuber anbelangt, Ritter Martin ist stark und kampferfahren und auch von Markus kann ich mir vorstellen, dass er, obwohl er Mönch war, mit einem Schwert umzugehen weiß. Sie werden dich beschützen.«

»Wie soll ich denn in Jerusalem leben?«, fragte Leyla ängstlich und dabei auch ein wenig neugierig.

»Dafür ist gesorgt. Graf Bernhard diktiert jetzt im Augenblick seinem Schreiber ein Empfehlungsschreiben an Balduin, den König von Jerusalem, mit dem er befreundet ist. Das wird dir die Tür zum Hof des Königs öffnen. Dazu schenkt er dir den Palast, in dem deine Mutter gelebt hat, allerdings mit der Auflage, dass du Johanna und Markus dort wohnen lässt, als gehörte ihnen ebenfalls das Haus. Weiterhin erhältst du Geld. Geh achtsam damit um, betrachte jeden Silberpfennig, bevor du ihn ausgibst, als deinen letzten.«

»Mamme, ich möchte nicht nach Jerusalem. Ich will lieber ins Kloster. Da kann Graf Bernhard, wenn er einmal bei einem Hoftag in Mainz ist, zu mir nach Bingen reiten. Und wenn dann die Glocke läutet, dann laufe ich zur Mauer und öffne die Klappe. Da kann ich ihn sehen oder zumindest hören.«

»Leyla, liebe Leyla, wie quält es dich.« Alice setzte sich zu ihr aufs Bett und nahm sie in die Arme.

»Mamme, meine Mamme«, schluchzte Leyla auf und weinte wie ein kleines Kind.

»Noch eines, Leyla, das Wichtigste. Graf Bernhard lässt dir ausrichten:

Deine Mutter heißt Hatixhe.«

⁓♋⁓

Giselinde und Luitger setzten sich mit einem Ruck in ihrem Bett auf, die Bettdecke bis zum Hals hochgezogen. Vom Burghof drang lautstarkes Fluchen zu ihnen in die Schlafkammer.

Kaspar? War das Kaspars Stimme?

Im Nu sprangen die Kinder aus den Federn und liefen, splitternackt wie sie waren, zum Fensterloch, gefolgt von der Amme, die ihren mittlerweile umfangreichen bloßen Körper mit einer Decke umhüllte. Staunend gafften die drei hinunter auf den Burghof.

Wirklich, da wurde Kaspar gefesselt von zwei Kriegsknechten abgeführt. Er fluchte und spie, wurde hart ins Gesicht geschlagen, was ihn allerdings nicht davon abhielt,

»Graf Bernhard, Treuloser, des *Hundes ars intino naso!*« zu schreien, woraufhin ihm ein Kriegsknecht einen Knebel in den Mund stopfte. Der Knecht trat ihn mit dem Fuß ins Kreuz, dass Kaspar taumelte. Ein zweiter Fußtritt streckte ihn zu Boden. Die Männer packten ihn, zerrten ihn hoch, der jüngere der beiden Männer schlug Kaspar kräftig ins Gesicht.

Verwundert und erschrocken beobachteten die Kinder, wie Kaspar in das Verlies gestoßen wurde, sie hörten einen harten Aufprall. Das Gitter knallte zu. Kaspar war gefangen im dunklen Loch, vor dem sie sich gruselten und fürchteten.

Was war bloß geschehen? Kaspar war Graf Bernhards Vertrauter, solange sie nur denken konnten, ja noch viel länger, schon seit dem Kreuzzug, schon seit Jerusalem?

»Kinder, ins Bett mit euch, schlaft noch ein bisschen«, forderte die Amme Giselinde und Luitger auf, weil ihr auch nichts einfiel angesichts dieser unerwarteten Gefangennahme.

Gehorsam krochen die beiden wieder unter die Decke.

»Macht die Augen zu«, bestimmte die Amme. Giselinde und Luitger kniffen die Augen zu und fassten sich unter der Decke an, ihr stilles Zeichen, dass es viel zu bereden gab. Umständlich und sorgfältig faltete die Amme ihr braunes Tuch wieder zusammen und schlüpfte zu den Kindern unter die Bettdecke.

Doch kaum versuchten sie noch ein bisschen zu schlafen, da pochte es laut an der Tür.

Brummelnd stieg die schwere Frau aus dem Bett, nahm wieder ihr Tuch und öffnete.

»Luitger und Giselinde sollen sofort zu Graf Bernhard in die Bibliothek kommen«, sagte Lucia in möglichst festem Ton, dem ein Zittern allerdings anzumerken war.

»O Gott, was ist geschehen?«, jammerte die Amme und sah zu, dass Luitger und Giselinde in Windeseile angezogen waren. Nicht etwa ihre gewöhnlichen Kleider, sondern ihre Festtagsgewänder gab sie ihnen. Das war noch niemals vorgekommen, dass Graf Bernhard die Kinder so früh zu sich gerufen hätte, und dann noch in die Bibliothek. Das verhieß nichts Gutes.

Furchtsam, von schlechtem Gewissen geplagt, stiegen Giselinde und Luitger die Stufen hinauf. Waren ihre Schandtaten ans Licht gekommen? Sollten sie ebenfalls bestraft werden wie Kaspar? Würden sie ebenso ins Loch gestoßen oder geschlagen oder sonst irgendwo eingesperrt bei Wasser und Brot? Dabei hatten sie eigentlich gar nichts Schlimmes getan. Sie waren nur auf einen Apfelbaum geklettert und hatten die schönsten Äpfel gepflückt. Jeden Abend, wenn die Amme noch ein bisschen im Hof plauderte, saßen sie im Bett und bissen heimlich kräftig in einen Apfel. Bei wem es am lautesten krachte, der hatte gewonnen. Das konnte, so hatten sie gehofft und sich überlegt, gar nicht herauskommen, denn die Äpfel hatten sie im Kachelofen versteckt, der jetzt Anfang Herbst nicht beheizt wurde. Und die Äpfel aßen sie immer ganz auf bis auf den Stängel, der im Abort landete, den konnte nun wirklich niemand finden.

Oder war es wegen dieser anderen Sache, die viel schlimmer war? Da hatten sie ein Blech Pflaumenkuchen, kurz bevor er fertig war, aus dem Backofen gezogen, den dampfenden Kuchen in einen Weidenkorb gepackt und waren damit zur Donau gelaufen, wo sie genüsslich die süßen, saftigen, noch warmen Kuchenstücke am Ufer verspeisten und die Steine ins dunkle Wasser spuckten, so dass sich kleine Kreise bildeten. Doch dann hatten sie Pferdegetrappel gehört. Blitzschnell hatten sie ihren Korb gerafft und sich unter einer Weide im Schilf versteckt. Sie hörten Pferdewiehern und Stimmen: Graf Bernhard und vrouwe Alice. Die unterhielten sich, worüber, war nicht genau auszumachen. Es war wohl über Leyla.

Dann entkleideten sie sich und gingen ins Wasser. Da geschah nichts, was nicht für Kinderaugen bestimmt gewesen wäre. Sie spritzten sich nur gegenseitig nass, aber sonst war nichts, nicht einmal ein Kuss. Einmal sah es so aus, als würden sie miteinander tuscheln. Graf Bernhard und vrouwe Alice blickten so komisch in Richtung der Weide, wo sie sich verborgen hatten. Luitger und Giselinde war es, als würde ihr Herz stehen bleiben, als Graf Bernhard und vrouwe Alice zu ihnen herüberschauten. Besonders vor ihm hatten sie Angst. Aber es erfolgte nichts.

Und dann wurde Giselinde plötzlich ganz traurig, weil ihr Vater niemals mit ihrer Mutter schwimmen gegangen war, ihre Mutter wahrscheinlich, das musste Giselinde zugeben, mit ihrem Vater auch nicht. Doch Giselinde empfand es schmerzlich, dass ihre Mutter fort war, für immer fort, in einem Kloster. Unerreichbar. Und wenn auch Salome sich fast nie um ihre Tochter gekümmert, sich nur äußerst selten herabgelassen hatte, sie zu sich rufen zu lassen, so tat es doch weh, dass ihre Mutter sie verlassen hatte. Wahrscheinlich um dieser Frau da im Wasser willen, um vrouwe Alice' willen, die nun so schamlos mit ihrem Vater zusammenlebte und vor ihren Augen jetzt mit ihm badete. Die beiden waren nicht lange im Wasser. Sie nahmen ihre Kleider auf und gingen zu ihren Pferden. Kurz darauf hörten Luitger und Giselinde, wie sie davonritten. Und nun würden sie dafür bestraft, für den Kuchen und vor allem für das heimliche Zusehen. Niemals hätten sie in ihrem Versteck Graf Bernhard und vrouwe Alice beobachten dürfen. Die Strafe würde schrecklich werden.

Scheu klopften sie an, öffneten auf Bernhards »Herein« die Tür. Er stand vor dem Schreibpult, forderte die Kinder auf einzutreten. Ängstlich flüsterten sie ein »Grüß Gott« und setzten sich wie geheißen auf eine Bank. Graf Bernhard blieb einen Augenblick stehen und nahm dann auf einem Armlehnstuhl Platz.

Jetzt kommt es, dachten Luitger und Giselinde und rückten ganz eng zusammen.

»Ich habe Euch rufen lassen, weil es hier auf der Burg Veränderungen gibt. Wie ihr bemerkt haben dürftet, ist Kaspar ins Loch geworfen worden.«

Die Kinder nickten und sahen Bernhard stumm an.

»Er ist ein Verräter«, antwortete Bernhard auf ihren verwunderten Blick.

»Wird Kaspar hingerichtet?«, wagte Luitger zu fragen, erleichtert, dass wohl weder die Äpfel noch der Pflaumenkuchen ans Licht gekommen waren.

Das wäre wohl das Beste, dachte Bernhard und erwog wiederum für einen Augenblick, ob er nicht kurzen Prozess mit ihm machen sollte. Das gäbe ziemlich viel Aufsehen, die Folgen wären nicht absehbar, wie damals in Regensburg bei Graf Sigehard, also …

»Er bleibt im Loch für unbestimmte Zeit. Morgen werden ihm die Fesseln und der Knebel abgenommen.«

Morgen, dachte er. Morgen zieht Leyla nach Jerusalem. Er machte ein ernstes, abweisendes Gesicht, um seine Enttäuschung, Verzweiflung und Wut vor den Kindern zu verbergen.

Es bemächtigte sich seiner ein ungeahntes Gefühl von bodenloser Vergeblichkeit.

»Damit kommen wir zu der weiteren Veränderung. Leyla ist heute in der Früh von hier aufgebrochen. vrouwe Alice bringt sie nach Passau, von wo aus sie morgen zusammen mit Ritter Martin nach Jerusalem reisen wird wie auch mit weiteren Rittern, die sich in den Dienst des Königs von Jerusalem stellen wollen. Wie ich in Erfahrung gebracht habe, ist sie eine ägyptische Adelige, genauere Verwandtschaftsverhältnisse sind allerdings noch unbekannt und deswegen möchte Leyla selbst im Heiligen Land und vielleicht auch in Ägypten weitere Erkundigungen über ihre Eltern einziehen und Verwandte ausfindig machen. Die Gelegenheit ist günstig, denn Ritter Martin bietet ihr Schutz. Daher der unerwartet kurzfristige Fortgang.«

»Kommt sie, kehrt Leyla denn wieder?«, traute sich Giselinde ihren Vater zu fragen und es war ihrem Ton anzuhören, sie hoffte, die Antwort wäre: Niemals.

Wie hatte sie Leyla bewundert, weil die schon groß war, so schön und so klug, und vor allem, weil ihr Vater Leyla ernst nahm. Weil er sie bevorzugte! Das verletzte, das hatte sie empfunden, als sie noch ein Kleinkind war, das saß tief und tat weh. Endlich war diese Leyla fort! Zugleich schämte sich Giselinde, denn Leyla war immer freundlich zu ihr gewesen.

»Das weiß Gott allein«, antwortete Bernhard. »Jerusalem ist weit«, fügte er gedankenverloren hinzu. Die Heilige Stadt stieg einen Augenblick vor seinen Augen auf, die engen Gassen, das laute Treiben auf den Märkten, der Königspalast. Die Bilder verbanden sich mit der bangen Sorge, wie Leyla in dieser fremden Welt zurechtkommen würde. Sie hat es so gewollt, schloss er seine Überlegungen.

»Nun zu Euch«, wandte er sich den beiden zu und blickte Giselinde und Luitger streng an.

Jetzt kommt es, woher weiß er das bloß mit den Äpfeln und mit dem Pflaumenkuchen unterm Weidenbusch. Er konnte uns unmöglich sehen. Oder doch? Giselinde nahm den Mittelfinger in den Mund und knabberte an ihrem Fingernagel. Luitger stieß sie mit dem Ellenbogen in die Seite. Sofort nahm Giselinde den Finger aus dem Mund und faltete die Hände auf ihrem Schoß.

Bernhard konnte sich ein Lächeln nicht verkneifen.

»Luitger«, sprach er den Jungen an und blickte ihm ins sommersprossige Gesicht.

»Du wirst nun im November sieben Jahre alt, es wird also nicht mehr allzu lange sein, dass du hier auf der Burg lebst. Wie ich sehe, tut euch das beiden leid, was mich freut, denn schließlich seid ihr verlobt. Das ist es kein Nachteil, wenn man sich mag. Die Hochzeit, das kann ich euch jetzt schon mitteilen, findet statt, sobald du, Luitger, 14 Jahre alt bist. Giselinde dürfte nach dem Gesetz der Kirche schon mit zwölf heiraten, sie wird also zwei Jahre auf ihren Bräutigam warten müssen.«

Die beiden Kinder wurden verlegen, Giselinde sogar ein wenig rot auf den Wangen, Luitger fuhr sich mit den Fingern durch seinen roten Schopf.

»Aber um euch das mitzuteilen, habe ich euch nicht rufen lassen.

Ich habe gestern mit deinem Vormund Bischof Ulrich über deinen weiteren Werdegang gesprochen und wir haben Folgendes entschieden.«

Wieso entschieden, überlegte Luitger, ich soll Knappe beim sächsischen Herzog Lothar von Süpplinburg werden. Das steht seit einem Jahr fest. Gespannt sah er Bernhard an.

»Die Reichsversammlung in Goslar hat im März Herzog Lothar die Herzogswürde entzogen, damit sind die Verbindungen und Verbindlichkeiten zwischen ihm und mir abgebrochen.«

»Ja, aber was hat er denn getan?«, fragte Luitger. »Hat er jemanden ermorden lassen?«, wollte der Junge wissen. Auch Giselinde hob gespannt den Kopf.

»Wenn es das nur wäre. Das ließe sich wohl bemänteln«, antwortete Bernhard und dachte für sich – oder auch nicht. Leylas

Mutter. Warum nur hatte er sie getötet? Es war ihm, als stände die junge Frau vor ihm, blickte ihn an und spräche würdevoll: Hatixhe. Dann schlug er sie tot mit dem Schwert, das er auch jetzt umgegürtet hatte. Und nun, nach 13 Jahren, war es an den Tag gekommen.

»Der Anlass der Auseinandersetzung ist so geringfügig, dass es sich kaum vermuten ließe, es entstünde ein Zerwürfnis zwischen Kaiser Heinrich und Herzog Lothar.

Vor Jahren erlitt eine Frau vor Stade in der Elbe Schiffbruch und gehörte damit als Hörige dem Erzbischof von Bremen-Hamburg. Sie war eine unerhört tüchtige Frau, die dafür sorgte, dass ihre Söhne eine gute Erziehung erhielten und hohe Ämter bekleideten. So auch Friedrich. Er hatte die Verwaltung des Grafen von Stade übernommen, war zu hohem Ansehen und einem großen Vermögen gekommen und wollte sich freikaufen. So hat er dem Kaiser 40 Goldmark angeboten.«

»40 Goldmark, so viel?«, staunte Luitger. Er hatte noch nie in seinem Leben eine Goldmark gesehen.

Sohn Udalrich Vielreichs, dachte Bernhard. Offensichtlich war dem Jungen nicht bewusst, wie reich er selbst einmal wäre.

»Jedenfalls, als der alte Graf von Stade ins Sterben kam und starb, wollte der Onkel des unmündigen Sohnes des Grafen den Freikauf verhindern und schloss deswegen einen Pakt mit Lothar von Süpplinburg, der einen Groll gegen Friedrich hatte wegen einer verlorenen Schlacht, die dieser im Namen des Grafen von Stade angeführt hatte. Herzog Lothar brachte den Erzbischof von Bremen dazu, seine Ansprüche auf Friedrich geltend zu machen. Es kam in Rahmstorf zu einem Gerichtstag, bei dem Boten des Kaisers zugegen waren. Kurzerhand nahm Herzog Lothar Friedrich gefangen und inhaftierte ihn in Salzwedel. Kaiser Heinrich ist durch diesen Rechtsbruch und die Missachtung Seiner Kaiserlichen Majestät äußerst erzürnt, darum der Schuldspruch und der Entzug der Herzogswürde. Dennoch gab Herzog Lothar den gefangenen Friedrich nicht frei, so dass der Kaiser mit Waffengewalt gegen Salzwedel anrückte. Es kam aber nicht zum Kampf, Herzog Lothar unterwarf sich dem Kaiser, erhielt eine Woche nach Pfingsten seine Herzogswürde zurück. Aber, und das ist der Grund, aus dem du nicht nach Sachsen kannst. Er schloss sich schon im Juli einer sächsischen Fürstenopposition an, die dem Kaiser vorwirft, in Erbschaftsfragen ungerecht zu entscheiden und sächsische Rechtsvorstellungen zu missachten, um Reichsgut zurückzugewinnen. So hat Kaiser Heinrich das Reichslehen Weimar-Orlamünde nach dem Tode des kinderlosen Grafen Udalrich nicht einem Verwandten des Verstorbenen übertragen, sondern wieder an sich gezogen. Man fürchtet, der Kaiser wolle seine Macht in Sachsen ausweiten und selbstherrlich ohne Zustimmung der Fürsten regieren. In Sachsen wird es für den Kaiser allmählich ebenso brenzlig wie damals für seinen Vater.«

»Wo soll ich denn dann hin?«, fragte Luitger. Hoffentlich nicht so weit von Giselinde entfernt, wünschte er.

»Zu Herzog Friedrich von Schwaben, dem ältesten Sohn der Kaisertochter Agnes aus ihrer ersten Ehe mit Friedrich von Staufen.«

»Das ist schön, das ist lustig. Der Herzog ist noch nicht so alt«, freute sich Luitger.

»Er ist erst 22. Nach dem Tode seines Vaters hat er schon mit 15 Jahren sein Herzogtum erhalten. So jung er ist, hat er schon einen bemerkenswerten Ruf als hervorragender Fürst erworben. Er gilt als tatkräftig, gewandt, von heiterem Gemüt, so dass junge Ritter sich danach drängen, in seinen Dienst zu treten. Du wirst an seiner Seite viele tapfere Taten vollbringen können.«

»Vater, und ich? Wohin schickt Ihr mich? Oder kann ich auf Eurer Burg bleiben?«

Aber ohne Luitger und meine Mutter, was soll ich dann hier?, ging es ihr durch den Sinn.

»Deinetwegen habe ich an Friedrichs Schwester Agnes geschrieben. Du wirst am Hof des Markgrafen Leopolds von Österreich erzogen. Die Kaisertochter Agnes bekommt jedes Jahr ein Kind, so dass man auf eine standesgemäße Erziehung äußerst großen Wert legt. So ist dort am Hof für deine ausgezeichnete Ausbildung gesorgt. Die Markgräfin freut sich auf dich. Sie ist deiner Mutter freundschaftlich verbunden.«

Die Kinder machten enttäuschte Gesichter. Schwaben und Österreich, das war ziemlich weit voneinander entfernt.

»Ihr dürft jetzt gehen«, sagte Bernhard und erhob sich.

Auch Giselinde und Luitger standen auf, erleichtert, dass ihnen nicht so etwas Furchtbares wie Kaspar passiert war.

»Noch eines«, bemerkte Bernhard, als sie schon bei der Tür standen. »Wenn ihr das nächste Mal Pflaumenkuchen essen wollt, sagt bitte dem Küchenmeister Bescheid.«

♦

Kaspar.

Der Gedanke an Kaspar ließ Bernhard nicht schlafen. Nachts wachte er auf, nahm sich zusammen, um sich nicht von einer Seite auf die andere zu wälzen und Alice zu wecken. Kaspar, gefangen im engen Loch, frierend, ohne Decke, nur bekleidet mit Hose und Hemd, und das im Dezember. Kalt war es auch in der Burg – wie aber erst im Loch. Das alles wäre noch gegangen, wenn Kaspar nicht so geschrien hätte. Auch wenn es Bernhard vermied, daran vorbeizugehen, sobald die Tür zum Verlies geöffnet und Kaspar das Essen und der Eimer für die Fäkalien an einem Seil heruntergelassen wurde, so brüllte er zum Erbarmen. Bernhard fühlte sich keineswegs mehr behaglich auf seiner Burg und auch Alice merkte er an, dass der gefangene Kaspar sie bedrückte.

Natürlich wachte sie auf, so bewegungslos sich Bernhard auch verhielt.

»Kaspar«, sagte sie leise, drehte sich auf die Seite zu Bernhard und stützte den Kopf in die Hand. Im Schein des Kaminfeuers konnte sie sein Gesicht sehen, ernst sah er aus, sorgenvoll.

»Ich kann ihn nicht ewig einsperren, nur rauslassen kann ich ihn auch nicht. Er wird sofort zu Lothar von Süpplinburg überlaufen.«

Bernhard schwieg und sinnierte vor sich hin. Schließlich sagte er: »Ich hätte ihn gleich auf der Stelle am nächsten Baum aufhängen lassen sollen. Wen hätte es denn gekümmert?«

Alice überging die Bemerkung und überlegte:

»Ich bin wie Ihr überzeugt, dass sich Kaspar nach Sachsen davonmacht. Aber wie kann er Euch schaden? Was kann er gegen Euch ausrichten?«

»Wenig, eigentlich nichts hat er gegen mich in der Hand. Er könnte Herzog Lothar mitteilen, dass ich in Jerusalem eine muslimische Frau erschlagen habe«, sagte Bernhard in nüchternem Ton, der Alice verwunderte, so viele Jahre hatte Bernhard über diese Tat geschwiegen.

»Das ist in den Augen des Herzogs nichts. Wahrscheinlich weniger als nichts, eher ein gutes Werk, so streng Lothar sich als Diener der Kirche gebärdet«, stellte sie ebenso klarblickend fest und erschrak über sich selbst. Ihr Leben war seit jenem Tag der Eroberung Jerusalems von dieser Tat gezeichnet. Wie es Leyla wohl erging? Hatte Martin es geschafft, seine Reisegesellschaft vor Einbruch des Winters ins Heilige Land zu bringen? Und dann im Heiligen Land?

»Würde Kaspar diese Geschichte auftischen, er machte sich nur lächerlich, wenn hierzulande nicht einmal Meuchelmord geahndet wird.«

»Kann man das so sagen?«, meinte Alice.

»In diesem Jahr ist so ein fast vergessener Meuchelmord ans Licht gekommen. Es wird gemunkelt und ist wohl auch wahrscheinlich, dass Graf Ludwig von Thüringen Graf Friedrich von Putelendorf hat umbringen lassen. Flugs darauf hat er Adelheit, die Ehefrau des Getöteten, geheiratet. Ihr Sohn Friedrich aus ihrer ersten Ehe wollte seinen Vater rächen und hat seinen Stiefvater zum Zweikampf herausgefordert. Leider – sehr leider hat der Kaiser den verboten. Darauf hat Friedrich seinen Stiefvater befehdet, seine Länderei verwüstet und dazu auch noch gegen den Kaiser einen Aufstand gewagt. Er musste sich ergeben und ist zu schwerer Haft verurteilt. Ihr seht, der Mörder geht straflos aus und der Kaiser hat seitdem mehr als einen Feind in Sachsen und in Thüringen. In Zweikämpfe sollte man sich auch als Kaiser niemals einmischen, sondern sie als Gottesurteil gelten lassen. Jedenfalls hat er damals meinen Zweikampf gegen den Heinrich IV. treu ergebenen Grafen von Passau nicht verboten. Natürlich nicht, er zog daraus seinen Vorteil.«

Bernhard machte eine lange Pause und schaute Alice an: »Habt Ihr schon einmal darüber nachgedacht, warum ich Udalrich zum Zweikampf herausgefordert habe? Wie hätte ich Euch anders gewinnen können als durch seinen Tod?«

»Lügner«, sagte Alice und knuffte Bernhard am Arm. »Seine Lehen wolltet Ihr, nicht mich.«

»Woher wollt Ihr das denn wissen. Vielleicht ging der ganze Kampf nur um die Frau, um Euch, meine Teuerste.«

Alice schüttelte den Kopf.

»Immerhin habt Ihr Euch in der Nacht nach dem Kampf mir geschenkt. Und das, obwohl Ihr von Graf Udalrich schwanger wart. Das hat mich immer gewundert, es passt eigentlich nicht zu dir, Alice.«

Gott steh mir bei, dachte sie und vergrub ihr Gesicht im weißen Linnenkissen. Dann hob sie den Kopf und schaute Bernhard streng an.

»Um die Lehen ging es«, beharrte sie, »sonst wäre Luitger nicht überfallen worden von irgendwelchen unauffindbaren Räubern. Damit wären wir wieder bei Kaspar. Das kann er wohl auch nicht bei Lothar von Süpplinburg gegen Euch vorbringen, dass er auf den Wagen Bischof Ulrichs auf Euer Geheiß einen Anschlag verübt hat. Er kann dies umso weniger behaupten, als Bischof Ulrich die Vormundschaft zugesprochen wurde und Ihr in Luitgers Namen jedes Jahr erhebliche Summen für des Bischofs Lieb-

lingskloster Göttweig spendet. Also wird auch diese Unregelmäßigkeit Euch nicht zur Last zu legen sein.«

Bernhard schwieg betroffen. Zum Leugnen hatte er keine Lust.
Schließlich sagte er:

»Alice, was weißt du eigentlich nicht von mir?«

Sie lachte und erwiderte: »Ich weiß sogar, was Ihr jetzt mit
mir zusammen tun möchtet.«

Der Gedanke an Kaspar verfolgte Bernhard noch, als er von
Weitem im Dämmerlicht des hereinbrechenden Abends die trut-
zige Befestigungsmauer von Erfurt erblickte. Nur zu gerne war
er der Einladung Kaiser Heinrichs gefolgt, das Fest der Geburt
des Herrn mit ihm auf seiner Königspfalz zu verbringen. Endlich weg von seiner Burg, endlich weg von Kaspar und seinem
Geschrei. Er musste eine Entscheidung fällen und schob sie
immer wieder hinaus. Insgeheim – oder nicht nur insgeheim,
sondern Alice gegenüber, äußerte Bernhard, er wünschte, Kaspar würde endlich sterben. Wieso war der Bursche so zäh, dass
er trotz Kälte, Hunger, Dreck nicht krepierte. Das war kein
Zustand mehr. Auf die Kinder machte der gefangene Kaspar
einen zwiespältigen Eindruck. Alice sagte, sie gruselten sich,
hätten Angst, er könne sich irgendwie aus dem Loch befreien
und würde sie nachts im Bett ermorden. Andererseits fanden sie
es aufregend, dass Bernhard so mitleidslos war, und ließen ihrer
Fantasie freien Lauf, sich Strafen auszudenken. Alice hatte die
Kinder dabei ertappt, wie sie »Hinrichtung« spielten. So war sie
zu Frau Katharina nach Passau geflüchtet, wo sie zusammen mit
Luitger und Giselinde die Festtage verbringen wollte. Zudem
sollte die Gelegenheit genutzt werden, Einkäufe für Luitger und
Giselinde zu tätigen, vor allem bunte, aufwendig gewebte Stoffe
sollten bei den Tuchmachern bestellt werden, um die beiden
standesgemäß auf ihren Weg zu schicken. Es stand nun fest,
schon zum Osterfest 1113 würde Luitger seine Ausbildung bei
Herzog Friedrich von Schwaben beginnen und Giselinde ihre

Erziehung beim Markgrafen Leopold und seiner Frau Herzogin Agnes am Hof in Tulln.

Bernhards Stimmung hellte sich auch nicht auf, als er durch das Stadttor nach Erfurt hineinritt. Wie von selbst stellte er für sich fest, dass die hohe Befestigungsmauer weit mehr als eine Armlänge dick war. Die bedeutendste Stadt in Thüringen hatte sich ausgezeichnet gegen Angriffe gerüstet. Kein Wunder, sie gehörte trotz der weiten Entfernung zum Erzbistum Mainz, dem mächtigsten Erzbischofssitz im Reich. Womit seine Gedanken an dem Schreiben hängen blieben, das Kaiser Heinrich an die Fürsten seines Landes gerichtet und das Bernhard noch kurz vor seinem Aufbruch von einem Boten überbracht worden war. Darin beklagte sich der Kaiser mit heftigen, von Schmerz und Enttäuschung gezeichneten Worten über seinen Erzkanzler Adalbert, der, sobald er vom Kaiser auch noch zum Erzbischof von Mainz erhoben war, ihm den Treueid brach und den Kaiser verriet. Das Fest der Geburt des Herrn würde wohl trübselig werden, befürchtete Bernhard, als er die belebten engen Gassen durchquerte und an der großen, prächtigen Synagoge vorbeiritt, durch deren schmale, hohe Fenster Licht auf den frisch gefallenen Schnee fiel. Nächstes Jahr in Jerusalem, singen die Juden, dachte Bernhard, und es wurde ihm schwer ums Herz, Leyla. Dass alles in so einem Fehlschlag, Unglück und Elend enden musste! Bernhard fühlte sich niedergeschlagen, geradezu schwermütig, als er die Kaiserpfalz erreichte. Er nahm sich zusammen.

Es kam wie erwartet. Heinrich war derart hoffnungslos, verzweifelt und erbittert, wie es für seinen Stand als Kaiser unwürdig war, was er auch selber aussprach. Trotzdem.

Nach dem Festgottesdienst in der Bischofskirche und den weiteren Feierlichkeiten saßen sie nachts im Gemach des Kaisers, sie, seine Vertrauten, Berengar von Sulzbach, Bernhard und, ganz außerhalb des Reihe, Olivier, der blinde Sänger, dessen Erscheinen Heinrich erbeten hatte, damit er von seinen Versen aufgeheitert würde. Bernhard hatte Olivier vorausgeschickt und so war dieser im Wagen rechtzeitig in Erfurt eingetroffen.

Draußen peitschte ein Sturm den Schnee gegen das mit Tierhäuten und Fellen verhängte Fenster. Eisig kalt blieben Wände und Fußboden in dem meist unbeheizten Raum. Der Kaiser hatte seinen Armlehnstuhl dicht an das Kaminfeuer rücken lassen. Sein Gesicht wirkte rot und hitzig und Bernhard konnte nicht genau unterscheiden, ob vom Feuer oder vor Erbitterung und Ingrimm.

»Dass Uns Unsere Feinde verfolgen, ist noch nicht einmal das Fürchterlichste. Von seinen Feinden verfolgt zu werden, das ist der Lauf der Welt. Nicht das ist abscheulich und gotteslästerlich, was einem die Feinde zufügen. Aber von seinen Freunden verraten, seinem engsten Freund verraten zu werden!« Seine Stimme kollabierte. Bernhard sah zu Berengar hinüber, der mit Sorgenfalten daneben auf der Stuhlkante saß und dem Kaiser ein Glas Wein reichte. Der verschluckte sich. Olivier strich sich verlegen mit der Hand über seine blinden Augen.

Wenn er weiter an den Verrat seiner Freunde denkt, trifft ihn der Schlag, überlegte Bernhard, wandte sich an den Kaiser und fragte:

»Was haben Euch Eure Feinde angetan?«

»Ihr wisst es nicht?«

»Nicht unbedingt«, antwortete Bernhard ausweichend, denn er ahnte, es ging um die Exkommunikationen des Kaisers.

»Der Papst ist noch nicht einmal Unser größter Gegner«, erwiderte der Kaiser und versuchte, seine Stimme zu mäßigen. »Er ist selbst nach den Ereignissen in Rom unter große Bedrängnis geraten.«

Ereignisse ist gut, dachte Bernhard, die Gefangennahme des Papstes und die Erpressung des Privilegs waren unwiderruflich schwere Fehler.

»Insbesondere Bruno von Segni, der Abt vom Kloster Monte Cassino, hat dem Papst so übel mitgespielt, dass Papst Paschalis ihm die Abtwürde genommen hat aus Sorge, dass der ihm mit seinen Anschuldigungen die Papstwürde nimmt. Papst Paschalis schrieb Uns, selbst die um ihn seien, hätten den Nacken gegen ihn erhoben, und sie zerfleischten seine Eingeweide und übergössen mit ihren Anklagen des Papstes Antlitz mit Schamesröte.«

Er schwieg und Berengar sprach aus, was auch die anderen beiden dachten: »So wie es Euch ergeht, leider.«

»Zuerst sah es aus, als würde der Papst auf Unserer Seite stehen. Wir hatten Papst Paschalis von Unserer schweren Erkrankung im Herbst letzten Jahres geschrieben und er hatte freundlich geantwortet. Doch nachdem er so unter Druck geraten ist, musste er auf dem Laterankonzil im März ein Bekenntnis seines Glaubens ablegen, und zwar weniger auf die Evangelien und die Konzile der Väter, sondern insbesondere auf die Dekrete seines Herrn, Papst Gregors VII., und des Papstes Urban. Er sagte, er heiße gut, was sie für gut geheißen haben, und verdamme, was sie verdammt hätten.«

Damit hat er unter der Hand wieder Heinrich IV. exkommuniziert, schlussfolgerte Bernhard. Aber aus seinem Kaisergrab würde ihn wohl niemand mehr herausholen.

»Damit war es aber nicht genug«, fuhr der Kaiser fort. »Das Konzil verwarf das Uns vom Papst gegebene Privileg, dass die Bischöfe und Äbte nicht geweiht werden dürften, wenn nicht Wir sie vorher investiert hätten. Sie verdammten das Privileg und nannten es Pravileg, einen Schandbrief.«

»Wie habt Ihr davon erfahren?«, fragte Bernhard. Ihm war ziemlich unwohl zumute.

Der Kaiser schnaubte vor Ärger.

»Das Konzil hat Bischof Gerhard von Angoulême eigens zu mir gesandt, der die bodenlose Frechheit besaß, es mir darzulegen. Ich habe ihn dennoch reich beschenkt gehen lassen«, fügte der Kaiser hinzu.

»Jedenfalls ist es nicht zu einer Exkommunikation gekommen«, bemerkte Berengar leise. Er sah betrübt aus, blass, mit tiefen Rändern unter den Augen. Wie waren sie beglückt zum Fest des Herrn vor sechs Jahren angetreten als Söhne der Kirche! Welch eine Freude hatte er empfunden, als der junge Heinrich in Mainz als König bejubelt wurde. Wie kaum ein anderer wünschte er, dass Papsttum und Kaisertum, Regnum und Sacerdotium, Hand in Hand ein Heiliges Reich errichteten.

»Zur Exkommunikation ist es zwar nicht gekommen. Papst Paschalis hält sich an sein Uns gegebenes Wort. Aber Kardinalbischof Kuno von Praeneste hat gleich nach meiner Kaiserkrönung die Kirchenversammlung von Jerusalem dazu gebracht, Uns zu exkommunizieren. Das Gleiche ist ihm in Konstantinopel gelungen und in Ungarn.«

»Das ist rechtlich nicht gestattet. Das darf doch nur der Papst«, wandte Bernhard erstaunt ein. Er fühlte sich unbehaglich, die Exkommunikation galt schließlich auch allen, die mit dem Kaiser Umgang pflegten. Allerdings eine vom Kardinalbischof ausgesprochene Exkommunikation war wohl nicht zu ernst zu nehmen.

»Der Papst hat diese Exkommunikationen hingenommen, ohne Einwände zu erheben«, klagte der Kaiser mit gefurchter Stirn. Von Unruhe getrieben, erhob er sich und schritt auf und ab, so dass sein rotes, bodenlanges Gewand im Schein des Feuers aufleuchtete und sogar sein weißer Hermelinbesatz rot schimmerte, sobald er am Kamin vorüberging.

»Weitaus gefährlicher ist Frankreich«, fuhr er mit erhobener, zorneserfüllter Stimme fort. »Ermesst die maßlose Unverschämtheit, der französische Bischof Hildebert hat eine Schrift verbreitet, in der er Uns, Uns! Den Kaiser! als mörderischen Trabanten und Unsere Untertanen im Reich als unreine Hunde bezeichnet. Als misera Germania, als gottlose Deutsche, werden wir beschimpft. Geradezu bedrohlich ist es, wie der französische König Ludwig seinen Vorteil sucht und findet. Auf seinen Rat und mit seiner Unterstützung hat in Vienne eine Synode Uns exkommuniziert!« Die letzten Worte schrie er.

»Krieg will Ludwig gegen Uns, den Kaiser, führen, er hat deswegen an Papst Paschalis geschrieben und um seine Zustimmung gebeten«, erklärte Graf Berengar.

»Hat er sie erhalten?«, fragte Bernhard.

Heinrich überhörte die Frage, so sehr war er mit seinem Schmerz, seiner Enttäuschung beschäftigt.

»Wisst Ihr, wer in Vienne dabei war? Wer dem Bischof von Vienne zur Exkommunikation geraten hat? Nein, Graf Berengar. Das wisst nicht einmal Ihr. Oder doch? Wir haben es Euch ja geschrieben. Adalbert war dabei, Unser Erzkanzler, er, den Wir zum Erzbischof von Mainz erhoben haben. Der Verräter! Der Judas! Unser engster Vertrauter! Ihn haben Wir aus dem Staub gehoben, haben ihn groß, zum Erzkanzler des Reiches gemacht, ihn zum Erzbischof des mächtigsten Bistums des Reiches erhoben. Mit ihm zusammen haben Wir all die Jahre Unser ganzes Reich geordnet. Er war der Mitwisser aller Geheimsachen. Er war es, der Uns zur Gefangennahme des Papstes riet! Verrat reiht sich an Verrat. Als Wir sterbenskrank in Worms daniederlagen, hetzte er die Einwohner der Stadt gegen Uns auf. Er nimmt Uns Unsere Burgen, besetzt gar Unsere mächtige Burg Triefels. Die Ländereien der Kirchen, die Besitzungen des Reiches, kurz, alle königlichen Güter jenseits des Rheins, Bistümer, Abteien nimmt er für sich in Beschlag. Und er hetzt jeden gegen Uns auf, dessen er mit List und Geld habhaft werden kann.

Jetzt auf dem Weg nach Erfurt, wo endlich die Zwistigkeiten mit den sächsischen Fürsten beigelegt werden sollten, haben wir Uns zufällig getroffen. Wir sind von Frankfurt aus, er von Mainz aus nach Thüringen gezogen. Adalbert hat nicht erwartet, Uns zu begegnen, konnte Uns aber auf dem engen Weg nicht ausweichen. So trat er zu Uns, als wollte er Uns sprechen. Freundlich, Uns im Ton mäßigend, forderten Wir ihn wiederum auf, die ihm von Uns anvertrauten Burgen und Unsere mächtige Burg Triefels, die er mit Gewalt besetzt hatte, zurückzugeben. Da antwortete er Uns frech ins Gesicht: Das täte er im Leben nicht!

Wir geben es zu, Wir waren nicht wenig aufgeregt, haben ihm gedroht, ihn festzuhalten, bis er Uns das Unsere zurückgegeben habe. Er hat gegrinst. Da haben Wir ihn gefangen genommen.«

Erschöpft ließ sich Heinrich auf seinen Armstuhl niederfallen. Bernhard war sonderbar berührt. Ohne rechtliches Urteil von einem Fürstengericht saß der Erzbischof in strenger Haft. Ohne Urteil hatte er selbst Kaspar ins Loch geworfen.

»Ohne Uns wäre Adalbert ein Nichts«, jammerte der Kaiser.

Bernhard sah mit einem Male Kaspar vor sich im Hungerwinter vor Antiochia. 1098 musste es gewesen sein. Er war ein Waisenkind, die Mutter im Kindbett gestorben, der Vater überfallen und geköpft. Bettelnd und bittend kam er zu ihm ins Zelt, flehte, Bernhard möge sich seiner annehmen, damit er nicht elendig umkomme.

»Es ist bemerkenswert und etwas befremdlich Befremdliches in der menschlichen Natur«, stellte Berengar von Sulzbach fest, »dass diejenigen, die einem zu größtem Dank verpflichtet sind, die frevelhaftesten Verräter werden.«

»Ja«, sagte der Kaiser grimmig. »Adalbert ist nicht der einzige. Wir haben zum Hoftag nach Erfurt die Uns den Gehorsam verweigernden Fürsten geladen, allen voran Herzog Lothar. Er, wie die anderen auch, sind nicht erschienen, und das, obwohl Lothar allein Uns seine Herzogswürde zu verdanken hat.«

Für schwach hatte ihn Heinrich damals gehalten, darin hat er sich wohl getäuscht.

Bernhard hing diesem Gedanken nicht weiter nach, denn »Diese Undankbaren!«, so ereiferte sich der Kaiser. »Wir werden ihren Ungehorsam vergelten und mit kriegerischer Wucht ihre Felder und Burgen zerstören.«

Heinrich machte eine Pause und sah in die Runde. Im Kriegführen hatte er bisher kein Glück, bedachte Bernhard besorgt.

»Bischof Reinhard von Halberstadt ist ebenfalls so ein Verfluchter«, fuhr der Kaiser entrüstet fort. »Auch ihn haben Wir schon 1107 mit Ring und Stab zum Bischof investiert, noch im Januar in Merseburg hat er so getan, als würde er Uns Treue zeigen, und nun er rühmt sich, alle Fürsten Sachsens und Thüringens gegen Uns als einen Feind Gottes und der Kirche aufgehetzt zu

haben. Aber es geht ihm gar nicht um den Glauben. Es geht ihm
darum, seine Herrschaftsrechte in dem von Unserem Reichsgut
durchsetzten Gebiet zu sichern! Das werden Wir ihm übel vergelten. Wir werden seine Felder verwüsten und seine Bischofsstadt Halberstadt einnehmen, mit Brandlegung in Schutt und
Asche legen und plündern.«

Hier hob der cantor Olivier sein Haupt und schaute den Kaiser mit blinden Augen an.

»Gott lehrt uns, dass diejenigen, die ihrem Wohltäter am meisten nahestehen, ihm alles zu verdanken haben, es nicht ertragen
können, dankbar sein zu dürfen und zu müssen. Auch Judas, der
Verräter, war nicht irgendeiner der großen Schar, die Jesus gefolgt
ist. Auch er hat im Namen Jesu Menschen geheilt. Selbst noch
beim letzten Abendmahl in der Nacht vor Jesu Hinrichtung saß
er mit dem Herrn am Tisch, erhielt das Brot, das Jesus brach, aß
mit ihm aus einer Schüssel. Jesus wusste, wer der Verräter war.
Warum nahm er ihn nicht beiseite, warum sprach er ihn nicht
an, sondern ließ ihn gewähren? Ließ es geschehen, dass Judas
die Hohepriester, Ältesten und die mit Schwertern und Stangen
bewaffneten Soldaten zu ihm führte, um ihn gefangen zu nehmen und zu töten? Warum? Wir können und müssen antworten:
Damit Jesus am Kreuz für uns sterbe. Aber wäre er nicht zum
Tode verurteilt worden auch ohne den Verrat des Judas?

Ich deute es mir so, dass Gott uns sagen will, der Mensch ist
böse von Jugend an. Vertraut ihm nicht mit ganzer Seele, hängt
nicht euer Herzblut an einen anderen, vertraut auf Jesus Christus allein. Er betrügt Euch nicht.«

In Bernhard erhob sich Widerspruch. Kaspar hatte er zwar
viel anvertraut, aber getraut hatte er ihm nie. Alice jedoch – ihr
vertraute er. War es Sünde? Vertraute sie auch ihm? Irgendwie
wurde er den Eindruck nicht los, sie verberge etwas vor ihm.

»Gott verspricht uns nichts, was er nicht hält. Abraham, den
Erzvater, fordert Gott auf: Ziehe hinweg in ein Land, das ich dir
zeigen werde. Abraham verlässt auf diese Verheißung hin seine

Heimat, nur um ein Land gezeigt zu bekommen. Auch Mose wird das Land nur gezeigt. Nach 40 Jahren Wanderschaft durch die Wüste besteht Gottes Gnade im ZEIGEN! Nicht in Besitz nehmen, nicht einmal betreten kann er es. Mose stirbt, sein Leben ist zum Abschluss gebracht in diesem Sehen dürfen!«

Olivier machte eine Pause. Der Kaiser blickte mit nachdenklichem Gesicht nach unten, zupfte an seinem Gewand.

»Ich bin drei Jahre nach Jerusalem gepilgert, um die Heilige Stadt, die Grabeskirche, den heiligsten Ort der Erde mit meinen eigenen Augen zu schauen. Jerusalem habe ich gesehen, von außen. Im Kampf, im vergeblichen Versuch, die Stadt zu erobern, hat mich ein Pfeil getroffen. Von einem Augenblick zum anderen war ich für immer blind. Ich habe viel gejammert, es als Strafe ausgelegt, doch Strafe – wofür? Wieso wurde ich bestraft und nicht die anderen?«

Er wandte sein blindes Gesicht zu Bernhard. Schließlich hatte dieser ebenso an dem Kampf teilgenommen, war unverwundet entkommen.

»Ich habe mittlerweile verstanden, dass Gott mich lehren wollte zu sehen. Ich sehe, dass Gott uns die Welt und alles, was wir darin zu besitzen meinen, nur zeigen will. Es gibt keinen Stillstand, keine Erfüllung, solange wir leben. Wir sollen Gott dafür danken, dass wir sehen, was er uns zeigt.«

»Meine Herren«, sagte der Kaiser und erhob sich. »Morgen in der Frühe brechen Wir auf, Wir werden Herzog Lothar und Bischof Reinhard zeigen, wer Wir sind.«

Bernhard gereute es, nach Erfurt gekommen zu sein. Von Ingrimm erfüllt, gab der Kaiser schon am frühen Morgen nach dem Fest der Geburt des Herrn den Befehl, die Güter der ungehorsamen Fürsten zu plündern, ihre Besitzungen in Brand zu legen, ihre Burgen zu zerstören. Sein Sinnen dürstete nach nichts als Vergeltung und so setzte sich der Kaiser an die Spitze seines Rachezuges nach Norden. Vor Wut schier berstend, zutiefst empört und in seiner kaiserlichen Majestät beleidigt, ritt er zornerfüllt voran. Bernhard hatte keine Wahl, er hatte Heinrich den Treueid geleistet, so konnte er sich dem Schreckenszug zum Harz nicht entziehen. Unterwegs allerdings richtete der Kaiser nur Weniges aus, die Felder waren hoch verschneit, die Wintersaat zu vernichten, hätte zu viel Aufwand und vor allem Zeit gekostet. So ließ er lediglich einige Höfe in Brand stecken, die gerade auf dem Weg lagen. Denn das eigentliche Ziel seines kaiserlichen Hasses war Halberstadt. Auch wenn Bischof Reinhard sich augenblicklich nicht an seinem Bischofssitz aufhielt: Büßen sollte er, büßen für seinen Undank, für seine Verschwörung gegen den Kaiser.

Bernhard missbilligte das Unternehmen: Er hatte überhaupt keine Neigung, nachdem das Stadttor von Halberstadt aufgebrochen war, die Fachwerkhäuser der bäuerlichen Handwerker und Kaufleute in Brand zu stecken. Wie Küken um eine Glucke gruppierten sich die gedrungenen Häuser um eine Domburg, die selbst in Flammen aufging. Das Elend der Leute war unermesslich. Schreiend liefen sie aus der Feuersbrunst, Kinder an der Hand, ein Bündel mit irgendwelchen Habseligkeiten zusammengerafft. Die mit Reet gedeckten Holzhäuser brannten wie Zunder. Und erst recht die armseligen Hütten der Witwen und Alten. Im Fortlaufen wurden die Flüchtenden von des Kaisers Reitern eingeholt, manche erschlagen, Frauen von den Soldaten vergewaltigt. Und diejenigen, die sich retten konnten, fanden keine Zuflucht, denn der Kaiser ließ auch die umliegenden Dörfer niederbrennen. Verhungern würden viele, mit den Häusern waren auch die Lebensmittelvorräte vernichtet.

Bernhard ekelte es an. Schlecht gelaunt ritt er an den niedergebrannten Hütten und Häusern, Ruinen und Schutthügeln vorbei. Überall schwelte es, kokelte vor sich hin, stank. In einem Schneehaufen, unberührt und weiß, lag eine Hand, die den Schnee rot färbte. Es war ihm, als würde sie ihn anstarren, ihm entgegenspringen, obgleich er sie gar nicht abgeschlagen hatte. Ihm wurde übel, und er ritt an die Holtemme, schaute trübsinnig in das Flüsschen, dessen sprudelndes, klares Wasser einen Leichnam mit sich führte. Wie viele Tote hatte er auf Schlachtfeldern gesehen, er glaubte, sie berührten ihn nicht. Aber diese Hand und dieser Leichnam, sie ließen ihn zornig werden. Zornig auf den Kaiser, der so unklug war, zu meinen, er könnte die Sachsen mit Gewalt niederringen. Die Sachsen waren ein aufmüpfiges, mutiges, widerspenstiges Volk. Karl der Große hatte sie nur mit Mühe und jahrelangen Kriegszügen seinem Reich einverleiben können. Damals zwangsmissioniert, nutzten sie jetzt die Verbindung zum Papst gegen den Kaiser. Jahrelang Krieg hatte Heinrich IV. gegen die Sachsen geführt und im Ergebnis verloren. Sachsen blieb ihm letztendlich für immer verschlossen. Und nun der Sohn! Widerwillen erfasste Bernhard, als er an der Ilse zusammen mit dem Kaiser entlangritt, um auch die bischöfliche Hornburg zu belagern.

Welch ein Wahnsinn, dachte er, während die Belagerung sich länger als erwartet hinzog. Widerstand erzeugt Widerstand. Wenn der Kaiser die Sachsen kleinkriegen wollte, so müsste er mit ihnen eng zusammenwirken, müsste sich mit den sächsischen Fürsten beraten und Entscheidungen fällen, die von ihnen getragen, die in ihrem Sinne wären. Die zäh zu erkämpfende Eroberung der Burg erschien Bernhard nicht als Sieg, eher als Einleitung ernsthafter kriegerischer Auseinandersetzungen, zu denen er wenig Neigung verspürte.

Schleichend dachte Bernhard an Kaspar. War es nicht ebenso ungeschickt, ihn so lange festzuhalten? Er wünschte sich zurück nach Passau, zu seiner Burg, zu Alice. Jedenfalls erhielt er von ihr während der sich mühsam hinziehenden Belagerung der bischöflichen Burg einen Brief, den er augenblicklich in seinem Zelt öffnete.

Graf Bernhard, auf Erden mir der Liebste / Alice, Eure Gefährtin
  Gottes Güte und Schutz Euch voraus.
  Der Bote überbrachte mir erst gestern die Nachricht, dass Ihr
mit Kaiser Heinrich zum Harz zu einem Vergeltungszug aufge-

brochen seid. Der junge Mann hatte wohl Schwierigkeiten, mich ausfindig zu machen, denn ich bin mit Giselinde und Luitger nach den Festtagen nicht zur Burg zurückgekehrt, sondern in Passau bei Frau Katharina in der Marchgasse geblieben.

Wir sind hier wohlauf und ich bete zu Gott und glaube zuversichtlich, dass auch Ihr es seid.

Die Vorbereitungen für Luitgers und Giselindes Abreise bereiten uns viel Freude.

Die Stoffe, die wir ausgesucht haben, werden Euch gefallen, sie sind farbig, leuchtend, aus Damast und Seide, und auch die Tuche sind wunderschöne, feine Webarbeiten. Die Kinder sind in der letzten Zeit ja tüchtig gewachsen, Giselinde wirkt mit ihren sieben Jahren beinahe erwachsen und ist geradezu bezaubernd. Die Schneider sind entzückt, wenn sie zur Anprobe kommt und sich dazu noch Bänder für ihr schönes blondes Haar aussucht. Luitger macht ebenfalls eine sehr gute Figur, kräftig und dabei schlank, wie er ist.

So wie Ihr, er ist ja Euer Sohn, hatte Alice gedacht und gegen ihre Gewohnheit eine Träne vergossen. Bernhard wunderte sich über den kleinen Fleck an dieser Stelle auf dem Pergament.

Ansonsten machen wir häufig Spaziergänge zur Landspitze oder reiten am Inn entlang bis zu den Grafen von Formbach. Luitger und Giselinde sind aufgeregt und erfüllt von den Vorstellungen über ihre Zukunft. Weniger, dass sie in ein paar Jahren heiraten, das ist für sie so selbstverständlich, als könnte es nicht anders sein. Was sie beschäftigt, ist die Frage, wer sie sein werden in ihrer Adelsgesellschaft. Giselinde träumt davon, der Mittelpunkt eines bedeutenden Hofes zu werden, von Troubadouren umgeben, wie es sie neuerdings in Aquitanien gibt. Luitger sieht sich als Ritter große Taten vollbringen. So verweilen ihre Gedanken oftmals bei Euch. Die Kinder wollen vom Kreuzzug erzählt bekommen, möglichst genau jede einzelne Schlacht. Die Eroberung von Jerusalem habe ich schon mehrmals schildern müssen, dass Ihr auf dem Belagerungsturm standet und wie es war, auf die Mauer der Heiligen Stadt zu springen und dort zu kämpfen. Luitger bewundert Euren Heldenmut, in den vielen Kriegen den gefährlichen Vorstreit geritten zu haben, und wünscht für sich, später ebenfalls in der ersten Reihe dem Feind entgegenzusprengen. Deswegen freut er sich auf seine Ausbildung beim Herzog von Schwaben, weil diesem von alters her das Recht zukommt, in der ersten Reihe den Angriff zu führen.

Auch der Hunger und das Leid regen ihre Einbildungskraft an. Wiederholt musste ich erzählen, dass Ihr, während wir in Antiochia eingeschlossen waren, Pferdeblut getrunken habt, um nicht zu verhungern. Und dann wollen sie auch ganz andere Dinge wissen. Gestern fragten sie mich ernsthaft, ob ich schon einmal auf einem Kamel geritten sei und ob die viel sabbern würden. Merkwürdigerweise stellen sie sich vor, dass in den Palästen von Jerusalem Löwen als Haustiere gehalten werden.

Ihre Gedanken sind bisweilen bei Leyla. Dass Leyla die Heilige Stadt sieht, in der Grabeskirche betet und von König Balduin empfangen wird, das beeindruckt sie doch sehr. Sie würden auch gerne an seinem Hof eine Weile leben. Luitger imponiert es, dass Ihr mit zwei Königen befreundet seid. Immer wieder muss ich ihm erzählen, dass Kaiser Heinrich ihn als Kleinkind schon einmal hochgehoben hat. Luitger bedauert zutiefst, daran keine Erinnerung zu haben.

Leyla, ihr Name ist gefallen. Vor Kurzem erhielt ich einen Brief von Martin. Er schrieb ihn von Messina aus am Abend vor ihrer Abfahrt ins Heilige Land. Leyla habe zu Beginn ihrer Reise viel geweint, wäre in sich gekehrt und verschlossen gewesen. Je weiter sie sich von Passau entfernt hätten, desto gesprächiger sei sie geworden. Mit wachem Auge entdecke sie das Neue. Auf Sizilien sei sie erstaunt, wie viele Muslime hier leben, und sie beobachte die Gläubigen mit großer Aufmerksamkeit. Sie lausche auf ihre arabische Sprache, ihre Gebete und überschütte ihn mit Fragen.

Martin hat Leyla darauf angesprochen, ob er uns von ihr grüßen solle. Da sei sie todernst geworden, habe erst den Kopf geschüt-

telt, dann jedoch mit trauriger Stimme geantwortet, sie grüße uns, wenn wir von ihr gegrüßt werden mögen.

Weswegen ich Euch auch schreibe, ist eine Frage, die mich äußerst bedrängt: Was soll aus Kaspar werden? Ich wage es nicht, mit den Kindern zur Burg zurückzukehren, hatte auf Eure baldige Ankunft gehofft und muss den Gedanken daran wohl weiter hinausschieben. Vor einigen Tagen traf ich Anne, Kaspars Schwester. Sie war nach ihrer Rückkehr aus dem Heiligen Land Magd bei einem Seiler und hat nach dem Tode des Vaters seinen Sohn geheiratet. Sie lauerte mir in der Marchgasse auf, genauer, wartete auf mich. Ich kam mit Giselinde und Luitger von einem Gang zur Landspitze zurück, es war schon dunkel, da warf sie sich mir zu Füßen und flehte und bat um Gnade für ihren Bruder. Sie wisse, er sei ein übler Bursche – und dennoch.

Was soll ich tun? Ohne ein schriftliches Zeugnis von Euch kann ich nicht handeln. Entscheidet Euch möglichst bald, denn ein im Loch Gestorbener erregt wohl am Ende Aufsehen.

Wollt Ihr von mir über mich noch ein Wort hören, so sagt Euch das Hohe Lied auf. Schöner als König Salomon kann niemand die Liebe beschreiben.

Grüße

Der vertraute und vertrauliche Ton des Briefes berührte Bernhard. Ihm war, als hörte er ihre Stimme, als erzählte sie ihm dies und das vom Tag, wie sie es fast jeden Abend zu tun pflegte. Bernhard wurde mit einem Mal bewusst, wie selbstverständlich Alice beim »Ihr« geblieben war und nie das »Du« gewünscht hatte, auch in den innigsten Momenten nicht. Und er selbst hatte sich so sehr daran gewöhnt, Alice mit »Ihr« anzusprechen, um sie zu ehren und diese Ehrung von jedem einzufordern, dass nur bisweilen ein »Du« herausrutschte. Gedankenverloren faltete Bernhard den Brief wieder zusammen, steckte durch die Öffnungen die Pergamentstreifen, die mit dem Siegel das Schreiben verschlossen hatten, und band eine Kordel um den Brief. So hielt er ihn noch eine Weile in der Hand, ließ das Pergament an der Nase vorbeistreifen, ob wohl noch etwas von Alice' Parfum daran haften geblieben war. Er liebte es, wenn sie welches benutzte. Es roch aber nur nach Nässe und Kälte. Bernhard steckte es sorgfältig in seine Satteltasche, die ebenfalls klamm und feucht und kalt war wie alles in dem Zelt.

Von draußen hörte er aufgeregtes Rufen: »Kommt! Die Burg kracht bald zusammen!«

Bernhard gürtete sich sein Schwert um, verließ durch den schmalen Eingang sein Zelt und stapfte durch den schmutzigen Schneematsch. Das Lager war eine einzige Schlammwüste. Nur auf den Zelten türmte sich der Schnee hoch und weiß. Rauch lag in der Luft, den Bernhard missmutig einatmete.

Was für ein unsinniger Befehl, dachte er, die Dörfer um Halberstadt in Brand zu stecken, statt sich bei den Bauern einzuquartieren.

Wieder lautes Rufen: »Die Burg kracht bald!«

Bernhard ließ sich Zeit, schlenderte an den Rand des Lagers, blieb dort stehen und beobachtete einige Frauen, Bäuerinnen und Mägde, die sich, beladen mit dem, was sie auf ihren Schultern tragen konnten, mühsam auf einem Weg dahinschleppten. Sie machten auf ihn einen feindseligen Eindruck, auch wenn keine mit Fäusten drohte oder laut den Kaiser beschimpfte. Gespenstisch lautlos gingen sie ihres Weges und verschwanden im Nebel des trüben Winternachmittags.

Die Frauen jammerten ihn und gleichzeitig erfasste ihn die Wut. Unbändiger Zorn auf Kaspar. Denn in den Frauen erkannte er Alice. Alice, wie sie sich vor vielen Jahren, noch im alten Jahrhundert, mit Leyla an der Hand durch den Winter über die Alpen durchgekämpft und mühsam zum Fest der Geburt des Herrn Passau erreicht hatte. Genauso elendig und arm wie die sächsischen Frauen, die im Nichts mit ihrem Hass verschwunden waren. Noch mehr als der Verrat an ihm erbitterte Bernhard die Vorstellung, was Alice für Leyla gelitten hatte. Nur um Leyla zu schützen, hatte sie mit Udalrich zusammengelebt. Für Leyla hatte Alice mehr getan als irgendeine andere Mutter für ihr Kind. Mit einem Schlag hatte Kaspar alles zerstört. Wäre er zurück auf seiner Burg, er ließe Kaspar sofort und auf der Stelle hinrichten.

»Was ist mit Euch?«, wurde er vom Kaiser von der Seite angesprochen.

»Erfüllt es Euch nicht mit Genugtuung, dass wir die Burg des von Uns eingesetzten Bischofs, des Verräters, zerstören?«

Bernhard pflichtete ihm bei und sah zu der Burg. In der Tat, die Buchenstämme, erst über dem Feuer erhitzt, darauf mit Wasser getränkt, dann zu guter Letzt in die ausgeschlagenen Löcher der Burgmauer gerammt, waren so weit aufgequollen, dass jeden Augenblick das Mauerwerk gesprengt würde.

Ein ohrenbetäubendes Krachen und Donnern ließ die den Einsturz erwartenden Kriegsleute dennoch zusammenfahren. Die aufeinandergesetzten großen Quadersteine gerieten ins Wanken und stürzten wie eine Lawine in die Tiefe.

»Bischof Reinhard«, fuhr der Kaiser endlich fort und wandte sich an Bernhard, »ist Unserer Aufforderung nicht gefolgt, sich hier vor Uns zu verantworten. Er versteckt sich bei Graf Wiprecht, mit dem er gemeinsame Sache macht.«

Wiprecht von Groitzsch?, dachte Bernhard. Der war ein Verräter und Mörder. Noch vor wenigen Jahren ein enger Vertrauter des Kaisers, hatte er dessen Verbündeten, den böhmischen Herzog Svatopluk, von einem seiner Ritter meuchlings ermorden lassen. Der zusammen mit Graf Ludwig von Thüringen, da haben sich zwei Mörder gefunden.

»Wir haben in Halberstadt zwar Vergeltung geübt und werden Uns zum Rhein begeben«, fuhr Kaiser Heinrich fort, »aber Unser Heerführer Graf Hoyer von Mansfeld wird in Sachsen bleiben, um Burgen mit Unseren Leuten zu belegen. Graf Hoyer werden genug Kriegsknechte zur Verfügung gestellt, dass er auch eine Schlacht auf offenem Feld gewinnen könnte. Wir haben in Erfahrung gebracht, dass die Grafen Wiprecht, Ludwig von Thüringen und Pfalzgraf Friedrich von Orlamünde dergleichen planten, aber offenbar nicht ausgeführt haben, wahrscheinlich fehlte diesen Feiglingen der Mut. Kurz und gut, die Lage steht zu Unseren Gunsten, gleichwohl die Gefahr noch nicht überwunden ist. Deshalb bitten Wir Euch, Graf Hoyer zur Seite zu stehen. Wie kaum ein anderer seid Ihr kriegserfahren.«

Wie entsetzlich, dachte Bernhard. Wann komme ich endlich aus Sachsen fort?

»Da hocken diese elenden Hochverräter, die Feinde des Kaisers«, flüsterte Graf Hoyer und wies aus dem Versteck im dichten Tannenwald den Hügel hinunter auf eine Ansammlung von reetgedeckten Bauernhöfen.

»Warnstedt am Harz, das Dorf soll den Sachsen in unguter Erinnerung bleiben. Die dreihundert Kriegsknechte sind schon im Wald und auf den Feldern um das Dorf aufgestellt.«

»Welches Haus?«, fragte Bernhard und spähte durch das dürre Unterholz, hinter dem sie sich verborgen hielten.

»Dort, das Hallenhaus am Rande des Dorfes.«

Bernhard nickte und schlich sich über das Brachland hinunter bis zum Jordansbach, einem Rinnsal, der das Dorf umgab. Er sprang hinüber, sein Fuß sackte in dem morastigen Untergrund ein. Weiter ging es über Felder.

Das Sommergetreide haben sie noch nicht gesät, dazu war der März zu kühl, aber die Wintersaat geht schon auf, beobachtete Bernhard, als er über die Felder lief. Roggen stellte er fest. Was denke ich da eigentlich. Sei achtsam.

Hinter einer Hainbuchenhecke versteckte Bernhard sich, blickte um sich, lief über einen Acker, den Furchen folgend, die für die Erbsensaat gezogen waren. Er erreichte den Obstgarten. Johannisbeersträucher standen in dichten Reihen. In der Dämmerung sah er einen Kriegsknecht im Kettenhemd mit Helm auf und ab gehen. Der schien sich ziemlich sicher zu fühlen, pfiff leise ein Lied vor sich hin. Er hatte ein gutmütiges Gesicht, trug einen dichten blonden Vollbart. Bernhard schätzte ihn auf ungefähr 30 Jahre. Ein Kampf mit ihm würde Lärm machen, er müsste handeln und den Mann möglichst lautlos töten. Wiederum bewegte sich der Knecht in Richtung der Sträucher, hinter denen sich Bernhard verbarg. Bernhard fasste ihn ins Auge. Der Mann hielt sein Schwert fest in der Faust. Mit einem gewaltigen Satz schnellte Bernhard auf ihn zu, trat seinen rechten Fuß gegen seinen Brustkorb. Der Mann verlor das Gleichgewicht, fiel, schrie auf. Blitzschnell warf Bernhard sich über ihn und zertrümmerte mit dem Knauf seines Schwertes sein Gesicht. Es knackte. Dann war es still.

Nicht ganz. Vom Hof her hörte Bernhard ein verhaltenes Rufen: »Odo?«

Bernhard schnellte hoch, rannte über die noch unbestellten Gemüsebeete in Richtung Hof. Es war unvermeidlich, dass er in der dunklen Erde tiefe Fußspuren hinterließ, was ihm Unbehagen bereitete. Unbemerkt gelangte er zu einer hohen Weißdornhecke, die den Hof umgab. Hinter den dicht geflochtenen Zweigen verbarg er sich.

»Odo?«, hörte er wiederum eine jugendliche Stimme.

Bernhard wischte mit einem Tuch den Knauf seines Schwertes ab, steckte es in die Scheide und erwartete den Knecht beim Durchgang zum Hof, das blutverschmierte Tuch und ein Messer in der Hand.

Er hörte Schritte sich nähern. Bernhard drückte sich so dicht an die Weißdornhecke, dass er beinahe ihre spitzen Dornen in seinem Gesicht fühlte.

»Odo, ist alles in Ordnung?«, klang es besorgt und furchtsam ganz dicht neben ihm.

Mit ratlosem Blick trat der Wachhabende aus dem Hof und blieb unmittelbar neben Bernhard stehen.

Bernhard packte ihn von hinten, stopfte ihm den Knebel in den Mund und schnitt ihm die Kehle durch. Das Blut spritzte, der Jüngling sank auf die Knie und kippte nach vorn.

Bernhard legte ihn behutsam auf den Boden, bloß keinen Lärm verursachen. Womöglich waren noch mehr Kriegsknechte auf dem Hof.

Vorsichtig spähte Bernhard durch die Öffnung in der Hecke zum langgestreckten Bauernhaus. Die geschlossenen Fensterläden aus dunklem Holz verwehrten den Einblick und boten zugleich Schutz. Unbemerkt bewegte sich Bernhard am Backhaus vorbei. Von der Dorfseite kam Graf Hoyer mit drei weiteren Männern angeschlichen. Sie trafen sich vor dem Tor an der Giebelwand des Hauses. Der Graf blickte Bernhard fragend an, Bernhard zeigte mit dem Daumen nach unten, worauf dieser befriedigt nickte und ebenfalls dasselbe Handzeichen machte.

Möglichst geräuschlos öffneten sie das große Tor zur Diele. Es war hier so finster, dass sich ihre Augen einen Augenblick an die Dunkelheit gewöhnen mussten. Der festgestampfte Lehmboden verschluckte ihre Schritte, die ohnehin vom Muhen der Kühe und dem Scharren der Hufe der Pferde in ihren Stallungen an der Längsseite der Diele übertönt wurden. An einem Erntewagen drückten sie sich vorbei und huschten dann wie Schatten zum Küchenbereich. Auch hier war es fast dunkel. Die Feuerstelle auf dem Boden erhellte kaum den Kessel und die Würste, die darüber hingen. Am Tisch am glaslosen Fenster saßen die Verschwörer im Kettenhemd, aber ohne Helm.

Ein furchtbarer Kriegsschrei ließ sie zusammenfahren. Der Bauersfrau fiel der Bierkrug aus der Hand und von Angst ergriffen flüchtete sie auf den Heuboden über den Stallungen. Mit erhobenem Schwert sprangen die Männer des Kaisers auf die sächsischen Adeligen und ihre Gefolgsleute zu. Es brauchte einen unheilbringenden Augenblick, bis die sich erhoben und zu ihren Schwertern griffen. Graf Hoyers Kriegsknechte streckten zwei von den gegnerischen Leuten nieder und machten den Bauern fertig. Pfalzgraf Siegfried von Orlamünde, ein älterer, erfahrener Mann, versuchte mit aller Kraft und Geschicklichkeit, zum Angriff überzugehen, empfing jedoch nach kurzem Kampf eine schwere Kopfwunde. Bernhard sprang auf den Tisch und hieb sein Schwert auf das Handgelenk eines Knechtes. Der schrie auf und ließ das seine fallen. Aus den Augenwinkeln sah Bernhard, wie Graf Ludwig den Fensterladen öffnete und hinaussprang. Graf Wiprecht hechtete ebenfalls auf den Tisch. Bernhard trat mit dem Fuß nach ihm und versetzte ihm einen Schlag ins Gesicht. Blut floss aus Auge und Nase. Aufheulend fiel der Graf gegen die Wand. Bernhard sprang vom Tisch und traf ihn mit dem Schwert auf die Schulter. Töten wollte er Graf Wiprecht nicht. Er packte den Schwerverletzten und ließ ihn fesseln.

Von draußen hörten sie aufgeregte Stimmen. Die aufgestellten Kriegsknechte gestanden es ein: »Einer ist entkommen. Graf Ludwig ist entkommen.«

Weinend und schreiend beugte sich die Bauersfrau über ihren toten Mann.

Bernhard strich sich über die Augen. Mit einem Mal war er müde, fühlte sich ausgelaugt. Aber es nahm immer noch kein Ende. Noch in der Nacht wurden die Gefangenen fortgeschafft. Widerwillig folgte Bernhard dem überaus stolzen Graf Hoyer auf die Burg Leisnig, wohin die beiden adeligen Gefangenen geschafft wurden. Es erbitterte ihn, dass kein Heilkundiger ins Verlies zu Pfalzgraf Siegfried gerufen wurde, der schwer verletzt mit heldenhaftem Gleichmut seinem Heimgang in eine andere Welt entgegensah. Gerade einmal die Letzte Ölung wurde ihm gewährt. Sein Tod würde dem Kaiser schaden, überlegte Bernhard. Das war gewiss. Der Pfalzgraf wurde gerühmt als ein Mann höchsten Adels, christlicher Gesinnung und Tapferkeit. Das würde die Sachsen noch mehr gegen den Kaiser aufbringen. Märtyrer waren langlebig.

Bernhard hatte genug von Grausamkeit. Auf keinen Fall wollte er seinen Ruf als christlicher, Milde übender Fürst weiter aufs Spiel setzen. Wie auch Kaspar sich nach seiner Freilassung verhalten, was er Böses im Schilde führen würde, und böse war es gewiss, Bernhard wollte den Treulosen nicht länger im Loch gefangen halten. Sollte er doch auf einem Wagen nach Passau transportiert werden, laufen konnte er gewiss nach so vielen Monaten nicht mehr, sollte doch seine Schwester ihn gesund pflegen. Und dann? Nicht darüber nachdenken. Er wollte nur noch zurück nach Passau. Es blieb ihm sowieso wenig Zeit, rechtzeitig den weiten, von der Schneeschmelze aufgeweichten Weg vom Harz bis zu seiner Burg zurückzulegen und dann noch rechtzeitig zum Osterfest Luitger nach Schwaben zu Herzog Friedrich zu bringen. Und Ostern war früh in diesem Jahr, schon Anfang April.

In Eile diktierte er einem Schreiber einen Brief an den Kaiser, in dem er ihm mitteilte, der Aufstand sei niedergeschlagen. Sein Dienst für Reich und Kaiser sei im Augenblick erfüllt, seine Anwesenheit in Sachsen nach diesem Sieg über die Aufständischen nicht mehr erforderlich. Der Hochzeit des Kaisers stehe von sächsischer Seite nichts mehr im Wege.

Mit freudiger Erwartung hatten sich die weltlichen Fürsten und die hohen Geistlichen des Reiches in der königlichen Pfalz in Mainz versammelt, um dem Beilager des Kaisers mit der englischen Prinzessin Mathilde beizuwohnen.

Bernhard war es geglückt, in dem prächtigen Festsaal einen Platz am Mittelgang zu ergattern, wo das Brautpaar unmittelbar vorbeischreiten würde und Luitger und Giselinde einen ausgezeichneten Blick auf die hohe Tribüne mit dem prunkvollen Brautbett am Ende des Saales hätten. Sie waren sehr aufgeregt und stellten sich schon jetzt immerzu auf die Zehenspitzen, damit ihnen nichts entginge. Die unzähligen Gäste, nahezu der gesamte Adel des Reiches, wurden von ihnen bestaunt und begutachtet. Noch niemals hatten sie, wie auch niemand sonst in dem Festsaal, eine so unübertroffene Vielzahl an kostbaren Gewändern, Pelzen, Ketten, mit Diademen geschmückten Schleiern der Damen gesehen. Vor lauter Staunen fiel Luitger und Giselinde nicht auf, was allerdings Bernhard bemerkte, dass die Blicke sich auf Luitger richteten, leise gesprochen, getuschelt wurde. Luitgers erstes öffentliches Erscheinen als Sohn und Erbe Graf Udalrich Vielreichs erregte Aufsehen.

Sogar der Abt hatte beim Eintreten in den Saal einen scharfen Blick auf Luitger geworfen. Es erschien Bernhard, als prüfe der Abt die Form seines Mundes und der Augen, jede Pore seiner Haut und jedes einzelne Haar, was Bernhard noch beunruhigte, während er im Gedränge mit Luitger und Giselinde auf den Einzug des Kaisers wartete.

Aus der eng beieinanderstehenden, sich gedämpft unterhaltenden Menge bahnte denn auch mühevoll Graf Diepold von Vohburg seinen Weg zu Bernhard und den Kindern. Mit seinem erheblichen Bauch rempelte er Bischof Reinhard von Halberstadt an, der sich im Gespräch mit dem Abt befand. Er entschuldigte sich knapp, verdutzt, den Bischof bei der Vermählung anzutreffen, anscheinend hatte sich der Kaiser mit dem unbotmäßigen Geistlichen versöhnt. Was den Bischof jedoch nicht davon abhielt, sich zu empören. Bernhard hörte etwas von Graf Ludwig von Thüringen sagen, der, auf Gnade hoffend, in Mainz erschienen und vom Kaiser gnadenlos gefangen genommen worden war.

Und dies bei den Hochzeitsfeierlichkeiten!

Bernhard dachte für sich: Graf Ludwig von Thüringen ist ein Mörder und Aufständischer, dabei achtete er auf das, was der Abt antworten würde.

»Es war gewiss ungeschickt«, räumte der Abt ein, »Graf Ludwig in Gewahrsam zu nehmen, das bringt viele Fürsten gegen den Kaiser auf und kann zu neuem Blutvergießen führen. Es steht bei uns Geistlichen, dies zu verhindern eingedenk des Wortes unseres Herrn Jesus Christus: *Selig sind die Friedensstifter, denn sie werden Söhne Gottes heißen.* Wie wird Jesus Christus uns aber richten, wenn er uns Krieg führend vorfindet?«

Bernhard spürte geradezu, wie Bischof Reinhard erst schluckte und dann seine Mundwinkel missbilligend herunterzog.

Da endlich hatte sich Graf Diepold durchgezwängt und gesellte sich zu Bernhard und den Kindern.

»Graf Bernhard. Welche Freude! Gestern haben wir uns beim Hoftag ja noch gar nicht gesprochen.«

Bernhard betrachtete den Freund aus alten Tagen und wunderte sich, wie fettleibig er geworden war. Er schwitzte sichtlich und hatte einen roten Kopf.

»Heiß ist es hier, obwohl wir Januar haben«, stöhnte er, »viel zu viele Menschen in dem Saal. Der Kaiser hätte besser daran getan, seine Hochzeit auf seiner Königspfalz in Ingelheim zu feiern. In dem Prachtsaal wäre bedeutend mehr Platz für uns alle gewesen.«

»Wir wissen alle, warum Kaiser Heinrich Mainz als Schauplatz seiner Vermählung gewählt hat«, antwortete Bernhard.

»Natürlich. Er hält Adalbert, den Erzbischof von Mainz, immer noch gefangen. Da will er seinen ehemaligen besten Freund bis ins Mark treffen und in seiner Stadt seine Hochzeit feiern. Es gelingt ihm zugegebenermaßen diese Zurschaustellung seiner Macht. Aus allen Richtungen des Reiches haben sich die Geladenen aufgemacht, um rechtzeitig zum anberaumten Hoftag an Epiphanias zu erscheinen. Und dies trotz des strengen Winters.«

Sie schwiegen und schauten sich einen Augenblick im Raum um. Bernhards Blick blieb kurz auf der Gestalt des Abtes hängen, der mit dem Rücken zu ihm stand.

»Großartig, überwältigend ist diese Hochzeit«, fuhr Graf Diepold fort. »30 Bischöfe, wohl alle Grafen, Äbte, Pröbste des Reiches sind erschienen.«

»Fünf Erzbischöfe und fünf Herzöge nicht zu vergessen«, fügte Bernhard hinzu.

»Sogar Herzog Lothar von Süpplinburg ist gekommen. Bin mächtig gespannt, ob er bei der Kopulation des Kaisers mit der Jungfrau Mathilde wie bei der Deditio heute Morgen wieder im Büßergewand erscheint, barfuß und nur mit einem ärmlichen Mantel bekleidet.«

Bernhard äußerte sich nicht dazu. Die Unterhaltung war ihm lästig und noch lästiger war es ihm, dass Kaspar tatsächlich in den Dienst Herzog Lothars getreten war, wie man sich in Passau erzählte.

»Des Kaisers Chronist Ekkehard von Aura rühmt die Prinzessin als Zierde und Ruhm des römischen Kaisertums und als Mutter der kommenden Erben des kaiserlichen Thrones«, wusste Diepold zu berichten.

»Vielleicht wird der Kaiser dadurch sogar noch König von England, schließlich hat der englische König nur einen legitimen Sohn«, sprach Bernhard die geheimen Hoffnungen des Kaisers aus.

Das war allerdings für Diepold das Stichwort, weswegen er sich zu Bernhard gezwängt hatte.

Mit einer Verbeugung sprach er Giselinde an.

»Erinnert Ihr Euch? Ich war Gast bei Eurer Verlobung.«

»Gewiss, mein Herr«, erwiderte sie, obwohl sie sich angesichts des Umstandes, dass sie damals noch ein Säugling war, an gar nichts erinnerte.

»Ihr seid ja die einzige legitime Erbin«, spann er seinen Gedankenfluss fort.

»Schön seid Ihr geworden. Mit Verlaub, ebenso schön wie Eure Mutter …«

Ein lautes Räuspern ließ ihn innehalten und erschrocken zu dem Abt blicken, der offenbar seine Rede mitgehört hatte.

Graf Diepold wandte sich verlegen und mit rotem Gesicht unter seinem dunklen Vollbart Luitger zu, den er mit seinem massigen, breiten Körper geradezu bedrängte, so dass dieser ganz nahe an Bernhard heranrückte.

»Groß seid Ihr geworden«, stellte Graf Diepold in seiner launigen Art fest.

»Wie alt seid Ihr jetzt?«

»Ich werde dieses Jahr neun«, antwortete Luitger.

»Neun Jahre«, wiederholte der Graf nachdenklich. »Dann ist es fast zehn Jahre her, dass Ihr«, hier richtete er das Wort an Bernhard, »Graf Udalrich von Passau, dieses jungen Mannes Vater, im Zweikampf getötet habt. Leider war ich nicht dabei, aber ich habe mir alles genau erzählen lassen. Großartig ...«

Hier wandte sich der Abt um, sah die um Bernhard Versammelten an und verkündete:

»Seht, der Kaiser und seine königliche Braut betreten den Saal. Die Zeremonie beginnt.«

Die Gruppe starrte zu der geschlossenen Tür. Doch wie von Zauberhand öffnete sie sich in diesem Augenblick und unter Trompetenschall trat der Kaiser ein, gekleidet in einen bodenlangen Pelz aus Hermelin, gefolgt von seiner Braut, der englischen Prinzessin und Königin des Reiches. Sie wurde geführt von ihrem Erzieher, dem Erzbischof Bruno von Trier. Würdevoll und ernsten Blickes schritten die Erzbischöfe und die Herzöge hinter dem hohen Paar durch den Festsaal auf das Podest zu.

»Mathilde ist erst elf«, flüsterte Giselinde ihrem Verlobten Luitger zu.

»Dann können wir auch vor der Zeit heiraten«, flüsterte er zurück.

Bernhard zog die Augenbrauen hoch. Er beabsichtigte keineswegs, gegen die Vorschriften der Kirche Giselinde und Luitger früher als anberaumt zu verheiraten, auch wenn bei des Kaisers Hochzeit die gesamte hohe Geistlichkeit es billigte, dass Mathilde noch nicht zwölf Jahre alt war.

Giselinde ging auf Luitgers Bemerkung nicht ein, sondern schaute voller Bewunderung auf die junge Braut, die hoheitsvoll an ihr vorüberschritt.

»Sie ist schön«, sagte Giselinde andächtig und ein bisschen neidisch. Zu gerne hätte sie ebenfalls so einen bodenlangen weißen Hermelinumhang gehabt. Da lächelte die Königin ihr zu. Giselinde sank noch tiefer in die Knie, als alle anderen Hochzeitsgäste es ohnehin schon taten. Sie fühlte sich beglückt und geehrt. Doch nur für einen Augenblick, denn jetzt begann die feierliche Handlung des Beischlafs, dem die Kinder mit Aufregung entgegensahen. Sie wagten sich ein wenig vor auf den mit morgenländischen Teppichen ausgelegten Gang, so wie es sich gerade noch ziemte, reckten ihre Hälse und stellten sich auf die Zehenspitzen. Giselinde ergriff Luitgers Hand.

Oben auf der Tribüne umstanden die Erzbischöfe und Herzöge das mit einem goldenen Baldachin und mit goldenen Kordeln und Bordüren geschmückte Brautbett. Die Hermelinmäntel wurden dem Brautpaar abgenommen. Kaiser Heinrich stand mit Stolz und männlicher Kraft in einer roten Seidentunika vor dem Adel seines Reiches. Die Braut war verhüllt durch eine Tunika aus weißer Seide. Ehrfurchtsvoll geleitete Erzbischof Bruno von Trier die Jungfrau zum Brautbett, auf das sie sich anmutig setzte. Liebevoll ergriff Kaiser Heinrich ihre Hand und sie legte sich auf das mit kostbaren weißen Linnen bedeckte Bett. Unverzüglich beugte Kaiser Heinrich sich über sie.

Giselinde und Luitger hielten fast den Atem an. Dabei konnten sie wenig sehen, nur strumpfbedeckte Beine, ihre weiß, seine rot. Kein Laut entfuhr Mathilde, als sie geradewegs entjungfert wurde. Giselinde hörte genau hin, denn sie wollte es wissen, ob es wohl wehtat. Bis zum Schluss blieb Mathilde jedoch vollkommen still, nur den Kaiser konnten sie keuchen hören.

Es war vollbracht. Die Ehe war vollzogen, war rechtsgültig. Langsam erhob sich das Ehepaar.

Jubel, Hochrufe brachen aus. Flöten und Harfen ertönten. Wieder in ihre Pelze gehüllt, verließen der Kaiser und seine geliebte Gattin den Festsaal.

Nach ihnen drängten die Gäste hinaus. Die Luft war stickig. Der Palas war wirklich zu eng für dieses größte Fest seit Menschengedenken.

Bernhard schob sich mit Giselinde und Luitger langsam zur Tür. In ziemlicher Nähe sah er den Abt, dessen Miene mit nichts verriet, was eben zwischen ihm und Bernhard geschehen war.

Wieso hat der Abt mir beigestanden?, grübelte Bernhard. Ausgerechnet er, den ich nicht ausstehen kann. Warum wollte er den Zweikampf vertuschen? Was versteht der Abt unter:

Die Wahrheit sagen?

»Sehen wir uns bis zum Festessen die überaus prächtigen Geschenke an, die der Kaiser und seine Gemahlin von Königen und Fürsten erhalten haben«, schlug Bernhard vor.

Die Kinder nickten und waren froh, dem Gedränge zu entkommen.

»Herzog Friedrich hat mir erzählt«, berichtete Luitger wichtig, »dass diesmal Herzog Wladislav von Böhmen das Ehrenamt des Mundschenks übernehmen darf statt seiner. Aber Herzog Friedrich ist gar nicht gekränkt, er meint, dann könne er auch an der Tafel sitzen und die Köstlichkeiten probieren. Kaiser Alexios von Byzanz hat sogar Kaviar und Artischocken gesandt.«

Giselinde war mit ihren eigenen Gedanken beschäftigt.

Zutiefst verwundert fragte sie Bernhard:

»Vater, ich habe es genau gesehen. Als der Abt zu uns sagte, der Kaiser und seine Braut beträten den Saal, da war die Tür ganz und gar geschlossen. Und man hat auch nichts dahinter gehört.

Woher wusste der Abt, dass gerade in diesem Moment der Kaiser eintreten würde?«

Der Abt sattelte selbst sein Pferd. Ein Zeichen für seine Reitknechte, dass er zornig war, auch wenn nichts an seiner Miene oder seiner Körperhaltung die innere Spannung verriet. Zügig ritt er grüßend an der Herberge für die Armen und Kranken vorbei, nicht jeder Kranke bedurfte eines Wunders, oder anders, jeder bedurfte eines solchen, sagte er sich.

Sobald der Abt das Kloster hinter sich gelassen hatte, raste er im Galopp die schneebedeckten Hügel hinunter, setzte über zugefrorene Bäche und ermahnte sich zur Ruhe um seines Pferdes willen, das bisweilen tief mit den Vorderbeinen in eine Schneewehe sackte.

Was so sehr seinen Zorn erregt hatte, waren zwei Briefe, die ihm am Morgen von Boten überbracht worden waren. Der eine stammte von Bischof Burchard von Münster, überreicht von einem Mönch, der demutsvoll in seine Abtwohnung trat und nach Bruderkuss und Gebet sich zurückzog.

Verwundert über das schadhafte Pergament, las der Abt das Schreiben:

Dem Manne außerordentlicher Wissenschaft, Weisheit, Heilkunde und Wundertaten, dem Abt Johannes von Lichtenberg, Burchard, Bischof von Münster, alles was man zum Wohle des inneren und äußeren Menschen wünschen kann.

Gottes Gnade und Segen uns allen in diesem treulosen Zeitalter zuvor.

Aus harter Bedrängnis schreibe ich Euch. Wie sehr mein Bistum Münster von Mord und Brand betroffen ist, davon habt Ihr sicher schon Kunde erhalten.

Ihr wart schon abgereist, als am Ende der Hochzeitsfeierlichkeiten des Kaisers ein Kriegszug gegen die aufsässigen Friesen beschlossen wurde, die sich weigern, ihre Steuern zu entrichten. Dieser Zug in ihr unwirtliches, raues Gebiet verlief ganz und gar erfolglos, hat aber, weitaus schlimmer, verheerende Folgen gezeitigt. Erzbischof Friedrich von Köln bezichtigte den Kaiser, seine Abteilung in einen Hinterhalt gelockt zu haben, so dass seine Untertanen nur durch das entschiedene Eingreifen Herzog Lothars vor dem sicheren Verderben gerettet worden seien. Diese haltlose Unterstellung hat Erzbischof Friedrich genutzt, um sich an die Spitze einer Verschwörung der Kölner Bürger gegen den Kaiser zu stellen. Seit der Belagerung König Heinrichs anno 1106 haben die Kölner ohnehin eine abgrundtiefe Abneigung gegen den Herrscher, und es gelang Erzbischof Friedrich, die Westfalen und Lothringer gegen den Kaiser aufzuhetzen. Angeblich wolle der Kaiser sie mit hohen Steuern bedrängen. Kurz und gut, genauer kurz und schlecht, Erzbischof Friedrich verfolgt uns einzig und deswegen, weil wir es verschmähen, mit den Ungetreuen und Meineidigen und Verrätern gegen den Herrn, unseren Kaiser, im Joche zu ziehen, und uns weigern, mit ihm, dem Verräter, der alles Gesetz und Recht entweiht, in der schlimmsten Gestalt des

Eidbruchs, gegen den Gesalbten des Herrn die Hand zu erheben. Gegen das kanonische Recht, aus persönlichem Hass, hat Erzbischof Friedrich uns exkommuniziert. Mit Räubereien, Brandstiftungen und Mordtaten hat der Erzbischof Zerstörung ausgebreitet und Heiligtümer entweiht, die Schafe unserer Herde abirren und schänden lassen. Er hat Burgen vernichtet, unseren Ministerialen die Güter geraubt und die Bauern zugrunde gerichtet.

Das ist nicht genug der Verfolgung: unsere Bischofsstadt Münster wurde verwüstet und in Brand gesteckt. Mit Herzog Lothar von Süpplinburg, diesem Verräter, macht der Erzbischof gemeinsame Sache. Bischof Reinhard von Halberstadt hat sich wiederum den Aufständischen angeschlossen. Verrat über Verrat.

Wir haben Erzbischof Friedrich untersagt, unser Bistum Münster weiter zu bedrängen.

An Euch, Abt Johannes, wenden wir uns wegen Eures außerordentlich untadeligen Rufes, als einen Fürsten, dessen Wort Gewicht hat, da Gott Euch durch Wundertaten vor anderen auszeichnet. Möge es Euch vergönnt sein, Erzbischof Friedrich vom Frevel der Verschwörung und der Gewalt abzubringen.

Kurz darauf wurde dem Abt ein weiterer Bote gemeldet, ein in Fuchspelz gekleideter Bürger der Stadt Köln, der, kühl und der Erhabenheit seines Auftraggebers bewusst, erklärte, Erzbischof Friedrich erwarte eine baldige Antwort. Letzterer hinterließ beim Abt einen unangenehmen Eindruck trotz oder gerade der Verbeugungen, mit denen er sich näherte und wiederum die Abtwohnung verließ.

Der Abt hatte darauf den Brief des Erzbischofs von Köln in die Hand genommen, es war ihm, als brenne er wie Feuer. Mit Bitternis stellte er fest: Erzbischof Friedrich gebraucht die Exkommunikation, um mittels der ihm vom König übertragenen militärischen Gewalt sich gegen den Herrscher zu verschwören. Er missbraucht die Exkommunikation, um scheinbar rechtens zu morden, zu verwüsten, den Menschen ihr Hab und Gut zu nehmen und sie dem Hunger anheimzugeben. So, als wäre er dabei, sah der Abt die Dörfer brennen, Bauern ermordet, Frauen vergewaltigt, Münster verwüstet werden. Der Abt strich sich über die Augen, so als hätten die Worte ihn verletzt.

Zutiefst missbilligend las er:

Erzbischof Friedrich spreche seine Verwunderung aus, dass der Abt dem Kölner Metropoliten auf sein letztes Schreiben nicht geantwortet habe.

Siehe, so wagte Friedrich zu schreiben, *durch Gottes Barmherzigkeit ist uns eine große Tür geöffnet. Mit uns verbindet sich Frankreich, mit freiem Munde bekennt sich Sachsen zur Wahrheit. Die Wahrheit ist im Dezember in Beauvais ans Licht gekommen, denn da wurde Heinrich, der sich anmaßt, Kaiser zu sein, erneut vom Legaten des Papstes Kuno exkommuniziert und mit dem Fluche belegt. Hier kommt es uns zu, die wir die Säulen der Kirche Gottes durch seine Gnade sind, die wir das Schiff Petri durch die stürmischen Wogen der Welt steuern müssen, den Griff der Lenkung gegen die gottlose Gewaltherrschaft sicher festzuhalten.*

Erzbischof Friedrich erhoffe sich vom Abt wie auch von Bischof Otto von Bamberg, an den er gleichfalls eben dieses Schreiben gesandt habe, einen schriftlichen zufriedenstellenden Bescheid über seine, des Abtes, Gesinnung. Es ginge nicht an, dass die Baiern weiterhin treu zum Kaiser hielten. Dem sei Abhilfe zu schaffen.

Der Abt hatte die Donau erreicht. Er sprang vom Pferd, ließ es in der Nähe des Ufers zurück und bahnte sich den Weg durch den dichten Auenwald zum Fluss. Seine Empörung, Erbitterung, sein Verdruss wichen Traurigkeit und Abscheu, als er sich entkleidete, durch das knackende Eis am Flussrand ins Wasser ging und Gesicht und Arme benetzte, um nicht von der Hitze des Reitens einen Schlag zu bekommen. Sein Atem dampfte. Er fühlte sich mit Dreck beworfen, wollte sich reinwaschen, gleichwohl das Jesuwort bedenkend, dass nicht das, was in den Menschen hineingeht, ihn beschmutzt, sondern was aus ihm herauskommt.

Ekel vor der Welt war es, der ihn vor Jahren ins Kloster getrieben hatte. Bodenlose Verzweiflung hatte ihn gepackt, als in der Nacht ihres ersten Kirchgangs nach Alice' Geburt Felicitas sterbend auf dem Steinboden vor der Treppe zum Tanzsaal lag. Die Perlenkette hatte sich gelöst und ihr rotes Haar hatte sich wie ein Kranz um ihr Gesicht gelegt. Da hatte sie, die ihn verschmäht hatte, um statt seiner die sichere, Reichtum versprechende Bindung mit seinem Bruder Karl einzugehen, da hatte sie, die Geliebte, als Letztes vor dem Tode seinen Namen in die Ewigkeit gehaucht. Wie vom Wahnsinn getrieben, war er zum Kloster gelaufen, hatte tage- und nächtelang frierend und fast verhungert um Aufnahme gebeten, bis schließlich der Abt ein Erbarmen zeigte und den Nichtadeligen aufnahm.

Umbringen wollten ihn die Mönche, wurde ihm wieder bewusst, während er mit kräftigen Zügen zur Mitte des Flusses schwamm. Zu den Leprakranken steckten sie ihn über zehn Jahre, bis es sich herausstellte, dass er Wunderheilungen vollbringen konnte. Zu den Leprakranken, den lebendigen Toten, sehnte er sich zurück. Der Abt empfand es heftig, ungewohnt. Niemals, so wurde ihm bewusst, hatte er sich vor ihren eitrigen, blutigen Wunden, ihren absterbenden Gliedern, ihren verfaulenden Mundhöhlen so geekelt wie vor diesem widerlichen Schreiben des Erzbischofs von Köln. Weltliche Macht an sich zu reißen durch Exkommunikation, welche Gotteslästerung!

Niemals hatte Jesus einen Menschen verdammt. Aber, wie sollte es anders sein, überlegte der Abt, während er näher an das Ufer schwamm, um einem mit Salzfässern beladenen, bunt angestrichenen Schiff auszuweichen, der Name Jesu Christi wird in der Hetzschrift Friedrichs kein Mal erwähnt. Wie sollte er auch, wer ohne Sünde ist, werfe den ersten Stein, hatte Jesus gesagt, als eine Frau wegen Ehebruchs gesteinigt werden sollte. Da gingen alle fort, die Ältesten zuerst. Dieser Friedrich aber und, noch gefährlicher, Kuno, der Legat des Papstes, maßten sich an, ohne Sünde zu sein, als Heilige Römische Kirche unter der Gnade Gottes zu stehen, ja Gottes Willen auf Erden zu vollziehen. Wahrheit, das war ihr Zauberwort, mit dem seit Papst Gregor exkommuniziert, Menschen unter Bann und Fluch aus der Kirche ausgeschlossen, Gewalt verübt, zu Mord und Brand aufgerufen wurde.

Der Abt tauchte tief bis zum Grund, finster war es, kein Licht fiel durch das ohnehin schwärzliche Winterwasser. Nach Luft schnappend, tauchte er auf. Vom Schiff sah er das breite, leuchtend rot gestrichene Heck.

Die sanften, schwappenden Wellen durchschwimmend, trafen ihn die Worte Jesu Christi wie ein Schlag: Ich bin das Licht, die Wahrheit und das Leben. Die Wahrheit, so dachte der Abt bitter, wird mit Bannflüchen und Gewalttaten aus der Welt getreten.

Das Salzschiff wurde in einen Strudel gerissen. Das Rufen der Männer drang zu dem Abt, wie sie mit Staken sich aus dem Sog zu befreien suchten, was glücklich auch gelang. Allmählich verschwand es hinter einer Flussbiegung.

Während er ans Ufer zurückschwamm, dachte er, die Welt hatte ihn angeekelt und er hatte ihr als Mönch entsagen wollen, die Welt hatte ihn als Abt eingeholt, widerlicher als dies in einem weltlichen Leben als Kaufmann, als Rechtsgelehrter, der er wohl geworden wäre, hätte geschehen können. Er rieb sich mit den Händen, soweit dies ging, trocken und zog sich sein Abtgewand an. Es war höchste Zeit, zum Kloster zurückzureiten und mit den Brüdern den Gottesdienst in der Abteikirche zu feiern.

Beim Fortreiten warf der Abt einen Blick auf das gegenüberliegende Flussufer. Groß und mächtig thronte Bernhards Burg auf der Anhöhe.

Nur Krieg, ging es ihm durch den Sinn, hatte das Jahr 1114 für Bernhard gebracht: gegen die Friesen, die Belagerung von Köln, diesmal trotz Sommerhitze ohne Seuche, Kämpfe am Niederrhein, im September in Westfalen, in Andernach. Und nun im Februar, fast genau ein Jahr nach der Hochzeit des Kaisers, die nur allzu bereitwillig genutzt wurde, um geheime Besprechungen und Verschwörungen anzuzetteln, stand Bernhard vor einer Schlacht in Sachsen. Krieg war das Sinnbild seines Lebens. Krieg und, so überlegte der Abt weiter, Alice. Er konnte es sich vorstellen, wie es ihr erging, dort oben einsam auf der Burg, ständig in Sorge um Bernhards Leben und immerfort bis in die Träume hinein verfolgt, geknechtet von ihrem frevlerischen Geheimnis. Niemals würde sie Bernhard verraten, dass er Luitgers Vater war. Dessen war sich der Abt gewiss, Alice fühlte sich dort oben in den kalten Räumen der Burg gottverlassen.

1115 – 1119

LUITGER ZOG ZUM ERSTEN MAL in seinem Leben in den Krieg.

Bernhard wusste zwar nichts davon, denn seit Monaten begleitete er Kaiser Heinrich und war schon seit dem Fest der Geburt des Herrn in Sachsen, aber Herzog Friedrich hatte es erlaubt.

Stolz war Luitger, dass er zusammen mit schwäbischen und bairischen Rittern zur Schlacht nach Sachsen reiten durfte. Wie würde Graf Bernhard staunen, wenn er seiner ansichtig würde. Stolz war Luitger auf seinen schwarzen Rottaler, den ihm Bernhard zu Beginn seiner Erziehung am Hofe Herzog Friedrichs geschenkt hatte, ein temperamentvolles Pferd, dem noch seine Herkunft als ungarisches Beutetier mit arabischer Blutführung anzumerken war und das mit seiner langen, lockigen Mähne und den Schweifhaaren prachtvoll ausschaute. Freudig nahm Luitger wahr, wie auf jeder Burg, in jedem Kloster ihm als dem Erben Graf Udalrich Vielreichs Achtung und Ehrerbietung entgegengebracht wurden. In ihm, dem noch nicht einmal Zehnjährigen, erblickten die Menschen bereits den zukünftigen Grafen. Stolz war er auch, als Schwiegersohn Graf Bernhards die Aufmerksamkeit auf sich zu lenken. Sogar, als sie immer weiter nach Norden zogen und sich dem Harz näherten, wurde Bernhard als Held ob seiner Kriegstaten gerühmt.

Die bevorstehende Schlacht, der Ritt durch den schneereichen Winter, die Waffen, Rüstungen, die Erzählungen der kampferprobten Männer, ihr Mut, ihre Tapferkeit, das alles erfüllte Luitgers Gedanken und Gefühle so sehr, dass er bisweilen des Nachts, wenn er in einem Kloster oder auf einer Burg am Kaminfeuer schlief, in die Flammen blickte und ebensolchen Kriegsruhm für sich herbeisehnte.

Je mehr sie sich Wallhausen am Südrande des Harzes näherten, wo die kaiserlichen Streitkräfte sich zusammenfinden sollten und der tiefverschneite Wald immer undurchdringlicher wurde, beschäftigten Luitger jedoch ganz andere Vorstellungen. Seine Gedanken schweiften zu dem sächsischen Grafen Wiprecht, den Graf Bernhard gefangen genommen hatte, der seitdem in Haft war. Das war schon aufregend genug und wurde vom Kaiser hoch geehrt. Es war aber weniger diese Tat, die Luitgers Fantasie anregte. Vielmehr malte er sich in bunten Farben aus, wie der junge Wiprecht, der Sohn des Grafen, nach dem Verlust seines Lehens sich im tiefen Wald mit sieben treuen Gefährten verborgen hielt und ein Wegelagererleben geführt hatte. Erst Ende November bei Einbruch des Winters hatte der junge Wiprecht für seine Gattin Kunigunde und seine Mitverschworenen bei seinem Verwandten, dem Erzbischof Adelgoto von Magdeburg, um Obdach gebeten und es in den Sümpfen jenseits der Elbe gefunden, dort wo die Menschen fast noch Heiden waren und die germanischen Götter anbeteten. Das alles regte Luitger gewaltig auf und fast hätte er Lust, auch einmal in seinem Leben im Wald zu hausen und als Wegelagerer, nicht Kaufleute, das nicht, aber seine Feinde zu überfallen.

So beschäftigt mit allerlei Gedanken und erfüllt von immer neuen Eindrücken, tauchte unerwartet der Harz im abendlichen Licht auf. Wallhausen war fast erreicht, da überholten sie an die 100 Fußsoldaten, baierische, wie ihnen unschwer anzuhören war.

Aus Regensburg von Bischof Hartwig, riefen sie den Rittern auf deren Anfrage zu. Natürlich, Regensburg war schon immer kaisertreu, wie allgemein vermerkt wurde. Luitger aber fielen im Vorbeireiten, und er musste aufpassen, sie nicht anzustarren, einige Jungen auf, kaum älter als er selbst. Sie hatten sich ihre Schlafdecken um die Schultern gelegt und um Füße und Unterschenkel bis zum Knie hinauf Lappen gewickelt, damit ihre braunen Hosen aus grober Wolle nicht gänzlich durchnässt wurden. Müde und hungrig und vor allem verfroren sahen sie aus.

Würden die in der Schlacht etwa mitkämpfen?

Doch da erblickte Luitger Graf Bernhard mit seinen Rittern, wie er an der Helme entlangritt. Ungestüm sprengte Luitger ihm entgegen, was Bernhard in diesem Übermaß eher beunruhigte als erfreute.

Wie im Nichts waren Raubritterruhm und die jungen Kriegsknechte vollends verflogen, als Luitger abends in der hohen, mit biblischen Bildern reich geschmückten Halle der Königspfalz saß, mit großem Appetit in seine Hirschkeule biss und sich vorstellte, dass hier vor 200 Jahren in aller Pracht die Hochzeit Kaiser Heinrichs I. mit Mathilde begangen wurde und sie die Pfalz als Morgengabe erhalten hatte. Möglicherweise war Kaiser Otto der Große gerade in dem Gemach geboren worden, in dem er nachher schlafen würde. Das Leben war herrlich aufregend.

Noch schöner als alle fantastischen Vorstellungen war es, Luitger fühlte sich in seiner Ehre geschmeichelt, dass Herzog Friedrich ihn lobte für seine Fertigkeiten im Reiten, Springen, Bogenschießen, Ringen, Klettern. Auch im Schwertkampf dürfe Luitger sich schon üben und zeige Mut, Kraft und Wendigkeit.

Leider war dieser Teil des Gesprächs nur allzu kurz. Herzog Friedrich wollte Genaueres über die Vorgänge in Sachsen erfahren und Graf Bernhard erzählte, wie sie Braunschweig, das wichtige Besitztum der Markgräfin Gertrud, der Schwiegermutter Herzog Lothars, besetzt hätten, übrigens eine mächtige und einflussreiche Frau, wie Bernhard sich nicht enthalten konnte zu bemerken. Halberstadt sei wiederum verwüstet und hätte für die abtrünnige Haltung seines Bischofs Reinhard bitter büßen müssen.

»Tja«, sagte Bernhard in bedauerndem Ton, »und dann waren heute Abgesandte Graf Lothars und anderer sächsischer aufständischer Fürsten hier im Lager beim Kaiser, die ihn zu beschwichtigen suchten, sie hätten nur Streitkräfte zusammengezogen aus Sorge, vom Kaiser angegriffen zu werden. Kurz, den Sachsen fehlt der Mut und Wille, entschlossen in den Kampf zu gehen.«

»So?«, erwiderte Herzog Friedrich, drehte seinen Becher und trank einen Schluck Wein.

»Ich vermute, der Kaiser, mein Oheim, dieser zum Jähzorn neigende Hitzkopf, verzeiht, es ist ja so, hat das Angebot abgelehnt.«

»Der Kaiser will mit dieser Schlacht den Aufstand in Sachsen ein für alle Mal niederringen, um wieder Herr über Sachsen zu werden. Gewaltig hat ihn dazu Graf Hoyer von Mansfeld aufgestachelt. Er will die Schlacht. Er braucht sie, Kaiser Heinrich hat ihm die Herzogswürde von Sachsen versprochen, wenn er siegt. Im Augenblick sitzen die beiden auch zusammen, statt mit uns Fürsten das weitere Vorgehen abzusprechen«, setzte Bernhard missbilligend hinzu.

»Ich schließe daraus, dass Ihr die Schlacht gerne vermieden hättet. Hattet Ihr Gelegenheit, Eure Ansicht dem Kaiser mitzuteilen?«

»Das ja, allerdings hat er kaum zugehört«, erwiderte Bernhard. »Wenn der Kaiser in dieser Schlacht eine Niederlage erleidet, dann ist nicht nur Sachsen für ihn verloren, sondern auch Westfalen und Lothringen. Die Grafen von Arnsberg und aus Lothringen Heinrich von Limburg stehen auf der Seite der aufständischen Sachsen. Mit dem unbesiegbaren Köln wäre dies eine Phalanx gegen den Kaiser im nordöstlichen und nordwestlichen Teil des Reiches.«

Luitger war es, als stäche Bernhard ihm ins Herz. Er wollte nicht die Schlacht? Wieso wurde er dann als Held gerühmt? Ein Held musste begierig sein, von einem Kampf zum anderen, von einer Schlacht zur anderen zu eilen. Was war falsch an seinem Ruhm? War er in Wirklichkeit feige?

»Gnade Gott dem Kaiser«, fasste Herzog Friedrich das Gehörte zusammen.

»In der Tat«, bestätigte Bernhard. »Nur dass seine Feinde ebenfalls zu Gott flehen und darin von Bischof Reinhard von Halberstadt bestens unterstützt werden. Ja, noch mehr, er ist ihr Anführer, wiegelt sie auf und verspricht den Sachsen, dass Gott niemals ihnen seine Barmherzigkeit entzöge, wenn sie nur kräftig zu ihm beten.« Angewidert schüttelte er den Kopf.

»Noch schlimmer«, eiferte sich Herzog Friedrich und warf den Knochen seiner Hirschkeule seinem Jagdhund unter den Tisch. »Die Sachsen haben die Römische Kirche auf ihrer Seite. Kaiser Heinrich ist seit dem Romzug mehrmals exkommuniziert worden. Wenn auch nicht von Papst Paschalis selbst, so wurden die Bannflüche doch von ihm gebilligt. Der Gott des Papstes gegen den Gott des Kaisers! Ist doch so«, stellte er fest, als erwarte er von Bernhard Zustimmung.

Fassungslos blickte Luitger den Herzog an.

»Gott ist auf der Seite des Kaisers!«, stieß er leise, aber doch verständlich hervor. Luitger wurde flammend rot, fast so rot wie sein Haar.

Bernhard stutzte über diese vorlaute Bemerkung, schmunzelte dann aber:

»Wenn du es sagst.«

Luitger war es, als würde ihm der Boden unter den Füßen weggezogen. Verwirrt schaute er von Bernhard zu Herzog Friedrich. Durch ein hohes Tor trat gerade der Kaiser zusammen mit Graf Hoyer von Mansfeld ein. Die beiden sahen entschlossen und kriegerisch aus, die Hand des Kaisers lag auf seinem Schwertknauf. Sie setzten sich an einen Tisch, weit ab von den übrigen Rittern.

Einen Augenblick war es still im Saal, die Blicke gingen zum Kaiser, wie er sich Braten und Wein auftischen ließ. Heinrich deutete mit einem Handzeichen, dass er keine Aufmerksamkeit wünsche.

»Aber der Kaiser kann doch nur siegen«, wagte Luitger zu bemerken und hoffte, Kaiser Heinrich würde zu ihm treten und ihm beistehen. In seiner Gegenwart dürfte Graf Bernhard niemals so lästerliche Dinge sprechen.

»Der Herrscher ist von Gott eingesetzt, er ist gesalbt und vicarius, Stellvertreter Christi, auf Erden. Gott wird dem Kaiser im Kampf gegen die Aufständischen beistehen«, fügte Luitger aufgeregt hinzu.

Bernhard dachte, lass ihn bei seiner Meinung.

Laut sagte er und blickte dabei Luitger an: »Du kannst sicher sein, dass wir erbarmungslos um den Sieg kämpfen werden.«

Luitger konnte dem keine Erwiderung hinzufügen. Aber in seinem Inneren begehrte er auf. Wie aus dem Nichts stieg die Gestalt seines Vaters hervor, groß, kräftig, stark, mit flammend roten Haaren, das Schwert zum Schlag erhoben. Graf Udalrich von Passau.

Niemals hätte sein Vater von Niederlage gesprochen. Sein Vater war kaisertreu, seine Lehen, seinen unermesslichen Reichtum verdankte er seiner lebenslangen Ergebenheit dem Kaiser Heinrich IV. gegenüber. Er war es, der Bischof Altmann aus Passau vertrieben und die Formbachs ins Exil nach Ungarn gezwungen hatte. Gewiss war er mit Heinrich IV. gegen die Sachsen gezogen und hatte die Schlacht bei Homburg an der Unstrut gewonnen. Vielleicht war er es, der den Vater Lothar von Süpplinburgs getötet hatte, und gewiss war er es, der dem frevlerischen Gegenkönig Rudolf von Rheinfelden die Hand abschlug.

Bernhard beobachtete bestürzt die Veränderung in Luitgers Gesicht und Haltung. Bockig, widerwillig, trotzig und ungehorsam saß er da und machte keine Anstalten, dies zu verbergen.

Beschwichtigend versprach Bernhard:

»Wir Fürsten hier im Lager sind entschlossen, für Kaiser und das Reich gegen die aufständischen Sachsen zu kämpfen und notfalls zu sterben. Morgen brechen wir nach Nordosten in das Gebiet Graf Hoyers von Mansfeld auf, wo wir wahrscheinlich bei Welfesholz auf das sächsische Heer treffen werden. Bei dem hohen Schnee wird das für den Tross mühsam sein. Gleichwohl, wir alle sind entschlossen, die Waffen sprechen zu lassen.

Also, vergiss deine quälenden Gedanken. Du bekommst deine Schlacht.«

Luitger konnte nicht still sitzen, auch wenn er von Bernhard dazu ermahnt wurde. Immerzu lief er, von Unruhe getrieben, zum Eingang des Zeltes und beobachtete das wilde Schneetreiben draußen. Aufgeregt drehte er sich zu Bernhard um, der seit dem frühen Morgen träge, gelangweilt, teilnahmslos auf seinem Lager ruhte. Und nun war schon später Nachmittag. Wichtig rief Luitger ihm erneut zu:

»Es schneit immer noch. Das Schneetreiben hört einfach nicht auf. Ich kann nicht einmal die gegenüberliegenden Zelte sehen. Wird der Kaiser die Schlacht wieder verschieben?«

Mittlerweile gereizt, antwortete Bernhard: »Kaiser Heinrich hat die Schlacht für den morgigen Tag festgelegt. Darüber gibt es nichts Weiteres zu sagen.«

Enttäuscht schaute Luitger wiederum hinaus, um wenigstens von den vorübergehenden Kriegsknechten Genaueres zu erfahren. Eine Gruppe junger Männer übte sich im Schwertkampf. Luitger sah mit offenem Mund begeistert zu. Warum tat Graf Bernhard nichts, wieso war er so unglaublich faul und schläfrig? Nicht einmal essen tat er richtig. Als der Koch des Kaisers ein fettes Hammelgericht brachte, das wirklich köstlich duftete, Luitger schmeckte es ausgezeichnet, rührte Bernhard es nicht an und aß stattdessen dunkles, grobes Brot, Knechtsbrot, wie Luitger fand, dazu etwas Trockenobst und Käse. Nur frisches Quellwasser, keinen Tropfen Wein wünschte Bernhard, obwohl der ihn sicher belebt hätte. Luitger schüttelte innerlich den Kopf und begann sich mächtig über seinen zukünftigen Schwiegervater zu ärgern. Der erhob sich erst, es war schon dunkel, als ein Bote des Kaisers ins Zelt trat, sich verbeugte und ihn bat, sich zu einer Besprechung über die Schlachtordnung zum Kaiser zu begeben. Bernhard gürtete sich sein Schwert um und verließ das Zelt, von dem Bediensteten des Kaisers ehrfürchtig begleitet.

Luitger hatte große Lust, ebenfalls endlich einmal hinauszugehen und durch das Lager zu schlendern, aber er wusste ja nicht, wann Graf Bernhard zurückkäme, und so stellte er sich gespannt nur vor den Eingang des Zeltes. Dicht fielen die Schneeflocken auf sein rotes Haar, er fühlte sie auf den Wangen und seiner Nase. Fand es lustig, wie sie von seinem grünen Umhang aus festem, dichtgewirkten Tuch abperlten. In seiner Nähe standen Mägde beisammen, eine von ihnen war schwanger. Eigentlich wollte Luitger sie nicht beachten, aber dann hörte er doch zu:

»Das ist ein schauriger Ort hier. Welfesholz heißt es, weil eine Frau Welf ihr eigenes Kind ermordet hat. Sie sollte hingerichtet werden, da bat sie, auf ein Stück Feld Früchte säen und sie noch ernten zu dürfen. Diese Gnade wurde ihr gewährt. Bevor die Früchte reif waren, ist sie gestorben.«

»Sie bleibt eine Kindsmörderin!«, rief eine junge, hübsche Magd entrüstet. Die Mägde schauten zu Luitger herüber, er wusste nicht, wie er sich so dicht bei den jungen Frauen verhalten sollte, die zudem über den jungen Grafen zu tuscheln schienen. Verlegen ging er zurück ins Zelt.

Endlich kam Graf Bernhard. Schweigend setzte er sich auf sein Lager.

»Sagt, was ist?«, rief Luitger ganz aus der Fassung.

»Nichts Neues. Die Schlacht findet im ersten Morgengrauen statt.«

Vor Freude und innerer Erregung klatschte Luitger in die Hände.

»Luitger«, sagte Bernhard ernst. »Willst du in einem Kampf, einer Schlacht siegen«, er dachte für sich, überleben, »so mäßige dich. Werde ruhig, ja, leer und gleichzeitig hellwach. Erkenne alles Nahe wie Ferne, erkenne auch das, was dir unsichtbar bleibt. Vor allem bedenke, du hast nur ein Ziel: zu töten. Nicht für Ruhm und Ehre, sondern um zu töten, nimmst du dein Schwert in die Hand.«

Luitger schluckte. Ihm wurde heiß. Mit einem Mal fiel es ihm wie Schuppen von den Augen, Graf Bernhard war wie ein schlafendes Raubtier, jederzeit zum Sprung bereit, jederzeit entschlossen, sich seines Gegners zu entledigen. Er fürchtete sich vor ihm und bat um Erlaubnis, sich das Lager ansehen zu dürfen. Bernhard war froh, den Jungen eine Weile los zu sein.

Luitger floh aus dem Zelt in den kalten, finsteren Winterabend. Die Fackeln vor den Zelten gaben ein unruhiges Licht. Manche waren von der Feuchtigkeit erloschen. Aufgewühlt, gehetzt lief er an den mit Schnee beladenen Zelten vorbei. Das war also die Macht, vor der er sich immer ein wenig gefürchtet hatte. So war es, als Graf Bernhard seinen Vater im Zweikampf tötete. Sein Vater war ganz gewiss stark, es hieß, er sei groß von Statur gewesen, aber er war aufgebracht, erbittert, wütend und deshalb hitzig und unbeherrscht und deswegen – verwundbar, der Kälte und dem Willen Graf Bernhards ausgeliefert. Und mit so einem Mann lebte seine Mutter zusammen, in trauter Zweisamkeit, höhnte Luitger.

Mit dem Mörder seines Vaters!

Luitger verschluckte sich, als er das dachte. Er schämte sich auch und bekam Angst, dass dieser Gedanke sich rächen würde.

Er merkte jetzt erst, wie nasse Füße er schon hatte. Das Lager war ein einziger Schneepatsch, grau wirkten die bunten Zelte, die Zeltkronen hingen wie farblose, nasse Lappen herab. Unheimlich waren die Krähen, die auf den hohen Eichen hockten, auf ihn herabblickten und krächzend davonflogen.

Luitger hatte die Mitte des Lagers erreicht und ging am ausladenden Zelt des Kaisers vorbei. Doch trotz aller Größe und Pracht wirkte es geduckt unter dem Schnee, der es turmhoch bedeckte. Auch der Kaiser war zornig, ging es ihm durch den Sinn. Er soll vor Wut gekocht haben, als Herzog Lothar von Süpplinburg, der junge Wiprecht und die anderen sächsischen Fürsten nicht seiner Aufforderung gefolgt waren, zum Fest der Geburt des Herrn zu ihm nach Goslar zu kommen, sondern sich stattdessen zu einer Verschwörung in Waldeck zusammengefunden und beschlossen hatten, ein großes Heer zu bilden. Wie groß, das wusste keiner. Es hieß, dass auf fünf Kaiserliche drei Aufständische kämen, aber das konnte auch anders sein. Vielleicht waren die Sachsen genauso stark, überlegte Luitger, erleichtert, ruhiger geworden zu sein.

Dann aber überfiel ihn plötzlich die Furcht vor grausamer Bestrafung ob seiner widerborstigen, gotteslästerlichen Gedanken. Du sollst deinen Vater und deine Mutter ehren, aber wie sollte das gehen, wenn die Mutter nicht auf der Seite des Vaters stand? Oder war es ganz anders? War es nicht bei den Germanen üblich und galt es nicht noch immer so, dass die Mutter den Mann heiratete, der den ihren im Zweikampf oder im Krieg getötet hatte? Stiftete das nicht Frieden?

Luitger war verwirrt und er fühlte sich unglücklich, einsam, verlassen, ausgeliefert. So ausgeliefert wie die Männer, die ihm bisweilen bei seinem trostlosen Gang durch das Lager über den Weg liefen. Die meisten schützten sich vor der Kälte und dem Schnee in den Zelten, die aber, an denen er vorbeiging, wirkten erschöpft, zwar entschlossen zu kämpfen, aber dennoch todmüde. Kein Wunder nach dem weiten, mühsamen Marsch durch den schneereichen Winter, wo man bei jedem Schritt kniehoch einsackte. Aus einem Zelt hörte er gar italienisch sprechen, wohl Söldner, die schon den gefährlichen und anstrengenden Weg über die Alpen zurückgelegt hatten.

Die Sachsen aber hatten nur kurze Wege gehabt. Graf Bernhard erschien Luitger wieder in einem anderen Licht, er musste in einem ausgelaugten Heer kämpfen. Er bedurfte seiner Kraft, um zu siegen.

Luitger war es, als verlöre er den Boden unter den Füßen. Es trieb ihn aus dem Lager ins Freie. Er beobachtete, wie Pferde mit Heu gefüttert wurden. Die hatten es gut, die konnten einfach laufen, galoppieren, fressen, schlafen, einfach leben.

»Das Heu ist feucht und nass«, hörte er einen Knecht rufen.

»Wie auch anders bei diesem schaurigen Wetter«, antwortete ein anderer.

»Im Winter sollte man keinen Krieg führen«, meinte der erste.

»Was blieb dem Kaiser anderes übrig, wenn die Sachsen schon ein Heer gebildet haben und von Waldeck gegen die Leute des Kaisers nach Thüringen losgezogen sind.«

»Die Pferde mögen das Futter nicht. Davon bekommen sie Bauchweh«, hörte Luitger im Fortgehen.

Mit kräftigen Schritten stapfte er durch den Schnee an den Rand des Lagers, dort wo die Zelte aufhörten und der Wald begann. Unter die hohen, mit Schnee beladenen Tannen hatten einige Jungen Tannenzweige gelegt. Sie versuchten zu schlafen, was offenbar nicht gelang, denn sie hatten sich aufgesetzt und verfolgten den Streit, der von ihren Kameraden am Lagerfeuer mit Feuereifer ausgetragen wurde.

»Graf Hoyer ist unverwundbar. Ich weiß es genau. Er ist aus dem toten Leib seiner Mutter gekrochen.«

»Niemand ist unverwundbar.«

»Doch, Siegfried. Man muss in Drachenblut baden.«

»Hast du schon mal einen Drachen gesehen?«

»Natürlich gibt es Drachen und Hexen und Kobolde und Wiedergänger und böse Geister.«

Es sah so aus, als wollten sie sich prügeln, wurden aber davon abgehalten, weil der anscheinend Älteste mit ruhiger Stimme sagte: »Die Eichhörnchen sind fertig.«

Die Jungen stürzten sich gierig auf die magere Mahlzeit. Luitger sah ihnen den Hunger geradezu an.

»Ich habe fünf Eichkätzchen mit meiner Steinschleuder geschossen«, prahlte ein schmächtiger Junge. »Ich habe schon für morgen geübt. Ihr werdet sehen, wie ich die Sachsen abschieße.«

»Halt's Maul!«, rief ein anderer. »Gut schießen können wir alle.«

Luitger fühlte sich unbehaglich. Er war in einiger Entfernung vom Lagerfeuer stehen geblieben und wünschte, er könnte sich unbemerkt entfernen.

Da bemerkte ihn einer der Jungen, er hatte bisher nichts gesagt und Luitger schätzte, er war kaum älter als er selbst, höchstens ein oder zwei Jahre. Der sah ihn an, blickte stumm und aufmerksam zu ihm herüber. Ein anderer bekam das mit und sagte laut:

»Seht, ein Grafensohn hat sich zu uns verirrt.«

Luitger rannte davon.

Wie wagten es diese hergelaufenen Bastarde, ihn so zu beleidigen. Diese Galgenschwengel, Bekackten, Hundsärsche! Denen würde er es zeigen. Wie würde er es denen zeigen. Er würde auch morgen kämpfen, aber nicht mit Steinschleudern wie diese Hurenknechte, sondern mit dem Schwert!

Wild entschlossen lief er zu Graf Bernhard, dem er sofort und auf der Stelle seinen unumstößlichen Entschluss mitteilen wollte. Der hatte sich erhoben, stand in seinem Zelt, als sei es die Mitte der Welt, umfasste sein Schwert sehr weich nur mit den Fingern und drehte es sanft und leicht, geradezu spielerisch, mit atemberaubender Schnelligkeit.

Er hielt inne, sah zu Luitger herunter und fragte:

»Sag, was gibt's?«

»Ich will morgen kämpfen!«, rief Luitger aufgeregt und hatte schreckliches Herzklopfen.

»Ich will nicht im Lager warten, bis die Schlacht vorbei ist. Herzog Friedrich sagt, ich kann gut mit dem Schwert umgehen. Ich bin viel weiter, als Ihr denkt. Ich …«, er verschluckte sich und musste husten und ärgerte sich und schämte sich und wurde rot. Dann fasste sich Luitger und sagte in entschiedenem, männlichem Ton:

»Graf Bernhard, ich will bei der Schlacht dabei sein.«

Nun lacht er mich aus, dachte Luitger.

Bernhard aber steckte sein Schwert in die Scheide und forderte Luitger freundlich auf:

»Luitger, komm einmal zu mir. Wir wollen von Mann zu Mann darüber reden.«

Erstaunt, ernst genommen zu werden, setzte sich Luitger zu Bernhard auf das Lager.

»Ich vermute, du hast da draußen die Jungen gesehen und

denkst, was die können, das kann ich viel besser. Das ist sicher richtig. Du wirst ausgebildet zum Ritter und hast schon viel gelernt. Die aber sind von der Straße geholt, ein herrenloses Pack, oder anders, sie sind Leibeigene und in den Kampf geschickt worden. Sie sind zu nichts nütze als für das, wofür man sie braucht.

Du aber wirst Herr sein. Du wirst die Lehen deines Vaters erben. Dir gehören Burgen, Höfe, Dörfer. Das bedeutet nicht nur, dass du mächtig und unermesslich reich bist, sondern dass du verantwortlich bist für viele, viele Menschen. Ihr Wohlergehen ist von dir abhängig, ruht ganz und gar an deiner Person. Wenn du stirbst, wenn du im Kampf umkommst, dann wird es Streit, wahrscheinlich Kampf und Krieg geben. Glaube nicht, dass Bischof Ulrich von Passau diese deine Lehen seinem Bistum einverleiben kann. Da würde er zu mächtig, das würde der Kaiser verhindern. Er würde selbst die Lehen besetzen und das würde zu Auseinandersetzungen führen mit den Fürsten, die ebenfalls Anspruch erheben wie hier in Sachsen. Da geht es schließlich auch nur darum, dass die sächsischen Fürsten mit der Lehensvergabe des Kaisers an ihm treue Leute nicht einverstanden sind. Kurz und gut. Die Felder deiner Untertanen würden verwüstet, ihre Hütten und Höfe angezündet, ihr Vieh gestohlen. Ihr Elend zu verhindern, liegt an dir, an deinem Leben.

Darum darfst du nicht sterben und – so leid es mir tut, ich verstehe deinen Willen, dich als Kämpfer zu beweisen – darfst morgen nicht mitkämpfen.«

»Aber Ihr? Ihr seid ebenfalls für Eure Untertanen verantwortlich«, begehrte Luitger auf.

»Bei mir liegt der Fall anders. Ich habe zwar keinen Sohn, aber Giselinde ist die Erbtochter und mit ihr erbst du. Ich will es dir einmal so erklären: Vor Kurzem hat Kaiser Heinrich die Burg des Grafen Raynald belagert, weil dieser einen unrechtmäßigen Krieg gegen Bischof Richard um die Grafschaft Verdun führte. Der Kaiser konnte die Festung des Grafen Mousson zwar nicht erobern, aber Graf Raynald gefangen nehmen. Weil dieser auch noch ein Neffe vom Bischof von Vienne ist, der den Kaiser exkommuniziert hat, hat Kaiser Heinrich in großem Zorn vor der Burg einen Galgen errichten lassen, Graf Raynald unter den Galgen gestellt und gedroht, er werde ihn erhängen. Aber genau in der Nacht vor der Hinrichtung schenkte die Gräfin einem Sohn das Leben. Die Verteidigungsmannschaft hat noch in eben jener Nacht dem neugeborenen Grafen den Treueid geleistet und am Morgen dem Kaiser von der Burgmauer aus zugerufen, sie würden auf keinen Fall die Festung übergeben. Sie hätten einen neuen Herrn, der Kaiser solle Graf Raynald nur ruhig hängen.«

»Und? Wurde der Graf gehängt?«

»Nein, der Kaiser geriet in hellen Zorn. Er beharrte auf seiner Vergeltungswut. Aber wir Fürsten haben ihm vorgestellt, er werde die Strafe des Himmels erleiden, wenn er einen Grafen erhänge. Da hat der Kaiser vor Wut mit gestörtem Auge das Psalmwort geschrien: *»Der Himmel dem Herrn des Himmels. Die Erde aber hat er den Söhnen der Menschen gegeben!«*, weswegen ihn Bischof von Halberstadt auch als Gotteslästerer, als Teufelsdiener, von der Kirche Verfluchten bezichtigt und so den angreifenden Sachsen mit seinen Predigten die Scheu nimmt, gegen den von Gott eingesetzten und gesalbten Kaiser zu kämpfen, was ein Frevel ist, wie sie wissen. Hinzu kommt noch das Bedenken, das gilt für beide Seiten, einen Bruderkrieg zu führen. Schließlich kämpfen morgen Sachsen gegen Sachsen. Ein Bruderkrieg ist niemals gut und führt immer zu neuem Elend. Jedoch der Kaiser will die Schlacht, und die Aufständischen mittlerweile ebenfalls. Bischof Reinhard hat sie aufgehetzt und wird dies morgen vor dem Kampf in einer glühenden Predigt noch einmal gründlich besorgen.«

Bernhard stützte den Kopf in die Hände und stellte sich diese Ansprache einen Augenblick genau vor. Er kannte solche Predigten vor Schlachten und ihre Wirkung aus der Zeit des Kreuzzuges.

»Kommen wir auf mich zurück«, sagte er und sah auf seine Hände.

»Wenn ich morgen falle, wenn Gott will, dass ich morgen falle, dann bin ich tot. Das ist alles. Du bist dann der Erbe.«

Bernhard machte eine Pause und sah Luitger aufmerksam von der Seite an. Bis auf die roten Haare hatte er überhaupt keine Ähnlichkeit mit Graf Udalrich. Erstaunlich war das, wie Bernhard wiederum fand. Nun ja, das war ja auch letztlich unwichtig.

»Luitger. Mach dir den Unterschied vom Haupt bis in deine Zehenspitzen bewusst. Du bist ein Herr, die Jungen da draußen sind ein Nichts. Wenn die morgen auf dem Schlachtfeld krepieren, dann kräht kein Hahn nach ihnen.«

Wolfhardt war bis in die Knochen erschüttert. Den ganzen Nachmittag über hatte er Graf Bernhard aufgelauert. Endlich gegen Abend war Graf Bernhard, sein Vater, aus dem Zelt getreten, hatte gestutzt, sich nach ihm umgeschaut und mit den Worten angesprochen:

»Was willst du von mir?«

Er hatte ihn nicht angeherrscht, hatte nicht sagt: »Schnüffel mir nicht nach!«, »Hau ab!«, »Scher dich zum Teufel!«, nein er hatte in geradezu überraschend freundlichem Ton gefragt:

»Was willst du von mir?«

»Nichts«, hatte Wolfhardt vor Schrecken gestammelt und war wie besessen zwischen den Zelten davongelaufen. Bloß weg.

Warum nur hatte er nicht geantwortet, was er sich vorgenommen hatte zu sagen, seitdem ihm sein Freund Sepp, der aus Passau kam, in Wallhausen erzählt hatte, Graf Bernhard sei im Heer des Kaisers. Erst recht aber, seitdem auf dem Weg nach Welfesholz die schwerfälligen Wagen im hohen Schnee stecken blieben, Kisten abgeladen und getragen werden mussten, er sich schwitzend und keuchend unter der Last abschleppte und Sepp plötzlich ihn mit seinem Ellenbogen anstieß:

»Du, das ist er.« Da riss Wolfhardt die Augen auf, um trotz des Schneegestöbers Graf Bernhard ganz genau zu sehen, wie er auf seinem Braunen an ihm vorbeiritt. Fest prägte er sich dieses

Bild ein, wie sein Vater stark und vornehm und dabei ungezwungen im Sattel saß, auf seinem Fuchspelz glänzten Schneeflocken wie Perlen wie auch auf seinem beinahe zur Schulter reichenden welligen Haar, das so schwarz war wie seines auch. Es war nur ein Augenblick und Graf Bernhard war schon längst in dem undurchdringlichen Winternachmittag verschwunden, da hatte Wolfhardt den Entschluss gefasst, er würde es ganz gewiss tun, er wollte also vor seinem Vater auf die Knie fallen und sagen:

»Ich bin Euer Sohn.«

Warum nur hatte er es nicht getan, warum war er feige fortgelaufen? Gewiss, Graf Bernhard war nicht allein, sondern ein Bote begleitete ihn zum Kaiser, das hatte er, Wolfhardt, schon mitgekriegt, als er sich hinter dem Zelt verborgen hielt. Es wäre also äußerst unpassend gewesen, noch dazu vor einem Dritten, sich als des Grafen Sohn auszugeben. Wahrscheinlich hätte Graf Bernhard ihm nicht nur nicht geglaubt, sondern ihn auch als Lügner verprügeln lassen. Hätte er?

»Wolfhardt, Mann, iss doch endlich was. Ich habe mein Eichkätzchen schon auf und nage an den Knochen herum und du knabberst immer noch an einem kalten, mageren Schenkel«, ermahnte ihn Sepp. »Woran denkst du denn? Etwa an den Grafen von Baerheim, nach dem du mich ewig ausfragst? So viel weiß ich über den auch nicht, nur das, was ich dir schon erzählt habe, dass er auf dem Kreuzzug war, dem, bei dem Jerusalem erobert wurde, dass seine Gemahlin ins Kloster eingetreten ist und er keinen Sohn hat. Und nun sei brav und mach deinen Mund auf und fülle deinen Magen mit dieser zähen Köstlichkeit. Mach endlich zu. Die anderen schlafen schon auf ihren weichen Tannenzweigen. Morgen ist die Schlacht, vergiss das nicht.«

»Hast du Angst?«, fragte Wolfhardt kauend.

Sepp zuckte die Achseln: »Werden wir danach gefragt? Also mach schon.«

Folgsam legte sich Wolfhardt zum Schlafen unter die ausladende Tanne auf die ausgebreiteten Tannenzweige. Es pikste ihn im Gesicht. Er zog die am Feuer getrocknete Decke bis zur Nasenspitze hoch und versuchte zu schlafen. In seinem Kopf arbeitete, hämmerte es, als sollte sein Schädel zerbersten. Graf Bernhard hat keinen Sohn, keinen Sohn, keinen Sohn.

Was wäre, wenn er doch noch seinen Mut zusammennähme und zu seinem Vater ginge. Würde Graf Bernhard ihn denn wirklich nicht anhören?

Natürlich nicht, er würde ihn rausschmeißen. Adelige nahmen sich jede Frau, die sie haben wollten. Und der schon längst. So wie er aussah, konnte er jede Frau haben – und hatte es vielleicht sogar. Gewiss konnte er sich nicht an seine Liebelei in Regensburg erinnern. Käthe? Irgendein Name. Vergangen, vergessen. Nein, Graf Bernhard würde sich nicht seiner Mutter entsinnen, schon längst hatte er sie aus seinem Gedächtnis gelöscht.

Warum sollte sein Vater ihm glauben? Ärmlich, erbärmlich, frierend, ein Leibeigener des Bischofs von Regensburg. Mit dem würde es vielleicht sogar Ärger geben, wenn Graf Bernhard Ansprüche auf den Jungen erhöbe. Und mit nichts könnte er beweisen, dass er wirklich der Sohn des Grafen wäre. Doch, vielleicht, der blaue Beutel mit den drei Bären, den die Gräfin der Mutter geschenkt hatte.

Den konnte er genauso gut gestohlen haben.

Himmel, hilf, die Gräfin hat meine Mutter vergiftet!

Wolfhardt drehte sich auf den Bauch, die Arme unter dem Gesicht. Niemand sollte beim Schein des Feuers sehen, dass er weinte. Womöglich verspotteten ihn die anderen Jungen dann als Hosenscheißer. Er unterdrückte ein Schluchzen.

Wie sollte er seinem Vater begreiflich machen, dass die Gräfin die Mutter vergiftet hatte, dass sie auch ihn vergiften wollte. Unmöglich, das zu sagen. Die Gräfin war Äbtissin und für ihre Frömmigkeit und Gottesfurcht bekannt und geehrt. Sie eine Mörderin? Für diese Anklage würde er am Galgen landen.

Aber wenn er den vergifteten Evangeliar gar nicht erwähnte, wenn er die Mordtat verschwieg und trotzdem vor seinem Vater niederfiele …

Es war zwecklos. Er würde nicht einmal von den Wachen ins Zelt gelassen.

Nein, er, Wolfhardt, müsste tapfer sein, er müsste Geduld haben, er müsste warten.

Er hatte einen Plan, ja, er hatte einen Plan. Vor Aufregung setzte sich Wolfhardt auf. Seine Knie umschlungen, schwor er Gott und sich:

»Ich gelobe, ich werde das Kriegshandwerk lernen und beim Pfarrer Latein, Lesen und Schreiben. Wenn ich dann erwachsen bin und ebenso gut kämpfen kann wie ein Ritter und Latein wie ein Priester, dann trete ich vor Graf Bernhard und sage:

»Vater, ich bin Euer Sohn.«

Bereits im Kettenhemd, aber noch ohne Helm, kniete Bernhard vor dem Kruzifix in seinem Zelt und betete. Er hatte die Hände gefaltet und blickte empor zu dem Gekreuzigten am Eichenholz, dessen Königskrone Bernhard die Zuversicht gab, der Tod sei durch Jesus Christus überwunden und er sei in diesen Sieg mit eingeschlossen. Das leidende Gesicht, die Nägel in jeder Hand und in jedem Fuß mahnten ihn allerdings nicht nur an Schmerz und Vergänglichkeit, vielmehr an die untrügliche Gewissheit, unsägliches Leiden stände ihnen bevor, der Kaiser werde die Schlacht verlieren.

»Herr, bitte deinen Vater im Himmel, dass er nicht eintreten lässt, was ich voraussehe«, flehte Bernhard, bekreuzigte sich und erhob sich, wie auch Luitger aufstand.

Atemlos beobachtete Luitger, wie Bernhard sich ein Langschwert und ein Kurzschwert umgürtete. Mit zwei Schwertern kämpften doch nur die Sachsen! Doch bevor Bernhard Lanze und den mit drei Bären geschmückten Schild nahm, zog er seinen golden schimmernden Bernsteinring ab, den schon sein Vater besessen hatte, und drückte ihn Luitger mit den Worten in die Hand:

»Gib den Ring deiner Mutter, wenn ich heute nicht wiederkomme.«

»Aber ...«

»Auf der Walstatt wirst du keine Gelegenheit haben, mir den Ring vom Finger zu ziehen.

Also, schwöre bei unserem Herrn Jesus Christus und bei der Heiligen Jungfrau Maria, dass du den Ring deiner Mutter im ersten Augenblick überreichst, da du sie wiedersiehst. Schwöre!«

Luitger gehorchte. Er stand noch mit offenem Mund da, den Ring in der Hand, als Bernhard Lanze und Schild ergriff, das Zelt verließ und in die scheidende Nacht hinaustrat.

Auf den engen Wegen zwischen den Zelten herrschte ein fast undurchdringliches Gewühl. Bernhard blieb einen Augenblick stehen, atmete die Winterluft ein, die gemischt war mit dem Ruß der Fackeln, deren Licht den Schnee rot färbte. Er verbot sich, einen Vergleich anzustellen, verbot sich, den Zorn aufkochen zu lassen, dass der Kaiser seine Erfahrungen aus dem Kreuzzug nicht berücksichtigen wollte. Schließlich hatten sie jeden Kampf gewonnen, während Heinrich sich nicht gerade durch Kriegsglück auszeichnete. Alice jedenfalls verstand mehr vom Kriegführen als dieser Kaiser, ging es ihm durch den Sinn. Heinrichs Widerrede, der Papst habe den Einsatz von Bogenschützen gegen Christen und Katholiken verboten, zählte nicht, hatte doch Wilhelm der Eroberer diese Waffengattung in der Schlacht bei Hastings eingesetzt. Vor allem hatte der Kaiser selbst die Gewalt der Bogenschützen zu spüren bekommen, als die Kölner Jungmannschaft bei Deutz ihm mit ihren Pfeilen eine solche Vernichtung zugefügt hatte, dass Heinrich von einem Kampf abließ, sich während der Nacht in seiner Wagenburg verbarrikadierte und, statt Köln zu schaden, Bonn und Jülich verwüstete.

Es nützte nichts, er musste sich mit dem Schlachtplan des Kaisers abfinden und sich in das Unabänderliche schicken. Dass der Wille immer über die Vernunft siegt, stellte er bedauernd fest.

Wie jeder andere machte er sich auf zum Schlachtfeld, wo die Messe zelebriert werden sollte.

Bei seiner Ankunft war der hohe Schnee zu Schneematsch niedergetreten. Die Männer warteten geduldig, während ihre Füße sich zu Eis verwandelten und manch einem die Frostbeulen an den Händen und Füßen juckten und schmerzten. Gottergeben zwangen sie sich, die Kälte des Wintermorgens nicht zu spüren. Jeder war begierig, die Messe vor der Schlacht zu hören und die Absolution für seine Sünden zu erhalten, jeder begehrte den Leib des Herrn als Wegzehrung in den Tod.

Mit glühenden Worten schilderte der Hofkaplan Heinrichs, wie sich die aufständischen Sachsen, die Untertanen gegen ihren rechten Herrn erhoben hätten und damit gegen die heilige gottgewollte Ordnung verstießen.

Verrückt, fand Bernhard, der Kaplan des Kaisers ruft Gott um den Sieg an wie ebenso Bischof Reinhard auf dem anderen Ende des Schlachtfeldes. Es half nichts, das Rad war in Gang gesetzt und nichts würde es aufhalten. Dabei war es doch eigentlich nichts als ein gewöhnlicher Donnerstag.

Im ersten Morgenrot konnte Bernhard die Feinde sehen, wie sie auf dem weiten, leicht hügeligen Schlachtfeld Stellung bezogen und den Angriff des Kaisers erwarteten.

In ihm stieg Zorneshitze auf. Um sich selbst zu beruhigen, strich Bernhard seinem Schlachtross besänftigend über den schwarzen Hals. Sein Pferd bedurfte der Besänftigung nicht, er selbst schon. Da standen die Sachsen, schön aufgereiht, trösteten einander und sprachen sich Mut zu, wie er an ihrer Körperhaltung erkennen konnte. Sicher hetzten sie gegen den Kaiser oder genauer den König, als welchen Bischof Reinhard seinen Herrscher bezeichnete, hießen ihn einen Tyrannen, der sie, die heldenhaften Sachsen, versklaven, ihnen ihre seit alters her angestammten Rechte, ihre Freiheit nehmen wolle. Sie peitschten sich auf, für ihre Freiheit, für ihr patria zu kämpfen und, wenn Gott es wolle, zu sterben. Es war widerwärtig, wie sie sich als die Guten, die Kaiserlichen aber als die Bösen hinstellten.

Mäßige dich, Bernhard. Sammele deine Kraft. Dennoch, es war kaum zu ertragen, wie mühelos es wäre, das sächsische Heer zu vernichten. Bis Mittag, vielleicht schon früher, wären sie geschlagen, wenn der Kaiser nicht so starrsinnig wäre und überholte Kriegstaktiken anwenden wollte. Wie konnte ein junger Herrscher so verbohrt sein!

Mit den Bogenschützen hätten sie die Schlacht eröffnen, Pfeilsalven hätten auf die Sachsen niederprasseln müssen, so dicht, als wären es Hagelkörner. Der Himmel wäre schwarz und schon ihr Sausen durch die Luft ließe die Feinde bis ins Mark erschüttern. Ihre scharfen Spitzen träfen, durchbohrten Mensch und Tier. Pferde würden verwundet oder tot zusammenbrechen, überall Sterbende, die Schlachtreihen gerieten durcheinander. Entsetzen, himmelschreiende Angst.

Und kein Entrinnen, kein Entkommen, denn im Rücken hatten die Sachsen das Welfesholz. Von Furcht getrieben, würden sich ihre Schlachtreihen auflösen. Wild würden sie durcheinanderlaufen, fallen, sich gegenseitig tottrampeln. Es gäbe kein Heil in der Flucht, denn jetzt würden die Ritter angreifen, die Feinde einkesseln und mit Schwert und Lanze einen nach dem anderen niederstrecken. Wem dann noch ein Entkommen gelang, den würden die Jungen, die hinter den leichten Bodenerhebungen geduckt die Flüchtenden erwarteten, mit ihren Steinschleudern abschießen. Da wäre nach kurzer Zeit der Aufstand zerschlagen. Da hätte kaum ein Sachse eine Überlebensmöglichkeit, Lothar von Süpplinburg würde gefangen genommen mit den übrigen sächsischen Fürsten und könnte die nächsten Jahre in strenger Haft verbringen, wie der Kaiser dies schon beim Vater des jungen Wiprecht vorexerzierte. Bernhard fasste den jungen Grafen Wiprecht ins Auge, stark und kampfeslustig sah er aus. Der hatte auch mehr als genug Kampferfahrung, indem er als erbarmungsloser Friedensbrecher beständig in das Land des Grafen Hoyer eingedrungen war, geplündert und gemordet und dann noch zusammen mit Herzog Lothar von Süpplinburg den Slaveneinfall siegreich abgewehrt hatte.

Nimm dich zusammen, Bernhard, ermahnte er sich, während

der Kaiser die Schlachtreihen ordnete. Ärgere dich nicht über das Gemetzel, das es geben wird.

Bedenke dich recht, kämpfe, töte. Bernhard schloss einen winzigen Augenblick die Augen, versenkte sich in sich selbst, sammelte Ruhe und Kraft.

Die hatte er auch nötig. Denn was jetzt geschah, ließ ihm die Haare zu Berge stehen, wenn dies bei dem Helm möglich gewesen wäre.

Mit einigen jungen Kumpanen, die wie er ungeduldig die Schlacht kaum erwarten konnten, eröffnete Graf Hoyer von Mansfeld das Vordertreffen. Er ritt auf das Schlachtfeld den Sachsen entgegen. Das war schon Wahnsinn genug, mit nur Wenigen einen Kampf zu beginnen, statt das Heer geballt zu einem mächtigen Schlag einzusetzen.

Aber es kam noch schlimmer. Die Ruhmsucht dieses Grafen war unersättlich. Wozu?, dachte Bernhard. Die Sachsen waren zum Kampf bereit, wozu sie noch herausfordern?

Seine Kampfgenossen ließ Graf Hoyer bis auf seinen Waffenbruder Luotolf zurück. Er selbst sprang vom Pferd. Wie ein Löwe stürzte er mit geschwungenem Schwert den Sachsen entgegen. Es war, als hielten beide Heere den Atem an. Ließe sich Herzog Lothar zum Zweikampf herausfordern? Es war der junge Wiprecht. Aber nicht alleine, sondern mit zwei seiner Mordknechte, den Brüdern Konrad und Hermann, zwei Männern, die an Kraft ihresgleichen suchten. Drei gegen zwei!

Ohne zu zaudern, ging Wiprecht auf seinen Herausforderer los und schleuderte seinen Wurfspeer Graf Hoyer in die Brust. Luotolf zog die Waffe heraus, Hoyer griff Wiprecht mit dem Schwert an, der fing den Schlag mit dem Schild auf und streckte Hoyer mit einem Gegenhieb auf den Kopf zu Boden. Hoyer versuchte, sich zu erheben, da durchbohrte ihn Wiprecht am ungeschützten Rand des Kettenhemdes am Hals, so dass das Blut hinausschoss.

Stille, Entsetzen! Der Kaiser wurde kreidebleich und dann rot vor Empörung.

Jubel bei den Sachsen!

Angriff!

Mit bestialischem Kriegsgeschrei stürmte Bernhard an der Spitze des Heeres auf die Feinde zu. Er spürte es noch, während er auf die entgegenkommenden Krieger zuraste, das Kräfteverhältnis hatte sich verschoben. War es bisher Kaiser Heinrich, der die Schlacht wollte, so waren es von diesem Augenblick an die Sachsen, die vor Blutgier schier barsten. Waren sie noch im Morgengrauen zögerlich, so hatten sie sich zu einem Willen geformt. Hatten sie sich bisher gescheut, gegen den von Gott eingesetzten Herrscher und den Bruder das Schwert zu erheben, so kämpften sie gnadenlos gegen nichtswürdige Hunde, Ketzer, sie, die Gottesstreiter gegen Teufelsdiener, die es abzuschlachten galt. Wie befürchtet, bildeten auch die Sachsen einen Keil, so dass der Schlachtplan des Kaisers, das sächsische Heer zu teilen, im harten Aufprall der Heerspitzen zunichtegemacht wurde. Diese Schlacht war schon jetzt nichts als Verwirrung, Chaos.

Nur noch ein, zwei Meter vor dem Treffen der Lanzen. Bernhard verwandelte seinen Leib augenblicklich in einen Fels. Er fasste seinen Gegner fest ins Auge, der mit über dem Haupt erhobener Lanze ihn niederstechen wollte. Mit eingelegter Lanze hieb Bernhard den Feind vom Pferd, durchbohrte seinen Hals, stieß sein Langschwert dem nächsten ins Gesicht. Seine Waffen waren sein Schild. Lanzen prallten aufeinander, Tumult entstand, Pferde und Reiter behinderten und blockierten sich gegenseitig. Der Kaiser versuchte, Ordnung herzustellen, sein Heer zu sammeln. Vergeblich. Die Sachsen stürmten mit entfesselter Wut und Kraft auf jeden Kaiserlichen. Wer vom Pferd fiel, war verloren, wurde von den Pferdehufen totgetrampelt, wurde durchbohrt, der Kopf abgeschlagen. Vergeblich versuchten die Ritter Heinrichs in sich diese Tobsucht zu entfachen, sie kämpften für Reich und Kaiser, aber das war nicht fühlbar. Sie waren verunsichert, kämpften um nichts als ihr Leben. Das war zu wenig in dieser Schlacht.

Der Schneematsch war durchtränkt mit Blut, Köpfen, Händen, Beinen. Auf dem Boden Wimmernde mit durchstoßenen Kniekehlen, Röcheln, Schreien. Die Schlacht ging weiter über Verwundete mit offenen Gedärmen und gespaltenem Gesicht, über die Toten hinweg. Seine beiden Schwerter benutzte Bernhard als Schild, er hielt Langschwert und Kurzschwert mit erhobenen Armen von sich gestreckt, schlug den vorderen Angreifer nieder und schwang in raschem Wechsel das linke, das rechte Schwert, versetzte dem Gegner, der sich von hinten oder der Seite hervorwagte, einen heftigen Schlag und haute sogleich auf den Nächsten ein. Um ihn herum Verwundete, Leichen.

Stunden vergingen. Eine fahle Sonne beschien gegen Mittag das Schlachtfeld. Die Sachsen kämpften mit unverminderter Kraft und Verbissenheit. Grausamer noch, je mehr Blut floss, Verstümmelte, Tote das Kampffeld bedeckten, desto rasender wurde ihr Sinn zu morden. Aus dem Gewühl der Kämpfenden und Tötenden tauchte plötzlich Kaspar auf – als Feind! Er sah Bernhard und Bernhard sah ihn. Einen Moment schauten sie sich an, dann stürzte Kaspar davon. Bernhard verfolgte ihn nicht, wozu sich auch keine Gelegenheit bot, denn er wurde von drei Rittern gleichzeitig angegriffen. Mit ganzer Gewalt trieb er sie zu einer Reihe zusammen und ohne ihnen Raum zum Bewegen zu geben, schlug er auf sie ein und trennte die Köpfe vom Rumpf.

Die Dämmerung brach herein. Wie viele der Seinen waren verstümmelt, sterbend, tot? Bernhard kämpfte noch immer. Er spürte zunehmend die Erschöpfung. Wo war eigentlich der Kaiser? Er stellte sich in seinem Steigbügel auf. Da hinten kämpfte er, umgeben von ihn beschützenden Rittern, derer allerdings schon viel weniger waren. Wie lange würde der Kaiser noch durchhalten? Auf dem anderen Ende des Schlachtfeldes sah er Lothar von Süpplinburg, wie er einen Kaiserlichen mit Gewalt zu Boden streckte. Erst recht der junge Wiprecht wütete wie ein Besessener.

Schon war der Augenblick der Ruhe vorbei. Bernhard steckte den Wasserbeutel weg, der Kampf ging weiter. Leben wollte er, aber um zu leben, musste er töten!

Die Dämmerung des Winterabends legte sich über Wald und Feld. Zu Haufen lagen die Verwundeten, Sterbenden, Toten auf dem wüsten Schlachtfeld. Von den Kaiserlichen waren die meisten gefallen. Tausende mochten es sein. Wer lebte, kämpfte erbittert. Heinrich müsste sich geschlagen geben, dachte Bernhard. Doch erst als die Dunkelheit hereinbrach und niemand mehr Freund und Feind unterscheiden konnte, hörte der Kampf auf.

Zurück ins Lager.

Wo war der Kaiser?

»Der Kaiser ist geflohen!«, rief ihm Luitger angstvoll und entsetzt entgegen.

Es war Nacht geworden. Die Kaiserlichen waren alle fort.

Frierend, erschöpft, unglücklich verbarg sich Wolfhardt im Welfesholz unter einer Tanne, deren ausladende Zweige bis zum Boden reichten. Er hatte seine Decke verloren. Er zitterte am ganzen Körper. Seine Finger waren steif und blau vor Kälte. Mit den Zähnen klapperte er so laut, dass er meinte, die Feinde da unten auf dem Schlachtfeld müssten es hören. Was nicht möglich war, wie er sich selber sagte. Das Röcheln, Winseln, Wimmern, Schreien der Verwundeten übertönte jedes Geräusch.

Ein Käuzchen schrie in der Finsternis des Waldes.

Ein Fuchs schnürte durch den hohen Schnee. Wolfhardt konnte im hellen Mondlicht erkennen, dass er einen Hasen im Maul hielt. Genau vor Wolfhardt ließ der Fuchs seine Beute fallen und fraß schmatzend das Häschen. Nur ein paar Knochen blieben übrig. Dann machte er sich davon. Wolfhard wurde übel. Er musste sich erbrechen. Dabei war es nur ein harmloses Tier, das Hunger hatte. Und er selbst hatte auch schon Hasen erlegt. Warum nur musste er kotzen? Was er auf dem Schlachtfeld sah, war um vieles grauenhafter. Da lagen Verwundete, Sterbende und Tote übereinander. Der Schein der Fackeln ließ abgeschlagene Hände, Arme und Köpfe wie lebendige Ungeheuer aussehen. Der aufgeweichte, von den Hufen durchwühlte Boden war rot vom Blut.

Wann gehen die Sachsen endlich vom Schlachtfeld?, jammerte er in sich hinein. Sie haben schon längst ihre Verwundeten fortgeschleppt. Geht endlich! Haut ab! Der Kaiser kommt nicht zurück. Er hat die Schlacht verloren. Wisst ihr das nicht? Mutter Maria! Hilf mir! Ich halte es nicht länger aus.

Ich muss zu Sepp!

Was tun die nur da unten? Wolfhardt beobachtete, wie die sächsischen Krieger sich über die am Boden liegenden Männer beugten, ihnen Waffen, Helme abnahmen, die Kettenhemden auszogen. Ging ein Ring nicht rasch vom Finger, dann wurde der abgehauen. Laute Begeisterungsrufe hörte Wolfhardt, wenn ein Schwert, eine Lanze wertvoll war oder sonst ein Schmuckstück gefunden wurde, ein goldenes Kreuz oder eine Reliquie um den Hals. Nackt ließen die Sieger den Mann liegen. Lebte er noch, so stachen sie ihn ab.

Sepp! Wenn er noch lebt, wenn er bloß verwundet auf dem Schlachtfeld liegt, wie schrecklich ist es für ihn zu spüren, zu sehen, wie sie kommen, ihn zu ermorden. Hoffentlich ist er schon tot.

»Vater im Himmel, mach, dass Sepp tot ist!«

Wolfhardt liefen die Tränen über das Gesicht, es war ihm, als gefrören sie zu Eis.

»Ich muss hier weg.«

Er versuchte aufzustehen, doch kippte er sofort um in den Schnee. Seine Füße waren taub. Verzweiflung packte ihn. Sich in den Schnee legen und sterben. Das sollte ganz leicht sein. Alle Qual vergessen! Die verzerrte Leiche seiner Mutter, die Verstümmelten und Ermordeten auf dem Schlachtfeld, Sepp. Wenn du jetzt nicht aufstehen kannst und stirbst, dann ist es nicht einmal eine Todsünde.

Nein! Es gab den Vater. Er hatte Graf Bernhard vom Schlachtfeld davonreiten gesehen. Der Vater lebte! Nur nicht hier sterben! Wolfhardt setzte sich auf und massierte die steifen Glieder. Es schmerzte, als das Blut wieder hineinfloss. Wankend stapfte er durch den Schnee. Er suchte nach einem Stock. Er irrte durch den Wald. Als es hell zu werden begann, folgte er den Wildspuren. Endlich ein Weg, doch da ergriff ihn die Bangigkeit, entdeckt zu werden. Ständig blickte er sich um, aus Furcht, von einem blindwütigen Kaisergegner an der Sprache erkannt und getötet zu werden. Wolfhardt nahm all seine Kraft zusammen und schleppte sich bis nach Wallhausen. Der Ort war öde, wirkte verlassen. Das kaiserliche Heer war schon fort, hatte sich in nichts aufgelöst. Es hieß, der Kaiser sei an den Rhein oder nach Baiern geflohen. Wissen tat es keiner und Wolfhardt wagte nicht, genauer zu fragen. Er musste sich allein durchschlagen.

Es war bereits Mai, als Wolfhardt von Weitem die Türme von Regensburg hinter einem Hügel entdeckte. Er fiel auf die Knie und dankte Gott.

Schnellen Schrittes lief er über die von Wagen dicht befahrene enge Holzbrücke durch das Tor in die Stadt.

Regensburg. Da war das Grab, in das seine Mutter zusammen mit anderen Toten gekippt worden war. Da lebte der Priester. Und wenn er auch geldgierig die fünf Passauer Silberpfennige an sich gerafft hatte und überhaupt überaus geizig war, so würde er ihm doch Latein beibringen.

»Bist lange fortgeblieben, hast herumgetrödelt. Hast du wenigstens Beute mit?«, schimpfte der Priester.

»Beute?«, wiederholte Wolfhardt und unterdrückte seine Trauer, seine Erbitterung, seinen Zorn.

Was wusste dieser Priester von den Toten auf dem Schlachtfeld, was von Sepp?

»Ich kann es einfach nicht verwinden, dass Bischof Reinhard verboten hat, die kaiserlichen Toten zu bestatten«, sagte Alice bekümmert und zog den Kopf ein, um unter einer Fichte hinwegzureiten, deren mit Schnee beladene Zweige sich weit über den schmalen Höhenweg ausbreiteten.

Bernhard verzog das Gesicht und dachte: Ich kann es nicht mehr hören. Warum kommt sie immer auf diese Angelegenheit zurück? Warum quält sie mich und sich?

Möglichst ruhig antwortete er:

»Alice, die Schlacht am Welfesholz ist jetzt ein Jahr her. Vergesst sie einfach. Schaut, ich bin lebendig und bis auf einige Schrammen unversehrt zu Euch zurückgekommen und Luitger ist auch nichts passiert und er lebt wohlbehalten bei Herzog Friedrich, dem beliebtesten Fürsten im ganzen Reich. Die Ritter strömen nur so an seinen Hof. Also, seid unbesorgt. Freuen wir uns auf einige angenehme Tage bei Ritter Martin in Passau.«

Alice seufzte: »Ihr habt ja recht. Aber trotzdem. Es ist eine Tat der Nächstenliebe, die Toten zu bestatten.« Sie sah ihn angsterfüllt an: »Bernhard, sie verfolgen mich jede Nacht, diese bleichen, durchsichtigen Wirrwinde, wie sie ruhelos über der Walstatt geistern, ihre Seelen schreien, klagen. Alles Jammern ist umsonst, ohne Grab können sie im Jüngsten Gericht nicht auferstehen.«

Bernhard schüttelte betrübt den Kopf.

»Was ist geschehen während meiner Abwesenheit? Was peinigt Euch so? Erzählt mir, Ihr wart sehr einsam und dabei sehr geschäftig. Ihr seid es eigentlich, die die Grafschaft verwaltet, und meine Untertanen verehren Euch. Warum die Trübsal?«

Alice antwortete darauf nicht. Vom Bergkamm aus blickte Bernhard auf die Donau, die, mit Eisschollen beladen, träge dahinfloss, der Schnee flimmerte in der Sonne. Es war warm. Bernhard schätzte diese sommerlichen Tage mitten im Winter. Um Alice zu trösten, sagte er:

»Bischof Reinhard ist ein verlogener, unangenehmer Mann. Wisst Ihr, was er Papst Paschalis geantwortet hat, als dieser ihn einige Monate nach seiner Einsetzung als Bischof tadelte und zur Sühne aufforderte, er habe Ring und Stab aus der Hand des Königs entgegengenommen. Reinhard erwiderte, ihm sei das Investiturverbot bisher gänzlich unbekannt gewesen. Er wisse nicht, dass der König nicht die Bischöfe einsetzen dürfe. Und eine solch freche Antwort, nachdem es wegen der Investitur zwischen Kaiser Heinrich IV. und den Päpsten jahrzehntelang zu tiefsten Zerwürfnissen und Bannflüchen gekommen war.

Scheinheilig und machtgierig, wie er ist, sorgt er für Zwiespalt im Reich. Das kaisertreue Quedlinburg hat er zusammen mit anderen Fürsten belagert und eingenommen, er verfolgt Bischöfe, die von Heinrich eingesetzt waren und sich dem Legaten des Papstes Theoderich nicht unterworfen haben. Bischof Gerhard von Merseburg ist, schwer geschädigt, aus seinem Bistum vertrieben worden.«

»Aber er steht unangefochten heute in der Gunst des Papstes«, wandte Alice ein. »Er und die sächsischen Fürsten haben den Legaten des Papstes Theoderich nach Sachsen geholt und der hat in Goslar den Kaiser wiederum exkommuniziert. Und vom Legaten Kuno wurde der Kaiser in Köln auch mit dem Bannfluch belegt. Bernhard, der Bannfluch trifft jeden, der auf Seiten des Kaisers steht. Er trifft Euch.«

»Alice, Ihr habt Angst um mein Seelenheil?« Bernhard lachte.

»Erstens habe ich die Generalabsolution von Papst Urban für die bewaffnete Pilgerfahrt nach Jerusalem. Die habt Ihr übrigens auch. Ich bin mir zwar nicht sicher, ob die wirklich für das ganze Leben vorhält, aber sie ist schon ein gewichtiges Vermögen auf der Seelenwaagschale.

Aber die Exkommunikation betrachte ich nicht als Hinderungsgrund für meine Auferstehung. Ich sehe die Sache so: Papst Paschalis ist schwach, muss schwer um seine Stellung kämpfen wegen der Kaiserkrönung und des Investiturprivilegs, das er sich durch die Gefangennahme hat abpressen lassen. Die Kardinäle haben zwar damals ebenfalls um der lieben Freiheit willen zugestimmt, aber das ist vergessen. Die Legaten Kuno und Theoderich nutzen seine Schwäche aus und ergreifen Machtbefugnisse, die ihnen nicht zustehen. Die vielen Exkommunikationen unter dem Mäntelchen der Frömmigkeit und des Dienstes für die Kirche und des Heiligen Petrus stärken die Macht der Legaten und der Römischen Kurie gegenüber dem Papst, der die Exkommunikationen hinnehmen, dulden muss, will er nicht seines Amtes verlustig gehen, ja sogar als Ketzer erklärt werden, wie Bischof Bruno von Segni es will.

Der Kaiser ist ebenfalls schwach, was die gegen ihn verbündeten geistlichen und weltlichen Fürsten zur eigenen Machterweiterung nutzen. Um ihr kriegerisches Vorgehen vor Gott und den Menschen zu rechtfertigen, sind die Bannflüche der Legaten willkommene Mittel.

Lothar von Süpplinburg an der Spitze wie auch der Erzbischof von Köln bedienen sich der Ausgrenzung des Kaisers, der Exkommunikationen, um im Namen der Heiligen Sache, des Heiligen Petrus und der Heiligen Kirche Krieg zu führen, Burgen und Städte zu erobern: Quedlinburg, die Heimburg, Wissel, Münster, Dortmund. Lothar marschierte gegen Erfurt. Verhandlungs- und Friedensbemühungen Heinrichs lehnen sie ab, natürlich, mit einem Gebannten pflegen die Reinen keine Berührung.«

»Ihr glaubt ihnen nicht, dass sie aus Frömmigkeit, aus Sorge um das Seelenheil, das eigene und das ihrer Untertanen, aus religiöser Überzeugung den Kaiser bekämpfen.«

»Nein, wären sie um das Heil ihrer Untertanen besorgt, sie müssten ihre Kraft daran setzen, den Riss im Reich, die Spaltung zu verhindern. Ich glaube allerdings, dass sie religiösen Hass empfinden. Zur Mäßigung dieser Leidenschaft ist es gut, dass Abt Pontius von Cluny zu Papst Paschalis reist und um Ausgleich sucht. Abt Pontius hat übrigens keine Angst, mit einem Verfluchten in einem Raum zusammen zu sein, er hat Heinrich im letzten Dezember in Speyer aufgesucht.

Womit wir wieder bei Euren nicht Beerdigten auf der Walstatt von Welfesholz wären.

Meint Ihr wirklich, dass Jesus Christus nur für die Menschen gestorben ist, die im Grab bestattet sind? Meint Ihr, nur die Körper können auferstehen, die unversehrt in der Zwischenzeit zwischen Tod und Jüngstem Gericht in einem Sarg die Wiederkunft Jesu Christi erwarten? Dass nur unversehrte Körper wiederauferstehen können? Was ist dann mit den Reliquien? Den Fingern und Zehen und Haaren und sonst noch was von den Heiligen? Können Heilige nicht auferstehen, weil sie gänzlich auseinandergenommen sind? Oder sind sie gleich bei Gott und im Himmel und ihre zerstückelten Körperteile auf der Erde? Gott ist mächtig und gütig. Bei ihm ist nichts unmöglich. Glaubt Ihr wirklich, dass er sich beim Jüngsten Gericht um die rachsüchtigen Verbote eines Bischöfchens kümmert?«

Alice lachte, aber es war ein freudloses Lachen.

»Ihr legt stets die Religion zu Eurem Vorteil aus.«

Bernhard ritt an Alice heran und legte seine Hand auf ihren Arm.

»Wie kommt es nur, dass du dir von mir einfach nicht helfen lassen willst?«

Alice schüttelte den Kopf, wusste darauf nichts zu antworten.

Traurig sagte Bernhard und zeigte auf die Stadt: »Dort – Passau. Ich sehe schon die Marchgasse.«

»Wunderbar, dieses Mahl. Habt Dank, Frau Katharina«, lobte Bernhard, während er seine Finger in die bereitstehende Wasserschale tunkte und sie darauf mit einem weißen linnenen Tuch abtrocknete.

»Das Beste kommt noch«, freute sich diese.

»Ich weiß es, ich weiß es!«, rief aufgeregt Lukas, der Jüngste von Martins Kindern.

»Es gibt Milchreis mit Zimt und Zucker wie im Morgenland. Und es gibt …«

»Psst, kleiner Mann. Nicht verraten«, ermahnte ihn seine Mutter.

»Ich glaube, ich weiß es auch so«, sagte Bernhard und schnupperte.

»Natürlich, wer in Jerusalem gelebt hat, erkennt den Duft. Mocca!«, erwiderte Katharina, erhob sich und ging zur gedrungenen Eichentür.

Bei dem Wort »Jerusalem« zuckte Alice zusammen, was Bernhard nicht entging. Besorgt nahm er ihre Hand, die sie zurückzog.

Katharina, die nichts dergleichen bemerkt hatte, klatschte in die Hände. Geschwind brachten Mägde grüne Glasschüsseln mit Milchreis, Schälchen mit braunen Zuckerklümpchen, Zimtröllchen und eine Reibe, silberne Karaffen und feine Mokkatassen in den Festsaal. Feierlich stellten sie die Kostbarkeiten auf die mit Kerzen erleuchtete Tafel.

Einen Augenblick sagte niemand etwas. Jeder versenkte seinen Löffel in der Schüssel und ließ sich die süße Gaumenfreude schmecken. Der kleine Lukas schmatzte und wurde von seinem Vater streng angeschaut, während seine Lippen unter dem braunen Vollbart zu lächeln schienen.

In die Stille hinein fragte Alice mit gepresster Stimme, was sie während des Mahles sich untersagt hatte aus Angst vor Martins Antwort:

»Wie geht es Leyla?«

Martin tupfte sich den Mund ab, legte das Mundtuch ordentlich beiseite und erwiderte:

»Was soll ich darauf antworten? Wie es ihr geht, wie sie sich fühlt, weiß ich nicht.«

»Aber was sie macht, das könnt Ihr uns erzählen«, sagte Bernhard gespannter und ungehaltener, als er beabsichtigte.

»Sicher. Wie Ihr es verfügt und Leyla gegönnt habt, lebt sie mit Johanna und Markus und ihren Kindern, es sind mittlerweile drei, in Eurem Palast.«

»Den ich ihr übertragen habe. Aber weiter. Hat sie von

meinem Empfehlungsschreiben an König Balduin Gebrauch gemacht? Verkehrt sie am königlichen Hof?«, fragte Bernhard und wünschte, die Antwort lautete, sie habe sich in einen Ritter verliebt.

»Leyla hat König Balduin Euren Gruß entboten. Sonst war sie nicht mehr bei Hofe, soviel ich weiß. Sie lebt äußerst zurückgezogen.«

»Was macht sie denn?«, rief Alice.

»Sie lernt Arabisch, besser sie spricht es schon.«

Das kann ich mir vorstellen, dachte Bernhard, mit Bienenfleiß, wie es ihre Art ist. Er sagte aber nichts.

»Lernt Leyla auch den Koran auswendig?«, fragte Alice mit banger Stimme.

Martin nickte.

»Was macht sie sonst? Leyla kann unmöglich immerzu nur lernen. Sie bewegt sich so gerne.«

»Bisweilen reitet sie hinaus. Sogar bis zum Meer, bis nach Haifa oder weit in die Wüste Sinai. Sie ist dann tagelang fort.«

»Alleine?«, rief Alice entsetzt.

»Nein, verkleidet als Mann, wenn es nötig erscheint, als Moslem. Sie lässt sich von Ali begleiten. Das ist der Vorsteher des Palastes, ein ehrenwerter Alter, der allerdings das Schwert noch gut zu führen weiß.«

»Und was ist, wenn sie zu Beduinen kommt und ihr des Nachts eine Frau zugeführt wird, wie es Brauch ist?«, fragte Bernhard verwundert.

»Sie behauptet, sie hätte ein Gelübde abgelegt, dass sie keine Frau anrührt, bevor sie nicht dreimal in Mekka war.«

»Himmel, Jungfrau Maria!«, Alice atmete tief durch, ihr wurde heiß und kalt. Vor Schrecken ließ sie den Löffel in die Schüssel fallen.

»Ich denke nicht, dass Leyla immerzu als Mann unterwegs ist«, versuchte Bernhard, das Gespräch wieder in ruhigere Bahnen zu lenken.

»Was macht Leyla denn sonst, wenn sie in Jerusalem ist?«

»Sie knüpft Teppiche«, antwortete Martin einsilbig. Ihm fiel das Gespräch schwer und es drückte ihm auf den Magen.

Wie entsetzlich, dachte Bernhard. Diese Geduldsarbeit, stundenlang in gebückter Haltung, tagelang, wochenlang, jahrelang. Die Augen schmerzen vom genauen Hinschauen.

»Hoffentlich aus Wolle«, sagte er.

»Aus Seide«, antwortete Martin, erhob sich, ging zu einer Truhe.

»Ein Geschenk an Euch.«

Martin entrollte einen kleinen Seidenteppich.

»Das sind mindestens 500 Knoten auf einem Fleck von einem kleinen Fingernagel«, schätzte Bernhard.

Wunderschön, auf tief leuchtend rotem Grund, hatte Leyla auf Arabisch eine Schrift eingeknüpft.

Alice und Bernhard waren aufgestanden.

»Leyla«, las Alice und zeigte auf das Wort. »Was steht da sonst?«

»*Mamme / Seid gegrüßt / Leyla*«, antwortete Martin. Er wandte sich an Bernhard:

»Leyla hat auch überlegt, ob sie Euren Namen hineinknüpfen soll. Aber sie hat sich nicht getraut.«

»Weg!«, schrie Alice mit strenger, fremder Stimme.

»Pack den Teppich sofort weg. Ich will ihn nicht sehen!«

Erschreckt rollte Martin den Teppich zusammen und verbarg ihn in der Truhe.

Schweigend setzten sich alle wieder an die Tafel. Alice saß steif und aufrecht.

Bernhard fiel auf, dass eine der Honigkerzen tropfte.

Martin fasste sich, richtete das Wort an Bernhard.

»Ihr wart, soviel ich weiß, im November beim Hoftag in Mainz. Hat sich alles so abgespielt, wie es berichtet wird?«

Bernhard antwortete, erleichtert, die peinliche Stille unterbrechen zu können.

»Ich weiß nicht, was Ihr gehört habt. Der Kaiser wünscht, dass erzählt wird, die Mainzer hätten ihn gebeten, Erzbischof Adalbert, der ja nun schon drei Jahre gefangen ist, freizugeben, und er habe ihnen diese Bitte gewährt. Tatsächlich war es anders. Die Pfalz ist umzingelt worden, der Burggraf ist zusammen mit Adeligen und Bürgern der Stadt Mainz bewaffnet in die königliche Halle eingedrungen, sie haben die Hofleute in Angst und Schrecken versetzt und gedroht, sie werden den Kaiser ermorden, wenn er nicht den Erzbischof freiließe. Sie würden auch Geiseln stellen. Kaiser Heinrich hat sich wohl oder übel darauf eingelassen. Erzbischof Adalbert kam nach drei Tagen frei, halb verhungert und entkräftet, wie es heißt. Allerdings nicht entkräftet genug, als dass er nicht sofort zur Synode nach Köln eilte, sich vom Bischof von Bamberg weihen ließ, die Weihe hatte er bisher ja noch nicht empfangen, und mit Genugtuung die auf der Synode ausgesprochene Exkommunikation des Kaisers schriftlich im ganzen Reich verbreitete. Dass es den Mainzer Geiseln dabei nicht gerade wohl ergeht, ist ihm gleichgültig.

Es verhält sich so, der Kaiser verliert zusehends an Macht: Sachsen, Köln, Westfalen und weite Teile Lothringens kann er nicht mehr betreten. Heinrich muss zusehen, dass er nicht ein Kaiser ohne Reich wird.«

»Dennoch zieht Heinrich nach Italien und lässt sein Reich auf unserer Seite der Alpen allein«, überlegte Martin. »Mathilde von Canossa ist letztes Jahr gestorben und er tritt die beträchtliche Erbschaft ihres Eigengutes an. Ich dachte immer, sie hätte es der Kirche vermacht.«

»Hatte sie auch«, antwortete Bernhard. »Doch bei der Zusammenkunft mit Heinrich, mit dem sie verwandt ist, hat sie 1111 ihr Testament geändert. Es ist auch Flucht, dass Heinrich jetzt das Reich verlässt. Er hat den Sohn seiner Schwester Agnes, Herzog Friedrich von Schwaben, als Reichsverwalter eingesetzt, der ist allerdings kampfeslustig und wird gegen Friedensbrecher vorge-

hen, soweit das noch möglich ist angesichts der hiesigen Machtverhältnisse.«

»Werdet Ihr den Kaiser nach Italien begleiten?«

Bernhard schüttelte den Kopf.

»Nein. Bischof Reinhard von Münster begleitet ihn. Was bleibt
ihm auch anderes übrig, nachdem Herzog Lothar von Süpplinburg ihn aus seinem Bistum vertrieben hat.«

»Wer zieht noch nach Italien?«, wollte Martin wissen.

»Bischof Hermann von Augsburg, Luitgers Vaterbruder«,
antwortete Bernhard.

Alice zuckte zusammen, hoffentlich bemerkte niemand den
Krampf im Arm, der ihren Löffel zittern ließ.

»Warum denn? In Baiern wird ein Bischof nicht seines Amtes
enthoben, weil er für Kaiser Heinrich ist«, bemerkte Martin.

»Hermann hatte ja schon seinerzeit Schwierigkeiten, weil sein
Bruder Udalrich Vielreich ihm das Bischofsamt erkauft hat«,
erklärte Bernhard, erst jetzt wurde ihm bewusst, wie unangenehm die Erwähnung des Bischofs und ihres früheren ...?, ein
Wort dafür gab es nicht, für Alice sein musste. »Von diesem Vorwurf konnte er sich zwar nicht befreien, es war wirklich Simonie, aber er hat sich dennoch mit dem Papst verständigt. Nein,
er wird beschuldigt, er habe eine zu innige Seelsorge bei einer
verheirateten Augsburger Dame betrieben. Aber lassen wir das.«

Bernhard nahm einen Schluck Wein.

Wieder schaute er zu Alice. Sie gab sich Mühe, ein freundliches
Gesicht zu machen, und knabberte an den getrockneten Feigen,
die Martin ebenfalls aus Jerusalem mitgebracht hatte.

Sie bemerkte seinen Blick, wollte nicht unfreundlich erscheinen und fragte:

»Was hast du für Pläne?«

Martin, froh, dass er von Alice angesprochen wurde, antwortete:

»Eine Brücke. Ich und andere Kaufleute planen eine Brücke
über den Inn. Bischof Ulrich, der sich vor allem nur noch für

seine Klöster einsetzt, er hat sich ja sogar aus den Belangen des Reiches zurückgezogen, habe ich dafür gewinnen können. Es soll eine Steinbrücke werden, was Zeit und Geld kostet. Außerdem müssen wir vorher erhebliche Baumaßnahmen am Inn vornehmen. Ich war deswegen längere Zeit in Regensburg. Bischof Hartwig und die Regensburger Bürger wollen eine prächtige Steinbrücke über die Donau bauen.«

Martin schwieg einen Augenblick, trank einen Schluck erkalteten Mokka, überlegte, ob er sagen sollte, was er ausführlich mit Katharina besprochen hatte.

Da war in Regensburg ein Junge, ein Messdiener, und der sah genauso, aber auch wirklich genauso aus wie Bernhard, das dunkle, wellige Haar, die blauen Augen, der schmale Schnitt des Gesichtes, schon jetzt die Gestalt. Natürlich, es war noch ein Junge von vielleicht 11 oder 12 Jahren, aber trotzdem. So musste Bernhard in dem Alter ausgesehen haben. Sollte er davon erzählen? Er wüsste ja nichts Genaues, beweisen ließe sich sowieso nichts. Und wäre es nicht furchtbar unangenehm zu sagen: ›Entschuldigt, Graf Bernhard.‹ Räuspern. ›Da lebt in Regensburg ein Junge, der hat eine geradezu unwahrscheinliche Ähnlichkeit mit Euch. Ich möchte ja nicht zu viel sagen. Entschuldigt. Ich wollte nur, dass Ihr es wisst, falls es Euch noch nicht bekannt ist.‹

Wie würde Alice das aufnehmen, wenn Bernhard wirklich ein Kind von einer anderen Frau hätte. Andererseits brauchte Bernhard dringend einen Sohn, sollte sein Geschlecht im Mannesstamm weiterleben.

Bernhard beobachtete, wie Katharina mit Blick auf Alice, die immer noch bleich und verstört wirkte, obwohl sie sich zusammennahm, wie Katharina ihren Mann leicht anstieß.

Was sollte Martin nicht sagen, was nicht verraten?

Verwundert blickte er von Martin zu Katharina. Die errötete leicht, räusperte sich und wandte sich dann mit einem liebenswerten Lächeln an Bernhard:

»Die Hochzeit von Giselinde und Luitger ist zwar noch lange hin, aber gewiss werdet Ihr auf Eurer Burg schon bald mit den Vorbereitungen beginnen.«

»In der Tat«, antwortete Bernhard. »Ich habe Folgendes vor, weswegen Alice und ich auch hier in Passau sind. Ich möchte unsere Burg für die Hochzeit von Giselinde und Luitger mit Wandmalereien verschönern. Es dauert zwar noch drei Jahre, wahrscheinlich findet die Eheschließung gleich nach Luitgers 14. Geburtstag statt, aber die Arbeiten kosten Zeit. Für die Halle im Palas denke ich mir an der Decke eine Weltkarte, Jerusalem im Mittelpunkt, die bekannten Länder darum herum gruppiert. Für den Festsaal will ich den Sternenhimmel als Deckenbemalung in Auftrag geben und als Entsprechung zur Heirat Luitgers mit Giselinde die Hochzeit von Kana.«

Weib, was habe ich mit dir zu schaffen?

Alice hörte Jesus geradezu, wenn sie allein im Festsaal stand und die beinahe fertiggestellte Wandmalerei der Hochzeit von Kana betrachtete. Jesus, am Tisch sitzend, umgeben von seinen Jüngern und dem Brautpaar, wendet er sich, den Arm bequem auf der Stuhllehne, halb seiner Mutter zu, die in gebückter Haltung hinter ihm steht.

Hart spricht er diese Worte, abweisend, es tut Maria weh, wie ihr Sohn sie zurechtweist.

Weib, was habe ich mit dir zu schaffen? Es war Alice, als verwandelte sich die Stimme Jesu in Luitgers.

Was hatte Luitger mit ihr zu schaffen? Er war zum Grafen erzogen, er war reich – sie besaß nichts, er saß schon als Kleinkind in der Halle zusammen mit Bernhard und Salome am Herrentisch, sie unten beim Gesinde, er speiste zusammen mit der Kaisertochter und dem Markgrafen Leopold an der Festtafel, sie hatte nicht einmal einen Platz bei den niederen Gästen. Nach Salomes Fortgang war diese Trennung nicht wirklich aufgehoben, obgleich sie jetzt an der Herrentafel ihren Platz hatte, weil Bernhard es wollte.

Der Abstand blieb und schmerzte.

Furchtbar verletzend war es, dass Luitger sie ihre Niedrigkeit fühlen ließ. Wie konnte er nur so ohne Achtung und Feingefühl sein, dass er sein Schreiben, das heute ein Bote gebracht hatte, nur an Bernhard richtete. Bernhard war nicht da, mal wieder im Krieg, diesmal gegen den ungarischen König Stephan II., der die Ostmark des Markgrafen Leopold verwüstet hatte. So hatte sie mit ungutem Gefühl und schlechtem Gewissen den Brief trotzdem geöffnet. Es stand nichts weiter drin als die Heldentaten Herzog Friedrichs im Kampf gegen Erzbischof von Adalbert von Mainz, wie Friedrich die Stadt Mainz belagert und der Erzbischof um Waffenstillstand gebeten hatte, und, als Friedrich sich darauf einließ und seine Ritter und Fußsoldaten fast alle abgezogen waren, hinterhältig einen Ausfall aus Mainz unternommen hatte. Der Herzog aber habe mit nur ganz wenigen Männern den Erzbischof in die Stadt zurückgedrängt. Leider habe er später einen Kampf verloren und Erzbischof Adalbert habe Mainz mit wunderbaren Privilegien ausgestattet. Oppenheim aber habe er durch Brand zerstört. 2.000 Menschen, Männer und Frauen, seien dabei zugrunde gegangen.

Alice war es, die zugrunde ging ob der Fremdheit und des Hochmuts, mit dem Luitger auf sie herabschaute. In seinen Gedanken kam sie nicht vor. Nicht einmal einen Gruß hatte er in dem Brief ausrichten lassen. Dass das ungezogen war, erschien Alice nicht einmal als das Schrecklichste, sondern dass es der Wahrheit entsprach. Luitger dachte wirklich nie an sie, seine Mutter.

Aber war es nicht ihre Schuld, hatte sie Luitger wirklich jemals lieb gehabt, hatte sie ihn nicht allzu bereitwillig fremden Erziehern überlassen, hing nicht der Schatten der Lüge wie ein ständiger Druck auf ihr und ihrem Kind? Die Lüge um seine Entstehung hielt sie von Anfang an ab, ihn zu herzen, vertraut mit ihm zu sein. Luitger war ihr fremd. Und Jesus? Sprach er nicht auch diese Worte zu ihr? Was hatte Jesus mit ihr zu schaffen, die ein

Kind in Sünde empfangen hatte? Graf Udalrich lag aufgebahrt in der Kirche St. Severin, war noch nicht einmal begraben, da war sie voller Verlangen Bernhard gefolgt. Die Sünde aber verfolgte sie, ließ sie falsch Zeugnis ablegen, machte ihr Leben unwahr, verdarb es von der Wurzel an.

Nun aber noch die Hochzeit! Die Hochzeitsfeierlichkeiten, der Inzest, vor allen Hochzeitsgästen. Sie würde sterben, Alice starb jetzt schon so viele Tode.

Wie ein Alb lastete der Inzest auf ihr. Sie schrieben bereits Dezember, das neue Jahr 1119 war nicht mehr weit. Und schon dann im kommenden Jahr sollte die Hochzeit sein.

Das würde sie nicht überleben, das wollte sie nicht überleben, wie Luitger und Giselinde die Ehe vollzogen. Sie musste sich retten – vor der Hochzeit – vor Jesus Christus.

Weib, was habe ich mit dir zu schaffen. Weib, ich kenne dich nicht. Dieses Urteil würde Jesus beim Weltgericht über sie sprechen.

Alice hielt es im Festsaal nicht länger aus. Eilig, gehetzt, verfolgt lief sie die Stufen hinunter. Hinaus, hinaus auf den Burghof, hinaus aus der Burg. Vielleicht würde sie Bernhard auf dem Weg begegnen. Er müsste vom Feldzug bald zurück sein.

Doch wie sie unten ankam, sah sie die verschneiten Stufen, die hinauf zur höchsten Wehrmauer führten. Verlockend führten sie in die Höhe, in die Lüfte, in den unendlichen Himmel.

Steig hinauf, steig hinauf, gebot eine Alice seit Langem quälende Stimme. Sieh, Bernhard kehrt aus dem Feldzug gegen Ungarn zurück.

Wozu?, widerstand sie. Von hier aus kann ich Bernhard gar nicht sehen, er kommt von Passau, von Osten.

Weiche nicht zurück. Kehr nicht um. Steig hoch hinauf!, forderte die Stimme.

Die Beine wurden Alice schwer und dennoch folgte sie Stufe für Stufe dem fremden Befehl.

Oben angekommen, ließ sie ihr Auge über die weite, sonnenbeschienene Ebene gleiten. Tief unter ihr gähnte der Schlund des Felshanges.

Spring!, befahl die Stimme.

Alice schaute den steilen Berghang hinunter, schreckte zurück, fasste mit der Hand an die Mauer.

Stürze dich hinab. Bring Gott ein Opfer. *Siehe, dann werden die Engel dich auf Händen tragen, damit du deinen Fuß nicht an einem Stein stößt.*

Zaudernd stieg sie auf die hohe Mauer und blickte hinab in den Abgrund. Sie zögerte.

Spring, Alice!, raunte ihr die Stimme zu. Dann in befehlendem Ton:

Spring!

Wie aus dem Nichts war Bernhard mit einem Satz neben ihr und umfasste sie mit festem Griff.

»Alice! Was machst du da?«

»Olivier, Ihr seid als Sänger hochbegehrt und viel im Reich herumgekommen, sogar in Sachsen schätzt man Eure Lieder. Umso mehr wissen vrouwe Alice und ich es zu schätzen, dass Ihr trotz der eisigen Kälte schon einige Tage vor der Vermählung von Luitger und Giselinde uns Eure Anwesenheit schenkt«, sagte Bernhard und hob den Becher mit Wein, was Olivier zwar nicht sehen konnte, gleichwohl dennoch erspürte und ebenfalls Bernhard und Alice zutrank.

»Also, was gibt es Neues«, fuhr Bernhard fort, »außer dass die Feindschaft zwischen Kaiser Heinrich und den Erzbischöfen Adalbert von Mainz und Friedrich von Köln weiterhin auch nach der Rückkehr des Kaisers aus Italien fortdauert, von Bischof Reinhard von Halberstadt ganz zu schweigen, dass Heinrich V. mal wieder exkommuniziert ist. Papst Paschalis hatte ja schon die Exkommunikationen seiner Legaten und Erzbischöfe bereitwillig geduldet, Papst Galesius hatte es in seiner kurzen Amtszeit endlich vollbracht und den Bannfluch ausgesprochen über Heinrich und seinen Gegenpapst. Gott sei es geklagt, dass sich Heinrich zu so einer Tat hat verleiten lassen, einen Gegenpapst einzusetzen. Und als letzten Höhepunkt der Auseinandersetzung hat, Wunder oh Wunder, der neue Papst Calixtus, der schon als Erzbischof von Vienne Heinrich exkommuniziert hatte, auf der Synode von Reims den Bannfluch über Heinrich verhängt.«

»Es bestand schon eine Hoffnung beim Treffen in Mousson. Schließlich hat sich Papst Calixtus persönlich dahin begeben, um mit den Vertretern des Kaisers zu einer Einigung über die Investitur der Bischöfe zu gelangen«, wandte Olivier ein. »Leider hat der Kaiser dem Vorschlag nicht zugestimmt.«

Bernhard schüttelte den Kopf.

»Keinen Augenblick habe ich daran geglaubt. Eine Synode, zu der der französische König persönlich erscheint, obwohl er krank ist, ist ein schlechter Ausgangspunkt für die friedliche Beilegung eines jahrzehntelangen Kampfes. Der französische König und der Papst stärken sich gegenseitig in ihrer Macht. Der König gebraucht den Papst als höchste Autorität auf Erden und Stellvertreter Petri gegen seine aufsässigen Fürsten und der Papst kann sich auf den König verlassen, dass dieser gnadenlos mit dem Schwert gegen jeden vorgeht, der es wagt, den Papst anzugreifen. Die französische Lösung, der Herrscher verzichtet auf die Investitur mit Ring und Stab und bekommt dafür die Zusicherung des Papstes, seine Rechte würden nicht angetastet, macht zwar in Frankreich Sinn, wo Papst und König sich verbrüdert haben, aber nicht im deutschen Reich nach jahrzehntelangem Kampf zwischen König und Papst. Schon gar nicht bei diesem Papst, der als Erzbischof für die Fälschung von Urkunden zu seinen Gunsten bekannt ist. Das Misstrauen Kaiser Heinrichs erscheint mir durchaus berechtigt.«

Bernhard machte eine Pause.

»Also geht die Spaltung weiter fort, Raubüberfälle, Mord, Verwüstungen, Brandschatzungen allerorten und Kampf und Krieg.

Das Jahr 1119 hat uns wahrlich keinen Frieden gebracht und das Jahr 1120 wird es wohl auch nicht«, stellte Bernhard erbittert fest.

»So kenne ich Euch gar nicht. Was ist geschehen?«, fragte Olivier und wandte sein Gesicht dabei mit seinen blinden Augen Alice zu, die er als anteilnehmende, warmherzige Frau kannte und die nun starr, steif und stumm dabeisaß.

»Seit beinahe 25 Jahren bin ich in allen nur erdenklichen Kämpfen und Kriegen dabei. Natürlich, wir haben Jerusalem erobert und für Jesus Christus gewonnen«, Bernhard schaute an die Decke, auf der Jerusalem mit der Grabeskirche in leuchtenden Farben glänzte, »aber alles, was danach kam, hat uns der Versöhnung mit der Kirche und dem Frieden im Reich kein bisschen näher gebracht. Es ist, als wäre das apokalyptische tausendjährige Reich des Schreckens angebrochen.«

»Ihr seid des Kämpfens müde und ich kann es nicht einmal mehr«, versuchte Olivier, seinen Gastgeber auf andere Gedanken zu bringen.

Ich bin es leid, dachte Bernhard. Wäre es nur das. Es ist ein Leiden, das ich mir nie hätte vorstellen können. Alice, so verändert. Übel gelaunt, streitsüchtig, dann plötzlich sprachlos. Alice auf der höchsten Mauer der Burg, bereit, sich in den Abgrund zu stürzen. War der Tod ihrer Mutter, die Treppe hinunterzufallen, etwa gar kein Mord, sondern Selbstmord? Wie auch immer. Was hatte Alice ihm auf seine Frage geantwortet? Sie sagte, sie sei hinaufgestiegen, um nach ihm Ausschau zu halten, ob er endlich wiederkomme.

Von Ungarn aus Richtung Westen?

Zu Oliviers Erleichterung stellte eine Magd duftende Bratäpfel, gefüllt mit Haselnüssen und getrockneten Pflaumen in einer Honigsoße auf die Tafel in der Halle.

»Fastenzeit«, sagte Bernhard entschuldigend.

Olivier, mitgenommen von den unangenehmen Beobachtungen, raffte sich auf.

»Ich habe tatsächlich etwas Neues zu berichten, ein aufsehenerregendes Ereignis, von dem ganz Frankreich spricht. Mit

›ganz Frankreich‹ meine ich wirklich ganz Frankreich, bis in die Nonnenklöster erzählt man sich davon. Aber nicht nur da. Sogar bis nach Sachsen ist die Kunde gedrungen. Richenza, die Ehefrau Herzog Lothars von Süpplinburg, zeigte sich davon beeindruckt.«

Mit seinen blinden Augen schaute er Bernhard und Alice an. Dann räusperte er sich und begann:

»Die Geschichte hat sich vor nicht langer Zeit in Paris zugetragen. Möglicherweise habt Ihr schon einmal von Abaelard gehört, er hat viele Schüler, auch aus dem Reich.«

Alice horchte auf. »Abaelard? Der Abt hat mir von ihm erzählt. Er hat ihn in Paris getroffen. Der Abt sagte, Abaelard sei der bedeutendste lebende Philosoph.«

»Ja, er ist außerordentlich berühmt. Allerdings seit diesem Ereignis auch auf eine traurige Weise.«

»Ein schlechtes Ende also«, folgerte Bernhard und dachte: Warum muss alles immer schlecht enden?

»In Paris lebte eine Jungfrau, Heloise, schön von Angesicht und außerordentlich gebildet. Sie hatte, genauer sie hat einen geizigen Oheim, in dessen Haus sie wohnte. Von ihren Eltern ist nichts wirklich bekannt. Vielleicht ist auch der Oheim der Vater. Jedenfalls wurde Abaelard auf sie aufmerksam, und da er keinerlei Verkehr bisher mit Frauen hatte und allmählich an die 40 Jahre alt ist, gelüstete es ihn, nicht nur platonisch sich einem weiblichen Wesen zu nähern. Er wollte die Erfahrung, so sagt man. Also bat er den überaus geizigen Oheim, der jedoch unendlich stolz auf seine niftele war, bei ihm wohnen zu können, er würde auch gerne Heloise unterrichten. Der Oheim, Fulcher heißt er, war außerordentlich erfreut, nicht ahnend, den Wolf im Schafspelz in seinem Haus aufgenommen zu haben. Er gestattete Abaelard, Heloise Tag und Nacht aufsuchen zu dürfen, und falls sie nicht folgsam lernen wolle, sie zu schlagen.

Es kam, wie es kommen musste, Heloise wurde schwanger, floh mit Abaelard zu dessen Schwester in die Bretagne, wo sie einen Sohn gebar. Fulcher jedoch kochte vor Wut und Erbitterung, so hintergangen worden zu sein. Wahrscheinlich auch aus Eifersucht. Abaelard, wieder in Paris, suchte die Versöhnung. Eine Hochzeit wurde vereinbart, jedoch eine heimliche, nur in Anwesenheit weniger Zeugen. Danach trennten sie sich, Abaelard zwang seine junge Frau, in das Kloster Argenteuil, in dem sie auch aufgewachsen war, als Gast einzutreten. Er selbst setzte seine Vorlesungen und Studien in Paris fort. Jetzt aber, da Abaelard seine Geliebte und Ehefrau anscheinend loswerden wollte, trachtete Fulcher nur noch nach Rache.«

»Er ließ ihn des Nachts ermorden«, bemerkte Alice und Bernhard war erleichtert, dass sie etwas sagte.

»Des Nachts ist schon richtig, aber die Rache sah anders aus. Fulcher bestach den Diener Abaelards und so ließ dieser in der Nacht, als Abaelard schlief, Verbrecher in Abaelards Wohnung. Die hatten eine Weisung, die sie auch ausführten.«

»Nun, was für eine Weisung?«, fragte Bernhard ungeduldig.

»Abaelard zu entmannen.«

»Das ist entsetzlich!«, rief Alice entrüstet und hielt vor Schrecken die Hand vor den Mund.

»Es gab ein furchtbares Geschrei. Die Nachricht verbreitete sich wie ein Lauffeuer. Abaelards Ruhm als Philosoph sorgte für die schnellste öffentliche Wirkung.«

»Wie nimmt Abaelard die Tat auf? Sinnt er seinerseits auf Rache und Bestrafung?«, wollte Alice wissen.

»Nein. Er nimmt es als gerechte Strafe, als Gottesurteil für seine Sünde.«

Es war Alice, als würde sie geschlagen. Was wäre, wenn Gott nicht sie, sondern Bernhard strafen wollte?

»Gott sei es gedankt, Ihr seid unversehrt!«, rief Alice außer Atem, schloss die Tür und lehnte sich mit dem Rücken dagegen.

»Warum sollte mir etwas passiert sein?«, wunderte sich Bernhard und setzte sich im Bett auf.

»Ich habe Kaspar in der Halle gesehen. Er will Euch entmannen, ermorden.«

»Langsam, Alice. Was macht Ihr in der Halle?«

»Ich war noch einmal hinuntergegangen, um zu sehen, ob die Kerzen auch wirklich aus sind. Aber das ist jetzt gleichgültig. Jedenfalls habe ich in der Halle Kaspar beobachtet. Er hat sich an der Mauer entlanggeschlichen. Dort, wo es am dunkelsten ist. Ich habe ihn aber erkannt, er trägt immer noch das Oberlippenbärtchen und hat den Scheitel so sonderbar in der Mitte des Hauptes.«

»Hat er Euch gesehen?«

»Nein, ich glaube nicht. Ich habe mich so erschrocken, dass ich fast geschrien hätte. Dann ist er die Treppe hinaufgeschlichen. Er muss hier irgendwo sein, er muss sich hier im Palas versteckt halten. Ich hatte solche Angst um Euch, dass er sich rächen will und Euch dasselbe antut, wie man Abaelard angetan hat. Sein Schicksal ist auch in Sachsen bekannt, da will Kaspar die Entmannung vielleicht nachahmen.«

»Kommt erst einmal von der Tür weg. Lasst uns überlegen.«

»Ja, natürlich«, antwortete Alice geistesabwesend und setzte sich zu Bernhard auf die Bettkante.

»Kaspar ist Ministeriale bei Herzog Lothar von Süpplinburg«, stellte Bernhard fest. »Ihm ist sogar für seine Tapferkeit und Treue eine Burg übergeben worden. Warum sollte er zurück nach Baiern reiten?«

»Vielleicht, um hier die Stimmung auszuspionieren oder noch Schlimmeres. Ihr sagtet dieser Tage, dass Erzbischof Friedrich aus Köln vertrieben wurde und nach Sachsen geflohen ist. Zur großen Genugtuung des Kaisers haben die Kölner ihm einen ehrenvollen Empfang bereitet, obwohl er vom Papst mit dem Fluch belegt ist. Sogar Graf Friedrich von Arnsberg hat sich wieder dem Kaiser angeschlossen, auch wenn er in der Schlacht am Welfesholz zusammen mit Herzog Lothar gegen den Kaiser gekämpft hat. Das Fest der Geburt des Herrn wird Heinrich in Münster feiern und wird sogar von dort aus weiter nach Sachsen ziehen und einen Hoftag in Goslar abhalten, weshalb er leider nicht zur Hochzeit von Giselinde und Luitger erscheinen kann. Herzog Lothar verliert an Macht, Ihr aber seid ein treuer Anhänger des Kaisers. Vielleicht möchte der Herzog, dass Euch ein Leid geschieht, jedenfalls hat er nichts dagegen. Kaspar jedenfalls will sich rächen, da bin ich mir ganz sicher.«

»Das ist gewagt, aber denkbar«, räumte Bernhard ein. Ihm war nicht wohl bei der Vorstellung.

»Außerdem ist Kaspars Schwester Anne krank. Sie hat ihn damals nach seiner Haft im Loch gesund gepflegt.« Bernhard hörte deutlich den Vorwurf. »Auch üble Menschen hängen an ihren Angehörigen.« Alice schluckte. »Ich habe es Euch noch gar nicht erzählt. Ich habe Kaspar neulich in Passau getroffen. Genau an der Stelle, wo er mich damals am Wasser belästigt hat. Ich bin sicher, er will Euch Übles. Die Gelegenheit ist günstig. Die Hochzeit steht vor der Tür. Täglich werden Waren auf die Burg gebracht. Es ist so leicht, sich in einem Wagen zu verstecken oder einem Fuhrmann seine Dienste anzubieten, um die Fässer und schweren Kisten zu entladen. Oder Kaspar ist nachts über die Burgmauer geklettert, kräftig und gewandt, wie er ist.«

Bernhard schaute Alice nachdenklich an. »Ihr seid sicher, dass Ihr ihn gesehen habt?«

»Glaubt Ihr mir nicht?«

»Doch, selbstverständlich, Alice.«

»Wir müssen Kaspar finden, bevor es zu spät ist«, bat sie flehend.

»Also, suchen wir ihn«, entschloss sich Bernhard, kleidete sich an und gürtete sein Schwert um.

»Zieht Euch das Kettenhemd an. König Balduin von Jerusalem ist ebenfalls einmal schwer verwundet worden, weil er kein Kettenhemd trug.«

»Aber nicht in seiner Burg«, schmunzelte Bernhard.

»Dann eben nicht«, gab sie zögernd nach und steckte einen Dolch in ihre Gürteltasche.

Alice schlug die Kälte auf die Brust, als sie aus der vom Kaminfeuer erwärmten Kemenate in den kalten Gang hinaustrat. Sie ergriff eine Fackel, das rötliche Licht fiel auf den Ledervorhang vor der Fensterhöhle. Wenn sich Kaspar dahinter verbarg? Bernhard schaute nach. Nichts war zu sehen als die vom Mond beschienene Fensterbank. Draußen im Wald heulten Wölfe. Alice erschrak und hielt sich an Bernhard fest.

»Alice, ich brauche den Arm frei.«

»Ja, sicher«, sie zog die Hand weg. Sie fürchtete sich.

Bernhard kam sich lächerlich vor, wie er sich durch den Gang schlich. Aber es wäre leichtsinnig, nicht nach Kaspar zu suchen. Sie hatten die Bibliothek erreicht, steckten die Fackeln in die Halterung und entzündeten Lampen. Schriftrollen, Lederbände, das Pult, an dem Salome oft gelesen hatte. Es war Alice, als hinge in der Kammer noch Salomes Atem.

Bernhard schüttelte den Kopf.

Weiter ging es in den Festsaal. Die Fackeln erleuchteten kaum den hohen Raum. Den Sternenhimmel an der Decke konnten sie nur erahnen. Alice warf einen scheuen Blick auf den Jesus an der Tafel. Sie hörten es huschen. Kaspar?

»Mäuse«, flüsterte Bernhard.

Leise stiegen sie die Treppen hinauf zu der morgenländischen Kammer. Alice mochte nicht daran denken, was sich hier zwischen Kaspar und Leyla abgespielt hatte. Gewiss war Kaspar an diesen Ort der niederträchtigen Tat zurückgekehrt.

Bernhard öffnete die Tür. Der Raum wirkte verlassen, abweisend, unheimlich. Sie suchten jeden Winkel ab, schauten unter das Ruhebett, hinter die mit Blumen bestickten Tücher, die vor dem Ledervorhang hingen. Nichts und niemand.

»Suchen wir unten«, schlug Bernhard vor.

Die Halle erschien Alice finster und angsteinflößend.

Sie stiegen hinunter in den Keller.

In der Küche war der Koch beim Feuer eingeschlafen und schnarchte.

»Im Hof! Lasst uns den Hof und die Ställe absuchen!«, forderte sie Bernhard in befehlendem Ton auf.

»Es ist zwecklos. Kaspar sieht uns aus seinem Versteck, wir aber nicht ihn«, entgegnete Bernhard.

»Wenn wir alle Mägde und Knechte und den Burgvogt und den Kaplan wecken? Dann kann er uns nicht entwischen.«

»Doch, er kann. Alice, Ihr wisst, Kaspar ist verschwunden, bevor die Leute aufgewacht sind.«

Alice stand unschlüssig, die Arme verschränkt, auf der verschneiten Treppe vom Palas und starrte auf den Burghof.

»Alice«, sagte Bernhard sanft und nahm behutsam ihren Arm. Wenn sie nur nicht eines Tages springt, sich hinunterstürzt, dachte er.

»Kommt, wir verriegeln die Tür und schützen uns beim Schlafen mit dem Dolch. Morgen erwarten wir Luitger und Giselinde. Da herrscht viel Trubel. Also, lasst uns schlafen gehen.«

»Ihr schlaft, ich wache. Ich kann sowieso nicht schlafen«, entschied Alice.

»Leider«, seufzte Bernhard. »Allmählich erscheint es mir so, als ob Ihr Euch überhaupt nicht mehr zur Ruhe begebt.«

Die Stimme war wieder da.

Alice fuhr zusammen, horchte auf ihren Klang. Es war nicht dieselbe Stimme, die ihr befohlen hatte, sich von der höchsten Burgmauer zu stürzen. Diesmal war es eine Frauenstimme: Salome.

Schau Giselinde an, gebot sie Alice. Ist die Knospe nicht erblüht wie eine Rose unter der Maisonne? Betrachte sie genau, das ovale, herzige Gesicht, die geschwungenen Augenbrauen über den aquamarinblauen Augen, der rote Mund, die weißen Zähne wie Perlen, ihr blondes langes Haar zu einem Kranz geflochten. Ich habe mich immer gefragt, von wem sie dieses Haar hat, ich denke, von Bernhards Mutter. Was meint Ihr, vrou Alice?

Alice nickte.

Schaut, wie zierlich Giselinde das Hühnchen zerlegt. Seht auf ihre Finger, wie feingliedrig sie sind. Von allem, was sie tut, strahlt ihre adelige Herkunft und Erziehung am Hof der Kaisertochter Agnes und des Markgrafen Leopold aus. So vorbildlich sich zu benehmen und aufzutreten, schafft Ihr nie. Präg dir Giselinde ein, bevor du stirbst.

Alice starrte Giselinde an, die bemerkte es und fragte:

»Warum seht Ihr mich so an? Ist etwas sonderbar an mir?«

»O nein, nichts«, erwiderte Alice und bemühte sich, auf ihren Brotteller zu blicken.

Doch die Stimme ließ ihr keine Ruhe.

Seht hoch!, befahl sie. Schaut zu Luitger hinüber!

Nein. Ich will nicht, antwortete Alice lautlos der Stimme.

Du willst nicht, du musst!

Alice zwang sich, auf die Tafel zu schauen, auf das weiße Tischtuch. Vor ihr hatte sich vom durchweichten Brotteller ein Fleck gebildet. Schau nur auf den Fleck, ermahnte sich Alice. Doch wie von selbst hoben sich ihre Augäpfel.

Was siehst du?, fragte die Stimme.

Ich sehe einen Jüngling, groß ist er geworden, geübt im Kämpfen und Reiten. Das rote, lockige Haar fällt weich auf die Schultern. Das schmale Gesicht wirkt männlich, entschlossen, wenn auch um die Wangen noch jungenhaft. Allerdings …

Ja, schaut hin, Euer Sohn rasiert sich bereits. Euer Sohn, *Euer* Sohn. Merkt Ihr, wie ich es meine?

»Mutter?«, fragte Luitger und sah auf.

»Ich habe Euch so viele Jahre nicht gesehen. Da darf ich Euch wohl einmal betrachten«, antwortete Alice, erleichtert, eine vernünftige Erklärung gegeben zu haben.

»Das Leben am Hof Herzog Friedrichs von Staufen tut Euch gut«, fügte sie hinzu.

Ich will Euch nicht weiter quälen, schaut etwas anderes an. Was könnte es sein? Da, die Becher, die Schüsseln, die Leuchter, die Blumen. Wie alles in einer Reihe steht. Sieht das nicht lustig aus? Sag ich doch, Ihr müsst lachen.

»Alice, ist alles in Ordnung? Seid Ihr nicht damit einverstanden, wie die Tafel gedeckt ist?«, erkundigte sich Bernhard. »Es sieht schön aus und Ihr selbst habt alles so angeordnet.«

Ha, er liebt dich immer noch, wir werden sehen, wer von uns beiden die Stärkere ist. Ich komme wieder.

Alice vernahm ein Rauschen im Ohr. Dann war es still und sie hörte nur noch das Flötenspiel und das leise Gemurmel ihrer Tischnachbarn.

Den Nachmittag über war Alice geschäftig, die Hochzeitsgäste wurden in Kurzem erwartet, und es war keineswegs alles gerichtet, insbesondere die Betten mussten noch bezogen, Honigkerzen aufgestellt, Handtücher, Seife, Waschschüsseln, Nachttöpfe bereitgestellt werden. Wahrscheinlich war den Gästen der Weg zum Abort an der Außenmauer des Nachts zu weit und zu kalt. Wie viele der adeligen Gäste mochten in einer Kammer zusammen schlafen? Wer schlief mit wem in einem Bett? Wer benötigte eine eigene Bettstatt?

Alice eilte durch den Palas, vom Festsaal zu den Gästekammern, in die Küche, wo das Abendessen bereitet wurde und der Koch gerade einem Küchenjungen eine Ohrfeige gab, weil er ein Schock Eier zerbrochen hatte. Alice half beim Aufwischen.

Während sie sich bückte, erschien die Stimme und lobte sie für die Arbeit einer Magd.

Dann blieb sie wieder weg – bis zum Abend –, bis sich die kleine Gesellschaft in der Bibliothek versammelte, um dem blinden Sänger Olivier zu lauschen.

Giselinde hatte sich umgezogen und trug ein Oberkleid aus weißer Seide, unter dem ein rotes Unterkleid hervorlugte. Die langen Haare hielt ein goldenes Band zusammen. Luitger hatte sein Schwert umgürtet, was nicht gerade nötig war, ihn jedoch kleidete, wie Salomes Stimme Alice zuflüsterte.

Schaut sie Euch an. Unschuldig sehen sie aus. Und sind es nicht. Nur Ihr allein wisst es, Schuld laden sich Giselinde und

Luitger auf. Unwissend und doch schuldig wird Gott über sie das Urteil sprechen. Inzest!

Erzittert nur. Bis ins siebente Glied ist es verboten, einen Verwandten zu heiraten. Giselinde sind Bruder und Schwester. Nun ja, ich will großzügig sein. Halbbruder und Halbschwester. Es bleibt Inzest, Alice!

Woher wusste Salome davon?, überlegte Alice. Sie hatte niemals etwas von der Nacht nach dem Zweikampf geahnt, dessen war sich Alice sicher.

Welches Urteil, welche Strafe spricht der Heilige Apostel Paulus über diese Sünde?, fuhr Salome unbeirrt fort.

Ausschluss aus der Gemeinde, Fluch und Hölle!

Alice fühlte sich gepeinigt neben Giselinde auf der Bank, die sich anmutig auf die weichen Polster gesetzt hatte und, leicht vornübergebeugt, mit aufmerksamem, liebenswürdigem Lächeln dem blinden Cantor lauschte.

Geh fort von mir, versuchte Alice der Stimme zu gebieten.

Salome lachte, ein klirrendes Lachen, wie Glöckchen, die Alice in den Ohren schmerzten, so hell und klar war ihr Klang.

Alice hielt es nicht mehr aus.

»Entschuldigt, mir ist nicht wohl«, sagte sie, stand auf. Sie fühlte Bernhards besorgten Blick, während sie die Bibliothek verließ.

»Da habe ich ein Lied über eine morgenländische Prinzessin, die sich ebenfalls nicht wohl fühlt. Es spielt in Damaskus. Hört«, überbrückte Olivier das erstaunte Schweigen und entlockte seiner Harfe traurige, schöne Töne.

Alice schloss hinter sich die Tür und lehnte sich unglücklich einen Augenblick dagegen.

Ihr entkommt mir nicht, Ihr entkommt mir nicht bis zu Eurem Tod, drohte die Stimme.

So schnell sie konnte, lief Alice die Wendeltreppe hinunter. Sie stolperte, fiel, verletzte sich am linken Handgelenk, raffte sich auf. Sie fürchtete sich. Die Fackeln warfen das Antlitz Salomes auf die rötlich erleuchteten Wände.

Rasend vor Angst, öffnete Alice die Tür zur Kemenate. Schrak zurück, dies war Salomes Raum.

Flieh, fieberte Alice. Lauf in deinen Wohnturm.

Zu spät!, frohlockte Salome. Gefangen, hier entkommt Ihr mir nicht.

Blickt in den Spiegel. Wen seht Ihr?

»Euch«, antwortete Alice gehorsam.

Eures Buhlen Eheweib. Ich bin Bernhards Gattin. Ich werde Bernhard vor Gott und dem Papst verklagen wie jüngst Hildegard von Poitier ihren Gatten vor Papst Calixtus öffentlich anklagte.

Der Papst wird ihn bannen, wie er ihn schon mitsamt seinem gottlosen Heinrich verflucht hat. Was auf Erden gebunden ist, das ist auch im Jenseits gebunden. Ehebruch, Ketzerei, Inzest. Es gibt für Bernhard keine Rettung vor dem Gericht des Papstes, vor dem Gericht Gottes. Die Strafe lautet: Ewige Verdammnis! Hölle!

Alice starrte wie gebannt in den Spiegel.

Salome lachte grauenhaft. Ihr Gesicht verwandelte sich, lieb und wunderschön sah es aus.

Es sei denn, sagte sie freundlich und Hoffnung einflößend, Ihr tötet Bernhard im Schlaf. Sei folgsam, kleine Alice!

Alice war wie gelähmt.

Töte ihn! Erstich Bernhard im Schlaf. Er sieht so unschuldig aus, wenn er schläft. Nur dann vergibt ihm Gott seine Sünden. Erstich und erlöse ihn. Und dann sei dir gnädig und töte dich selbst.

Hilflos blickte Alice in den Spiegel. Zaghaft widersprach sie: »Das kann ich nicht.«

Niemals wirst du von mir befreit als nur durch den Tod. Das schwöre ich dir.

»Nein!!!!«

Mit allerletzter Seelenkraft ergriff Alice den Leuchter auf dem Schminktisch und schleuderte ihn gegen den Spiegel.

Ein grässliches Lachen ertönte.

Schluchzend, weinend brach Alice auf dem Boden zusammen, die Scherben schnitten sie in die Hände.

Die Tür öffnete sich. Entsetzt überblickte Bernhard die Verwüstung. Er schloss die Tür, ging zu Alice und hob sie auf.

»Alice, was ist geschehen?«

»Salome, sie war in dem Spiegel. Sie hat mir befohlen, Euch zu erstechen und dann mich.«

Gott im Himmel. Sie ist von Sinnen. Gott, Vater, das nicht. Bitte das nicht!

Was soll ich tun?

Der Abt. Der Abt muss sofort kommen.

»Wehe, wenn sich Olivier auf unserer Hochzeit verschluckt und nicht weitersingen kann«, raunte Giselinde zornig ihrem Verlobten zu, während sie vorzeitig die Bibliothek verließen.

»Ich vermute, er wollte die Darbietung einfach beenden, weil dein Vater sich entschuldigen ließ.«

»Hm, sonderbar. Irgendetwas stimmt da nicht«, vermutete Giselinde.

»Ich habe auch jemanden fortreiten gehört, einen Kriegsknecht oder deinen Vater?«

»Der lässt seine Liebesdienerin, verzeih, deine Mutter, nicht allein, wenn die krank ist«, urteilte Giselinde.

»Aber was soll's. Ich habe mit dir anderes zu bereden.«

Luitger zog die Stirn kraus. Was sollte das sein?

»Lass uns in die Bibliothek zurückgehen. Da sind wir ungestört. Dahin kommt heute keiner mehr.«

Luitger und Giselinde setzten sich wieder auf die mit farbigen Kissen reich bestückte Bank.

Erwartungsvoll und verunsichert sah Luitger seine Verlobte an.

»Hast du geübt?«, fragte sie streng.

»Geübt? Was geübt?«, fragte er zurück.

»Dass ihr Männer auch so begriffsstutzig seid. Hast du schon einmal mit einer Frau geschlafen?«

»Wieso willst du das wissen?«

»Ja oder nein.«

»Nein«, antwortete Luitger verwirrt, nicht wissend, worauf sie hinauswollte.

»Warum nicht? Bei Herzog Friedrich wird es am Hof wohl kaum an Gelegenheiten gemangelt haben.«

»Schon.« Luitger nahm ihre Hand und gestand: »Ich wollte dir treu sein.«

»Treu?« Giselinde zog ihre Hand zurück. »Lächerlich. Was sollen diese unnützen Gefühle? Es stört mich keineswegs, wenn du irgendein Weib flachlegst, solange es nur so zwischendurch ist und geheim bleibt. Was mich stört, ist Öffentlichkeit. Und wie dir nur zu bekannt ist, vollziehen wir unsere Ehe durch den Beischlaf, den Beischlaf vor Zeugen. Unser Beischlaf ist ein äußerst öffentliches Ereignis. Gnade dir Gott, wenn du da eine schlechte Figur abgibst und uns beide zum Gespött machst.«

Luitger schwieg betreten.

»Ich habe es gut gemeint. Ich liebe dich, Giselinde.«

»Liebe? Liebe heißt, untadelig vor aller Welt dazustehen und gemeinsam Macht auszuüben.«

Luitger saß mit krummem Rücken neben ihr, das Gesicht in die Hände gelegt. Entgeistert und traurig starrte er die Kerze auf dem Schreibpult an.

Endlich sagte er: »Was stellst du dir vor? Was sollen wir jetzt tun?«

»Das versteht sich von selbst. Du musst mit einer Frau schlafen.«

»Das ist dein Ernst, ja?«

»Ich sage dir, ich heirate dich nicht und lasse die ganze Hochzeit platzen, wenn du mich als keusches Unschuldslamm entjungfern willst. Ich darf schließlich nicht üben – du musst.«

»Aber woher denn so schnell eine Frau nehmen? Wir sind hier auf der Burg. Du sagtest eben selbst, es muss geheim sein, und hier bleibt nie etwas geheim«, wandte Luitger ein.

»Ja, das ist die Frage. Wer käme denn in Betracht?«

»Es gibt eine ganz junge Magd. Die sieht so aus, als sei sie noch Jungfrau«, überlegte Luitger. »Das würde passen – zum Üben.«

»Die nicht. Die ist nicht verschwiegen«, entgegnete Giselinde.

»Das wissen wir nicht«, gab Luitger zu bedenken. Die Magd war sehr hübsch, wie er festgestellt hatte, als sie ihm auf dem Hof mit einem Weidenkorb voller Äpfel entgegenkam.

»Sie hat keinerlei Erfahrung. Sie kann dich nicht richtig einweisen«, erklärte Giselinde.

»An wen denkst du denn? Du hast die ganze Zeit eine bestimmte Frau vor Augen. Gib es zu!«, sagte er und kitzelte sie am Hals.

»Lucia.«

»Was? Die ist viel zu alt. Wie alt ist die überhaupt? Mindestens 37 Jahre, vielleicht sogar schon 40.«

»Lucia sieht immer noch sehr gut aus mit ihrer fraulichen Figur und ihrem südländischen Gesicht. Vielleicht etwas herb, aber Falten hat sie kaum und ihre Haare sind pechschwarz. Erfahrung hat sie bestimmt und verschwiegen ist sie auch. Außerdem ist sie dankbar, wenn du sie begehrst.«

»Da bin ich mir nicht so sicher. Sie liebt Kaspar.«

»Liebte. Der ist seit Jahren fort. Lucia ist ihm sogar nach Sachsen gefolgt, aber er hat sie weggeschickt. Kaspar hat geheiratet, die Tochter eines reichen Ministerialen.«

»Woher weißt du das?«

»Am Hofe des Markgrafen Leopold erzählt man sich viel. So viele Reisende, Pilger nach Jerusalem, machen dort Rast.«

»Jedenfalls, Lucia ist enttäuscht zurückgekehrt. Meine Mutter, die Äbtissin, will sie auch nicht im Kloster haben. Sie braucht Lucia, um Neuigkeiten über meinen Vater zu erhalten. Sie lebt ein heiliges Leben, aber natürlich sorgt sie sich um das Seelenheil ihres früheren Gatten und betet für seine Seele.

Jedenfalls, Lucia ist mittlerweile einsam, umso mehr wird sie sich geschmeichelt fühlen, wenn du so tust, als würdest du sie schön finden und begehren.«

»Ich weiß nicht«, sagte Luitger und kratzte sich am Kopf.

»Gib zu, Lucia sieht immer noch gut aus und sie wird dir bereitwillig ihre Künste verraten.«

Er antwortete nicht darauf, sondern sah betreten zu Boden.

»Hör auf, mich zu ärgern. Du bist es schließlich, der auf der Burg Hohenstaufen versagt hat. Löffel die Suppe gefälligst auch aus.«

»Bitte, Giselinde. Sprich nicht zu mir in diesem Ton.«

»Nein, ich möchte nur ein bisschen Freude haben, wenn ..., du weißt schon.«

»Also, ich mach es«, überwand sich Luitger.

»Fein«, Giselinde gab ihm einen Kuss auf den Mund, sprang auf und zog ihn von der Bank.

»Mach schnell. Es ist Nacht. Alle schlafen. Niemand sieht dich.«

»Nicht so hastig, Giselinde. Ich kann das so nicht. Nicht auf Befehl. Leg du dich lieb in dein Bett. Ich bleibe noch ein Weilchen hier und gehe dann zu Lucia. Ich schöre, ich schlafe mit ihr noch heute Nacht.«

Widerstrebend verließ Giselinde die Bibliothek.

Luitger setzte sich wieder auf die Bank, aufgewühlt und dabei todmüde. Die Augen fielen ihm zu. Er riss sie auf. Nun müsste er wirklich zu Lucia gehen. Er war auf den weichen Kissen eingeschlafen.

Mit einem Ruck wurde Luitger wach. Es war so unwirklich. Was hatte er da nur Giselinde versprochen. Schrecken, es dämmerte schon. Bald müsste die ganze Burg auf den Beinen sein.

Los, jetzt aber hopp. Auf zu Lucia. Sie ist wirklich schon alt. Die Magd wäre ihm lieber.

Er könnte es ja auch so machen, überlegte Luitger, während er aufgeregt die Wendeltreppe hinuntereilte, er könnte erst sich von Lucia alles zeigen lassen und dann zu der hübschen Magd gehen. Die war bestimmt noch Jungfrau, da könnte er wirklich das Richtige üben. Das bräuchte Giselinde gerade nicht zu wissen.

Himmel! Der Abt! Fast wäre er im engen Turm mit ihm zusammengestoßen.

»Gelobt sei Jesus Christus«, grüßte der Abt freundlich, wenn auch Erstaunen in seiner Stimme lag.

»In Ewigkeit, Amen«, stammelte Luitger, beugte sich über die Hand des Abtes und küsste seinen Ring.

Während Luitger sich wieder aufrichtete, sah der Abt ihn unverwandt an. Luitger fühlte den Blick auf seinen Haaren, dann die forschenden Augen auf seinem Gesicht.

Mit einer Verbeugung machte Luitger sich los und lief durch die Halle aus dem Palas ins Freie. Draußen holte er tief Luft. Er sah sich mehrfach um, aber alle schienen noch zu schlafen. Vorsichtig klopfte er an der niedrigen Holztür von Lucias Hütte an der Burgmauer. Sie war gerade dabei aufzustehen.

»Gott sei gelobt, Ihr seid gekommen«, grüßte Bernhard aufatmend und ging dem Abt entgegen, der leise eingetreten und mitten im Raum stehen geblieben war.

Fassungslos wies Bernhard auf den zerbrochenen Spiegel und die Scherben.

»Alice ist von einem Dämon befallen«, sprach er mit gedämpfter Stimme, aus der die Verzweiflung nur allzu deutlich zu hören war.

»Sie behauptet, Salome sei ihr im Spiegel erschienen und habe ihr befohlen, mich und sich zu erstechen. Unbeirrbar bleibt sie dabei, vor dem Kamin säße Leyla und singe ein trauriges Lied, ihre Mutter ginge im roten Gewand mit ihren leuchtend roten Haaren in der Kemenate auf und ab. Das Kissen da in der Ecke hat Alice nach mir geworfen, weil ich mich weigere, ihr zu glauben, dass Hanno daraus spricht. Sie verlangt von mir, die Bilder und Stimmen zu sehen und zu hören, von denen sie besessen ist. Dass ich das nicht kann, macht sie rasend.« Erschöpft hielt Bernhard inne und wunderte sich gleichzeitig, dass er ausgerechnet den

Mann um Hilfe bat, gegen den er immer den größten Widerwillen empfunden hatte.

»Ich lasse Euch mit ihr allein und warte in der Halle«, sprach Bernhard tonlos, als sei jeder Mut von ihm gewichen.

Befremdet blickte der Abt ihm nach, bis Bernhard die Tür hinter sich geschlossen hatte. In wie vielen Kriegen hat er gekämpft, wie viele Verwundete, Verstümmelte, Leichen auf Schlachtfeldern gesehen, ohne davon ernstlich berührt zu sein. Aber an Alice würde er zugrunde gehen.

Behutsam näherte sich der Abt Alice, rückte einen Schemel an ihr Bett. Bleich, mit aufgedunsenem Gesicht und weit aufgerissenen, starren Augen lag sie da, als wäre sie tot.

Es war, als bemerkte sie den Abt überhaupt nicht. Auch er schwieg.

Endlich richtete sie sich in den Kissen auf und fragte feindselig: »Was wollt Ihr von mir?«

»Was möchtet Ihr, dass ich für Euch tue?«, fragte er in freundlichem Ton zurück.

»Für mich etwas tun? Was bildet Ihr Euch ein? Was habe ich mit Euch zu schaffen? Geht weg! Quält mich nicht!«, forderte sie und vergrub ihr Gesicht in ihrem Kopfkissen.

»Nicht ich quäle Euch, sondern Ihr Euch selbst.«

»Ich will von Euch nichts hören.«

»Seht mich an«, sprach der Abt mit ruhiger Stimme.

»Nein!«

»Nehmt das Kissen weg und seht mich an«, wiederholte er.

Zögernd wandte Alice sich ihm zu.

Dann sagte sie feindselig: »Was ist?«

»Alice, gesteht die Wahrheit ein«, gebot der Abt und blickte Alice gerade ins Gesicht.

»Luitger ist Bernhards Sohn.«

»Ihr lügt!«, stieß Alice aufgebracht hervor und hielt sich die Ohren zu.

Abwartend saß der Abt an Alice' Bett.

Dann plötzlich, mit einem Satz, sprang sie ihn an, fasste nach seinem Hals und kreischte:

»Ihr seid Satan! Ich hasse Euch! Ich bringe Euch um!«

Der Abt drückte ihre Hände weg und hielt sie gegen ihre Brust:

»Im Namen des Vaters, des Sohnes und des Heiligen Geistes sage ich Euch:

Luitger ist Bernhards Sohn.«

Alice schrie gellend auf.

Zuckend sackte sie in sich zusammen, krümmte sich, weinte, weinte, löste sich in Tränen auf.

Der Abt saß ruhig dabei und wartete.

Dann wischte Alice sich die Tränen fort, blickte den Abt hasserfüllt an.

»Lasst mich allein!«, befahl sie.

Der Abt schüttelte den Kopf.

»Ihr wart zu lange mit Eurem Wissen allein«, antwortete er.

Alice sank in sich zusammen.

»Zu lange allein«, murmelte sie, als glitten die Jahre an ihr vorbei. »Wem hätte ich mich anvertrauen können«, jammerte sie.

Der Abt antwortete darauf nicht.

»Ihr verratet mich nicht?«

»Ich bin nicht hier, um Euch zu verraten, sondern die Last mit Euch zu tragen. Ihr braucht Euch nicht vor den Stimmen zu fürchten. Ihr seid mehr als die Stimmen.«

»Aber die Stimmen werden mich vor Gott verklagen.«

»Die Stimmen wissen nichts von Euch und Eurem jahrelangen Leiden. Es scheint, als verfolgten sie Euch, klagten Euch an, aber sie können nicht vor Gott treten.«

»Könnt Ihr mir zusagen, dass die Stimmen mich nicht anklagen können im Jüngsten Gericht?«

»Die Stimmen sind ein Nichts, nicht einmal ein Geist. Sie sind Eure gebündelte jahrelange Schuld. Gott sei mein Zeuge. Ich verspreche Euch, dass ich die Sünde zusammen mit Euch vor Gott tragen will.«

»Gebt mir Eure Hand«, bat Alice.

Er nahm ihre Hände in die seinen und streichelte Alice sanft.

Allmählich wurde sie ruhiger.

Als sie eingeschlafen war, ging er zu Bernhard in die Halle, der unruhig, wie versteinert und dabei zum Bersten angespannt, dasaß, während um ihn herum mit Emsigkeit die Hochzeitsvorbereitungen im Gange waren und er jeder Magd im Wege saß.

»Ihr hier?«, fragte Alice erstaunt und blickte den Abt an, der an ihrem Bett wachte.

»Habe ich lange geschlafen?«

»Beinahe eine Woche«, antwortete er. »Ihr wart nur ganz kurz zwischendurch wach, mehr im Halbschlaf, dann habe ich Euch gefüttert.«

»Und Graf Bernhard?«

»Er war auch bei Euch. Es bedrückt ihn, Euch so krank zu sehen. Er hat da auf dem Boden vor dem Kamin geschlafen.«

»Vor dem Kamin?«

»Er wollte Euren Schlaf nicht stören. Durch Schlafen, Baden und Essen werdet Ihr gesund.«

Alice schaute entsetzt zu dem prasselnden Feuer.

Von draußen tönte Klatschen, Gejohle und der Klang von Flöten, Fideln und Trommeln zur Kemenate hinauf.

»Musik, ich höre viel Volk, es riecht nach Hammel am Spieß. Die Hochzeit! Sagt, ist heute Luitgers und Giselindes Hochzeit?«

Der Abt nickte.

Mit einem Ruck setzte Alice sich auf.

»Ist es schon geschehen? Haben sie schon die Ehe vollzogen? Ihr braucht nicht zu antworten. Ich weiß es.«

Unglücklich, gequält, verloren schaute sie vor sich hin.

»Ich bin verdammt.«

Der Abt erwiderte nichts darauf, wartete, was zu sagen ihr auf der Seele brannte.

»Seit Jahren habe ich Furcht vor dem Fegefeuer. Ich weiß,

wie es ist, zu brennen. Ich habe bisweilen Alpträume, wie vor Jerusalem mein Kleid in Flammen stand, als ein Brandpfeil mich traf. Dieser Schmerz, dieser Geruch nach verbranntem Fleisch und Haaren.«

Sie stockte.

»Aber das ist nichts gegen das, was mich im Jenseits erwartet. Im Fegefeuer werde ich brennen in Glut und Flammen, gefoltert von Teufeln, die mich auslachen, mich mit ihren Forken in das Feuer zurückstoßen, wenn ich versuche herauszukriechen. Unentrinnbar, diese Peinigung.

Wie oft habe ich Graf Bernhard gebeten, ein Eigenkloster zu gründen oder an ein Kloster, an Eures, Geld zu stiften und Land zu übertragen für die Seelenmessen nach unserem Tod. Aber er macht einfach nichts. Dabei hat er es so nötig. Jesus gebietet, du darfst nicht töten. Wie viele Menschen hat Bernhard im Krieg ums Leben gebracht – und dann noch für einen vom Papst verfluchten Kaiser. Wer im Namen des Papstes und der Kirche getötet hat, geht im Jenseits straffrei aus, wahrscheinlich wird er noch belohnt. Aber Bernhard kämpft für einen exkommunizierten Kaiser. Wie furchtbar wird er im Fegefeuer gequält und gefoltert werden. Wenn ich nachts wachliege, sehe ich sein schmerzverzerrtes Gesicht, seine Füße im brennenden Scheit, wie die Flammen nach seinen Beinen züngeln und immer höher lodern, ich rieche den Schwefel. Es gibt keinen Trost, kein Entkommen aus dem Fegefeuer, aber es ließe sich verkürzen, wenn er für die Zeit nach seinem Tod, nach unserem Tod, sorgen würde.«

Der Abt hörte gespannt zu, fragte nach, warum Bernhard sich so ungewöhnlich wenig um die Zeit nach dem Tod kümmere.

»Er stützt sich darauf, Jesus habe gesagt: Die Toten sollen ihre Toten begraben.«

Ein feines Lächeln huschte über das Gesicht des Abtes.

»Ihr stimmt Bernhard zu?«

»Ich höre auf das, *was* Jesus sagt – und wovon er nicht spricht.

Vom Fegefeuer spricht er nie, wie es auch in der Heiligen Schrift kein einziges Mal erwähnt wird.«

»Aber von der Hölle spricht er«, wandte Alice ein.

»Jesus ist wahrer Gott und wahrer Mensch. Je mehr er sich bedroht weiß und seine Hinrichtung sich nähert, je verzweifelter er ist, dass die Menschen ihn verwerfen und durch ihn den, der ihn gesandt hat, desto heftiger spricht Jesus von der Hölle.

Aber – aber Jesus hat niemals einen Menschen verdammt, hat niemals das Anathem über einen Schuldigen gesprochen, stattdessen hat er den Sünder sich selbst wiedergegeben, damit er leben und Gott danken kann.«

»Aber wird Gott meine Schuld vergeben?«

»Jesus verheißt, was bei uns Menschen nicht möglich ist, das ist bei Gott möglich.«

Alice sah den Abt erstaunt an. Hatte nicht Bernhard dieselben Worte gesprochen?

Ein kaum merkliches Lächeln huschte über ihr gequältes Gesicht, das der Abt mit Erleichterung wahrnahm.

»Wenn Ihr Euch gottverlassen fühlt, so bedenkt, Jesus sagt uns zu, wenn zwei oder drei in meinem Namen versammelt sind, so bin ich unter euch.

Alice, Ihr und ich, wir sind zwei. Jesus gewährt seine Gegenwart, wo wir uns in seinem Namen zusammenfinden. Lasst uns gemeinsam das Gebet Jesu Christi sprechen, das Reich Gottes möge kommen im Himmel und auf Erden und um die Vergebung unserer Schuld bitten. Wenn Ihr darauf vertraut, dass Jesus Christus bei uns ist, wie könnt Ihr dann in der Hölle sein?«

Zu Bernhards Erleichterung und Zufriedenheit waren die tagelangen Hochzeitsfeierlichkeiten reibungslos trotz Alice' Krankheit mit größter Pracht und überwältigendem Glanz zu Ende gegangen. Die meisten Gäste hatten sich nach der Messe in der Burgkapelle, begleitet von dem Reisesegen, verabschiedet. Die Spielleute, Musikanten, Bärenführer und Akrobaten hatten sich reich belohnt davongemacht, einige Buden wurden noch abgebaut, wenige Bettler hofften auf eine Gabe. Feuer loderte in den Feuertöpfen, Fackeln erleuchteten ein letztes Mal festlich den Burghof.

Giselinde und Luitger verabschiedeten sich mit einem Kuss, was wohlwollend von der Kaisertochter Agnes und ihrem Gatten, dem Markgrafen Leopold, betrachtet wurde und auch Herzog Welf von Baiern und Herzog Friedrich von Schwaben ein Lächeln entlockte. Sein Bruder Konrad drängte zum Aufbruch, sie müssten eilen, wenn sie vor Einbruch der Dunkelheit noch ein Stück Weges zurücklegen wollten.

»Etwas Gnade«, bemerkte ihre Mutter Herzogin Agnes freundlich, »das junge Paar wird sich lange Zeit, womöglich einige Jahre, nicht wiedersehen.«

Ehrerbietig verneigte sich Luitger vor seinem Schwiegervater, Giselinde dankte flüchtig ihrem Vater, der sie in die Arme nahm. Vermisste sie ihre Mutter, die allerdings durch ihre reiche italienische Verwandtschaft kostbare Geschenke von Boten hatte überbringen lassen, selbst jedoch der Hochzeit ferngeblieben war? Letzte Grußworte wurden gewechselt, dann ritt die Gesellschaft aus dem Burghof, Giselinde Richtung Tulln, Luitger gen Schwaben.

Allein der Abt blieb zurück. Schwarz und unheimlich trat er unvermittelt aus dem Hintergrund hervor. Seinen Rappen am Halfter führend, ging er auf Bernhard zu. Der erschrak, worüber er sich ärgerte.

»Es wird auch für mich Zeit zu gehen«, sagte der Abt. »vrouwe Alice hört keine Stimmen mehr. Sie braucht allerdings noch Ruhe, Schlaf, einen Trunk von Baldrianwurzeln, täglich ein heißes Bad, kräftige Nahrung trotz der demnächst anbrechenden Fastenzeit und …«, der Abt stockte, überlegte, ob er es sagen sollte.

»Nun, was?«, fragte Bernhard gespannt und ungeduldig.

»Eure Nachsicht. Eure Zärtlichkeit.«

»Das sagt Ihr?«

»Ja«, antwortete der Abt, schwang sich auf sein Pferd, grüßte und ritt langsam aus dem Burghof hinaus.

Bernhard sah ihm nach. Er fühlte sich unwohl und zurecht-gewiesen. Zärtlichkeit war gewiss nicht der Bereich, in dem der Abt mitzusprechen hatte. Ein Mönch – und Zärtlichkeit.

Wut stieg in ihm auf, Misstrauen, was war da zwischen dem Abt und Alice geschehen?

»Halt!«, rief Bernhard und lief dem Abt nach, der schon das Burgtor erreicht hatte.

Der Abt wendete sein Pferd und ritt zurück.

»Wie habt Ihr Alice geheilt?«, keuchte Bernhard.

»Wir haben miteinander gesprochen und gebetet.«

»Nur gesprochen und gebetet? Kein Wunder? Habt Ihr kein Wunder vollbracht?«

»Jede Heilung ist eine Gnade Gottes«, antwortete der Abt, »aber einer Wunderheilung bedurfte vrouwe Alice nicht. Es waren Worte, derer sie bedurfte.«

Bernhard biss sich auf die Lippen. Worte, Worte, die der Abt mit Alice sprach und nicht mit ihm. Worte, deren Inhalt er sich nicht vorstellen konnte und die dennoch heilten. Ein Wunder wäre ihm durchaus lieber gewesen. Der Abt war ein Wunderhei-ler, dafür war er berühmt, dafür wurde er verehrt. Damit konnte und wollte er nicht mithalten. Aber was waren Worte?

»Gelobt sei Jesus Christus«, grüßte der Abt, hochmütig, wie Bernhard es empfand, und ritt davon.

Fassungslos blickte Bernhard ihm nach. Ihm wurde heiß, ihm wurde eng auf der Brust, er hielt es in seinem Pelz nicht mehr aus, er warf den Mantel einem Bettler zu. Der fiel verdutzt und dankend auf die Knie.

Dann, wie gejagt hetzte Bernhard in den Stall, sattelte seinen Braunen und preschte durch das Burgtor hinaus ins Freie.

Wohin?

Es gab keinen Ort, wohin er reiten mochte.

Nach Passau? Unmöglich, das war Alice' Stadt.

In den bairischen Wald bis nach Böhmen?

Nach Regensburg.

Weg von Alice – weg vom Abt, weg von ihrem Geheimnis, wünschte sich Bernhard, während er den spiegelglatten Weg zur Donau hinunterritt. Nach Regensburg. Mit Regensburg hatte Alice nichts zu tun.

Achtung! Er musste aufpassen, dass sein Pferd nicht ausglitt, langsamer reiten.

Wie schmerzte es, Alice teilte mit dem Abt ein Geheimnis, etwas, das ihm verborgen war, das die beiden vor ihm verbergen wollten.

Wollte der Abt es wirklich verbergen? Bernhard ritt noch langsamer. Er roch den Schnee und den Tannenwald, der sich bis zum Wegesrand erstreckte.

Was hatte der Abt gemeint, als er ihm riet: Nachsicht und Zärtlichkeit, genauer, er hatte sogar gesagt, Eure Nachsicht und Eure Zärtlichkeit. Was hatte er Alice nachzusehen, was zu verzeihen?

Wieso bedurfte sie in besonderer Weise seiner Zärtlichkeit?

Was sollte er in Regensburg, und dann ohne Pelz, in der klirrenden Januarkälte?

Noch war ihm allerdings heiß, als ritte er durch die Salzwüste wie auf der Pilgerfahrt nach Jerusalem.

Er musste nachdenken. Er musste in Ruhe nachdenken. Schwimmen, er würde schwimmen gehen, nur nicht gerade bei der Furt, wo der Abt die Donau überqueren würde.

Bernhard ließ seinen Braunen am Ufer zurück, ging über das knackende Eis auf dem Pfad durch den Auenwald, entkleidete sich.

Das Wasser war eisig. Es kühlte ab. Mit kräftigen Stößen schwamm er aus der Bucht.

Denk nach, Bernhard, forderte er sich auf.

Was kann es sein, dass Alice sich beinahe selbst getötet hätte. Ausgerechnet sie, die für jeden Hilfsbedürftigen Rat sucht und weiß?

Ehebruch? Was für ein Wort für uns, die wir nicht verheiratet sind.

Untreue, das konnte er ausschließen, so wahr, wie er lebte.

Leyla, der Kummer über Leylas Fortgang. Sie war Alice eine Tochter gewesen, eine Vertraute. So jung Leyla auch damals war, so hatten sie gleichwohl gemeinsam beschlossen, Alice solle nach Köln reiten, ihn zu retten. Alice war einsam ohne Leyla, war allein während seiner langen Abwesenheiten, in denen sie oftmals um sein Leben bangen musste. Nicht immer war ein Bote nach einer Belagerung, einer Schlacht zur Hand, nicht immer war ein Bote schnell, der ihr die Nachricht brachte, dass er noch lebte. Und wenn sie sein Schreiben erhielt, dann waren Wochen vergangen und er vielleicht schon tot. Leyla hatte Alice von ihren Befürchtungen abgelenkt.

Aber – auch wenn ihr Leyla nach so vielen Jahren immer noch fehlte, so war dies kein Grund, Salome zu hören, deren Stimme ihr befahl, ihn und sich zu töten.

Es musste etwas mit der Hochzeit zu tun haben. Die Veränderung war auffällig, je näher die Eheschließung heranrückte, umso abweisender, fremder war ihm Alice geworden.

War es, weil sie unter dem Standesunterschied litt, weil es ihr nicht vergönnt, weil es ihr untersagt war, beim Hochzeitsmahl teilzunehmen, obwohl sie die Mutter des Bräutigams war? Alice war ausgeschlossen wie jeder Dienstbote, wie jeder Hörige.

Aber das war Alice nicht neu. Schon bei der Verlobung durfte sie nicht an der herrschaftlichen Tafel Platz nehmen. Die ganzen Jahre, da Salome noch Herrin der Burg war, sogar noch bei dem großen Fest für Leyla, war sie ausgegrenzt. Es verletzte Alice, aber sie wurde damit fertig. Sie hatte sich längst mit dieser Weltordnung abgefunden, sofern sie jemals dagegen aufbegehrt hatte. Alice war vernünftig und wusste, weder er noch sie konnten etwas an der Adelsgesellschaft ändern. Auf keinen Fall rechnete Alice ihm ihre unüberwindbare Niedrigkeit als Schuld an.

Also, was war es dann, worüber Alice mit dem Abt gesprochen hatte?

Bernhard sah zum gegenüberliegenden Ufer hinüber. Da drüben, ein Stück Weges weit, lag das Kloster. Der Abt müsste es bald erreicht haben. Was wollte der Abt ihm mit seinen Andeutungen sagen? Worüber sollte er nachdenken?

Bernhard wurde kalt. Auch wenn er es gewohnt war, sommers wie winters in der Donau zu schwimmen, er fror. Er musste raus aus dem Wasser und bedauerte, seinen Pelz in einer Anwandlung von Hitze und Verzweiflung einem Bettler geschenkt zu haben. Aber vielleicht gab ihm Gott für diese gute Tat Erkenntnis.

Es musste etwas mit der Heirat Luitgers und Giselindes zu tun haben, was Alice so quälte, dass sie krank wurde fast bis zum Tod.

Wenn er sich erinnerte, so war Alice niemals erfreut über diese Verbindung gewesen, hatte widerstrebend zugestimmt, obwohl sie, genau genommen, nie gefragt wurde. Er hatte sie nie gefragt, gab Bernhard zu.

Es fror ihn entsetzlich. Dabei schwor er sich, nicht eher aus dem Wasser zu gehen, bevor er nicht die Lösung gefunden hätte.

Gegen Giselinde als Ehefrau Luitgers ließe sich nichts einwenden. Im Gegenteil, die beiden verstanden sich vom Kleinstkinderalter gut und nun, fast erwachsen, waren sie einander zugetan. Zärtlich miteinander. An das Wort wollte er nun gerade nicht denken. Sie waren ein schönes Paar, eine Zierde, geradezu ein Sinnbild der Liebe.

Was hatte Alice dagegen, dass Luitger und Giselinde sich liebten? War es der Beischlaf?, durchfuhr es ihn. Hatte Alice etwas dagegen, dass Luitger und Giselinde miteinander schliefen? Aber warum, schließlich waren sie 14 Jahre alt. Das Alter konnte es nicht sein.

Was dann?

Es musste etwas mit ihnen als Person zu tun haben. Gegen Giselinde konnte Alice wirklich nichts einwenden, sie war schön, klug, vielleicht zu spitz und eingebildet nach Alice' Dafürhalten. Nein, das war sie nicht. Für eine Nichtadelige vielleicht, aber nicht für eine Gräfin.

Dann lag es an Luitger, der war schließlich Alice' Sohn. Alice'

Sohn und Graf Udalrichs Sohn. Es hatte ihn immer geschmerzt, dass Alice mit ihm geschlafen hatte, obwohl sie bereits von Graf Udalrich ein Kind erwartete. Das passte überhaupt nicht zu Alice.

An diesem Gedanken blieb er hängen. Trotz ihrer Liebe, ihres Begehrens hätte sie nicht mit ihm geschlafen, wenn sie ein Kind von Udalrich unter ihrem Herzen getragen hätte.

Und wenn sie gar nicht schwanger war in jener Nacht?, durchfuhr es ihn wie ein Blitz.

Wenn Luitger nicht das Kind Graf Udalrichs war?

Warum war Luitger damals so zart, so kränklich, dass er beinahe gestorben wäre? Warum hatte die Amme gesagt, er sähe aus wie ein Frühchen? Weil er eben kein Neun-Monate-Kind war, weil es eine Frühgeburt war. Weil Luitger erst in jener Nacht nach dem Zweikampf gezeugt wurde.

Luitger war nicht Udalrichs Sohn!

Luitger ist mein Sohn!!!

Wie gepeitscht schwamm Bernhard ans Ufer.

Inzest? Inzest! Davon wurde Alice krank, wurde verrückt, vom Wahn befallen. Daran wäre sie fast gestorben. Nun war es zu spät. Der Inzest war geschehen – in aller Öffentlichkeit. Vor seinen Augen hatten die Geschwister die Ehe vollzogen!

Dafür würde er in die Hölle kommen. Sprach nicht Gott der Herr, die Rache ist mein? Gott würde ihn verdammen für diese Todsünde. Angeklagt würde er, niemals über Luitger ernsthaft nachgedacht, den Schleier über seine Entstehung nie gelüftet zu haben. Sein Leben fußte auf einer Lüge.

Himmel. Warum tust du mir das an? Und der Abt war dabei. Hatte es gewusst. Die Tat gedeckt?

Warum? Damit Alice nicht die Zunge herausgeschnitten, sie lebendig begraben wird.

Er musste zu Alice.

Er musste diese Sünde mit ihr tragen.

In Windeseile zog er sich an, hastete zurück durch den Auenwald zu seinem Pferd, das ruhig im Schnee auf ihn wartete.

Während Bernhard zur Burg jagte, überkam ihn trotz des Frevels die Freude, einen Sohn zu haben.

Du und ich sind wir, das hatte er in Köln Alice zugesagt.

Du und ich sind wir. Aber galt das nicht viel mehr für ihn als für sie?

Bernhard hatte die Burg beinahe erreicht, verschwommen tauchte sie in der Dämmerung auf.

Er stieg ab und führte seinen Braunen. Er brauchte Zeit, um nachzudenken.

Hatte er nicht seine Ehe für Alice zerstört, nach der Trennung von Salome darauf verzichtet, sich wieder zu verheiraten, obwohl es kaum einen Adeligen gab, der nach dem Verlust eines Ehepartners nicht ein zweites, ein drittes Mal eine Ehe einging. Hatte er nicht für diese Frau das Fortleben seines Geschlechts der Grafen von Baerheim geopfert?

Alice jedoch, das Weib, die betrügerische Schlange, hatte ihn all die Jahre hinters Licht geführt, in jeder noch so zärtlichen und leidenschaftlichen Stunde, in jedem Gespräch war ihr bewusst, was sie ihm verheimlichte. Er hatte Alice vertraut, sie ihm nicht.

Niemals könnte er wieder in ihr Antlitz sehen, ohne zu zweifeln, ob sie auch die Wahrheit sprach.

Metze! Der Abscheu überwältigte ihn. Bernhard mochte, wollte mit einem Mal nichts mehr mit ihr zu schaffen haben.

Mit Genugtuung las Salome Ende Januar ein Schreiben Lucias. Wie außerordentlich segensreich war es, eine Nachrichtenträgerin auf der Burg zu haben.

Lucia schrieb nach den üblichen förmlichen Einleitungssätzen:

Graf Bernhard ist unmittelbar nach der Hochzeit, noch mitten in der dunkeln, kalten Winternacht, trotz Glätte und heftigem Schneefall!, nach Goslar zu Kaiser Heinrich aufgebrochen. vrouwe Alice ist ihm, stellt Euch dieses Bild genüsslich vor, also sie ist ihm laut bittend bis zum Tor nachgelaufen. Ohne sich nach seiner Liebesdienerin umzudrehen, ist Graf Bernhard fortgerit-

ten. Da ist die Verlorene zusammengebrochen, auf Knien, die Hände in den Schnee gekrallt, hat sie klagend und weinend auf der Zugbrücke gelegen.

Ich habe das genau beobachtet, denn leider habe ich seit einigen Tagen einen leichten Schlaf.

vrouwe Alice hat zwar ihre Tätigkeit bei den Hörigen in der Grafschaft wieder aufgenommen, sie ist aber, es erfüllt mich mit außerordentlicher Befriedigung, Euch, meiner Herrin, dies mitteilen zu dürfen, noch in jener besagten Nacht in ihre Turmkammer zurückgezogen.

RECHTZEITIG ZUM HOFTAG erreichte Bernhard Goslar. Der Weg dahin war mühsam, die früh einbrechende Dunkelheit, kaum passierbare Flüsse, Schnee und Eis und noch mehr seine schwermütige, trübsinnige Gestimmtheit behinderten sein Fortkommen. Der Zorn auf Alice war verflogen, geblieben waren Wehmut, Trauer und Trostlosigkeit.

Für die Stadt mit ihren niedrigen Fachwerkhäusern und gurgelnden Bächen hatte Bernhard keinen Blick, wie auch nicht für die ausladende, Achtung gebietende Kaiserpfalz mit ihren Zinnen, Türmen und Toren, denn er war versunken in sein eigenes Bild, einen Traum, der ihn in der Nacht vor dem unglückseligen Sturmangriff auf Jerusalem gepeinigt hatte. Der Traum fing erfreulich an, er erhielt mitten in der Wüste sein Lehen von Herzog Gottfried, doch dann verwandelte sich der heiße, staubige Sand zu lehmiger, kalter Erde, zu Schnee, der seine Schuhe durchnässte, während er den Hügel zur Kaiserpfalz in Goslar hinaufging. Das Tor zur Burg war verschlossen, er suchte lange vergeblich, bis sich eine schwarze, niedrige Pforte öffnete und er den düsteren, in seiner Wucht erschreckenden Kaisersaal betreten durfte. Auf dem Thronsessel saß der Abt und befahl ihm niederzuknien.

»Aus deinen Schuhen tropft Blut«, hatte er getadelt. »Fürchte dich vor Jerusalem.«

Warum erinnerte er sich daran? Damals war es ein erschreckendes Rätselwort.

Bernhard hatte die Kaiserpfalz erreicht und ritt in den Hof hinein. Durch einen Gong benachrichtigt, erschien der Burggraf, begrüßte Graf Bernhard von Baerheim ehrerbietig, Bernhards Brauner und sein Packpferd wurden in den Stall geführt, sein Gepäck werde ihm gleich nachgebracht.

Bernhard dankte, folgte dem Burggrafen den Turm hinauf, doch während er vernahm, welche Gäste zu dem Hoftag erschienen waren, ging ihm das Rätsel des Traumes auf. Fürchten musste er sich, dass er, obwohl er das Höchste nur Menschenmögliche erreichte, Jerusalem Jesus Christus zurückzugeben, in Wahrheit alles verlor, seinen Sohn Hanno, seine Liebe Alice. Sein Leben war seither Lüge, seine Ehe mit Salome, und sogar Alice hatte ihn hintergangen und verraten.

»Wir sind da«, sagte der Burggraf und öffnete eine schwere Tür, umwölbt von einem schön gemauerten Rundbogen, durch die er Bernhard als Erster eintreten ließ.

Auf dem Boden vor einer Truhe standen Lederbeutel, über einem Ständer hing ein Kettenhemd.

»Mit wem teile ich die Kammer – und«, Bernhard wies mit dem Kopf zum Bett, »das Lager?«

»Mit Graf Wiprecht.«

»So?« Bernhard blickte zweifelnd.

»Nicht mit dem Jüngeren«, erwiderte der Burggraf geflissentlich. »Der junge Wiprecht ist schon drei Jahre tot, so genau weiß das niemand. Nachdem er in der Schlacht am Welfesholz im Zweikampf Graf Hoyer getötet und sehr großen Ruhm bei den Sachsen dafür geerntet hat, besaß er dennoch kein Lehen mehr, er musste ja Groitzsch für das Leben seines Vaters abtreten, damit der nicht für seinen Hochverrat hingerichtet würde. So hat er sich notgedrungen und weil er eine übermütige Natur hatte, weiter durch Überfälle und wohl auch Raubmorde am Leben erhalten. Es ist halt so, irgendwann erwischt es auch den Stärksten.«

Er räusperte sich und zupfte mit Zeigefinger und Daumen an seinem grauen Vollbart.

»Es ist Graf Wiprecht der Ältere.«

Bernhard runzelte die Stirn. Mit dem in einem Bett?, dachte er zweifelnd. Ungemütlich. Sein Messer würde er bereithalten.

»Ich weiß und entschuldige mich«, bemerkte der Burggraf. »Es ließ sich nicht anders einrichten. Natürlich, als der ältere

Graf Wiprecht mit Graf Lothar von Thüringen und dem unseligen Graf Friedrich sich heimlich getroffen hatten, um eine Verschwörung gegen den Kaiser vorzubereiten, da habt Ihr die Versammelten angegriffen und Graf Wiprecht verwundet.«

Bernhard sah ihn streng und missbilligend an.

Der Burggraf verneigte sich und ließ Bernhard allein.

Graf Wiprecht war also, obwohl die Fürstenversammlung ihn damals zum Tode durch Enthauptung verurteilt hatte, die Strafe dann in eine dreijährige Haft auf der Burg Triefels umgewandelt worden war, wieder beim Hoftag des Kaisers zugegen. Mal sehen, wer von seinen Feinden noch dabei ist, dachte Bernhard, als er die Stufen hinunter in die reich mit Säulen und Bildern ausgestattete Halle ging.

Die Überraschung war denn doch groß. Die Erzfeinde des Kaisers, der aus Köln vertriebene Erzbischof Friedrich und alle die weltlichen Fürsten, gegen die Bernhard bei der Schlacht am Welfesholz gekämpft hatte, Herzog Lothar an der Spitze, umgaben den Kaiser und begrüßten Bernhard mit dem Bruderkuss.

Judaskuss, urteilte Bernhard. Wie lange diese Ehrerbietung und Treue gegenüber Heinrich wohl anhält?

Treue, dachte er hämisch. Treue, ein Fluch für den, der an sie glaubt.

»Das Festmahl ist bereitet«, verkündete der Burggraf feierlich.

Was soll es, stöhnte Bernhard innerlich und reichte Kaiserin Mathilde den Arm, die verloren abseits stand, während ihr Gatte sich um Herzog Lothars Wohlwollen bemühte.

Sie dankte ihm mit einem huldvollen Lächeln.

»Es war eine mutige Tat, dass Ihr als Statthalterin des Kaisers allein in Italien zurückgeblieben seid«, lobte er und bemerkte für sich, ihre Aufgabe besteht eigentlich darin, einen Thronfolger zu gebären, nicht einmal eine Tochter hatte sie in sechs Ehejahren zur Welt gebracht.

»Wir Fürsten sind Euch dankbar, dass auch Ihr ins Reich zurückgekehrt seid und Euren Gemahl begleitet. Wie man sieht, übt Eure Anwesenheit einen wohltuenden Einfluss sogar auf widerspenstige Fürsten aus«, begann Bernhard auf Deutsch ein Gespräch.

Stolz, wie einwandfrei sie die fremde Sprache beherrschte, antwortete Mathilde:

»Ich hoffe nur, dass sich auch die Verhältnisse in der Normandie verbessern. Mein Bruder Wilhelm ist dort, um Englands Rechte gegen den französischen König Ludwig geltend zu machen. Irgendwie habe ich Angst um ihn«, gestand die junge Frau ein. »Seid Ihr schon einmal mit dem Schiff über das Meer gefahren?«

»Vom Heiligen Land bis nach Italien, vor Jahren, nach der Eroberung von Jerusalem.«

»Dann kennt Ihr natürlich meinen Oheim, Herzog Robert von der Normandie.«

Bernhard nickte. Das Gespräch würde peinlich.

»Mein Vater hält ihn seit Jahren gefangen. Wisst Ihr davon? Ich fürchte, dass Gott ihm zürnt, denn mein Vaterbruder hat Jerusalem erobert und ist deswegen fast ein Heiliger.«

»Ihr dürft Eurem Vater nicht zürnen. Er wird seine Gründe haben.«

Sie schüttelte den Kopf.

»Wenn aber meinem Bruder Wilhelm etwas Übles geschieht, weil Gott meinen Vater treffen und bestrafen will. Wilhelm ist der einzige Sohn.«

Der einzige legitime, dachte Bernhard.

Um Gottes willen, Luitger – sein Sohn!

Welche Strafe Gottes würde ihn selbst ereilen? Und Alice, sie war schon gestraft – dennoch verzeihen konnte er ihr nicht. Nein.

Der mit Kerzen hell erleuchtete Festsaal war erreicht. Mathilde nahm neben ihrem Gemahl Platz, an ihrer Seite Erzbischof Friedrich. Bernhard empfand es als abstoßend, mit welcher Genugtuung Herzog Lothar den Ehrenplatz neben dem Kaiser innehatte. Mächtig wirkte er mit seiner stattlichen Natur, dem Vollbart und dem dichten Haar. Eine Herrschernatur – wie hatte ihn Heinrich nur damals, als er ihn zum Herzog erhoben hatte, für schwach halten können. Im Gegenteil, Lothar war niederträchtig bis ins Mark.

Der dachte gewiss niemals wie Alice an die kaiserlichen Leichen, deren verlorene Seelen über die Gräber irrten und schwirrten und zum ewigen Höllenfeuer verdammt waren.

Damals, als sie sich ständig um die Toten sorgte, musste ihre Krankheit begonnen haben. Niemals hatten sie darüber gesprochen, dass auch er im Kampf Menschen tötete. Nahm Alice dies fraglos hin, weil Kämpfen und Kriegführen die Aufgabe seines Adelsstandes war?

Von wegen Beschützer der Armen und Schwachen, dachte er erbittert.

Er blickte in die Runde, eine Gesellschaft von Verrätern. Für jeden Verrat opferten sie Menschen.

Bernhard nahm einen kräftigen Schluck Wein aus einem glänzenden Pokal.

Graf Wiprecht prostete ihm zu. Er sah ebenfalls stattlich aus in seinem Pelz, auch wenn die Haftjahre nicht spurlos an ihm vorübergegangen waren.

Dachte der jemals daran, dass sein Aufstand Menschenleben gekostet hatte? Erinnerte er sich jemals an die Wachen im Garten?

Was denke ich da? Was geht es mich an, ob die Treuebrüche jemals dem Gewissen zusetzen.

Die Tafel war überhäuft mit Pasteten, gebratenen Wachteln, Eintöpfen, gewürzt mit Ingwer und Safran, mit Wild, kandierten Früchten. Vor Bernhards Platz waren Fische kunstvoll drapiert: Aale, Lachse, Krebse, Forellen, Hechte …

Fisch, dachte Bernhard, dabei war noch nicht einmal Fastenzeit.

Bernhard betrachtete die Fische, die vor seinem Platz auf einer ovalen silbernen Platte fein nebeneinandergelegt waren. Wolfsbarsche, bleich, gräulich, mit Kopf und glasigen Augen. Er hatte

keinen rechten Appetit, Fisch war nicht gerade seine Lieblings-
speise.

Stumm und unschuldig schauen sie aus, leidend, fand er.

Einer der Wolfsbarsche hatte sein Mäulchen geöffnet wie zu
einem O.

Mit einem Mal sah er sich wieder an der Weißdornhecke stehen, hörte den Jüngling rufen:

Odo? Ist alles in Ordnung?

»Darf ich auftragen?«, fragte ein Diener.

»Welchen Fisch wünscht Ihr, Graf Bernhard?«

Bernhard deutete auf den Wolfsbarsch mit dem geöffneten
Mäulchen.

Um ihn herum wurde mit Genuss getafelt.

Graf Wiprecht lutschte das Auge eines Lachses aus.

Widerstrebend nahm Bernhard sein Messer.

Aber in dem Moment, in dem er den Kopf abtrennte, war es
ihm, als durchschnitte er die Kehle des Jünglings.

Bernhard legte sein Messer zur Seite.

Ihn schwindelte bei der Vorstellung, bei dem Entschluss.

War er richtig? War er durchzuhalten?

Ich werde niemals wieder töten.

～◈～

Bellend und kläffend hetzten die Jagdhunde den Hügel zur Burg
des Würzburger Bischofs hinauf, gefolgt von einer heiteren, von
der Jagd erfüllten, ein wenig ermüdeten Gesellschaft. Der Kaiser
hatte einen prachtvollen Hirsch erlegt, Kaiserin Mathilde diesem
mit Anmut als letzte Wegzehrung einen frischen grünen Eichen-
bruch in das Maul gesteckt. Nach einem ziemlich heißen Mai-
entag wehte gegen Abend ein feines Lüftchen vom Main zu den
Weinbergen am Hang.

Bernhard schaute über Rebstöcke, deren Laub und winzig
kleine grüne Blüten im abendlichen Licht aufglänzten. Wehmü-

tig überfiel es ihn, die säuberliche Ordnung der an Stöcke gehefteten Pflanzen erinnerte ihn an Alice, die mit ebensolcher Gewissenhaftigkeit sich ganz bestimmt um die Bestellung seiner Felder kümmerte. Pflichtbewusst hatte Alice gewiss dafür gesorgt, dass die Erde seiner Äcker nicht nur wie bisher durch den Hakenpflug aufgelockert wurde, sondern sie hatte auch den Räderpflug eingesetzt, den er im letzten Winter hatte bauen lassen. Alice hatte große Erwartungen auf dieses neuartige Gerät gesetzt.

Nein, an sie wollte er nicht denken und war froh, von Graf Berengar abgelenkt zu werden, der neben ihm ritt.

»Das war ein würdiger Abschluss eines heiklen Unternehmens«, bemerkte er. »Bis zum Schluss habe ich gezweifelt, ob Kaiser Heinrich die dem Bischof Erlung entzogene richterliche Gewalt über Würzburg zurückerstatten würde. Schließlich hat Bischof Erlung den Kaiser verraten, als dessen Gesandter wurde er zur Synode nach Köln geschickt, danach weigerte er sich, mit einem Exkommunizierten Gemeinschaft zu pflegen. Mit dem größten Feind des Kaisers, Erzbischof Adalbert, hat er gemeinsame Sache gemacht und die vom Erzbischof der Stadt Mainz unrechtmäßig erteilten Privilegien unterfertigt. Das ist kein geringes Vergehen.«

»Der Verrat ist vergessen, Bischof Erlung dem Kaiser wieder treu ergeben«, bemerkte Bernhard.

»Ich glaube, die Versöhnung haben wir vor allem Euch und Eurem wohlmeinenden Rat an die junge Kaiserin Mathilde zu verdanken. Sie war es wohl letztendlich, die ihren Gemahl umgestimmt hat.«

»Habt Dank für die Ehre«, erwiderte Bernhard, »die mir allerdings so nicht zukommt. Drei Bischöfe, der Abt von Fulda und noch dazu die ganze Geistlichkeit, das Volk von Würzburg haben gemeinsam gewirkt, dass Bischof Erlung wieder in die Huld des Kaisers aufgenommen wurde. Mein Anteil daran ist gering.«

»Aber nicht unerheblich«, schloss Graf Berengar die Unterhaltung, denn die massige Festung Marienburg war erreicht. Im

Burghof saßen sie ab, erwartet von Bischof Erlung, der, an Elephantiasis leidend, mit seinen übermäßig geschwollenen Beinen kaum stehen konnte und es vorgezogen hatte, nicht an dem Jagdvergnügen teilzunehmen.

»Graf Bernhard!«, rief jemand. Bernhard sah einen Boten von der gedrungenen Marienkirche auf sich zukommen. Er verneigte sich und übergab Bernhard ein Schreiben. Ein flüchtiger Blick sagte genug. Es war von Alice. Seit Monaten der erste Brief, wie auch er stets nur an seinen Burggrafen geschrieben hatte.

Bernhard wurde flau im Magen, ohne es zu wollen war er aufgeregt. Er bedeutete Graf Berengar, er werde nachkommen.

Lärm und Menschen um ihn herum: Hunde, Pferde, Jäger, Spießträger, Knechte, Mägde, Wagen, auf denen das Wild zur Burg und Küche geschafft wurde, einige Adelige, die noch herumstanden und sich unterhielten. Er bräuchte und suchte einen ruhigen Ort.

Bernhard stieg hinauf auf die Burgmauer, kurz nahm ihn der Blick gefangen, die Weinberge, unten im Tal der Main, der Hafen der Stadt Würzburg, die Häuser, von denen etliche sogar aus Stein waren.

Dann der Brief. Er war noch aufgeregter, als er das Pergament entfaltete.

Graf Bernhard von Baerheim / Alice
  Gott zum Gruße
  Von Ritter Martin erfuhr ich, dass Kaiser Heinrich sich nach Würzburg begeben wird, um Bischof Erlung seine richterlichen Befugnisse zurückzuerstatten. So vermute und hoffe ich, dass dieses Schreiben Euch erreicht.
  Die Ereignisse auf der Burg nötigen mich, Euch zu schreiben. Lucia ist tot.
  Sie ist gestern gestorben und vor wenigen Stunden auf dem Gottesacker vor der Burgkapelle begraben. Gott sei ihrer Seele gnädig.

Die Umstände ihres Todes sind dergestalt, dass Ihr davon Kenntnis haben solltet.

Lucia hat dem Priester ihre Sünden gebeichtet und die letzte Wegzehrung erhalten.

Zuvor jedoch hat mich die Sterbende an ihr Lager. Zerrüttet, jedoch ohne zu schluchzen, hat sie gestanden, jahrelang Euch und mich im Auftrag von Salome bespitzelt zu haben, auch in der Zeit, als Salome noch Eure Gattin war. Lucia hat allerdings nichts Rechtes herausbekommen können, so dass Salome auf Vermutungen angewiesen war.

Verständlicherweise hat mich Salome verabscheut, gehasst hat sie Leyla. Lucia hat mir versichert, geschworen, sie habe geglaubt, dass Leyla eine gefährliche Heidin sei, die niemals eine Christin werden könne und deswegen vernichtet werden müsse. Leider habe sie den Brief wie alle Schreiben Salomes sofort verbrannt, aber Salome, die Äbtissin Salome, habe ihr befohlen, Leyla zu vernichten.

Bernhard sah auf, wütend, zornig: Ich bringe sie um!

Lies weiter, mahnte er sich.

Lucia gestand, dass Kaspar und sie den Plan gefasst hätten, Leyla und Euch gleichzeitig zu verletzen, zu treffen, für immer zu verwunden.

Kaspar, den bringe ich auch um. Ich töte beide!

Tue ich nicht.

Das ist jedoch nicht der eigentliche Grund meines Schreibens.

Lucia war schwanger und ist an ihrer Schwangerschaft gestorben. Sie hatte heftige Schmerzen im Unterleib, als würde es sie zerreißen, als würde sie platzen, begleitet von hohem Fieber.

Sie war jedoch nicht von irgendjemandem geschwängert worden.

Luitger hat es getan.

Vor der Hochzeit war er einige Male bei ihr, allein zu dem Zweck, mit ihr zu schlafen. Lucia vermutet, dass er, nachdem er mit ihr Erfahrungen gesammelt hatte, auch zu der jungen Magd

*Veronica gegangen ist und sicherlich keinen Korb erhalten hat.
Ich habe mir Veronica darauf genau angesehen. Sie wirkt nicht
mehr so fröhlich wie zuvor, hat jedoch nicht den Gesichtsausdruck der Schwangeren.*

*Ansonsten teile ich Euch mit, die Saat ist eingebracht. Der neue
Pflug ist eine wirkliche Erleichterung und gräbt die Erde um, statt
sie nur aufzureißen. Das verspricht eine gute Ernte, wenn nicht
ein Unwetter sie vernichtet. Die Bauern prophezeien für dieses
Jahr 1120 eine schreckliche Naturkatastrophe. Sie fürchten eine
Strafe Gottes, weil der Kaiser sich nicht mit dem Papst ausgesöhnt hat und vom Papst verflucht ist. Wie soll Gott gnädig auf
ein Land herabblicken, in dem der Herrscher und mit ihm sein
Volk gebannt ist?*

*Meine Bitte an Euch: Wirkt auf den Kaiser ein, dass er die
Aussöhnung mit dem Papst suche, damit dieses zerrissene Land
endlich Frieden findet.*

Grüße

Bernhard ließ fassungslos den Brief sinken.

Sein Sohn hatte Lucia geschwängert!

Und Alice war mit ihrem Herzeleid, mit ihrem Gram allein.

Kein Wort der Vertrautheit.

»Ah, hier seid Ihr«, wurde Bernhard angesprochen.

Bernhard zuckte zusammen. Bischof Hermann von Augsburg, Luitgers falscher Vaterbruder. Auch er war wieder zu seinen Würden gelangt trotz der Nähe zu einer verheirateten Frau.
Dass er zu leben weiß, sieht man ihm an, fand Bernhard und war
angewidert. Was wiederum keinen rechten Sinn machte, schließlich war Luitger mit ihm gar nicht verwandt.

»Ein schöner Abend«, begann Bischof Hermann und blickte
hinunter zum Main.

»Die Hochzeit Luitgers mit Eurer Tochter Giselinde war ein
überwältigend prächtiges Fest.

Luitger hat mir sehr gut gefallen, wie er sich entwickelt. Ich kann es jetzt schon erkennen, Luitger wird ein außerordentlich zielstrebiger, starker Mann, genauso wie sein Vater Udalrich Vielreich. Die Ähnlichkeit ist erstaunlich und äußerst erfreulich. Ihn möchte ich nicht zum Feind haben.«

Bernhard quetschte sich ein Lächeln ab und dachte:

Ich halte es nicht mehr aus. Auch Alice hält es nicht mehr aus. Was soll mein Vorwurf? Richtig, sie hat mir verschwiegen, dass Luitger mein Sohn ist. Sie hatte Gründe, wichtige Gründe. Ihr zu zürnen, ist kleinlicher Irrwitz. Diesen Sohn müssen wir gemeinsam ertragen.

Ich muss zu ihr und so bald nicht wieder fort.

~◎~

Bernhard lächelte Alice zu, während er ihr in den Pelzmantel half und dabei sanft ihr Ohrgehänge berührte, dass die Glöckchen und Perlen leicht aneinanderstießen und einen leisen, feinen Ton ergaben, wie auch sie ihm glücklich zulächelte. Kaiserin Mathilde stand königlich dabei und beobachtete durchaus wohlwollend den kurzen Vorgang. Kaiser Heinrich erschien zügigen Schritts in der Halle und mahnte zum Aufbruch. Alice beugte ihr Haupt, senkte die Knie und dann begab sich die kleine Gesellschaft hinaus auf den Burghof, wo die Pferde bereitstanden. Bernhard half Alice in den Sattel, wie auch Heinrich seiner Gemahlin diesen Dienst erwies. Alice fühlte sich geehrt, wenn ihr auch nicht ganz deutlich war, warum Mathilde es wünschte, dass Alice sie zum Kloster des Abtes begleitete. Sie schob den Gedanken beiseite, während sie aus dem Burghof über die Brücke ins Freie hinausritten. Sonnig umfing sie ein erster Frühlingstag. Zwischen den Schneeinseln wuchsen weiße Märzbecher und lila leuchtende Frühlingslichtblumen, die Alice besonders mochte. Im leichten Trab ging es zum Bergkamm hinauf, Bernhard mit Kaiser Heinrich voran.

Allerdings bot sich kaum Gelegenheit, den schönen Frühlingstag in sich aufzunehmen, die kalte, abweisende Miene der

Kaiserin ließ in Alice die Freude ersticken. Woher die Veränderung, was hatte sie falsch gemacht und warum wünschte Mathilde ihre Gesellschaft, wenn sie nur stumm nebeneinanderritten? Ansprechen dürfte Alice die Kaiserin nicht. Also ... was sollte das? Wahrscheinlich ein Laune oder nicht?

Alice warf der Frau neben sich einen Blick zu, anmutig war sie, Kaiser Heinrichs Chronist Ekkehard von Aura hatte nicht geschmeichelt, als er anlässlich ihrer Hochzeit Mathildes Schönheit, ihre adeligen Sitten, ihre hochedle Abstammung gerühmt hatte. Das alles, was er an Mathilde gepriesen hatte, verkörperte sie, so fand Alice. Mathilde war eine vollendete Kaiserin, mit acht Jahren zur Königin gekrönt, seit ihrem elften Lebensjahr Jahr Gemahlin des Kaisers. Gewiss war Mathilde stolz und genoss es, die höchste Frau des Abendlandes zu sein, und dennoch, so wurde Alice bewusst, ritt neben ihr eine junge Frau von 19 Jahren.

Alice überlegte, wie war sie selbst mit 19? Arm zurückgekehrt nach Passau, wurde sie verhöhnt und verachtet um Leylas willen, gemieden, ja ausgeschlossen aus dem Kreis ihrer früheren Freundinnen.

Einsam war sie.

Und genau darin mochte die Ähnlichkeit bestehen. Einsam war Mathilde. Ohne einen bleibenden Sitz, von dem die Herrschaft ausgeübt wurde, ständig unterwegs von Ort zu Ort, von Pfalz zu Pfalz, umgeben von Bischöfen, Äbten und weltlichen Fürsten, jedoch von keiner Frau, der sie sich hätte anvertrauen können. Die Frauen, so überlegte Alice, mit denen Mathilde zu tun hatte, waren ihre Dienerinnen, zu denen sie Abstand bewahren musste. Oder aber es waren die Fürstinnen, denen Mathilde nicht vertrauen durfte, weil ihre Männer ständig die Seiten wechseln und dem Kaiser in den Rücken fallen konnten. Zudem waren sie miteinander verwandt, verbündet oder befreundet, so dass jedes vertrauliche Wort im Reich die Runde machen würde. Verschwiegenheit und Einsamkeit waren der Preis, den Mathilde zu zahlen hatte.

Möglicherweise suchte Mathilde ihre Begleitung, so überlegte Alice weiter, weil sie außerhalb des Adelskreises stand, eine unabhängige Stellung innehatte. Sie war keine Hörige, keine Dienerin, keine Geliebte, auch wenn sie geliebt wurde, sie war Bernhards Gefährtin, die Verwalterin seiner Grafschaft während seiner vielen Abwesenheiten, sie war eine Kreuzfahrerin, und zwar vom ersten siegreichen Kreuzzug, und als solche geehrt.

Mathilde mochte Ähnliches gedacht haben, denn sie wandte sich jetzt, da sie vom Bergkamm einen weiten Blick über die Donau hatten, an Alice:

»Ich hörte, Ihr gehörtet zum Pilgerzug, der Jerusalem erobert hat. Wie kam es, dass Ihr das Kreuz genommen habt?«

Alice vernahm mit Erstaunen, dass die Kaiserin sie nicht duzte, Bernhard musste für ihren Ruf gesorgt haben.

»Es war mein Vater, der sich zur Teilnahme am Kreuzzug um seines Seelenheils willen entschloss. Er war ein reicher, freier Kaufmann aus Passau. Ich selbst habe mir vorgestellt, wie lange es dauert, von ihm Nachricht zu erhalten, die dann wieder veraltet ist. Aus der Sorge wäre ich gar nicht wieder herausgekommen. So bin ich stattdessen gleich mitgezogen.«

»Wolltet Ihr denn nicht lieber daheimbleiben und heiraten?«

Alice schwieg verlegen und zupfte an einer widerspenstigen Locke, die unter ihrem leichten Tuch hervorlugte. Unmöglich konnte sie Mathilde sagen, dass sie nicht mit einem fremden Mann die Ehe vor aller Augen vollziehen wollte. Öffentlicher als bei Mathilde konnte es nicht gewesen sein.

»Schon gut«, meinte Mathilde. »Wie ist es Euch auf dem Kreuzzug ergangen? Man sagt, dass sich mehr als 60.000 Menschen auf den Weg ins Heilige Land aufmachten und nur wenige Jerusalem erreicht haben.«

»Mein Vater ist bereits in Konstantinopel ums Leben gekommen«, erklärte Alice und bekreuzigte sich, erleichtert, nicht weiter über frühere Eheabsichten sprechen zu müssen.

»Nach dem Tod Eures Vaters seid Ihr nicht umgekehrt, da seid Ihr weiter ins feindliche Gebiet gezogen – ohne Schutz?«

»Schutz hatte ich durchaus«, erwiderte Alice und nickte nach vorn zu Bernhard.

»Ich verstehe«, sagte Mathilde etwas spitz.

Nichts verstehst du, dachte Alice. Drei Jahre Kämpfe, Schlachten, Hunger, Hitze, Wüste, kein Wasser, dann Kälte, wochenlang Regen, Entbehrungen ohne Ende.

»Einen wirklichen, immer währenden Schutz gibt es auf der Pilgerfahrt nach Jerusalem nicht. Bei der Schlacht bei Doryläon mussten wir Frauen aus dem Lager heraus und unseren kämpfenden Männern Wasser bringen. Später wurde das Lager überfallen und ich wurde geraubt.«

»Hat Graf Bernhard Euch befreit?«

Alice schüttelte den Kopf.

»Ich mich selbst. Ich wollte auf keinen Fall auf dem Sklavenmarkt verkauft werden.«

Alice wunderte sich, dass Mathilde nicht genauer nachfragte. Es war, als ringe sie mit sich, ob sie sich Alice öffnen dürfe.

»War Euer Vater der einzige Mensch, den Ihr auf der weiten Pilgerreise verloren habt?«, begann sie vorsichtig.

»Nein. Ich hatte eine Freundin, Theresa, sie wurde gefangengenommen, vergewaltigt und auf der Befestigungsmauer von Antiochia vor unser aller Augen geköpft.«

»Schrecklich!«

»Ja.« Alice verstummte, überwand sich. Möglicherweise wollte, wünschte Mathilde ein ehrliches Wort.

»Ich – wir hatten einen Sohn, Hanno. Er wurde kurz vor der Eroberung Jerusalems bei einem Überfall ermordet.«

Mathilde sah sie groß an.

»Das ist das Furchtbare. Kurz vorm Ziel ist alles verloren«, sagte Mathilde mehr zu sich als zu Alice. Dann schwieg sie und auch Alice sagte nichts. Sie fühlte sich ziemlich unbehaglich und blickte zu Bernhard und Kaiser Heinrich, die in einiger Entfernung vor ihnen herritten und sich lebhaft unterhielten. Bernhard deutete auf ein Feld und Alice dachte, wahrscheinlich erzählt er etwas über den neuen Räderpflug und Erträge. Leider hatte der schwere Hagelschlag kurz vor der Erntezeit das Korn fast gänzlich vernichtet. Um das Elend nicht noch durch Krieg zu vergrößern, hatten die sächsischen Fürsten beschlossen, sich nicht gegenseitig zu befehden, andere allerdings. Auf traurige Weise waren es die Bauern zufrieden, dass sie recht behalten hatten, die Hungersnot war eine Strafe Gottes.

Mathilde schien ähnlichen Gedanken nachzugehen, denn unvermittelt fragte sie:

»Glaubt Ihr, dass Gott uns für unsere Sünden schon auf Erden straft?«

Darüber wollte Mathilde mit ihr sprechen, als sie ihre Gesellschaft wünschte. Was sollte sie einer Kaiserin auf diese Frage antworten?

»Ihr schweigt, daraus schließe ich, dass Ihr in der Tat meint, Gott bestraft uns für unsere Sünden, und zwar schon heute.«

»Wie und wofür könnte Gott Euch strafen? Ihr habt immer Gutes bewirkt. Schon gleich bei Eurer Ankunft aus England, schon als ganz junge Braut habt Ihr Euch für die Versöhnung des Königs mit Herzog Gottfried von Niederlothringen eingesetzt. Und auch jetzt wirkt Ihr auf Ausgleich, Vertrauen und friedliche Einigung hin.«

Beinahe hätte Alice noch hinzugefügt: ›Ihr seid eine Herrscherin, wie jedes Volk sie sich wünscht, edel, mildtätig und fromm.‹ Aber es schien ihr, dass Mathilde keinerlei Schmeichelei bedurfte.

»vrou Alice, Ihr habt viel Jammer und Leid gesehen, Kranke, Tote, Verstümmelte. Ihr habt auch selbst Pein erfahren, sagt, meint Ihr, dass Gott uns nicht nur für unsere eigenen Sünden bestraft, sondern auch für die Sünden anderer, derer, die uns nahestehen?«

»Gottes Ratschluss ist uns verborgen«, antwortete Alice.

»Ich will mich genauer ausdrücken«, beharrte Mathilde. »Ihr habt sicher gehört, dass mein Bruder Wilhelm im letzten November bei einem Schiffsunglück ums Leben gekommen ist.«

Alice nickte: »Ich habe von dem schrecklichen Untergang der Blanche-Nef gehört. Auch, dass Euer Bruder und seine Gefolgsleute um Hilfe gerufen, aber niemand darauf geachtet hat. Man wusste, dass an die Schiffsbesatzung Wein ausgeteilt worden war und die Überfahrt nach England lustig werden sollte. Der alte Steuermann konnte sich noch retten, hat sich dann allerdings ins Meer gestürzt, als er sah, dass Euer Bruder sowie alle anderen jungen Adeligen ertrunken waren. Es gibt nur einen Überlebenden.«

»Der nicht mein Bruder ist. Wilhelm war der Thronfolger, der einzige. Er war die Hoffnung Englands, die Hoffnung meines Vaters. Nun frage ich mich und Euch: Ist der Tod meines Bruders die Strafe Gottes dafür, dass mein Vater seinem eigenen Bruder Robert den englischen Thron weggenommen hat, obwohl Robert als ältester Sohn Wilhelm des Eroberers ein Anrecht darauf hätte? Nicht genug damit: Seit 1106, seit 15 Jahren, hält mein Vater Robert gefangen, obwohl Robert keine Gefahr mehr für ihn darstellt und auf die englische Krone verzichtet hat. Mein Vater hat dazu noch die Normandie, das Herzogtum Roberts, in Englands Besitz gebracht und Robert weggenommen.«

»Nun ja«, erwiderte Alice. »Ich kann das natürlich nicht so beurteilen. Aber bisweilen hatte ich während des Kreuzzuges den Eindruck, dass Herzog Robert zwar ein ausgezeichneter Kämpfer war, aber durchaus auch das Leben zu schätzen wusste.«

»Herzog Robert ist, das muss ich zugeben, nicht sehr geeignet für den Thron und hat allerlei Unfug getrieben, dazu in seinem Herzogtum, der Normandie, schlecht gewirtschaftet und sich den Unmut der Barone zugezogen. Ist das ein Grund, seinen eigenen Bruder einzusperren? Sagt nicht unser Herr Jesus Christus, dass man erst dann zum Altar gehen darf, wenn man sich mit seinem Bruder versöhnt hat?«

»Es wird erzählt, Herzog Robert habe einen schweren Frevel begangen, als er eine Heilige Messe besuchen wollte.«

»Jeder Klatsch breitet sich im gesamten Abendland aus«, klagte Mathilde.

»Was habt Ihr gehört?«

Alice war verlegen. Der Ausritt mit Mathilde missbehagte ihr. Sie blickte hinunter zur Donau, sehnte sich nach Weite, einfach mit Bernhard durch den Frühling zu reiten, über die noch brachliegenden Felder, durch den Wald, der die Burg wie ein breites, schützendes Band umgab, oder nach Passau zu Martin und Katharina.

»Es heißt«, Alice räusperte sich. »Es heißt also, dass Herzog Robert die Nacht vor Ostern, ein Jahr, bevor er gefangen genommen wurde, mit Huren und Spielleuten verbracht habe und so sehr betrunken war, dass seine Freunde, wirkliche Freunde waren es wohl nicht, ihm die Kleider gestohlen haben, so dass er nicht die Messe besuchen konnte.«

»Das ist wohl wahr. Aber bestraft Gott ein liederliches Verhalten und einen unterbliebenen Messebesuch mit lebenslanger Haft? Sicher wird mein Vater Robert niemals wieder freilassen. Der Teufel hat meinem Vater die Sünde gegen seinen Bruder eingegeben und Gott hat ihn gestraft, indem er ihm seinen Sohn nahm. Wilhelm war erst 18, ein Jahr jünger als ich.«

»Vielleicht noch eines«, gab Alice zu bedenken. »Es war doch so, dass es eine fröhliche Fahrt werden sollte, dass viel Wein auf dem Schiff ausgeschenkt wurde. Möglicherweise war es gar nicht Gottes Wille, Euren Vater zu strafen, sondern eine Unvorsichtigkeit, ein schrecklicher Unfall.«

»Wenn es bloß so wäre«, erwiderte Mathilde und Alice merkte, dass die Kaiserin ihrer Deutung kein Gehör in ihren Vorstellungen schenken würde.

Mathilde hielt sich krampfhaft an ihrem Zügel fest. Sie war todernst, leidend und wirkte trotz ihrer Jugend alt.

»Seht mich an, was denkt Ihr über mich?«

»Ich bin ratlos. Ihr seid schön und huldvoll, Ihr seid die Kaiserin, das denke ich.«

»Nur das? Wirklich nur das? Oder denkt Ihr nicht das, was alle hinter meinem Rücken reden: Sie bekommt kein Kind, keinen Thronfolger. Seit Januar 1114 bin ich verheiratet und wir schreiben nun schon März 1121. Seit etwas mehr als sieben Jahren bin ich meinem Gatten ehelich verbunden und noch kein Mal schwanger geworden. Meine Hofdamen, ich weiß es genau, untersuchen meine Wäsche. Sie tuscheln, zumindest stellen sie ihre Betrachtungen an. Jede Frau im Reich weiß, dass ich, die Kaiserin, unfruchtbar bin. Wohin ich komme, betrachtet man mich entweder mit Mitleid oder mit Schadenfreude. In den Augen der Menschen habe ich versagt, jede leibeigene Bäuerin leistet mehr mit ihren sechs oder sieben oder noch mehr Kindern.

Wisst Ihr, was Suger, der Gesandte des französischen Königs in Rom und sein engster Vertrauter, behauptet? Ich bekäme kein Kind, weil mein Gatte seinen Vater, Kaiser Heinrich IV., verraten hätte. Meine Unfruchtbarkeit sei die Strafe Gottes gegen das vierte Gebot: Du sollst deinen Vater und deine Mutter ehren. Aber damals, als mein Gatte seinen Vater in Fritzlar verließ, als der Aufstand begann, da war ich selbst erst zwei Jahre alt. Und dennoch verfolgt mich Gottes Fluch.«

Bei dem Wort Fluch zuckte Alice unmerklich zusammen.

Es überkam sie eine Unsicherheit und Bangigkeit. Lag nicht auch über ihrem Leben ein Fluch? War es nicht so, wie Bernhard vor vielen Jahren behauptet hatte, der Abt, damals nichts als der jüngere Bruder ihres Vaters, hatte über dem Brautbett ihrer Mutter ihre Familie für alle Zeiten verflucht?

Ihre Mutter war vergiftet, ihr Handelshaus vom Hochwasser heimgesucht, ihr Vater von Betrügern in Ungarn um sein letztes Geld gebracht. Zum Krüppel geschlagen, hatte er Selbstmord begangen. Und sie selbst? Eine Waise, ihre Freundin Theresa hingerichtet, Hanno vor ihren Augen geköpft, sie selbst über Jahre der Schande preisgegeben, Leyla fortgetrieben und nun noch die verabscheuungswürdigste Tat, die Todsünde, der Inzest. Selbst wenn der Abt den Fluch bereute, so war es möglich, dass er wie ein Dämon über ihr hing und alle in die Tiefe zog, die sie liebte. Auch Bernhard?

Nein, es war kein Fluch, verbesserte sich Alice, jeder aus ihrer Familie hatte gesündigt, es war eine unaufhaltsame Kette von Freveln und Vergehen.

Ihre Mutter hatte gesündigt, indem sie nicht ihrer Liebe gefolgt war, sondern stattdessen den reichen Kaufmann, Alice' Vater, geheiratet hatte, von dessen Magd sie getötet wurde, denn ihr Vater hatte die Magd mehr begehrt als seine eigene Frau. Beim Plündern während des Kreuzzuges wurde er zum Krüppel geschlagen.

Sie selbst war, Alice stieg die Scham ins Gesicht, obwohl als Pilgerin im geweihten Stand, während des Kreuzzuges unkeusch gewesen, sogar noch im Anblick der heiligen Stadt Jerusalem. Kurz darauf wurde Hanno getötet. Leyla aber hätte sie nicht mit Bernhard zusammenbringen dürfen, schon gar nicht nach Leylas leidenschaftlichem Bekenntnis, so stelle sie sich einen Ritter vor. Niemals aber hätte sie nach dem Zweikampf mit Bernhard schlafen dürfen. Wenn sie aber schon Luitger empfangen hatte, so hätte sie keinen Tag länger auf Bernhards Burg verweilen dürfen, als es zum Stillen des Kindes unbedingt notwendig war. Bernhard hätte nicht nochmals die Ehe gebrochen. Aber der Inzest! Sie hätte Bernhard die Wahrheit sagen müssen. Warum hatte sie es nicht getan, Bernhard nicht vertraut? Weil sie zum Zeitpunkt der Verlobung überhaupt nicht mit ihm sprach, er ihr um seiner Ehe willen gänzlich aus dem Wege ging, sie, obwohl so eng auf seiner Burg, ganz und gar getrennt voneinander lebten. Nach der Verlobung war es zu spät. Eine Verlobung war wie eine Heirat, redete sie sich ein, um die Schuld ein wenig zu mildern.

Nein, erhob sich in Alice der Widerspruch. Vor Gott durfte sie ihre Verfehlungen, ihre Sünde nicht zu mindern suchen, sie hatte sich mehr und mehr darin verstrickt. Es gab kein Entkommen – weder für sie selbst noch für Bernhard. Sie hatte ihr Leben verfehlt.

Wie würde Gott sie strafen?

»Es ist mir bewusst«, sagte Mathilde und blickte Alice freundlich an, »Ihr könnt mir auf meine Fragen keine Antwort geben. Ich muss mich Gottes Ratschluss fügen.«

Sie gab ihrem Pferd die Sporen und folgte im zügigen Trab ihrem Gemahl und Bernhard.

Dann zügelte sie mit einem Male ihr Pferd und ritt so weit von den voranreitenden Männern entfernt, dass Alice und Mathilde die beiden kaum noch erkennen konnten, bis sie ganz aus dem Blickfeld verschwunden waren.

»Diesen Weg sind sie geritten«, sagte Alice und deutete auf einen schmalen, dicht von Farn bewachsenen Pfad. »Hier geht es hinunter zur Donau.«

Die Kaiserin ritt voran, obwohl sie den Weg nicht kannte. Sie hörten einen Reiter den Abhang hinaufkommen. Hinter einer Wegbiegung tauchte Bernhard auf. Er neigte leicht den Kopf vor Mathilde, grüßte ehrerbietig: »Majestät.«

Dann aber ritt er an der Kaiserin vorbei durch das hohe Farnkraut zu Alice, lächelte und sagte:

»Der Bote hat unser Kommen angekündigt. Eures Vaters Bruder, Abt Johannes von Lichtenfels, heißt Euch willkommen und dankt«, hier wandte er sich wieder zu Mathilde, »für die außerordentliche Ehre Eures Besuches.«

Achtungsvoll reihte er sich hinter Alice ein. Hinter dem Tannengehölz und dichten Brombeersträuchern preschte plötzlich Kaiser Heinrich hervor.

»Habt Ihr Euch erschrocken?«, fragte er seine Gattin. »Es sollte ein kleiner Scherz sein in Zeiten, die so wenig zum Scherzen sind.«

Bernhard ritt ganz dicht an Alice heran und raunte ihr zu:

»Ihr seht wunderschön aus, Alice, wunderschön.«

Mit einem Male veränderte sich für Alice alles.

Sie hatten das Floß erreicht, waren abgesessen. Der Fährmann mit seinem Knecht hatte die Pferde auf das schaukelnde, wacklige Gefährt geführt.

Bernhard unterhielt sich mit Kaiser Heinrich und Mathilde über die Notwendigkeit, Brücken zu bauen.

Alice war beglückt in sich versunken.

Liebe, empfand sie, die Liebe zu Bernhard war es, der sie in ihrem Leben wie einem Himmelszeichen gefolgt war. Glaube, Liebe, Hoffnung, die christlichen Tugenden. Am größten aber ist, so sagt der Heilige Apostel Paulus, am größten ist die Liebe.

Liebe war es, was Gott ihr geschenkt hatte. Zu lieben und geliebt zu werden. Es war keine Sünde, es war Gottes Liebe zu ihr, eine so unabdingbare Liebe ihr zu schenken.

Sie war glücklich und Bernhard reichte ihr die Hand, um ihr vom Floß auf das Land zu helfen. Alice nahm es nicht als Geste, sondern als ewiges Band.

»Glaube, Liebe, Hoffnung«, sagte sie zu Kaiserin Mathilde, als sie weiterritten. »Das ist es, was Gott von uns begehrt. Am größten ist die Liebe. Jesus Christus sagt, was Liebe ist:

›Du sollst Gott lieben von ganzem Herzen und deinen Nächsten wie dich selbst.‹

Wenn wir das befolgen, dann wird Gott uns gnädig sein.«

»Das ist Eure Antwort auf meine Frage?«

»Ihr seid die Kaiserin. Ihr könnt Eurem Volk Liebe schenken.«

Die Mittagssonne blendete sie und sie mussten blinzeln, um den einzelnen Reiter zu erkennen, der den Hügel hinabsprengte. Beim Näherkommen erkannte Alice ihn: Es war der Abt. Zu ihrer Verwunderung ritt er statt seines schwarzen Hengstes einen Schimmel, dessen Fell im Licht glänzte. Im scharfen Kontrast zu seinem herrlichen Pferd trug er eine schwarze Kutte aus grober Wolle und hatte auf jedes Zeichen seiner Würde verzichtet. Auf dem Gesicht des Kaisers zeigte sich denn auch Unwillen ob eines so ungebührlichen Empfangs. Es schien Alice, als erwäge er, auf der Stelle wieder umzukehren. Der Abt war an die Gruppe herangeritten und saß ab.

»Kaiserin Mathilde, Kaiser Heinrich«, wandte er sich an das hohe Paar und neigte das Haupt.

»Im Namen des Vaters, des Sohnes und des Heiligen Geistes grüße ich Euch.

Ich – ein Knecht Jesu Christi.«

Ebenfalls an Bernhard und Alice gerichtet, sagte er:

»Graf Bernhard, niftele Alice. Seid willkommen. Gelobt sei Jesus Christus.«

»In Ewigkeit, Amen«, erfolgte die Antwort, vom Kaiser allerdings sehr leise, wie Alice vermerkte.

»Euer Bote hat mir übermittelt«, fuhr der Abt unbeirrt fort und blickte dabei Heinrich an, »dass Ihr während Eures Aufenthaltes in Baiern mein Kloster mit Eurem Erscheinen beehren wollt und ein Gespräch im kleinsten Kreise wünscht. Auf eine Begrüßung durch den Konvent legt Ihr keinen Wert.«

Der Kaiser äußerte sich nicht dazu, nickte jedoch kurz zustimmend. Er war offenbar erleichtert, dass der Abt sein Ansinnen richtig verstanden hatte und die heikle Entscheidung des Konvents, ob ein Exkommunizierter zu empfangen sei, selbst wenn es der Kaiser war, umgangen hatte. Dann lächelte der Abt verbindlich: »Das Mahl ist bei Eurer Ankunft bereitet. Es ist mir eine außerordentliche Freude, Euch als meine Gäste bewirten zu dürfen.«

Mit dem Kaiser und Kaiserin Mathilde ritt der Abt voran, so dass Alice und Bernhard Gelegenheit hatten, miteinander leise zu sprechen.

»Knecht Jesu Christi«, bemerkte Bernhard, »hätte sein Prior Philipp das gehört, er hätte es sofort als Verrat an der Kirche Papst Calixtus hinterbracht. Er wird dem Papst ohnehin unverzüglich die Nachricht zukommen lassen, Abt Johannes habe Kaiser Heinrich empfangen. Einen vom Papst Verfluchten!«

»Das sagt Ihr über Euren Verwandten? Ich kenne da noch ganz andere Töne«, wunderte sich Alice.

Bernhard zuckte leichthin die Achseln.

Einen Augenblick ritten sie, jeder in Gedanken, nebeneinanderher.

Mit Blick auf den Kaiser setzte Bernhard das Gespräch fort: »Heinrich hat anscheinend seine entrüstete Haltung aufgegeben.

Ihm ist wahrscheinlich deutlich geworden, dass ›Knecht Jesu Christi‹ ein Hoheitstitel ist.«

»Der höchstmögliche. Der Apostel Paulus hat sich als solchen bezeichnet«, fügte Alice hinzu, erleichtert, nicht die schlechte Laune des Kaisers ertragen zu müssen, vor der ihr bange war, auch wenn sie bisher fast weniger als keine Gelegenheit hatte, diese erdulden zu müssen.

Vorbei an Feldern, auf denen der Winterweizen schon einen grünen Halm zeigte, durch einen Buchen- und Tannenwald ging es im schnellen Trab, bis sie der hohen Klostermauer, überragt von den wuchtigen Türmen der Abteikirche, auf einer Anhöhe ansichtig wurden.

Alice war bewegt, noch niemals war sie ohne Leyla hier im Kloster gewesen. Sie dachte an jene Heilige Nacht vor vielen Jahren, 22 mussten es nun sein, o Gott, dann war Leyla schon weit über 20 Jahre alt, als sie arm, frierend, hungrig, ausgestoßen, nach dem langen Weg über die Alpen und durch den Winter erschöpft mit dem Kind die Klosterpforte erreicht hatte. Heute ritt sie zusammen mit der Kaiserin und dem Kaiser, vor allem gemeinsam mit Bernhard in den Hof des Klosters hinein. War sie deswegen stolz, fühlte sie sich erhöht? Damals hatte sie geglaubt, ihr Unglück, ihre Niedrigkeit könnten nicht größer sein. Heute, so wurde ihr bewusst, war das Leben anders, aber ohne Leyla nicht besser. Oder doch?

An der Gesindekammer und den Ställen vorbei, ritten sie auf die wuchtige Abteikirche zu, bogen nach links und gelangten zu der mit Reet gedeckten Herberge, wo Pilger und Kranke sich drängten. Gesicht, Hals und Arme durch Geschwüre entstellt, mit offenen Beinen und Füßen erheischten die Notleidenden Erbarmen.

Frauen und Männer fielen auf die Knie, einige senkten das Haupt bis auf den aufgeweichten Boden. Der Kaiser wollte vorbeireiten. Doch eine Frau rief und streckte die Hände nach der Herrscherin aus:

»For goodness sake, queen Mathilde.«

Mathilde stutzte, hielt an, sah über die Menge hinweg,

bemerkte die junge Frau, deren hübsches Gesicht blutige, eitrige Furunkel verunstalteten.

Gespannt, lauernd richteten sich alle Augen auf die Kaiserin.

Alice beobachtete, wie Mathilde zauderte, bleich wurde, ein Würgen unterdrückte, wie sie mit sich rang. Wollte sie jemals ein Kind gebären, so sagte sie sich wohl, so musste sie sich der Kranken annehmen, wie Jesus geboten hatte. Mathilde entschloss sich, stieg vom Pferd und ging auf die Kranke zu. Ehrfurchtsvoll machten die Menschen ihr Platz. Vor der Aussätzigen blieb die Kaiserin stehen.

Die am Boden liegende Frau küsste Mathilde die Füße und ergriff ihre Hand. Sie, die Kaiserin, dürfte nicht versagen, müsste sich als huldvoll, gnadenvoll erweisen. Mathilde nahm ihrerseits die Hand der Frau, richtete sie auf und fragte auf Englisch:

»Gegrüßt sei Gott. Wie heißt du?«

»Mary, Majestät.«

»Woher aus meines Vaters Reich kommst du?«

»Canterbury«, erwiderte die Frau, fassungslos geworden angesichts der Gnade, die ihr zuteil wurde.

»Warum hast du den weiten Weg von England hierher auf dich genommen? Gibt es in deiner Heimat keine Heilkundigen?«, fragte Mathilde streng.

»Nein. Ich habe alles versucht und viel Geld ausgegeben. Meine einzige Hoffnung ist Abt Johannes«, erwiderte die Leidende und blickte kurz um Hilfe flehend zu ihm hinüber.

»Gott sei mit dir«, wünschte die Kaiserin und legte ihre Hand an die Wange der Kranken. Dann drehte sie sich um. Hätte sie ihre Kammerfrau dabeigehabt, sie hätte ihr angedeutet, den Armen Geld zu geben. Bernhard verstand die Geste, zückte seinen mit einer silbernen Kordel verschnürten roten Lederbeutel und teilte ohne ein Zeichen von Ekel Münzen an die Elenden aus.

Wie ist mir?, durchfuhr es Alice und sah sich wieder vor der Abtei Nonantola unter den Armen im Hagelregen stehen, gedemütigt durch Bernhards Geste, ihr Geld zuzuwerfen.

Der Abt hatte im Hintergrund dem Geschehen zugeschaut. Mit einer einladenden Handbewegung forderte er seine hohen Gäste auf, ihm zu folgen, und geleitete sie an der Kirche vorbei.

Kein Mönch war zu sehen.

»Wisst Ihr, was Uns Erzbischof Adalbert angetan hat?«, wandte sich Kaiser Heinrich mit unterdrücktem Zorn an den Abt, wohl wissend, dass dieser eben deswegen seine Vorsichtsmaßnahmen getroffen hatte. »Erzbischof Adalbert hat dem Kloster Petershausen alle gottesdienstlichen Handlungen untersagt, weil dort die sterblichen Überreste eines im Kampf gegen ihn Gefallenen beigesetzt sind. Solange das Grab nicht beseitigt sei, drohe den Brüdern die Exkommunikation.«

Mathilde sah ihren Gatten besorgt an. »Sie schämen sich nicht, die Toten zu verfolgen«, sagte sie traurig und anklagend.

Bernhard war wieder an Alice herangeritten. Ihr war wunderlich zumute. Sie drehte sich nach dem Kirchenportal um, über dem das Weltgericht in Stein gehauen war: das Jenseits, in dem Jesus den einen die Gnade des Himmels gewährt oder die anderen in die Hölle verdammt. Ihr graute davor. Der Abt bemerkte ihren Blick, ritt zu ihr und sagte beruhigend: »Alice.«

Sie erreichten die Abtwohnung. Wärme aus dem Kamin schlug ihnen entgegen, Kerzen brannten und ließen die Farben der mit biblischen Szenen ausgestalteten Wände hervortreten. Wie schon einmal, kniete Alice vor dem Gekreuzigten und betete. Es erschien ihr frevelhaft, dass sie damals Gott nicht danken mochte. Sie sah zu Bernhard, der von keinen Erinnerungen und Schuldgefühlen geplagt schien, nun ganz ungezwungen aufstand und sich sichtlich auf das Mahl freute. Es war zwar noch Fastenzeit, aber Flammlachs vom Feuer, auf einem knusprigen Brotteller gereicht, dazu eine wohlduftende Pfeffer- Mandel-Sauce, Käse, ein ausgezeichneter Wein ließen ihn den Hunger so richtig spüren. Alice sah es Bernhard an, er genoss es zu speisen.

Nicht so Kaiser Heinrich. Ihm war überhaupt nicht am Essen gelegen. Es war ihm lästig, sich mit seinen Gräten befassen zu müssen. So nahm er nur von dem Käse und trank hastig einige Schluck Wein.

»Verräter sind sie, Heuchler, die Bischöfe. Was können sie Uns denn vorwerfen? Wir, ein Feind der Kirche? Kein König, kein Kaiser hat die Heilsgemeinschaft von Uns und den Fürsten stärker gewünscht und gefördert als Wir, niemand mehr das Zerwürfnis zwischen Regnum und Sacerdotium mehr beklagt. Was Unserem Vater nicht gelungen ist, Reich und Kirche zu versöhnen, darauf haben Wir gemeinsam mit den weltlichen und geistlichen Fürsten hingewirkt. Nur die strengsten Geistlichen haben Wir investiert. Nur wer keusch und rein lebt, kann Bischof werden, die Simonie haben Wir ausgerottet, kein Bischof kann sich unter Unserer Herrschaft ein Amt erkaufen. Daran sollte sich Papst Calixtus ein Beispiel nehmen. Kaum ist er zum Oberhaupt der katholischen Kirche geweiht und gekrönt, so macht er schon seinen Verwandten Stephan zum Bischof von Metz. Das nenne ich mir Vetternwirtschaft. Aber lassen wir das. Damals in Rom hat es sich jedenfalls gezeigt, es geht den Bischöfen und Erzbischöfen gar nicht um die Heiligkeit der Kirche, sondern um Macht, um weltliche Macht. Als Papst Paschalis vor der Kaiserkrönung den Verzicht auf die Regalien von ihnen forderte, ihr Recht auf Kriegsknechte, Burgen, Münzrecht, Zölle, da zeigten die Bischöfe ihr wahres Gesicht. Der Sturm der Entrüstung, ihre weltliche Macht an Uns, an das Reich zurückzugeben und sich mit dem Zehnten und Opfergaben zu begnügen, hat Uns unmissverständlich gezeigt, dass ihre Frömmigkeit nichts als Heuchelei ist. Nicht Reichsbischöfe – Fürsten wollen sie sein. Fürsten, die zuallererst ihre eigene Herrschaft ausbauen. Die Erzbischöfe von Mainz, Köln, Magdeburg und Salzburg haben letztens gar eine Generalsynode einberufen, um sich vom Vorwurf reinzuwaschen, auf kriegerischem Wege Unseren Streit mit dem Papst zu beenden.

Ha, dass ich nicht lache!« Der Kaiser stieß wirklich ein furchtbares Lachen aus:

»Münster. Münster ist gerade jetzt Anfang Februar zum zweiten Mal in kurzer Zeit in Flammen aufgegangen. Mit Waffengewalt ist der von den Münsteranern vertriebene Bischof Dietrich nach Münster zurückgekehrt. Zur Ehre der Kirche, zur Ehre Gottes hat Herzog Lothar die Stadt angegriffen und niedergebrannt. Sogar die St. Pauli geweihte Domkirche ist dem Feuer zum Opfer gefallen. Von Bosheit und Machtgier gepackt, führte Lothar alle Verteidiger der Stadt, Edle wie Ministerialen, in die Gefangenschaft. Bischof Dietrich konnte wieder seinen Bischofssitz einnehmen, wenn er auch verwüstet war.

An der Spitze der unausgesetzten Gewalt – mein Erzkanzler Adalbert, durch meine Hand zum Erzbischof von Mainz erhoben. Nichts hält ihn ab, seine Raubzüge fortzusetzen. Er hat Unser treues Speyer angegriffen, Unsere Burg Stromberg völlig zerstört, Oppenheim zusammen mit Herzog Lothar niedergebrannt. Und dafür wird er noch vom Papst belohnt. Mit 500 Bewaffneten ist er auf dem Konzil von Reims erschienen, mit welchem Ergebnis? Papst Calixtus hat ihn zum Legaten erhoben. Ausgerechnet ihn, der wie kein anderer Uns in Rom geraten hat, Papst Paschalis gefangen zu nehmen.«

Der Kaiser schnaufte, er hatte einen hochroten Kopf, seine Stimme überschlug sich. Mathilde saß bekümmert dabei, nahm besorgt die Hand ihres Gatten. Der zog sie zurück.

»Wir brauchen keinen Trost.«

Weswegen bist du dann hergekommen?, dachte Alice. Auch sie und Bernhard saßen stumm dabei. Ihnen war der Appetit vergangen.

Der Abt hatte ebenfalls schweigend zugehört. Jetzt ergriff er das Wort:

»Jesus Christus weist uns an: ›Gebt dem Kaiser, was des Kaisers ist, und Gott, was Gottes ist.‹

Wir leben in Zeiten, wo es lautet: ›Gebt der Kirche, was der Kirche ist, und nehmt dem Kaiser, was des Kaisers ist.‹«

»Das sagt Ihr, ein Abt, ein Mann der Kirche?«

»Wie ich bereits sagte, ein Knecht Jesu Christi«, entgegnete der Abt und ließ den Widerspruch im Raum stehen.

Bernhard begann wieder zu essen. Er entfernte die mittlere Gräte und Alice erfühlte, dass er es überdachte und bereute, den Abt einst als Frevler, als mit Satan im Bunde angeprangert zu haben.

»Jesus Christus lässt uns nicht im Unklaren, was Gottes ist«, fuhr der Abt fort. »Der Herr, unser Gott, ist ein Herr. Du sollst den Herrn, deinen Gott, lieben aus deinem ganzen Herzen und aus deiner ganzen Seele und aus deinem ganzen Verstand und aus deiner ganzen Kraft. Das zweite ist dies: Du sollst deinen Nächsten lieben wie dich selbst. Größer als diese ist kein anderes Gebot.

In unserer Zeit verhallen die Worte Jesu, von den Päpsten ungehört. Frevelhafter noch, es ist, als ob ein feuerspeiender Drache die Heilige Schrift mit seinen Krallen umfasst, auf dass die Worte Jesu Christi vom Frieden, von Feindesliebe, Verzeihen, Erbarmen fest verschlossen sind. Allein ein Satz steht auf schwarzem Grund in flammend roten Lettern geschrieben:

Du bist Petrus, auf diesen Felsen werde ich meine Gemeinde bauen. Was immer du auf Erden binden wirst, wird in den Himmeln gebunden sein, was immer du auf der Erde lösen wirst, wird im Himmel gelöst sein. So also sprach Jesus zu dem Fels, der ihn drei Mal verriet, ehe der Hahn krähte, der bitterlich weinte und dennoch floh und es nicht wagte, bei der Hinrichtung zugegen zu sein? Wenn Jesus diese Worte tatsächlich zu Petrus gesprochen haben sollte und damit Gott, seinen Vater im Himmel, an die Entscheidung eines Verräters bindet, dann wäre der Gebrauch dieser Vollmacht die Versuchung, vor der uns Gott bewahren möge. Und führe uns nicht in Versuchung, wie wir im Vaterunser bitten. Unsere Versuchung besteht darin, nicht Jesu wahre Jünger zu sein, sondern unseren Nächsten zu verurteilen, auszuschließen, ihn der Hölle anheimgeben zu wollen. Unsere Versuchung besteht darin, mächtig sein zu wollen wie Gott, aber nicht gnädig zu sein wie Gott.

Aber«, der Abt lächelte, brach ein Stück Brot ab, »die Zeichen stehen günstig. Seit 50 Jahren wird das Anathem über Euer Geschlecht ausgesprochen, seid Ihr verflucht und verdammt. Zu Lebzeiten Eures Vaters hat der Fluch des Papstes viele Menschen ins Mark getroffen und in größte Angst um ihr Seelenheil versetzt, allmählich ist der Drache lahm geworden, hat sein Feuer mit einer Vielzahl von Exkommunikationen versprüht. Auf so vielen Synoden wurdet Ihr von Legaten des Papstes verflucht, dass nun, da selbst der Papst Euch gebannt und verflucht hat, die Exkommunikationen ihre Wirkung eingebüßt haben. Zwar ist die Exkommunikation ein willkommener Vorwand, sich auf der Seite der Reinen, Guten zu wissen und ungestraft Unheil zu wirken, Gewalt auszuüben, seine eigene Macht zu vergrößern, jedoch dass die Exkommunikation unweigerlich die Hölle nach sich zieht, glaubt kaum einer mehr. Der Papst wird einlenken müssen, denn er muss einsehen, dass sein Drohmittel an Schrecken verloren, sich abgenutzt hat. Möglicherweise greift die Angst vor dem Bann des Papstes niemals wieder, so dass der Papst sich neue Mittel überlegen muss. Eures Vaters Vater, Kaiser Heinrich III., hat Ketzer, als die er sie verurteilte, in Goslar verbrannt. Das wäre eine geeignete Strafe der Kirche, wenn die Exkommunikation allein nicht mehr greift. Aber so weit sind wir noch nicht.

Das Entscheidende heute ist, auch Papst Calixtus muss nach einer Lösung suchen, zumindest für eine solche offen sein.«

»Wir sollen Uns seinem Urteil unterwerfen? Darauf läuft es doch hinaus«, erboste sich der Kaiser.

»Ihr solltet nicht allein nach einem Frieden suchen, sondern zusammen mit den Fürsten.« Kaiser Heinrich machte eine abwehrende Handbewegung.

»Ihr wolltet mein Wort hören«, fuhr der Abt ruhig fort. »Jesus Christus spricht: ›Ich bin bei euch alle Tage bis zur Vollendung des Zeitalters.‹ Wir legen viel zu viel Gewicht auf das Ende aller Tage, viel wichtiger für uns ist Jesu Zusage: Ich bin bei euch. Er sagt nicht, ich beurteile, ich richte euch, sondern er sagt, dass er bei uns ist, mit uns ist, uns beisteht. Wenn Ihr das mit Eurem Herzen, Eurer Seele, Eurem Verstand und Eurer Kraft lebt, dann werdet Ihr den Weg zum Frieden finden.«

Heinrich wirkte nachdenklich, keineswegs überzeugt, seine Wut, seine Verletzungen würgten in ihm. Er hatte als Sieger seine Herrschaft angetreten und stand nun als Verlierer da. Sein Friedensreich war zur Räuberhöhle verkommen.

Er erhob sich unwirsch. Der Abt geleitete seine Gäste hinaus.

Doch während sie schon bei den Pferden standen, fiel dem Kaiser ein, dass er austreten musste. Mathilde sah ihrem Gemahl nach, wie er dem Abort entgegenstürmte, wandte sich dann an den Abt und bat:

»Segnet mich, damit ich einen Sohn, einen Erben gebäre.«

»Ich kann Euch segnen, aber den Sohn nicht herbeibeten. Es liegt nicht an Euch …

Der Wille Gottes ist unergründlich.

Eines allerdings kann ich Euch sagen: Ihr werdet die Mutter des Königs von England werden …«

Alice und Bernhard sahen, wie das Gesicht Mathildes Entsetzen und Freude zugleich ausdrückte. Während sie auf Kaiser Heinrich warteten, hörten sie aus der gegenüberliegenden Klosterschule Kinderstimmen im Chor konjugieren: Sum es est sumus estis sunt, ich bin, du bist … Es ging weiter im Futur, dann kam die vollendete Zukunft an die Reihe: fuero fueris fuerit fuerimus fuertis fuerint: ich werde gewesen sein, du wirst gewesen sein …

Es war Alice, als wären sie von einem Schatten angehaucht.

Bewegt und immer noch zornig kehrte der Kaiser zurück.

»Ich werde dem Erzbischof von Mainz eine Lektion erteilen!«, waren seine letzten Worte, die er noch im Fortreiten dem Abt zurief.

⁓⦿⦿

Luitger war enttäuscht. Er hatte sich die Belagerung von Mainz anders vorgestellt. Aus Katapulten würden Brandgeschosse geschleudert, die schweren Geschosse der Zugbliden zertrümmerten Mauern und Dächer, das Stoßen des mit einem bronzenen Rammkopf beschlagenen Rammbocks dröhnte ihm in den Ohren, langsam näherten sich die Belagerungstürme, gezogen und geschoben von unzähligen Kriegsknechten, unablässig beschossen von Pfeilen. Ihm, nur ihm, gelänge es, bevor die schwerfälligen Ungetüme die Befestigungsmauer erreichten, die Sturmleiter einzuhaken, die hohe Mauer trotz Pech und Schwefel zu erklimmen, mit dem Schwert die Aufsässigen niederzukämpfen und siegreich das Tor zu öffnen, um den Kaiser und Graf Bernhard, vor allem den, in die Stadt zu lassen. Der Ruhm wäre sein.

Nichts dergleichen.

Es war einfach nur trostlos. Der Rhein wurde abgesperrt, damit kein Schiff in Mainz anlegen konnte. Der Kaiser ließ auf den Straßen und Wegen um die Stadt und vor den Toren Wachen aufstellen, so dass keine Märkte abgehalten und überhaupt keine Lebensmittel nach Mainz gelangen konnten. Dabei hatte Luitger wenig zu tun, eigentlich gar nichts. So lungerte er den ganzen Tag herum, schlug ihn tot. Ansonsten harrte er der Nacht. Es hatte ihn einige Überwindung gekostet und er war aufgeregt gewesen, zu den Huren zu gehen, die von überallher sich eingefunden und ein eigenes Lager vor dem Heerlager errichtet hatten. Beim ersten Mal hatte er eine Gleichaltrige aufgesucht, die war spitz und eingebildet auf ihr niedliches Gesicht und ihren hübschen Körper, dabei gänzlich unempfindlich. Er hatte es nur hinter sich gebracht und sich enttäuscht davongemacht. In der nächsten Nacht war er zu einer noch jüngeren gegangen. Die war fast noch Jungfrau und zeigte sich anhänglich, was ihn anwiderte. Gefühle verabscheute er bei Dirnen. Versuch ich es mit einer Älteren, hatte Luitger überlegt. Letzte Nacht war das Glück ihm hold gewesen. Eine schon reife, früher schöne Frau, fast verblüht, mit einem breiten, weichen Gesicht, schwarzem Haar und einem üppigen Körper hatte sich seiner angenommen. Den ganzen Tag dachte Luitger an sie und stellte sich vor, wie sie ihn umgarnte, umwarb und ihm jeden Wunsch erfüllte, bevor er ihm nur in den Sinn gekommen war.

Wann würde es endlich Nacht? Es war lästig, dass es im Juni erst so spät dunkel wurde.

Luitger lauschte, lauerte. Die gleichmäßigen Atemzüge verrieten ihm, dass Graf Bernhard endlich eingeschlafen war.

Leise erhob sich Luitger von seinem harten Lager und kleidete sich an. Er sah sich nach Bernhard um und schlich auf Zehenspitzen zum Eingang.

»Luitger!«

Luitger schreckte zusammen. Das war die Stimme eines Vaters, nicht eines Schwiegervaters.

»Legt Euch wieder hin!«, befahl die Stimme.

Widerwillig gehorchte er. Ausziehen tu ich mich nicht, dachte er trotzig.

»Es ist mein gutes Recht, zu einer Frau zu gehen«, verteidigte sich Luitger. »Deswegen werde ich Giselinde nicht untreu.«

»Dies ist nicht der Grund, aus dem ich Euch zurückgehalten habe«, sagte Bernhard milder.

»Wenn Ihr einen oder besser mehrere legitime Söhne gezeugt hättet, so wäre wenig gegen den Besuch bei einer Metze einzuwenden. Es ist üblich, kein Heerzug ohne diese Frauen. Ihr habt jedoch noch keinen Erben und so möchte ich Euch warnen. Huren sind meist krank, deswegen bekommen sie so selten Kinder. Ihr setzt Eure Manneskraft aufs Spiel und zieht Giselinde in Mitleidenschaft. Das ist schon vielen widerfahren, auch Königen.«

»Wollt Ihr damit sagen, dass Kaiser Heinrich nicht Vater wird, weil er das vrouwenhus besucht hat?«

»Das werfen ihm nicht einmal seine Feinde, die Sachsen, oder Erzbischof Adalbert von Mainz vor, anders als seinem Vater, der in jungen Jahren oftmals drei Konkubinen gleichzeitig ausgehalten haben soll. Möglicherweise hat Heinrich eine uneheliche Tochter, die er in Rom vermählt hat, wahrscheinlicher war es eine Verwandte. Ich nehme nicht an, dass Kaiserin Mathilde eine natürliche Tochter auf ihrer Romfahrt an ihrer Seite geduldet hätte.«

»Was soll ich anderes tun? Ihr habt gut reden. Während des Kreuzzuges konntet Ihr kämpfen und hattet meine Mutter zu Eurem Vergnügen.«

Bernhard richtete sich auf.

»Versündigt Euch nicht gegen das vierte Gebot«, und meinte sich als Vater mit. »Das Gebot hat Gott Moses und auch uns gegeben. Wenn Ihr Eure Mutter nicht ehrt, so wird Gottes Strafe Euch treffen, dass Ihr wünscht, nie geboren worden zu sein.«

Luitger fand das übertrieben und wunderte sich erneut, dass Bernhard an Alice hing und sie nicht aufgab. Er an Bernhards Stelle ...

»Das will ich gern«, erwiderte Luitger. »Nur, ich langweile mich.«

Was für ein widerlicher Kerl, dachte Bernhard. Luitger – sein Sohn. Wäre er, nicht als Erbe Graf Udalrichs, sondern als sein eigener natürlicher Sohn auch so unausstehlich und widerborstig geworden?

»Die Langeweile hat bald hoffentlich ein Ende«, fuhr Luitger unverdrossen fort. »Kaiser Heinrich hebt in Lothringen ein Heer aus, um Mainz richtig zu belagern. Ich habe gehört, dass Erzbischof Adalbert seinen Mainzern von Sachsen aus zu Hilfe kommen will. Er hat den sächsischen Bischöfen und Fürsten als Legat des Papstes befohlen, ihren Gehorsam gegenüber der katholischen Kirche und dem Papst zu bekennen und ein Heer gegen Kaiser Heinrich aufzustellen. Das müsste bald hier sein und dann kommt es zur Schlacht.« Er sah Bernhard herausfordernd an:

»Diesmal«, erklärte er entschieden, »werde ich kämpfen.«

»Mit Gottes Hilfe nicht«, erwiderte Bernhard. »In den Kirchen wird um den Frieden gebetet. Gott möge ein Erbarmen mit diesem gebeutelten, durch Kriege verwüsteten, von Hungersnöten heimgesuchten und verarmten Reich haben. Es sind in Schlachten zu viele verstümmelt und umgekommen. Diesmal soll es kein Blutvergießen geben.«

»Wie könnte eine Schlacht verhindert werden? Erzbischof Adalbert ist nun der Letzte, der Krieg scheut. Auch Kaiser Heinrich ist reizbar, rachsüchtig und will Adalbert ein für alle Male vernichten.«

»Wir Fürsten werden eine Schlacht abzuwenden suchen und darüber hinaus eine dauerhafte Friedenslösung anstreben. Seit Tagen beratschlage ich mich deswegen mit Graf Berengar von Sulzbach und anderen Fürsten. Sobald das feindliche Heer in Sichtweite herangerückt ist, werden wir uns mit den sächsischen Fürsten treffen und ehrenvoll und brüderlich beraten, wie eine Schlacht vermieden und ein Friede herbeizuführen ist. Auch die Sachsen wollen keine Schlacht, was schon daran deutlich wird, dass Adalbert seine Autorität als Legat des Papstes einsetzen musste, um sie zum Kriegszug nach Mainz zu bewegen. Mit Gottes Hilfe hoffen wir, den Unwillen des Kaisers besänftigen zu können, damit er selbst verfügt, die Zwietracht mit der Kirche solle nicht durch sein Urteil, sondern durch das der Fürsten beigelegt werden. Unser Bestreben ist es, aus der papsttreuen und der kaiserlichen Partei jeweils zwölf Fürsten zu benennen, die sich gegenseitig auf die Hand versprechen, bis zu einem Hoftag im Herbst, als Ort wäre Würzburg geeignet, einen Friedensplan auszuarbeiten. Über die Vorschläge soll dann gemeinsam beraten und die Ausfertigung den anderen Fürsten zum Entscheid vorgelegt werden. Es ist das Ziel, dass wir Fürsten alle Fragen des Reiches durch Fürstenbeschluss zum Abschluss bringen. Kaiser Heinrich wird sich dem wohl oder übel nicht widersetzen können, will er sein Königtum nicht in Gefahr bringen und abgesetzt werden.«

»Ihr wollt ihn erpressen?«

»Das nun gerade nicht. Wir werden ihn an die Gefahr erinnern, schließlich ist er vor drei Jahren aus Sorge vor einer Thronenthebung so schnell aus Italien zurückgekehrt. Wir wollen den Frieden, den Kaiser Heinrich nicht durchsetzen kann.«

Luitger ließ sich enttäuscht auf seine Bettstatt fallen.

Also wieder keine Schlacht, kein Ruhm, bäumte es sich in ihm innerlich auf. Er biss vor Wut in sein Kissen. Sein Schwiegervater nahm ihm alle Rechte als Mann.

Überall im Reich läuteten die Friedensglocken. Der Bann war gelöst. Allerorten wurde gepriesen, der Papst gewähre seinem geliebten Sohn Heinrich kraft seiner apostolischen Machtvollkommenheit Frieden.

Erwartungsvoll stand Giselinde im dämmrigen Kirchenschiff und wartete auf den Einzug der Äbtissin, ihrer Mutter. Innerlich angespannt, sah sie hinauf zu den über und über mit biblischen Bildern reich ausgestalteten Wänden, folgte den Bildern höher und höher zu den schmalen Rundbogenfenstern und schaute zur flachen Holzdecke, von der sie plötzlich befürchtete, sie könnte einstürzen. Im Kloster St. Gallen war dergleichen geschehen. Nur nicht an so etwas denken. Schnell blickte sie wieder zum Eingangsportal. Sie blinzelte, so dunkel war es.

Da öffnete sich das Portal. Strahlend, in Pracht und Vornehmheit, angetan mit einem weißen seidenen Gewand, das lange, dunkle Haar offen und kunstvoll umschlungen von einem Perlendiadem, so überwältigend schön und heilig anmutend betrat die Äbtissin das Kirchenschiff. Singend, Kerzen in der Hand, in festlich weißem Habit folgten die ihr anvertrauten Nonnen. Atemlos verfolgte Giselinde, wie die Bräute Christi aus dem Dunkel kommend durch den Triumphbogen auf den von einem Radleuchter hell erleuchteten Chor zuschritten, in dessen Mitte der Altar vor Gold erstrahlte. Die nun hinter dem Lettner verborgenen Nonnen sangen engelsgleich und der Priester dankte Gott für seine Gnade, dass der Kaiser sich um der Mutter Kirche willen unter den Gehorsam des Papstes gebeugt hatte.

Nie war ihre Mutter so schön gewesen, staunte Giselinde, während sie nach dem Hochamt in der Äbtissinnenwohnung wartete, nicht ahnend, dass unter dem weißen Seidenornat blutige Wunden der Lust und der Pein ihren einstmals schönen Körper verunstalteten, den sie ihrem Liebesgott mittels einer mit Knoten und eisernen Spitzen versehenen Geißel zum Opfer brachte. Salome biss die Zähne zusammen, jede Berührung der Haut schmerzte und sei es nur das Ausziehen des weißen Festtagskleides.

Im schwarzen Äbtissinnenhabit ließ sich Salome auf einem Polsterstuhl nieder, schlug die Beine übereinander und fasste sich mit spitzen, feingliedrigen Fingern an die Schläfe.

»Nun hat es dein Vater geschafft. Heute ist der große Tag, an dem auf den Lobwiesen von Worms nach 50 Jahren die Zwietracht beendet ist und der Kaiser wie der Legat des Papstes die Friedensurkunden unterzeichnen. Überall wird Bernhard gerühmt als einer der 24 Erwählten, deren Weisheit und Gottesfurcht maßgeblich dazu beigetragen haben, die Eintracht zwischen den kirchlichen Würdenträgern, Papst und Reich herzustellen.

Dein Vater – weise und maßvoll – das ist lächerlich.

Was haben sie denn erreicht, die gottesfürchtigen Friedensstifter, die die Verantwortung für das Reich übernommen haben? Die Entmachtung des Kaisers und die Teilung des Reiches.

Der König darf nicht mehr, wie es seit alters her Recht der Könige war, die Äbte und Bischöfe ernennen. Er verzichtet auf die Investitur mit den geistlichen Symbolen Ring und Stab. Er darf zwar bei der Wahl noch anwesend sein, hat aber kein Mitspracherecht. Nur im Falle eines Streits darf er nach Absprache mit dem Erzbischof für den vernünftigeren Kandidaten entscheiden. Was erhält er als Ausgleich? Das Zepter, die Geistlichen müssen dem König im Regnum Teutonicum vor der Weihe huldigen und die damit zu erbringenden Leistungen wie Kriegsdienst erfüllen, in den anderen Gebieten, wie der Papst sich auszudrücken beliebte, spätestens sechs Monate nach der Weihe.

Damit hat der Papst unter der Hand das Imperium Romanorum in das Regnum Teutonicum und das Regnum Italicum gespalten, was seinen Machtbestrebungen in Italien sehr zugutekommt.

Na, mir soll es recht sein. Ich fühle mich viel mehr Italien zugehörig als diesem kalten, nebligen, barbarischen Reich jenseits der Alpen.«

»Mutter«, wandte Giselinde zaghaft ein. »Ihr seid hier Äbtissin. Ihr seid hochgeehrt.«

Ruckartig stand Salome auf und ging im mäßig erleuchteten Raum auf und ab.

»Natürlich, auch ich ziehe den Vorteil aus der Stärkung der geistlichen Macht. Die Bischöfe und Äbte sind die Sieger, zu unserer geistlichen Macht ist uns unverbrüchlich die weltliche zugesprochen mit Grafschaften, Einkünften, Münzrecht, Marktrecht und Kriegsdienst.

Nur, ich verabscheue diese Verlogenheit. Da reden die weltlichen und geistlichen Fürsten, da redet Bernhard ständig von Verantwortung für das Reich und in Wirklichkeit geht es um die Schwächung des Königtums zur eigenen Machtentfaltung. Was haben sie in Würzburg urkundlich festgelegt: Wenn aber der Herr Kaiser den Rat der Fürsten nicht befolgt, so sollen sie auch ohne und gegen seine Einwilligung ihre Beschlüsse durchführen.

Ich schüttele mich vor Ekel, wenn die Fürsten unter Einsetzung der Gefahr des eigenen Lebens sich verbürgen, den Frieden aufrechtzuerhalten und dafür zu sorgen, dass jeder das Seine erhält und Raub unter Strafe gestellt wird. Wer verursacht denn das größte Elend im Land? Augenscheinlich die Fürsten! Das sollen treue Wächter des Reiches sein? Doch wohl eher Wölfe im Schafspelz.«

Salome blieb vor dem übergroßen Christusbildnis an der Rückwand des Raumes stehen, das den Heiland mit dem Teufel in der Wüste zeigte. Giselinde mochte nicht richtig hinschauen, so graute ihr vor dem Leibhaftigen.

»Die Fürsten beten nicht Jesus Christus, sie beten Satan an«, fuhr Salome jubilierend fort. »Jesus hat der Versuchung widerstanden, als Satan ihm alle Reiche des Erdkreises anbot, wenn er ihm nur diente. Nicht so die geistlichen und weltlichen Fürsten.

Sie nehmen sich das Reich zur Beute.

Das Böse siegt immer.«

Triumphierend, berauscht von ihren eigenen Worten stand Salome vor Giselinde und horchte ihrem Klang nach. Giselinde hatte Angst vor den blitzenden Augen ihrer Mutter bekommen.

»Kind, was führt dich zu mir?«, fragte Salome unvermittelt, ruhig und kalt, während sie sich wieder setzte.

»Es ist wegen vrouwe Alice«, antwortete Giselinde. »Ich bin mit des Kaisers Schwester Agnes zu unserer Burg gekommen. Die Herzogin ist allerdings gleich weiter nach Worms gereist, und da ist mir deutlich geworden, was ich eigentlich schon lange weiß, ich kann nicht zusammen mit vrouwe Alice auf so engem Raum leben, ich halte ihre Gegenwart nicht aus.«

»Hm«, bemerkte Salome kurz und ein freudiges Lächeln glitt über ihr ansonsten ernstes Gesicht.

»Erklär dich näher.«

»Es ist nun so, dass Luitger bald zum Ritter geschlagen wird und auch meine Ausbildung bei Herzogin Agnes beendet ist. Ich muss dann mit vrouwe Alice auf meines Vaters Burg leben. Mit dieser Hure!«

»Die sie nicht ist«, verbesserte Salome ihre Tochter.

»Das ist das Furchtbare für mich. Es stört mich nicht einmal so sehr, dass sie meines Vaters Bett teilt –Verzeihung, Mutter.«

»Mutter bin ich schon viele Jahre nicht mehr. Ich bin wieder zur Jungfrau geworden.«

Wie das?, überlegte Giselinde kurz.

»Mit einer Liebesdienerin würde ich fertig, die würde ich schon kleinkriegen. Aber vrouwe Alice ist in Wahrheit die Burgherrin, und nicht nur das, sie ist die Herrin über die Grafschaft. Das Furchtbare für mich ist, Alice lenkt die Geschicke nicht durch ihr Amt, sie hat keins und kann keins haben, sondern weil mein Vater es will und seine Untertanen sie ehren, ihr vertrauen.«

Giselinde sah ihre Mutter, als die sie Salome weiterhin betrachtete, hilflos an.

»Was soll ich da? Welche Aufgabe könnte ich haben? Repräsentieren, ja. Aber es sind nicht ständig adelige Gäste auf der Burg, die meiste Zeit des Jahres bin ich gänzlich entbehrlich. Ich fühle mich jetzt schon überflüssig.«

»Da kann ich dir nur zustimmen«, sagte Salome mitfühlend.

»Ja?«, rief Giselinde entsetzt.

»Das Schlimme für dich ist, du musst dich damit abfinden, dass sich dein Vater nicht von dieser Frau trennt. Er hätte in Worms, wo augenblicklich so viele Fürsten versammelt sind und er so großen Ruhm genießt, durchaus die Möglichkeit, eine vorteilhafte Heirat einzugehen, sich eine hübsche, reiche Tochter eines der zahlreichen adeligen Herren auszusuchen. Du kannst sicher sein, Bernhard zieht es nicht einmal in Erwägung. Er bleibt dieser Alice treu, obwohl die auch schon über 40 ist, wenn auch nur ein weniges.«

»Tja, was soll man da machen, wenn er sie nicht wegschickt, sich ihrer nicht entledigt?«, fragte Giselinde und zuckte ratlos die Achseln.

»Triff *ihn* und du wirst *sie* los«, antwortete Salome bestimmt.

»Wie meint Ihr das?«, fragte Giselinde und schaute ihre Mutter verwundert an.

»So wie ich es sage. Wenn Graf Bernhard nicht mehr ist, dann geht Alice von alleine.«

»Mein Vater ist noch nicht einmal 50 Jahre alt.«

»Er ist an die 50 und das ist ein gutes Alter. Herzog Welf von Baiern, der 17-jährig mit der über 40 Jahre alten Markgräfin Mathilde von Canossa verheiratet wurde, ist auch nicht einmal 50 geworden und hat seine ältliche Frau nur um weniges überlebt.«

»Worauf wollt Ihr hinaus ...?«

»Wen die Götter lieben, den nehmen sie früh zu sich. Euer Vater steht auf dem Höhepunkt seines Ruhmes. Welch größeres Glück kann ihm widerfahren, als wenn er an diesem Punkt seines Lebens dem Zeitlichen den Rücken kehrt.«

»Ihr meint, er geht in ein Kloster und wird Mönch?«

»Das nun gerade nicht. Ich denke an einen endgültigen Abschied. Der wäre für ihn eine Gnade.« Salome betrachtete ihre Tochter. Die in sich gesunken mit gekräuselter Stirn dasaß und an ihren Fingernägeln kaute.

»Nach dem Sieg«, fuhr Salome unbeirrt fort, »dem Ruhm und der Ehre kommt unweigerlich der Abstieg. Unaufhaltsam und durch keine Anstrengung aufzuhalten, lauert der Verfall. Kannst du dir deinen Vater vorstellen, wie er alt wird, gebrechlich, geplagt von Wehwehchen und Schmerzen? Die Augen trüb, die Ohren beinahe taub. Den Rücken gebeugt, stützt er sich auf einen Stock, kann die Stufen in der Burg nicht mehr richtig erkennen, stürzt, ist verletzt, bricht sich die Knochen, ist gelähmt. Krank, bettlägerig und übel gelaunt tyrannisiert er alle und am meisten sich selbst. Graf Bernhard ist nicht der Mann, der edel und in Anstand alt wird und das Siechtum geduldig und gottergeben erträgt. Er war und ist ein Mann der Tat. Darum befreie ihn von der Last des Alterns. Mit dem heutigen Tag ist seine Exkommunikation aufgehoben, ausdrücklich hat Papst Calixtus allen, die auf der Seite des Kaisers stehen oder in der Zeit der Zwietracht gewesen sind, den Frieden gegeben.

Der Himmel ist Graf Bernhard im Tode offen.«

»Mutter, aber, aber wie soll das gehen?«, fragte Giselinde entsetzt, angstvoll.

»Giselinde, erweise dich als gehorsame Tochter. Überzeuge deinen Gemahl. Ich bin es gewiss, Luitger hat ein offenes Ohr. Vollbringt es, bevor das gnadenlose Alter deinen Vater zerstört. Erbarme dich seiner!

Töte ihn!«

Hier musste es gewesen sein. Hier auf diesem öden, durchweichten Platz, auf dem im Nieselregen Gras, Binsen, Seggen und krautige Pflanzen vor sich hin kümmern, musste es geschehen sein: Hier hatte Graf Bernhard seinen Vater getötet.

Luitger fröstelte, der Mai war viel zu kalt. Er schlang seinen dunkelroten, schweren Umhang fester um die Schultern, trat von einem Fuß auf den anderen. Der Wiesengrund patschte und es bildeten sich kleine Wasserlachen. Es war unersprießlich und nutzlos, diesen Ort länger anzustarren. Luitger drehte sich um, und es war ihm, als sähe er auf dem mit Pfützen übersäten Sandweg seine Mutter dem Zweikampf zuschauen. Für wen hatte ihr Herz geschlagen, während sie Graf Udalrichs Sohn unter ihrem Herzen trug? Für den Vater ihres Kindes oder für Graf Bernhard? Die Antwort war nur allzu deutlich: Für den Mörder! Für den Mörder seines Vaters!

Luitger ergrimmte. Zornig stapfte er am Inn entlang zur St. Severinskirche, öffnete die Pforte zum Friedhof, warf einen Blick auf das Beinhaus in der Mauer, in dem die Schädel und Knochen fein aufgereiht nebeneinanderlagen. Nichts deutete darauf hin, wer der Tote war, wem die Gebeine zugehört hatten. Der Tod ist ein gewaltiger Gleichmacher, ging es ihm durch den Sinn. Nicht ganz, nicht für den Adel und schon gar nicht für seinen Vater, Graf Udalrich. Für ihn hatte seine Mutter sogleich nach dem Hinscheiden ein Grabmonument errichten lassen, ganz nahe an der Kirchenmauer.

Es war der prächtigste Gisant von allen. Graf Udalrich, zwar liegend, wirkte so, als würde er aufrecht stehen. Massig, gewaltig, angetan mit Kettenhemd und Helm, packte er das Schwert fest mit beiden Händen. Unter buschigen Brauen blickten Luitger wachsame, durchdringende Augen an.

Vater, dachte Luitger. Warum hast du ihn nicht besiegt? Warum hast du mich verlassen? Nein, nicht du hast mich verlassen. Heimtückisch bist du ermordet worden. Mit List hat er dich getötet, dich, der du ehrenhaft gekämpft hast.

Mir hättest du Ehre gewährt, hättest mich geliebt, deinen einzigen Sohn. Mit freudigem Stolz hättest du beobachtet, wie ich stark und geschickt die Waffen zu führen weiß, wie ich mit dem Schwert kämpfe, wie ich den Gegner zu Boden ringe. Kein Pferd ist mir wild genug. Mit Vergnügen hättest du vernommen, wie ich dir aus der Heiligen Schrift vorlese und zu der Harfe von Roland, dem Helden, singe.

Ach, Vater …

Er war so in Gedanken, dass er den Mann nicht kommen hörte, der ihn plötzlich von hinten ansprach.

»Luitger. Euer Vater, Graf Udalrich, war der mächtigste, reichste Mann in ganz Ostbaiern. Euer Vater wäre stolz auf Euch gewesen.«

Erschrocken fuhr Luitger herum.

»Kaspar?«, fragte er verwirrt und staunte über dessen stattliches Aussehen. Statt des kleinen Bärtchens über der Oberlippe drückte ein Vollbart Einfluss und Würde aus wie auch die bodenlange dunkelrote Tunika, unter deren weiten Ärmeln ein blaues, ebenfalls kostbares Untergewand sichtbar war. Dazu trug Kaspar noch einen blauen Umhang, der sein Schwert fast verbarg.

»Kaspar?«, entfuhr es Luitger noch einmal.

Kaspar unterdrückte ein überlegenes Lächeln. Demütig senkte er den Kopf:

»Zu Euren Diensten, Herr.«

»Was macht Ihr hier in Passau? Ich dachte, Ihr wäret in Sachsen.«

»Meine Schwester Anne ist kürzlich gestorben. Sie liegt auf diesem Gottesacker begraben. Ich möchte, dass für sie Seelenmessen gelesen werden, um ihr die Zeit im Fegefeuer zu erleichtern und zu verkürzen. Mein Amt, ich verwalte die Burg Sassenberg, versetzt mich in die Lage, meiner hingeschiedenen Schwester diesen Dienst zu erweisen.«

Kaspar unterließ die Frage, weshalb Luitger in Passau weilte.

Ernst, geradezu streng sagte er:

»Ich habe mit Euch zu reden.«

Luitger zog die Stirn kraus, so wollte er nicht angesprochen werden, und am wenigsten von Kaspar, der doch nichts als der Knecht seines Schwiegervaters gewesen war. Andererseits, er wagte nicht zu widersprechen.

»Es ist äußerst geheim. Ich weiß nicht einmal, ob ich Euch das anvertrauen darf. Andererseits …«

»Was soll das Herumdrucksen?«, sagte Luitger unwirsch.

Im Gefühl, als entscheide er, verließ er die Gräberstätte und schlug den Weg in den Wald den Hang hinauf ein.

Kaspar folgte ihm, ging knapp hinter ihm, holte ihn dann ein.

»Es ist so«, begann er, »Kaiser Heinrich ist krank, todkrank.«

»Woher wisst Ihr das? Der Kaiser hat noch nie dergleichen geäußert.«

»Er verbirgt sein Leiden. Dennoch, er wird zunehmend immer dünner, ist schon fast ein Skelett. Ich kenne diese Krankheit. Es gibt keine Heilung. Ich sage Euch, in einem Jahr, spätestens Ende des Sommers, hat Kaiser Heinrich seinen Lebensatem ausgehaucht.

Dann jedoch, wenn Kaiser Heinrich tot ist, wird ein neuer König gewählt.«

Kaspar ließ seine Worte wirken. Eine Weile gingen sie schweigend nebeneinanderher. Luitger empfand es unangenehm, wie mit einem Male die Sonne durchbrach, der Wald dampfte, es heiß und stickig wurde. Er zog seinen Umhang aus, musste ihn dafür tragen, was ihm lästig war. Er schwitzte vom schnellen Aufstieg.

Mürrisch sagte er: »Was geht mich die Wahl des Königs an. Ich gehöre nicht zu den Wahlmännern. Graf Bernhard ist einer von ihnen, ich nicht. Als Bischof Ulrich vor drei Jahren gestorben ist, habe ich gehofft, ich erhielte die Lehen meines Vaters. Stattdessen verwaltet der neue Bischof Reginmar mein Erbe, was mir Angst macht, denn er ist schon jetzt bekannt für sein sehr weltliches Treiben.«

Missmutig, übel gelaunt brach Luitger einen Fichtenzweig und riss die Nadeln einzeln ab. Kaspar sah amüsiert zu.

»Nehmen wir einmal an, es gäbe Graf Bernhard nicht und Ihr wäret an Graf Bernhards Stelle und einer der Wahlmänner …«

»Was wäre da gewonnen?«, unterbrach ihn Luitger. »Es wird gar keine richtige Wahl geben.«

»Erzbischof Adalbert von Mainz wird für eine solche sorgen«, antwortete Kaspar.

»Und wenn schon. Es ist von vornherein klar, wer König wird, Herzog Friedrich von Schwaben. Da Heinrich kinderlos stirbt, wird sein nächster männlicher Verwandter König, der Sohn seiner Schwester Agnes. Das war schon immer so. Der Kaiser wird auch sicher Friedrich als seinen Thronerben benennen. Ich weiß, dass Herzog Friedrich ganz fest damit rechnet.«

»Und dennoch wird es Herzog Friedrich nicht.«

»Wie das? Wer denn sonst?«

»Herzog Lothar von Süpplinburg.«

»Niemals. Gerade jetzt wurde in Bamberg auf dem Reichstag ein Kriegszug gegen ihn beschlossen, weil er immer Ärger macht.«

»Gerade weil er immer Ärger macht, wird er zum König gewählt. Seit mehr als 100 Jahren hat Sachsen keinen König mehr gestellt. Es droht, sich aus dem Reich zu lösen und ein eigenes Königtum zu errichten. Wenn Herzog Lothar König wird, werden dem wichtigsten Unruhestifter und Kriegstreiber Fesseln angelegt, da er es nun ist, der für den Frieden im Reich zu sorgen hat. Um seines Königtums willen wird er Gerechtigkeit üben.«

Luitger schüttelte entschieden den Kopf:

»Herzog Heinrich von Baiern wird Lothar niemals wählen.«

»Doch, genau das wird er. Denn Herzog Lothar hat ein Angebot in der Hand, dem der bairische Herzog nicht widerstehen kann, seine Tochter Gertrud.«

»Die ist doch noch sehr klein.«

»Was tut das zur Sache? Herzog Lothar wird Eurem bairischen Herzog eine Ehe zwischen seiner Tochter und dem Sohn des Herzogs vorschlagen. Das bedeutet einen unsagbaren Machtgewinn, nämlich zwei Herzogtümer, das von Baiern und das von Sachsen. Und möglicherweise wird er als Schwiegersohn Lothars auch noch König, denn Lothar ist schon beinahe 50.«

»Was soll das? Was geht es mich an, wer König wird?«

Sie hatten eine Lichtung erreicht. Die Mittagssonne schien heiß, Luitger fühlte sich unwohl, er hatte Durst. Irgendetwas stimmte da nicht. War Kaspar ganz aus Sachsen oder aus der Nähe von Münster, wo seine Burg lag, nach Passau gekommen, um mit ihm über einen möglichen Königskandidaten zu sprechen? Warum, wenn er doch keine Wahlstimme hatte.

»Sachte, sachte. Bedenkt Euch recht. Wenn Lothar König wird, warum sollte er Euch die Lehen Eures Vaters geben? Er kennt Euch nicht, weiß nicht, ob Ihr für oder gegen ihn seid. Ihr wäret ihm zu mächtig und darum wird er die Lehen aufteilen und anderweitig vergeben.

Von Herzog Friedrich von Schwaben könnt Ihr übrigens auch nichts anderes erwarten. Er steht in dem Ruf, dass er am Schwanz seines Pferdes immer eine neue Burg nach sich zieht.«

»Was soll ich denn machen?«, rief Luitger verzweifelt und setzte sich ins Gras.

Kaspar reichte ihm seinen Lederbeutel mit Wein.

»Retten kann Euch nur eines. Ihr werdet Herr über die Grafschaft Eures Schwiegervaters. Wenn Graf Bernhard nicht mehr ist, wählt Ihr Herzog Lothar von Süpplinburg. Er wird Eure Treue belohnen. Auch Herzog Heinrich wird es lieb sein, wenn er nicht die einzige bairische Stimme für Lothar abgibt.«

»Wie lange, sagtet Ihr, lebt Kaiser Heinrich noch?«

»Ein Jahr. Höchstens zwei oder drei Monate länger. Aber das Fest der Geburt des Herrn erlebt er im kommenden Jahr nimmermehr.«

»Dann müsste es bis dahin geschehen.«

Auch Kaspar setzte sich zu ihm ins Gras.

»Wer soll es tun?«

»Es gab einmal einen jungen Mann mit einem hübschen Oberlippenbärtchen und einem verwegenen Sinn. Der erhielt eines Tages von seinem Herrn den Auftrag, einen Überfall vorzutäuschen, damit Graf Bernhard Euch als edler Ritter vor den bösen Räubern retten kann.«

»WAS?«

»Graf Bernhard hat mich mit Euch zusammen entführt?«

»Gewiss, er wollte Euer Erbe. Als er es nicht bekam, hat er Euch mit seiner Tochter Giselinde verlobt. Was zugegebenermaßen gar nicht schlecht ist. Ihr passt zusammen. Aber lassen wir das. Das ist heute unwichtig. Diesen jungen Mann gibt es eigentlich nicht mehr, er ist gesetzt und würdig geworden. Aber bisweilen«, Kaspar strich sich bedächtig über seinen Bart, »verwandelt sich der Ehrwürdige wieder in den draufgängerischen Jüngling, der es mit dem Recht nicht so genau nimmt.«

»Ihr wollt es für mich tun? Was verlangt Ihr dafür?«

»Nichts als Euren Dank.«

Luitger schüttelte den Kopf.

»Lasst uns jetzt nicht über den Lohn sprechen. Es gibt Wichtigeres.«

»Ja«, seufzte Luitger, »der Verdacht wird auf mich fallen.«

»Was ist schon ein Verdacht? Beweisen lässt sich nichts. Wann wäre jemals ein Meuchelmord aufgedeckt und schon gar geahndet worden?«

✺

Jerusalem. Mit Alice in Jerusalem leben, mit Leyla sich versöhnen. Nicht im Traum, nicht als Wunschgebilde, sondern in Wirklichkeit. Schon morgen würde er sich zusammen mit Alice dem Pilgerzug Konrads von Staufen nach Jerusalem anschließen – und aus dem Heiligen Land nicht wieder zurückkehren.

Mit kräftigen Zügen schwamm Bernhard aus der mit Schilf bewachsenen Bucht hinaus in den Strom. Er blinzelte. Die Sonne stand tief, auf den Wellen glitzerten und tanzten unzählige Wassertropfen. Bernhard warf einen Blick hinauf zu seiner Burg. Wehmut, Trauer? Nein. Es war eine abgelebte Zeit. Mit Begeisterung hatten er und Alice alles vorbereitet, jede Einzelheit mit dem Burgvogt besprochen, der als Einziger eingeweiht war.

Nur stand Bernhard vor der Erfüllung seines Wunsches der heutige Abend mit Kaiser Heinrich bevor, der ihm seit Tagen auf dem Magen lag. Er war zwar nicht gerade in Ungnade gefallen, aber er hatte sich den Unwillen des Kaisers zugezogen. Schon im Februar hatte er nicht am Feldzug gegen Gräfin Gertrud von Holland teilgenommen. Vor einem Rachezug gegen Lothar von Süpplinburg hatte er auf dem Reichstag in Bamberg gewarnt, auch wenn dessen herausfordernd freches Verhalten den Kaiser zutiefst erzürnt hatte. Wenn dieser Kriegszug auch nach Gottes Ratschluss nicht stattgefunden hatte, so wurde es ihm übel vermerkt. Noch mehr hatte im August seine Weigerung den Unmut, die Erbitterung und Wut des Kaisers hervorgerufen, sich mit seinen Rittern und Fußsoldaten dem Feldzug gegen Frankreich anzuschließen. Es hatte zwar keinen Krieg gegeben, Heinrich hatte vor der gewaltigen Übermacht der Franzosen, die sich zu einem Volk unter dem Zeichen der Oriflamme vereinigt hatten, von einem Angriff abgesehen. Dennoch, der Vorwurf des Treuebruchs wog schwer. Statt sich als Gefolgsmann zu erweisen und seine Huld wiederzuerlangen, musste Bernhard heute Abend dem Kaiser offenbaren, dass er mit dessen Neffen Konrad nach Jerusalem ziehen würde. Diese Pilgerfahrt konnte der Kaiser ihm zwar nicht verbieten, aber Bernhard fürchtete seine Zornesausbrüche. Denen war allerdings vorgebeugt. An der mit orientalischen Delikatessen nur so überhäuften Tafel säße Giselinde neben Kaiser Heinrich, er wäre ob ihrer Anmut, Schönheit, ihrer Klugheit und ihres höfischen Benehmens sicher entzückt. Er selbst müsste zwar neben Kaiserin Mathilde seinen Platz einnehmen, doch er würde Luitger neben sich haben und dem jungen Mann Gelegenheit bieten, sich mit Mathilde angeregt zu unterhalten. Die Düfte, die Gaumenfreuden, die fremdländische Musik würden den Kaiser und sicher die junge Kaiserin auf das Morgenland vorbereiten, neugierig machen, sie milder, gnädig stimmen. Dies insbesondere, da er das zukünftige gräfliche Paar der Gunst und Huld des Kaisers und seiner Gemahlin Mathilde anempfehlen würde. Luitger gierte nur danach, die Grafschaft zu übernehmen und im Kampf Heldentaten zu vollbringen. Bernhard mochte es ihm nicht verübeln, es war das Recht der Jugend, selbst bestimmen, herrschen zu wollen. Giselinde und Luitger würden entzückt sein, wie nah dieser Augenblick der Macht gekommen war, selbst wenn sie noch nicht mit seiner Grafschaft belehnt wurden.

Bernhard genoss das Schwimmen, ein letztes Mal in der Donau.

Dort im Heiligen Land würde er mit Alice im Jordan, im See Genezareth baden, sich im Toten Meer treiben lassen und nachher das Salz von ihrer Haut küssen. Das Salz seiner Ehefrau.

Denn dort im Königreich Jerusalem war das Unmögliche möglich geworden. Nur sehr wenige Pilgerinnen waren im Heiligen Land geblieben. Und so suchten sich die Männer eine Frau unter den einheimischen Christinnen. Die waren zumeist nicht adelig. Bisweilen verbanden sie sich sogar mit Musliminnen, die konvertierten. Selbstredend brauchten die Ritter und Fußsoldaten, Kaufleute, Bauern legitime Nachkommen, also eine Ehefrau. Niemand nähme Anstoß, wenn er Alice heiratete, schon gar nicht König Balduin II., der Alice noch vom Kreuzzug her kannte.

Alice heiraten. Alice heiraten und Gott in der Grabeskirche danken! Mit ihr an der Tafel des Königs speisen! Noch wunderbarer, beglückender wird es sein, mit ihr bei Hofe zu tanzen, Alice um die Taille zu fassen, sie hochzuheben, sich im Tanze mit ihr zu drehen und in ihr Antlitz zu schauen!

Der Pfeil durchbohrte seine Schulter und duckte ihn unter. Ein Augenblick der Benommenheit. Bernhard ließ dem Entsetzen keinen Raum, nahm seine Sinneskraft zusammen und suchte Rettung, indem er so tief zum Ufer tauchte, dass der Pfeil kaum eine Wasserspur mit sich zog.

Es half nichts, Bernhard tauchte auf, um zu atmen. Ein zweiter, wohlberechneter, mit Widerhaken versehener Pfeil traf ihn, durchbohrte seinen Rücken, stieß in die Lunge, zerfetzte sie. Bernhard japste nach Luft. Vergeblich. Entsetzen, Angst brach aus. Todesangst.

Gott steh mir bei, ich ersticke, ich ertrinke.

Die Wellen schwappten nach ihm, zwangen Bernhard in die Tiefe. Mit äußerster Willenskraft tauchte er auf, hielt er den Kopf hoch, versuchte zu schwimmen, wurde hinabgezogen, von einem Strudel hochgespült.

Da sah der Sterbende den Abt, wie er auf dem Wasser zu ihm ging.

Bernhard lächelte.

Kopflos, vom Grauen gepackt, warf Kaspar seinen Bogen fort, rannte fluchtartig, besessen durch das Gestrüpp, fiel, raffte sich auf, jagte mit seinem Pferd davon, drehte sich mit angstverzerrtem Gesicht um, ob die Erscheinung ihn verfolge.

EPILOG

DIE NACHT ÜBER schloss sich Alice mit Bernhard in der Burgkapelle ein.

Gegen Morgen pochte Luitger gegen das Tor und forderte: »Mutter, macht auf. Ich habe mit Euch zu reden.«

Alice behielt den Riegel in der Hand, öffnete einen Spalt, so dass Luitger den aufgebahrten Geliebten nicht sehen konnte.

»Kaiser Heinrich hat mir heute Nacht Graf Bernhards Lehen zugesagt. Die feierliche Lehensübergabe erfolgt am Tage nach seiner Beisetzung.«

Er schwieg, als erwarte er von seiner Mutter einen Glückwunsch.

Als Alice nichts sagte, sondern ihn finster, feindselig ansah, brachte ihn das kurz aus der Fassung. Er trat von einem Bein auf das andere und fuhr sich durch sein rotes Haar.

»Hat mein Schwiegervater jemals Anordnungen für seinen Tod getroffen?«, fragte er mit belegter Stimme.

»Graf Bernhard hat nicht erwartet, jetzt aus dem Leben zu scheiden. So wünsche ich, Graf Bernhard möge an der Mauer des Klosters Lichtenfels seinen letzten Ruheplatz finden. Der Abt liest die Totenmesse, darum bittet Ihr ihn.«

»Soll er auch Seelenmessen lesen?«

»Nein«, antwortete Alice. Es fiel ihr ein, damals vor dem Sturmangriff auf Jerusalem, den Bernhard nicht zu überleben glaubte, hatte er ihr befohlen:

Keine Seelenmessen vom Abt!

Der Abt wird Bernhard auch so nahe sein und ins himmlische Reich geleiten, glaubte Alice fest und es huschte ein Hauch von Trost über ihre gemarterte, verödete Seele.

»Ich werde bei dem Begräbnis nicht zugegen sein«, wandte sie sich wieder Luitger zu.

»Ich breche noch heute nach Jerusalem auf.«

»Wie das?« Luitger sah seine Mutter entgeistert an.

»Es ist so. Das reicht zu wissen.«

»So segnet mich«, bat Luitger.

»Den Segen gibt Gott allein«, antwortete Alice und schloss das Tor.

Ein letztes Mal ging sie zu Bernhard und küsste ihn auf den Mund.

Noch in derselben Stunde verließ Alice die Burg, um sich der Pilgerfahrt Konrads von Staufen anzuschließen.

Langsam ritt sie über die Zugbrücke den Abhang hinunter. Gerade ging die Sonne auf, es schien ein schöner Herbsttag zu werden. Das Lastpferd trottete hinter ihr her.

Da sah sie einen jungen Mann festen Schrittes den Berg hinaufgehen. Er trug eine braune, kurze Tunika und eine braune Hose und war barfuß.

Bernhard!

Bernhard, die gleiche starke, dabei feingliedrige Gestalt, sein Gesicht! Bernhard, jung, wie sie ihn vor Jahren im Hof ihres Vaters zum ersten Mal gesehen hatte.

Vor Überraschung, von einer inneren Stimme bewegt, stieg Alice vom Pferd, das sie am Zügel führte.

»Grüß Gott!«, sagte der junge Mann freundlich.

»Wohin des Wegs?«, fragte Alice, obgleich sie es ahnte.

»Wahrscheinlich bin ich zu früh. Ich möchte zu Graf Bernhard von Baerheim.«

»Wer seid Ihr?«

»Ich bin Wolfhardt.«

HISTORISCHE PERSONEN

Abaelard

Philosoph, Theologe, Dichter, Musiker. Geboren 1079. Abaelard war berühmt und bei seinen Gegnern gefürchtet als glänzender Rhetoriker. Abaelards Theologie war der Logik verpflichtet.

Seine Liebe und heimliche Ehe mit seiner Schülerin Heloise führte zur Rache ihres Oheims, der ihn in der Nacht beim Schlaf überfallen und entmannen ließ. Auf Abaelards Drängen wurde Heloise Nonne, später Äbtissin, er selbst wurde Mönch. Als solcher führte er seine Lehrtätigkeit weiter.

Auf Veranlassung von Bernhard von Clairvaux wurden Abaelards Schriften auf der Synode von Sens verdammt. Papst Innocent II. verurteilte Abaelard zu ›ewigem Schweigen‹.

Abaelard starb am 21. April 1042 in Cluny. Der Leichnam wurde auf Wunsch Abaelards vom Abt von Cluny Heloise übergeben und in ihrem Kloster Paraklet beigesetzt, sie selbst nach ihrem Tode neben ihm bestattet.

Adalbert von Saarbrücken

Erzkanzler König Heinrichs V. seit 1106.

Romfahrt mit König Heinrich V. Auf seinen Einfluss ist maßgeblich die Gefangennahme Papst Paschalis' II. im Februar 1111 zurückzuführen.

Da Heinrich V. es für sinnvoll erachtete, dass sein Kanzler gleichzeitig Erzbischof von Mainz wäre, investierte er ihn am 15. August 1111. Bischofsweihe am 26. Dezember 1115.

Bisher engster Vertrauter König Heinrichs V. (bis Sommer 1112), wurde Adalbert nach der Investitur zum Erzbischof einer der erbittertsten Feinde Heinrichs V.

Gefangener des Kaisers auf der Burg Triefels. Freilassung auf massiven Druck der Mainzer Bürger (1112-1115).

Erteilung großer Privilegien an die Stadt Mainz (1118).

Legat des Papstes Calixtus II. (1119).

Adalbert war als Erzbischof Teilnehmer der Synode von Vienne, während derer Heinrich V. vom Erzbischof von Vienne exkommuniziert wurde. Weitere Exkommunikation des Kaisers Weihnachten 1115 in Köln, ständig Koalitionen mit Gegnern Heinrichs V., kriegerische Auseinandersetzungen, z. B. Zerstörung Oppenheims (1118).

Adalbert lud 1125 zur Königswahl nach Mainz ein und lenkte sie zugunsten Herzog Lothars von Süpplinburg.

Gestorben am 23. Juni 1137.

Agnes von Waiblingen

Ende 1072 geboren als Tochter Kaiser Heinrichs IV. und der Bertha von Thurin.

In erster Ehe verheiratet mit Herzog Friedrich I. von Schwaben (Verlobung 24. März 1079, erstmaliger Ehevollzug 1086).

Nach dessen Tod (1105) verheiratet mit Markgraf Leopold III. von Österreich. Als Belohnung für den Verrat Leopolds an Kaiser Heinrich IV. wurde ihm Agnes von ihrem Bruder Heinrich zur Frau gegeben. Heirat 1106. Es heißt, sie habe in ihrer zweiten Ehe noch 18 Kinder geboren, es sind jedoch wohl die Kinder aus ihrer ersten Ehe mitzurechnen.

Sie starb am 24. September 1143.

Al- Afdal Schahanschah

Wesir seit 1094, hatte die Regentschaft in Ägypten für den fatimidischen Kalifen inne.

Kampf gegen die Seldschuken, Eroberung Askalons, Akkons, Tyros' und Byblos' (1097) sowie Jerusalems (1098).

Er verlor am 12. August 1099 die Schlacht bei Askalon gegen die Kreuzfahrer trotz eines weitaus größeren Heeres.

Ermordet während des Opferfestes 1121, worauf der Kalif die Regentschaft übernahm.

Anselm von Canterbury

Erzbischof von Canterbury und damit Primas der Kirche von England. Wegen des englischen Investiturstreites kam es mit König Wilhelm II. und König Heinrich I. zu Auseinandersetzungen, die Anselm zwangen, ins Exil nach Italien zu gehen (1097-1100 und 1103-1106). Anselm kämpfte vehement gegen die Priesterehe, die in England im zwölften Jahrhundert noch sehr verbreitet war. Von seinem theologischen Werk erlangte sein im *Proslogion* dargelegter Gottesbeweis die größte Bedeutung.

Gestorben am 21. April 1109.

Arnulf von Chocques

Kaplan Herzog Roberts von der Normandie auf dem Ersten Kreuzzug.

Lateinischer Patriarch von Jerusalem (1099). Nach seiner Absetzung durch Papst Paschalis II. war er Erzdiakon von Jerusalem. Gefürchtet war er als Intrigant.

Seit 1112 erneut Patriarch von Jerusalem bis zu seinem Tod. Allerdings wurde er 1115 kurz abgesetzt wegen sexueller Beziehungen zu einer muslimischen Frau.

Gestorben 1118.

Balduin von Boulogne

Mittelloser dritter Sohn des Grafen Eustachius II. von Boulogne, Bruder Herzog Gottfrieds von Bouillon, dem er sich auf dem Ersten Kreuzzug (1096-1099) anschloss.

Herrscher von Edessa (seit dem 10. März 1098).

König von Jerusalem seit dem 25. Dezember 1100 bis zu seinem Tod am 2. April 1118.

Balduin von Le Bourgh

Vetter Balduins von Boulogne. Teilnahme am Ersten Kreuzzug. *Graf von Edessa (1100 – 1118).*

König von Jerusalem von 1118 bis zu seinem Tod am 21. August 1131.

Berengar von Sulzbach

Graf. Geboren vor 1080. Führend in der Opposition bairischer Adeliger gegen Kaiser Heinrich IV. Zusammen mit Graf Otto von Kastl-Habsburg und Graf Diepold von Vohburg hatte er maßgeblichen Einfluss auf den Bruch König Heinrichs V. mit seinem Vater. Er gehörte zum kirchlichen Reformkreis und gründete die Stifte Berchtesgaden, Baumburg und zusammen mit Otto von Kastl-Habsburg das Kloster Kastl.

Gestorben am 3. Dezember 1125.

Bohemund von Tarent

Ziemlich mittelloser, kampferprobter Sohn des Normannen Robert Guiskards.

Heerführer im Ersten Kreuzzug. Von 1098/99 – 1108 Fürst von Antiochia, danach Vasall des byzantinischen Kaisers.

Heirat mit Konstanze, der Tochter des französischen Königs Philipp I. (1106). Er hätte möglicherweise Papst Paschalis bei seiner Gefangennahme gegen Heinrich V. geholfen.

Gestorben am 7. März 1111 in Apulien.

Burchard der Rote

Bischof von Münster, von Kaiser Heinrich IV. 1098 zum Bischof erhoben, blieb er dessen treuer Anhänger und erhielt Ring und Schwert vom sterbenden Kaiser, um sie nach seinem Tod Heinrich V. zu überbringen.

Auch König Heinrich V. war er treu ergeben, was zu mehrfachen Exkommunikationen und Verwüstungen seines Bischofsitzes Münster führte.

Burchard begleitete Heinrich auf den Romreisen 1111 und 1116. Er war Kanzler für Italien und starb am 19. März auf einer Gesandtschaftsreise in Konstantinopel.

Calixtus II.

Papst. Seit 1088 regierte Guido, Sohn des Grafen von Burgund, das Erzbistum von Vienne, das zum Regnum Romanorum gehörte, so dass er im weltlichen Bereich Kaiser Heinrich V. lehenspflichtig war. Als Erzbischof und Legat des Papstes leitete er 1112 in Anwesenheit des französischen Königs Ludwig VI. und des Erzbischofs Adalbert von Mainz die Synode von Vienne, auf der Heinrich V. exkommuniziert wurde.

Er setzte als erster Papst am 8. Juli 1119 auf der Synode von Toulouse die weltliche Gewalt gegen einen Häretiker, den Wanderprediger Petrus von Bruis, ein, der 1132/33 als Ketzer auf dem Scheiterhaufen in St. Gilles unter Papst Innozenz II. (1130–1143) verbrannt wurde.

Papst Calixtus starb am 13. Dezember 1124 in Rom.

Diepold III. von Vohburg

Markgraf des bairischen Nordgaus und von Nabburg, Vohburg und Cham.

Diepold gehörte zu den bairischen Adeligen, die Heinrich V. in seinem Kampf gegen seinen Vater beeinflussten und unterstützten. Er blieb ein treuer Anhänger Heinrichs V. und begleitete ihn 1111 und 1116 nach Italien. Wesentlich war er am Zustandekommen des Wormser Konkordats beteiligt. Er gehörte dem Reformadel an und gründete 1119 das Benediktinerkloster Reichenbach und 1133 das Zisterzienserkloster Waldsassen.

Gestorben am 8. April 1146.

Ekkehard von Aura

Chronist. Abt des Klosters Aura, Anhänger des Reformpapsttums. Er verfasste eine Weltchronik bis zum Jahre 1125.

Bis 1119 war er ein Anhänger Heinrichs V. Anlässlich der Hochzeit Heinrichs V. mit Mathilde ließ er von Bischof Erlung von Würzburg dem jungen Ehepaar sein Geschichtswerk überreichen, in dem er dem Kaiser wie insbesondere der jungen Braut seine Huldigung aussprach.

Gestorben am 20. Februar nach 1125.

Ekbert I. von Formbach

Graf. Geboren 1064/67. Er war ein Anhänger Papst Gregors VII. und ein vehementer Gegner Heinrichs IV.

Nach der Zerstörung seiner Burg Neuburg (1078) bei Passau durch Heinrich IV. ging er ins Exil nach Ungarn. Später Rückkehr und Versöhnung mit Kaiser Heinrich IV. Ekbert nahm an dem erfolglosen Kreuzzug 1101 teil, bei dem sein langjähriger Freund und Verbündeter Herzog Welf IV. und sein Bruder Erzbischof Thiemo von Salzburg ums Leben kamen wie auch seine Verwandte Itha von Österreich, die möglicherweise auch verschleppt worden sein könnte.

Gestorben 1109.

Erlung

Bischof von Würzburg. Kanzler Heinrichs IV. Erlung wurde von Heinrich V. bei der Eroberung Würzburgs (1105) abgesetzt und durch Ruotpert ersetzt, jedoch 1106 von Heinrich V. wie vom Papst unter großen Ehren wieder eingesetzt. Zunächst treuer Anhänger Heinrichs V., fiel er 1115, zum Ausgleich zur Synode nach Köln gesandt, von ihm ab. Während Heinrichs V. Aufenthalts in Italien wurde sein Neffe Konrad mit der richterlichen Gewalt Würzburgs betraut (Amtsherzogtum).

1120 wurden Bischof Erlung die richterlichen Befugnisse in einem feierlichen Akt zurückerstattet.

Gestorben am 28. oder 29. Dezember 1121 an Elephantiasis.

Friedrich I.

Erzbischof von Köln seit 1100. Zunächst Anhänger Heinrichs V., wandte er sich 1114 aus territorialpolitischen Gründen von ihm ab und betrieb Heinrichs Exkommunikation Weihnachten 1115 auf einer Synode in Köln. Er initiierte ein Bündnis niederrheinisch-lothringischer und westfälischer Fürsten gegen Heinrich V. Militärisch besiegte er Kaiser Heinrich in der Schlacht bei Andernach und bei dem Überfall bei Deutz (1114). Mit Waffengewalt ging er gegen Dortmund und Münster vor, richtete Verwüstungen in den Gebieten der Grafen Dietrich von Cleve und Gerhard von Geldern an und zerstörte Sinzig und andere kaiserliche Besitzungen am Rhein. Nach der Eroberung Arnsbergs zwang er Graf Friedrich von Arnsberg, ihm die Hälfte seines Gebietes abzutreten. Er erweiterte sein Bistum durchaus militärisch, so eroberte er 1115 die kaiserliche Burg Lüdenscheid und zerstörte den festen Platz Wissel bei Kleve. Friedrich hielt zahlreiche Synoden ab. Das Verhältnis zu den Kölner Bürgern schwankte im Laufe der Jahre.

Gestorben am 5. Oktober 1131.

Friedrich von Formbach

Graf. Geboren um 1030. Er heiratete heimlich Gertrude, eine Tochter des sächsischen Grafen von Haldesleben und Nichte Kaiser Heinrichs III. Friedrich fiel deswegen in Ungnade. Als Friedrich scheinbar Verzeihung bei Heinrich III. erlangt hatte, wurde er bei seiner Rückkehr zu seiner Frau erschlagen. Aus dieser Ehe ging Hedwig hervor, die Mutter Herzog Lothars von Süpplinburg bzw. König Lothars III.

Ermordet 1059.

Friedrich III. von Putelendorf

Pfalzgraf von Putelendorf und Pfalzgraf von Sachsen. Geboren um 1065, verheiratet mit Adelheid von Stade. Er wurde am 5. Februar 1085 wahrscheinlich im Auftrag von Graf Ludwig von

Thüringen ermordet (erstochen). Seine Ehefrau Adelheid heiratete Ludwig am 5. Februar 1088.

Friedrich IV. von Putelendorf

Graf von Putelendorf und Pfalzgraf von Sachsen. Sohn des kurz vor seiner Geburt (1085) ermordeten Friedrichs III. von Putelendorf. 1112 forderte Friedrich seinen Stiefvater Graf Ludwig von Thüringen wegen des Mordes zum Zweikampf heraus. Der Zweikampf wurde von Heinrich V. verboten. Darauf befehdete Friedrich seinen Stiefvater. Möglicherweise, da er bei Heinrich V. kein Gehör für seine Ansprüche auf die sächsische Pfalzgrafschaft fand, begann er einen Aufstand gegen den Kaiser zusammen mit seinem Stiefbruder Hermann, dem Sohn Ludwigs von Thüringen. Der Aufstand wurde niedergeschlagen, die beiden am 6. Juni 1112 von Graf Hoyer von Mansfeld gefangen genommen und zu schwerer Haft verurteilt. Gegen ein hohes Lösegeld, das aus dem Verkauf von Besitzungen an Bischof Reinhard von Halberstadt aufgebracht wurde, kam Friedrich 1114 wieder frei, sein Stiefbruder Hermann starb nach mehr als zweijähriger Haft.

Gestorben am 26. Mai oder Juni 1125.

Friedrich II. von Schwaben aus dem Hause der Staufer

Herzog. Geboren 1090, Sohn Herzog Friedrichs I. von Schwaben und der Kaisertochter Agnes.

Nach dem Tod seines Vaters 1105 erhielt er fünfzehnjährig die Herzogwürde.

Während des Italienzuges Kaiser Heinrichs V. (1116 – 1118) war er mit seinem Bruder Konrad sowie dem Pfalzgrafen Gottfried von Calw dessen Stellvertreter, was insbesondere für Friedrich zu militärischen Auseinandersetzungen mit Adalbert, dem Erzbischof von Mainz, führte. Er erweiterte wesentlich die Hausmacht der Staufer (Burgenbauer), sein ältester Sohn ist Friedrich Barbarossa.

Als Neffe des kinderlos verstorbenen Kaisers Heinrichs V. und verheiratet mit Judith, der Tochter des bairischen Herzogs Heinrich des Schwarzen, rechnete er fest damit, nach dem Tode Heinrichs V. (1125) zum König gewählt zu werden. Heinrich der Schwarze wählte jedoch Herzog Lothar von Süpplinburg, da dieser seine Tochter Gertrud dem Sohn Heinrichs des Schwarzen versprach. Friedrich erkannte die Wahl Lothars trotz Huldigung faktisch nicht an, was zu jahrelangem Krieg führte. Erst 1135 unterwarfen er und sein Bruder Konrad sich König Lothar. Gestorben am 6. April 1147.

Galdemar Carpenel

Teilnehmer am Ersten Kreuzzug. Er verließ das Heer Graf Raimonds von Toulouse und wechselte in das Heer Herzog Gottfrieds von Bouillon. 1100 bis 1101 hatte er die Herrschaft über Hebron inne, 1101 erhielt er die Herrschaft über Haifa von König Balduin I., der sie Tankred nahm, um dessen Macht zu schmälern.

Gebehard

Bischof ? von Regensburg. Es hieß, er habe aufgrund kriegerischer Dienste für Heinrich IV. die Stellung erhalten. Gebehard sei nur Erwählter. Er stand der Regensburger Kirche seit 1089 vor. Ermordet 1105 von seinen eigenen Kriegsleuten.

Gebhard III. von Zähringen

Bischof von Konstanz (1084 – 1110.) Als strenger Verfechter des Reformpapsttums und Gegner Kaiser Heinrichs IV. unterstützte er Heinrich V. in seinem Kampf gegen seinen Vater und überbrachte ihm 1105 den päpstlichen Segen, der Heinrich vom Treueid gegenüber seinem Vater entband. Gestorben am 12. November 1110.

Gelasius II.

Papst von 1118 – 1119, Exkommunikation Heinrichs V. und seines Gegenpapstes, des Erzbischofs Mauritius von Praga.

Gestorben am 29. Januar 1119 in Cluny.

Gerhard von Merseburg

Bischof von Merseburg. Als treuer Anhänger Kaiser Heinrichs V. wurde seine Kirche 1115 von Erzbischof Adelgoto von Magdeburg und Bischof Reinhard von Halberstadt schwer geschädigt und Bischof Gerhard selbst aus seinem Bistum vertrieben. Trotz einer Klage bei Papst Paschalis II. konnte er nach Merseburg nicht mehr zurückkehren und begleitete von da an Kaiser Heinrich.

Gestorben wahrscheinlich 1120.

Gertrud von Braunschweig

Geboren um 1060. Gemahlin Graf Dietrichs II. von Katlenburg, Gemahlin Markgraf Heinrichs des Fetten von Friesland, Gemahlin Markgraf Heinrichs von Eilenburg, Meißen und Lausitz.

Sie war eine imposante, mächtige Persönlichkeit, die einen großen politischen Einfluss in Sachsen gegen Kaiser Heinrich V. ausübte. Ihre Tochter Richenza war die Gemahlin Herzog Lothars von Sachsen.

Gestorben am 9. Dezember 1117.

Gertrud (Petronella) von Holland

Geboren um 1082. Witwe des 1121 verstorbenen Grafen Florentinus des Dicken von Holland und Stiefschwester Herzog Lothars von Süpplinburg. 1123 belagerte Kaiser Heinrich ihre Burg Schulenburg. Im Februar 1124 unternahm Kaiser Heinrich V. einen Feldzug gegen die Gräfin, da sie sich an Frankreich angelehnt hatte.

Gestorben am 23. Mai 1144.

Gertrud von Süpplinburg

Herzogin von Sachsen und Baiern. Geboren am 18. April
1115. Sie war die Erbtochter Herzog Lothars von Sachsen und
wurde von ihrem Vater mit Heinrich dem Stolzen verheiratet,
damit dessen Vater, Herzog Heinrich der Schwarze von Baiern, bei der Königswahl 1125 seine Stimme für Lothar abgab
(Eheschließung 29. Mai 1127). Kind aus dieser Ehe: Heinrich
der Löwe. In zweiter Ehe wurde sie aus politischen Gründen
mit Heinrich II. Jasomirgott, Markgraf von Österreich, verheiratet (Mai 1142).

Gestorben an ihrem Geburtstag, am 18. April 1143, im Kindbett, ihre Tochter Richardis überlebte.

Gottfried von Boullion

Herzog von Niederlothringen. Geboren um 1060. Obwohl
treuer Gefolgsmann Kaiser Heinrichs IV., schloss er sich dem
Aufruf Papst Urbans II. an. Er war Heerführer im Ersten Kreuzzug und wurde Rivale Raimonds von St. Gilles, Graf von Toulouse, Marquis der Provence. Eine Woche nach der Eroberung Jerusalems wurde Gottfried die Königskrone angeboten
(22.07.1099), die er jedoch ablehnte. Er nahm den Titel »Advo-
catus Sancti Sepulcri« (Verteidiger des Heiligen Grabes) an und
war damit das Oberhaupt von Jerusalem. Durch eine List kam
er in den Besitz der Davidsburg, die bis dahin Graf Raimond
für sich in Anspruch genommen hatte. Nur auf Betreiben seiner
Leute unterstützte Graf Raimond seinen erfolgreichen Rivalen
Gottfried bei der Schlacht bei Askalon.

Gestorben am 18. Juli 1100.

Gregor VII.

Papst. Geboren um 1020/25 in der Toskana.

Er begleitete den von Kaiser Heinrich III. in Sutri abgesetzten Papst Gregor VI. 1046 ins Exil nach Deutschland. Rückkehr
nach Rom Anfang 1049.

Während der Beisetzungsfeierlichkeiten für Papst Alexander II. wurde er auf irreguläre Weise unter tumultuarischen Umständen zum Papst erhoben (22. April 1073), was einen Verstoß gegen das Papstwahldekret darstellte.

Mit König Heinrich IV. kam es wegen der unkanonischen Besetzung des Mailänder Erzbischofs zum Konflikt, Gregor drohte dem König mit dem Bann, worauf dieser die Abdankung des Papstes forderte (Wormser Reichsversammlung 24.01.1076). Papst Gregor reagierte darauf mit der Exkommunikation König Heinrichs (Fastensynode 15.02.1076). Um der Absetzung durch die deutsche Fürstenopposition unter Vorsitz Papst Gregors zu entgehen, eilte König Heinrich dem Papst mitten im Winter entgegen, wo es zu dem berühmten Bußakt auf der Burg Canossa kam (Gang nach Canossa, Januar 1077), so dass die Exkommunikation aufgehoben wurde. Gleichwohl wurde von der deutschen Fürstenopposition ein Gegenkönig gewählt, Rudolf von Rheinfelden (gestorben infolge des Verlustes der rechten Hand in der Schlacht an der Elster 1080).

In Rom verlor Gregor VII. zunehmend an Rückhalt, so dass König Heinrich IV. von seinem Gegenpapst Erzbischof Wipert von Ravenna in Rom zum Kaiser gekrönt werden konnte. Die Normannen, auf deren Beistand Gregor hoffte, verwüsteten Rom derart, dass er mit ihnen Rom verlassen musste.

In seinen berühmten Notizen »Dictatus papae« formulierte Gregor seinen superioren Machtanspruch als Papst sowohl gegenüber den Bischöfen als auch gegenüber Königen und Kaisern. Danach haben alle Fürsten ihm die Füße zu küssen als Zeichen der Unterwerfung. Dem Papst steht das Recht zu, Kaiser abzusetzen. Sein Urteilsspruch darf von niemandem widerrufen werden, er selbst darf von niemandem gerichtet werden.

Gestorben am 25. Mai 1085 in Salerno

Guido Guidi V.

Graf. Er nahm am Ersten Kreuzzug teil. Die Guidis waren

die führende politische und wirtschaftliche Adelsfamilie in der Toskana. Guido Guidi unterstützte Papst Paschalis II. in einer kriegerischen Aktion im Herbst 1099. Er war wie Mathilde von Canossa ein kämpferischer Anhänger der Kirchenreform.

Guido Guerra

Graf, Sohn Guido Guidis. Er wurde von Mathilde von Canossa adoptiert, was wahrscheinlich auf ihr Interesse an der Vorrangstellung der Guidis vor anderen toskanischen Adelsgeschlechtern zurückzuführen ist. Nach der Adoption führte er den Titel *marchio*. Als es für Guido erkennbar war, dass Mathilde ihn nicht als Erben einsetzen würde, zog er sich von ihr zurück, war aber an ihrem Sterbebett anwesend.

Gestorben um 1131.

Guido von Vienne

Erzbischof von Vienne, s. Calixtus II., Papst.

Imilia di Rainaldo Sinibaldo

Gräfin, verheiratet mit Guido Guerra, Adoptivsohn von Mathilde von Canossa.

Heinrich I.

König von England. Geboren 1068, jüngster Sohn Wilhelms des Eroberers. Nach dem Tode seines Bruders Wilhelm II. bemächtigte er sich des Königtums und setzte sich gegen seinen ältesten Bruder Robert von der Normandie durch. 1106 nahm er Robert gefangen und ließ ihn bis zu seinem Tod nicht mehr frei (1134). Heinrich bemächtigte sich der Normandie, was zu Konflikten mit dem französischen König führte. 1124 veranlasste Heinrich seinen Schwiegersohn Heinrich V. zu einem Feldzug gegen Frankreich, der jedoch aufgrund der überwältigenden französischen Übermacht abgebrochen wurde. Sein einziger legitimer Sohn Wilhelm kam 1120 bei einem Schiffsunglück auf dem

Ärmelkanal ums Leben. Seine legitime Tochter Mathilde verheiratete er mit König Heinrich V. (s. Mathilde). Mehr als 20 illegitime Kinder sind namentlich bekannt.

Gestorben am 1. Dezember 1135 an einer Lebensmittelvergiftung.

Heinrich IV.

Kaiser. Geboren am 11. November 1050. Sohn Kaiser Heinrichs III. und Agnes', Tochter Herzog Wilhelms von Aquitanien und Poitou. Bereits am 17. Juli 1054 wurde er zum König gekrönt. Nach dem frühen Tod Heinrichs III. übernahm Kaiserin Agnes die Regentschaft für ihren unmündigen Sohn. Anfang April 1062 entführte Erzbischof Anno von Köln den Zwölfjährigen bei Kaiserswerth, um die Regierungsgewalt im Reich an sich zu ziehen.

Mündig geworden, verfolgte Heinrich eine Reichspolitik, die ihn wegen seines Burgenbaus in Sachsen in Konflikt mit den sächsischen Fürsten brachte, was schließlich zum Sachsenkrieg (1073-1075) und letztendlich zum Verlust seiner Herrschaft in Sachsen führte.

Zum Konflikt mit Papst Gregor und den Fürsten s. oben. 1080 wurde Heinrich erneut von Gregor VII. exkommuniziert. Weitere Exkommunikationen von Papst Urban II. (1094) und Papst Paschalis II (1102) folgten.

Vom Gegenpapst Clemens III. wurde Heinrich am 21. März 1084 zum Kaiser in Rom gekrönt.

In Deutschland stand Heinrich eine Fürstenopposition entgegen. Einer ihrer wichtigsten Vertreter war Herzog Welf IV. von Baiern, der seinen siebzehnjährigen Sohn mit der über 40-jährigen Mathilde von Canossa auf Wunsch Papst Urbans II. verheiratete und damit eine deutsch-italienische Phalanx gegen Heinrich bildete, die zum sofortigen militärischen Eingreifen Heinrichs in Italien gegen Mathilde von Canossa führte. Anfänglich militärisch erfolgreich, verlor Heinrich immer mehr an Boden und wurde von Mathilde von Canossa in Italien handlungsunfähig gemacht. Besondere Enttäuschungen und Skandale in diesen Jahren waren der Abfall seines Sohnes Konrad 1093 und dessen Unterwerfung unter Papst Urban (1095) auf der Synode von Piacenza (1095) sowie die Beschuldigung seiner zweiten Ehefrau Adelheid auf eben dieser Synode, ihr Gatte habe mehrfach sexuelle Vergehen an ihr verüben lassen, worauf die Ehe vom Papst geschieden wurde.

Die Rückkehr ins Regnum Teutonicum (1097) wurde Heinrich durch die Trennung des jungen Welfs V. von Mathilde ermöglicht und die damit verbundene Unterwerfung Herzog Heinrichs IV. von Baiern durch seinen 100-jährigen Vater. Auf verhältnismäßig ruhige Jahre, 1103 reichsweiter Landfriede, folgte der Verrat seines Sohnes Heinrich (s. Heinrich V.).

Heinrich IV. starb am 7. August 1106 in Lüttich. Auch nach seinem Tod waren die Ereignisse noch dramatisch. Zuerst beigesetzt im Lütticher Dom, dann in einer ungeweihten Kapelle vor der Stadt, darauf überführt nach Speyer, wo er in der ungeweihten Seitenkapelle des Speyerer Doms bis zu der Aufhebung seiner Exkommunikation verblieb. Feierliche Beisetzung zu seinem Todestag im Dom zu Speyer am 7. August 1111.

Heinrich V.

Kaiser. Sohn Kaiser Heinrichs IV. und Berthas von Turin. Geboren wahrscheinlich am 11. August 1086. Nach dem Abfall seines Bruders Konrad wurde er 1098 auf einer Mainzer Reichsversammlung zum König gewählt und am 6. Januar 1099 in Aachen zum König gekrönt. Er musste dabei einen Eid ablegen, sich zu Lebzeiten seines Vaters niemals in dessen Regierungsgeschäfte einzumischen.

Die Ermordung Graf Sigehards während eines Hoftags in Regensburg (1103/04) sowie der Einfluss einer Gruppe junger bairischer Adeliger, vehementer Verfechter des Reformpapsttums und Gegner Heinrichs IV., trugen dazu bei, dass Heinrich am 12. Dezember 1104 aus dem Hoflager seines Vaters floh und sich auf die Seite der Oppositionellen stellte. 1105 wurde Heinrich mit Bewilligung Papst Paschalis' II. von seinem dem Vater gegebenen Eid entbunden.

Das Jahr 1105 war gekennzeichnet durch militärische Auseinandersetzungen zwischen Vater und Sohn, wobei es zu keiner Schlacht kam. Den Höhepunkt des Konflikts bildete die Gefangennahme Heinrichs IV. in Bingen am 23. Dezember 1105, seine Inhaftierung auf der Burg Böckelheim, die Verdammung durch die Legaten des Papstes sowie die fulminante Bestätigung Heinrichs V. als König durch die Fürsten auf dem Mainzer Reichstag (5. Januar 1106). Von diesem Tag an rechnete Heinrich seine Herrschaftsjahre.

Nach dem Tod Kaiser Heinrichs IV. 1106 folgten Jahre konsensualer Herrschaft mit den weltlichen und geistlichen Fürsten, wobei die Investiturfrage nicht geklärt wurde und es zu zunehmenden Spannungen mit Papst Paschalis kam.

Das Jahr der Kaiserkrönung 1111 brachte die Wende. Die Gefangennahme Papst Paschalis' und das erpresste Privileg der Investitur der Bischöfe und Äbte führten in den Folgejahren zu zahlreichen Exkommunikationen Heinrichs V. Im Reich bewirkte das Einverständnis Heinrichs V. mit dem Vorschlag Papst Paschalis', die Äbte und Bischöfe hätten die Reichsregalien, also ihre weltliche Herrschaft, an das Reich zurückzugeben, die Aufhebung des Konsenses mit vielen Bischöfen und Erzbischöfen, insbesondere mit Erzbischof Adalbert von Mainz, Erzbischof Friedrich von Köln, Erzbischof Adelgoto von Magdeburg, Bischof Reinhard von Halberstadt. Heinrichs Bemühen, Reichslehen in Sachsen wieder an sich zu ziehen, stieß auf heftigen Widerstand, insbesondere bei Herzog Lothar von Süpplinburg, der von 1112 an trotz seiner Unterwerfung anlässlich der Hochzeit Heinrichs mit Mathilde zum Feind des Kaisers wurde.

Bei der Schlacht am Welfesholz am 11. Februar 1115 wurde Heinrich vom sächsischen Heer unter Herzog Lothar militä-

risch entscheidend geschlagen und verlor damit die Regierungsgewalt über den nord-westlichen Raum des Reiches.

1116 trat er in Italien das Erbe Mathildes von Canossa an.
Der Versuch eines Ausgleichs mit Papst Calixtus 1119 scheiterte
und zog eine erneute Exkommunikation durch den Papst nach
sich. Zunehmend übernahmen die Fürsten die Verantwortung
für das Reich, so dass am 23. September 1122 das sogenannte
Wormser Konkordat zustande kam.

Heinrich V. starb, wahrscheinlich an Krebs, am 23. Mai
1125 kinderlos in Utrecht in Anwesenheit seiner Gattin Mathilde. Er wurde im Dom zu Speyer beigesetzt.

Hermann von Augsburg

Bischof. Bruder Udalrich Vielreichs von Passau, der ihm das
Bischofsamt durch Simonie (Ämterkauf) verschaffte. Er wurde
1096 von Kaiser Heinrich IV. als Bischof investiert, konnte sich
nach 1106 als Bischof halten, verlor sein Amt aber aufgrund des
Vorwurfs wegen eines Verhältnisses mit einer verheirateten Augs-
burgerin. Hermann begleitete Heinrich V. auf seinem Italienzug
1116. Der Fall sollte von Papst Paschalis geklärt werden. Da aber
Papst Paschalis dem Tode nahe war, lehnte er eine Urteilsfällung
ab (1118). Hermann wurde am 19. Mai 1118 auf einer Synode in
Köln von der Kirche ausgeschlossen. Nach 1122, er unterzeich-
nete die kaiserliche Urkunde (Wormser Konkordat), war sein
Bischofssitz gefestigt. Von Papst Calixtus II. wurde er wegen seiner Ehrfurcht und seines Gehorsams gelobt (1123).

Gestorben am 11. März 1133.

Hildegard von Bingen

Äbtissin, Mystikerin, Dichterin, Universalgelehrte. Geboren
1098 als Tochter der Edelfreien Hildebert von Bermersheim und
Mechthild. Mit acht Jahren wurde sie als Gottesgabe der Reklusin Jutta von Sponheim übergeben. 1113 / 14 legte Hildegard die
ewigen Gelübde ab. Gegen den Willen des Abtes gründete sie ein

Frauenkloster auf dem Rupertsberg bei Bingen. Sie war die einzige Frau, die im Mittelalter predigen durfte. Hildegard unternahm zwischen 1160 und 1163 Predigtreisen.

Sie verfasste zahlreiche Schriften, wobei ihre kräuterkundlich-medizinischen die größte Wirkung erzielten.

Gestorben am 17. September 1179 im Kloster Rupertsberg.

Hoyer von Mansfeld

Graf. Spätestens seit 1112 war er treuer Anhänger Kaiser Heinrichs V. und sein oberster Feldherr. Am 9. März 1113 hob er bei Warnstedt eine Verschwörung sächsischer Adeliger gegen Heinrich V. aus. In der Schlacht am Welfesholz (11. Februar 1115) forderte er zum Zweikampf heraus und wurde von Wiprecht von Groitzsch d. J. getötet. Es hieß, Hoyer sei unverwundbar, weil »ungeboren« aus dem Leib seiner toten Mutter gekrochen.

Hugo von Cluny

Abt des Klosters Cluny seit 1049. Pate Heinrichs IV. Er vermittelte während des Investiturstreites zwischen König Heinrich IV. und Gregor VII. (Canossa) und Urban II. An ihn richtete Heinrich IV. einen verzweifelten Brief wegen des Verrats seines Sohnes Heinrich.

Gestorben 1109.

Jutta von Sponheim

Reklusin. Geboren um 1092. Im Alter von 12 Jahren legte sie für sich nach einer lebensgefährlichen Erkrankung ein Gelübde ab, ihr Leben Gott weihen zu wollen. Gegen den Willen ihrer Eltern ließ sie sich am 1. Dezember 1106 als Klausnerin bei der Kirche des Benediktinerklosters Disidenboden einmauern. Dort widmete sie sich der Erziehung von Mädchen, hervorzuheben ist Hildegard von Bingen. 1112 gründete sie einen Frauenkonvent. Seit ihrer Einschließung trug/geißelte sie sich täglich mit einer eisernen Gürtelkette, ausgenommen waren hohe Feiertage oder Krankheit. Jutta werden Wunder zugesprochen.

Gestorben am 22. Dezember 1136.

Konrad von Staufen

Sohn der Kaisertochter Agnes aus ihrer ersten Ehe mit Friedrich I., Herzog von Schwaben. Während des Italienzuges Heinrichs V. 1116 hatte er die Stellung eines Herzogs im östlichen Franken inne.

Von 1124 – 1127 unternahm er eine Pilgerfahrt ins Heilige Land.

Am 27.12.1127 ließ er sich zum Gegenkönig gegen Lothar III. ausrufen, musste sich jedoch 1135 wie auch sein Bruder Friedrich König Lothar unterwerfen.

Seit 1138 König des römisch-deutschen Reiches.

Gestorben am 25. Februar 1152.

Kuno

Kardinalbischof von Praeneste. Er war Kaplan Wilhelms des Eroberers, Berater König Ludwigs VI. von Frankreich. Kuno exkommunizierte Heinrich V. auf mehreren Synoden, zuerst bereits im Sommer 1111 in Jerusalem, dann in Konstantinopel und Ungarn, in Beauvais und Fritzlar 1118. Von 1114 – 1121 war er päpstlicher Legat für Frankreich und Deutschland.

Gestorben am 9. August 1122.

Leopold III.

Markgraf von Österreich. Zunächst treuer Gefolgsmann Kaiser Heinrichs IV., wechselte er 1105 kurz vor der Schlacht am Regen zu König Heinrich V., da dieser ihm für den Verrat seine Schwester Agnes als Frau anbot. Die Ehe scheint glücklich gewesen zu sein. Um die Gründung des Klosters Neuburg verband sich eine Legende um den Schleier seiner Gattin.

Auf die Kandidatur als König 1125 verzichtete er.

Gestorben am 15.11.1136 an den Folgen eines Jagdunfalls (möglicherweise auch eines Mordanschlags).

Lothar von Süpplinburg

Herzog von Sachsen. Geboren Juni 1075. Von König Heinrich V. 1106 zum Herzog erhoben, möglicherweise, da ihn Heinrich fälschlicherweise für schwach hielt. Seit 1112 trat er als vehementer Gegner Kaiser Heinrichs V. auf und stand an der Spitze der sächsischen Fürstenopposition. Ende März 1112 zwar als Herzog abgesetzt wegen der unrechtmäßigen Gefangennahme des Ministerialen Friedrich, erhielt er das Herzogtum im Juni wieder zurück. Gleichwohl schloss sich Lothar bereits im Sommer oppositionellen sächsischen Fürsten an. Der Konflikt entzündete sich, weil Heinrich an das Reich zurückfallende Lehen wieder an das Reich zog und nicht im Interesse des sächsischen Adels vergab. Hervorzuheben ist hier der Konflikt um das Reichslehen Weimar-Orlamünde. Auf der Hochzeitsfeier Heinrichs V. erschien Lothar barfuß und im Büßermantel, erhielt Gnade, was ihn nicht daran hinderte, sich weiterhin mit niederrheinisch-westfälischen Gegnern Heinrichs V. zu verbünden. Als Feind stand er Kaiser Heinrich in der Schlacht am Welfesholz (11.2.1115) gegenüber, in der Heinrich und sein Heer vernichtend geschlagen wurden. Seit 1116 konnte er durch Erbschaften, die ihm und seiner Frau Richenza zufielen, sowie durch Kriegszüge nach Westfalen seinen Einfluss ausweiten, so dass er durch seine militärische Macht, politisches Geschick sowie Ausnutzung der Exkommunikationen Heinrichs die politische Führungsrolle in Sachsen innehatte. 1124 wurde auf dem Reichstag in Bamberg ein Kriegszug gegen ihn beschlossen, der jedoch nicht zustande kam.

Nach dem Tod Heinrichs V. 1125 wurde er zum König gewählt, wobei er zuvor die Verlobung seiner Tochter Gertrud mit dem Sohn Herzog Heinrichs des Schwarzen von Baiern vereinbarte.

Seit 1133 Kaiser des römisch-deutschen Reiches.

Seine Ehe mit Richenza von Northeim (verheiratet seit 1100) währte fast 40 Jahre, was für das Mittelalter ungewöhnlich lang ist. Sie selbst war bei politischen Entscheidungen seine Ratgeberin. Lothar III. starb am 3.12.1137 auf dem Rückmarsch von seinem zweiten Italienfeldzug in Tirol.

Ludwig »der Springer«

Graf von Thüringen. Vorgeschichte s. Friedrich IV.

Ludwig gehörte der sächsischen Fürstenopposition an. Bei der Verschwörung von Warnstedt, die von Graf Hoyer von Mansfeld ausgehoben wurde (1113), gelang ihm die Flucht. Er hoffte anlässlich der Hochzeit Heinrichs V. auf Gnade, wurde jedoch auf Befehl Kaiser Heinrichs gefangen genommen, was Letzterem sehr schadete, da der Adel des Reiches fast vollständig versammelt war und die Gelegenheit zu weiteren Verschwörungen nicht günstiger sein konnte. Gefangenschaft Ludwigs von 1114 bis 1116.

Gestorben im Mai 1123 als Mönch des von ihm 1085 ausgestatteten Klosters Reinhardtsbrunn.

Mathilde von England

Königin / Kaiserin. Geboren wahrscheinlich im Februar 1102 als Tochter König Heinrichs I. von England. 1110 kam sie als Braut König Heinrichs V. nach Deutschland, Verlobung Ostern in Utrecht. Mathilde wurde am 25. Juli 1110 in Mainz zur Königin gekrönt. Bis zu ihrer Vermählung am 7. Januar 1114 wurde sie von Erzbischof Bruno von Trier erzogen. Die Ehe wurde nach damaligem Brauch durch den öffentlichen Beischlaf vollzogen. Mathilde begleitete Heinrich V. nach Italien (1116) und wurde am 13. Mai 1117 im Petersdom durch Erzbischof Mauritius von Braga zur Kaiserin gekrönt. Nach der Rückkehr Heinrichs V. nach Deutschland aus Sorge, abgesetzt zu werden, ließ er Mathilde als Statthalterin in Italien zurück. Die Ehe blieb kinderlos, war aber dennoch offenbar von gegenseitiger Zuneigung und Vertrauen bestimmt.

Nach dem Tod Heinrichs V. 1125 kehrte Mathilde auf Druck ihres Vaters in die Normandie und nach England zurück, wo die Barone, ebenfalls unter Druck gesetzt, ihr 1127 die Thronnachfolge zusagten. Am 27. Juni 1128 ging sie eine von ihrem Vater erzwungene Ehe mit dem 15-jährigen Gottfried Plantagenet ein. Ab 1133 gebar sie drei Söhne. Ihr ältester Sohn war Heinrich II., der 1154 König von England wurde.

Mathilde starb am 10. September 1167.

Mathilde von Formbach

Gräfin, Ehefrau Graf Ekberts I. von Formbach.

Gestorben 1100.

Mathilde von Tuszien (Canossa)

Markgräfin. Geboren 1046, war sie das einzig überlebende Kind des Markgrafen Bonifaz. 1069 ging sie eine Ehe mit Gottfried dem Buckligen von Niederlothringen ein. Nach der Geburt eines Kindes, das nach wenigen Tagen starb, floh sie im Winter zurück nach Italien und weigerte sich trotz des Drängens Papst Gregors VII., die Ehe fortzusetzen. Nach dem Tod ihrer Mutter war sie Alleinherrscherin und vermittelte im Investiturkampf zwischen Heinrich IV. und Papst Gregor VII. (Gang nach Canossa). Papst Gregor wie auch Papst Urban II. unterstützte sie militärisch in ihrem Kampf gegen Heinrich IV. Um 1090 ging sie auf Wunsch Urbans eine Scheinehe mit dem 17-jährigen Welf V. von Baiern ein, die dieser jedoch 1095 auflöste. Nach Beendigung dieser Ehe adoptierte sie Graf Guido Guerra. Mathilde setzte sich kompromisslos für die römisch-katholische Kirche und den harten Reformkurs ein. Ihr Eigengut vermachte sie zunächst der römischen Kirche (1080, bestätigt 1102), später während seiner Romfahrt 1111 änderte sie ihr Testament zugunsten Heinrichs V.

Mathilde starb am 24. Juli 1115.

Olivier von Schloss Jussey

Ritter. Er steht für die vielen Ritter und Fußsoldaten, die beim Sturmangriff auf Jerusalem am 13. Juni 1099 erblindeten. Im Kreuzzug Ludwigs IX. des Heiligen haben 300 Ritter ihr Sehvermögen verloren. Die Bewertung der Blindheit im Mittelalter wird in der Strafjustiz deutlich, wo die Todesstrafe durch Blendung ersetzt werden konnte.

Paschalis II.

Papst von August 1099 – 1118. Der Investiturstreit mit Frankreich und England konnte während seiner Amtszeit beigelegt werden, hingegen nicht der Konflikt mit Heinrich V. Paschalis' Vorschlag, die Bischöfe und Äbte hätten all ihre seit Karl dem Großen von deutschen Königen erhaltenen Regalien an das Reich zurückzugeben, führte am Tag der beabsichtigten Kaiserkrönung Heinrichs V. in Rom (12. Februar 1111) zum tumultuarischen Widerstand der geistlichen Würdenträger und endete mit der Gefangennahme des Papstes und seiner Kardinäle. Um frei zu kommen, stimmte Paschalis einem Heinrich V. gegebenen Privileg zu, nach dem dem König das Recht zukommt, die Bischöfe einzusetzen, später als Praviveg, Schanddiktat, bezeichnet. Bereits im März 1112 musste Paschalis auf dem Lateran-Konzil sein Privileg zurücknehmen, da er heftigster Kritik ausgesetzt war. Er selbst hielt sich zwar an das Heinrich V. gegebene Versprechen, ihn niemals zu exkommunizieren, stimmte jedoch den Exkommunikationen indirekt zu. Zu Lebzeiten Papst Paschalis' kam es zwischen ihm und Heinrich V. zu keiner Einigung des Investiturstreites.

Gestorben am 21. Januar 1118 in Rom, Engelsburg.

Petrus Damiani Ordo Sancti Benedicti

Eremit, Kirchenlehrer, Kardinalbischof von Ostia. Selber von dem simonistischen Erzbischof Gebhard von Ravenna zum Priester geweiht, bekämpfte er extrem scharf Simonie (Ämterkauf) und

Priesterehe / -konkubinat. Als Prior von Fonte Avellana führte er Geißelungen ein. Zudem verurteilte er Homosexuelle, deren Praktiken unter dem Klerus er so genau beschrieb, dass sein Buch »Liber Gomorrhianus« vom Papst zur Bekämpfung der Homosexualität für ungeeignet gehalten wurde.

Gestorben 1072.

Pontius

Abt des Klosters Cluny seit 1109, vermittelte er zwischen Kaiser Heinrich V. und Papst Paschalis II. im Streit um die Investitur der Bischöfe.

Gestorben am 29. Dezember 1126.

Raimond IV. von Saint-Gilles von Toulouse, Marquis der Provence

Graf. Heerführer im Ersten Kreuzzug, auf dem er bereits als ältester (geboren 1041 / 42) und weitaus reichster Heerführer um die Vormachtstellung rang. Militärisch hatte er bei der Eroberung von Jerusalem keinen Erfolg. Ihm wurde die Königskrone von Jerusalem angeboten, die er jedoch ablehnte, wohl in der Annahme, dass auch Herzog Gottfried sie nicht annehmen würde. Allein durch eine List gelang es Herzog Gottfried, ihn zum Verlassen der Davidsburg zu bewegen. Raimond nahm nur widerwillig an der Schlacht bei Askalon teil.

Seit 1102 Graf von Tripolis.

Gestorben am 28. Februar 1105 bei Tripolis.

Reginmar von Passau

Bischof von Passau seit 1121. Reginmar weitete das Pfarrnetz in seiner Diözese aus, schuf klar abgegrenzte Sprengel, wodurch die Eigenkirchen zurückgedrängt wurden. Geschickt erweiterte er sein Bistum Passau durch Verhandlungen mit Markgraf Leopold von Österreich. Ihm wurde ein allzu weltlicher Lebenswandel nachgesagt.

Gestorben am 30. September 1138.

Reinhard von Blankenburg (Halberstadt)

Bischof von Halberstadt seit 1107. Reinhard wurde von König Heinrich V. als Bischof von Halberstadt investiert. Anlässlich einer Anhörung in Rom über die Rechtswidrigkeit seiner Amtserhebung erklärte er, ihm sei das Investiturverbot der Könige gänzlich unbekannt.

Seit 1112 bildete er mit Herzog Lothar von Süpplinburg, Markgraf Rudolf von Stade, Graf Wiprecht von Groitzsch, Markgräfin Gertrud von Braunschweig (Schwiegermutter Herzog Lothars) und Graf Friedrich von Thüringen eine sächsische Adelsopposition. Im Januar 1113 wurde Halberstadt verwüstet und die bischöfliche Burg von Heinrich V. zerstört.

1115 verbot Reinhard die Bestattung der kaiserlichen Gefallenen nach der Schlacht am Welfesholz. Bischöfe, die weiterhin auf Seiten Kaiser Heinrichs standen, wurden von ihm bedrängt. Militärisch ging er gegen Merseburg und Quedlinburg (1115) vor. Reinhard verband sich eng mit hochrangigen Vertretern der römischen Kirche.

Mit seinem ehemaligen Verbündeten Herzog Lothar kam es 1123 zu Auseinandersetzungen über die 1115 von Lothar von Süpplinburg zerstörte, von Bischof Reinhards Vasallen wieder aufgerichtete Heimburg, die von Lothar belagert und zerstört wurde. Bischof Reinhard ist kurz darauf 1123 gestorben.

Siegfried von Ballenstedt

Pfalzgraf bei Rhein, Graf von Weimar-Orlamünde. 1112 erhob Siegfried Anspruch auf das Reichslehen Weimar-Orlamünde, das Heinrich V. an sich zog. Während einer geheimen Zusammenkunft oppositioneller sächsischer Fürsten in Warnstedt wurde er schwer verwundet und starb wenige Tage später am 9. März 1113.

Sigehard von Burghausen und Schola

Graf. Von seinen Ministerialen und Bürgern der Stadt Regensburg während des Hoftages in Regensburg am 5. Februar 1104 in seinem Zimmer ermordet, obwohl Kaiser Heinrich von dem Mordanschlag wusste.

Suger

Kirchenfürst und Staatsmann. Seit 1122 Abt des Klosters St. Denis, der Grablegestätte der französischen Könige. Arrangierte das Bündnis zwischen König Philipp I. und dem Thronfolger Ludwig VI. mit Papst Paschalis II., das auch weiterhin das Ansehen und die Macht der französischen Könige stärkte. Gegner Heinrichs V.

Regent während des Zweiten Kreuzzuges.

Gestorben am 13.01.1151.

Thiemo

Gegenbischof von Passau seit 1087. Er verschwand spurlos aus Passau im Zuge der Machtübernahme Heinrichs V.

Udalrich Vielreich

Burggraf von Passau seit 1078. Sein Amt erhielt er als treuer Anhänger Kaiser Heinrichs IV. Den Namen Vielreich trug er zu Recht. Er war Graf von Finningen, Graf im Isengau, Vogt von Osterhofen, Asbach und Passau.

Gestorben 1099.

Ulrich von Passau

Bischof. Geboren um 1027. Ulrich war ab 1092 Bischof von Passau, konnte seinen Bischofssitz in Passau wegen des Gegenbischofs Thiemo jedoch nicht einnehmen. Er war ein strenger Verfechter des Reformpapsttums und unterstützte Heinrich V. in seinem Kampf gegen seinen Vater. Die Machtübernahme König Heinrichs ermöglichte ihm, sein Bischofsamt in seiner ganzen Diözese auszuüben.

Gestorben am 7.8.1121

Uta

Äbtissin des Benediktinerinnenklosters Niedernburg. Zwischen 1065 und 1147 sind nur die Namen der Äbtissinnen bekannt.

Die Unabhängigkeit des Klosters Niedernburg als Reichskloster war ständig von den Passauer Bischöfen bedroht. Unter Kaiser Otto II. Reichsabtei, übertrug Kaiser Otto III. Bischof Christian die Herrschaft über die ganz Stadt Passau, einschließlich des Klosters Niedernburg.

Seit Kaiser Heinrich II. wieder Reichsabtei. Bedeutendste Äbtissin des Klosters war Heinrichs Schwester Gisela, die ungarische Königin, die in den Thronwirren Ungarn verlassen musste und Zuflucht im Kloster Niedernburg suchte.

Am 29. Januar 1161 übertrug Kaiser Friedrich Barbarossa das Kloster seinem Oheim, dem Passauer Bischof Konrad. Am 28. März 1193 bestätigte Heinrich VI. dem Passauer Bischof Wolfger von Erla den Besitz über die Abtei Niedernburg. Die Äbtissin wurde von Bischof Wolfger abgesetzt.

Wiprecht von Groitzsch d. Ältere

Graf. Geboren um 1050. Zunächst Anhänger Kaiser Heinrichs IV., dann König Heinrichs V., gehörte er seit 1112 zur sächsischen Adelsopposition. Während der geheimen Versammlung in Warnstedt (März 1113) wurde er verwundet, gefangen genommen und darauf zum Tode verurteilt. Gegen die Abgabe all seiner Güter wurde die Todesstrafe in Kerkerhaft umgewandelt (bis 1117). 1118 erhielt er seine Güter zurück und stand wieder auf der Seite Heinrichs V.

Gestorben am 22.05.1124 in Folge von Verbrennungen, zugezogen in seinem Haus in Halle.

Wiprecht von Groitzsch d. Jüngere

Sohn Wiprechts d. Ä. Mittellos geworden durch den Verlust seiner Güter, lebte der junge Wiprecht mit Gefährten und seiner Frau Kunigunde in den Wäldern und überfiel insbesondere die

Güter des Grafen Hoyer von Mansfeld. Im Winter 1113/14 bot ihm sein Verwandter, der Erzbischof von Magdeburg Adelgoto von Osterburg, ein sicheres Versteck. Wiprecht tötete Hoyer von Mansfeld im Zweikampf bei der Schlacht am Welfesholz.

Gestorben 1116/17.

ERFUNDENE / GEFUNDENE PERSONEN

Abt Johannes

Kaufmannssohn. Hohe Positionen in der Kirche waren vorwiegend dem Adel vorbehalten. Hildegard von Bingen nahm grundsätzlich keine nicht adeligen Frauen in ihrem Kloster auf. Gleichwohl war die kirchliche Hierarchie nicht gänzlich undurchlässig. Bei herausragenden Fähigkeiten war der Aufstieg in höchste Ämter möglich.

Berühmte Beispiele sind:

Papst Gregor VII.: Seine Herkunft wird bis heute diskutiert.

Thomas Beckett: Kanzler König Heinrichs II. von England und Erzbischof von Canterbury. Er war einfacher Bürgerssohn.

Suger: Abt des Klosters Saint-Denis. Obwohl Sohn eines Bauern, war er der Vertraute und Ratgeber König Philipps I. sowie König Ludwigs IV. und König Ludwigs VII. von Frankreich. Während des Zweiten Kreuzzuges war er Reichsverweser.

Alice

Der rechtliche Rahmen, in dem Frauen im Mittelalter leben konnten, war äußerst begrenzt. Entweder sie standen unter der Vormundschaft (Munt) ihres Vaters oder des Ehemannes. Nach deren Tod war es der älteste Bruder oder der älteste Sohn, der über die Frau zu bestimmen hatte. Wer unverheiratet blieb, wurde von der Familie (der leiblichen oder der des Grundherrn) mehr oder weniger gelitten. Wählte eine Frau ein geistliches Leben oder wurde sie schlichtweg als Gottesgabe von der Familie in ein Kloster gegeben, so stand sie unter der Gewalt der Äbtissin und war zum Gehorsam kraft Ordensregel verpflichtet.

Gleichwohl wissen wir von einigen Frauen, die sich diesen vorgefassten Lebensformen entzogen:

Hersindis von Champagne: Nach dem Tod ihres zweiten Ehemannes schloss sie sich wahrscheinlich um 1092 einer Gruppe beiderlei Geschlechts an, die dem charismatischen Prediger Robert von Arbrissel folgte. Sie lebte unter Verzicht ihrer Privilegien und ihrer Besitztümer in den Wäldern von Craon. Später gründete sie mit ihm das Kloster von Fontevraud.

Mathilde von Canossa verließ ihren Mann Herzog Gottfried von Niederlothringen schon kurze Zeit nach der Eheschließung (1071) und flüchtete (ritt) mitten im Winter von Lothringen nach Italien. Trotz eindringlicher Ermahnungen Papst Gregors VII. war sie nicht zu einer Fortsetzung der Ehe bereit.

Eleonore von Aquitanien: 15-jährig mit dem späteren König von Frankreich Ludwig VII. verheiratet, ließ sie sich unter der Begründung zu enger verwandtschaftlicher Beziehungen von ihm scheiden und heiratete knapp zwei Monate später den späteren König Heinrich II. von England (1152). Eleonore gilt als die Femme fatale des Mittelalters.

Alice nimmt in dieser patriarchalischen und hierarchischen Gesellschaft eine Sonderstellung ein. Zwar freie Kaufmannstochter, jedoch ohne Familie und unverheiratet, ist sie rechtlich nicht abgesichert und steht in Gefahr, zu dem fahrenden Volk, den entlaufenen, armen wie auch adeligen, Frauen, verlassenen Priesterfrauen, ungewollt Schwangeren, gar Prostituierten gezählt zu werden.

Anna

Frauen waren oftmals beides: Opfer und Täterinnen. Der Mord betraf vor allem die Ehemänner. Dabei war Gift das bevorzugte Mittel, weswegen die Regensburger Apothekerordnung 1397 den Verkauf von Giften an Frauen verbot.

Bernhard von Baerheim

Bernhard gehört als Adeliger, als Graf zur aristokratischen Spitze der Gesellschaft und, entsprechend dem Leitbild des 12.

Jahrhunderts, damit zu den Kriegern, deren Treueid für den König ihn zum Waffendienst verpflichtet. Gleichzeitig sind es die Fürsten, die unter König bzw. Kaiser Heinrich V. zunehmend die Verantwortung für das Reich übernehmen.

Historisches Leitbild sind bairische Adelige (Graf Berengar von Sulzbach, Graf Diepold von Vohburg und Graf Otto von Kastl-Habsburg), die schon jung durch den frühen Tod ihrer Väter zur Herrschaft gekommen sind und einen großen politischen Einfluss ausübten.

Giselinde

Der Adel betrieb eine ausgesprochene Heiratspolitik, um die eigene Hausmacht zu vergrößern, wobei dies die Regel, nicht die Ausnahme war.

Bekannte Beispiele sind:

Margarete: Tochter König Ludwigs VII., wurde mit sechs Monaten verlobt mit Heinrich dem Jüngeren von England, der zum Zeitpunkt der Verlobung (1158) 3 Jahre alt war.

Agnes von Waiblingen: 7-jährig wurde sie mit Friedrich von Staufen verlobt (1079), wobei er durch diese Verbindung zum Herzog erhoben wurde.

Mathilde von England: 8-jährig mit König Heinrich V. verlobt, hatte sie bei ihrer Hochzeit (1114) noch nicht einmal das von der Kirche festgelegte Mindestalter von 12 Jahren erreicht.

Johanna (Hildegard) / Markus

Der Eintritt in ein Kloster war keineswegs immer freiwillig. Es war durchaus üblich, dass Eltern ihr Kind als Gottesgabe (Oblation) in ein Kloster gaben. Dies ist bei Markus der Fall, der allerdings die Chance des Kreuzzuges nutzt, um den Klostermauern zu entkommen. Nach seiner Rückkehr nimmt er sein klösterliches Leben wieder auf, wobei er zum Mönchspriester im Kloster Niedernburg avanciert.

Ebenso wenig freiwillig ist Johannas Eintritt ins Kloster. Da ihre Eltern die bewaffnete Pilgerfahrt nach Jerusalem abbrechen, muss sie zur Sühne ins Kloster eintreten.

Frauenklöster waren in dem Sinne nicht autonom wie Männerklöster, da die Messfeier nur von einem Priester vollzogen werden kann.

Käthe / Wolfhardt

Käthe und Wolfhardt zählen zu der Mehrheit der Bevölkerung, den Armen, die insbesondere in den Städten tagtäglich um die Sicherung ihrer physischen Existenz kämpfen mussten. Es handelt sich dabei um primäre Armut und damit um ein Leben, in dem das Existenzminimum nicht gesichert ist. Unvollständige Familien, Witwen, Waisen, ledige Mütter waren wie Kranke und Krüppel Hunger und Verelendung ganz besonders ausgesetzt.

Kaspar

Bereits Kaiser Heinrich IV. wurde vom Adel der Vorwurf gemacht, dass er Ministeriale bevorzuge. Im Laufe des 12. Jahrhunderts wuchs die Bedeutung von Ministerialen für den Herrscher, da sie als Unfreie loyal und gleichzeitig äußerst kompetent und leistungsfähig waren.

Katharina

Vorbild ist Christine de Pizan, die nach dem unerwarteten Tod ihres Mannes (1390) jahrelang gegen Gläubiger zu kämpfen und Prozesse zu führen hatte. Dass Frauen nicht in die Geschäfte ihres Ehemannes eingeweiht waren, hielt sie für einen zwar üblichen, aber schweren Fehler. Es ist davon auszugehen, dass sich um 1100 die Rechtslage für die Frau noch schwieriger gestaltete, weil zu dieser Zeit eine geordnete Verwaltung erst aufgebaut wurde. Hatte die Witwe nicht einen mächtigen Protegé, so konnte sie kaum ihr Recht durchsetzen.

Leyla

Während der Regierungszeit Kaiser Heinrichs IV. und Heinrichs V. bestanden kaum Kontakte zur islamischen Welt. Der Erste Kreuzzug brachte Muslime stärker ins Bewusstsein im Regnum Teutonicum. Von Konrad, dem Bruder Herzog Friedrichs von Staufen, wird berichtet, dass eine Mondfinsternis ihn dermaßen erschreckt habe, dass er eine Pilgerreise nach Jerusalem antrat (1124).

Leyla, als Kind muslimischer Abstammung, verkörpert das Fremde, vor dem man sich fürchtet, es schmäht und bedroht, und das zugleich eine unvergleichliche Faszination ausübt.

Lucia

Literarisches Vorbild ist Brangäne (Tristan und Isolde). Brangäne ist Isoldes treue Dienerin, Kammerfrau und Vertraute, sie folgt ihrer Herrin zwecks deren Hochzeit von Irland nach Cornwall und verhält sich auch in heiklen Angelegenheiten loyal.

Luitger

Luitger genießt eine für den Adel typische Erziehung, die in der Vermittlung des adeligen Wertekodexes besteht. Dazu gehörte neben christlichen Tugenden die Vervollkommnung des geistigen und körperlichen Rittertums, insbesondere Waffentüchtigkeit, Tapferkeit, Kühnheit, Gewandtheit. Von adeligen Jungen wurde erwartet, dass sie sich respektvoll gegenüber Höherstehenden verhielten. Ziel war es, dass sie als Adelige, als Ritter in der männlich-dominierten hierarchisch gegliederten Gesellschaft Ehre und Ruhm erlangten und den eigenen Herrschaftsbereich sicherten und möglichst erweiterten.

Martin

Als Ritter und Kaufmann gehört Martin zu der sich im 12. Jahrhundert in Passau ausbildenden Stadtelite, also zu den wenigen, die nicht in grundherrlicher Abhängigkeit vom Bischof, vom

Domkapitel und der Abtei Niedernburg lebten. Als Kaufmann ist er reich, denn Passau war ein zentraler Handelsort und besaß eine hohe Wirtschaftskraft. Dies bedeutete im beginnenden 12. Jahrhundert noch nicht die Auseinandersetzung zwischen Bürgern und dem Bischof um politische Rechte, die in den Aufständen von 1298 und 1367 gefordert wurden.

Wirtschaftlich profitierte Passau von den Pilgern, die über Regensburg und Passau nach Jerusalem zogen. Zudem gab es seit dem Ersten Kreuzzug zunehmend Handelsbeziehungen zwischen Passau und Jerusalem.

Salome

Salome verkörpert den Inbegriff höfisch-adeliger Vornehmheit. Sie ist schön, verfügt über Klugheit und Selbstbeherrschung und ist außerordentlich gebildet. Ihre gesellschaftliche Funktion der Repräsentation erfüllt sie in vollkommenem Maße. Wie viele Frauen des Adels ist sie eine Anhängerin des Papstes und lebt wie Uta von Sponheim eine exzessive Frömmigkeit, strebt nach Heiligkeit.

Wer *Bernhards Burg* einmal besichtigen mag, dem sei eine Fahrt zur Burg Hilgartsberg in der Nähe von Passau zu empfehlen. Die Burg liegt westlich von Vilshofen auf der gegenüberliegenden Donauseite.

Sie lässt sich auch gut im Internet anschauen.

Dort, wo es zum Verständnis nötig erscheint, werden für die Verwandtschaftsbeziehungen die heute üblichen Bezeichnungen verwendet. Zur Illustration:

swâger bedeutet im Hochmittelalter: Schwager; Schwiegervater; Schwiegersohn

nêve, nef: Neffe; meistens der Schwestersohn; Mutterbruder, Oheim; Verwandter; Vetter

niftele: Nichte, Verwandte

Regnum Romanorum: verwendet von Otto von Freising, CHRONICA SIVE HISTORIA DE DUABUS CIVITATIBUS

MEUCHELMORDE IM HOHEN MITTELALTER

22. November 950: Lothar II., König von Italien, vergiftet.

969: Nikephoros Phokas, Kaiser von Byzanz, ermordet von seiner Ehefrau Theophanu und Johannes Tzimiskes, der darauf Kaiser wurde.

Vor 996: Luitgard von Hamaland, Tochter des Grafen Wichmann, vergiftet von ihrer Schwester Adela.

30. April 1002: Markgraf Ekkehard I. von Meißen, ermordet in der Pfalz Pöhlde am Harz.

19. November 1034: Graf Dietrich II. von Wettin, ermordet im Bett.

1052: Markgraf und Herzog Bonifaz von der Toskana, Fürst von Reggio, Modena, Mantua, Brescia und Ferrara (Vater Mathildes von Canossa), ermordet beim Jagen in der Poebene.

1054?: Die Kinder Friedrich und Beatrix, Geschwister Mathildes von Canossa, wahrscheinlich vergiftet.

1059: Graf Friedrich von Formbach, erschlagen.

17. Juli 1060: Mathilde von Lothringen, Pfalzgräfin bei Rhein, erstochen und enthauptet von ihrem Gatten Heinrich in ihrem Schlafgemach.

1061: Graf Florentinus I. von Holland bzw. von Westfriesland.

1. Juni 1066: Erzbischof Konrad von Trier, von einem Felsen gestürzt und enthauptet. Keine Bestrafung des Grafen Theoderich, des Auftraggebers des Mordes, obwohl dieser sogar König Heinrich IV. wie auch Erzbischof Anno von Köln genau bekannt war.

27. Februar 1076: Herzog Gottfried der Bucklige von Niederlothringen, ermordet nachts auf dem Weg zum Abort.

1078: Markwart von Marquarstein, ermordet kurz nach seiner Hochzeit.

5. Februar 1085: Friedrich III., Pfalzgraf von Putelendorf und Pfalzgraf von Sachsen. Wahrscheinlich im Auftrag Graf Ludwigs von Thüringen erstochen. Seine Ehefrau Adelheid heiratete Ludwig am 5. Februar 1088.

10. Juli 1086: König Knut IV. von Dänemark und sein Bruder Benedikt, erschlagen in der St. Albans Kirche in Odense.

Winter 1086: Fürst Jaropolk von Wolhynien und Turow, von einem eigenen Gefolgsmann erschlagen.

7. April 1088: Bischof Burchard von Halberstadt, von einem Spieß durchbohrt. Er starb tags darauf an seiner Verletzung.

13. April 1099: Mittwoch in der Osterwoche: Bischof Konrad von Utrecht, Erzieher Heinrichs V., nach der Messe in seinem Haus erstochen, wahrscheinlich von einem friesischen Kaufmann.

2. August 1100: König William II. von England (Rufus), bei der Jagd getötet.

Um 1100: Der heilige Englmar, Einsiedler in der Gegend von Passau, von seinem Gefährten ermordet.

20. Dezember 1100: Herzog Břetislav von Böhmen, nachts nach der Jagd von einem Jagdspieß durchbohrt.

10. April 1101: Markgraf Heinrich der Fette von Friesland, ermordet von friesischen Schiffsleuten, die ihn mit der Lanze verwundeten und dann ins Wasser warfen.

1103: Graf Kuno von Beichlingen. Er wurde in der Nacht von zwei Vasallen angegriffen und ermordet. Die Mörder waren die späteren Grafen Elger von Ilfeld und Christian von Rothenburg.

1105: Gebehard, Vorsteher der Kirche von Regensburg (Bischof?), von seinen eigenen Vasallen erschlagen.

5. Februar 1105, Graf Sigehard von Burghausen, ermordet in seiner Kammer in Regensburg

21. September 1109: Herzog Svatopluk von Böhmen, ermordet durch einen Wurfspieß zwischen die Schultern von einem Meuchelmörder, der auf den Herzog gewartet und sich hinter einem Baum versteckt gehalten hatte und entkam.

2. November 1110: Graf Gottfried von Hamburg, in einen Hinterhalt gelockt, ermordet und enthauptet. Sein Kopf wurde nur gegen ein hohes Lösegeld herausgegeben.

1115: Tanchelm: kirchenkritischer Wanderprediger, erschlagen von einem Mönch.

1121: Wesir al-Afdal, während des Opferfestes von Kalif als-Amir ermordet.

8. Dezember 1122: Herzog Berchtolds III. von Zähringen, veranlasst durch Bischof Cuno von Straßburg, gedeckt durch Erz-

683

bischof Adalbert von Mainz und Papst Calixtus II. In den Zeiten der Exkommunikation Heinrichs V. war Berchtold ein treuer Anhänger des Kaisers gewesen.

27. September 1123: Bischof Dietrich von Naumburg, erstochen von einem Laienbruder während des Gebets vor dem Altar.

Januar 1125: Graf Wilhelm II. von Burgund, ermordet von seinen Vasallen, weil sie ihn wegen Kirchenraubs unter Einfluss des Teufels sahen.

1126: Walo II., Herr von Veckenstedt, der Jüngere, aus Rache erstochen.

März 1127: Graf Wilhelm III. von Burgund, genannt »das Kind« (1110-1127), ermordet in der Abteikirche von Payerne.

1127: Karl der Gute, Graf von Flandern, von Dienstleuten erschlagen.

7. Oktober 1130: Kalif al-Amir, ermordet von Assassinen.

1133: Ermordung des Priors von St.-Victor, Paris.

15. November 1136: Markgraf Leopold III., der Heilige, wahrscheinlich bei der Jagd ermordet.

20.10.1139: Heinrich der Stolze, Herzog von Baiern und Sachsen, wahrscheinlich vergiftet.

1155: Arnold von Brescia, wurde auf Anlass der Kardinäle an unbekanntem Ort erhängt.

1165: Heinrich von Arnsberg, ist von seinem Bruder Graf von

Arnsberg gefangen genommen und bis zu seinem Tod eingekerkert worden.

29. Dezember 1170: Thomas Becket, Lordkanzler Englands und Erzbischof von Canterbury, in der Kathedrale von Canterbury erschlagen, zumindest indirekt auf Anordnung König Heinrichs II. von England.

1203: Arthur, Herzog der Bretagne, ertränkt im Thronnachfolgestreit durch Johann ohne Land.

1204: Der byzantinische Kaiser Alexios IV. erdrosselt, Isaak II. vergiftet und Nikolaos Kanabos ermordet durch Kaiser Alexios V.

21. Juni 1208: Philipp von Schwaben, römisch-deutscher Kaiser, ermordet in seinen Privatgemächern.

10. August 1250: Erik IV., König von Dänemark, ermordet von seinem Bruder Abel, der König wurde.

29. Juni 1252: König Abel, ermordet bei einer Expedition gegen die Friesen.

Überliefert für diese Zeit sind nur die Morde an Adeligen. Typisch ist es, dass die Morde nicht aufgeklärt oder, falls die Mörder und vor allem die adeligen Auftraggeber doch bekannt waren, sie nicht bestraft wurden.

ZEITLICHE ÜBERSICHT

Regierungszeit Heinrichs IV.

1073-1075: Sachsenkrieg Heinrichs IV.

28. Januar 1077: »Gang nach Canossa«, Unterwerfung Heinrichs IV. unter Papst Gregor VII. und Lösung von der Exkommunikation.

März 1077: Wahl des Gegenkönigs Rudolf von Rheinfelden auf der Fürstenversammlung in Forchheim.

1080: erneuter Bannfluch Papst Gregors VII. gegen Heinrich IV.

15. Oktober 1080: Tod des Gegenkönigs in der Schlacht an der Elster durch Verlust seiner Schwurhand.

31. März 1084: Kaiserkrönung Heinrichs IV. in Rom durch seinen Gegenpapst Clemens III.

1093: Abfall Konrads, des erstgeborenen und zum König bereits gekrönten Sohnes Heinrichs IV.

1095: Unterwerfung Konrads unter den Papst auf der Synode von Piacenza.

1095: öffentliche Anklagen von Heinrichs zweiter Ehefrau Eupraxia / Adelheid vor Papst Urban II. wegen sexueller Vergehen Heinrichs IV.

Exkommunkation Heinrichs IV. durch Papst Urban II.

6. Januar 1099: Krönung Heinrichs V. in Aachen.

1102: Exkommunikation Heinrichs IV. durch Papst Paschalis.

1103: Reichsweiter Landfriede.

1103 / 1104: Hoftag in Regensburg.

Kreuzzüge / Jerusalem

27. November 1095: Aufruf Papst Urbans II. zur bewaffneten Pilgerfahrt nach Jerusalem (Erster Kreuzzug).

15. August 1096 – 15. Juli 1099: Erster Kreuzzug.

15. Juli 1099: Eroberung Jerusalems.

22. Juli 1099: Wahl Herzog Gottfrieds von Bouillon zum Oberhaupt von Jerusalem.

12. August 1099: Schlacht von Askalon.

18. Juli 1100: Tod Herzog Gottfrieds von Bouillon.

25. Dezember 1100: Balduin von Boulogne zum König von Jerusalem gekrönt.

1101/02: Vernichtung des deutschen und aquitanischen Heeres, Tod Herzog Welfs IV. von Baiern, Erzbischof Thiemos von Salzburg. Tod oder Gefangennahme der Markgräfin Itha von der bairischen Ostmark.

Rom

1099: Tod Papst Urbans II.

14. August 1099: Inthronisierung Papst Paschalis' II.

Kampf zwischen Heinrich IV. und seinem Sohn Heinrich V.

Kampf zwischen Heinrich IV. und seinem Sohn Heinrich V.

1104

5. Februar: Ermordung Graf Sigehards während des Hoftages in seiner Herberge in Regensburg.

Heinrich V. in Passau: große Ovationen.

12. Dezember: Abfall Heinrichs V. von seinem Vater, Flucht aus dem Heerlager bei Fritzlar.

1105

Februar: Lösung des Heinrich IV. gegebenen Eides durch Papst Paschalis, vollzogen von Bischof Gebhard von Konstanz.

7. April: Karfreitag, Heinrich V. zieht barfuß in Quedlinburg ein, Versöhnung mit den sächsischen Fürsten.

Amtsenthebung der von Kaiser Heinrich IV. investierten Bischöfe von Halberstadt, Hildesheim und Paderborn durch Erzbischof Ruthard von Mainz.

Pfingsten: Synode in Nordhausen, begeisterte Zustimmung hoher kirchlicher Würdenträger für den jungen König Heinrich V.

24. Juni: St.-Johannes-Tag, König Heinrich mit Truppen vor Mainz, wo sich sein Vater aufhält.

Sommer / Herbst: Kurze Belagerung Würzburgs durch Heinrich V., Wiedergewinnung Würzburgs durch Heinrich IV., Belagerung und Zerstörung des kaisertreuen Nürnbergs durch bairische Truppen Heinrichs V.

Herbst: Die Heere Kaiser Heinrichs IV. und seines Sohnes König Heinrichs V. stehen sich am Regen gegenüber. König Heinrich bietet dem wichtigsten Verbündeten seines Vaters, Markgraf Leopold von Österreich, seine vor Kurzem verwitwete Schwester Agnes zur Frau an. Darauf wechselt dieser die Seiten. Flucht Kaiser Heinrichs IV. nach Köln.

Heinrich V.: Ausschreibung eines Reichstages nach Mainz.

Donnerstag, 21. Dezember: scheinbare Aussöhnung zwischen Heinrich V. mit seinem Vater bei Koblenz.

23. Dezember: Gefangennahme Heinrichs IV., Arretierung Heinrichs IV. auf der Burg Böckelheim.

31. Dezember: Überführung Heinrichs IV. nach Ingelheim. Unter massivem Druck entsagt Heinrich IV. dem Thron und lässt seinem Sohn die Reichsinsignien aushändigen.

Unterwerfung des Kaisers unter die päpstlichen Legaten, die ihn dennoch nicht vom Bann lossprechen.

Regierungszeit Heinrichs V.

1106

5. Januar: Bestätigung der schon am 6. Januar 1099 geschehenen Krönung Heinrichs V. zum König durch die Fürsten.

Bischof Ulrich von Passau entscheidet über die Einsetzung des Erzbischofs von Salzburg.

Anfang Januar: Flucht Kaiser Heinrichs IV. nach Köln. Briefe an seinen Sohn, Abt Hugo von Cluny und König Philipp I. von Frankreich.

Von Köln wendet Heinrich IV. sich nach Aachen und Lüttich, Sammlung eines Heeres.

Passau: Ungeklärtes Verschwinden des Gegenbischofs Thiemo aus Passau; Rückkehr des kanonisch gewählten Bischofs Ulrich nach Passau.

22. März: Donnerstag der Karwoche, militärische Niederlage König Heinrichs bei Visé.

Ab 29. Juni: Sammlung des Heeres König Heinrichs bei Koblenz.

Juli: Vergebliche Belagerung Kölns durch König Heinrich. Ausbruch einer Seuche im Lager, Tod Graf Dietrichs III. von Katlenburg.

7. August: Tod Kaiser Heinrichs IV. in Lüttich.

September: Beisetzung in einer ungeweihten Nebenkapelle im Speyerer Dom.

Heirat der Kaisertochter Agnes mit Markgraf Leopold III. von Österreich.

Einsetzung Lothars von Süpplinburg als Herzog von Sachsen.

1107

Jahresbeginn: Aufenthalt Papst Paschalis' II. in Frankreich, Zusammentreffen Paschalis' II. mit König Philipp und seinem Sohn Ludwig im Kloster St. Denis in Anwesenheit von Suger.

März: Investitur Bischof Reinhards von Halberstadt durch König Heinrich.

Zunehmende Differenzen zwischen Papst Paschalis II. und König Heinrich wegen der von ihm ausgeübten Investitur der Bischöfe.

1108

Mitte September, Oktober: Kriegszug gegen Ungarn, vorwiegend mit bairischen Heereskräften. Erfolglose Belagerung von Preßburg.

4. November: König Heinrich V. in Passau.

1109

Pfingsten: Deutsche Gesandtschaft in England mit dem Ziel, Mathilde, die Tochter König Heinrichs I., als Gemahlin König Heinrichs V. zu gewinnen. Empfang durch den englischen König Heinrich I. in Westminster.

Mitte August, September: Feldzug gegen Polen, insbesondere mit bairischen und sächsischen Heeresteilen.

Dezember 1109/ Januar 1110: Heereszug nach Böhmen

1110

10. April: Ostern, Verlobung Heinrichs V. mit Mathilde, Tochter des englischen Königs Heinrich I. in Utrecht.

25. Juli: Krönung Mathildes zur Königin in Mainz.

August: Beginn des großen Romzugs König Heinrichs V.

1111

Sonntag, 12. Februar: Beabsichtigte Kaiserkrönung Heinrichs V. in der St.-Peters-Kirche in Rom. Widerstand der Bischöfe gegen den zwischen Papst Paschalis und König Heinrich V. geschlossenen Vertrag über die Investitur der Äbte und Bischöfe. Erzkanzler Adalbert maßgeblicher Initiator der Gefangennahme des Papstes. Abends Gefangennahme des Papstes und seiner Kardinäle. Nachts Kämpfe in Rom.

Montag, 13. Februar: Vom Morgen bis zum Abend Straßenschlacht in Rom.

Donnerstag, 13. April: Freilassung des Papstes und Kaiserkrönung Heinrichs V.

Abzug des Heeres aus Rom.

24./25. Juni: Heinrich V. in Passau.

7. August: Feierliche Beisetzung Kaiser Heinrichs IV. im Dom zu Speyer. Große Privilegien für die Stadt Speyer.

15. August: Investitur Erzkanzler Adalberts als Erzbischof von Mainz mit Ring und Stab.

Sommer: Erste Exkommunikation Heinrichs V. in Jerusalem, folgend in Konstantinopel und Ungarn durch Kardinalbsichof Kuno von Praeneste.

1112

Januar / Februar: Reichsversammlung um die Entlassung Friedrichs, eines Hörigen des Erzbischofs von Hamburg-Bremen, in den freien Stand. Gefangennahme Friedrichs durch Herzog Lothar von Süpplinburg und Markgraf Rudolf von Stade.

26. März: Aberkennung der Herzogs- und Markgrafenwürde durch die Reichsversammlung in Goslar.

März: Lateran-Konzil, Verdammung des Heinrich V. gegebenen Privilegs als Schandbrief.

16. Juni: Wiedereinsetzung Lothars und Rudolfs nach deren Unterwerfung.

Sommer: Sächsische Fürstenopposition wegen des Einzugs des Reichslehens Weimar-Orlamünde durch Heinrich V.

16. September: Synode von Vienne, Erzbischof Guido von Vienne verhängt in seiner Bischofsstadt den Bann über Kaiser Heinrich V.

Vor Ende November: Bruch mit Erzbischof Adalbert von Mainz, öffentliche Anklagen Heinrichs gegen Adalbert, Gefangennahme Adalberts im Winter auf dem Weg nach Sachsen.

Weihnachten: Heinrich V. in Erfurt. Zorn Heinrichs V. auf die den Gehorsam verweigernden sächsischen Fürsten, insbesondere auf Bischof Reinhard von Halberstadt.

1113

Januar: Verwüstung von Halberstadt und Zerstörung der Burg Bischof Reinhards.

Anfang März: Aushebung einer geheimen Versammlung in Warnstedt durch Graf Hoyer von Mansfeld: Gefangennahme Graf Wiprechts von Groitzsch, Verwundung des Pfalzgrafen Sigfried (gestorben wenige Tage später am 9. März), Flucht Graf Ludwigs von Thüringen.

Fürstenversammlung in Würzburg: Gegen Abtretung aller Güter kann der junge Wiprecht das Todesurteil seines Vaters in eine dreijährige Haft umwandeln. Er selbst lebt von da ab in den Wäldern.

1114

6. Januar: Reichstag in Mainz.

7. Januar: Glänzende Hochzeit Kaiser Heinrichs V. mit Mathilde, der englischen Königstochter. Unterwerfung Herzog Lothars und Erlangung der Gnade; Gefangennahme Graf Ludwigs von Thüringen.

Ende Mai: Erfolgloser Feldzug gegen die Friesen.

Abfall Erzbischof Friedrichs von Köln sowie der Grafen von Arnsberg (Westfalen), Herzog Gottfrieds von Lothringen und Graf Heinrichs von Limburg.

Sommer: Angriff Heinrichs V. auf Köln, Niederlage bei Deutz, Verwüstungen durch Heinrich in Westfalen.

Verwüstungen durch Erzbischof Friedrich: Andernach, Sinzig, am Rhein, Dortmund und Münster, kaiserlicher Befestigungen.

Bis zum Winter Verwüstungen, Brandschatzungen, Zerstörungen von beiden Parteien. Exkommunkation Bischof Burchards von Münster durch Erzbischof Friedrich von Köln.

Oktober: Aufbruch Heinrichs V. mit bairischen, thüringschen, auch sächsischen und burgundischen Truppen nach Westfalen gegen die Grafen von Arnsberg und die dortigen Besitzungen des Kölner Erzbistums.

Schlacht bei Andernach unter Führung Erzbischof Friedrichs von Köln, große Verluste für die Kaiserlichen.

6. Dezember: Synode von Beauvais, Exkommunikation Heinrichs V. vom Legaten des Papstes Kuno von Praeneste, Verbündung mit Erzbischof Friedrich von Köln.

Weihnachtsfest: Heinrich V. in Goslar, gleichzeitig Verschwörung sächsischer Fürsten in Waldeck.

1115

Januar: Besetzung Braunschweigs, Besitztum der Schwiegermutter Herzog Lothars von Süpplinburg, Verwüstung Halberstadts durch Heinrich V.

Februar: Sammlung der Streitkräfte des Kaisers in Wallhausen am Südrand des Harzes.

Donnerstag, 11. Februar: Schlacht am Welfesholz. Schwere Niederlage Kaiser Heinrichs V. Sieg der Sachsen. Sachsen ist Heinrich von da an bis 1120 verschlossen.

Folgen: Kette von Verlusten für Kaiser Heinrich V.

Einnahme von Quedlinburg durch Bischof Reinhard von Halberstadt, Pfalzgraf Friedrich und Markgraf Rudolf.

Zerstörung der Festung von Dortmund durch Lothar von Süpplinburg und Fürsten von Lothringen und Westfalen.

Bemächtigung der kaiserlichen Burg Lüdenscheid und weiterer Orte durch Erzbischof Friedrich von Köln, Zerstörung des Platzes Wissel durch die Kölner.

Eroberung der Heimburg durch sächsische Fürsten sowie fester Anlagen am nordöstlichen Teil des Harzes.

Belagerung von Münster durch Lothar von Süpplinburg und verbündeter Fürsten.

Zerstörung der Burgen Falkenstein und Wallhausen.

Friedensgespräche zwischen Herzog Lothar von Süpplinburg und Anhängern des Kaisers, Bischof Erlungs von Würzburg und Herzog Welfs, scheitern.

Bannflüche

28. März: Reims, Kardinalbischof Kuno spricht wiederum Bann über Kaiser Heinrich V. und seine Anhänger aus.

19. April, Ostern, Köln, Kirche des Heiligen Gereon, Wiederholung des Banns.

Frühjahr: Wiederholung des Bannspruchs in Sachsen.

   12. Juli: Wiederholung des Bannspruchs in Frankreich, Chalon.
8. September: Synode in Goslar, auf der von Kardinalpriester Theoderich, Legat in Ungarn, die Ungültigkeit des Investiturprivilegiums verkündet und Heinrich V. exkommuniziert wird. Verfolgung der von Heinrich V. investierten Bischöfe, die sich dem Legaten des Papstes nicht unterwarfen, besonders Bischof Gerhards von Merseburg, des Erwählten, durch Erzbischof

Adelgoto von Magdeburg und Bischof Reinhard von Halberstadt.

24. Juli: Tod Mathildes von Canossa, Heinrich V. als Erbe der
Eigengüter eingesetzt.

November: Erzwungene Freilassung Erzbischof Adalberts durch
Mainzer Burggrafen Arnolf, Adelige und Bürger.

Dezember: Synode in Köln, auf der Erzbischof Adalbert von
Bischof Otto von Bamberg geweiht wird. Erzbischof Adalbert
von Mainz, er ist immer noch Erzkanzler Kaiser Heinrichs V.,
und Erzbischof Friedrich von Köln legen den Fluch auf den Kaiser mit dem Hinweis, er habe 1111 den Papst gefangen genommen.

Dezember: Zusammentreffen Heinrichs V. mit Abt Pontius von
Cluny in Speyer. Abt Pontius zur Vermittlung nach Rom.

1116

Jahresbeginn: Abfall Bischof Erlungs von Würzburg von Heinrich V.

Frühjahr: Aufbruch Kaiser Heinrichs V. nach Italien in Begleitung seiner Gattin, der Königin Mathilde, um das Erbe der Markgräfin Mathildes von Canossa anzutreten.

Herzog Friedrich von Schwaben und Pfalzgraf Gottfried von
Calw werden als Stellvertreter Heinrichs V. während seiner
Abwesenheit eingesetzt sowie Friedrichs Bruder Konrad in der
Stellung eines Herzogs im östlichen Franken.

6. März: Beginn der Synode in der Kirche des Lateran, Papst
Paschalis unter massivem Druck, Vorwurf der Ketzerei (8. März).

Freitag, 10. März: Papst Paschalis erkennt die Exkommunikationen des Legaten Kuno an, spricht jedoch nicht seinerseits in der
Versammlung den Bannspruch über Heinrich V. aus.

Verkündigung der gegen den Kaiser gerichteten Konzil-Be-
schlüsse in Italien.

Erzbischof Adalbert von Mainz geht kriegerisch gegen Speyer

vor, Worms wird belagert (August), zusammen mit Herzog Lothar von Süpplinburg wird Limburg belagert.

Herzog Lothar von Süpplinburg belagert Bentheim und legt es nach Einnahme in Asche.

Chaos im Reich, Raubüberfälle, Mord überall (Chronist Ekkehard von Aura).

1117

Pfingsten: Krönung Heinrichs V. und Mathildes am Pfingstfest in Rom durch Erzbischof Mauritius von Braga (Burdinus). Mathilde von da an Kaiserin.

Machtkämpfe in Rom.

1118

21. Januar: Tod Papst Paschalis' II.

24. Januar: Erwählung Johannes' von Gaeta als Papst Gelasius II.

Heinrichs Aufstellung des Erzbischofs Mauritius von Brega (Spitzname »der Esel«) als Gegenpapst, Gregor VIII.

Exkommunikation Heinrichs V. und seines Gegenpapstes durch Papst Gelasius.

19. Mai: Der von Papst Gelasius beauftragte Legat Kuno spricht in Köln die Exkommunikation gegen Heinrich V., Herzog Friedrich von Schwaben, seinen Bruder Konrad und Bischof Hermann von Augsburg aus. Anwesend sind Erzbischof Adalbert von Mainz sowie zahlreiche, vor allem sächsische Bischöfe.

28. Juli: Wiederholung der Exkommunikation in Fritzlar.

Zerstörung von Oppenheim durch Erzbischof Adalbert von Mainz sowie der Burg Kyffhäuser durch Herzog Lothar von Süpplinburg.

Privilegien Erzbischof Adalberts für die Stadt Mainz.

Rückkehr Kaiser Heinrichs aus Italien, vor allem aus Sorge, auf einem Fürstentag in Würzburg abgesetzt zu werden.

Kaiserin Mathilde bleibt als Stellvertreterin Heinrichs V. für ein Jahr in Italien.

Angriff des ungarischen Königs Stephanus II. auf die Ostmark Baierns und Vergeltungszug.

1119

29. Januar: Tod Papst Gelasius' II. in Cluny.

2. Februar: Wahl Erzbischof Guidos von Vienne zum Papst Calixtus II.

Ab 18. Oktober: Konzil in Reims unter Teilnahme König Ludwigs VI. auf Einladung Papst Calixtus' II.

25. Oktober: Misslingen der Verhandlungen über die Investiturfrage in Mousson.

30. Oktober: Exkommunikation Heinrichs V. und des Gegenpapstes durch Papst Calixtus II.

November? Vertreibung Erzbischof Friedrichs von Köln, Öffnung der Stadt Köln für Heinrich V.

1120

21. Januar: Hoftag in Goslar zusammen mit vormals Kaiser Heinrich verfeindeten sächsischen Fürsten und dem verfeindeten Erzbischof Friedrich von Köln.

1. Mai: Zurückerstattung der richterlichen Gewalt in Würzburg an Bischof Erlung.

24. September: Tod Herzog Welfs V. von Baiern. Sein Bruder Hermann der Schwarze wird Herzog von Baiern.

1121

2. Februar: Angriff Herzog Lothars auf Münster, das weitgehend niederbrennt.

Januar – Mai: Aufenthalt Kaiser Heinrichs in Baiern und Schwaben.

Juni: Belagerung von Mainz durch Kaiser Heinrich.

Verhinderung einer Schlacht gegen Erzbischof Adalbert (Legat des Papstes) und des sächsischen Heeres durch Initiative der Fürsten, die die Verantwortung übernehmen.

Wahl von je zwölf Fürsten aus der kaiserlichen und päpstlichen Partei zur Ausarbeitung eines Friedensplanes zwischen Reich und Kirche.

6. August: Tod Bischof Ulrichs von Passau. Bischof Reginmar tritt an seine Stelle.

29. September: Versammlung der Reichsfürsten in Würzburg, Annahme des Friedensschlusses.

1122

23. September: Sogenanntes Wormser Konkordat auf den Lobwiesen von Worms (Urkunden Kaiser Heinrichs und Papst Calixtus'). Regelung der Investitur. Lösung Kaiser Heinrichs V. und seiner Anhänger von der Exkommunikation.

1123

Störungen der Ordnung, insbesondere durch Herzog Lothar von Süpplinburg.

Gegen Heinrich V. gerichtetes Schreiben Erzbischof Adalberts von Mainz an Papst Calixtus.

1124

Februar: Feldzug Kaiser Heinrichs gegen Gertrud von Holland (Stiefschwester Lothars von Süpplinburg).

4. Mai: Reichstag in Bamberg, Beschluss eines Kriegszuges gegen Herzog Lothar von Süpplinburg.

August: Kriegszug gegen Frankreich auf Wunsch des Schwiegervaters von Heinrich V., des englischen Königs.

13. August: Abbruch des Kriegszuges in Anbetracht der französischen Übermacht.

1124 – 1127: Pilgerfahrt Konrads von Staufen nach Jerusalem.

1125

23. Mai: Tod Kaiser Heinrichs V. in Anwesenheit seiner Gemahlin Mathilde in Utrecht.

Mai / Juni: Überführung des Leichnams nach Speyer und Beisetzung im Dom zu Speyer.

Einladung der Fürsten unter Federführung Erzbischof Adalberts zur Königswahl nach Mainz während der Beisetzungsfeier Heinrichs V. in Speyer.

24. August: Wahl Herzog Lothars von Süpplinburg zum römisch-deutschen König.

WARUM ICH DIESES BUCH SCHRIEB

NACH LESUNGEN DER »Pilgerin von Passau« wurde ich häufig gefragt: Wie geht es denn weiter?

Diese Frage hat mich ebenfalls bewegt. Die Welt ließ mich nicht los, die so sehr im Umbruch war wie die letzten Jahrzehnte der mächtigen Salierdynastie, die mit dem Jahre 1125 unterging.

Wie erlebten die Zeitgenossen das Ringen zwischen König, Kirche und Fürsten um die Macht?

Wie dachten, wie fühlten Menschen vor fast 1.000 Jahren? Können wir davon etwas wissen, obgleich wir zumeist nur auf Urkunden angewiesen sind?

Von Kaiser Heinrich V. besitzen wir ein leidenschaftliches Schreiben über den unsagbar schmerzlich empfundenen Verrat seines Erzkanzlers Adalbert, des Erzbischofs von Mainz. Die Flucht Mathildes von Canossa vor ihrem Gatten von Lothringen nach Italien, und dies im tiefen Winter, gar ihre Weigerung, sich trotz der eindringlichen Ermahnungen des Papstes wieder mit ihrem Ehemann zu versöhnen, widerspricht der Vorstellung, die Menschen im Mittelalter hätten, eingepresst in hierarchische Lebensformen und religiöse Normen, keine individuellen Gedanken und Gefühle gehabt.

Die Frage, wie es weitergeht, bestimmte somit den literarischen Prozess der Entstehung des Romans: Ausgehend von einer genauen Recherche des historischen Materials unter Einbeziehung neuester Forschungsergebnisse überlegte ich mir, was die historischen Ereignisse für die Personen des Romans bedeuten: Wie nutzen, erleiden, gestalten sie das von außen kommende Gesellschaftliche für ihre Ziele, für ihr Leben?

Damit stehe ich als Autorin nicht in der Situation eines allmächtigen Erzählers, der die Figuren dirigiert, vielmehr verhalte ich mich den handelnden Personen dialogisch gegenüber.

Mir ging es bei der »Rückkehr der Pilgerin« darum, auszuloten, wie persönliches Wollen und Verwirklichen innerhalb des Rahmens der damaligen Gesellschaft möglich war. Dabei sind die historischen Ereignisse mit den Entscheidungen der Protagonisten unentwirrbar und unaufhebbar verflochten.

Sie leben in ihrer Zeit.

PATAVIA